시평보유
詩評補遺

시평보유

못다 한 조선의 시 이야기

홍만종 지음

안대회 · 김종민 외 옮김

성균관대학교
출판부

목차

서설

1. 『시평보유』의 편찬 동기와 과정

이 책은 현묵자(玄黙子) 홍만종(洪萬宗, 1643~1725)의 시화『시평보유』를 번역하였다. 몇 종의 이본을 교감하여 정본을 만들고, 그 정본을 대본으로 삼아 번역하고 주석을 달았다. 『시평보유』는 역대 시화 가운데 수준이나 분량, 내용 면에서 가장 우수한 시화로 손꼽힌다. 하지만 크게 주목받지도 못했고, 더욱이 번역은 한 번도 이루어지지 못했다. 이제 책이 편찬된 지 300여 년만에 처음으로 번역하여 간행한다.

『시평보유』는 '시평(詩評)'을 보유(補遺)했다는 뜻으로 '시평'은 곧 『소화시평(小華詩評)』을 가리킨다. 『소화시평』을 편찬한 때가 1675년이니 그로부터 15년 뒤인 1691년에 그 보유편을 편찬하였다.

『소화시평』은 대단히 높은 평가를 받은 시선집이자 비평서였다. 고대부터 17세기 후반까지 한국 한시의 역사에서 기억해야 할 빼어난 작품을 간추려 뽑고 짧고 인상적인 언어로 비평을 가하였다. 그 책 한 권만 책상 위에 올려놓으면 한시사에 빛나는 주요 작품을 감상하고, 시사의 큰 흐름과 한국 한시의 특징을 친절하게 안내받을 수 있었다.

뛰어난 비평가의 수준 높은 안목을 발휘한 저술로 당시부터 훌륭한 책이라는 평가를 받았다.

그러나 정작 홍만종 자신은 『소화시평』 한 책으로 만족하지 못했다. 수많은 작품의 숲에서 "두루 찾고 널리 검토하여" 『소화시평』을 편찬하기는 했으나 자신만은 여전히 "세상의 문인(文人)이나 재자(才子)들이 지은 이름난 작품과 빼어난 시구 중에 더러 빠뜨린 것이 있을까"를 걱정하였다. 뛰어난 시인의 좋은 작품이라 해도 안목 없는 독자로부터 외면당하고, 무명작가의 읽을 만한 작품은 아무도 거들떠보지 않는 문학판의 생리를 누구보다 잘 알고 있는 그였다. 그런 실정에 불만과 아쉬움을 떨쳐버리려고 홍만종은 보유편을 새로 편찬하였다.

보유편은 『시평보유』와 『시평치윤(詩評置閏)』 2종으로 기획하였다. 『시평보유』는 저명한 시인에서부터 외면당하기 쉬운 시인까지 수많은 작품을 다시 검토하고 추슬러서 엮었다. 눈을 크게 뜨고 귀를 쫑긋 세워서 힘닿는 데까지 시를 수집하고 보완하여 15년만에 새로운 시화로 선보였다. 『시평보유』를 편찬한 뒤로 또 몇 년 뒤에는 누구도 주목하지 않고 아무도 언급하지 않은 소외된 작품들 위주로 다시 『시평치윤』이란 이름의 시화를 엮었다.

이렇게 홍만종은 한국 한시를 보는 깊이와 넓이를 확장하여 시평집 3부작을 편찬하였다. 여기에 1712년에 역대의 대표적인 시화를 엮은 『시화총림(詩話叢林)』을 편찬하였는데 이 저술까지 포함한다면 비평 4부작을 편찬한 것이다. 20세기 이전에 그처럼 시 비평에 생애의 긴 시간을 투자한 사람은 찾아보기 힘들다. 깊은 안목을 지니고 비평에 열정을 쏟은 조선시대의 가장 위대한 시 비평가였다고 말해도 지

나치지 않다. 홍만종의 삶과 그의 시화가 지닌 가치는 앞서 출간한
『소화시평』의 서설에서 자세하게 다루었으므로 그 글을 살펴보기 바라며, 여기서는 자세하게 쓰지 않는다.

2. 『시평보유』의 시선과 비평

『시평보유』는 『소화시평』의 체제와 비평방법을 큰 변화없이 따르고 있다. 한시사에서 높은 명성을 누린 시인의 대표작과 주목받지 못한 시인의 빼어난 작품까지 가려 뽑고, 그 작품의 우열과 품격을 엄정하고 균형있게 비평하였다. 상권 134칙, 하권 135칙으로 전체 269칙의 수량이다. 『소화시평』이 상권 110칙, 하권 102칙으로 전체 212칙이므로 57칙이 더 많다. 수량으로도 양이 많은 편에 속하는 시화이다.

전체 구성은 시인군의 주축을 이루는 사대부의 시를 중심에 놓고 시대순으로 배열하였다. 사대부에 앞서 통치자인 제왕을 맨 처음에 배치하고 제왕의 주변 계층인 종실(宗室)과 귀유(貴遊)를 다음에 배치하였다. 사대부 외의 신분과 신분의 관점에서 벗어나 있는 작가군을 다룬 27개 칙과 비평론을 담은 5개 칙은 하권 마지막에 배치하였다. 『소화시평』의 체재와 거의 같다. 다른 점이라면, 『소화시평』이 최치원 이래 고려 시대의 시인을 범위에 포함한 반면, 『시평보유』는 조선 전기부터 지은이의 동시대까지를 범위로 삼은 점이다.

시인을 시대순으로 배치한 사이마다 풍자, 표절, 성정의 주제와 제재를 군데군데 배치하기도 하였다. 다만 『소화시평』에서 다룬 7언율

시 경련(警聯)이나 역대의 풍유시와 같은 항목은 전작에 비해 그 수량이 대폭 축소되었다.

각 항목을 서술하는 기본 틀은 시인의 소개, 창작 동기, 작품 인용, 작가와 작품의 평가로 구성되었고, 이 기본 틀을 내용에 따라 변화를 주어 적용하였다. 조선 초기의 시인부터 당대 시인까지 대표작을 감상하는 시선집으로 활용하기에 적합한 이런 구성은 『소화시평』에서도 쓰였고, 일반 시화에서도 널리 사용되었다.

『시평보유』는 조선 전기부터 17세기까지 3세기 동안의 시를 집중적으로 감상하였다. 삼국시기와 고려를 포함하지 않았고, 전체 칙수가 많아 『소화시평』에 비해 이 시기에 활동한 시인을 얼추 110칙 이상 더 다루었다. 따라서 조선 전기와 중기의 시인과 작품을 더 풍부하고 더 다양하게 다루고 품평하였다.

선조 때의 저명한 시인이자 문장가인 최립(崔岦)의 경우를 놓고 보면, 『소화시평』에서는 하권 18칙에서 20칙까지의 3칙에서 최립과 그 작품을 소개하였으나 『시평보유』에서는 상권 84칙, 99칙~101칙, 그리고 125칙의 5개 칙에서 소개하였다. 『소화시평』이 먼저 지어졌으므로 더 중요하고 기본적인 내용을 갖추고 있고, 『시평보유』는 그에 비해 부차적인 내용을 갖추었을 것으로 예상하기 쉬우나 실상은 그렇지 않다. 99칙에서는 명작으로 저명한 「은대이십영(銀臺二十詠)」의 창작 동기와 작품성을 제시하였고, 100칙에서는 3편의 시를 인용하여 기이하고 굳센 최립 시의 풍격을 보여주었다. 괴석(怪石)을 읊은 다음 시를 인용하고 평을 내렸다.

이 한 마리를 창가에 매달아 놓고 　　　　　　　窓間一蝨懸

시선을 고정하면 수레바퀴처럼 커 보이네 　　　目定車輪大

나는 이 돌을 얻고 나서는 　　　　　　　　　　自我得此石

화산(花山)을 향해 앉지 않네 　　　　　　　　不向花山坐

이 시는 황해도 옹진 바닷가에 머물 때 지은 영물시(詠物詩)로 한 가지 일에만 집중하여 거장이 되겠다는 집념이 투영되어 있다. 최립의 시를 대표하는 작품인데 이 시에 대해 홍만종은 "시가 정밀하고 깊고 기이하고 예스럽다"라고 간명하면서 인상적인 품평을 내렸다. 이처럼 『시평보유』는 15년 사이에 더 성숙해진 시를 보는 안목의 깊이와 넓이를 느끼게 한다. 『시평보유』가 『소화시평』을 보조하는 단순한 구실을 하는 시화가 아니라 새로운 관점과 확장된 정보를 담고 있는 별개의 시화임을 확인할 수 있다.

시화에서 다룬 시인의 폭도 크게 확대하였다. 다른 시화나 선집에서 주목하지 않은 많은 시인을 드러내고 작품을 수록한 다음 적극적으로 품평하였다. 그렇게 드러낸 시인의 수가 수십 명에 이른다. 정화(鄭和)나 안정란(安庭蘭), 최력(崔櫟), 소형진(蘇亨震), 이봉(李逢) 등이 여기에 속한다. 그들 중에는 홍만종의 평가 덕분에 이후에 주목을 받은 이도 있으나 대부분은 여전히 역사 속에 묻혀버렸다.

이렇게 『시평보유』는 저명한 시인이 쓴 작품의 가치를 드러낸 점에서도 크게 기여하였고, 눈과 귀에 낯설기만 한 무명의 시인을 발굴하고 작품을 소개한 점에서도 크게 기여하였다. 홍만종은 『시평보유』를 지음으로써 한국 한시사를 더 풍성하게 만들었다. 그러면서도 문학사

적 균형을 공평하게 유지하고, 즐겁게 작품을 감상하는 선집으로서
가치를 지녔다. 그 점에서 역대의 어떤 시화보다 우수하다. 현대의 독
자들이 이 시화의 가치를 인정하고 읽어야 할 이유이다.

3. 『시평보유』의 텍스트와 번역

『시평보유』가 『소화시평』에 비하여 수준이나 가치 면에서 뒤지지 않
는 우수한 시화임에도 불구하고 전문가들에게는 환영을 받았으나 일
반 독자에게는 그다지 많이 읽히지 않았다. 『소화시평』의 명성에 가
린 요인도 있고, 두 번째 저술이라는 인상 탓도 있다. 어찌 되었든 지
나치게 인색한 평가요 활용이다. 『소화시평』이 수백 종의 이본을 지
닐 만큼 필사에 필사를 거듭하며 읽혔으나 『시평보유』는 겨우 몇 종
의 필사본만이 현재까지 전하고 있다.

　　현재 전해오는 판본에는 사본 3종과 간본 1종이 있는데 그 서지사
항과 주요한 특징을 정리하여 소개하면 다음과 같다.

　　1) 국립중앙도서관 소장 필사본. 2권 2책, 82장이고, 1면에 10행
22자이다. 맨 뒤에 저자의 5대손인 홍성모(洪性謨)가 신사년(1821)에
쓴 후지(後識)가 달려있다. 표지에는 건곤(乾坤)으로, 안에는 상권 하
권으로 나뉘어 있다. 상권 하권 본문 첫 장과 맨 뒷면에는 '간송(澗松)',
'서만보인(徐晚輔印)'의 인기(印記)가 있어 조선 말기의 관료이자 문인
인 서만보가 소장했던 사본임을 밝혀준다. 현재까지 전하는 사본 가
운데 가장 선본이다.

2) 성균관대학교 존경각 소장 필사본. 2권 1책, 56장이고, 1면에 16행 16자이다. 표지에는『해동시화(海東詩話)』, 내제(內題)에는『시평보유(詩評補遺)』로 되어 있다. 홍만종의 자서가 실려 있고, 이후 상권 하권으로 나뉘어 필사되어 있다. 완전한 내용을 갖추고 있다. 국립본과 글자와 문장, 수록한 칙수(則數) 등에서 차이가 있기는 하나 선본의 하나로 귀중한 사본이다.

3) 계명대학교 동산도서관 소장 필사본. 앞에는『시평보유』가, 뒤에는 이숭인(李崇仁)의『도은시집(陶隱詩集)』이 같은 글씨로 필사되어 합철되어 있다. 표지와 내제에는『시평보유초(詩評補遺抄)』로 되어 있다. 전체 33장의 분량에 1면 10행 22자이다. 제목처럼 전체 내용을 싣지 않고 절반 정도의 분량을 뽑아 초록한 사본이다. 홍만종의 자서도 실려 있지 않다. 본문의 평도 간략하게 처리한 점이 많아 소략하고 거친 사본이다. 계명대본과 신연활자본은 글자와 문장, 생략된 내용 등에서 유사한 부분이 많아 같은 사본에서 초록하고 활자화한 것으로 추정한다. 예컨대, 계명대본에는 88칙부터 93칙까지 빠져 있는데 신연활자본에는 89칙과 90칙이 보이지 않는다.

간본에는 1938년에 경상도 밀양 사람인 강신려(姜信呂)가 편집하여 진주에서 연활자로 간행한『시평보유』가 있다. 분량은 59장이고, 1면에 10행 21자이다. 홍만종의 자서가 수록되었고, 상편과 하편으로 나뉘어 대체로 전체 내용을 수록하였다. 다만 시는 본문으로 수록하고, 시인의 인정 서술과 평가 부분을 협주(夾註) 형식으로 수록하여 읽기에 불편하다. 또 홍만종의 논평 부분을 생략한 경우가 적지 않고, 오자도 많은 편이다. 일부 내용이 누락되고, 편집이 거칠고 엉성하다.

또 하권 131칙 이후에 실린 메타비평의 내용은 모두 생략한 대신에 15면에 걸쳐 다른 사본에는 실리지 않은 엉뚱한 시화가 실려 있다. 선본으로 보기 어려우나 손쉽게 구할 수 있는 편리함 때문에 오랫동안 읽혀서 『시평보유』의 가치를 떨어뜨렸다.

이 책에서는 가장 선본이라 판단하는 국립중앙도서관 소장 사본을 저본으로 삼고 다른 3종의 이본으로 교감을 진행하였다. 교감 사항이 상당히 많아 읽기에 불편하므로 의미에 큰 영향을 주는 사항 위주로 반영하였다. 교감을 거쳐 만든 정본은 지금까지 텍스트 자체가 제대로 갖춰져 있지 않았던 『시평보유』를 올바른 텍스트로 감상하고 이해하는 데 크게 도움을 줄 것으로 기대한다.

25년 전에 『소화시평』을 번역하고서 바로 『시평보유』를 번역하려 하였다. 그러나 오랫동안 번역에 착수할 엄두를 내지 못하였다. 몇 년 전에 『소화시평』 개정판을 준비하면서 마침내 대학원생들과 함께 번역하기로 하고 매주 세미나를 열었다. 출판하기까지의 과정을 간명하게 밝히면, 2015년 9월부터 시작하여 2017년 8월까지 2년 동안 1차로 전체 내용을 교감하고 강독하였다. 1차 원고를 제각기 수정한 뒤에 그 내용을 검토하는 2차 강독을 그해 9월부터 2018년 3월까지 1년 넘게 진행하였다. 한데 모은 원고를 김종민 군이 보완하고 정리하였고, 정리한 원고를 반년에 걸쳐 내가 다시 수정하였다. 이후 그 수정원고를 김보성, 임영길, 이화진, 김종하 네 명의 학우가 2018년 12월부터 반년 동안 보완하였다. 그렇게 보완한 원고를 내가 다시 두 달 동안 수정하여 출판사에 원고를 넘겼다.

이렇게 4년 동안 13명의 학우와 함께 교감하고 번역한 다음 수정하고 보완하는 일을 여러 번 거치면서 거친 원고가 더 세련되고 더 정밀하게 변해갔다. 번역에 참가한 모두의 노력이 쌓여서 번듯한 책이 나오게 되었다. 이 책이 조선 시대의 문예를 감상하고 비평을 이해하려는 독자에게 도움을 줄 수 있기를 기대하며, 잘못된 내용은 찾아지는 대로 수정할 것을 약속드린다.

2019년 10월, 퇴계인문관 연구실에서

안대회 쓰다

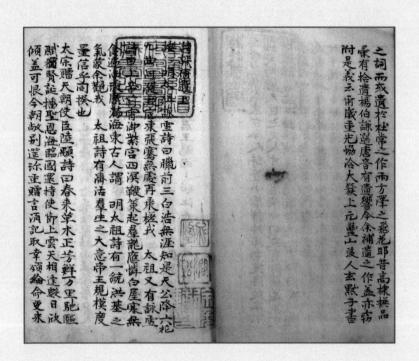

之詞而戒遺於杜章也作雨方澤之飛花耶昔高棟撫品
彙有拾遺楊伯謙選唐音有盡響今余補遺之作盖亦竊
附是義云甫歲重光暢冷大簇上元豐山後人玄黙子書

詩評補遺書
　　皇明上元乙卯
　　　　曲
　　　　御筆宮四溪
食邀
氣蒸余觀我
太祖詩有溟活羣生之
量信乎尚挨也
太宗贈天朝使臣陸　詩曰春来草木正芳鮮万里馳驅
賦獨賢延播聖恩臨國還持使節上雲天相逢歡日欣
傾盖可恨今朝敬別逢踈重贈言酒記取章頌綸命更来

雲詩曰曨前三白浩無涯知是天公降六花
東張鴈然處再乘棧戈　太祖又有詠雨無
東紫應接龍白屋寒無
明太祖詩有一統洪基之
大意帝王規模度

국립중앙도서관 소장 필사본. 2권 2책. 홍만종의 5대손 홍성모(洪性謨)가 신사년(1821)에 반듯한 글씨로
필사한 사본이다. 현존하는 사본 가운데 가장 선본이다. 오른쪽은 홍만종 자서(自序)의 뒷부분이고, 왼쪽
은 상권 본문 첫 장이다. 제목 아래에 간송(澗松), 서만보인(徐晩輔印)의 인기(印記)가 있어 조선 말기의 문
인 서만보가 소장했던 사본임을 말해준다.

詩評補遺

詩評補遺卷終

臨附是義氣原憾重光惆悵浩氣淩上元豐
山後人玄黙子書

성균관대학교 존경각 소장 필사본. 2권 1책. 필사자는 미상이다. 반듯한 글씨로 필사한 사본으로 선본에 속한다. 『시평보유』는 필사본 자체가 많지 않고, 선본은 2종밖에 보이지 않는다. 오른쪽은 홍만종 자서(自序)의 뒷부분이고, 왼쪽은 상권 본문 첫 장이다.

시평보유

�֎

상권

일러두기

1. 국립중앙도서관 소장 『시평보유』를 저본으로 삼고, 성균관대 존경각과 계명대 동산도서관 소장본, 신연활자본으로 교감하여 정본을 만들고, 이를 바탕으로 한국어로 번역하였다.

2. 원문에는 본디 소제목이 없으나 번역문에서는 시인과 작품 내용을 집약한 소제목을 붙여서 찾아 읽는 데 편리하도록 하였다.

3. 시는 정확하게 번역하되 시적 특성을 살려 번역하여 감상하는 데 어려움이 없도록 하였다.

4. 각주는 본문의 내용을 이해하는 데 도움이 되는 작가의 행적과 난해한 고사 등을 설명하였다.

5. 본문에서 다룬 작품을 작가의 문집에서 찾아 각주에 원제목을 밝혀 적되 본문과 큰 차이가 없는 경우에는 군이 밝히지 않았다.

6. 권응인의 『송계만록』, 허균의 『학산초담』, 홍중인의 『동국시화휘성』 등 역대 시화에서 긴밀하게 관련된 내용을 찾아 각주에 밝혀놓아 독자들이 서로 비교하여 읽도록 하였다.

7. 일반 내용을 설명하는 각주는 간명함을 취하였고, 간단한 어구 해석은 본문의 괄호 안에 간주로 설명하였다.

시평보유 서문

나는 예전에 우리나라 고금 시인의 시(詩)를 모아 『소화시평(小華詩評)』을 저술한 적이 있다. 두루 찾고 널리 상고하여 부지런히 노력하였으나 세상의 문인(文人)이나 재자(才子)들이 지은 이름난 작품과 빼어난 시구 중에 더러 빠뜨린 것이 있을까 여전히 걱정스러웠다. 드디어 다시 더 채록하여 책을 짓고 『시평보유(詩評補遺)』라 이름하였다.

일찍이 창랑(滄浪) 엄우(嚴羽)가 한 말을 들었는데 "시에는 흥취가 따로 있으니 이치와는 관계없고, 시 짓는 재주가 따로 있으니 책과는 관계없다"[1]라고 하였다. 내가 살펴보니 훌륭한 선배들에게 아름다운 시가 정말 많으나 안목 없는 이에게 버림받고, 보잘것없는 선비에게 세상을 깨우칠 만한 작품이 없지 않으나 미천한 탓에 버려진다. 옛날부터 그러하니 유독 오늘날에만 그 같은 작품이 모조리 인멸되어 일컬어지지 않는 것은 아니다. 정말 시에는 별도의 흥취와 특별한 재능이 있건만 세상에는 알아주는 자가 아무도 없다.

---

1 엄우(嚴羽)는 송나라의 비평가로 여기에 인용된 문장은 그의 『창랑시화(滄浪詩話)』 「시변(詩辯)」에 보인다.

내가 그 점을 애석하게 여겨 이목(耳目)이 닿는 데까지 수집하여 보완하였다. 비유하자면 제왕의 위대한 음악을 완성하면서 젓대나 피리 소리를 빼놓아서는 안 되고, 푸른 바다에서 구슬을 건져내면서 진주를 빠뜨려서는 안 되는 것과 같다.[2] 오로지 이백(李白)의 하늘에 사는 신선이 쓴 듯한 시어나 왕창령(王昌齡)의 벽옥 같은 아름다움이 드러난 작품만을 취하고,[3] 두상(杜常)의 '빗소리를 낸다'나 방택(方澤)의 '흩날리는 꽃잎'과 같은 작품을 빠뜨려서야 되겠는가?[4]

---

2 제왕의 위대한 음악은 저본에 대호(大護)로 썼다. 이는 탕(湯) 임금의 음악을 가리키는데, 이 음악을 연주하는 데 젓대나 피리 소리가 빠져서는 안 됨을 말한다. 뒤에 나오는 내용은 제대로 평가받지 못한 훌륭한 인물이나 작품을 일컫는 '창해유주(滄海遺珠)'라는 성어로 많이 쓰인다.

3 이백(李白)은 한림공봉(翰林供奉) 벼슬을 지냈다. 엄우는 『창랑시화』「시평(詩評)」에서 "사람들이 '이태백의 신선 같은 재주' '이장길의 귀신같은 재주'라 일컫는데 그렇지 않다. '하늘에 사는 신선 이태백의 말' '귀신같은 신선 이장길의 말'이라 해야 한다〔'人言 太白仙才ㆍ長吉鬼才', 不然. 太白天仙之詞, 長吉鬼仙之詞耳〕"라고 하였다. 이 평가는 『시인옥설(詩人玉屑)』과 『당시품휘』에도 그대로 인용되었다. 또한 「당시품휘서목(唐詩品彙叙目)」〈칠언고시(七言古詩) 3〉, 〔정종(正宗) 2〕에 '하늘에 사는 신선 이태백의 작품에는 고민 없이 가볍게 이루어진 시어가 많다〔太白天仙之詞, 語多率然而成者〕'라고 하였다. 왕창령(王昌齡)은 좌천되어 용표위(龍標尉)를 지낸 적이 있어 왕용표(王龍標)라 불렸다.

4 두상(杜常)의 「화청궁(華淸宮)」"강남까지 다 가니 수십 일 길이라, 새벽녘 바람에 달빛 아래 화청궁에 들었네. 조원각에 서풍이 거세지자 버드나무가 빗소리를 내는구나〔行盡江南數十程, 曉風殘月入華淸. 朝元閣上西風急, 都入長楊作雨聲〕"와 방택(方澤)의 「무창조풍(武昌阻風)」"강가의 봄바람이 배를 머물게 하니, 가없는 고향 생각 동으로 흐르는 강에 가득하여라. 그대와 종일토록 한가히 강물을 바라보니, 흩날리는 꽃잎에 흠뻑 빠져 객수를 잊노라〔江上春風留客舟, 無窮歸思滿東流. 與君盡日閑臨水, 貪看飛花忘卻愁〕"에서 가져온 말이다. 『당시품휘(唐詩品彙)』 권55에 "『서청시화(西淸詩話)』에 이르기를, 두상과 방택 두 사람은 문예로 세상에 이름나지 않았는데 시어가 이처럼 사람을 놀라게 하니 이해하지 못할 점이 있다〔西淸詩話云: 杜常ㆍ方澤二人, 不以文藝名世, 而詩語驚人如此, 殆有不可知者〕"라 평하고, 두상과 방택의 시를 실었다. 『당음(唐音)』 권14에 「당시유향(唐詩遺響) 7」이 속해 있는데, 여기에도 두상과 방택의 시가 실려 있다. 양신(楊愼)의 『승암시화(升庵詩話)』 중 「방택(方澤)ㆍ두상(杜常)」(권2), 「두상화청궁(杜常華淸宮)」(권5)에도 유사한 평가가 실려 있다.

옛적에 고병(高棅)이 『당시품휘(唐詩品彙)』를 편찬하고서 습유(拾遺)를 따로 만들었고,[5] 양사홍(楊士弘)이 『당음(唐音)』에 시를 뽑으면서 유향(遺響)을 따로 만들었다.[6] 지금 내가 이 『시평보유』를 저술한 것 또한 은근히 그 취지를 따르고자 하였다.

신미년(辛未年. 1691) 1월 15일, 풍산(豊山) 후인(後人) 현묵자(玄默子) 홍만종은 쓰다.

---

5 『당시품휘(唐詩品彙)』는 중국 명대(明代) 고병(高棅)이 1393년에 편찬한 당시선집(唐詩選集)이다. 고병은 1398년에 다시 여기에 빠진 61인의 시 954수를 수집하여 『당시습유(唐詩拾遺)』 10권을 편찬하여 총 100권으로 증보하였다.

6 『당음(唐音)』은 중국 원대(元代) 양사홍(楊士弘)이 편찬한 당시선집이다. 당시시음(唐詩始音) 1권, 당시정음(唐詩正音) 6권, 당시유향(唐詩遺響) 7권 등 총 5책 14권으로 짜여 있다. 『당음유향(唐音遺響)』이 목판본으로 따로 간행되기도 하였다. 신흠(申欽)은 「청창연담(晴窓軟談)」에서 당시선집 가운데 『당시품휘』와 『당음』을 정선된 선집이라 평하였다.

1

조선과 명의 태조가 눈을 읊은 시

명(明) 태조께서 눈을 읊은 시는 다음과 같다.

납일 전에 세 차례나 흰빛¹으로 뒤덮어 臘前三白浩無涯

조물주가 여섯 모난 꽃²을 내렸구나 知是天公降六花

아홉 굽이 깊은 황하 바닥까지 얼어붙으니 九曲河深凝底凍

장건³이 뗏목 탈 곳 이제는 사라졌군 張騫無處再乘槎

우리 태조께도 눈을 읊으신 시가 있다.

옥황상제 어젯밤에 자미궁⁴에 행차하여 上帝前宵御紫宮

---

1 당나라 이래로 납일(臘日) 이전에 눈이 세 차례 내리면 풍년이 든다고 하여 이를 납전삼백(臘前三白)이라 했다. 납일은 동지 뒤 세 번째 술일(戌日)이다.

2 원문의 육화(六花)는 눈을 가리키는 말이다.

3 장건(張騫)은 한 무제(漢武帝) 때의 사람이다. 황제의 명을 받아 서역(西域) 땅을 탐사하기 위하여 황하의 근원을 찾고, 서역을 두루 순방하고 돌아왔다. 장건은 말을 타고 육로로 서역을 오갔으나 문인들이 그가 뗏목을 타고 은하수를 건너갔다 온 것으로 윤색하여 장건의 뗏목이란 말이 생겼다.

온 바다에 채찍 휘둘러 용을 모두 깨웠다네　　　　　四溟鞭策起群龍

춥고 주린 백성들을 불쌍히 여기셔서　　　　　　　應憐白屋寒無食

해동 가득 쌀가루를 두루두루 뿌리셨네　　　　　　遍洒瓊糜滿海東

　옛사람이 명 태조의 시에는 중국을 통일하여 나라를 세운 기상이 있다고 평하였다. 내가 우리 태조의 시를 살펴보니 뭇 생명을 구제하려는 큰 뜻을 담고 있다. 제왕은 규모와 도량이 참으로 같구나.

---

4 천제(天帝)는 자줏빛 궁궐에 거처한다 하여 궁궐을 자미궁(紫微宮), 자궁(紫宮), 자달(紫闥) 등으로 표현한다.

2

태종의 증별 시

태종(太宗)께서 명나라 사신 육옹(陸顒)[1]에게 다음 시를 주셨다.

봄이 와서 초목들이 향기롭고 고운 시절	春來草木正芳鮮
만리타국 달려오느라 유독 고생 많았구려[2]	萬里馳驅賦獨賢
바다 건너 조선국에 성은을 전파하고	誕播聖恩臨海國
하늘 높이 올라가려 사신 부절 잡았구나	還持使節上雲天
만난 뒤로 며칠 동안 기쁘게 지냈건만[3]	相逢數日欣傾蓋

---

1 육옹(陸顒)은 태종 1년(1401) 조선에 왔던 명나라 사신이다. 『태종실록』 1년(1401) 2월 6일에 명 황제가 예부 주사(禮部主事) 육옹(陸顒)과 홍려 행인(鴻臚行人) 임사영(林士英) 등을 시켜 조서와 선물을 가져오게 했다는 기사가 실려 있다. 같은 해 2월 30일에는 백관을 거느리고 영빈관에서 사신 일행을 전송했다는 기사가 실려 있다. 그 기사 중에 태종의 시가 실려 있다.

2 『시경』 「소아(小雅)」 '북산(北山)'에 "내가 하는 일 유독 많구나[我從事獨賢]"라는 구절이 나온다. 『맹자』 「만장상(萬章上)」에 "이 모두가 나랏일이건마는 나만 유독 능력이 있어서 고생한다는 뜻이다[此莫非王事, 我獨賢勞也]"라고 해설한 데서 비롯하였다.

3 원문은 경개(傾蓋)로 길 위에서 처음 만나 교분을 텄음을 뜻한다. 『사기(史記)』 권83 「추양열전(鄒陽列傳)」에 "흰머리가 되도록 오래 사귀었어도 처음 본 사람처럼 느껴질 때가 있고, 수레 덮개를 기울이고 잠깐 이야기했어도 오랜 벗처럼 느껴지는 때가 있다[白頭如新, 傾蓋如故]"에서 나온 말이다.

아쉽게도 오늘 아침 환송연을 여는구려 　　　　　可恨今朝敞別筵

몸 보중하라는 충고 모름지기 기억하고 　　　　　珍重贈言須記取

천자께서 내린 윤음 다시 와서 전해주오 　　　　　幸頒綸命更來傳

사대(事大)하는 정성이 글 밖에 흘러넘친다.

3

세조의 인재 칭송

세조께서 인정전(仁政殿)에서 조참(朝參)[1]을 거행한 뒤 절구(絶句) 한 수를 지으셨다.

패옥 소리 찰랑찰랑 대궐 뜰에 울리더니	環佩丁璫響玉墀
뭇 신하가 웅성웅성 새벽부터 모여 있네	群臣濟濟早朝時
장량(張良)[2]은 오른쪽, 상여(相如)[3]는 왼쪽에서	子房在右長卿左
한 시대 기재(奇才)들이 이렇게나 성대하네	一代奇才盛若斯

세조께서는 항상 권람(權擥)[4]을 우리 장량이라 하셨으니 장량은 틀림없이 권람일 테고, 당시에 사가(四佳) 서거정(徐居正)이 오랫동안 문형(文衡)을 맡았으니 상여는 아마도 사가를 가리킬 것이다.

---

1 조참(朝參)은 매달 초 5일, 11일, 21일, 25일 네 차례에, 모든 문무 관원(文武官員)이 검은 옷을 입고 근정전이나 인정전에서 임금에게 문안드리고, 정사를 아뢰던 일을 말한다.
2 한고조(漢高祖)의 책사로, 자방(子房)은 그의 자이다.
3 한나라 문장가인 사마상여(司馬相如)로, 장경(長卿)은 그의 자이다.
4 권람(權擥, 1416~1465)의 자는 정경(正卿), 호는 소한당(所閑堂)이다. 1450년 문과에 장원 급제하였고, 계유정난(癸酉靖難)을 성공으로 이끌었다. 대제학과 좌의정 등을 역임하였다.

4

선조의 복사꽃 시

선조께서는 문재(文才)가 빛나고 뛰어나 역대 임금님 중에서도 월등하셨다. 일찍이 세 가지 빛깔의 복사꽃을 읊으신 시[1]가 있다.

한 떨기 고운 복사꽃이	桃夭一朶花
두세 가지 빛깔로 변했네	變幻二三色
식물조차 이와 같으니	植物尙如此
사람 마음은 번복이 무상하지	人情宜反覆

사물에 의탁하여 심경을 표현하였는데 시어(詩語)가 대단히 날카로우니, 변덕을 부리는 자들에게 무안을 주고 심복(心服)하게 할 만하다.

---

1 이 시는 『선조수정실록(宣祖修正實錄)』 20년(1587) 3월 1일 기사에도 "한 가지에 핀 고운 복사꽃, 무슨 일로 빛깔이 두세 개인가? 식물조차 이와 같으니, 사람 마음 번복은 무상도 하지[夭桃一樹枝, 何事兩三色. 植物尙如此, 人心宜反覆]"로 실려 있다. 대체로 비슷하나 자구에 차이가 있다. 이 시와 「벽도화시(碧桃花詩)」를 내려서 이귀(李貴)의 비방으로 사직하는 이발(李潑)을 풍자하였다고 한다. 이 시는 『열성어제(列聖御製)』에도 실려 있다.

5

선조의 중양절 시

선조께서 9월 9일 중양절(重陽節)[1]에 가까이서 모시는 관원들에게 술 한 동이를 내리고, 술동이 겉에다 장난삼아 시를 한 수 써 놓으셨다. 그 시는 다음과 같다.

구월 구일은 중양절이라	九月九日重陽節
임금이 술을 내리니 술은 강물과 같도다	君王賜酒酒如江
임금이 내린 술을 마시지 않는다면	君賜之酒若不飲
콧등에 이 술동이만한 종기가 나리라	鼻上生腫太如此酒缸

---

1 음력 9월 9일을 중양절(重陽節)이라 한다. 9는 양(陽)의 수이며, 9월 9일은 9가 겹쳐지므로 중양이라 한다. 중양절은 명절의 하나로 향연을 베풀었다. 또 추석이 일찍 오는 해에는 중양 절에 햇곡식과 과일로 다례(茶禮)를 올리기도 했다.

6

숙종의 절주(節酒) 당부 시

성상(숙종)께서 정묘년(1687)에 밤이 되자 궁궐에 들어와 숙직하는 신료들을 불러들여 술을 내리셨다. 그때 절구 한 수를 지어 내리신 다음 제각기 화답시를 지어 올리라 명하셨다.[1] 그 시는 이렇다.

함초롬히 젖은 이슬 햇볕에 안 마르듯이	湛湛零露匪陽晞
즐겁게 술 마시고 취해서들 돌아가야지	厭厭含杯宜醉歸
훌륭한 덕, 멋진 몸가짐 예로부터 당부했나니	令德令儀昔有訓
시를 지어 타이르는 뜻 어기지를 말지어다	作詩勸戒莫余違

술을 경계하고 아랫사람을 신칙하는 뜻이 아름답고 거룩하다.

---

1 숙종의 시는 송상기(宋相琦) 등이 편찬한 『열성어제』 권13에 「연중우음(筵中偶吟)」이란 제목으로, 심유(沈攸)의 『오탄집(梧灘集)』 권4와 강석규(姜錫圭)의 『오아재집(聱齖齋集)』 권2에 실려 전한다. 심유는 1687년 12월 18일의 일로, 강석규는 1688년 정월의 일로 밝혔다. 이 시는 숙종이 경연에서 『시경』의 「담로(湛露)」장을 강독하다가 시어와 내용을 가져와 신료가 덕과 위의를 갖추기를 기대하며 지었다. 이에 대한 여러 신하의 화답시가 남아 있다.

7

소현세자의 시

소현세자(昭顯世子)가 병자호란 이후 심양(瀋陽)에 볼모로 잡혀 있을 때 다음 시를 지었다.

몸은 만리타국에서 돌아가지 못하고	身爲萬里未歸人
집은 한양의 한강가에 그대로 있지	家在長安漢水濱
달빛 밝은 뜰 앞에는 이슬 맺힌 꽃이 피고	月白庭前花露濕
바람 맑은 수면에는 버들가지 새롭겠지	風淸池面柳絲新
꾀꼬리 울어 요서(遼西)의 꿈 깨우고[1]	黃鶯喚起遼西夢
제비가 날아와 북새(北塞)에도 봄을 전하네	玄鳥來傳塞北春
그 옛날 노래하고 춤추던 누대 쪽으론	昔日樓臺歌舞地
눈물이 수건을 적셔 고개 돌려보지 못하네	可堪回首淚沾巾

시가 지극히 슬프고 한탄스럽다.

---

1 당나라 시인 김창서(金昌緒)의 「춘원(春怨)」에 "꾀꼬리를 쫓아내어, 나뭇가지 위에서 울지 못하게 하라. 꾀꼬리 울면 첩의 꿈이 깨어, 요서에 가지 못하나니[打起黃鶯兒, 莫敎枝上啼. 啼時驚妾夢, 不得到遼西]"가 있는데 이 시를 점화하여 꿈속에서나마 한양에 다녀왔음을 말하였다.

8

양녕대군의 시

|

양녕대군(讓寧大君)이 승려의 시축(詩軸)에 다음과 같이 썼다.

아침에는 산 노을로 밥을 짓고	山霞朝作飯
밤이 되면 달빛으로 등불을 켜네	蘿月夜爲燈
아무도 없는 바위가에 홀로 자노니	獨宿空巖畔
오로지 일층 탑만 곁을 지키네	惟存塔一層

귀인(貴人)의 시가 어쩌면 이와 같을까?

9

안평대군의 제화시

안평대군(安平大君)[1]이 일찍이 명나라에 사신으로 갔는데, 어떤 각로 (閣老)가 맞이하여 잔치를 베풀었다. 술자리가 무르익자 각로가 "제게 여덟 폭의 그림이 있는데 천하의 진기한 보물입니다"라 하고 이어서 병풍 하나를 펼치라고 명했다. 그려진 것은 바로 푸른 산에 띳집이 있고, 대숲에 까마귀와 까치가 있으며, 저물녘 사립문에서 귀가하는 사람을 향해 개가 짖는 풍경이었다. 각로가 "대군께서 저를 위해 절구한 수를 지어 이 병풍에 써주십시오"라고 청하였다. 안평대군이 즉시 붓을 잡고 글씨를 쓰려 하자 각로가 "저는 여덟 폭에 그린 그림을 절구한 수에 다 담고 싶은데 대군께서 하실 수 있겠습니까?"라고 말했다. 안평대군이 취흥에 붓을 들어 여러 군데 먹물 점을 뿌렸다. 각로가 크게 놀라며 발끈하자 안평대군이 웃으며 다음과 같이 두 구를 썼다.

---

1 안평대군(安平大君, 1418~1453)의 이름은 용(瑢), 자는 청지(清之), 호는 비해당(匪懈堂)·낭간 거사(琅玕居士)·매죽헌(梅竹軒)이다. 세종의 셋째 아들로 시서화에 능해 삼절(三絶)이라 일 컬어졌다. 1453년 계유정난이 일어나자 반역을 도모했다는 죄명을 받고 수양대군에 의해 유배된 뒤 사사(賜死)되었다.

만 겹의 청산은 멀리 서 있고   萬疊靑山遠

세 칸의 초가집은 빈한하구나   三間白屋貧

단지 청산과 초가집만 이야기했을 뿐 다른 경치는 들어가지 않았다. 각로가 더욱 마땅찮게 여기자 안평대군이 또 마지막 구를 썼다.

날 저문 대숲에는 까막까치 날아들고   竹林烏鵲晚

귀가하는 사람 향해 개 한 마리 짖는구나   一犬吠歸人

과연 여러 풍경을 빠짐없이 묘사했고 먹물자국도 자획에 포함되어 그림에는 먹물 흔적조차 남지 않았다. 각로가 크게 칭찬하고 "이분이야말로 삼절이로다"라고 감탄하였다.

10

윤신지의 오미헌 시

해숭도위(海嵩都尉) 윤신지(尹新之)[1]는 호가 현주(玄洲)이다. 안주(安州) 오미헌(五美軒)에 묵으며 다음 시를 지었다.[2]

산과 호수는 또렷하니 내가 알던 그대로이거늘	湖山歷歷曾相識
귀밑머리는 희끗희끗 반이 넘게 희어졌네	鬢髮星星半已明
세상에서 십년 세월은 달리는 말처럼 지나갔고	人世十年如走馬
강루에는 오월 되어 꾀꼬리 또 우는구나	江樓五月又流鸎
흐린 구름 들에 드리워 풀이 물가에 이어지더니	輕陰垂野草連渚
소나기에 밀물 들이쳐 물결이 성을 흔드네	急雨驅潮波撼城

---

1 윤신지(尹新之, 1582~1657)의 자는 중우(仲又), 호는 연초재(燕超齋), 본관은 해평(海平)이다. 선조의 둘째딸 정혜옹주(貞惠翁主)와 결혼해 해숭위(海嵩尉)에 봉해졌다.

2 이 시는 윤신지의 『현주집(玄洲集)』 권3에 「十二年後, 重到安州, 登百祥樓, 習迎慰宴禮. 是夕, 風雨大作, 不得留三淸閣, 來宿于五美軒」이라는 제목으로 실려 있다. 윤신지가 1626년 영위사 (迎慰使)가 되어 안주 백상루에서 조사(詔使) 강왈광(姜曰廣)과 왕몽윤(王夢尹)을 영접할 때 지은 것으로, 이때 지은 시가 문집에 반사록(半槎錄)이란 소집(小集)으로 묶여 있다. 『황화집 (皇華集)』에는 수록되어 있지 않다. 시에서 '하늘의 신선'이라 표현한 것은 바로 조사(詔使)를 가리킨다.

하늘의 신선과 드높은 잔치를 마치고 나면 　　　　會待天仙高宴罷

바람 타고 봉래나 영주로 내려갈까 하노라 　　　　御風長擬下蓬瀛

유려하고 호탕하여 군색함이 없다.

11

신익성의 광릉 시

동양위(東陽尉) 신익성(申翊聖)[1]은 호가 동회(東淮)이다. 그가 광릉(廣陵)에서 읊은 시[2]는 다음과 같다.

월계(月溪) 아래 두미(斗湄) 옆에는	月溪之下斗湄傍
초가집 몇 칸이 방지(方池)가에 서 있네	茅屋數間臨方塘
노인은 책을 끼고 흰 돌 위에 앉아 있고	老人携書坐白石
동자는 뱃전 치며 창랑가(滄浪歌)[3]를 부르누나	童子鼓枻歌滄浪

---

1 신익성(申翊聖, 1588~1644)의 자는 군석(君奭), 호는 낙전당(樂全堂)·동회거사(東淮居士), 본관은 평산(平山)이다. 신흠(申欽)의 아들이다. 선조의 딸 정숙옹주(貞淑翁主)와 혼인하여 동양위(東陽尉)에 봉해졌다. 문예에 뛰어났고, 저서에 『낙전당집(樂全堂集)』이 있다.

2 이 시는 『낙전당집(樂全堂集)』 권3에 「두미(斗湄)의 초가집[斗窩]」이라는 제목으로 실려 있다. 시의 내용에 나오는 월계(月溪)는 오늘날의 팔당댐 일대를 가리킨다. 신흠(申欽)·신익성 부자의 별장이 있었다. 두미(斗湄)는 오늘날 한강 상류를 가리킨다.

3 창랑가(滄浪歌)는 세상을 초탈해 강호에 은거하여 몸을 보전하겠다는 뜻을 표현한 노래이다. 초(楚)나라 굴원(屈原)이 쫓겨났을 때 한 어부(漁父)가 굴원의 불평하는 말을 듣고서 빙그레 웃고 뱃전을 두드리고 떠나면서 "창랑의 물이 맑거든 내 갓끈을 씻고, 창랑의 물이 흐리거든 내 발을 씻으리라[滄浪之水淸兮, 可以濯我纓, 滄浪之水濁兮, 可以濯我足]"라고 노래하였다 (『초사(楚辭)』 「어부(漁父)」).

흘러가는 구름은 강을 건너 넓은 골에 가득하고	流雲度水滿平壑
이름 모를 새는 수풀 너머 저녁노을에 우짖네	幽鳥隔林啼夕陽
꽃 지고 녹음 짙어 봄날도 저무는 때	紅稀綠暗覺春晚
산승만은 나를 찾아 글귀를 청하누나	惟有山僧來乞章

인구에 회자되었으나 중간에 있는 두 개 연(聯)의 구법(句法)이 같은 탓에 오히려 옥에 티가 되고 말았다.

12

박미의 화첩 시

금양위(錦陽尉) 박미(朴瀰)[1]는 호가 분서(汾西)이다. 그가 화첩(畫帖)에
쓴 시[2]는 다음과 같다.

집 아래는 맑은 강, 집 위에는 청산인데   屋下淸江屋上山

주기(酒旗)는 나무 그늘에 가볍게 펄럭이네   靑帘輕颭樹陰間

사립문은 낮에도 닫혀있고 삽살개는 짖지 않으니   柴扉晝掩尨聲定

어부는 일찌감치 술을 사서 돌아갔구나   曾是漁翁買酒還

그림 속에 그림이 있다.

---

1 박미(朴瀰, 1592~1645)의 자는 중연(仲淵), 호는 분서(汾西), 본관은 반남(潘南)이다. 이항복
  의 문인으로 선조의 다섯째 딸인 정안옹주(貞安翁主)와 혼인하여 금양위(錦陽尉)에 봉해졌
  다. 시문을 잘 썼고 남겨진 글씨와 그림이 많다. 저서에 『분서집(汾西集)』이 있다.
2 이 시는 『분서집』 권8에 「동회(東淮)의 화첩에 쓰다[書淮翁畫帖]」라는 제목으로 실려 있다. 동
  양위 신익성의 화첩에 쓴 시이다.

13

홍주원의 영창대군 만시

영안도위(永安都尉) 홍주원(洪柱元)[1]은 나의 당숙이시다. 호는 무하당
(無何堂)으로, 영창대군(永昌大君)의 묘를 이장할 때 애도하는 시를 지
으셨다.

유교(遺敎)에도 결국 혜택이 없었으니[2]	遺敎終無賴
깊은 원한 누군들 슬퍼하지 않으랴	深寃孰不哀
이승에서 인생은 여덟 살에 그쳤으나	人生八歲盡
하늘의 이치는 십년 만에 되돌아왔네	天道十年廻
밝은 빛은 지하의 황천을 비추고	白日重泉照
푸른 산에는 영원한 무덤을 세웠네	靑山永宅開
천추의 한이 깃든 장락전(長樂殿)[3]에는	千秋長樂殿

---

1 홍주원(洪柱元, 1606~1672)의 자는 건중(建中), 본관은 풍산(豐山)이다. 부친은 예조참판 홍
영(洪靈)이며, 모친은 이정귀(李廷龜)의 딸이다. 1623년 선조의 딸 정명공주(貞明公主)에게
장가들어 영안도위에 봉해졌다. 인목대비 소생은 정명공주와 영창대군 둘뿐으로, 홍주원과
영창대군은 처남매부지간이다. 저서로는 『무하당유고(無何堂遺稿)』 6권이 있다.
2 선조가 죽을 때 허욱(許頊)·한응인(韓應寅)·신흠(申欽)·박동량(朴東亮)·허성(許筬)·서성
(徐渻)·한준겸(韓浚謙) 등 7인에게 유교를 내려 영창대군의 보호를 부탁하였다.

광해군이 인목왕후(仁穆王后)를 폐위시키고 영창대군을 죽였을 때 당시 대군의 나이가 여덟 살이었다. 인조반정에 성공한 뒤 예를 갖춰 이장하였으니 십년만의 일이다. 시를 읽으면 눈물이 떨어진다.

3　장락궁은 한나라 때에 태후(太后)가 거처하던 곳으로 여기서는 영창대군의 친모인 인목대비 (仁穆大妃)를 가리킨다.

4　한나라 무제가 강충(江充)의 무고(巫蠱) 사건에 억울한 누명을 쓰고 자살한 여태자(戾太子) 를 불쌍히 여겨 사자대(思子臺)와 함께 지은 누대이다. 무제가 병에 걸리자, 강충이 여태자의 저주라 하면서 무고 사건을 일으켜 수많은 사람을 죽게 했다. 이에 격분한 여태자는 강충을 죽이고 자살했다. 나중에 무제는 여태자의 억울함을 깨닫고 강충의 삼족을 멸하였다(『한서 (漢書)』 권45 「강충전(江充傳)」).

14

변중량의 시 두 편

밀직사(密直使) 변중량(卞仲良)[1]이 철관(鐵關)[2]에서 읊은 시는 다음과 같다.

철관성 아래에는 갈림길이 아득하고   鐵關城下路歧賒

눈에 가득 바다 물결, 석양은 또 기우누나   滿目煙波日又斜

남북으로 오가는 사이 봄은 다 끝나가고   南去北來春欲盡

말 앞에는 해당화가 온통 활짝 피었구나   馬頭開遍海棠花

제법 맑고 담박함이 느껴진다. 송도(松都)에서 읊은 시는 다음과 같다.

---

1 변중량(卞仲良, ?~1398)의 호는 춘당(春堂), 본관은 밀양(密陽)이다. 대제학 변계량(卞季良)의 형이며, 태조의 백형인 이원계(李元桂)의 사위이다. 고려 말기에 문과에 급제하여 밀직사를 지냈는데 1398년 제1차 왕자의 난에 정도전의 일파로 몰려 참살되었다.

2 철관(鐵關)은 철령(鐵嶺)으로, 현재 함경남도 안변군 신고산면과 강원도 회양군 하북면 사이에 위치한다. 철령에는 고려 때 관문 철관성을 설치했다.

송악산이 에워싸고 강물이 감도는 곳   松山繚繞水縈回

그 많던 대갓집들 이끼에 뒤덮였네   多少朱門盡綠苔

봄바람이 불어와서 비를 쏟고 지나간 뒤   唯有東風吹雨過

성 남쪽도 성 북쪽도 살구꽃만 피었구나   城南城北杏花開

옛날을 회고하는 감개한 뜻을 볼 수 있다.

15

정이오의 시

교은(郊隱) 정이오(鄭以吾)[1]가 남의 시에 차운하여 다음 시[2]를 지었다.

아쉽게도 그대 별서를 아는 이가 드물어도	憐君別墅少人知
한강 굽이 멋진 놀이 사시사철 즐기누나	漢曲奇遊足四時
등나무는 처마 사이로 넝쿨을 길게 보내고	藤爲簷虛長送蔓
대나무는 담장 틈새로 문득 가지 뻗었네	竹因墻缺忽橫枝
흰 구름이 자욱하게 깔릴 때는 절을 찾고	白雲舖地尋蓮社
밝은 달이 강에 잠길 때는 낚싯줄을 당기네	明月沈江卷釣絲
도를 품고 빛내지 않다니 어찌 그럴 수 있나	抱道不輝安可得
성군 앞에 나아가서 국사를 논하게나	聖君前席要論思

시 전체가 한가롭고 담박한데 그중에서 3·4구가 지극히 공교롭다.

---

1 정이오(鄭以吾, 1347~1434)의 자는 수가(粹可), 호는 교은(郊隱), 본관은 진주이다. 1374년에
  문과에 급제하여 예문관검열을 역임하였다. 조선 개국 후 여러 관직을 지내며 『사서절요(四書
  節要)』를 찬진(撰進)하고, 『태조실록』 편찬에 참여하였다. 문집에 『교은집』이 있다.
2 이 시가 『국조시산』에는 「유판사의 시에 차운하다[次柳判事韻]」라는 제목으로 실려 있다.

16

서거정의 조숙함

사가(四佳) 서거정(徐居正)이 어릴 때 일이다. 명나라 사신이 조선에 왔을 때 사가가 태평관(太平館)에 들어가 손가락으로 창에 구멍을 뚫고 몰래 훔쳐보았다. 명나라 사신이 괘씸하게 여겨 창문에 구멍을 뚫은 아이를 잡아오게 하였다. 잡아온 아이가 준수하며 비범한 것을 보고서 "너는 글을 아느냐?"라 물었더니, "그렇습니다"라고 대답하였다. 다시 "시문을 지을 줄 아느냐?"라 묻자 "어려울 게 있나요?"라고 대답하였다. 명나라 사신이 즉석에서 시구를 지어 '손가락으로 종이창을 찔러 공자[孔子, 구멍]를 만들었구나'라 하자 사가가 바로 응수하여 '손으로 맑은 거울을 잡고서 안회[顔回, 얼굴 비추는 것]를 마주하지요'라고 하였다. 명나라 사신이 대단히 영특하게 여겨 손을 끌어 앉혀놓고 시와 역사에 대해 이것저것 물어보았는데 묻는 즉시 곧장 대답하였다. 명나라 사신이 "이렇게 훌륭한 인재가 조선에서 태어날 줄은 생각지도 못했구나"라고 하였다.

17

기순과 서거정의 수창

명나라 사신 기순(祁順)이 성곽을 나가 양화도(楊花渡)를 유람할 적에
배에서 다음과 같은 시를 지었다.[1]

높은 누대 올랐으나 흥취가 미진하여	倚罷高樓未盡情
또 봄빛에 끌려 맑은 강에 배 띄웠네	又携春色泛空明
죽엽주를 마시고서 사람들이 취해가도	人隨竹葉杯中醉
양화도 어귀까지 놀잇배는 흘러가네	舟向楊花渡口橫
동쪽 바다 아득하고 외로운 섬 사라지고	東海微茫孤島沒
남산은 짙푸르고 옅은 구름 피어나네	南山蒼翠淡雲生
강호의 즐거움을 진작부터 알았지만	從前會得江湖樂

---

1 명나라 문인 기순(祁順)은 1476년(성종 7)에 호부낭중(戶部郎中)의 직위로 사신이 되어 태자
의 책봉을 알리러 조선에 왔다. 그때의 접반사는 좌참찬 서거정이었다. 기순이 지은 시는 『(병
신)황화집((丙申)皇華集)』에 「강에서 노니는 흥취가 그지없는데 마침 생각을 다 표현하지 못한
졸작이 있기에 칠언 율시를 다시 읊다[江遊樂趣何限, 適有拙作未盡所懷, 再賦七言一律]」라는
제목으로 서거정의 차운시와 함께 수록되어 있다. 홍중인은 『동국시화휘성』에 기순과 서거정
의 차운시를 각각 함련만 인용한 다음, 두 문인의 실력이 우열을 가리기 힘들었으며 이후 중국
인들이 조선 문인을 만날 때마다 서거정의 안부를 물을 정도로 명성이 천하에 알려졌다고 비
평하였다.

오늘의 내 가슴은 백배나 상쾌하네　　　　　　今日襟懷百倍淸

접반사(接伴使) 사가 서거정이 응수(應酬)한 시는 다음과 같다.

강호의 풍류놀이 십년 동안 품고 있다　　　　　風流江海十年情
물끄러미 물빛 대하니 눈앞이 환해지네　　　　坐對潮光撥眼明
고매한 선비인 양 산은 마냥 우람하고　　　　　山似高人長偃蹇
기운찬 붓끝처럼 강물은 한결 거침없네　　　　水如健筆更縱橫
고물에서 술잔 들자 해는 막 뉘엿뉘엿　　　　　拖樓擧酒日初落
나루에서 시 읊으니 밀물이 절로 드네　　　　　官渡哦詩潮自生
다시 달뜨기를 기다리다 취한 몸 끌고 가니　　更待月明扶醉去
살구꽃 성긴 그림자 그지없이 맑고 맑네　　　　杏花疎影不禁淸

두 편의 시가 모두 좋으나 기순의 시가 더 우수한 듯하다. 사가는
시를 수창할 때마다 이맛살을 찌푸리며 힘들어하는 기색을 보였는데,
기순은 사가가 지은 작품을 보고 매우 칭찬하였다.

18

김종직의 시

점필재(佔畢齋) 김종직(金宗直)은 학업과 문장에서 당세의 종장(宗匠)으로 추앙받았다. 젊은 시절 과거(科擧)에 응시하여 「백룡부(白龍賦)」[1]를 지어 올렸는데, 고시관이 잠깐 훑어보고는 선발 대상에서 누락시켰다. 괴애(乖崖) 김수온(金守溫)[2]이 낙방한 그의 답안지를 보고 매우 감탄하며 마침내 입궐하여 임금께 아뢰자 임금이 점필재를 영산훈도(靈山訓導)에 제수하였다. 그때 점필재가 다음 시를 지었다.[3]

눈 속에 핀 매화나 비 내린 뒤 산 빛은	雪裏梅花雨後山
구경하기는 쉬워도 그려내기는 참 어렵지	看時容易畫時難
요새 사람 눈에 들지 않을 줄 진작 알았다면	早知不入時人眼
차라리 연지 가지고 모란꽃이나 그릴 것을	寧把臙脂寫牧丹

---

1 김종직이 16세 되던 1446년(세종28) 과거에 응시하여 지은 작품으로 현재는 전하지 않는다.

2 김수온(金守溫, 1410~1481)의 자는 문량(文良), 호는 괴애(乖崖)·식우(拭疣), 본관은 영동(永同)이다. 조선 전기의 저명한 문인이다.

3 이 시는 한강의 제천정(濟川亭)에 걸려 있던 시로, 김수온이 제천정에 들러서 시를 보고 "틀림없이 지난날 「백룡부」를 지은 사람의 솜씨이다"라고 하였다. 그 종적을 물어서 알아 보니, 과연 김종직의 작품이었다. 「점필재선생연보(佔畢齋先生年譜)」에 관련한 사연이 보인다.

아! 문장은 부드럽고 담박함을 귀하게 여기지, 구차하게 화려한 수식에 힘을 써서 시속(時俗)의 눈을 속이거나 현혹하지 않는다. 고시관이 작품을 선발하며 저지르는 잘못이 예전부터 이와 같았다니 애석하구나!

19

김시습의 시

동봉(東峯) 김시습(金時習)이 지은 절구 한 수[1]는 다음과 같다.

삼황과 오제가 행했다는 큰일을	五帝三皇事
"나는 몰라" 고개를 가로젓고서	掉頭吾不知
외로운 배에 한 조각 달을 싣고	孤舟一片月
젓대를 길게 불자 갈매기는 날아가네	長笛白鷗飛

　세상을 버리고 진세를 뜨려는 고상한 태도가 나타나 있어 굴원(屈原)의 「원유부(遠遊賦)」[2]와 취지가 같다. 내 선친께서 일찍이 다음 연구(聯句) 하나를 지으셨다.[3]

1　홍만종이 김시습의 작품으로 뽑은 이 시는 『매월당집(梅月堂集)』에 보이지 않고, 대신 저명한 시승(詩僧) 휴정(休靜)의 『청허당집(淸虛堂集)』에 「어옹(漁翁)」이라는 제목의 작품으로 나온다. 홍만종이 작자를 착각한 것으로 보인다.

2　「원유부(遠遊賦)」는 굴원이 지은 작품이다. 주희는 『초사집주(楚辭集注)』에서 "굴원이 쫓겨나서 슬픈 나머지 우주를 우러러보고 좁은 세속을 누추하게 여기고 길지 않은 수명을 슬프게 여겨 이 작품을 지었다"라고 하였다.

3　홍만종의 부친은 정허당(靜虛堂) 홍주세(洪柱世, 1612~1661)인데 이 시가 간행본 『정허당집(靜虛堂集)』에는 수록되어 있지 않다.

마음은 선비이고 행적은 불자였던 자는 김시습이요   心儒迹佛金時習

겉은 성인이요 속은 선승이었던 자는 왕수인이로다   外聖內禪王守仁

동봉의 마음과 행적이 이 한 구절에 온전히 표현되었다.

20

시어 첨가의 효과

이가우(李嘉祐)[1]의 시구

> 무논에는 백로가 날아가고   水田飛白鷺
>
> 여름 나무에는 꾀꼬리 우네   夏木囀黃鸝

에 왕유(王維)가 '막막(漠漠)'과 '음음(陰陰)' 네 글자를 시구 앞에 첨
가하여 칠언시로 만들었더니 절로 정채가 살아났다고 선배들이 칭찬
하였다.[2] 사영운(謝靈運)의 시구[3]

---

1 이가우(李嘉祐)의 자는 종일(從一)로 당나라의 저명한 시인이다. 시풍이 화려하여 제량(齊梁)
의 기풍이 있었다. 『전당시(全唐詩)』에 시 130여 수를 2권으로 나누어 싣고 있다. 인용한 시는
제목 없이 단지 '구(句)'라고만 실려 있다.

2 왕유(王維)의 시는 「장마, 망천장에서 짓다〔積雨, 輞川莊作〕」이다. 『왕우승집전주(王右丞集箋
注)』에서는 "이조(李肇)의 『당국사보(唐國史補)』에서 왕유가 이가우의 시를 훔쳤다고 했는데
정작 이가우의 시집에는 실려 있지 않으니 이조의 무함이 너무 심하다"라고 반박하였다. 사실
이가우는 왕유의 한참 후배라 왕유가 훔쳤다는 말은 들어맞지 않는다.

3 사영운(謝靈運)의 시로 인용한 구는 「석벽정사에서 호수로 돌아가며 짓다〔石壁精舍還湖中
作〕」의 한 연이다. 『이태백집분류보주(李太白集分類補註)』에서는 "이는 갖옷 위의 그림이 사영
운 시의 경치를 갖추었음을 말한 것이다"라고 하였다.

숲과 골짜기에는 어둠이 깃들고　　　　　　　林壑斂暝色

노을은 저녁 구름을 거두고 있다　　　　　　雲霞收夕霏

에 이백(李白)이 「오운구가(五雲裘歌)」에서 '금전(襟前)'과 '수상(袖
上)' 네 글자를 시구 앞에 첨가하니 시어가 알맞아 정채를 더했다. 이
구절 또한 옛사람이 아름답게 여겼다. 가도(賈島)의 시4

못 아래 그림자 드리운 채 혼자 걷다가　　　　獨行潭底影

나무에 기대고 몇 차례나 몸을 쉬었네　　　　數息樹邊身

에 동봉 김시습이 '비석(飛錫)'과 '부상(敷牀)' 네 글자를 시구 앞에
첨가했다.5 도리어 손질한 흔적이 있어 가도 오언시의 천연스러움만
못하다. 왕유와 이백이 신채(神彩)를 곱절이나 더한 것에는 한참 미치
지 못한다.

---

1 이 시는 『매월당집(梅月堂集)』에 실린 「준상인에게 주다[贈峻上人]」 20수 중 제15수이다.

21

남효온의 시

추강(秋江) 남효온(南孝溫)[1]이 한식(寒食)을 읊은 시[2]는 다음과 같다.

날 저물자 울 밖에 석양이 내려앉고	天陰籬外夕陽生
한식날 봄바람에 강물 빛이 환하구나	寒食東風野水明
한도 없는 만선에서 장사꾼 말 들려오네	無限滿船商客語
"버들개지 피는 시절이라 고향이 그립구나"	柳花時節故鄉情

꿈에서 자정(子挺)을 만나고 지은 시[3]는 다음과 같다.

저물녘 산 앞에서 부질없는 한바탕 꿈	邯鄲一夢暮山前

---

1 남효온(南孝溫, 1454~1492)의 자는 백공(伯恭), 호는 추강(秋江), 시호는 문정(文貞), 본관은 의령(宜寧)이다. 김종직의 문인이며, 단종을 위해 절의를 지킨 생육신(生六臣)의 한 사람이다. 저서에 『추강집(秋江集)』『추강냉화(秋江冷話)』 등이 있다.

2 이 시는 『추강집』 권3에 「서강에서 한식을 맞아[西江寒食]」라는 제목으로 실려 있다.

3 이 시는 『추강집』 권3에 「꿈에서 자정을 만나 꿈속에서 본 일을 쓰다[夢子挺, 述夢中所見]」라는 제목으로 실려 있다. 자정은 안응세(安應世, 1455~1480)의 자(字)이다. 본관은 죽산(竹山), 호는 월창(月窓)으로 26세에 요절하였다.

넋과 넋이 상봉하니 그야말로 우연이다 　　　　　魂與魂逢是偶然

적막한 봄날 뜨락에 가랑비 내려 　　　　　　　細雨半庭春寂寞

살구꽃이 무수히 붉은 꽃잎 떨군다 　　　　　　杏花無數落紅錢

성 남쪽에서 읊은 시4는 다음과 같다.

성 남쪽도 성 북쪽도 살구꽃이 붉게 피고 　　　城南城北杏花紅

꽃 서쪽에 해 기울어 꽃 그림자 동쪽에 지네 　　日在花西花影東

필마 탄 병든 노인 계절에 깜짝 놀라 　　　　　匹馬病翁驚節候

비껴 부는 바람 맞으며 성벽에서 눈물 흘리네 　斜風吹淚女墻中

세 편이 모두 당나라 시인의 시에 뒤지지 않는다.5

4　이 시는 『추강집』 권3에 「2월 그믐에 돈의문 성곽에 올라[二月晦日, 登敦義門城]」라는 제목으로 실려 있다.

5　이상의 시화는 허균(許筠)의 『학산초담(鶴山樵談)』에도 실려 있다. 내용은 대동소이하다.

22

홍유손의 시

소총(篠叢) 홍유손(洪裕孫)[1]은 은둔한 군자이다. 세상을 경시하며 도도하게 행동하였고, 명예나 이익을 추구하지 않았다. 젊었을 때 원각사(圓覺寺)에서 기거하며 독서하였는데, 괴애(乖崖) 김수온(金守溫)과 사가 서거정이 조정에서 퇴청하여 절 구경을 왔다가 홍유손을 불러 운자를 부르자 홍유손이 운자에 맞추어 다음과 같이 읊었다.[2]

착하지도 않으면서 굳이 착한 척 애쓰느니	與勞非穀強賢臧
차라리 포정(庖丁)처럼 칼 잘 닦아 간직하리[3]	爭似丁刀更善藏
눈 속에서 초의 입어도 살결은 더 부드럽고	雪裏草衣肌益軟
대낮에 과일 먹어도 배가 되레 부르구나[4]	日中木食腹猶望

---

1 홍유손(洪裕孫, 1431~1529)의 자는 여경(餘慶), 호는 소총(篠叢), 본관은 남양(南陽)이다. 김종직의 문인으로 성품이 방달(放達)하여 얽매이지 않았다. 김수온·김시습 등 당대의 명사들과 교유하면서 죽림칠현을 자처하였고 1498년 무오사화(戊午士禍) 때 제주도에 유배 갔다가 중종반정으로 풀려났다. 저서에 『소총유고』가 있다.

2 이 시는 『소총유고(篠叢遺稿)』 하권에 「원각사 동상실에서 김수온, 서거정, 홍윤성이 운자를 불렀는데 마침 김시습이 자리 오른편에 있었다[圓覺寺東上室, 金守溫·徐居正·洪允成呼韻, 時 金時習悅卿在坐之右]」라는 제목으로 실려 있다.

청산과 녹수가 우리 사는 지경이니	靑山綠水吾家境
명월과 청풍을 그 누가 주관하랴?	明月淸風孰主張
더부살이 인생이라 방랑이 제격이라도	如寄生涯宜放浪
명교는 천지와 함께 영원하길 생각하노라	還思名敎共天長

동봉 김시습이 자리에 있으면서 '청산과 녹수' 한 연(聯)을 보고서
한참 동안 눈물을 흘리다가 사가를 바라보며 "강중(剛中, 서거정의 자) 자
네는 이렇게 살 수 있는가?"라고 물었다. '홍유손의 문장은 장자(莊子)
와 같고 시는 산곡(山谷, 황정견(黃庭堅)의 호)과 같다'라고 추강은 말한 적
이 있다.5

---

3 이 구절은 어떤 일을 힘들여 억지로 하지 않고 자연스레 해내는 경지를 말한다. 옛날 포정(庖
丁)이라는 사람이 처음에 소를 잡을 때는 온통 소만 보이다가 3년이 지난 뒤에는 부위별로 소
가 보였고, 나중에는 눈으로 보지 않고 정신으로 소를 대하면서 두께가 없는 칼날로 빈틈이
많은 공간을 찔러 깊숙이 들어가기 때문에 19년이 지나도록 칼날이 금방 숫돌에서 나온 것처
럼 항상 예리했다. 이 포정해우(庖丁解牛)의 이야기가 『장자(莊子)』 「양생주(養生主)」에 나오
는데, 그 끝에 이렇게 일을 마친 뒤 포정이 "칼을 잘 닦아서 간직하였다[善刀而藏之]"라고 하
였다.

4 초의와 목식은 모두 은둔자의 처지를 나타내는 말로, 초의는 풀을 엮어 만든 옷이며 목식은
산과 들의 과실로 허기를 채우는 것을 말한다.

5 22칙이 계명대본에는 누락되었고, 성해응(成海應)의 『연경재전집(研經齋全集)』 권53 「일민전
(逸民傳)」에는 시 부분만 생략된 채 전재되었다. 『소총유고』 부록 「행장(行狀)」에도 같은 내용
이 실려 있다. 『소총유고』는 홍유손의 아들 홍지성(洪至誠)이 선조 연간에 수집 편찬했으나,
실제로 간행은 후손 홍술조(洪述祖) 등이 남아 있는 잔본(殘本)을 수습하여 1810년에 이루어
졌다. 홍술조의 발문에 행장과 유사(遺事) 여러 편을 부록한다는 기술이 있으므로, 「행장」의
기록은 『시평보유』를 전재한 것으로 추정한다.

23

성현과 채수의 희작

허백당(虛白堂) 성현(成俔)[1]과 나재(懶齋) 채수(蔡壽)[2]는 모두 성품이 소
탈하여 자질구레한 예절에 얽매이지 않았다. 일찍이 함께 승지로 재
직하던 중 관리 임명 사건에 연루되어 둘 다 파직되고서[3] 잠시 개성에
놀러간 적이 있었다. 둘은 종을 데려가지 않고 서로 번갈아 주인과 종
의 역할을 하였다. 어느 날 허백당이 상전이 되고 나재가 채찍을 잡았
다. 그들이 만월대에 도착해서 보니 시골 유생들이 모여 술을 마시고
있었다. 허백당은 곧장 자리 끝으로 가서 인사를 하고 말을 걸었다.
"저는 가난한 선비입니다. 관서로 가려는 참인데 우연히 훌륭한 모임

---

1 성현(成俔, 1439~1504)의 자는 경숙(磬叔), 호는 용재(慵齋)·부휴자(浮休子)·허백당(虛白堂),
   본관은 창녕(昌寧)이다. 예조판서, 대제학 등을 역임히였고 네 차례 명나라에 다녀왔다. 『악학
   궤범(樂學軌範)』을 편찬하였다. 저서로는 『허백당집(虛白堂集)』·『용재총화(慵齋叢話)』·『부
   휴자담론(浮休子談論)』 등이 있다.
2 채수(蔡壽, 1449~1515)의 자는 기지(耆之), 호는 나재(懶齋), 본관은 인천(仁川)이다. 1479년
   연산군의 생모 윤씨를 폐위하는 데 반대하였다가 파직되었고, 1485년 서용되어 호조참판을
   지냈다. 1506년 중종반정에 가담하여 분의정국공신(奮義靖國功臣) 4등에 녹훈되고 인천군
   (仁川君)에 봉해졌다. 저서에 『나재집(懶齋集)』이 있다.
3 1481년 4월 영접도감(迎接都監)의 낭청(郎廳)에 사무를 잘 모르는 친척이나 이웃을 임명하였
   다고 하여 승지 채수·성현 등을 모두 파직했다. 『성종실록(成宗實錄)』 12년(1481) 4월 10일.

을 만나게 되었으니 남은 술이라도 얻어 입술을 축이고자 합니다." 선비들이 그에게 술을 주고서 "그대는 글을 좀 아는가?"라고 물었다. 허백당이 "겨우 어(魚)자와 노(魯)자를 분간하는 정도입니다"라고 답하였다. 선비들이 "우리가 운자(韻字)를 부를 테니 그대는 답해보라"라 하고 운자를 불렀다. 허백당이 바로 다음 시를 지어냈다.

가을바람에 필마 타고 송도 가는 길	秋風匹馬松京路
고적 찾은 나그네는 마음 한가하지 않네	訪古行人意未閑
흐르는 물은 지금토록 산골짝을 울리고	流水至今鳴澗谷
뜬 구름은 예전처럼 봉우리를 가리누나	浮雲依舊鎖峯巒
천년 묵은 성곽은 석양 너머에 남았으나	千年城郭夕陽外
한 시대의 의관들은 봄꿈 속에만 보이네	一代衣冠春夢間
묻노니 번화한 옛 모습은 어디로 갔나	爲問繁華何處去

그리고는 마지막 구의 반(斑)자에 이르러 자못 끙끙대며 시를 짓지 못하는 시늉을 하였다. 그때 나재가 자리 아래에 엎드려 있다가 문득 고개를 치켜들고 허백당을 보며 "나으리! 나으리! 왜 '궁전과 누대는 주인이 사라져 들꽃만 울긋불긋하네〔殿臺無主野花斑〕'라고 하지 않나요?"라고 말했다. 선비들이 깜짝 놀라며 "신기한 일일세. 신기한 일이야! 저 종놈도 시를 짓네?"라 하였다. 그리고 시를 읊어가다가 손뼉을 치며 말했다. "너희 주인과 종은 참으로 더불어 시를 말할 만하구나. 성현과 채수의 문장이라도 어찌 이보다 나으랴?"라 하였다. 당시에 두 사람의 문명이 한창 떠들썩했기에 한 말이었다. 허백당이 떠나

며 말하기를 "훗날 다시 만날 테니 성명을 몰라선 안 되겠지요. 저는 성현입니다"라 했고, 나재도 "이 종놈은 채수입니다"라 했다. 선비들이 그제야 두 사람에게 속았음을 알고 진땀을 흘리며 달아났다.

24

정희량의 시구

허암(虛菴) 정희량(鄭希良)[1]은 다음 시구를 지었다.

백 년을 헤아려보면 시름겨운 세월은 며칠이고   百年通計憂多日

올 한 해를 반분하면 웃은 시간이 얼마나 될까   一歲中分笑幾時

세상의 근심과 기쁨이 어떤지를 바로 깨닫겠다.

---

1 정희량(鄭希良, 1469~?)의 자는 순부(淳夫), 호는 허암(虛庵), 본관은 해주(海州)이다. 1497
년 대교(待敎)로 연산군에게 경연(經筵)에 충실하고 신하들의 간언을 받아들이라고 상소하
여 미움을 샀다. 무오사화(戊午士禍)로 의주에 유배되었다가 다시 김해로 이배(移配)된 뒤
1501년 풀려났다. 저서로 『허암유집』이 있다.

25

김일손의 시재

탁영(濯纓) 김일손(金馹孫)[1]은 점필재 김종직에게서 수학하였다. 점필재가 언젠가 그에게 "자네의 재주가 시에는 뛰어나지 않네"라고 말한 뒤로 탁영은 마침내 시를 짓지 않았다. 그래서 삼가현(三嘉縣)의 관수루(觀水樓)를 읊은 시 한 편만이 문집 끝에 실려 있을 뿐이다.[2] 그 시는 다음과 같다.[3]

---

1 김일손(金馹孫, 1464~1498)의 자는 계운(季雲), 호는 탁영(濯纓)이며 본관은 김해(金海)이다. 대대로 청도에서 살았다. 김종직의 문하에 들어가 정여창·강혼 등과 깊이 교유하였다. 저서에 『탁영집(濯纓集)』이 있다.

2 실제로 『탁영집(濯纓集)』(국립중앙도서관 소장) 권5에 5제(題), 속집 상권에 14제의 시만이 실려 있다.

3 『탁영집』 권5에 「삼가현의 관수루를 읊다[題三嘉縣觀水樓]」라는 제목으로 수록되어 있고, 권응인의 『송계만록』 상권에 관련 기사가 다음처럼 보인다. "탁영 김일손 선생은 문장으로 이름났다. 지정(止亭) 남곤(南袞)이 늘 읍취헌(박은)의 시와 탁영의 문장을 칭찬했다. 문집은 세상에 널리 퍼졌지만 시는 잘 전하지 않는다. 삼가현 관수루에서 지은 율시 한 수는 다음과 같다. (중략) 시와 문장 중 무엇이 훌륭한지 본 사람은 잘 알 것이다.[濯纓金先生, 以文章自名. 南止亭常稱曰'挹翠軒之詩, 濯纓之文'. 其文集盛行於世, 而詩則罕傳. 三嘉縣觀水樓有一律云: (중략) 詩與文孰優, 觀者詳之]" 『동국시화휘성』에도 이 시를 싣고 '시와 문장 중 무엇이 훌륭한지 본 사람은 잘 알 것이다[詩與文孰優, 觀者詳之]'라는 똑같은 평가를 하여 『송계만록』을 전재한 것으로 보인다.

개천 한 줄기 마을에는 흰 연기 피어나고	一縷溪村生白烟
소와 양은 제 맘대로 앞 다투어 내려오네[4]	牛羊下括謾爭先
동서에서 온 과객은 높은 누각에서 술 마시고	高樓樽酒東西客
남과 북 십리 길에는 뽕나무와 삼이라네	十里桑麻南北阡
소리 좋은 시구가 없어 나그네는 서툴러도	句乏有聲遊子拙
일이 없어 잔을 기울이니 사또는 어질구나	杯斟無事使君賢
난간에 기대 황혼 이후를 또 기다리니	倚欄更待黃昏後
물을 보고 중천에 뜬 달도 봐야지	觀水仍看月到天

지봉(芝峯) 이수광(李晬光) 또한 "탁영과 같이 문장에 뛰어난 분도 시사(詩詞)에는 약하다. 옛사람이 '시 짓는 재주는 따로 있다[5]'라고 한 말이 정말이로구나!"라고 말했다.

---

4 『시경』 「왕풍(王風)」 '군자우역(君子于役)'에 "해가 저무니 양과 소가 아래로 내려오네[日之夕矣, 羊牛下括]"라는 구절이 있는데, 주자가 括을 至로 풀이하였다.
5 서문의 각주1을 참조하라.

26

이희보와 김현성의 도망시

안분당(安分堂) 이희보(李希輔)[1]가 죽은 아내의 무덤에서 곡하며 지은
시는 다음과 같다.

늙은 고목 우거진 잡초로 황천을 닫아놓고	老樹崩榛鎖九原
옥같은 사람 쓰러져서 여기에서 무덤 되었네	玉人零落此爲墳
산머리의 밝은 달은 그대 얼굴 보는 듯하고	山頭明月顏猶見
바위 위에 우는 샘물 그대 말이 들리는 듯	石上鳴泉語更聞
아무리 불러낸들 실제 모습은 되지 못하니	喚盡不成眞面目
향을 살라본들 옛 정혼(情魂)을 누가 돌려주랴[2]	爇香誰返舊情魂
정녕코 내세에도 다시 부부인연 맺자며	丁寧來世還夫婦
야속했던 맹서의 말 지하에서도 잊지를 마오	地下無忘約誓言

---

1 이희보(李希輔, 1473~1548)의 자는 백익(伯益), 본관은 평양(平壤)이다. 1506년(중종 1) 직제
학에 재직중 장녹수(張綠水)에게 아부하였다는 사헌부의 탄핵을 받고 이듬해 파직되었다. 저
서로는 『안분당시집(安分堂詩集)』 2권이 있다.

2 한 무제(漢武帝)는 총애하던 이부인(李夫人)이 일찍 죽자 도사에게 혼령을 불러오도록 하였
다. 도사는 밤에 등촉을 밝히고 장막을 설치하여 이부인의 넋을 부른 다음 무제로 하여금 멀
리서 바라보게 하였다. 또 반혼향(返魂香)을 만들어 이부인의 넋을 불러오도록 하였다.

남창(南窓) 김현성(金玄成)3이 아내의 무덤을 찾아가 지은 시4는 다음과 같다.

찾아온들 누구를 보고 떠나간들 누구와 헤어지나	來誰可見去誰辭
묵은 풀만 무성하게 큰 봉분5이 우뚝하네	宿草離離馬鬣危
하늘 밖 먼 산에서 자른 쪽 머리6 생각나고	天外遠峯思翦髻
시냇가 시든 버들에 가지런한 눈썹7 떠올리네	澗邊殘柳憶齊眉
전란에는 첩첩산중 험지로 함께 피난했고	兵塵共避千巖險
쥐꼬리만한 녹봉으로 굶주림 겨우 면했었지	官廩纔寬一歲飢
먼 훗날 황천에서 만나 부끄럽지 않도록	他日黃泉無愧處
고아가 된 그대 조카를 생전처럼 돌보리다	撫君孤姪似君時

두 편의 시에서 죽은 아내를 애도한 심정은 모두 지극히 처절하고 서글프다.

---

3 김현성(金玄成, 1542~1621)의 자는 여경(餘慶), 본관은 김해(金海)이다. 시서화에 두루 능하였는데, 그림보다는 글씨에 뛰어났으며 특히 시를 잘 하였다. 우아하고 균정한 서체인 송설체(松雪體)를 잘 썼다. 문집에 『남창잡고(南窓雜稿)』가 있다.

4 김현성은 선조 26년(1593)에 부인상을 당하였다. 이 시는 『남창잡고』에 「아내의 무덤에 제사 지내며[省內墳]」라는 제목으로 실려 있다.

5 봉분의 원문은 마렵(馬鬣)으로 말갈기처럼 얇고 긴 모양으로 자란 무덤의 풀을 말한다.

6 잘린 머리의 원문은 전계(翦髻)로 집안이 가난하여 아내가 머리털을 잘라 판 일을 말한다. 두보(杜甫)의 「남해에 평사로 가는 중표질 왕빙을 배웅하며[送重表姪王砅評事使南海]」 시에서 "집에 들어와 머리털이 없어진 아내를 보고 괴이쩍어서, 한참을 탄식하였더니, 아내가 스스로 말하기를 머리털을 잘라서, 저자에서 술을 사왔다 했네[入怪鬢髮空, 吁嗟爲之久. 自陳剪髻鬟, 鬻市充杯酒]"라고 하였다.

7 가지런한 눈썹의 원문은 제미(齊眉)로 밥상을 눈썹과 가지런하도록 공손히 들어 남편 앞에 가지고 간다는 말이다.

27

박소의 시 두 편

박소(朴紹)는 호가 야천(冶川)으로 나주의 반남(潘南) 사람이다. 젊어서 도(道)를 구하는 데 뜻을 두어 한훤(寒暄) 김굉필(金宏弼)의 문인에게 수학하였다. 일찍이 다음 시를 지었다.

무심하면 잊어버리는 일이 많아지고	無心每到多忘了
뜻을 두면 도리어 자연스럽지 못하네	着意還應不自然
긴장과 이완이 적절해야 공을 꼭 이루나니	緊慢合宜功必至
그래야만 실지로 망령된 인연 없앨 수 있네	寔能除得妄中緣

학문에 깊이가 있음을 알 수 있다. 그가 남쪽 고향으로 돌아가면서[1] 절구 한 수를 읊었다.

명예와 이익 앞에 길은 수천 갈래	名利前頭路幾千

---

1 박소(朴紹, 1493~1534)는 1529년 사간이 되었으며, 이듬해 김안로 등 훈구파를 탄핵하려다가 사성(司成)으로 좌천되었다. 그 후로도 여러 번 탄핵을 시도하다 파직당하고 고향인 합천에 내려가 학문에 전념하였다.

강가를 찾아오니 고깃배만 남아 있네	却來江上有漁船
물과 같은 한 마음은 내 안에다 거둬두고	一心似水收吾內
구름 같은 세상만사는 하늘에다 맡겨두네	萬事如雲只付天

영예와 이익에 담박하고 처한 상황을 원망하지 않았음을 짐작할 수 있다.

28

정광필의 오언율시

정승 문익공(文翼公) 정광필(鄭光弼)의 시는 세상에 전해진 것이 몹시 드물다. 내가 『소화시평(小華詩評)』에 벌써 몇 수를 뽑아 넣었는데[1] 다시 5언 근체시 두 수를 골라서 수록한다. 주봉(注峯)을 읊은 시는 다음과 같다.

산에는 막막하게 구름 흐리고	漠漠山雲靉
서울은 까마득히 멀기만 하다	茫茫京國賒
들녘의 풀에는 푸른빛 돌고	靑歸原上草
시냇가 꽃에는 붉은빛 솟네	紅蠢潤邊花
만물은 모두 봄빛을 띠건만	萬象皆春色
나 홀로 바뀐 철에 마음 상하네	孤生感物華
산 스님은 유독 정이 도타워서	山僧情獨厚
우중에도 나를 찾아 들러주었네	霖潦亦來過

---

1 『소화시평』 상권 67칙에 정광필의 칠언 율시 두 수가 실려 있다. 정광필은 홍만종의 외조부인 정광성(鄭廣成, 1586~1644)의 고조부이다. 28칙에 수록한 시는 모두 1537년 정광필이 김해에 유배되었을 때 지은 작품이다.

또 다음 시를 지으셨다.

잎이 지는 분산(盆山)²에는 날이 저물고	搖落盆山暮
차가운 강은 바다 향해 흘러가는데	寒江向海流
물고기와 용은 길어진 밤에 돌아오고	魚龍回永夜
바람과 이슬은 높아진 하늘에 날리네³	風露動高秋
외로운 학이 오히려 높이 떠가니	獨鶴猶高邁
떼 지은 까마귀들 자유롭게 날아다니네	群鴉得自由
고향 마을 천 리 멀리 떨어져 있어	故園千里遠
상심한 채 여기에서 머물고 있네⁴	心折此淹留

---

2 분산(盆山)은 경상남도 김해시 북부에 위치한 분성산(盆城山)이다. 과거 김해부의 진산이었
  으며, 삼국시대에 축조된 분산성(사적 제66호)과 가락국 시대에 지어진 해은사(海恩寺) 등이
  남아 있다.

3 함련은 두보의 『초각(草閣)』 "물고기와 용은 밤 밀물에 돌아오고, 별과 달은 가을 산에 일렁이
  네[魚龍回夜水, 星月動秋山]"에 출전을 두고 있다.

4 두보의 「진주 잡시(秦州雜詩)」 제1수 '서쪽으로 가며 전쟁 소식 묻고는, 마음이 꺾여 여기에 머
  무네[西征問烽火, 心折此淹留]'에 출전을 둔 표현이다.

29

정화의 애도시

정화(鄭和)[1]는 문익공 정광필의 서자(庶子)로 시를 잘 지었다. 문익공을 모시고 매화나무 아래에서 잔치를 벌였었다. 훗날 부친상을 당하고 난 뒤 옛날처럼 매화가 만발한 광경을 보고 감회가 일어나 다음 시를 지었다.

삼십 년 전부터 이 매화를 알았으니　　　　　三十年前識此梅

해마다 생신 잔치 자리에는 꼭 피었지　　　　年年長向壽筵開

바람서리에 꺾여 돌아가신 이후로는　　　　　至今摧折風霜後

꽃 피는 철 돌아와도 차마 오지 못하겠네　　　每到花時不忍來

시를 읽으면 눈물이 흐른다.

---

1 정화(鄭和, 생몰년 미상)의 자는 춘경(春卿), 호는 송암(松庵), 본관은 동래(東萊)다. 어려서부터 중국을 오가면서 무역에 종사하였는데, 한어(漢語)에 능숙하여 벼슬이 사역원정(司譯院正)에 이르렀다.

30

남주의 소나무 시

남주(南趎)[1]가 곡성(谷城)에 살 때 시문을 잘 지어 명성이 자자했다. 남곤(南袞)이 그를 자기편으로 끌어다 쓰려고 불러와서 "자네의 문장이 남보다 뛰어나다고 들었네. 시 한 수 보고 싶네"라 말하고는 화분에 심은 소나무를 가리키며 시를 짓게 하였다. 남주가 즉석에서 응답하여 다음과 같이 읊었다.

화분에 든 한 줄기가 약하긴 해도	一朶盆莖弱
눈 속에서 천추토록 호방하리라	千秋雪態豪
그 누가 구부러진 네 몸을 펴서	誰能伸汝曲
드높은 저녁 구름을 뚫게 하려나?	直拂暮雲高

남곤이 대노(大怒)하고 마침내 교유를 끊어버렸다.

---

1 남주(南趎, 생몰년 미상)의 자는 계응(季應), 호는 서계(西溪)·선은(仙隱), 본관은 고성(固城)이다. 1519년 기묘사화 때, 조광조 일파로 몰려 남곤에게 추방되었다. 남곤을 비꼬아 지은 「촉영부(燭影賦)」가 유명하다.

31

최숙생의 은거시

충재(忠齋) 최숙생(崔淑生)[1]이 은거하면서 지은 시는 다음과 같다.

한 줄기 맑은 냇물이 대나무 마을 에둘러	一帶淸溪繞竹村
지팡이 잡고 종일토록 무릉도원 찾아 나섰네	曳筇終日覓眞源
돌아오매 달이 뜨고 청산은 고요하니	歸來月出靑山靜
아이에게 문 닫지 말라 일러두었네	分付兒童莫掩門

시상에 구애됨이 없어 그윽한 정취의 삼매경을 얻었다.

---

1 최숙생(崔淑生, 1457~1520)의 자는 자진(子眞), 호는 충재(忠齋), 본관은 경주(慶州)이다. 문과에 급제하여 우찬성을 지냈다. 학문이 뛰어나고 강직하여 기묘사화 때 관작을 삭탈당했다.

32

박은의 일시

읍취헌(挹翠軒) 박은(朴誾)[1]이 지은 시는 다음과 같다.

고향은 아스라이 첩첩 산에 막혀 있고 　　　　故國迢遙隔萬山

황량한 마을 적막하여 손님은 방석이 차갑네[2] 　荒村寂寞客氈寒

풍파 거센 강호에서 긴긴 세월 이별하다 　　　風霜湖海長年別

밤비 속에 술잔 기울여 오늘 하루 즐겨보네 　　夜雨樽前一日歡

지난 세월 돌아보면 탄식만 나와 　　　　　　今古成嗟咄

나고 들며 온갖 고생 실컷 겪었네 　　　　　行裝飽苦辛

지기들은 모두 멀리 귀양을 갔고 　　　　　　心知皆遠謫

---

1 박은(朴誾, 1479~1504)의 호는 읍취헌이고, 자는 중열(仲說), 본관은 고령(高靈)이다. 1495년
　(연산군 1) 17세로 진사가 되었고, 이듬해 식년문과에 병과로 급제하였다. 1504년(연산군 10)
　26세에 갑자사화로 동래에 유배되었다가 다시 의금부에 투옥되어 처형당했다. 해동강서시파
　(海東江西詩派)의 주요 시인으로 조선 한시의 모범으로 칭송된다.

2 두보의 「정광문에게 장난삼아 시를 보내고 겸해서 소사업에게 드린다〔戱簡鄭廣文兼呈蘇司
　業〕」에서 정건(鄭虔)의 빈한한 생활을 형용하여 '명성을 30년 동안 떨쳤건만, 날 추워도 손님
　앉힐 방석조차 없다네〔才名三十年, 坐客寒無氈〕'라 했다.

얼굴 아는 사람들은 친한 이 적네	面識少相親
즐거운 일은 해마다 줄어가는데	樂事年年減
세상 위기는 날마다 늘어만 가네	塵機日日新
요새 들어 가을 술이 잘 익었으니	邇來秋釀熟
지정의 친구3 불러 취해야겠네	邀醉止亭人

이 두 편의 시는 박은의 문집 속에는 빠져 있으나, 『허암유집』속에 원운(元韻)으로 덧붙여 실려 있다.4 시가 인멸될까 염려되어 여기에 수록해둔다.

---

3 지정은 박은의 친구 남곤(南袞, 1471~1527)의 호이다. 남곤의 본관은 의령(宜寧), 자는 사화(士華)이다. 김종직의 문인으로, 박은·정희량 등과 함께 사가독서하며 교분을 맺었다.

4 『허암유집』은 정희량의 문집이다. 초간본은 청해군(靑海君) 이우(李堣)가 강원도 관찰사로 부임하여 1511년에 강릉부사 김사형(金士衡)과 함께 편집하여 간행하였다. 박은의 문집은 1514년에 이행이 간행한 초간본부터 1843년에 발간한 오간본(五刊本)까지 다수의 간본이 있다. 홍만종은 초간본이나 1651년에 간행한 중간본 또는 1709년에 간행한 삼간본을 보았을 가능성이 높다. 그 간본에는 두 편의 시가 빠져있었으나 정조 때 발간한 『읍취헌유고』에는 『허암유집』에 실린 작품을 채택하여 권2에 「허암이 써준 시에 차운하다[次虛庵書贈韻]」, 「지정에게 주다[贈止亭]」라는 제목으로 실었다. 『허암유집』권1에는 각각 「중열이 써준 시를 기쁘게 보다[喜見仲說書贈]」와 「지정과 읍취가 수창한 시에 차운하다[次止亭挹翠相唱韻]」라는 제목으로 실려 있다.

33
이의무의 시

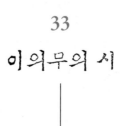

홍주 목사를 지낸 이의무(李宜茂)[1]는 호가 연헌(蓮軒)인데 내 할머니의
외가 선조이시다. 글을 지을 때에는 종이를 잡으면 즉시 써내려가 조
금도 고민하지 않는 듯하셨다. 일찍이 함흥 궤령(几嶺)을 넘어가다 다
음 시 한 수를 지으셨다.

돌길은 숲을 뚫고 오르락내리락하고	石逕穿林高復低
계곡물은 찰랑찰랑 산길 따라 가늘구나	溪流央央細緣蹊
숲속의 새는 총총히 가는 나를 비웃으며	幽禽笑我恩恩過
바위틈 꽃 옆에서 제 맘대로 지저귀네	閑傍巖花自在啼

한가로운 운치를 볼 수 있다. 용재(容齋) 이행(李荇)이 바로 공의 아
들이니 문장에 내력이 있다고 하겠다.

---

1 이의무(李宜茂, 1449~1507)의 자는 형지(馨之), 호는 연헌(蓮軒), 본관은 덕수(德水)이다.
  1477년 식년 문과에 급제해 승문원정자·박사·장례원사평(掌隷院司評) 등을 역임하였다.

34

이행과 권응인

용재(容齋) 이행(李荇)[1]이 빈상(儐相)의 자격으로 관서(關西)에 가서 명나라 사신을 접대하였다. 그때 마침 날씨가 춥고 내리던 눈이 그쳤는데 명나라 사신이 '적구루(赤溝婁)'로 압운(押韻)하여 시를 지었다. 구루(溝婁)는 바로 정주(定州)의 지명인데[2] '규루(奎婁)'로 압운한 사람도 있었다. 용재가 명나라 사신과 마주앉아 시를 짓다가 '루(婁)'자에 이르자 무척 고심하며 짓지를 못하고 있었다. 송계(松溪) 권응인(權應仁)[3]이 학관(學官)으로 곁에서 먹을 갈다가 "이 먹은 검루고(黔婁古)로군"이

---

1 이행(李荇, 1478~1534)의 자는 택지(擇之), 호는 용재, 본관은 덕수(德壽)이다. 1495년 문과에 급제하여 관직에 나아간 뒤 좌의정에까지 올랐다. 1521년 좌참찬의 직위로 원접사(遠接使)에 임명되어 명나라 조사(詔使) 당고(唐皐)와 사도(史道)를 접대하였다. 1531년에 김안로(金安老)의 전횡을 논박하다가 좌천되었고, 이듬해 평안도 함종에 유배되어 생을 마감했다. 박은과 함께 시의 대가로 칭송되며, 문집에『용재집(容齋集)』이 전한다.

2 구루(溝婁)는 우리말 고을의 차자 표기로 고구려말로는 성(城)을 뜻한다.『양서(梁書)』권52 「제이열전(諸夷列傳)」동이(東夷) 고구려(高句麗)조에 적구루(幘溝婁)라는 성을 언급하고 구루가 고구려 말로 성이라 했다. 중국 사신이 여기에 근거하여 압운하였다.

3 권응인(權應仁, 1517~?)의 자는 사원(士元), 호는 송계(松溪), 본관은 안동(安東)이다. 서류(庶類) 출신으로 관직은 한리학관(漢吏學官)을 지냈다. 당대에 박식함과 문장으로 이름이 났다. 저서에『송계만록(松溪漫錄)』과『송계집(松溪集)』이 전한다.

라 말했다. 검루고는 방언(方言)으로 검다는 말이다. 용재가 비로소 깨

닫고 바로 다음과 같이 썼다.⁴

산(山)자처럼 어깨 움츠리고 맹호연은 시를 읊었고⁵   肩聳似山吟孟浩

쇠같이 찬 이불에 검루는 누웠었지.⁶   衾寒如鐵臥黔婁

명나라 사신이 매우 감탄하고 칭찬하였다.

---

4 이 시는 서거정의 『사가시집보유(四佳詩集補遺)』 권2에 「정사의 '안주에서 눈을 만나다' 시에
  차운하다[次正使安州遇雪韻]」라는 시의 함련(頷聯)으로 실려 있다. 또 1476년 『(병신)황화집』
  에 명나라 정사(正使) 기순(祁順)이 지은 「안주에서 눈을 만나 붓을 휘둘러 시 한 수 짓고 재
  상 서거정 시사(侍史)에게 보이니 거칠다고 나무라지 않기 바란다[安州遇雪, 走筆賦一律, 錄似
  賢相徐君侍史, 幸不以粗率爲誚]」라는 시의 차운시로 실려 있다. 여기서 이행의 시로 말한 데에
  는 착오가 있는 듯하다.
5 소식(蘇軾)이 「초상화를 그려 준 수재 하충에게 주다[贈寫眞何充秀才]」에서 성당(盛唐)의 시
  인 맹호연(孟浩然)이 눈 속에서 나귀에 앉아 시를 읊던 모습을 "또 못 보았는가? 눈 속의 나귀
  탄 맹호연이, 눈썹 찌푸리고 시 읊느라 산자처럼 어깨 움츠렸음을[又不見雪中騎驢孟浩然, 皺
  眉吟詩肩聳山]"이라고 읊은 데서 나온 말이다.
6 춘추시대 노나라 은사인 검루(黔婁)는 몹시 가난하여 그가 죽었을 때 시신을 덮을 이불조차
  마땅치 않았다. 증자(曾子)가 조문을 갔을 때 그를 덮은 네모난 베 이불이 짧아서 머리부터 발
  끝까지 다 덮지 못하는 것을 보고, 이불을 비스듬히 돌려 이불 귀퉁이로 머리부터 발끝까지
  가리고자 하였다. 그러자 검루의 아내는 이불을 비스듬히 당겨서 길이가 남느니 똑바로 덮어
  서 길이가 모자라는 것이 낫다며 반대했다.

35

시와 길흉

옛사람은 시를 보고서 지은이의 길흉(吉凶)을 알아차렸다. 용재 이행이 용산(龍山)에서 노닐다가 긴 돛대에서 돛을 내리고 물가에 정박한 배가 매우 많은 경치를 보고 시 한 연을 지었다.

숲을 벗어난 것은 이파리 없는 대나무요　　　　　　出林無葉竹

강언덕에 기댄 것은 구름 잃은 용이라네　　　　　　倚岸失雲龍

이요정(二樂亭) 신용개(申用漑)[1]가 듣고서 탄식하며, "잘 짓긴 잘 지었으나 대나무는 잎이 없으면 말라 죽고 용은 구름을 잃으면 위태로우니, 상서롭지 못한 말이다"라 하였다. 나중에 용재는 휘호(徽號)에 관한 일로 장형(杖刑)을 당하고 유배되었다.[2]

1　신용개(申用漑, 1463~1519)의 자는 개지(漑之), 호는 이요정, 본관은 고령이다. 1488년 별시 문과에 급제하여 대제학, 이조 판서, 좌의정을 역임했다. 문집에 『이요정집(二樂亭集)』이 있다.

2　연산군은 즉위한 후 모친인 폐비(廢妃) 윤씨(尹氏)를 제헌왕후(齊憲王后)로 추존하고 묘도 '회묘(懷墓)'에서 '회릉(懷陵)'으로 격상시켰다. 이때 부응교로 재직하던 이행은 이를 반대했다가 장 60대를 맞고 충주에 유배되었다. 『연산군일기』 10년 3월 23일, 4월 7일 기사에 보인다.

석주(石洲) 권필(權韠)이 다음 시 한 연을 지었다.[3]

어떻게 하면 세상의 한량없는 술을 얻어서   安得世間無限酒

홀로 천하에서 제일 높은 누각에 올라볼까   獨登天下最高樓

우계(牛溪) 성혼(成渾)[4]이 듣고서 "한량없는 술에 취해 홀로 높은 누각에 오르면서 남과 함께하지 않으니, 매우 위태로운 말이다"라 하였다. 석주는 과연 시안(詩案)에 연좌되어 고문을 받고 죽었다.[5]

---

3 권필(權韠, 1569~1612)의 자는 여장(汝章), 호는 석주, 본관은 안동이다. 조선 중기의 대표적 시인이다. 과거에 뜻을 두지 않았으나 동몽교관(童蒙敎官)에 임명되었다. 임진왜란 이후 강화도에 살며 후학을 양성하였고, 명나라 사신 고천준(雇天俊)을 맞이할 문사(文士)로 선발되어 문명을 떨쳤다. 문집에 『석주집(石洲集)』이 전한다.

4 성혼(成渾, 1535~1598)은 조선 중기의 성리학자로 호는 우계, 시호는 문간(文簡), 본관은 창녕(昌寧)이다. 서인의 주축으로 이조 판서 등을 역임하였다. 성리학에 조예가 깊어 이이(李珥)와 서한으로 성리학을 토론했다. 문집에 『우계집(牛溪集)』이 있다.

5 권필은 광해군의 왕비 유씨(柳氏)의 일족이 자행하는 방종을 비판하려고 궁류시(宮柳詩)를 지었다가 모진 고문을 받았고, 귀양가는 길에 동대문 밖에서 행인이 주는 술을 과음하고 죽었다.

36

김안로의 시재

조종조(祖宗朝)에서는 율시[四韻詩]로 인재를 선발하곤 했다. 중종 때
에 율시 6편의 제목을 내어서 시험을 치렀는데 김안로(金安老)¹가 장
원을 차지하였다. 그중에 여의로 산호를 내리친 옛일²을 읊은 시는 다
음과 같다.

왕개가 가진 물건이 석숭에게 왜 없겠나 　　　　　　　　王家豈有石家無

1　김안로(金安老, 1481~1537)의 자는 이숙(頤叔), 호는 희락당(希樂堂), 본관은 연안(延安)이다.
　　벼슬은 부제학을 거쳐 좌의정에 이르렀다. 1531년 이후 실권을 장악해 뜻에 맞지 않는 자를
　　축출하는 옥사(獄事)를 여러 차례 일으켜 후대에는 소인배로 낙인찍혔다. 1537년 문정왕후
　　(文貞王后)의 폐위를 도모한 일로 유배되었다가 사사되었다. 저서로 『희락당고(希樂堂稿)』가
　　있다.
2　『진서(晉書)』 권33 「석포열전(石苞列傳)」에 관련한 고사가 실려 있다. 석숭(石崇)이 왕개(王愷)
　　와 부를 다투었다. 진 무제(晉武帝)에게 크기가 두어 자쯤 되는 산호수(珊瑚樹)를 하사받은
　　왕개가 석숭에게 자랑하자, 석숭이 철여의(鐵如意)로 때려 부숴 버리고는 대신 자기 집에 있
　　던 크기가 서너 자 되는 산호수 여섯 그루를 주었다. 석숭은 또 낙양(洛陽) 서쪽에 금곡원(金
　　谷園)이란 별장을 짓고서 빈객을 불러들여 술을 즐기면서 호화롭게 살았다. 그에게는 녹주(綠
　　珠)라는 애첩이 있었는데, 조왕(趙王) 사마륜(司馬倫)의 측근 손수(孫秀)가 녹주를 달라고 했
　　으나 단호하게 거절하였다. 이후 석숭은 세력을 키워 사마륜을 제거하려다 오히려 손수에게
　　발각되어 참수를 당했다. 손수가 금곡원을 포위했단 소식을 들은 녹주는 누각에서 투신자살
　　했다.

부와 사치 다투면서 한 시대를 같이 살았네　　　　　較富爭奢一代俱

느닷없이 손 휘둘러 벼락 치는 소리 내며　　　　　忽訝手中生霹靂

천하에서 산호를 귀하게 여기는 줄 모르는 듯　　　不知天下重珊瑚

한 그루도 아낌없이 가지가지 깨버리고　　　　　一株莫惜枝枝碎

여섯 나무 주저 없이 하나하나 넘겨줬네　　　　　六樹非慳箇箇輸

마른 가지 부여잡고 보물자랑 하지 말라　　　　　謾把枯柯誇作寶

지금도 떨어져 죽은 녹주가 입에 오르네　　　　　至今人說墮樓珠

사람은 미워도 그 재주는 알아줄 만하다.

37

이장곤의 성묘 시

우찬성[1]을 지낸 이장곤(李長坤)[2]은 중종 때 사람으로 호는 학고(鶴皐)이다. 그는 돌아가신 부모님 무덤을 찾아가서 다음 시를 지었다.

병진년(1496), 정사년(1497)은 어떤 때였던가	丙辰丁巳奈何天
어머니[3]를 여읜 뒤로 20년이 흘렀구나	慟哭杯棬二十年
황각(黃閣)의 이공(二公)[4] 되었으니 부모님 덕택이고	黃閣二公由積善
백발까지 세 번 쫓겨났으니[5] 허물 많은 탓이로다	白頭三黜坐多愆

---

1 우찬성의 원문은 이상(二相)으로 의정부 좌찬성(左贊成) 우찬성을 가리킨다. 찬성을 이공(二公), 이상(貳相)이라고도 한다.

2 이장곤(李長坤, 1474~몰년미상)의 자는 희강(希剛), 호는 학고(鶴皐), 본관은 벽진(碧珍)이다. 1504년 교리로 갑자사화에 연루되어 유배중 도망했다가 중종반정 이후 등장하여 벼슬이 우찬성에 이르렀다.

3 어머니의 원문은 배권(杯棬)으로 세상을 떠난 어머니를 향한 그리움을 뜻한다. 『예기』「옥조(玉藻)」에 "어머니가 세상을 떠나신 후 배권(나무로 만든 잔)을 쓸 수 없음은 어머니의 자취가 남아 있기 때문이다(母沒而杯棬不能飮焉, 口澤之氣存焉爾)"라는 내용이 있다.

4 황각(黃閣)은 의정부(議政府)를 일컫는다. 한나라 승상의 관서(官署)로, 관서 문을 황색으로 칠한 데서 유래하였다. 이장곤은 1519년 4월에 의정부 우찬성에, 그해 11월에 좌찬성이 되었다.

소나무는 막막하게 두 봉분을 에워싸고　　　　　　松楸漠漠圍雙壟

지척에서 까마득히 황천과 막혀 있네　　　　　　咫尺冥冥隔九泉

제사를 마치고 돌아오자 서산에 해는 저물고　　奠罷歸來山日暮

형제는 눈물을 뿌리며 산골을 벗어나네　　　　弟兄揮淚洞門前

독자가 슬쩍 보기만 해도 글자마다 눈물을 떨구게 한다.

---

5 『논어(論語)』「미자(微子)」에 "바른 도를 따라 사람을 섬긴다면 어디 간들 세 번 쫓겨나지 않으
　랴? 도를 굽혀 사람을 섬긴다면 굳이 부모의 나라를 떠나겠나?〔直道而事人, 焉往而不三黜?
　枉道而事人, 何必去父母之邦?〕"라는 유하혜(柳下惠)의 말이 나온다. 이장곤은 1504년 갑자사
　화에 연루되어 거제도에 유배되었고, 1519년 조광조 등의 처형에 반대하여 삭직(削職)되었으
　며, 1522년 조정에서 물러나 여강·창녕 등지에 은거했다.

38

김정의 초당 시

어떤 한 선비가 충암(沖庵) 김정(金淨)[1]에게 "제가 낙동강 가에 초당(草堂)을 새로 지었는데 앞에는 연못이 있고 뒤에는 대밭이 있으니 한 말씀 얻어서 초당을 빛내고 싶습니다"라고 시를 부탁하였다. 충암이 곧 돌아가서 시를 지어주었는데 그중 한 연은 다음과 같았다.

서릿바람에 푸름을 다투는 빽빽한 대나무요   寒聲戰碧叢叢竹
맑은 빛에 붉음을 감춘 한 잎 한 잎 연꽃이네   淨色藏紅朵朵蓮

말이 지극히 고상하고 깨끗하다.

---

1 김정(金淨, 1486~1521)은 1507년 문과에 장원으로 급제한 뒤 이조참판 등을 거쳐 형조판서를 역임했다. 기묘사화 때 금산(錦山)에 유배되었다가 신사무옥에 연루되어 사사되었다.

39

신광한의 양양 시

기재(企齋) 신광한(申光漢)[1]이 양양(襄陽)의 동산역(洞山驛)에서 읊은 시[2]
는 다음과 같다.

봉래섬 아득하여 지는 해에 시름겨운데	蓬島茫茫落日愁
흰 갈매기는 해당화 핀 물가에서 다 날아갔네	白鷗飛盡海棠洲
오늘에야 비로소 명사길[3]을 밟아보니	如今始踏鳴沙路
이십년 전 옛꿈에서 노닐던 곳이라오	二十年前舊夢遊

허균(許筠)이 "나는 저곳을 다녀온 후에야 이 시가 절묘하다는 것을
깨달았다"라고 말했다.

---

1 신광한(申光漢, 1484~1555)은 1510년 문과에 급제한 뒤 1518년 대사성에 올랐다. 이듬해 발생
  한 기묘사화 때 삼척부사로 좌천되었다가 1538년 복직하였다. 39칙에 실린 시는 그가 삼척부
  사로 재직할 때 지었다.
2 허균이 『국조시산』에서 "어쩜 그리 생각이 맑은가?〔何等淸思〕"라는 평을 달았다.
3 명사길은 밟으면 쇳소리가 나는 모랫길로 강원도 간성과 고성 사이 바닷가에 펼쳐져 있다.

40

정신이 깃든 결구

옛사람은 시를 지을 때 결구(結句)에 정신(精神)이 깃든 것을 가장 귀하게 여겼다. 사가(四佳) 서거정(徐居正)이 사호도(四皓圖)에 붙인 시[1]는 다음과 같다.

세상도 명성도 벌써 모두 피해서	於世於名已兩逃
한가로운 바둑 한 판 바둑알 자주 두네	閑圍一局子頻敲
이 가운데 누가 묘수인지는 모르겠으나	此中妙手無人識
한나라를 안정시킬 고수는 분명 있으리라	會有安劉一着高

기재(企齋) 신광한(申光漢)이 여망(呂望)을 그린 그림에 붙인 시[2]는

---

1 이 시는 서거정의 『사가시집』 권46에 「영천경의 그림에 붙이다[題永川卿畫]」란 제목의 8수 가운데 제1수로 실려 있고, 소제목은 「사호위기(四皓圍碁)」이다. 그림의 주제로 널리 쓰인 사호위기는 한나라 초기 상산사호(商山四皓)의 행적을 묘사한다. 상산사호는 진나라 말기 난리를 피해 상산에 은거한 동원공(東園公)·기리계(綺里季)·하황공(夏黃公)·녹리선생(甪里先生)을 가리킨다. 그들이 태자를 보필하여 유씨(劉氏)가 세운 한(漢)나라를 안정시켰다고 전한다. 사가의 시는 갑진년(1484)에 쓴 것으로 추정된다. 그림의 주인 영천경은 이정(李定)으로 효령대군(孝寧大君) 이보(李補)의 아들이다.

다음과 같다.

동으로 흐르는 맑은 위수에 백발을 드리우고	清渭東流白髮垂
낚싯대로 패옥 낚던 당시 풍경을 누가 보았던가	一竿誰見釣璜時
드넓은 호수나 바다에는 어부가 많으니	悠悠湖海多漁父
문왕을 만나지 못하면 정녕 인정받지 못하리라	不遇文王定不知

두 편의 시는 결구에 모두 신묘함을 얻었다.

---

2 신광한의 『기재별집(企齋別集)』 권1 「영사(詠史)」에 칠언 절구 66수가 수록되어 있다. 중국 역
 사 속의 인물을 차례대로 읊은 영사시인데 위 시는 제35수로 제목은 「여망(呂望)」이다. 곽열
 (郭說)의 『서포집(西浦集)』 권7 「시화(詩話)」에도 인용되었다. 여망은 주나라 강태공(姜太公)
 으로 무왕을 도와 은나라를 멸망시키고 주나라를 세운 인물이다. 문왕을 만나기 전에는 낚시
 로 소일하였다고 전한다.

41

정사룡과 장상주

경성의 기녀 장상주(掌上珠)는 얼굴이 아름답고 시를 잘 지었다. 호음 정사룡이 벼슬에 오르기 전에 그녀를 사랑했다. 당시 한 재상이 있어 그녀를 보고는 좋아하여 집에 잡아두고 보내지 않았다. 호음이 하루는 우연히 그 집 앞을 지나는데 장상주가 마침 누각 위에 있다가 호음을 내려다보고는 즉시 부채를 던졌다. 호음이 부채를 주워 그 위에 다음 시를 썼다.

비단 부채 바람 따라 떨어지니	錦簟隨風落
헤어진 넋 시커멓게 녹아내리네	離魂黯欲消
옥루에서 임은 눈물을 흘리건만	玉樓人有淚
은하수 까치는 다리를 놓지 않네	銀漢鵲無橋

드디어 누각 위로 부채를 던졌더니 장상주가 주워 상자 안에 감추어 두고 울었다. 재상이 그 사실을 알아채고 즉시 호음을 불러 "대장부가 큰 업적을 세워 명성을 오래도록 남기지는 못할망정 어찌 남의 사랑을 빼앗아 아름다운 인연을 끊어놓겠는가?"라고 말하고는 장상

주를 나오라고 하여 함께 돌려보냈다. 세상에 전하기를, 재상은 바로 박원종(朴元宗)[1]이라 한다.

---

1 박원종(朴元宗, 1467~1510)의 자는 백윤(伯胤), 본관은 순천(順天)이다. 1486년 무과에 급제한 뒤 여러 벼슬을 역임했고, 중종반정의 1등 공신에 올라 우의정을 지냈다.

42

정사룡이 자연스럽게 지은 시

의도를 갖고 지은 시가 자연스럽게 지은 시보다 못하니, 자연스럽게 지은 시라야 오묘한 경지에 들어갈 수 있다. 호음(湖陰) 정사룡(鄭士龍) 이 다음 시를 지었다.

대나무 화단가에 산비가 솔솔 내리니	山雨絲絲竹塢邊
푸른 이끼에 석류꽃이 동전처럼 널려 있네	榴花亂點綠苔錢
다투며 담을 넘는 까치를 느긋하게 보자니	閑看鬪鵲過墻去
나도 모르게 눈앞에서 좋은 시가 지어지네	不覺好詩生眼前

호음이 정말 자연스럽게 지은 시가 아닐까?

43

정사룡의 도화마 시

선조 때 제주에서 도화마(桃花馬)[1]를 진상하였는데, 선조께서 이를 기특하게 여겨 군신들에게 시를 짓도록 명하셨다. 호음 정사룡이 다음 시[2]를 지었다.

망이궁(望夷宮)[3]에서 천진(天眞)을 잃게 되어	望夷宮裏失天眞
도원(桃源)으로 달아나 진나라 학정을 피하였네[4]	走入桃源避虐秦
등 위에 떨어진 꽃 털지 않고 그대로 두니	背上落花仍不掃

---

1 도화마(桃花馬)는 흰 털에 붉은 점이 있는 말을 가리킨다.

2 이 시는 이수광의 『지봉유설』 권13 「동시(東詩)」에 그대로 실려 있다. 다른 자료에도 이 시가 나오는데, 지은이가 다른 경우가 많다. 『신정아주지(新定牙州誌)』 「인물(人物)」에 윤인(尹傛)이 지은 '龍駒初出渥洼津, 走入桃源避虐秦, 背上落花風不掃, 至今猶帶武陵春.'이 실려 있고, 조선 중기의 문신 김화준(金華俊, 1602~1644)의 문집 『당계집(棠溪集)』에도 「도화마호운(桃花馬呼韻)」이라는 제목으로 실려 있다.

3 망이궁(望夷宮)은 중국 진나라 때 궁궐의 이름이다. 오늘날 섬서성(陝西省) 경양현(涇陽縣) 동남에 있었다. 2세 황제가 머물던 곳이며, 간신 조고(趙高)에게 시해당한 곳이다.

4 도연명(陶淵明)의 『도화원기(桃花源記)』에, 진(晉)나라 때 무릉(武陵)의 한 어부가 복사꽃이 흘러 내려오는 물길의 수원지(水源池)를 따라 거슬러 올라갔다가 진나라의 난리를 피해 들어온 사람들을 만났는데, 그곳이 워낙 선경(仙境)이라서 바깥세상의 변천과 세월의 흐름도 잊고 살았다고 하였다.

　유몽인(柳夢寅)이 『어우야담(於于野談)』에 이 시를 수록하고 "호음이 스스로 자신의 원고를 선별하면서 이 시를 세 번 뽑았다가 세 번 빼버렸기 때문에 『호음집(湖陰集)』에는 이 시가 빠져 있다. 도화(桃花)를 읊은 그의 솜씨가 절묘하다고 할 만하지만, 망이궁이나 진나라 학정 같은 시어가 임금의 명을 받고 짓는 시에 적합한 말이겠는가? 끝내 빼버린 것이 옳다"라고 하였다.

　내 생각에는 그렇지 않다. 이 시는 과연 흠잡을 것이 없다. 단지 망이궁이나 진나라 학정 같은 시어가 임금의 명을 받고 짓는 시에 적합하지 않은 말이라 하여 문제가 될진댄, 임금의 명을 받고 짓는 시라는 말을 없애버리고 문집에 실으면 괜찮다.

　옛날 진나라에서 사슴을 가리켜 말이라고 하였으니, 이는 사슴이 천진을 잃은 것이지 말이 천진을 잃은 것은 아니다. 그렇다면 '천진을 잃게 되었다'라고 한 말이 흠이 될 수밖에 없으니, 호음이 이 시를 뽑지 않은 까닭은 이것이다. 유몽인은 이 점을 미처 생각지 못한 듯하다.[5]

---

5 이 시에 대한 비평은 이익(李瀷)의 『성호사설(星湖僿說)』 권29 『시문문(詩文門)』 「도화마시」에도 보인다. 그 내용은 다음과 같다. "호음의 도화마시에 (중략)이라고 하였는데, 이 시는 원나라 선비 운봉(雲峯) 호병문(胡炳文)의 작품이다. 다만 원시의 '취불기(吹不起)'를 '잉불소(仍不掃)'로 고쳤을 뿐이다. 동방 사람이 지은 시 중에는 이런 부류가 매우 많고 잘 고치지도 못했다. 세 글자 사이에는 현격한 차이가 있다. 유몽인도 여기까지는 살펴보지 못했다〔鄭湖陰「桃花馬」詩云: (중략)此元儒雲峰胡炳文詩也. 但改'吹不起'爲'仍不掃', 東人之若此類甚多, 而不善改者也, 三字之間, 仙凡迥判, 柳夢寅亦考不及此〕"

44

정사룡과 박민헌의 작품

호음 정사룡이 일찍이 백상루(百祥樓)[1]에서 조사(詔使)의 시에 차운하며 염(髯)자로 압운하여 시를 지었다.

> 누대 높아 날아가는 기러기 등 눈앞에 펼쳐지고   樓高飛鴈平看背
> 강물 맑아 헤엄치는 새우 수염 헤아려볼 만하네   水淨游蝦可數髯

『지봉유설(芝峯類說)』에는 이런 기록이 보인다.

"참판 박민헌(朴民獻)[2]이 촉석루(矗石樓)[3]에서 남의 시에 차운하여 다음과 같이 지었다.

> 누각 앞 지나가는 따오기 등 눈 앞에 펼쳐지고   樓前過鶩平看背

---

1 평안남도 안주군 안주읍에 있는 고려 시대의 누정이다. 옛 안주성 장대(將臺) 터에 세워졌으며, 관서팔경 가운데 첫째로 꼽혀 '관서제일루(關西第一樓)'라고 한다.

2 박민헌(朴民獻, 1516~1586)의 자는 희정(希正), 호는 슬한재(瑟僩齋), 본관은 함양(咸陽)이다. 1546년 문과에 급제하고 함경도관찰사 등을 지냈다.

3 촉석루(矗石樓)는 고려 말에 진주성(晉州城)을 지키던 주장(主將)의 지휘소이다. 1365년 창건된 것으로 전해진다. 경상도를 대표하는 누정의 하나이다.

다른 사람의 시는 모두 그의 시에 미치지 못했다."

박민헌은 호음의 후배이다. 틀림없이 호음의 시구를 주워다가 남에게 으스댄 것인데, 지봉(芝峯)⁴은 어째서 호음의 시를 보지 못하고 이렇게 칭찬했을까? 게다가 호음 시의 고(高)와 정(淨) 두 글자가 곱절이나 힘이 있으니 무엇이 원작이고 무엇이 모작인지 잘 나타난다.

---

4 이수광(李睟光, 1563~1628)의 자는 윤경(潤卿), 호는 지봉(芝峯), 본관은 전주(全州)이다. 1582년 진사가 되었고 이후 고위직을 두루 지냈으며, 세 차례나 명나라에 사신으로 다녀왔다. 저서에 『지봉유설(芝峯類說)』과 『지봉집(芝峯集)』이 있다.

45

노인서의 시

유생 노인서(盧麟瑞)는 호음 정사룡의 문인이다. 안개를 읊은 시의 한
연(聯)은 다음과 같다.

봄철에는 수양버들에 잘 어울리고   春於垂柳可

가을철에는 저문 산에 제격이로다.   秋與暮山宜

호음이 매우 감탄하며 자기가 미칠 수 없다고 했다.

46

안정란의 시

안정란(安庭蘭)[1]은 호남 사람으로 문장을 잘 지었다. 호음 정사룡이 대제학으로 있을 때[2] 정란이 자천(自薦)하여 학관(學官)이 되고자 하였다. 호음이 나오기를 엿보며 숭례문 밖 돌다리[3] 근처에 앉아서 기다렸다. 호음이 도착하자 정란이 일부러 말을 타고 앞을 가로막았다가 수행원에게 붙잡혔다. 호음이 "무엇 때문에 길을 막았는가?"라고 묻자 정란이 "저는 가난한 선비로 문자를 조금 압니다. 학관 자리를 얻고 싶으나 저 혼자 힘으로는 얻을 방도가 없습니다. 말을 타고 길을 막은 것은 어르신께서 한 번 하문해 주시길 바라서입니다"라고 답을 하였다. 호음이 "자네가 이 다리 옆에 늘어서 있는 버들을 주제로 시를 지을 수 있겠는가? 내가 부르는 운자(韻字)로 곧장 지어서 읊어보게"라 하고는 '홍(虹)'·'풍(風)'·'홍(紅)' 세 글자를 불러주었다. 정란이 바로 다음 시를 지었다.

---

1 안정란(安庭蘭)은 1521년 신사무옥으로 처형당한 안당(安瑭, 1461~1521)의 서손(庶孫)으로 이문학관(吏文學官)을 지냈다. 중국어에 능통하여 역관으로 중국 사행을 다녀왔다.

2 정사룡이 대제학을 지낸 것은 1554년(명종 9)이다.

3 조선시대 남대문 외곽에 있는 다리는 서쪽으로는 염천교(鹽川橋), 남쪽으로는 청파신교(靑坡新橋) 등이 있었으나 어느 돌다리인지는 명확하지 않다.

파수(灞水)의 긴 다리4에 무지개 드리우고	灞水長橋落彩虹
만 가닥 버들가지는 봄바람에 춤을 추네	萬條楊柳舞春風
이곳에서 이별할 때 얼마나 많았을까	此間離別知多少
여인의 눈에서 흘러내린 붉은 눈물이	添得佳人眼淚紅

호음이 크게 감탄하고는 다음날 업무를 맡아보는 학관을 불러 속히 그에게 군직(軍職)을 주라고 하였다. 그 학관이 "이 사람은 재주를 시험해 보지 않았으니 관례에 맞지 않습니다"라고 말했다. 호음이 정란의 시를 꺼내 보여주며 "이것이 내가 어제 말 앞에서 시험해 본 시고인데 그대들은 모두 이 수준에 못 미치네"라고 하였다. 그 학관이 얼굴을 붉히며 물러났다.

---

4 파수는 중국 장안(長安) 동쪽으로 흐르는 물로, 버드나무가 많고 경치가 아름다우며 파교(灞橋)가 있었다. 한(漢)나라 사람들이 전별할 때 이곳까지 가서 버들을 꺾어주었다고 한다(『삼보황도(三輔黃圖)』「교(橋)」).

민제인의 입암 시

입암(立巖) 민제인(閔齊仁)[1]은 사부(詞賦)로 명성이 높았는데 시에도 재주가 뛰어났다. 그가 입암(立巖)에 붙인 시[2]는 다음과 같다.

풍도 속에 우뚝 솟아 백 길 높이 기이하니	屹立風濤百丈奇
위풍당당한 기둥석[3]을 이곳에서 보는구나	堂堂柱石見於斯
지금 하늘이 무너질까 근심스러우니[4]	今時若有憂天者
장차 떠받쳐줄 자 너 말고 누가 있으랴	早晚扶傾舍爾誰

우뚝 서서 흔들리지 않으려는 의지가 서려 있다.

---

1 민제인(閔齊仁. 1493~1549)은 조선 중기 문신으로 자는 희중(希仲), 호는 입암(立巖), 본관은 여흥(驪興)이다. 1520년 문과에 급제하고, 호당(湖堂)에서 사가독서(賜暇讀書)하였다. 대사헌·호조판서 등을 역임하였다. 저서로『입암집』이 남아 있다.

2 『입암집』권1에는「입암에 쓰다(題立巖)」라는 제목 아래 '바위는 적유와 장동 두 역사 사이에 있는데 강을 내려다보고 우뚝 서 있고 길이가 백여 길쯤 된다. 바라보면 깎아서 만든 듯했는데 그 이름을 물어보니 입암이라 했다'라는 주석이 달려 있다. 적유(狄踰)와 장동(長洞)은 평안도 영변(寧邊)의 어천도(魚川道)에 속한 역으로 인근에 입석(立石)이라는 속역이 있었다.

3 중국 황하 중류에 기둥 모양의 바위가 있는데 세찬 격류에도 꿈쩍도 하지 않는다고 한다(『문선(文選)』「고당부(高唐賦)」). 중책을 짊어지고 난국을 수습할 사람을 비유한다.

4 인종의 외척인 윤임 일파와 명종의 외척인 윤원형 일파의 당쟁이 극심한 상황을 말한다.

48

서경덕의 부채 시

화담(花潭) 서경덕(徐敬德)이 부채를 보내준 정승에게 감사의 표시로
다음 시1를 지어주었다.

누가 알았으랴, 자루가 하나로 꿰인 줄을	誰知一本通頭貫
수많은 살이 한 몸통에서 펼쳐져 나오네	便見千枝自幹張

이치가 지극하다.

---

1 이 시는 『화담집(花潭集)』 권1에 「김상국이 주신 부채에 사례하다[謝金相國惠扇]」라는 제목으
로 실린 2수의 시 가운데 제1수이다. 전문은 다음과 같다. '一尺淸飆寄草堂, 據梧揮處味偏長.
誰知一本當頭貫, 便見千枝自幹張. 形軋氣來能鼓吹, 有藏虛底忽通涼. 不須拂洒塵埃撲, 竹杖相
將雲水鄕.'

최력의 시

최력(崔櫟)[1]은 화담 서경덕 문하의 제자로 다음 시구를 지은 적이 있다.

밤새도록 달구경해도 풍경을 탐해서가 아니요　　　終宵對月非貪景

온종일 낚시해도 물고기 원해서가 아니라오　　　盡日投竿不爲魚

　화담이 이 시구를 듣고서 "도(道)를 아는 자가 아니라면 이렇게 표현할 수 없다"[2]라고 감탄하였다.

1　최력(崔櫟, 1522~1550)의 자는 대수(大樹)이고, 본관은 완산(完山)이다. 초년에는 화담의 문하에서 수업하였고, 뒤에는 청송(聽松) 성수침(成守琛)과 남명(南溟) 조식(曺植)을 종유하였다. 인종(仁宗) 초기에 유일(遺逸)로 발탁되었으나, 29세의 나이에 일찍 세상을 떠났다.

2　『화담집』 권4의 「문인록(門人錄)」에는 다음과 같이 실려 있다. "최력은 자가 대수(大樹)이고, 본관은 완산(完山)이다. 늘 『근사록』과 『성리대전』을 애독하였다. 초년에 선생에게 수업을 받을 때 '밤새노록 달구경해도 풍경을 즐겨서가 아니요, 온종일 낚시해도 물고기에 뜻이 있지 않네'라고 시를 짓자, 선생이 '이는 참으로 도체(道體)를 읊은 작품이다'라고 하였다〔崔櫟, 字大樹, 完山人. 常愛近思錄性理大全. 初受業於先生, 有詩曰, 終宵對月非耽景, 盡日投竿不在魚. 先生歎曰, 此眞道體之吟也.〕." 이산해의 『아계유고(鵝溪遺稾)』 권6에 실린 「최처사 묘갈명(崔處士碣銘)」에서도 이 시에 관련한 행적을 싣고 있는데 위에 인용한 「문인록」과 거의 똑같다. 다만 시를 짓게 된 배경을 화담 문하에서 수업받을 때 신광한(申光漢)이 칠언 율시를 지어 문하생에게 차운하도록 하여 지었다고 밝힌 부분이 첨가되어 있다.

50

이언적의 시

회재(晦齋) 이언적(李彦迪)이 다음 시를 지었다.

강물에 산이 비치자 고기 놀라 달아나고	江沈山影魚驚遁
봉우리에 안개가 덮이자 학이 놀라 숨어드네	峯帶煙光鶴怕棲
동물이야 어리석어 환영에 속지마는	物塞固宜迷幻妄
사람은 지혜롭건만 어찌 동서를 분간 못할까	人通何事誤東西

"물고기가 뭍으로 나온 줄 착각하여 놀라고, 학이 그물에 잡힌 줄 착각하여 두려워한다"[1]라고 하였으니 아마도 선생께서 느낀 바가 있어서 지으셨을 것이다.

---

1 "물고기가 … 두려워한다"는 『회재집』에 해당 시의 주석으로 달려 있다. 이언적 자신의 주석이거나 아니면 1565년 퇴계 이황이 『회재집』을 교정하여 정고본을 완성할 때 붙인 주석일 것이다.

51

남산 묵사동의 창화시

창산 부원군(昌山府院君) 성희안(成希顔)[1]이 옛날에 살던 저택은 묵사동
(墨寺洞)[2]에 있는데 골짜기가 그윽하고 깊었다. 규암(圭庵) 송인수(宋麟
壽)가 그 저택에 세를 들어 살았다.[3] 나의 외고조부 임당(林塘) 정유길
(鄭惟吉)[4] 공이 그 집을 방문하자 규암이 시를 지어 사례하였다. 임당

---

1 성희안(成希顔, 1461~1513)의 자는 우옹(愚翁), 호는 인재(仁齋), 본관은 창녕(昌寧)이다. 1485
  년 문과에 급제하였다. 연산군이 양화도의 망원정에서 노닌 일을 풍자하는 시를 지어 좌천되
  었다가 반정에 성공하여 창산군(昌山君)에 봉해졌다. 『연산군일기』의 편찬을 주관했고, 영의
  정에 올랐다.
2 묵사동(墨寺洞)은 지금의 서울 남산 아래 묵적동(墨積洞)이다.
3 송인수(宋麟壽, 1499~1547)의 자는 미수(眉叟) 또는 호는 규암(圭菴), 본관은 은진(恩津)이
  다. 1521년(중종 16) 문과에 급제하였다. 1534년 김안로의 재집권을 막으려다 사천에 유배되었
  다. 1537년 김안로 일당이 몰락한 후 승정원동부승지, 예조참판, 대사헌 등을 역임했고, 1543
  년 윤원형(尹元衡) 등의 미움을 받아 전라도관찰사로 좌천되었다. 1545년 을사사화가 일어나
  자 한성부좌윤에서 파직당하여 청주에 은거하던 중 사사(賜死)되었다. 『동각잡기(東閣雜記)』
  「본조선원보록(本朝璿源寶錄)」에는 송인수가 묵사동에 머문 시기가 가정(嘉靖) 신축(辛丑,
  1541) 연간이라고 하였다.
4 정유길(鄭惟吉, 1515~1588)의 자는 길원(吉元), 호는 임당(林塘), 본관은 동래(東萊)이다.
  1538(중종 33)년 문과에 급제하였다. 사간원정언, 중추부도사, 세자시강원문학 등을 역임했
  고, 1544년 이황, 김인후 등과 독서당에서 사가독서(賜暇讀書)했다. 1560년 홍문관과 예문관
  의 대제학이 되어 문형(文衡)에 들어갔다. 1581년 이후 우의정과 좌의정을 지냈다.

도 즉각 차운하여 시를 지었다. 일시의 문인들이 많이 수창하여 거질의 시첩이 이루어졌다.[5] 규암 송인수의 시는 다음과 같다.

귀하신 분이 달빛 타고 호젓한 집을 찾아와	玉人乘月訪幽居
사립문을 열고 오니 나무 그림자가 성글도다	柴戶推來樹影踈
산에서 빚은 천일 묵힌 술을 잠시 따고	山釀暫開千日酒
쟁반에 안주로는 문어를 우연히 얻었네	盤肴偶得八梢魚
미친 시를 세상 놀라게끔 퍼뜨릴 필요 없고	狂詩不用傳驚俗
맑은 한담이 독서보다 나은 줄 이제 알겠네	淸話方知勝讀書
내일 그대를 산 밑 길에서 배웅하고 나면	明日送君山下路
작은 집은 적적하여 텅 빈 곳 같겠지	小堂寥落似逃虛

임당 정유길의 시는 다음과 같다.

공무 파하고 돌아와 홀로 지내기 좋아하니	衙罷歸來喜索居
뜰에 선 나무 사이로 달빛이 어른거리네	一庭林月正扶疎
남산에 이미 봉황새 와서 우는 줄 알겠으니[6]	朝陽已覺鳴祥鳳
바다에는 다시 큰 고기가 마음껏 뛰놀겠지[7]	大壑還須縱巨魚

---

5 51칙에 수록한 시는 송인수의 『규암집(圭菴集)』, 임형수의 『금호유고(錦湖遺稿)』, 이정형의 『동각잡기(東閣雜記)』, 곽열의 『서포집(西浦集)』에 실려 있다. 『규암집』과 『서포집』에는 퇴계 이황의 시도 수록되어 있다. 『동각잡기』에는 시화가 실려 있는 반면 나머지 세 문집에는 수창 한 시만 수록했다. 신연활자본에는 정사룡, 신광한, 신잠, 임형수, 박충원 5인의 시가 빠져있다. 『동국시화휘성』에는 송인수의 시와, 을사사화 때 탄핵되어 청주로 간 송인수에게 이황이 부친 시가 인용되어 있다.

일산 같은 소나무는 문 앞에서 손님을 맞이하고	松蓋當門能迓客
대로 만든 창문에는 눈이 쌓여 글 보기가 좋구나	竹窓留雪好看書
외로운 배에는 산음의 흥취8 아직 남았으니	孤舟不盡山陰興
가파른 돌다리 구름을 타고 허공을 날고 싶네	絕磴雲梯擬跨虛

호음 정사룡의 시는 다음과 같다.

대사헌이 옛 정승의 저택을 찾아드니	都憲來尋故相居
한 세상 풍류와 명성이 끊어지지 않는구나	風聲一世未應疎
문에 들어서자 화려한 수레9 모인 일 떠오르고	登門却憶攢華轂
술자리를 벌여서 황금 띠 전당 잡힌 일도 보았네10	置酒今逢換佩魚

---

6 『시경』 「대아(大雅)」 '권아(卷阿)'에 "봉황이 우네. 저 높은 산등성이에서. 오동이 자라네. 저 산 동쪽 기슭에서[鳳凰鳴矣, 于彼高岡. 梧桐生矣, 于彼朝陽]"라는 구절을 인용하였다. 봉황은 어진 인재를, 오동은 덕을 갖춘 임금을 의미하여, 훌륭한 신하가 현명한 임금을 만났음을 뜻한다.

7 전한(前漢) 왕포(王襃)의 「어진 임금이 현명한 신하를 얻은 것을 칭송하는 송가[聖主得賢臣頌]」에 "큰 물고기를 바다에 풀어놓은 듯이 거침없을 것이다[沛乎若巨魚縱大壑]"라는 구절을 인용하였다. 임금의 배려에 신하가 역량을 마음껏 발휘함을 뜻한다.

8 왕휘지(王徽之)가 산음에 있을 때 구름이 걷히고 사방이 눈으로 덮여 달빛이 청량한 밤 혼자 술을 마시며 좌사(左思)의 초은시(招隱詩)를 읊었다. 갑자기 섬계(剡溪)에 사는 대규(戴逵)가 생각나 즉시 거룻배를 타고 밤새 가서 다음날 아침 대규의 집 앞에 도착했는데 흥(興)이 다했다 하여 그대로 되돌아 왔다(『진서』 권80 「왕휘지열전(王徽之列傳)」).

9 '화곡주륜(華轂朱輪)'의 준말로 화려한 장식을 한 수레를 뜻하는데(『사기(史記)』 「장이진여열전(張耳陳餘列傳)」) 여기에서는 높은 신분의 사람을 가리킨다.

10 황금 띠의 원문은 '패어(佩魚)'로 당(唐)나라 때 5품 이상의 관원이 허리에 찼던 어대(魚袋)인데 보통 고위 관원을 '자복패어(紫服佩魚)'로 일컫는다. 하지장(賀知章)이 장안(長安)에 처음 온 이백을 만나 그의 문장을 보고는 감탄하여 차고 있던 금귀(金龜)를 술과 바꾸어 마신 고사가 전한다.

서청(西淸)[11]보다 운치가 좋아 걸작이 이어지고   韻勝西淸聯傑作

동관(東觀)[12]에서 벼슬하여 기이한 책 빌려왔네   籍通東觀借奇書

주제넘게 인정받아 문장을 의론하지만   猥蒙不鄙論文事

그림의 떡이라 주린 배를 채워도 허기가 지네   畫餠充飢實亦虛

기재(企齋) 신광한(申光漢)의 시는 다음과 같다.

성 남쪽 외진 땅은 내 사는 곳과 비슷하나   城南地僻類吾居

고대광실 알지 못해 살림살이 빠듯하네   不識朱門生事疎

술을 사랑하니 자주 달에게 물을 뿐[13]   愛酒祇宜頻問月

산을 아껴도 은어까지 불살라야 하나[14]   耽山何用更焚魚

조정에 가서는 몇 번이나 새 정사를 들었는가   歸朝幾度聞新政

방에 와서는 오로지 묵은 책만 뒤적거리네   入室惟應檢舊書

피차에 성향이 같음을 논하고 싶으니   彼此欲論同氣味

작은 집 맑은 밤에 자리를 비워 두시게   小堂淸夜座須虛

영천(靈川) 신잠(申潛)의 시는 다음과 같다.

---

11 서청(西淸)은 궁궐 내 서방(書房)이다. 여기에서는 예문관, 홍문관을 가리킨다.

12 동관(東觀)은 한나라 궁중에서 책을 보관하던 장소인데, 박사들이 그 안에서 책을 교정하였
다. 여기에서는 동호(東湖)의 독서당을 가리킨다.

13 이백(李白)의 「술잔 잡고 달에게 묻다[把酒問月]」 제목을 인용하였다.

14 두보의 「백학사의 띠집[柏學士茅屋]」에 "벽산 학사가 은어(銀魚)를 불태웠다[碧山學士焚銀
魚]"라는 말을 인용하였다. 은어는 당나라 때에 5품 이상의 관원이 차는 패물로, 그것을 불
태운다는 것은 벼슬을 버리고 왔다는 말이다.

땅이 외져 아담한 은거지와 똑같으니	地僻還如少隱居
앉아 보매 마음자리 절로 호젓하네	坐來心事自蕭疎
뜰 앞에는 솔이 늙어 학이 둥지 틀기 알맞고	庭前松老應棲鶴
난간 밖에 못이 맑아 붕어 키우기 좋네	檻外池淸合養魚
밥상 물리고 몇 번이나 글벗과 모였던고	退食幾回文會友
향을 태우고 더욱 즐거이 밤에 책을 읽네	焚香更喜夜觀書
고요함 속에 공부하는 그대를 보고나니	看君靜裏功夫得
가슴 속에 티끌 없어 수면의 달처럼 허허롭네	方寸無塵水月虛

하서(河西) 김인후(金麟厚)의 시는 다음과 같다.

조정에서 물러나와 방에 오똑 앉아 있으니	朝廻一室儼開居
남은 일은 때때로 느긋해도 괜찮네	餘事無妨時放疎
붓끝에서는 삼협의 물처럼 글이 쏟아지고[15]	筆下倒傾三峽水
묵지(墨池)에서는 북명의 물고기가 날아오네[16]	墨池飛出北溟魚
날 저물어 사람이 돌아가자 달이 자리를 엿보고	人歸暮逕月窺榻
낙화 속에 문을 닫자 바람이 책장을 넘기네	門掩落花風捲書
이곳에다 그 누가 처음 터를 잡았을까	誰向此間初卜築
맑고 빈 경지를 이제 새삼 깨닫겠네	祇今偏覺境淸虛

---

15 두보의 「취가행(醉歌行)」에 "문장의 근원은 삼협의 물이 거꾸로 쏟아져 흐르는 듯하다[詞源 倒流三峽水]"라고 하였다.

16 이백의 「초서가행(草書歌行)」에 "묵지에서 북명의 물고기가 날아 나오네[墨池飛出北溟魚]" 라고 하였다.

금호(錦湖) 임형수(林亨秀)의 시는 다음과 같다.

벼슬살이 속에서도 고요하게 거처하니	身縮金章且索居
친구들도 병이 많은 맹호연을 멀리 하네[17]	故人多病孟生疎
오늘날 닭 무리에 도리어 학이 머문 것은	鷄群此日還留鶴
그 시절 못에 뛰어들어 고기밥 되지 않은 덕이지[18]	澤畔當年未葬魚
잠을 깨우는 산골의 새는 창문 틈을 엿보고	喚睡谷禽窺戶牖
주렴에 들어온 산빛은 거문고와 책을 적시네	入簾山翠潤琴書
조정에서 돌아와 날마다 향 태우고 앉았다가	朝廻日日燒香坐
솔 사이로 달빛이 창에 비치면 발을 걷어 올리네	松月臨窓夜幌虛

석천(石川) 임억령(林億齡)[19]의 시는 다음과 같다.

쓸쓸한 서재 적적하여 승방과 비슷하고	寒齋寂寂比僧居

---

17 맹호연(孟浩然)은 녹문산(鹿門山)에 40년간 은거하다가 장안(長安)에 올라와 왕유(王維)의
   초대로 궁궐에 들어갔는데 우연히 현종을 알현하고서 전에 지은 「세모에 남산으로 돌아가다
   〔歲暮歸南山〕」의 한 연 "재주가 없어 밝으신 군주가 버리시고, 병이 많아서 옛 벗도 멀리 하네
   (不才明主棄, 多病故人疏)"를 외웠다. 그러자 현종은 "그대가 짐을 찾지 않은 것이지 짐은 그
   대를 버린 적이 없노라"라 하고 고향으로 돌아가도록 하였다.
18 못에 뛰어들어 고기밥이 되었다는 것은 전국시대 초(楚)나라 굴원(屈原)이 조정에서 쫓겨나
   상수(湘水)의 지류인 멱라수(汨羅水)에 투신한 일을 가리킨다. 송인수는 사헌부에 재직할
   때 김안로(金安老)를 극렬하게 반대하다가 제주 목사로 좌천되었으나 열병에 걸리어 부임하
   지 못했다. 그러자 김안로 일파가 옥사를 얽어서 사천(泗川)에 유배시켰다.
19 임억령(林億齡, 1496~1568)의 자는 대수(大樹), 호는 석천(石川), 본관은 선산(善山)이다. 홍
   문관 교리, 담양 부사 등을 역임하였다. 저명한 시인으로 『석천시집(石川詩集)』이 전한다.

땅이 외져 문 앞에는 말 발자국 뜸하네	地僻門前馬跡疎
높은 벼슬 뜻이 없어 증점처럼 살려 하고[20]	志不公侯吾與點
강호를 꿈꾸기에 물고기의 즐거움 알지[21]	夢遊江湖我知魚
천하에 둘도 없는 선비가 되려 하면	欲爲天下無雙士
성인의 경서 아닌 어떤 책을 읽을 건가[22]	肯讀人間非聖書
술 한 병 가지고 세상일을 논하려[23]	思把一樽論世事
멀리서 온 질풍처럼 허공을 날고 싶네	遠來風疾正乘虛

낙촌(駱村) 박충원(朴忠元)의 시는 다음과 같다.

산수를 독차지하려 거처를 옮겼으니	欲專丘壑爲移居
남산을 길이 대하며 푸른 창을 열도다	長對終南捲碧疎
바쁜 가운데 조회할 때는 관복을 차려 입고	忙裏朝參齊紱冕
한가한 동안 하는 일은 천지 이치 살피는 것이지	閒中事業察鳶魚
주머니에 몸 건강하게 할 약은 없어도	將身博健囊無藥

---

20 『논어』 「선진(先進)」에 기수(沂水)에서 목욕하고 무우(舞雩)에서 바람 쐬겠다는 증점(曾點)
의 말에 공자가 인정한다고 하였다.

21 『장자(莊子)』 「추수(秋水)」에 장자가 친구인 혜시(惠施)와 함께 호수(濠水)의 다리 위에서 물
고기가 노는 것을 바라보며 물고기의 즐거움에 대해 토론을 벌였다.

22 소옹(邵雍)의 시 「한행음(閒行吟)」에 "천하를 주재하는 큰일을 하려면서, 어찌 성인이 짓지
않은 책을 읽겠는가[欲爲天下屠龍子, 肯讀人間非聖書]"라고 하였다.

23 벗과 술을 마시며 문장을 담론하는 이른바 '준주논문(樽酒論文)'을 뜻한다. 두보(杜甫)가 위
북(渭北)에서 강동(江東)의 이백(李白)을 그리워하며 "언제 술 한 동이 마시며, 다시 함께 자
세히 글을 논해볼까[何時一樽酒, 重與細論文]"라고 한 데서 나온 말이다(「춘일억이백(春日憶
李白)」).

뱃속에는 세상 순박하게 만들 글 넣어뒀네   挽世歸淳腹有書

시편에 화답하여 존경의 심경 그려보니   屬和篇章描景仰

선비 명성 헛된 것 아님을 이제야 알겠네   始知名下士非虛

석천의 시가 가장 좋아 읽어도 싫증나지 않는다.

52

임억령의 해인사 일주문 시

석천(石川) 임억령(林億齡)이 해인사(海印寺) 일주문(一柱門)에 쓴 시[1]는 다음과 같다.

일주문 앞에서 쉬노라니	一柱門前憩
높이 떴던 해가 저물려 하네	三竿日欲曛
배꽃은 산비 내린 뒤라	梨花山雨後
땅 가득 하얀 잎 어지럽구나	滿地白紛紛

석천이 돌아와 친구에게 "내가 해인사에 절구 한 수를 지어두고 왔네"라 하고서 시를 읊어주고는 "내 시가 아름답기는 하네만 '산우(山雨)'의 '산(山)' 자를 '춘(春)' 자로 쓰지 못한 점이 아쉽네"라고 하였다. 그 친구가 깜짝 놀라며 "자네가 우연히 조화옹(造化翁)의 도움으로 이렇듯 좋은 시를 지었는데 도리어 하늘이 내려준 듯한 작품을 망가뜨리려 하는가?"라고 말했다. 석천이 이에 번뜩 깨우쳤다고 한다.

---

1 이 시는 『석천시집』 권4에 「제해인사사문주(題海印寺沙門柱)」라는 제목으로 실려 있다. 한편 고상안(高尙顏)의 『효빈잡기(效顰雜記)』에는 백광홍(白光弘)의 시로 소개되어 있다.

53

이준경의 명종 만사

동고(東皐) 이준경(李浚慶)[1] 정승이 소싯적에 시를 지어 호음 정사룡에게 보여주고 "제 시를 옛사람에 견줄 만하겠습니까?"라고 묻자 호음이 "비록 옛사람만은 못하지만 벗을 위해 만사(挽詞)나 이별시를 짓는 것쯤은 거뜬하겠네"라고 답했다. 동고는 이로부터 다시는 시를 짓지 않았다. 내가 동고의 '명종(明宗)대왕 만사'를 보니 다음과 같았다.

한밤중에 고명(顧命)을 재촉하시기에	半夜催宣詔
허둥지둥 침전으로 올라갔었네	蒼黃寢殿升
용안을 겨우 뵙고 났더니	龍顔纔及覩
옥궤에 기대기도 어렵게 되셨네[2]	玉几已難憑
성인의 후사 미리 정해두셔서	聖嗣由前定

---

1 이준경(李浚慶, 1499~1572)의 자는 원길(原吉), 호는 동고(東皐)이다. 동인의 영수로 영의정을 역임하였다. 하성군(河城君) 균(鈞)이 명종의 뒤를 이어 선조로 즉위하는 데 큰 역할을 하였다. 저서로『동고유고』가 있다.

2 옥궤에 기대는 것은 왕이 위중한 상태에서 안석에 기대어 고명을 내리는 행위를 말한다. 『서경(書經)』「고명(顧命)」에 "부축하는 자가 면복을 입히니 왕께서 옥궤에 기대셨다[相被冕服, 憑玉几.]"라고 하였다.

종묘사직 계승하기 마땅하구나[3]   宗祏遂有承

세 임금을 모시고도 죽지 못하고   三朝猶不死

거듭되는 앙화를 차마 보다니   忍看禍相仍

　　말이 몹시 통절(痛切)하여[4] 평범한 작가가 미칠 수 있는 수준이 전혀 아닌데도 오히려 위축되어 재능을 썩혔다. 요즘 사람들은 시속(時俗)에 응수할 문자를 대충 깨우치면 망령되이 옛사람 수준에 자신을 올려놓고 흥분하여 스스로 만족스럽게 여기니 가소로울 따름이다.

---

3 명종의 후계자로 선조가 미리 정해졌다는 사실을 밝힌 것으로 동인은 이준경의 이 설을 지지했으나 서인은 다른 의견을 주장했다. 실례로 율곡 이이는 『석담일기(石潭日記)』에서 명종이 와병 중에 인순왕후(仁順王后)와 영의정 이준경이 모의하여 하성군을 후사로 결정했다고 주장했다.

4 이수광은 『지봉유설』 권14 「문장부(文章部)」 7에서 이준경이 영의정 신분으로 명종이 임종할 때 유교를 받들고 이 시를 썼다고 밝히고 이 시가 "말이 몹시 통절하다[語甚痛切]"라고 평했다. 홍만종의 평은 이수광의 평을 수용하였다.

54

정렴과 정작, 박지화의 수창

북창(北窓) 정렴(鄭磏)이 일찍이 고옥(古玉) 정작(鄭碏)[1]과 수암(守菴) 박지화(朴枝華)를 데리고 봉은사로 가는 배에서 다음 시[2]를 지었다.

연기 한 줄기 나루터에 오르고	孤煙橫古渡
지는 해는 먼 산으로 내려가네	落日下遙山
한 척 배로 느지막이 찾아가니	一棹歸來晩
절간은 안개 속에 묻혀 있네	招提杳靄間

수암이 차운한 시는 다음과 같다.

---

1 정작(鄭碏, 1533~1603)의 자는 군경(君敬), 호는 고옥(古玉), 본관은 온양(溫陽)이다. 내의원제조(內醫院提調) 정순붕(鄭順鵬)의 아들이다. 형 정렴과 함께 의술에 뛰어나서 1596년에 『동의보감』 편찬에 참여하였다.

2 이 시는 『북창고옥양선생시집』에는 제목이 「박지화 군실과 동생 군경을 데리고 봉은사로 향하며 배에서 짓다[携朴君實枝華舍弟君敬向奉恩寺舟中作]」,『삼현주옥(三賢珠玉)』에는 「저자도에서 배 타고 봉은사로 향하며[舟楮子島向奉恩寺]」로 되어 있다. 『기아(箕雅)』와 『대동시선(大同詩選)』에는 「배 타고 저자도를 지나며[舟過楮子島]」로 되어 있다.

외로운 구름은 느지막이 산에서 피고	孤雲晚出岫
이름 모를 새는 서둘러 산으로 돌아가네	幽鳥早歸山
나도 함께 배를 타고 가노니	余亦同舟去
나이 잊은 벗들이 곳에 모이네	忘形會此間

고옥이 차운한 시는 다음과 같다.

해 지고 저녁안개 자욱하여	日暮暝煙合
산 너머 산이 어렴풋하네	蒼茫山外山
절간이 어디 있나 물으려 하니	招提問何處
산중턱서 종소리가 들려오누나	鍾動翠微間

북창이 가장 당시(唐詩)에 가깝다.

55

정렴의 시

화담 서경덕의 별세 소식을 듣고 북창 정렴이 다음 시를 지었다.

화담의 별세소식 병석에서 듣고 나서	病中聞說花潭逝
깜짝 놀라 창을 열고 소미성[1]을 살펴봤네	驚起推窓占少微
죽은 사람을 이제는 일으킬 수 없으니	死者如今不可作
낯 두꺼운 사람은 세상 누구에게 의지하나	强顏於世欲何依

지음을 잃은 안타까움을 표현하였다.

---

1 소미성(少微星)은 처사(處士)를 상징하는 별로 소미성이 희미하거나 떨어지면 인간 세상의 처사가 죽는다 한다(『진서(晉書)』 권11 「천문지(天文志)」).

56

조식의 시

남명(南冥) 조식(曹植)이 일찍이 다음 시1를 지었다.

천고의 영웅이 부끄러워 할 일은   千古英雄所可羞

한평생 근력을 공신되는 데2 쓴 것이지   一生筋力在封留

또 다음과 같이 시3를 지었다.

구차하다 제갈량이여 무슨 일을 이루자고   區區諸葛成何事

---

1 『남명집』 권1에 「백운동에서 노닐며[遊白雲洞]」라는 제목의 1, 2구로, 백운동이 백운산(白雲山)에 있다고 주를 달았다. 3·4구는 "靑山無限春風面, 西伐東征定未收."이다. 권별(權鼈)의 『해동잡록』 권3에는 조식의 「두류산 백운동(頭流山白雲洞)」 시라 소개하고 '말이 기이하고 엄정하여 속된 티가 한 점도 없다[詞語奇壯, 無一點塵俗氣]'라고 평했다. 이익의 『성호사설(星湖僿說)』 제26권의 「장량영웅(張良英雄)」에는 영사시(詠史詩)로 소개하고 "이는 장량을 아는 자의 말이 아닐 것이다[此恐非知子房者也]"라고 평하였다.

2 공신되는 것의 원문은 봉류(封留)로, 장량(張良)이 한 고조(漢高祖)를 도와 천하를 통일한 뒤 유후(留侯)로 봉해진 사실을 말한다.

3 『남명집』 권1에 「서쪽 집 늙은이에게 부치다[寄西舍翁]」라는 제목의 3, 4구로 실려 있다. 1, 2구는 "萬疊靑山萬市嵐, 一身全愛一天函."이다.

겨우 세 번 만에 유비에게 무릎 꿇었던가　　　　　膝就劉郞僅得三

남명이 세상에 나와 벼슬하지 않을 사람임을 식자들은 알아차렸다.

57

권벽의 시 두 편

습재(習齋) 권벽(權擘)이 경주(慶州)의 서청관(西淸觀)[1]에서 머물며 지은 시는 다음과 같다.

옛 노래를 연주하던 옥피리 소리 잦아들어	玉笛吹殘故國聲
객창(客窓)에 높이 누워 꿈에서 서청관을 보았네	客窓高臥夢西淸
산 모습은 우뚝하게 천년 땅에 솟아 있고	山形崛起千年地
나무 빛깔 나지막이 반월성[2]을 가리고 있었지	樹色低遮半月城
지저귀는 제비가 추녀를 맴도니 날이 벌써 밝았고	語燕繞簷天已曙
흩날리는 꽃잎이 주렴을 치니 비가 막 그쳤구나	飛花撲帳雨初晴
아침 되어 간밤에 노닐던 곳 찾아가보니	朝來爲訪曾遊處
산천은 그대로인데 사람만 변하여[3] 감회가 이네	物是人非易感情

---

1 서청(西淸)은 본래 궁궐의 맑고 한가로운 서방(書房)을 일컫는 말이다. 여기의 '서청관'은 신라의 옛 궁실을 가리킨다.

2 반월성은 101년(파사왕 22) 신라의 왕성으로 축조되었으며 신라가 망한 935년까지 왕들이 여기에 머물렀다.

청초(淸楚)하면서도 유려(流麗)하여 당시(唐詩)와 차이가 크지 않다. 우연히 읊은 시⁴는 다음과 같다.

흥이 나면 그 어딘들 풍류 아닌 곳 없나니	興來無處不風流
명절이란 모름지기 물색(物色)에서 찾아야지	佳節須從物色求
누런 국화 활짝 피면 모든 날이 중양절이고	黃菊有花皆九日
푸른 하늘에 달 걸리면 그 때가 중추절일세	碧天懸月卽中秋
환한 달빛 자리를 비추니 시혼(詩魂)이 맑아지고	淸光照席詩魂冷
연한 꽃잎 잔에 띄우니 술맛 한번 부드럽네	嫩蘂當罇酒味柔
이 꽃을 대하면서 이 달까지 마주하니	相對此花兼此月
이백이랑 도연명⁵과 함께 노는 기분일세	謫仙彭澤擬同遊

이 시 또한 청신(淸新)하고도 호방하여 읊조려도 질리지 않는다.

---

3 원문의 物是人非를 풀이한 것으로 경물(景物)은 옛날 그대로인데 인사(人事)는 이미 달라진 것을 말한다. 도연명(陶淵明)의 『수신후기(搜神後記)』에 "정영위는 본래 요동(遼東) 사람으로 영허산(靈虛山)에서 도를 배워 신선이 되었다. 그가 뒤에 학으로 변해 성문 앞의 큰 기둥인 화표(華表)에 앉아 있었다. 이때 한 소년이 활로 쏘려고 하자 학이 날아서 공중을 배회하며 말하기를, '새여, 새여, 정영위로다. 집을 떠난 지 천년 만에 이제야 돌아오니, 성곽은 예전과 같은데 백성은 옛사람이 아니로다. 어찌 신선술을 배우지 않아 무덤만 즐비한가[有鳥有鳥丁令威, 去家千年今始歸, 城郭如故人民非, 何不學仙塚纍纍]' 하고 날아가버렸다" 하였다.

4 『습재집』 권2에 「달 아래서 국화를 감상하며[月下賞菊]」라는 제목으로 수록되어 있다.

5 이백은 달과 술을 소재로 「월하독작(月下獨酌)」 시를 지었고, 도연명은 국화와 술을 소재로 「음주(飮酒)」 시를 지었다.

58

심수경의 석왕사 시

청천(聽天) 심수경(沈守慶)이 석왕사(釋王寺)를 찾아가며 지은 시는 다음과 같다.

비 내린 뒤 가벼운 적삼 입고 성곽 서쪽을 나서니   雨後輕衫出郭西

수양버들 간들거리고 풀은 파릇파릇하네   垂楊裊裊草萋萋

복사꽃 뜬 물이 막 불어나 시냇물이 깊고   溪深正漲桃花浪

제비가 물어갈 진흙이 처음 말라 길이 깨끗하네   路淨初乾燕子泥

누런 송아지는 한가롭게 밭두둑에 누워있고   黃犢等閑依壟臥

비취빛 새는 바쁘게 숲 곁에서 우는구나   翠禽多事傍林啼

스님을 찾았다가 다 지난 봄을 아쉬워 하노니   尋僧却恨春都盡

말발굽에 떨어지는 붉은 꽃잎 보이지 않아서네   不見殘紅撲馬蹄

그림 같다.

양사언의 시

봉래(蓬萊) 양사언(楊士彦)이 만경대(萬景臺)를 읊은 시[1]는 다음과 같다.

하늘에서 학을 타고 피리 불며 구슬 누각에 내려오니	九霄笙鶴下珠樓
만 리 창공 공활하여 맑은 기운 모여 있네	萬里空明灝氣收
푸른 바다의 물은 은하수에서 쏟아졌고	靑海水從銀漢落
하늘의 흰 구름은 옥산(玉山) 위에 떠 있네	白雲天入玉山浮
늘 봄인 도리(桃李)는 모두 흰 꽃을 피우고	長春桃李皆瓊蘂
천 년 사는 교송(喬松)은 머리가 온통 검네	千歲喬松盡黑頭
자하주(紫霞酒) 가득 채워 한번 취하고 나면	滿酌紫霞留一醉
세상에는 괜한 시름 일으킬 곳 사라지네	世間無地起閑愁

화식(火食)하는 사람의 말이 아니다.[2]

---

1 이 시는 양사언의 『봉래시집(蓬萊詩集)』 권2에 「청간정(淸澗亭)」이란 제목으로 실려 있다. 『시평보유』에 「만경대(萬景臺)」라는 제목을 붙인 것은 『국조시산』에서 채록한 탓이다.
2 옥산은 서왕모(西王母)가 살았다는 전설상의 선산. 도리는 3천 년에 한 번 익는다는 선도(仙桃)와 선리(仙李), 교송은 불로장생했던 고대의 신선인 왕자교(王子喬)와 적송자(赤松子), 자하주는 신선이 마시는 술을 의미한다. 모두가 도교와 관련한 시어이다.

60

양응정의 시

송천(松川) 양응정(梁應鼎)[1]이 어양교(漁陽橋)[2]를 지날 때 다음 시를 지었다.

나무 빛깔과 안개 풍경은 태평성대 그린 듯하건만	樹色煙光畫太平
다리에는 여전히 옛 이름이 걸려 있네.	河橋猶帶舊時名
이주곡(伊州曲)과 양주곡(凉州曲) 대신 소소곡(簫韶曲)을 불렀다면	伊凉若是簫韶曲
되놈이 어찌 서울 두 곳을 범했으랴?[3]	豈使胡雛犯兩京

시어가 대단히 감개(感慨)하다.

---

1 양응정(梁應鼎, 1519~1581)의 자는 공섭(公燮), 호는 송천(松川)이며 본관은 제주다. 이 시는 1577년에 이조참의가 되어 성절사로 중국에 다녀왔을 때 지은 작품으로 보인다.

2 어양교(漁陽橋)는 중국 계주(薊州)에 있던 다리로 중국 사행길에 있었기에 조선 문인들이 지은 시가 많이 남아 있다. 백거이(白居易)의 「장한가(長恨歌)」에 '어양의 북소리 지축을 울리며 온다〔漁陽鼙鼓動地來〕'라 하여 안녹산의 반란군과 관련한 사적으로 등장한다.

3 이주곡과 양주곡은 당나라 때 교방의 기생들이 부른 노래로 전장에 나간 병사의 고생과 향수, 남편을 그리는 부인의 원망을 노래한다. 소소곡은 순(舜) 임금의 전아한 음악으로 태평성대를 비유한다. 되놈은 안녹산을 폄하한 말이고, 서울 두 곳은 장안(長安)과 낙양(洛陽)을 가리킨다.

61

소형진의 시재

소형진(蘇亨震)¹은 발군의 시재(詩才)를 보였는데 그가 지은 절구 한 수
는 다음과 같다.

공주(公州)는 형승지라 예부터 이름난 고을   公山形勝古名州

큰 나루터 붉은 난간이 고운 누각과 어우러졌네   官渡朱欄映畫樓

기생집 문 앞은 금강 물과 가까워서   蘇少門前江水近

푸른 버들가지 너머 작은 배가 매여 있네²   綠楊枝外繫蘭舟

---

1 소형진(蘇亨震, 1556~1591)의 자는 회정(會正), 본관은 진주이다. 진사시에 2등 10위로 합격하
  였다. 『선조실록』 1591년 1월 18일 기사에는 아버지의 첩 명개(明介)와 간음한 죄목으로 하여
  장하(杖下)에 죽었다고 기록되어 있다.
2 기생집의 원문은 '소소(蘇少)'인데 남조(南朝) 제(齊)나라 때 전당(錢塘)의 명기(名妓)인 소소
  소(蘇小小)를 가리킨다. 백거이의 「양류사(楊柳詞)」에 "깊은 정분 나누고자 소소를 찾는다면,
  버드나무 우거진 곳이 거기라네[若解多情尋小小, 綠楊深處是蘇家]"라는 구절이 보인다.

62

이제윤의 절구

판관 이제윤(李悌胤)은 재사당(再思堂) 이원(李黿)[1]의 손자이다. 그는 다음 절구를 지었다.

비 뿌리면 추녀 짧아 걱정이고	雨灑愁簷短
달 밝으면 길어서 또 걱정이네	月明長亦愁
걱정 뒤에 걱정이 그치지 않아	愁後愁無歇
걱정 속에 부질없이 머리 세네	愁邊空白頭

추녀가 길고 짧은 데에 흥(興)을 기탁하여 걱정 많은 인간 세상을 잘 형용했다.

---

1 이원(李黿, ?~1504)의 본관은 경주(慶州), 자는 낭옹(浪翁), 호는 재사당(再思堂)이다. 김종직의 문인이다. 1498년 무오사화 때 곽산에 장류(杖流)되었다가 4년 만에 다시 나주로 이배되었는데, 1504년 갑자사화로 참형당하였다. 저서로는 『금강록(金剛錄)』·『재사당집』 등이 있다.

63

김택의 박연폭포 시

김택(金澤)의 본관은 배천(白川)으로 문장에 뛰어났다. 명종 때에 포의 신분으로 임금께 상소를 올려 을사사화에서 억울하게 죽은 이들을 신원(伸冤)해 달라고 가장 먼저 요청하여 한 시대에 명성을 널리 떨쳤다. 과거에 급제했으나 일찍 죽었다. 그가 박연(朴淵) 폭포를 읊은 시는 다음과 같다.

천 길 되는 푸른 절벽 위아래에 못이 있고[1]	翠壁千尋上下湫
비단 병풍 꼭대기에 옥 무지개 높이 걸렸네	玉虹高掛錦屛頭
튀는 구슬 흩어져서 소나무 숲에 비를 뿌리고	跳珠散作松間雨
빗소리와 구름 어우러진 산은 십리에 가을 드네	聲雜雲山十里秋

사람들이 서로 다투어 전송(傳誦)했다.

---

1 위에 있는 못은 박연이고, 아래에 있는 못은 고모담(姑母潭)이다. 아호비령 산줄기의 성거산 과 천마산 사이의 험준한 골짜기로 흘러내리는 맑은 물이 선바위에 부딪쳐 돌면서 박연에 담 겼다가 바위벽으로 떨어지면서 폭포가 된다. 폭포 아래에는 폭포수에 의하여 고모담이라는 못이 형성되었다.

노수신과 이안눌의 속어 사용

소재(蘇齋) 노수신(盧守愼)은 속어(俗語)를 즐겨 썼는데, 우의정에서 체직되고 다음 시[1]를 읊었다.

우의정을 사직하자마자	初辭右議政
다시 판중추부사로 부임했네	更就判中樞

동악(東岳) 이안눌(李安訥)이 참봉 윤하(尹夏)[2]에게 다음 시를 지어 주었다.

지금 준원전(濬源殿) 참봉을 마주하고 말 나누니	卽對濬源參奉話
항상 조지서(造紙署) 별제[3]가 곁에 있는 듯하네	常依造紙別提隣

---

1 이 시는 『소재집』 권6에 「우의정에서 체직되다[遞右相]」라는 제목으로 수록되어 있다. 허균은 『학산초담』에 이 부분을 인용하며, "대우가 자연스러워 기교를 부린 사색을 거치지 않았다[對偶天成, 不巧思索]"라고 비평하였다.

2 윤하(尹夏, 1597~?)의 자는 성행(聖行), 본관은 양주(楊州)로 1627년 진사시에 합격하여 벼슬길에 나갔다.

두 분은 이런 말을 많이 사용하였다. 시인의 이 같은 버릇은 백거이(白居易)와 육유(陸游)로부터 비롯했거니와 시를 배우는 이들이 굳이 본받을 필요가 없다.

---

3 조지서(造紙署) 별제는 곧 성여학(成汝學)을 가리킨다. 자는 학안(學顏), 호는 쌍천(雙泉) 또는 학천(鶴泉)이다. 과거에 응시하지 않았으나 시명을 떨쳐 1615년에 유몽인의 추천으로 시학교관(詩學敎官)이 되었다. 문집으로『학천집(鶴泉集)』이 전하며, 저서로『속어면순(續禦眠楯)』이 있다.

65

박순의 한벽루 시

내가 예전에 청풍(淸風)의 한벽루(寒碧樓)[1]에 오른 적이 있다. 누각에는 고금의 제영시(題詠詩)가 매우 많이 걸려 있었는데 그중에 사암(思庵) 박순(朴淳)의 시는 다음과 같았다.

과객의 외로운 마음 절로 시름 일어나서	客心孤懷自生愁
강물 소리 마냥 들으며 누각을 내려가지 않네	坐聽江聲不下樓
내일이면 또 큰 길 따라 떠나리니	明日又登官道去
흰 구름 붉은 단풍은 누구를 위한 가을이려나	白雲紅樹爲誰秋

나는 한 번씩 읊을 때마다 세 번씩 감탄하곤 한다.

---

1 한벽루(寒碧樓)는 충청북도 제천시 청풍면 물태리에 세워진 이름난 누각으로 보물 528호이다. 1317년 청풍현이 군(郡)으로 승격된 것을 기념하기 위해 세워졌고, 1406년과 1870년에 중수하였다. 1972년 8월 수해로 붕괴된 것을 1976년 4월에 복원하였다. 누각에는 송시열, 김수증의 편액과 김정희가 '淸風寒碧樓'라 새긴 액자가 있다.

66

김귀영과 양대박이 기러기를 읊은 시

동원(東園) 김귀영(金貴榮)[1]이 기러기를 읊은 시[2]는 다음과 같다.

서리 내린 가을 강에 거울이 열리니	霜落秋江鏡面開
하늘 끝에 무리지어 한가롭게 돌아가네	群飛天末等閒回
양기를 쫓아가니 곡식을 찾는 것이 아니요	隨陽不是謀粱去
물가를 따라가니 주살을 피하는 것일세	遵渚應知避繳來
붉은 나무 저문 구름에 울음이 끊겼다 이어지고	紅樹暮雲聲斷續
푸른 물결 추운 달에 그림자가 오락가락	碧波寒月影徘徊
돌아갈 때 장안의 밤하늘엔 다가가지 말라	歸時莫近長安夜
가가호호 다듬이질 너로 인해 급해지리라	萬戶淸砧爲爾催

---

1 김귀영(金貴榮, 1520~1593)의 자는 현경(顯卿), 호는 동원(東園), 본관은 상주(尙州)이다. 명
 나라에 아홉 번 사신을 다녀왔으며, 이조판서와 대제학을 지냈다. 임진왜란 중의 행적이 문
 제가 되어 배소(配所)에서 죽고, 아들 김개(金鎧) 또한 허균의 옥사에 연루되어 장살당했다.
 18세기 말엽에야 시문을 수집하여 『동원집』을 편찬하였다.
2 이 시는 『동원집』 권1에 「어명을 받들어 새로 날아온 기러기를 읊다[應製詠新雁]【칠보시(七
 步詩)】라는 제목으로 실려 있다.

죽암(竹巖) 양대박(梁大樸)[3]도 기러기를 읊은 시[4]가 있는데 다음과 같다.

평평한 모래밭은 드넓고 강물은 아득한데	平沙浩浩水茫茫
가을 다해 강남에는 기러기 글자[5]가 길쭉하네	秋盡江南鴈字長
구름 낀 물가에 달 밝으니 때때로 짝을 찾아 울고	雲渚月明時叫侶
찬 하늘에 서리 내리니 어지러이 양기를 쫓아가네	寒天霜落亂隨陽
비스듬히 가지런한 대오를 어찌 벗어나랴	斜斜整整寧違陣
아우와 형이 나란하게 절로 항렬을 맞췄네	弟弟兄兄自作行
물가나 벼논에는 주살이 도사릴 테니	菰浦稻畦應有繳
차라리 수운향(水雲鄕)[6]으로 날아가 보려무나	不如飛入水雲鄕

양대박의 시는 격(格)이 낮아서 강서시파(江西詩派)[7]와 가까우니, 김귀영의 시가 말쑥하고 빼어남만 못하다.

---

3 양대박(梁大樸, 1544~1592)의 자는 사진(士眞), 호는 송암(松巖)·청계(靑溪), 본관은 남원(南原)이다. 임진왜란이 일어나자 의병을 일으켜 활약하다 과로로 진중에서 사망하였다. 정사룡의 문인으로 저명한 시인이며, 박순·백광훈·이달 등과 교유하였다.

4 이 시는 『청계집』 권1에 「면앙정 삼십영(俛仰亭三十詠)」 제8수 「칠천에 돌아온 기러기[漆川歸雁]」라는 제목으로 실려 있다.

5 기러기 글자는 열(列)을 지어 날아가는 기러기 떼를 말한다. 기러기 떼는 흔히 '일(一)' 자, 또는 '인(人)' 자 모양으로 열을 지어 날아가기 때문에 이른 말이다.

6 수운향(水雲鄕)은 물이 흐르고 구름이 떠돌아 풍경이 맑고 그윽한 곳으로, 은자가 사는 곳을 가리킨다.

7 강서시파는 송대(宋代) 황정견(黃庭堅)과 진사도(陳師道) 등을 필두로 한 시단의 한 유파이
  다. 여본중(呂本中)의 「강서시사종파도(江西詩社宗派圖)」에 황정견 이하 25인의 이름을 거
  론한 것에서 유래하였다. 환골탈태(換骨奪胎), 점철성금(點鐵成金) 등의 이론을 내세우며, 시
  에서 기발함과 참신함을 추구하여 상당한 성과를 거두었지만, 난삽하고 생경하여 시의 흥취
  를 느끼기 힘들다는 점에서 비판을 받았다. 조선 전기 박은(朴誾)·이행(李荇)·정사룡(鄭士
  龍)·노수신(盧守愼) 등이 크게 영향을 받아 해동강서시파(海東江西詩派)로 일컬어졌다.

송익필의 구산도중시

구봉(龜峰) 송익필(宋翼弼)[1]의 「구산도중(龜山道中)」 시는 다음과 같다.

한가로이 갈 때는 앉기를 잊고, 앉으면 가기를 잊어	閑行忘坐坐忘行
소나무 그늘에 말 세워놓고 물소리만 듣고 있다	歇馬松陰聽水聲
내 뒤에 오는 이들 몇 명이나 나를 앞서 가랴	後我幾人先我去
제각기 머물 곳으로 가나니 또 무엇을 다투리오	各歸其止又何爭

다투지 않으려는 뜻이 있다.

---

1 송익필(宋翼弼, 1534~1599)의 자는 운장(雲長), 호는 구봉(龜峯), 본관은 여산(礪山)이다. 그 부친 송사련(宋祀連)은 천민으로 역모를 조작하여 공신에 책봉된 사악한 인물이다. 태생은 천하지만 재능이 비상하여 아우 송한필(宋翰弼)과 함께 일찍부터 문명을 떨쳤고, 명사들과 폭넓게 교유하였다. 시문에 뛰어나 이산해 등과 함께 선조대의 8문장가로 불렸다. 문하에서 김장생 등 많은 학자가 배출되었다.

68

정철이 성수침에게 준 시

처사(處士) 성수침(成守琛)¹은 벼슬하지 않고 은거하였는데 스스로 호를 청송(聽松)이라 하였다. 송강(松江) 정철(鄭澈)이 그에게 다음 시를 지어 주었다.

늘 유감인 것은 기산(箕山)의 늙은이²가	每恨箕山叟
죽을 때까지 요임금 섬기지 않은 일이지	終身不事堯
솔바람 소리³가 제 아무리 사랑스러워도	松聲雖可愛
소소(簫韶, 순임금 음악)를 듣는 것만 같으랴	何似聽簫韶

대개 출사를 권고한 작품이다.

---

1 성수침(成守琛, 1493~1564)의 본관은 창녕(昌寧), 자는 중옥(仲玉), 호는 청송(聽松)·파산청은(坡山淸隱)·우계한민(牛溪閒民)이다. 조광조의 문인으로 1519년에 현량과(賢良科)에 천거되었으나 기묘사화 이후 벼슬을 버리고 파주 우계(牛溪)에 은거했다.
2 기산(箕山)의 늙은이는 요임금이 천하를 선양(禪讓)하려 하자 거부하고 계속 기산(箕山) 영수(穎水)에서 은거한 허유(許由)를 가리킨다(『장자(莊子)』「소요유(逍遙遊)」, 『고사전(高士傳)』「허유(許由)」 참조).
3 솔바람 소리는 성수침의 호인 '聽松(솔바람 소리를 듣다)'을 의식하고 쓴 시어다.

69

성혼의 감식안

우계(牛溪) 성혼(成渾)은 본디 고금의 시구(詩句)를 보는 감식안이 대단히 밝았다. 송강 정철이 오언절구 한 수를 지었는데 그 시는 다음과 같았다.

산비는 밤중에 대숲을 울리고	山雨夜鳴竹
풀벌레는 가을이라 침상에 다가서네	草虫秋近床
흘러가는 세월 어찌 머물게 하랴	流年那可住
흰머리가 자라나도 막지 못하네	白髮不禁長

중국 종이에 인쇄하여 소매에 넣어가서 우계에게 꺼내어 보이며 "이것은 낡은 벽에 쓰여 있던 시인데 도무지 누구의 작품인지 모르겠습니다"라고 했다. 우계가 두세 번 읊어보더니 "이는 분명 만당(晚唐) 문인의 시입니다"라고 하자, 송강이 웃으며 "제가 공을 시험해본 것인데 공이 과연 속았군요"라고 했다. 아! 시를 알기 어려우니 어렵고도 어렵구나!

70

정철이 놀란 전의민의 시재

송강 정철이 강원도 관찰사가 되어 도내를 순시하다가 강릉에 이르렀다.[1] 이때 고을 사람 전의민(全義民)이 문장을 잘 지어 강릉의 교양관(敎養官)[2]이 되었는데 마침 자리에 있었다. 송강이 그에게 "내가 일찍이 평창(平昌)에 이르러 약수(藥水)라는 지명을 듣고서 '지명은 약수이나 병을 고치기 어렵구나[地名藥水難醫疾]'라는 시구를 얻었으나 그 대우를 얻지 못하였네"라고 하였다. 그러자 전의민이 "대구가 있기는 합니다만 감히 말씀드리지 못하겠습니다"라고 대답했다. 송강이 강권하여 말하게 하자 그가 바로 "역 이름은 여량(餘粮, 여유 식량)인데 내 배고픔 구제 못하네[驛號餘粮未救飢]"라고 대답했다. 여량은 정선(旌善)의 역 이름이다.[3] 참으로 딱 어울리는 대구라 송강이 안색을 고치고 그를 잘 대우하였다.

---

1 정철은 1580년 강원도 관찰사로 부임하였다. 이때 가사 『관동별곡(關東別曲)』을 지었는데 본문의 일화 또한 이때의 일로 추정된다.

2 지방의 유학 교육 진흥을 위해 설치한 교관직이다. 도내의 유능한 문관 가운데서 선임하거나 학식과 덕망이 있는 사람을 추천해 임명했다.

3 여량역(餘糧驛)은 지금의 강원도 정선군 여량면 여량리 일대에 있던 역 이름이다.

고경명의 시 1

제봉(霽峰) 고경명(高敬命)¹이 일찍이 고봉(高峯) 기대승(奇大升)²을 방문하였다. 화분에 노란색과 흰색의 국화 두 종류를 심었는데 꽃이 피어 찬란하였다. 제봉이 붓에 먹물을 적셔 시를 지었다.³

정색(正色) 중에 황색이 귀하지만⁴	正色黃爲貴
천연의 자태라 백색 또한 기이하네	天姿白亦奇
세인들은 볼 때마다 색을 구분하나	世人看自別
똑같이 서리 이긴 꽃송이인 것을	均是傲霜枝

---

1 고경명(高敬命, 1533~1592)의 자는 이순(而順), 호는 제봉(霽峰), 본관은 장흥(長興)이다. 조선 중기의 문신으로 임진왜란 때 의병을 일으켜 왜군과 싸우다가 전사했다. 문집에 『제봉집(霽峰集)』이 있다.

2 기대승(奇大升, 1527~1572)의 자는 명언(明彦), 호는 고봉(高峯), 본관은 행주(幸州)다. 성리학자로 이름을 드날려 후대에 많은 영향을 끼쳤다. 고경명 등이 그의 문하에서 수학했다.

3 이 시는 『제봉집(霽峯集)』 권2에 「황국과 백국을 읊다(詠黃白二菊)」란 제목으로 수록되어 있다.

4 정색(正色)은 청(青)·적(赤)·황(黃)·백(白)·흑(黑)의 순정한 색깔을 의미한다. 방위로 구분하면 황색이 중앙에 위치하므로 귀하다고 여겼다.

대개 사물에 뜻을 기탁한 작품이다. 또 천주봉(天柱峯)에서 달을 감상하고 지은 시5는 다음과 같다.

아스라한 기봉(奇峰)을 거북이가 지고 있고6   縹緲奇峰戴六鰲

하늘 위로 가을 달은 휘영청 높이 떴어라   上方秋月一輪高

가련쿠나! 진세에는 아는 사람 하나 없이   可憐塵世無人會

을씨년한 풍우 속에7 잠만 쿨쿨 자고 있네   風雨凄凄睡正牢

이 시 또한 읽으면 상쾌하다.

---

5 이 시는 『제봉집』에 나오지 않는다. 천주봉은 전국 곳곳에 있는 봉우리 이름으로 함평에도 있다. 다만 이 시는 실제 풍경을 묘사했다기보다 다음 고사와 관련이 있는 작품이다. 금(金)나라 도사 조지미(趙知微)가 먹구름이 짙게 끼어 달을 볼 수 없었던 어느 해 중추절에 달구경을 하자고 제안하여 제자들을 데리고 천주봉에 올라보니 달빛이 그림 같았다. 그러나 산을 내려오니 여전히 거센 바람과 거센 비가 몰아치고 있었다(『사문유취(事文類聚)』전집(前集) 권11 「천주봉 망월(天柱峯望月)」).

6 거북의 원문은 육오(六鰲)로 발해에 있는 대여(岱輿) · 원교(員嶠) · 방호(方壺) · 영주(瀛洲) · 봉래(蓬萊)의 다섯 개 선산을 바다로 떠내려가지 않게 큰 거북이가 이고 있다는 전설이 있다(『열자(列子)』「탕문(湯問)」).

7 『시경(詩經)』「정풍(鄭風)」 '풍우(風雨)'에 "을씨년한 풍우 속에 닭이 꼬끼오 울어 대네[風雨凄凄, 雞鳴喈喈]"라는 구절에서 나온 말이다. 혼란한 세상에서 자신의 소신을 지키며 올곧은 말과 행동으로 일관하는 것을 말한다.

72

고경명의 시 2

김첨(金瞻)[1]이 하곡(荷谷) 허봉(許篈)에게 "내가 이순(而順)에게 미칠 수 없다고 생각했는데 근래에 그의 시를 보았더니 거의 두려워하지 않아도 되겠더군"이라 했다. 하곡이 빙긋이 웃더니 제봉의 다음 한 연[2]을 외워 들려주었다.

가을 뒤에 안개 짙은 높은 산마루를 하직하고	秋後瘴煙辭嶺嶠
깊은 밤 빗속에 연꽃 핀 관청 못가에 앉아 있네	夜深荷雨在官池

그리고 "이 같은 시를 김첨 씨가 지을 수 있겠소?"라고 했다. 이순은 제봉의 자이다.

---

1 김첨(金瞻, 1542~몰년 미상)의 자는 자첨(子瞻), 호는 하당(荷塘), 본관은 안동(安東)이다. 허봉(許篈)과는 동문수학한 사이이며, 허난설헌(許蘭雪軒)의 시아버지이다.

2 이 시는 『제봉집』에 「회란에게 주다【당시 법주사에서 찾아왔다】[贈懷蘭【時自法住寺來訪】]」라는 제목의 경련으로 실려 있다.

73

이순신의 시구

임진왜란에 이순신이 통제사(統制使)로 있으면서 다음 시 한 연[1]을 지었다.

바다를 두고 다짐하니 어룡이 솟구쳐 일어나고 　　　　誓海魚龍動

산을 두고 맹세하니 초목도 알아차리네 　　　　　　　盟山草木知

　시에서 그의 위풍당당한 기개와 절의를 볼 수 있다. 어떤 사람이 말하기를 "이순신이 자주 싸워 대승을 거두니 왜놈이 그 위엄과 전략을 꺼려서 후한 뇌물로 꾀어보려 했다가 이 시구 하나를 듣고서 그를 결코 굴복시키지 못할 것임을 깨닫고 그만두었다"라고 하였다.

1　이 시는 『이충무공전서』 권1에 「무제 일련(無題一聯)」으로 수록되어 있고, 홍중인의 『동국시화휘성』 권15에도 실려 있다.

74

곽재우의 명철보신

곽재우(郭再祐)[1]는 현풍(玄風)에 살았는데, 임진왜란을 만나 의병을 일으켜 왜적을 토벌하였다. 나중에 공훈이 쌓여 관직이 좌윤에 이르렀으나 모두 나아가지 않았다. 신선술을 배워서 수련하고 벽곡(辟穀)[2]을 한 뒤에 취산(鷲山) 창암(滄巖)[3]에 돌아가 속세와 영영 하직하였다. 그때 다음 시[4]를 지었다.

벗들이 세상과 단절한 나를 불쌍히 여겨 　　　　朋友憐吾絶火煙
낙동강변에 허름한 집 함께 지었네[5] 　　　　共成衡宇洛江邊
굶주리지 않고 그저 솔잎만 먹고 　　　　無飢只在啖松葉

---

1 곽재우(郭再祐, 1552~1617)의 자는 계수(季綏), 호는 망우당(忘憂堂), 본관은 현풍(玄風)이다. 과거를 포기하고 기강(岐江)의 돈지(遯池)에 은거하다가 임진왜란이 일어나자 의병을 일으켰다. 1612년 전라도 병마절도사에 임명되었으나 부임하지 않았으며, 1617년 죽었다. 문집에 『망우당집』이 있다.
2 벽곡(辟穀)은 신선 수련 과정의 하나로, 곡식을 먹지 않고 솔잎·대추·밤 같은 열매를 먹으며 도를 닦는다. 화식(火食)을 피하고 생식(生食)을 하는 수련을 말하기도 한다.
3 취산(鷲山)은 영취산(靈鷲山)으로 옛 이름은 수리뫼이다. 창암(滄巖)은 영산현 남쪽(지금의 창녕군 도천면 우강리)에 있다.
4 이 시는 『망우당집』 권2 「강사에서 우연히 읊다(江舍偶吟)」 3수 가운데 첫 번째 수이다.

목마르지 않고 그래도 샘물을 마시네   不渴猶憑飮玉泉

고요함 지키며 거문고 타니 마음은 맑고   守靜彈琴心淡淡

창을 닫고 숨 고르니 생각은 넓어지네   杜窓調息意淵淵

백년인생 다 보내고 이룬 것 없는6 뒤에는 百年盡過亡羊後

나를 비웃던 사람도 도로 나를 신선이라 칭송하겠지 笑我還應稱我仙

 공을 이루고도 차지하지 않았으니7 명철보신(明哲保身)의 뜻을 터득한 사람이라 할 만하다. 시를 잘 짓기로 이름났는데 시 역시 아름답다.

---

5 망우정(忘憂亭)을 말한다. 낙동강과 강변 모래사장이 내려다보이는 야산 기슭에 자리를 잡았고, 3칸짜리 팔작지붕 기와집이다. 곽재우는 죽기 전에 외손 벽진이씨 이도순(李道純)에게 망우정을 물려주었는데, 나중에 여현정(餘賢亭)으로 이름이 바뀌었다.

6 원문은 망양(亡羊)으로 한 가지 일에 전념하지 않고 이것저것 하여 실패함을 말한다. 『장자』 「변무(駢拇)」의 "장(臧)은 책을 읽다 양을 잃어버리고, 곡(穀)은 노름을 하다가 양을 잃어버렸으나, 양을 잃어버린 점은 모두 똑같다"라는 말이 있다.

7 『노자』 2장에 "성인은 만물을 생장시키면서도 제 소유로 하지 않고, 만물을 육성시키면서도 제 능력을 과시하지 않으며, 공을 이루고서도 그 자리에 있지 않고 물러난다(生而不有, 爲而不恃, 功成而不居)"라는 말이 나온다.

75

의병장의 시

———

임진왜란에 창의사(倡義使)[1] 김천일(金千鎰)이 최경회(崔慶會), 고종후
(高從厚)와 함께 진주를 지킬 때 다음 시[2]를 읊었다.

촉석루 안에 있는 세 장사는	矗石樓中三壯士
술잔 들고 웃으며 장강의 물 가리키네	一盃笑指長江水
장강의 물 도도히 흘러가니	長江之水流滔滔
물결 마르지 않는 한 혼은 죽지 않으리	波不渴兮魂不死

중봉(重峰) 조헌(趙憲)이 의병을 일으켜 초토사(招討使)[3] 제봉 고경명
과 함께 남쪽의 적을 토벌하기로 편지를 보내 약속하였다. 제봉이 먼
저 패하여 사망하자, 중봉이 승장(僧將) 영규(靈圭)와 군사를 일으켜 남

---

1 창의사(倡義使)는 나라에 큰 난리가 일어났을 때 의병을 일으킨 사람에게 주던 임시 벼슬이다.
2 이 시는 『학봉집(鶴峯集)』에 「촉석루 일절(矗石樓一絶)」이란 제목으로 실려 있다. 이 시는 학
   봉(鶴峯) 김성일(金誠一, 1538~1593)의 시인데 홍만종이 김천일의 작품으로 오해하여 수록
   한 것으로 보인다. 『동국시화휘성』에도 김성일이 조종도(趙宗道), 곽재우와 진양성(晉陽城)
   에 있을 때 지은 시로 기록되어 있다. 따라서 1구의 '세 장사'는 김천일, 최경회, 고종후가 아
   닌 김성일, 조종도, 곽재우를 가리킨다.

쪽으로 향하였는데 형강(荊江, 錦江)을 건너며 다음 시4를 지었다.

동방 땅의 용감하고 날쌘 백만 군사가　　　　　　東土貔貅百萬師

위기를 헤쳐 나갈 힘이 어찌 없겠는가　　　　　　如何無力濟艱危

금강에서 약속했던 이는 어디로 떠났나　　　　　荊江有約人何去

가을바람에 노 두드리며 혼자서 강을 건너네　　擊楫秋風獨渡時

　기운이 비분강개하여 거의 수양(睢陽)에서 순절한 장순(張巡)의 작
품5에 못지않다.

───────────

3 초토사(招討使)는 정3품 당상관 이상의 문·무 관원 중에서 선임되었다. 주로 특정 지역의
　의병을 규합, 적을 토벌하게 하는 특수임무를 수행하기 위하여 파견되었다. 임진왜란 중에
　공조참의 고경명을 호남지방의 초토사로 임명한 것이 처음이었고, 정유재란이 일어나자 이
　정암(李廷馣)을 황해도 초토사에 임명하였다.

4 이 시는 『중봉집』 권2에 「군사를 거느리고 형강(荊江)을 건너며 이순(而順) 고경명을 생각하
　다(8월 11일) 〔師渡荊江, 有懷高而順敬命(八月十一日)〕」라는 제목으로 실려 있다.

5 장순(張巡, 708~757)은 당나라의 충신이다. 안녹산의 난 때 군사를 이끌고 수양성(睢陽城)에
　이르러 태수(太守) 허원(許遠)과 합세하였다. 이때 적장 윤자기(尹子琦)가 10만 대군을 거느
　리고 와서 공격하였는데, 장순은 군사를 독려하며 성이 함락될 때까지 시키나가 순질하였다.
　홍만종이 거론한 장순의 시는 『전당시(全唐詩)』에 수록된 「젓대 소리를 듣다(聞笛)」(757년
　작)인 것으로 보인다.

의병장 이봉의 시

괴산(槐山) 군수 이봉(李逢)[1]은 종실 사람으로 글을 잘 지었고, 호가 청계(靑溪)이다. 제봉 고경명과 친했고, 임진왜란에 의병장을 지냈다. 그가 쌍계사(雙溪寺)에 묵으며 읊은 시는 다음과 같다.

쌍계사에서 이틀 밤 묵노라니	信宿雙溪寺
구름도 한가롭고 승려도 한가롭네	雲閑僧亦閑
백전노장은 무슨 일 하느라고	如何百戰將
백발이 되도록 산으로 돌아오지 않나	頭白不歸山

청계의 딸은 승지를 지낸 조원(趙瑗)의 아내로 시를 잘 짓기로 이름이 났다. 세상에서 말하는 옥봉(玉峯) 이씨[2]가 바로 그 사람이다.

---

1 이봉(李逢, 생몰년 미상)의 자는 자운(子雲), 본관은 한양(漢陽)이다. 임진왜란이 일어나자 조헌·정경세(鄭經世)와 의병을 모집하여 적군의 후방을 교란하여 많은 적을 죽였다. 서울이 수복되자 해산하고 고향에 내려갔다가 1595년 감찰(監察)로 발탁되었다. 후에 괴산 군수가 되어 의창(義倉)을 두어 빈민을 구제했고, 정유재란 때에는 관군과 의병을 각 요충지에 배치하여 적군의 진격을 저지했다.

2 옥봉 이씨는 하권 119칙의 각주에 설명되어 있다.

명나라 장수를 비꼰 이봉

계사년(1593) 봄, 제독 이여송(李如松)[1]이 평양을 공격하여 승리해서 수천 명의 수급(首級)을 베었다. 나머지 왜적이 야밤을 틈타 도망치자 제독이 승기를 타고 몰아쳐 개성부(開城府)를 수복하였다. 임진강을 건너 벽제역(碧蹄驛)에 이르러 일부 병력을 이끌고 지름길을 따라 진격했는데, 적의 복병이 한꺼번에 뛰쳐나와 제독이 패퇴하였다. 경략(經略) 병부시랑(兵部侍郞) 송응창(宋應唱)[2]이 심유경(沈惟敬)[3]의 계책을 채택하여 왜적과 강화를 맺자, 청계(靑溪) 이봉(李逢)이 경략에게 다음 시

---

1 이여송(李如松, 1549~1598)은 중국 명나라 장군으로 자는 자무(子茂), 호는 앙성(仰城)이다. 이성량의 아들이다. 임진왜란 때 제독으로 방해어왜총병관(防海禦倭總兵官)이 되어 군사 4만을 인솔하고 들어와 조선군과 연합하여 평양성을 포위 공격하여 수복하였다. 도망가는 왜적을 추격하여 1593년 12월 25일 벽제관(碧蹄館)에 이르렀으나 왜장 고바야가와 다카카게[小早川隆景]·다치바나 무네시게[立花宗茂] 등의 반격으로 대패하여 개성으로 후퇴하였다가 평양에 주둔하며 심유경(沈惟敬)을 고니시 유키나가[小西行長]에게 보내어 화의를 유지하게 하였다.

2 송응창(宋應唱, 1536~1606)은 명나라 장수로 임진왜란 때 경략군문 병부시랑으로 제독 이여송과 함께 명나라 원군의 총사령관으로 참전하였다.

3 심유경(沈惟敬, ?~1597)은 명나라 관료이다. 조승훈(祖承訓)이 명나라 원군을 이끌고 조선에 들어올 때 유격장군(遊擊將軍)으로 임명되어 함께 왔다. 명나라와 일본 양국을 속여 가며 여러 차례 고니시와 강화를 논의하다가 일이 발각되어 처형되었다.

를 지어 올렸다.

백사장에 달빛은 서리 내린 듯 깨끗한데	塞邊沙月淨如霜
산 사람과 원혼들은 전쟁터에서 통곡하네	人與冤魂哭戰場
일본과 강화 맺어 같은 하늘 이고 살다니	天連日本還同戴
한스럽도다! 대책 없는 송시랑(宋侍郎)이여	却恨謀無宋侍郎

경략이 매우 부끄러워하였다.

78

두 왕릉을 읊은 윤안성의 시

임진왜란이 끝난 후 회답사(回答使)¹가 일본에 들어가려고 할 때 승지 윤안성(尹安性)²이 다음 시를 지어주었다.

이름이 회답사인데 어디로 가는 사신인가	使名回答向何之
오늘날 화친을 나는 참 알 수 없구나	今日和親我未知
그대 한강에 이르거든 강가에서 바라보게	君到漢江江上望
두 왕릉의 송백(松栢)에는 가지가 뻗지 않나니	二陵松栢不生枝

두 왕릉은 선릉(宣陵)과 정릉(靖陵)³을 가리키는데, 왜란 당시 왜적

---

1 임진 · 정유왜란 이후 일본에서 국서를 보내자 조선이 회답하고, 전쟁 때 일본으로 끌려 간 조선인을 쇄환하는, 두 가지 목적을 띠고 파견된 사행을 가리킨다.
2 윤안성(尹安性, 1542~1615)의 자는 계초(季初), 호는 명관(冥觀), 본관은 파평(坡平)이다. 임 진왜란 때 안동판관 · 충주목사 등을 지내며 공을 세웠고, 1599년에 성절사(聖節使)로 명 나라에 다녀왔다. 저서에 『명관유고집(冥觀遺稿集)』이 있다.
3 선릉(宣陵)은 조선 성종(成宗)과 그의 계비 정현왕후의 능이고, 정릉(靖陵)은 조선 중종(中 宗)의 능이다. 모두 임진왜란 때 크게 파헤쳐지고 시신이 훼손되었다. 선릉과 정릉은 봉은 사 부근(지금의 서울시 강남구 삼성동)에 나란히 위치하여 강가에서 잘 보이는 곳에 있다.

에게 참혹한 피해를 입었기 때문에 이처럼 말했다. 시의 뜻이 비분강
개하여 읽으면 저절로 눈물이 난다.

이시발의 시

판서 이시발(李時發)¹은 호가 벽오(碧梧)로, 기생 취소(吹簫)를 읊었다.

소사(簫史)²가 서쪽으로 날아갔으니	簫史西飛去
구름 낀 바닷길은 멀기만 하네	煙空海路遙
봉루(鳳樓)에 달이 환한 밤이 되면	秦樓明月夜
취소와 함께 할 자 그 누구일까	誰與伴吹簫

취소(吹簫, 퉁소를 불다)는 기생의 이름이다. 그때 손곡(蓀谷) 이달(李達)이 마침 자리에 있었는데 "이 시는 당시(唐詩)의 격조이므로 영감의 작품이라 하면 사람들이 틀림없이 믿지 않을 테니 제 시집에 실어주시죠"라고 말했다. 판서가 웃으면서 과찬이라고 하였다.

---

1 이시발(李時發, 1569~1626)의 자는 양구(養久), 호는 벽오(碧梧), 본관은 경주(慶州)이다. 임진왜란 때 접반관(接伴官)으로 명나라 장수를 접대하였고, 형조와 병조의 판서를 지냈다. 문집에 『벽오유고(碧梧遺稿)』가 있다.

2 소사(簫史)는 진(秦)나라 목공(穆公) 때 사람으로 퉁소를 잘 불어 봉황을 불러들였다. 목공의 딸 농옥(弄玉)이 그를 좋아하여 봉루(鳳樓, 秦樓)를 짓고 함께 살았는데, 어느 날 신선이 되어 봉황을 타고 떠났다고 한다(『열선전(列仙傳)』「소사(簫史)」).

80

사명대사를 배웅한 이시발의 시

이시발이 일본으로 떠나는 유정대사(惟政大師)[1]를 전송하며 다음 시[2]를 지었다.

청구(靑丘)를 다 밟으니 산마다 가을인데　　　　青丘踏盡萬山秋

바다 건너에도 구주(九州)[3]가 있다는 말 들려오네　　海外還聞有九州

이 사행에 천하 대사 그대 홀로 떠맡거늘　　　　此去獨當天下事

세상에선 저들끼리 봉후(封侯)만을 찾고 있네　　世間人自覓封侯

이 시는 고기 먹는 사람들[4]을 부끄럽게 만든다.

---

1 유정대사(惟政大師, 1544~1610)는 사명당(四溟堂)으로 호는 송운(松雲)이다. 임진왜란 때에 승병을 이끌고 전공을 세웠으며, 임진왜란이 끝난 뒤 정세를 파악하기 위해 일본에 보낼 적임자가 없자 1604년에 화친의 명목으로 파견되었다.

2 이 시는 『벽오유고』에 「차운하여 송운에게 주다〔次贈松雲〕」라는 제목으로 실려 있다.

3 중국 고대에 있었던 아홉 개의 주(州)로, 천하를 뜻하는 말로 쓰인다.

4 보통 벼슬아치들을 낮춰 부를 때 쓰는 말이다.

81

인정을 핍진하게 묘사한 시

보통 시를 지을 때에는 읊조리는 것만을 귀하게 여기지 않고, 정경(情境)을 핍진하게 살리는 것을 귀하게 여긴다. 예컨대

이런저런 일에 마음이 쓰여 多少關心事

재에 끼적거리다 밤이 깊었네 書灰到夜深[1]

라는 구절은 말이 매우 좋다. 그러나 무원형(武元衡)이 지은

해가 뜨면 일이 도로 생겨나네 日出事還生[2]

라는 구절의 더욱 오묘한 맛에는 미치지 못한다. 고옥(古玉)[3] 정작

---

1 이 시는 당나라 시인 이군옥(李郡玉)의 「화로 앞에 앉아서〔火爐前坐〕」라는 시이다.

2 이 시는 당나라 시인 무원형(武元衡)의 「여름밤에 짓다〔夏夜作〕」라는 시이다.

3 정작(鄭碏, 1533~1603)의 자는 군경(君敬), 호는 고옥(古玉), 본관은 온양(溫陽)이다. 아버지 정순붕(鄭順朋)이 이기(李芑)와 윤원형(尹元衡) 등에게 아부한 과거 전력이 세인의 지탄을 받자 술로 세월을 보냈다. 저서에 「북창고옥선생문집(北窓古玉先生詩集)」이 있다.

(鄭磏)이 지은

밤사이 온갖 고심 너무 우습구나   夜來自笑千般計

늘 아침이면 말짱 도루묵이니   每到明朝便一空[4]

라는 구절로 말하자면 인정(人情)을 가장 잘 묘사하였다.

---

4 이 시는 『북창고옥선생시집』에 「아침에 일어나 장난삼아 창호지에 쓰다[朝起戲書窓紙]」라
는 제목으로 실려 있다.

82

신응시의 진주 시

백록(白麓) 신응시(辛應時)[1]가 청천(菁川, 경상도 진주) 객관에서 지은 시[2]
는 다음과 같다.

구불구불 백팔 굽이 넘고 나니	百八盤初下
냇물 따라 비로소 길이 열리네	沿溪路始通
냇가다리엔 여기저기 평평한 돌	溪橋多臥石
산 객점엔 온통 울긋불긋 단풍	山店半依楓
새는 석양 저 너머로 날아가고	鳥度夕陽外
말은 가을 그림자 속을 지나네	馬行秋影中
신선이 허황한 존재 아니라면	神仙如不妄
오늘 밤엔 만날 수 있으려나	今夕倘相逢

묘사가 핍진하여 경치를 마주하고 그림을 떠올리는 듯하다.

---

1 신응시(辛應時, 1532~1585)의 자는 군망(君望), 호는 백록(白麓), 본관은 영월(寧越)이다.
　1559년 문과에 급제하였고, 대사간 등을 역임하였다. 문집에 『백록유고(白麓遺稿)』가 있다.
2 『백록유고』에 「청천 현판 위의 시에 차운하다〔次菁川板上韻〕」라는 제목으로 실려 있다.

83

이산해의 시

임진왜란 후에 군문(軍門) 형개(邢玠)¹가 자기 나라로 돌아갈 때 당대의 문사들이 모두 전별하는 글을 써주었는데 아계(鵝溪) 이산해(李山海)²의 시가 제일이었다. 그 시³는 다음과 같다.

천자께서 동쪽을 돌아보며 눈썹을 찌푸리시더니	九重東顧彩眉嚬
문무를 겸비한 노련한 신하에게 맡기셨지	文武全才仗老臣
세상 난리에 홀로 천하 일을 떠맡았으니	世亂獨當天下事
공을 이루어 그림 속의 사람⁴ 되리라	功成還作畫中人
백년토록 이 나라 강토는 산하가 변함없고	百年疆域山河舊
천리 길 온 나라 뽕과 삼은 은택 입어 새롭구나	千里桑麻雨露新
다만 곤의(袞衣)⁵ 입은 분을 만류하지 못하기에	只爲袞衣留不得
도성 안의 남녀노소가 눈물로 수건 적시네	滿城髯白盡沾巾

---

1 상권 93칙의 각주1을 참조하라.
2 이산해(李山海, 1539~1609)의 자는 여수(汝受), 호는 아계(鵝溪), 본관은 한산(韓山)이다. 1561년 문과에 급제하였고, 영의정을 지냈다. 문집에 『아계유고(鵝溪遺稿)』가 있다.
3 이 시는 『아계유고』에 「형개를 전별하며 짓다(邢軍門別章)」라는 제목으로 실려 있다.
4 운대(雲臺)나 기린각(麒麟閣)과 같은 공신각에 화상으로 그려져 안치되리라는 말이다.

또 강정(江亭)을 읊은 시6는 다음과 같다.

구름 비낀 동작 나루에 석양이 넘어가고 　　　　　　　雲橫銅雀夕陽盡

꽃 지는 광릉 나루엔 봄물이 넘실대는데 　　　　　　　花落廣陵春水多

고운 누각에 술동이 있어 돌아가지 못하고 　　　　　雕欄樽酒不歸去

저녁 까마귀는 어두컴컴한 푸른 나무로 숨어드네 　　碧樹沉沉藏暝鴉

구법이 맑고 격조가 노련하다.

---

5 곤의(袞衣)는 『시경(詩經)』 「빈풍(豳風)」 '구역(九罭)'의 곤의수상(袞衣繡裳)에서 온 말이다.
　본디 동쪽을 정벌했던 주공(周公)을 가리키는 말로 형개를 비유하였다.

6 이산해의 작품이라고 한 이 시는 그의 문집에 보이지 않는다. 대신 홍적(洪迪 1549~1591)의
　『하의유고(荷衣遺稿)』에 「중호정에서 아계의 운에 화운하다[重湖亭和鵝溪韻]」라는 제목의
　작품에 아계의 시로 실려 있고, 이순인(李純仁 1533~1592)의 『고담일고(孤潭逸稿)』에 「판관
　김우옹에게 주다[贈金參判宇顒]」라는 제목의 작품에 김우옹의 시로 실려 있다. 두 책의 간
　행 연도를 살펴보면 『하의유고』는 1692년에 간행하였고 『고담일고』는 1891년에 간행하였으
　니, 아마도 홍만종은 홍적의 문집을 보고 이산해의 시로 확정한 듯하다.

84

이산해와 최립의 시

간이는 아계의 시에 골기(骨氣)가 없다고 하였고, 아계는 간이의 시가 졸렬하다고 하였다. 이는 대개 문인들이 서로를 경시한데서 나온 평으로 내가 보기에는 양편 누구도 꼭 그렇지는 않다. 아계의 시가 넉넉하고 곱다고 해서 어찌 참으로 골기가 없다고 할 수 있겠으며, 간이의 시가 굳세고 힘차다고 해서 어찌 참으로 졸렬하다고 할 수 있겠는가? 대가의 높은 솜씨로도 때때로 흠결이 생기니, 이는 이백이나 두보도 피할 수 없다. 흠결이 있는 것이 두 분의 문장에 무슨 해를 끼치겠는가? 이제 두 분의 시 중 세상에서 경어(驚語)라고 일컬어지는 두 연(聯)을 뽑아 좋고 나쁨을 함께 논해보겠다. 간이가 삼일포(三日浦)[1]를 읊은 시는 다음과 같다.

삼일포 멋진 유람도 두 번 연달아 하지 않으니　　　三日淸遊猶不再

십주[2]에는 멋진 명승 많은 줄을 이제 알겠네　　　十洲佳處始知多

---

1 삼일포(三日浦)는 강원도 고성군 삼일포리에 있는 호수이다. 삼일포라는 이름은 신라의 국선(國仙) 영랑(永郞)·술랑(述郞)·안상(安詳)·남석(南石) 네 사람이 사흘간 이곳에서 놀았다는 데서 비롯되었다. 관동팔경의 하나이며, 현재는 휴전선 이북에 있다.

뜻은 깊으나 말은 막힌다. 아계가 한벽루(寒碧樓)를 읊은 시3는 다음과 같다.

붉게 물든 나무와 흰 구름에 일찍이 말을 멈추었는데   紅樹白雲曾駐馬

어지러운 봉우리들과 남은 눈밭에 또 누각을 오르네   亂峯殘雪又登樓

운치는 있으나 기운은 약하다.

---

2 십주(十洲)는 신선들이 산다는 바다 속의 열 군데 선경(仙境)을 말한다.

3 이 시는 『아계집』에는 보이지 않고, 『대동지지(大東地志)』「청풍군읍지(淸風郡邑志)」제영 (題詠)에 이산해의 시로 실려 있다. 한벽루는 상권 65칙의 각주를 참조하라.

85

서익의 시

만죽(萬竹) 서익(徐益)[1]은 시로 세상에 명성이 높았다. 그가 귀양 떠날 때 전송하는 이들이 배에 가득했는데 저마다 시 한 편씩을 읊었다. 서익이 차운한 시는 다음과 같다.

배가 커서 뜬세상을 담아내고   舟大容浮世

하늘이 길어 멀리 떠나는 신하 덮어주누나   天長覆遠臣

이 시를 본 좌중 사람이 모두 놀라 탄복하였다.

---

1 서익(徐益, 1542~1587)의 자는 군수(君受), 호는 만죽(萬竹), 본관은 부여(扶餘)이다. 이조 좌랑, 안동 부사, 의주 목사 등을 역임하였으며 이이·정철 등과 친하였다. 의주 목사 재직 시 정여립(鄭汝立)으로부터 탄핵을 받은 이이와 정철을 변호하는 소를 올렸다가 파직되기도 하였다. 저서로 『만죽헌집(萬竹軒集)』이 있다.

86

윤탁연의 시[1]

판서 윤탁연(尹卓然)[2]이 회포를 읊은 시는 다음과 같다.

동서로 나 있는 갈림길을 싫어하여 　　　　　　　生憎岐路有東西

구름과 함께 걷고 학과 함께 살았어라 　　　　　雲與同行鶴與棲

때때로 흥이 일면 술을 마셔 크게 취하니 　　　乘興有時成大醉

취한 얼굴 어디에서 남을 향해 숙이겠나 　　　醉顔何處向人低

호쾌하고 시원하여 얽매임이 없다.

---

1 이 칙이 계명대본에는 빠져 있다.

2 윤탁연(尹卓然, 1538~1594)의 자는 상중(尙中), 호는 중호(重湖), 본관은 칠원(漆原)이다. 예
　조 참판, 경상도와 함경도 순찰사 등을 역임하였다. 임진왜란 당시 임금을 호종하고 함경
　도 순찰사로 의병을 모집하며 시국 타개를 위해 동분서주하다가 객사하였다. 선조대 팔
　문장가(八文章家)의 한 사람이다.

87

허봉의 거산역 시

하곡(荷谷) 허봉(許篈)[1]이 왕명을 받들어 관북 지방에 다녀오면서 기산역(居山驛)을 읊은 칠언 율시[2]를 지었는데 그 시는 다음과 같다.

뿔피리 속에 새벽 별빛 받으며 먼 길 떠나　　　　長途鼓角帶晨星

북청[3]의 낡은 역 향해 터벅터벅 찾아왔네　　　　倦向靑州古驛亭

으슥한 나하동[4], 첩첩 산이 빼곡했고　　　　　　羅下洞深山簇簇

저 멀리 시중대[5]에는 동해바다 아득했지　　　　侍中臺逈海冥冥

천 년 전 꺾인 창은 백사장에 처박혀 짧아졌고　　千年折戟沉沙短

---

1 허봉(許篈, 1551~1588)의 자는 미숙(美叔), 호는 하곡(荷谷), 본관은 양천(陽川)이다. 초당(草堂) 허엽(許曄)의 아들이고, 난설헌의 오빠이자 허균의 형이다. 1574년에 성절사(聖節使)의 서장관으로 명나라를 다녀와 『하곡조천기(荷谷朝天記)』를 남겼다. 이 시는 1578년 함경도 순무어사(巡撫御史)로 관북에 갔을 때 지었다.
2 거산역(居山驛)은 함경도 북청 지역에 위치한 역 이름이다. 이 시는 『하곡집(荷谷集)』과 『학산초담』, 『성옹지소록(惺翁識小錄)』에 같은 제목으로 실려 있다.
3 원문은 '靑州'로 함경도 북청(北靑)의 옛 이름이다.
4 이성현(利城縣)의 서남쪽 30리 되는 지점에 있던 역참이다.
5 함경북도 거산면 포항리 만령(蔓嶺)에 있는 유적으로, 고려시대 장수 윤관(尹瓘)이 말갈을 정벌하고 개선한 일을 기념하는 빗돌이 서 있다.

십 리길 너른 벌에는 비 지나며 비린내 풍겼네   十里平蕪過雨腥

까마득한 옛 역사를 물을 곳이 어디도 없어   舊事微茫問無處

몇 마디 젓대소리는 차마 듣지 못하겠네   數聲橫笛不堪聽

삭계(朔啓)6를 통해 임금께서 보시게 되었는데 감탄하기를 그치지 않으시면서 5, 6구에 이르러서는 "구법이 마땅히 이와 같아야 하지 않겠는가!"라 하고 어필(御筆)로 비점을 쳐서 내려보냈다.

임인년(壬寅年. 1602)에 명나라 사신 고천준(顧天峻)과 최정건(崔廷健)7이 조선에 왔을 때 월사(月沙) 이정귀(李廷龜)가 입대(入對)하여 허균(許筠)을 종사관(從事官)으로 발탁하기를 청하자 임금께서 "그의 형 허봉과 비교하여 누가 더 재주가 좋은가?"라고 물으셨다. 허봉의 재주를 여전히 잊지 않아서이다.

---

6 독서당(讀書堂)에서 사가독서(賜暇讀書)하는 사람이 월말에 제술(製述)을 하여 올리면 대제학(大提學)이 등급을 매겨서 월초에 국왕에게 보고하는 제도이다.

7 1601년 겨울에 한림(翰林) 고천준(顧天埈)과 행인(行人) 최정건(崔廷健)이 조선에 사신으로 왔을 때 원접사(遠接使)는 이정귀(李廷龜)였다. 이정귀는 해운판관(海運判官)이었던 허균을 제술관(製述官)으로 체직해달라고 요청하였다(『선조실록』 1601년 11월 17일 기사). 고천준(1561~?)의 자는 승백(升伯)으로 강소(江蘇) 사람이다. 1592년 진사로 급제하고 한림원 편수관(翰林院編修官)이 되어 정사(正史) 찬수에 참여했다. 시부(詩賦)를 잘 지어 조선에도 문명이 전해졌고, 박학하여 권점(圈點)한 책이 만여 권에 이르렀다. 다만 조선에 와서는 게걸스럽게 재물에 탐욕을 부려 지탄의 대상이 되었다.

허봉과 차천로의 분매시

하곡 허봉에게 분매(盆梅)가 있었는데 가지 하나가 꺾어졌다. 하곡이

　　달이 뜨니 예전 그림자 어그러졌네　　　　　　　　　月出虧前影

라는 구절을 얻고서 끙끙대며 읊어봐도 적당한 대구를 얻지 못하였다. 그때 오산(五山) 차천로(車天輅)가 불쑥 끼어들어

　　바람 부니 지난날 향기 줄어들었네　　　　　　　　風來減舊香

라고 하면 어떠냐고 하였다. 하곡은 칭찬하고 감탄해 마지않았다.

허봉과 권필의 시

하곡 허봉이 일찍이 갑산(甲山)에 귀양 가서 머물 때¹ 다음 시를 지었다.

봄 들어 서울에서 온 편지 세 번이나 받아보니	春來三見洛陽書
어머니께서 문에 기대² 하염없이 기다린다 하네	聞說慈親久倚閭
흰 머리털 뒤덮인 채 석양이 지고 있을 테니	白髮滿頭斜景短
어떻게 지내실지 남들에게 감히 묻지 못하겠네	逢人不敢問何如

독자로 하여금 차마 다시 읽지 못하도록 하는 시이다. 석주(石洲) 권필(權韠)이 아들을 품에 안고서 소회를 읊은 시는 다음과 같다.

---

1 1583년 7월 전한(典翰)으로 재직하던 허봉이 이이(李珥)와 심의겸(沈義謙) 등 서인 중진의 실책을 탄핵하는 상소를 올렸다가 박근원(朴謹元), 송응개(宋應漑)와 함께 각각 회령(會寧), 강계(江界), 갑산(甲山)으로 유배되었다. 이 사건을 계미삼찬(癸未三竄)이라 부른다. 허봉은 1585년 6월에 해배되었다.

2 어머니가 마을 문에 기대어서 일을 마치고 돌아오는 아들을 기다리는 모습을 표현한 말이다. 전국 시대 제나라 왕손가(王孫賈)가 나이 열다섯 살에 민왕(閔王)을 섬겼는데, 그 모친이 "네가 아침에 나가서 저녁에 돌아올 때면 내가 집 문에 기대어 너를 기다렸고[倚門而望] 네가 저녁에 나가서 돌아오지 않을 때면 내가 마을 문에 기대어 너를 기다렸다[倚閭而望]"라고 말했다(『전국책(戰國策)』「제책(齊策)」).

어린 아들을 어찌 이리 생각하는 걸까	赤子胡然我念之
아버지가 되어서는 자애로움에 그친다고[3] 들었건만	曾聞爲父止於慈
백발이라 아버지 뵐 길이 영영 막혔으니	白頭永隔趨庭日
내가 너만 할 때를 어찌 차마 상상하랴	忍想吾身似汝時

이 시도 읽으면 목이 메고 눈물이 흘러내린다.

---

3 『대학(大學)』에서 문왕(文王)의 성덕(聖德)을 말하면서 "임금이 되어서는 인에 그치고, 신하
가 되어서는 공경에 그치고, 자식이 되어서는 효에 그치고, 아버지가 되어서는 자애에 그치
고, 백성들과 사귈 때에는 신의에 그쳤다[爲人君, 止於仁, 爲人臣, 止於敬. 爲人子, 止於孝, 爲
人父, 止於慈. 與國人交, 止於信]"라고 하였다.

90

이덕형의 영남루 시

한음(漢陰) 이덕형(李德馨)이 선위사(宣慰使)일 때 영남루(嶺南樓)[1]에 두 차례 올랐는데 처음에는 달을 구경하였고, 뒤에는 비를 감상하였다. 임진왜란 이후 또 국사로 인해 응천(凝川)에 들렀을 때[2], 눈앞에는 온통 황폐해진 벌판과 무너진 성곽이 쓸쓸하게 펼쳐졌으나 강가 풍경만은 예전과 다름이 없었다. 그래서 영남루에 걸린 시에 차운하여 다음과 같이 읊었다.[3]

---

1 이덕형은 선조 21년(1588) 이조 정랑으로 선위사(宣慰使)에 차임되었다. 선위사는 외국 사신을 접대하기 위해 임시로 둔 관리이다. 이후 선조 22년(1589) 7월, 일본 사신과 서울에 들어왔다가 선조 23년(1590) 일본 사신을 반송(伴送)하여 동래까지 가 통신사 황윤길(黃允吉) 등을 부산포에서 전송하였다. 영남루는 경상도 밀양시에 있는 누각이다.

2 이덕형은 1601년(선조 34년)에 행판중추부사(行判中樞府事)로 경상·전라·충청·강원 4도 체찰사(都體察使)를 겸해 전란 뒤의 민심 수습과 군대 정비에 노력하였다. 응천은 밀양의 옛 이름이다.

3 『한음문고』권2의 제목에 시를 지은 동기를 자세하게 밝혀놓았다. '舊時, 嶺南樓之勝, 甲於南中. 余爲宣慰使, 己丑(1589)夏, 翫望月于此. 庚寅(1590)夏, 又來賞雨. 樓之陰晴景態, 自謂造物偏餉我矣. 亂後忝開府之命, 再過凝川, 荒墟破郭, 滿目蕭然, 而獨江山風景如舊耳. 松雲師適次煙字韻見示, 吟翫感慨, 率爾有作. 奉趙從事求和.' 여기에서 송운사(松雲師)는 승장(僧將) 사명대사 유정(惟政)이고, 이 시에 차운한 조익(趙翊, 1556~1613)의 시는 『가휴문집(可畦文集)』권2에 「삼가 상공의 시에 차운하다[謹次相公韻]」라는 제목으로 실려 있다.

대장 깃발 세우고 영남 땅에 거듭 와 보니	建牙重到嶺南天
십이 년 세월이 강물처럼 흘러갔구나	十二年光逝水前
사람이고 물건이고 병란에 다 사라졌으나	人物盡消兵火後
강산만은 여전히 그림처럼 아름답네	江山猶媚畫圖邊
여울 소리는 긴 숲 빗소리에 섞이고	灘聲暝雜長林雨
달빛은 강가 안개에 맑게 뒤덮이네	月色淸籠近渚煙
풍경은 그대로인데 옛 자취는 변했으니	風景不殊陳迹變
멋진 잔치에 취했던 옛일을 백발 되어 꾸어보네	白頭時夢醉芳筵

시의 격조가 맑고도 은근하다.

91

이항복의 이덕형 만사

한음 이덕형이 사망한 뒤 백사(白沙) 이항복(李恒福)이 만사(挽詞)를 지어 애도하였다.[1]

벼슬길에 처음 나아가 이군(李君)을 모셨으니[2]　　　　　釋褐當年御李君

그 자리에는 봄바람의 온화한 기운이 절로 피어났지　　　陽春座上自生溫

처음에는 하늘 높이 솟은 측백나무의 곧음에 놀랐다가[3]　初驚澗栢昂霄直

나중에는 바다를 나는 붕새의 번득임을 보았네[4]　　　　竟見雲鵬掣海翻

---

1 두 편 모두 『한음문고(漢陰文稿)』 부록 권4에 실려 있다. 『백사집』에도 두 편이 모두 수록되어 있으나 칠언 율시에는 "채택하지 않았다〔不用〕"라고 표시되어 있다.

2 이군(李君)은 이덕형을 가리키면서 동시에 존경하는 인물을 나타내는 중의적인 의미로 쓰였다. 후한(後漢) 이응(李膺)의 풍모를 사모한 사대부들이 그를 보기만 해도 용문(龍門)에 올랐다면서 기뻐했다. 순상(荀爽)이 그를 위해 수레를 몰고는 집에 돌아와서 "오늘 내가 비로소 이 선생님의 수레를 몰았다〔今日乃得御李君矣〕"라 자랑했던 고사가 전한다(『후한서』 권67 「당고열전(黨錮列傳)」).

3 두보의 「고백행(古柏行)」에 "제갈공명 묘 앞 늙은 측백나무, 가지는 푸른 구리 같고 뿌리는 돌 같네. 서리 맞은 거죽이 비에 젖으니 마흔 아름이요, 검푸른 빛 하늘 찌르니 이천 척이로다〔孔明廟前有老栢, 柯如青銅根如石. 霜皮溜雨四十圍, 黛色參天二千尺〕"라고 하였다.

4 붕(鵬)은 『장자』 「소요유(逍遙遊)」에 나오는 새 이름으로 등짝이 몇 천 리나 되는지 모를 정도로 큰 새이다.

세밑이라 북풍은 살을 에는 듯 차갑고[5]   歲暮北風寒栗冽

날이 흐려 울타리의 참새들 제멋대로 지저귀네[6]   天陰籬雀恣喧煩

애사에서 감히 분명하게 말하지 못하는 것은   哀詞不敢分明語

경박한 풍속이 남 엿보아 말 만들기 좋아해서네   薄俗窺人喜造言

　혹자는 백사가 처음에는 만사를 이렇게 지었으나 시어가 너무 노골적인 점[7]을 꺼려서 마지막 구절만 사용해 칠언 절구를 지었다고 하였다. 그 시는 다음과 같다.

빈산으로 쫓겨나서 혀를 잡아매고자 했건만[8]   流落空山舌欲捫

그대 세상을 떴다는 소식에 남몰래 넋이 빠지네   聞君長逝暗消魂

애사에서 감히 분명하게 말하지 못하는 것은   哀詞不敢分明語

경박한 풍속이 남 엿보아 말 만들기 좋아해서네   薄俗窺人喜造言

　이 시 한 수만으로도 당시의 상황을 상상해볼 수 있다.

5　서한(西漢)의 양 효왕(梁孝王)이 먹구름이 잔뜩 긴 세모에 우울한 기분을 풀기 위해 사마상여, 매승(枚乘) 등을 토원(兎園)으로 초대하고 함박눈이 쏟아지자 『시경』 「북풍(北風)」을 노래하였다(『문선(文選)』 권13 「설부(雪賦)」). 북풍은 위(衛)나라 사람들의 사나움을 풍자한 시이다.

6　『한시외전』 권9에 "봉황이 처음 날아오를 때 파닥파닥 10보를 가자, 울타리의 참새들이 짹짹 거리며 비웃었다〔夫鳳凰之初起也, 翾翾十步, 藩籬之雀, 喔咿而笑之〕"라는 내용이 보인다.

7　이덕형은 1613년(광해군 5) 이이첨의 사주를 받은 삼사(三司)에서 영창대군(永昌大君)의 처형과 폐모론을 들고 나오자 이항복과 함께 이를 반대하였다. 이에 삼사가 둘을 처형하자고 주장했으나, 광해군이 둘의 관직을 삭탈하는 선에서 사태를 수습하였다.

8　빈산은 1613년에 이항복이 은거하고 있던 노원(蘆原)을 말한다. 『시경』 「대아(大雅)」 '억(抑)'에 '말을 경솔히 하지 말고, 구차히 하지도 말라. 아무도 내 혀를 잡아매주지 않나니, 함부로 말해서는 안 되느니라〔無易由言, 無曰苟矣, 莫捫朕舌, 言不可逝矣〕'라는 말이 나온다.

92

이항복의 동몽시

백사(白沙) 이항복(李恒福)이 지은 「선우야연도(單于夜宴圖)」 시[1]는 다음과 같다.

음산(陰山)[2]에서 사냥 마치고 달빛은 흐릿한데	陰山獵罷月蒼蒼
철마(鐵馬) 천 마리가 밤늦도록 서리 밟고 있네	鐵馬千群夜踏霜
막사 안에 호가(胡笳) 피리 두세 마디 연주되자	帳裏胡笳三兩拍
술동이 앞에 일어나서 좌현왕(左賢王)[3]은 춤을 춘다	樽前醉舞左賢王

시어가 지극히 호방하다.

---

1 이항복의 『백사집(白沙集)』 권1에 실려 있다. 어린 시절에 쓴 동몽시로 정만조(鄭萬朝)도 『용등시화(榕燈詩話)』에서 칭찬하였다.
2 하권 82칙 각주 3번을 참조하라.
3 흉노의 귀족 중 최고 지위의 봉호로, 선우의 후계자나 태자가 여기에 봉해진다.

93

이항복의 풍류

백사 이항복이 일찍이 군문(軍門) 형개(邢玠)[1]의 접반사(接伴使)로 진주에 이르러 몇 달을 머물렀다. 하루는 기생을 불러 터진 옷을 꿰매라고 명하였더니 본 고을의 병마절도사(兵馬節度使)가 백사가 무료할 것이라고 짐작하고서 어린 기생 하나를 뽑아 들여보내고 일부러 천천히 꿰매어 유혹하게 하였다. 백사가 곧 장난삼아 시 한 수를 지어주었다.[2]

장군은 병서[3]를 익숙하게 공부하여　　　　　　將軍熟讀圯橋書

적군을 헤아리듯 나그네 심정을 잘도 알아채네　　料得客情如料敵

1　형개(邢玠, 1540~1612)는 1597년(선조 30년) 정유재란 때 명나라 병부상서(兵部尚書)로서 경략조선군무사(經略朝鮮軍務使)가 되어 원병을 거느리고 조선에 왔었다.

2　이 시는『백사집』권1에「오랫동안 의춘(宜春)에 머물면서 병사(兵使)에게 터진 옷을 꿰매달라고 했다. 병사가 나 홀로 자는 것을 불쌍히 여겨 어린 기생을 뽑아 보내고 일부러 바느질을 천천히 해서 날이 저문 것을 핑계로 자게 하여 내가 사랑하도록 유도했다. 나는 늙었으니 머리 깎은 중이 빗을 얻은들 무슨 소용 있겠는가? 그리하여 절구 한 수를 지어 거절한다【을미년(1595) 책사(冊使)의 접반사(接伴使)로서 남쪽에 머물렀다】〔久客宜春, 求補綻於兵使. 兵使憫余孤眠, 選送少娥, 故遲針事, 因暮托宿, 導余有呀, 余老矣, 頭陀僧得梳, 何益焉, 因賦一絕謝之【乙未, 以冊使接伴使, 留南】〕」란 제목으로 실려 있다.

일부러 섬섬옥수로 천천히 옷을 꿰매게 하여   故敎纖指懶縫衣

선생의 철석간장을 시험하려 드는구나   欲試先生腸似石

지금까지 전송되어 풍류스런 이야깃거리가 되었다.

---

3 원문은 '圯橋書'로 한(漢)나라 장량이 하비(下邳)의 이교(圯橋) 위에서 황석공(黃石公)으로부
터 받은 태공망(太公望)의 병서(兵書)를 말한다.

94

윤두수의 어진 마음

오음(梧陰) 윤두수(尹斗壽)가 벼슬하기 전에 절에 올라가 학업을 닦았
는데, 언젠가 벽에 시를 썼다. 그중의 한 연(聯)은 다음과 같다.

자루를 매달아 굶주린 쥐를 막고[1]   懸橐防飢鼠
등불 돌려놓아 달려드는 나방 보호하네   回燈護撲蛾

　시를 잘 짓는 노승이 있어 그 시를 보고 말하였다. "선비님이 미물
을 구제하려는 마음을 가졌으니 반드시 정승에 오를 것이외다." 훗날
과연 말이 들어맞았다.

---

1 쥐가 굶주려 사람의 곡식을 탐내는 상황을 예방한다는 의미로 이해된다.

95

이호민의 매화 시

오봉(五峯) 이호민(李好閔)[1]이 매화를 읊은 시는 다음과 같다.

희디흰 구름 끝의 달	皎皎雲端月
곱디고운 강가의 꽃가지	娟娟江上枝
천만 리 떨어져 있어도	其間千萬里
맑은 달과 흰 매화는 늘 함께하네	淸白故相隨

정신(精神)의 표현이 대단히 오묘하다.

---

1 이호민(李好閔, 1553~1634)의 자는 효언(孝彦), 호는 오봉(五峯), 본관은 연안(延安)이다. 선
조 때에 예조판서와 대제학 등을 역임하였다. 1602년 명나라 고천준(顧天埈)이 황태자 책립
을 알리는 조사로 조선에 왔을 때 의주영위사(義州迎慰使)로 뽑혔다가 이정귀를 대신하여 원
접사가 되었다. 여기에 인용된 시는 『오봉집(五峯集)』에는 보이지 않는다.

96

유근의 공북루 시[1]

서경(西坰) 유근(柳根)[2]은 자기가 지은 문장을 좋아하는 고질병이 있었다. 충청도 관찰사를 지내던 시절에 어떤 한 서생이 충청 감영에 볼일이 있어서 월사(月沙) 이정귀(李廷龜)에게 편지 한통 써주기를 부탁했다. 월사는 이렇게 말하였다.

"내가 네게 계책 하나를 말해주마. 근자에 듣자니 서경 영감(令監)이 공북루(拱北樓)[3]에서 시를 지었는데 한 연(聯)을 얻고서 득의작이라 자부한다고 하더라. 네가 영감을 만나거든 그 시구를 극찬하거라! 그러면 네 필시 소원을 이룰 것이다."

서생이 충청 감영에 도착하여 월사의 편지를 먼저 들여놓았다. 서

---

1 이 칙은 신연활자본에는 빠져 있다.

2 유근(柳根, 1549~1627)의 자는 회부(晦夫), 호는 서경(西坰), 본관은 진주(晉州)다. 조선 중기의 문인으로 대제학과 우찬성 등을 역임하였다. 1602년에 충청도 관찰사로 부임하여 공산성을 대대적으로 중수하고, 공북루를 새로 개축하였다.

3 충청남도 공주시 금성동에 있는 정자로, 공산성의 북문루(北門樓)다. '공북(拱北)'은 『논어』「위정」의 "정사를 행하되 덕으로써 하는 것은 비유컨대 북극성이 제자리에 처하고 있으면 뭇 별들이 그 곁을 둘러싸며 호위하는 것과 같다〔爲政以德, 譬如北辰, 居其所, 而衆星拱之〕"에 출처를 둔 말이다. 유근이 1603년에 공북루를 건립하였다는 기록이 「공주공북루중수기(公州拱北樓重修記)」에 보인다.

경이 마침 공북루에서 공무를 보고 있다가 서생을 불러들였다. 서생이 앉아서 담소를 나누는 중에 "소위 창벽(蒼壁)이란 곳이 어디에 있습니까?"라고 물었다. 서경이 가리키며 "여기가 창벽일세"라고 답하니 서생이 혀를 내두르며 감탄하고 말했다.

"소생은 일찍이 상공께서 지으신

소동파(蘇東坡)의 적벽(赤壁)[4]이 오늘날 창벽(蒼壁)이요　蘇仙赤壁今蒼壁
유량(庾亮)의 남루(南樓)[5]가 이곳 북루(北樓)라네　　　　庾亮南樓是北樓

라는 시구[6]를 듣고서 무릎을 치며 감탄했는데 오늘 직접 올라봐서야 상공의 시가 핍진하게 묘사된 줄을 깨달았습니다. 두보(杜甫)의 솜씨라 해도 어찌 이보다 더하겠습니까?"

서경이 "자네는 그 시구를 어디서 들었는가?"라고 묻자 서생은 "이

4　동파(東坡)는 송대의 문호인 소식(蘇軾)이다. 황주(黃州)에 유배된 소동파가 1082년 가을과 겨울에 황주의 적벽에서 노닐며 「적벽부(赤壁賦)」를 지었다. 7월에 지은 것을 「전(前)적벽부」, 10월에 지은 것을 「후(後)적벽부」라 한다.

5　유량은 진(晉)나라의 정승이다. 그가 무창(武昌)을 다스릴 때, 아전들이 달밤에 남루(南樓)에 올라 시를 읊고 있었다. 유량이 이르자 아전들이 자리를 피하려 하였더니 그는 "제군들은 잠시 더 머무르게! 이 늙은이도 이런 곳에서 흥취가 얕지 않다"라 하고는, 의자에 앉아 함께 어울려 시를 읊으며 놀았다(『진서(晉書)』「유량열전(庾亮列傳)」).

6　유근은 1603년 공북루 중수를 마치고 잔치를 한 다음에 이 시구를 지었다. 『서경집(西坰集)』 권2에 실려 있는 「공북루가 낙성되어 장인들을 불러다 다 같이 뜰에 모여 술을 대접하였다. 술이 불콰해지자 서로 앞다퉈 일어나 춤을 추었다. 이날 마침 비도 내렸다[拱北樓成, 招工匠, 咸集于庭, 饋之以酒, 酒闌爭起舞, 是日適有雨]」라는 작품의 함련이고, 『택리지』「충청도」편에도 인용되어 있다. 전문은 다음과 같다. "高棟新開城上頭, 金湯萬古衛神州, 蘇仙赤壁今蒼壁, 庾亮南樓是北樓, 人在湖山應自得, 天敎江漢擅風流, 片雲忽送催詩雨, 相我淸樽九日遊."

시구가 도성에서 회자되고 있습니다. 월사나 동악(東岳) 같은 대감들도 모두 감탄하고 칭찬하셨습니다"라고 대답하였다. 서경이 몹시 기뻐하며 "자네와는 더불어 시를 논할 만하군"이라 하고는 드디어 술자리를 베풀어 대접하고 하고픈 일을 곡진히 들어주었다. 월사가 소식을 듣고는 배를 움켜잡고 웃으며 "과연 내 생각대로 되었군"이라 하였다.

97

시어 고치기

서경 유근이 제호(霽湖) 양경우(梁慶遇)에게 "내가 시 한 연(聯)을 지었네.

낡은 제단에는 푸른 풀이 돋아났고	古壇生碧草
초승달은 황혼녘에 걸려 있네	新月掛黃昏

어디 옛사람의 시에 견줄 만한가?"라고 물었다. 제호가 "두보(杜甫)의 율시(律詩)에

섬돌에 어우러진 푸른 풀은 절로 봄빛이고	映階碧草自春色
잎에 가린 노란 꾀꼬리는 괜스레 재잘대네[1]	隔葉黃鸝空好音

라고 하였습니다. 공의 시의(詩意)는 여기에서 나온 듯합니다"라고 하였다. 서경이 웃으며 "내 그대의 뜻을 알겠네"라 하고는 즉시 '생

---

1 두보의 시 「촉상(蜀相)」의 함련(頷聯)이다.

(生)'과 '괘(掛)' 두 글자를 다음과 같이 고쳤다.

낡은 제단에는 부질없이 푸른 풀이고　　　　　　　　古壇空碧草

초승달은 저절로 황혼녘이로다　　　　　　　　　　　新月自黃昏

그러자 제호가 웃으며 탄복하며 "제가 어찌 감히!"라고 하였다. 제호는 사실 두 글자를 고치게 하고 싶었으나, 대놓고 말할 수 없었기에 두보의 시를 거론하여 완곡하게 말한 것이었다. 두 글자를 고치니 자연스러워 훨씬 빼어나다.

98

윤계선의 시

파담자(坡潭子) 윤계선(尹繼善)[1]이 임진왜란에 명나라 군대가 왔을 때
다음 시를 명나라 장수에게 써주었다.

이십사교(橋)[2] 옆에는 그대의 집	君家二十四橋邊
누각 위에는 열다섯 꽃다운 새 색시	樓上佳人三五年
원정간 임은 오지 않고 봄은 벌써 찾아와	征客未歸春已到
옥 같은 창 앞엔 매화가 피었으리라[3]	梅花應發玉窓前

---

1 윤계선(尹繼善, 1577~1604)의 자는 이술(而述), 호는 파담(坡潭), 본관은 파평이다. 1597년
   에 알성문과에 장원으로 급제하였고, 홍문관 수찬 등을 역임하였다. 1600년에 설화(舌禍)에
   연루되어 옹진 현감으로 좌천되었고, 이후에 평안도 도사에 임명되었으나 나가지 않았다. 천
   재로 알려졌고, 「달천몽유록(達川夢遊錄)」을 지었으나 요절하였다.
2 이십사교(二十四橋)는 강소성(江蘇省) 양주(揚州) 강도현(江都縣) 서쪽에 있던 24개의 다리
   이다. 당나라 때 명승지로 유명하여 번화한 거리를 비유하는 표현으로 쓰인다.
3 왕유(王維)의 「잡시(雜詩)」 3수 중 제2수 '그대는 고향에서 오셨으니 응당 고향 일을 아시겠
   지요. 오시던 날 창 앞에는, 매화꽃이 피었던지요?'(君自故鄕來, 應知故鄕事. 來日綺牕前, 寒梅
   着花未?)와 제3수 '매화가 핀 걸 봤는데, 새 울음소리도 들리네. 수심에 잠겨 봄풀을 보니, 옥
   계에서도 자랄까 두려워라(已見寒梅發, 復聞啼鳥聲. 愁心視春草, 畏向玉階生)'라는 구절에서
   구법을 취하여 아내를 그리워하는 마음을 표출한 듯하다.

당나라 시인의 시와 비슷하다. 명나라 장수는 양주(揚州) 사람으로
장가들자마자 색시와 이별하고 온 자였다.

99

최립의 은대이십영

간이(簡易) 최립(崔岦)[1]은 새로 급제한 신출내기라 하여 승정원에 붙들려갔다. 주서(注書)인 청련(靑蓮) 이후백(李後白)이 간이로 하여금 앞에 나와 고개를 숙이고 엎드리라고 한 뒤 칠언 근체시 20수의 운자(韻字)를 내주고 즉각 시를 짓게 했다. 간이는 마치 뱃속에 지어놓은 시고(詩稿)가 있는 것처럼 거침없이 지어냈다. 얼마 지나지 않아 작품이 벌써 완성되었는데 시어와 의미가 다 빼어나서 좌중에서 놀라 탄복하지 않은 사람이 없었다. 세상에서 칭송하는 「은대이십영(銀臺二十詠)」[2]이 바로 그 작품이다. 이제 그중 한 수를 기록하니 「부평(浮萍)」이란 시이다.

---

1 최립(崔岦, 1539~1612)의 자는 입지(立之), 호는 간이(簡易)·동고(東皐), 본관은 통천(通川)이다. 문장가로 당대에 문명을 떨쳤고 임진왜란을 전후하여 외교문서가 대부분 그의 손에서 나왔다. 개성 출신이라는 이유로 고관에 오르지 못했다. 문집에 『간이집(簡易集)』이 있다.

2 『간이집』 권6에 「은대 이십영. 기미년 봄에 직부전시를 열라는 명이 있었고, 이때 급제하였다. 주서 이청련 공이 운을 출제하자 급히 지어 올렸다(銀臺二十詠, 己未春. 有直赴殿試之命, 于時以新恩, 故注書李靑蓮公出題韻, 急製以呈)」라는 제목으로 실려 있다. 이 시의 대상은 怪石, 枯木, 萬年香, 四季花, 老松, 烏竹, 紅蓮, 白蓮, 海榴, 山榴, 瑞香花, 洞庭橘, 菖蒲, 浮萍, 楓, 梨, 木燈檠, 銅盥盆, 石鼎, 地爐이다.

푸른 물결 위에 둥실둥실 많고 많은 점	泛泛紛紛點綠漪
한가로울 때 바라보면 똑같이 기이하네	開時看作一般奇
튀어나오는 물고기 숨기려는 듯 막아서다가	遮來似爲藏魚躍
엿보는 새 피하려는 듯 뭉쳐서 가기도 하네	約去如知避鳥窺
그저 무심하게 떠다니다 머무르니	只是無心浮更泊
합하고 흩어지는 행적을 한 적이 있던가	何曾有迹合還離
너를 보고 빈 배 이야기3 떠오르니	憑君擬却虛舟說
몸은 부평초요 세상은 연못이로다	身是浮萍世是池

　20수의 근체시는 열흘 동안 단련하고 한 달 동안 제련해도 오히려 완성할 수 없거늘, 더구나 눈 깜짝할 새에 종이를 잡고 써내는 솜씨야 말해 무엇하랴? 간이가 시단의 맹주가 되어 한 시대에 이름을 떨친 것은 당연하다. 세상 사람들은 시를 볼 때, 정밀하고 깊고 기이하고 예스러우면 험벽하고 괴이하다 간주하고, 생경하고 허약하고 비루하고 천근하면 아름다운 풍격이라 하니 참으로 가소롭다.

---

3 허주설(虛舟說)은 굳이 계교(計巧)를 부리며 어렵게 세상을 살아갈 것이 없이 그저 빈 마음으로 외물(外物)을 대하며 무심하게 지내자는 취지이다. 『장자』 산목(山木)에 "배를 타고 강물을 건널 때, 어디에선가 빈 배[虛船]가 와서 부딪치면, 비록 마음이 좁고 조급한 사람이라 하더라도 화를 내지 않는 법이다"라는 말이 있다.

100

최립의 시

간이가 괴석(怪石)을 읊은 시는 다음과 같다.

이 한 마리를 창가에 매달아 놓고 　　　　　　　窓間一蝨懸

시선을 고정하면 수레바퀴처럼 커 보이네[1] 　　目定車輪大

나는 이 돌을 얻고 나서는 　　　　　　　　　自我得此石

화산(花山)[2]을 향해 앉지 않네 　　　　　　不向花山坐

시가 정밀하고 깊고 기이하고 예스럽다. 또 박연폭포를 읊은 시는 다음과 같다.

구만 리에 띠를 드리웠다는 말은 아이들 소견이요 　　紳垂九萬兒童見

길이가 삼천 척[3]이란 말은 세간의 이야기지 　　尺可三千世俗談[4]

---

1 기창(紀昌)이 비위(飛衛)로부터 활 쏘는 법을 배울 때 이 한 마리를 창가에 매달아 놓고 매일 쳐다보았다. 시간이 흐를수록 이가 조금씩 크게 보이더니 3년이 지나서는 수레바퀴처럼 보였다는 이야기가 있다.

2 화산(花山)은 황해도 옹진군에 있는 산이다.

소동파(蘇東坡)가 눈을 읊은 시에 차운한 시[5]는 다음과 같다.

사치스러운 누각의 백옥[6]을 우선 빻아다가 　　　　　樓奢白玉敎先碎

싱겁게 먹는 백성을 위해 소금을 뿌려주셨네 　　　　食淡蒼生爲下塩

　시어와 의미가 또한 평범한 사람의 생각을 훌쩍 벗어났으니 따라
잡을 수 없다. 그러나 세상에서 문장이나 잘 꾸며대는 사람 중에 간이
의 시는 뻣뻣하여 볼 만하지 않다고 하는 이도 있는데 자기 주제도 파
악하지 못했음을 보여줄 뿐이다. 허균은 다음과 같이 말했다. "간이의
시는 본래 스승으로부터 배운 것이 아니라 스스로 격조를 만들어 낸
것이다. 뜻은 깊고 시어는 우람하여 성률이나 갈고 닦고 꽃처럼 고운
말을 주어 쓰는 자들이 따라잡을 만한 수준이 아니다. 나는 간이의 시
가 문장보다 낫다고 생각한다."[7]

3　이백(李白)의 「여산폭포를 바라보다(望廬山瀑布)」에 "해가 비친 향로봉에 붉은 안개 피어나
　고, 멀리 보니 폭포수가 냇물 위에 걸려 있네. 물살 날아 삼천 척을 곧장 내리 쏟아 부으니, 구
　천에서 은하수가 떨어지는 것 아닐까?〔日照香爐生紫煙, 遙看瀑布掛前川. 飛流直下三千尺, 疑
　是銀河落九天〕"라고 하였다.

4　『간이집』 권7에 「약로가 박연폭포를 감상할 생각으로 지은 시에 차운하여 왕복하면서 짓다
　【10수. 나는 일찍이 10년 전에 노닐었는데 약로는 아직 노닐지 못했다】〔次韻藥老料理朴淵一
　賞, 往復之作通【十首. 余之曾遊, 在十年前, 而藥老未遊也】〕라는 제목으로 실려 있다. 그중 제2
　수이다.

5　이 시는 『간이집』 권7에 「눈 내린 후 동파의 시에 차운하다【4수 중 제1수】〔雪後, 次東坡韻.【四
　首之第一】〕라는 제목으로 실려 있다. 동파가 눈을 읊은 시는 「눈 내린 후 북대 벽에 쓰다. 2수
　〔雪後, 書北臺壁, 二首〕를 말하는데, 『소동파집(蘇東坡集)』 권12에 나온다.

6　백옥루를 말한다. 옥으로 만든 누대라는 뜻으로 상제(上帝)나 신선들이 산다는 곳이다.

7　허균의 말은 『성소부부고(惺所覆瓿稿)』 권20에 실린 「최간이에게 주다〔與崔簡易〕」에 보인
　다. "世人不知文者, 惧卑公詩, 此太矙矙. 公文雖悍杰, 亦從班椽昌黎中來也. 詩則本無師承, 自刱
　爲格, 意淵語桀, 非切摩聲律, 探摄花卉者所可企及. 吾以公詩爲勝於文, 未知公印可否."

101

주지번과 최립

태사(太史) 주지번(朱之蕃)[1]이 한강에서 노닐다 장편 한 수를 짓고서[2] 영의정 유영경(柳永慶)에게 차운(次韻)하게 하였다. 당시에 간이 최립 이 제술관(製述官)으로서 차운시를 대신 지었는데 그 첫 번째 구절은 다음과 같다.

한강은 예로부터 귀한 손님을 즐겁게 한 곳　　　漢江自古娛佳客

왕경 큰 거리에서 십 리도 떨어지지 않았지　　　不能十里王京陌[3]

---

1 주지번(朱之蕃, 1546~1624)은 명나라의 대신이자 서화가, 문인으로 조적(祖籍)은 금릉(金陵)이고, 자는 원개(元介)며, 호는 난우(蘭嵎)이다. 1595년에 과거에 장원급제했다. 예부우시랑(禮部右侍郞)에 올랐다. 1606년 주지번과 양유년(梁有年)이 황태손(皇太孫) 탄생을 반포하기 위해 조선에 왔을 때 대제학 유근이 원접사로 응접하였다. 서화에 뛰어나 그의 글씨를 받으려는 사람들이 많았으며, 그의 시문은 당시 조야 문인의 이목을 끌었다. 저서에 『봉사고(奉使稿)』가 있다.

2 주지번이 지은 시는 『황화집(皇華集)』 권40에 실린 「한강에 배 띄우고 고기잡이를 구경하다〔漢江泛舟觀漁〕」로 16문 32구이다. 시는 다음과 같이 시작한다. "我本江上垂綸客, 十載京塵迷紫陌. 紫陌揮鞭信馬蹄, 淸江飛夢舊漁磯."

3 『간이집』 권8에 「정사의 '한강에서 고기잡이를 구경하다' 시에 차운하다〔次正使漢江觀漁韻〕」라는 제목으로 실려 있다.

원접사 유근(柳根)이 간이의 시를 보고 '왕경(王京)' 두 자를 '장안(長安)'으로 고치자 간이가 슬며시 웃었다. 태사에게 시를 주자 태사가 크게 칭찬하고서 '장안' 두 글자를 집어내며 말했다. "장안은 본래 당신들의 땅이 아니고, 시어 또한 위축되고 약하다. '왕경' 두 글자가 온당한 것만 못하다." 유근이 듣고서 몹시 부끄러워했다.

102

양대박의 청계 시

죽암(竹巖) 양대박(梁大樸)[1]이 청계(靑溪)를 읊은 시[2]는 다음과 같다.

산 귀신은 밤마다 금정[3]의 불을 엿보고　　　　　　山鬼夜窺金鼎火

물새는 가을이면 연못의 안개 속에 잠드네　　　　　水禽秋宿石塘煙

맑고 그윽하며 기이하고 굳세다.[4]

---

1 양대박(梁大樸): 1543~1592. 자는 사진(士眞), 호는 송암(松巖), 죽암(竹巖), 청계도인(靑溪道人), 본관은 남원(南原)이다. 조선 중기의 저명한 시인으로 문집에『청계집(靑溪集)』이 있다.

2 이 시는『청계집』에「청계(靑溪) ○중국 사신 주지번이 향 넣어 달인 물에 손을 씻은 후 읽다〔天使朱之蕃香湯盥手後讀之〕」로 실려 있다. 청계는 양대박이 40세에 청계정사를 지어 살았던 곳으로, 전북 남원과 전남 곡성에 걸쳐 있는 동악산(動樂山)에 있는 도림사 계곡이다.

3 금정(金鼎)은 도사(道士)가 단약(丹藥)을 만들 때 사용하는 세발 솥 화로를 가리킨다.『학산초담』에는 금정(金井)으로 되어 있다.

4 허균이『학산초담』에서 양대박의 시재를 칭찬하며 본문의 시구를 인용했다.

103

임제의 풍류

백호(白湖) 임제(林悌)[1]가 어릴 적에 나가 놀다가 빼어나게 고운 자태를 지닌 한 여종을 만났다. 임제가 그를 보고서 마음에 들어 뒤를 밟아 가니, 여종이 어느 큰 집에 이르러서 안채로 뛰어들어가니 바로 그 주인집이었다. 임제가 사랑채까지 뒤쫓아 들어오자 주인이 괴이하게 여겨서 즉시 종을 시켜 섬돌 아래로 데려오게 하고는 물었다. "너는 뉘 집 자식이기에 감히 이리 당돌하게 구는 것이냐?" 임제가 대답했다. "저는 유생입니다. 길에서 예쁜 아이를 만나 따라오다 보니 저도 모르는 사이에 여기까지 들어왔습니다. 실로 큰 무례를 범했습니다." 주인이 "너는 내가 운자(韻字)를 부르는 대로 즉시 시를 완성해라! 그리하면 용서할 것이나 못하면 볼기를 치리라"라고 말한 다음 '홍(薨)', '승(升)', '등(滕)' 세 개의 운자를 불렀다. 말이 떨어지자마자 임제가 다음 시를 읊었다.

---

1 임제(林悌): 1549~1587. 자는 자순(子順), 호는 백호(白湖), 본관은 나주(羅州)로 조선 중기의 문신이자 시인이다. 문집에 『백호집(白湖集)』이 있다.

봄 신령이 구십 일이면 죽는다는 말을 듣고서 　　　　聞道東君九十薨

아쉬워하는 여자애들 눈물을 한 바가지 흘리네 　　　惜春兒女淚盈升

꽃향기 찾는 들뜬 나비를 힐난할 게 뭐 있는가 　　　尋香狂蝶何須問

정승님의 풍류는 등나라처럼 쩨쩨하구나2 　　　　　相國風流小似滕

주인이 매우 기특하게 여겨 여종을 불러다 임제에게 주었다.

---

2 『맹자』「양혜왕 하(梁惠王下)」의 "등(滕)나라 문공(文公)이 물었다. '등나라는 작은 나라로서
　제나라와 초나라 사이에 끼어 있으니, 제나라를 섬겨야 합니까? 초나라를 섬겨야 합니까?〔滕
　文公問曰, 滕, 小國也. 間於齊楚, 事齊乎? 事楚乎?〕"에 출처를 둔 내용이다.

104

임제의 표절

백호 임제가 일찍이 「패강곡(浿江曲)」 10수를 지었는데 그중 제6수는
다음과 같다.

대동강 아가씨들 봄볕에 걸어가니	浿江兒女踏春陽
봄볕 드는 어디인들 애간장이 안 끊기랴	何處春陽不斷腸
끝이 없는 아지랑이 실로 삼아 베를 짠다면	無限煙絲若可織
그대 위해 마름질하여 춤옷 지어보련마는	爲君裁作舞衣裳

이 시는 일시에 전해져 읊어졌다. 현옹(玄翁) 신흠(申欽)도 『청창연
담(晴窓軟談)』에 이 시를 싣고서 염려(艷麗)하다고 칭찬하며 두목(杜牧)
을 본받았다고 했다.[1] 내가 『시학대성(詩學大成)』[2]을 봤더니 그 가운데

---

1 『청창연담』 하권에 "말이 몹시 염려하니 대개 번천(樊川) 두목(杜牧)을 본받은 작품이다[語甚
艷麗, 蓋學樊川者也]"라는 평이 보인다.
2 『시학대성(詩學大成)』은 사물과 관련하여 시의 작법을 논한 책이다. 원나라 모직방(毛直方)의
『시학대성』이 편찬된 이후 원나라 임정(林楨)의 『연신사비시학대성(聯新事備詩學大成)』, 명나
라 이반룡(李攀龍)의 『신간증보고금명가시학대성(新刊增補古今名家詩學大成)』, 청나라 조위
(趙魏)·여집(余集)·전점(錢坫)의 『증광사련시학대성(增廣事聯詩學大成)』 등이 편찬되었다.

시 한 수3가 임제의 작품과 별반 차이 없이 '장안(長安)' 두 글자를 '패
강(浿江)'으로 고쳤다.

아계(鵝溪) 이산해(李山海)가 유빙(流氷)을 읊은 시는 다음과 같다.

틀림없이 옥룡이 바다 굴에서 싸웠나 보다   應是玉龍鬪海窟
부서진 비늘과 깨진 발톱이 강 가득 떠내려 오네   敗鱗殘甲滿江來

내가 『요산당기(堯山堂記)』4의 눈을 읊은 시5에 이 구절이 있는 것을
보았는데 아계가 '벽락(碧落)' 두 글자를 '해굴(海窟)'로 고치고, '공(空)'
자를 '강(江)'자로 고친 것이다.

아계가 비록 옛사람의 시구를 그대로 썼다 해도 '걸음을 옮겨 모양
을 바꾼[移步換形]'6 정도이다. 그러나 백호가 위아래 두 구절을 모두
쓰면서 '패강' 두 글자만 고쳐 한 시대에 명성을 구한 것은 '무덤을 파
는 솜씨[發塚手]'7라 하겠다.

---

3 당나라 문인 형봉(邢鳳)의 「몽중미인가(夢中美人歌)」를 가리키는 듯하다. "長安少女踏春陽,
   何處春陽不斷腸?"

4 『요산당기(堯山堂記)』는 명나라 장일규(蔣一葵)가 편찬한 『요산당외기(堯山堂外記)』를 가리
   킨다. 총 100권 20책으로 고대에서부터 명나라 이반룡(李攀龍)·왕세정(王世貞)에 이르기까
   지 역대 인물들의 시화를 수록하였다. 조선 문인들에게 널리 읽혔다.

5 송나라 장원(張元)의 「영설(詠雪)」을 가리키는 듯하다. "戰退玉龍三百萬, 敗鱗殘甲滿空飛."

6 당나라 복응천(卜應天)의 『설심부(雪心賦)』 권6에 "걸음을 옮기면 형상이 바뀌는 것을 알아야
   한다. 다만 취할 건 조산으로 혈을 증명하는 것이다[須知移步換形, 但取朝山證穴]"라는 말이
   보인다.

7 『장자(莊子)』 「외물(外物)」편의 '경전(經典)'을 내세워 도굴하는 짓을 정당화한 위선적인 선비
   [發塚儒]' 이야기에 근거를 둔 말로 표절했음을 뜻한다.

105

차천로의 율시 두 편

오산(五山) 차천로(車天輅)가 호젓한 곳에 머물면서 속마음을 풀어낸 시는 다음과 같다.

해가 중천에 떠도 사립문 잠그고 있으니	反鎖柴門白日高
원헌(原憲)[1]처럼 쑥대로 덮인들 누가 불쌍히 여기랴	誰憐憲室沒蓬蒿
만권의 책을 읽었어도 공명은 작기만 하나	讀書萬卷功名薄
술 석 잔 잡고 있어도 의기는 호방하도다	把酒三盃意氣豪
비에 길들여진 작은 산에 초목이 마구 불어나고	慣雨小山驕草木
바람 불지 않는 평지에는 파도가 무섭게 치네	不風平地怒波濤
달팽이 뿔을 제외하면 모기처럼 지나가니[2]	較除蝸角蚊虻過

---

1 원헌(原憲)은 춘추시대 노(魯)나라 사람으로 자는 자사(子思)이며 공자의 제자이다. 생풀로 지붕을 덮고 쑥대로 문을 삼아 비가 오면 위아래로 물이 스미는데도 편안히 받아들였다. 『장자』 「양왕(讓王)」에 빈곤한 원헌과 출세한 자공(子貢)의 문답이 전한다.

2 달팽이 뿔에서 틈만 나면 벌어지는 소소한 싸움(『장자』 「칙양(則陽)」)과 같은 것을 제외하면 세간의 비방이나 칭찬은 모두 모기처럼 빠르게 사라진다는 뜻이다. 차천로는 "지난날 비방과 칭찬이 모기처럼 지나가니[向來毀譽蚊蝱過]"라는 시구를 지었다(『오산집』 권2, 「追次李子敏韻」 참조).

눈을 들어 긴 하늘 보며 보검을 어루만지네   舉目長天按寶刀

　표현이 걸출하다. 공의 시는 대체로 기세가 드넓다. 그런데 「취한 후에 읊다[醉後吟]」라는 율시 한 편은 지극히 평탄하고 담박하며 따사롭고 고아하여 기상이 절로 아름답다. 그 시는 다음과 같다.

작은 강이라 가랑비에 모래펄이 잠기고   小江微雨侵平沙

아득한 광야엔 멀리까지 나무가 비꼈었네   曠野蒼茫遠樹斜

과객에게 도리어 술이 있다고 기뻐할 뿐   但喜客邊還有酒

봄이 다 가서 꽃이 지려는 줄은 모르네   不知春盡欲無花

타향에서 이별한 한(恨)은 푸른 풀에 잇닿고   異鄉別恨連靑草

고향으로 돌아갈 마음은 붉은 안개에 어렸네   故國歸心繞紫霞

늘 장안(長安)을 향해 서쪽 보고 웃으니3   每向長安作西笑

호서(湖西)는 여전히 하늘 끝에 있도다   湖西猶是在天涯

　붉은 안개라는 뜻의 자하(紫霞)는 송도(松都)의 마을 이름이기도 하다.

---

3 이백(李白)의 「족숙인 형부시랑 이엽(李曄)과 중서사인 가지(賈至)를 모시고 동정호에서 노닐며[陪族叔刑部侍郎曄及中書賈舍人至, 游洞庭]」 제3수에 "낙양의 재자는 상천에서 귀양살이 하고, 이응과 곽태 한 배 올라 달 아래 신선 되었네. 장안을 떠올리며 웃어보려 해도, 어디가 서쪽 하늘인지 모르겠네[洛陽才子謫湘川, 元禮同舟月下仙. 記得長安還一笑, 不知何處是西天]"라는 시구가 전한다. 여기에서 '서쪽'은 도성이 있는 곳을 가리킨다.

106

한호를 추억한 차천로의 시

오산 차천로와 석봉(石峯) 한호(韓濩)는 둘 다 송도(松都)에서 태어나 문장과 필법으로 천하에서 명성이 떠들썩하였다. 석봉이 죽고 난 뒤 언젠가 오산이 꿈에서 석봉을 보고는 감회가 일어나 다음과 같은 시를 지었다.

옥 같은 나무 서리에 꺾이고 먹물 못이 뒤집히니[1]   玉樹霜摧墨沼翻

어찌 차마 말을 타고 서문 향해 길을 나서랴[2]   羊鞭何忍打西門

삼 년 동안 지하에서 소식 한 자 없더니   三年地下無消息

---

1 '옥 같은 나무[玉樹]'는 훌륭하고 준수한 자제를 예찬한 말이다. 진(晉)나라 사안(謝安)이 여러 자질(子姪)들에게 사람들이 자제들이 훌륭해지기를 바라는 이유를 묻자 조카 사현(謝玄)이 "비유하자면 지란과 옥수가 자기 집 정원에서 자라나기를 바라는 것과 같습니다[譬如芝蘭玉樹, 欲使其生於庭階耳]"라고 답한 데서 유래하였다(『진서(晉書)』 권79 「사안열전(謝安列傳)」). '먹물 못[墨沼]'은 후한(後漢)의 장지(張芝)가 글씨를 익힐 때 집안 모든 의백(衣帛)에 글씨를 쓴 후 빨아서 "못가에서 글씨를 연습하여 못물이 다 검어졌다[臨池學書, 池水盡黑]"라고 일컬어진 데서 유래하였다.

2 양담(羊曇)은 진(晉)나라 명재상으로 유명한 사안(謝安)의 생질인데, 평소 사안에게 사랑받다가 사안이 죽자 비통한 마음을 금치 못했다. 이후 사안의 무덤을 보면 마음이 아파 무덤이 있는 서주문(西州門)으로 다니지 않았다고 한다. (『진서(晉書)』 「사안전(謝安傳)」) 한호의 죽음을 슬퍼한 구절이다.

하룻밤 하늘가로 넋이 되어 꿈에 뵈네   一夜天涯有夢魂

백운에도 부질없이 눈자위가 시려 오니   叵耐白雲空眼冷

긴 피리에 다시는 울먹이진 말아야지3   不須長笛更聲吞

상자 속에 난정(蘭亭)의 글씨4 변함없이 들어 있어   篋中未沫蘭亭字

가을바람 맞으면서 눈물 자국 훔치노라   却向秋風拭淚痕

또 석봉의 아들 한민정(韓敏政)5에게 준 시는 다음과 같다.

낙심한 늙은 태상(太常)6 누가 가여워할까   潦倒誰憐老太常

옛 친구를 마주하니 어느새 또 석양이로구나   故人相對又斜陽

온 성에는 꽃이 가득해 푸른 봄도 다 지나고   滿城花柳靑春盡

눈에 드는 애환 속에 흰머리만 자랐도다   過眼悲懼白髮長

자경(子敬)은 유업을 이어7 지금 시대 명필이요   子敬箕裘今墨妙

---

3 진(晉)나라 상수(向秀)가 혜강(嵇康), 여안(呂安)과 함께 산양(山陽)에서 절친하게 지냈는데,
　두 벗이 죽은 뒤 산양의 옛집을 지나다가 이웃의 처량한 젓대소리를 듣고 죽은 벗들이 그리워
　눈물을 흘리며 「사구부(思舊賦)」를 지었다는 고사가 전한다(『진서(晉書)』 권49 「상수열전(向
　秀列傳)」).

4 난정(蘭亭)은 동진(東晉)의 명필 왕희지(王羲之)가 짓고 글씨를 쓴 「난정기(蘭亭記)」를 말하는
　데 여기서는 석봉이 쓴 글씨를 말한다. 석봉은 글씨를 잘 써서 명나라에 보내는 외교문서를 도
　맡았는데 서사관으로 파견되었을 때 주지번이 그의 글씨를 왕희지와 안진경(顏眞卿)에 견주
　기도 했다(『선조실록』 39년 8월 6일 기사; 『월사집(月沙集)』 권47 「묘갈명(墓碣銘)」).

5 한민정(韓敏政, 1566~?)의 자는 여인(如仁), 본관은 삼화(三和)다. 차천로가 그에게 지어준 시
　문이 몇몇 남아 전한다. 오세창(吳世昌)의 『근묵(槿墨)』에도 그가 쓴 시가 수록되어 전해온다.

6 늙은 태상(太常)은 차천로 자신을 가리킨다. 태상은 한(漢)나라 경제(景帝)가 개명한 벼슬로,
　본래 진(秦)나라의 봉상(奉常)과 같은 벼슬이다. 조선시대에도 봉상시(奉常寺)를 두어 국가의
　제사 등을 관장하게 하였다. 차천로는 광해군 시절에 봉상시 벼슬을 지냈다.

차공(次公)은 담소[8] 잘 해 예전부터 미치광이지 　　　　　次公談笑舊醒狂

석봉은 돌아갔어도 아들[9]은 남아 있으니 　　　　　石峯冥漠寧馨在

이날 저녁 술 열 잔[10]을 어찌해 사양하랴 　　　　　此夕何辭酒十觴

시를 읽으면 서글픔이 밀려든다.

---

7 자경(子敬)은 왕희지(王羲之)의 아들 왕헌지(王獻之)의 자이다. 아버지와 함께 당대의 명필로
　이름을 날렸다. 여기서는 한민정이 부친 한호의 글씨를 계승하였다며 추어올린 표현이다.

8 차공(次公)은 한(漢)나라 갑관요(蓋寬饒)의 자이다. 청렴하고 강직한 인물로 이름이 높다. 평
　은후(平恩侯) 허백(許伯)이 새집을 짓자 권귀(權貴)들이 가서 하례하였으나, 갑관요는 가지 않
　다가 주인이 청한 뒤에야 그를 방문하였다. 허백이 친히 술을 따라주자 갑관요가 "술을 많이
　주지 마십시오. 제가 바로 술주정뱅이[酒狂]입니다"라고 하였다. 그러자 승상 위후(魏侯)가 웃
　으며 "차공은 술이 깨도 미쳤으니 굳이 술을 마셔야 미치겠습니까?"라고 했다. 여기서는 차천
　로 자신의 광달한 성품을 비유한 말이다(『한서』「蓋寬饒傳」).

9 원문은 '寧馨'으로 본래 '이런[如此]'이란 뜻을 지닌 진(晉)나라 속어이다. 진나라 때 태보(太
　保)를 지낸 왕연(王衍)이 젊은 시절에 산도(山濤)를 방문하자, 산도가 그를 보고 "어떤 아낙이
　이런 아이를 낳았단 말인가[何物老媼, 生寧馨兒]"(『진서』 권43 「왕연열전(王衍列傳)」)라는 고사
　에서 유래하여 '자질과 풍채가 뛰어난 사람'을 가리킨다.

10 두보(杜甫)의 시에 '주인이 서로 만나기 어렵다며, 연거푸 열 잔을 포개어 놓네. 열 잔을 마셔
　도 취하지 않으니, 그대의 변함없는 우정에 감동해서네[主稱會面難, 一擧累十觴. 十觴亦不
　醉, 感子故意長]'라는 구절이 있다(『두소릉시집(杜少陵詩集)』 권6 「증위팔처사(贈衛八處士)」).

107

차천로 시의 장단점

내가 오산 차천로의 사고(私稿)를 보았더니 모두 오산이 직접 쓴 시고
였다. 시가 한없이 넓고 거칠며 호쾌하였으나 대체로 정교하지 못한
점이 많았다. 일본에 사신 가서 쓴 시는 사람들이 칭송하는 작품이나
그 작품도 흠결이 있음을 벗어나지 못했다. 그 시는 다음과 같다.

시름이 일어 중선루(仲宣樓)¹를 찾아가 기대었더니 　　愁來徙倚仲宣樓

푸른 나무에는 서늘함 일어나고 저녁 빛이 밀려왔네 　　碧樹涼生暮色遒

자라 등² 위 바다는 공활해 만 리에 바람 불고 　　　　鰲背海空風萬里

학 곁의 구름이 걷히자 천년 세월의 달이 떴네³ 　　　鶴邊雲盡月千秋

---

1 중선루(仲宣樓)는 중국 당양현(當陽縣)에 있던 누각이다. 한나라 왕찬(王粲)의 자가 중선(仲
宣)인데, 이 누각에서 고향을 그리워하는『등루부(登樓賦)』를 지어 이름이 유래했다.

2 상권 71칙 각주 6번을 참고하라.

3 중국 호북성(湖北省) 무창현(武昌縣) 장강(長江)에 황학산(黃鶴山)이 있는데, 옛날 촉(蜀)의
비문위(費文褘)가 신선이 되어 황학을 타고 쉬어 갔다는 전설이 전해 후인들이 이곳에 황학루
(黃鶴樓)를 세웠다. 당나라 최호(崔顥)의「황학루(黃鶴樓)」에 '옛사람은 이미 황학을 타고 떠
났는데, 이 땅에 공연히 황학루만 남아 있네. 황학은 한번 가서 다시 돌아오지 않고, 흰 구름
만 천년에 부질없이 오가네[昔人已乘黃鶴去, 此地空餘黃鶴樓. 黃鶴一去不復返, 白雲千載空悠
悠]'라는 구절이 보인다.

하늘은 한나라 사신 뗏목 탄 은하수로 이어지고4	天連漢使乘槎路
땅은 진나라 동자 약초 캐던 섬에 접했도다5	地接秦童採藥洲
긴 휘파람 한 소리로 호쾌한 기분 풀어내니	長嘯一聲豪氣發
석양은 서로 지고 물은 동으로 흘러가네	夕陽西下水東流

'바다가 비었다〔海空〕'고 말한 뒤에 다시 '약초 캐던 섬〔採藥洲〕'이라 하고 다시 '물은 동으로 흘러가네〔水東流〕'라고 하였으니 어쩌면 그렇게 물이 많은가? 더구나 '약초 캔다〔採藥〕'의 아래에 '섬〔洲〕'자를 쓴 것은 더욱 온당하지 않다. 대개 오산의 문장이 백가(百家)를 망라하여 넉넉하고 풍성하기가 짝이 없어서 그렇다. 짝이 없는 솜씨가 끝내는 어지럽고 잡스러움으로 귀결되었으니 오산이 후대에 문장을 전할 뜻이 없어서 세련되게 다듬지 않은 탓인가?

---

4 상권 1칙의 각주 3번을 참고하라.
5 진시황의 명을 받들어 약초를 캐러 떠난 서불(徐市)의 고사이다. 서불은 진시황에게 삼신산 (三神山)에서 약초를 구해오겠다고 속이고 동남동녀(童男童女) 수천 명을 거느리고 바다를 건넜다. 서불이 일본을 다녀갔다는 전설을 차용한 것이다(『사기』권6 「진시황본기(秦始皇本紀)」).

108

당시풍의 도래

현옹(玄翁) 신흠(申欽)이 다음과 같이 말하였다.

"우리 조선은 문장의 거장들이 숱하게 나와 전문 작가가 되고자 힘을 썼으나 당나라 작품을 모범으로 삼은 이는 매우 드물었다. 충암(沖庵) 김정(金淨)과 망헌(忘軒) 이주(李胄)[1] 이후로는 고죽(孤竹) 최경창(崔慶昌)[2]과 옥봉(玉峯) 백광훈(白光勳)[3], 손곡(蓀谷) 이달(李達)이 가장 걸출하다."[4]

이제 그들의 시를 각각 한 수씩 들어본다. 망헌 이주가 스님에게 부

---

1 이주(李胄, 1468~1504)의 자는 주지(胄之), 호는 망헌(忘軒), 본관은 고성(固城)이다. 검열을 거쳐 정언을 지냈고, 직간(直諫)으로 유명했다. 무오사화 때 김종직의 문인으로 몰려 진도로 귀양 갔다가 갑자사화 때, 김굉필 등과 함께 효수되었다. 문집에 『망헌유고』가 있다.

2 최경창(崔慶昌, 1539~1583)의 자는 가운(嘉運), 호는 고죽(孤竹), 본관은 해주(海州)이다. 종성부사 등을 지냈다. 그의 시는 청절하고 담백하다는 평을 받았으며 백광훈·이달과 함께 삼당시인(三唐詩人)으로 불렸다. 저서에 『고죽유고』가 있다.

3 백광훈(白光勳, 1537~1582)의 자는 창경(彰卿), 호는 옥봉(玉峯), 본관은 해미(海美)이다. 양응정·노수신에게 수학하였다. 진사시에 합격하였으나 현실에 뜻을 버리고 강호(江湖)에서 시와 서도(書道)로 자오(自娛)하였다. 1572년 명나라 사신이 오자 노수신을 따라 백의(白衣)로 제술관(製述官)이 되어 시와 글씨로 명나라 사신을 감탄하게 하였다. 최경창·이달과 함께 삼당시인으로 불렸다. 저서에 『옥봉집』이 있다.

4 현옹은 신흠(申欽, 1566~1628)의 호이다. 이상의 내용은 신흠의 『청창연담』 하(下)에 보인다.

친 시⁵는 다음과 같다.

종소리가 달에 부딪혀 가을 구름에 떨어지고	鍾聲敲月落秋雲
부슬부슬 비 내리니 그대는 보이지 않네	山雨翛翛不見君
소금 굽는 집에 문 닫혀도 아직 불빛 남아서	鹽井閉門猶有火
시내 건너 말소리가 깊은 밤에 들려오네	隔溪人語夜深聞

충암 김정이 강남(江南)을 읊은 시는 다음과 같다.

강남 꿈을 깨고 보니 대낮에도 노곤하여	江南殘夢晝厭厭
꽃피는 시절 따라 날로 시름이 더해가네	愁逐年芳日日添
쌍쌍이 제비 올 때 봄날은 저물어가고	雙燕來時春欲暮
살구꽃에 이슬비 내려 주렴 겹겹이 드리우네	杏花微雨下重簾

고죽 최경창이 광릉(廣陵)에서 쓴 시⁶는 다음과 같다.

3월이라 광릉에는 온 산 가득 꽃이 피고	三月廣陵花滿山
비 갠 강의 귀향길은 흰 구름 속 뻗어 있네	晴江歸路白雲間
뱃사람 저 멀리 가리키는 봉은사	船人遙指奉恩寺
두견새 우는 소리에 스님은 문을 닫으리	杜宇一聲僧掩關

---

5 이주(李冑)의 문집인 『망헌유고(忘軒遺稿)』에 「부쳐 보내다[寄贈]」라는 제목으로 실려 있으며, 허균의 『학산초담』에도 보인다.

6 『고죽유고』에 「봉은사승축(奉恩寺僧軸)」이라는 제목으로 실려 있다.

옥봉 백광훈이 스님에게 준 시7는 다음과 같다.

강 밖에서 스님 만나 날 저무는 모래밭에 앉으니　　　　　湖外逢僧坐晚沙

백암으로 가는 길에 산은 첩첩 많이 있네　　　　　　　　白巖歸路亂山多

강남에는 봄이 와도 꽃샘추위 여전하니　　　　　　　　　江南物候春猶冷

산사의 매화나무는 꽃이 피지 않았겠네　　　　　　　　　野寺叢梅未着花

손곡 이달의 「궁사(宮詞)」8는 다음과 같다.

새벽녘에 해가 떠서 대궐 문이 열리더니　　　　　　　　平明日出殿門開

봉황부채 짝을 이뤄 임금님을 모셔가네　　　　　　　　　鳳扇雙行引上來

조칙을 전하는 말 멀리서 들려오니　　　　　　　　　　　遙聽太儀宣詔語

조회를 파하고서 망춘대로 납신다네　　　　　　　　　　罷朝親幸望春臺

　태사(太史) 주지번(朱之蕃)이 최경창·백광훈·이달의 시집을 보고는 크게 감탄하고서 "내가 돌아가면 강남에서 이를 출판하여 귀국 문물의 성대함을 드러내겠노라"라고 칭찬하였으니 세 시인의 시에 감복한 때문이다. 아! 문장은 이처럼 나라를 빛내건마는 세상 사람들은 문장을 하찮은 재주로 여기며 홀대하니, 왜 그런 걸까?

---

7 이 시의 작자는 교감주에 밝혔듯이 백광훈이 아니라 홍적(洪迪)으로 보아야 한다.
8 이 시는 『손곡시집』 권6에 「궁사(宮詞)」라는 제목으로 실려 있다.

109

이달의 「만랑무가」

손곡(蓀谷) 이달(李達)[1]의 「만랑무가(漫浪舞歌)」는 다음과 같다.

기이하도다	奇乎哉
만랑옹[2]이여	漫浪翁
바다와 산속에서 노을에 깃들어 달을 희롱하고	海山中棲霞弄月
정신은 구름에 나는 기러기 떠올리네	神想雲鴻
백원공(白猿公)[3]과 검술을 논하고	說劍白猿
청동군(靑童君)[4]에게 춤을 배웠네	學舞靑童

---

1 이달(李達, 1539~1612)의 자는 익지(益之), 호는 손곡(蓀谷)·서담(西潭), 본관은 홍주(洪州)이다. 이수함(李秀咸)의 서자이다. 정사룡과 박순에게 시를 배웠다. 신분 제약으로 인해 관직에 뜻을 두지 않았다. 최경창·백광훈과 어울리면서 시사(詩社)를 열고 당풍(唐風)의 시를 지어 삼당시인으로 일컬어졌다. 근체시 가운데서도 절구(絶句)에 뛰어났다. 저서에 『손곡집』이 있다.

2 방종(放縱)하여 세속의 구속을 받지 않는 사람을 뜻한다. 당나라 원결(元結)이 처음에는 자칭 '낭사(浪士)'라 하고 이어 '만랑(漫郞)'이라 하였으며, 늙어서는 '만수(漫叟)'라 일컬었다.

3 춘추시대 월(越)나라 처녀가 월왕(越王)에게 검술을 가르치려고 길을 가던 도중에 '흰 원숭이[白猿]'가 변신한 원공(袁公)이라는 사람을 만나, 그의 요청을 받고는 검술 시합을 하였다. 원공이 그녀를 상대하다가 나무 위로 날아올라 다시 흰 원숭이로 몸을 바꿔 사라졌다고 한다.

4 전설 속의 푸른 옷을 입은 신선이다.

봉래산에서 서왕모(西王母)를 뵙고	蓬山謁金母
돌아올 때는 하늘 바람을 탔네	却下乘天風
구슬 자리와 보배 휘장의 고대광실 시원하고	瓊筵寶幄敞畫堂
수놓은 적삼과 금장 띠의 비단옷이 향기롭네	繡衫鈿帶羅綺香
봉황이 퉁소 불고 난새가 생황 불며	鳳吹簫兮鸞鼓簧
만랑옹이 춤추려 하니 신바람이 절로 나네	翁欲舞神飄揚
첫 박자에 손을 막 들면	一拍手始擧
봉새가 두 날개 들어 바닷물을 때리고	鵬褰兩翼擊海波
멀리 회오리바람을 잡을 기세요5	遠控扶搖勢
두 박자에 적삼의 소매를 휘두르면	再拍衫袖旋
놀란 우레와 급한 번개가 푸른 하늘을 치네	驚雷急電飛靑天
세 박자와 네 박자에는 변화가 무쌍하여	三拍四拍變轉不可測
용이 날고 범이 잡아채며 서로 치고받아	龍騰虎攫相奮搏
화살이 시위를 떠나듯 날쌔고	倏若箭離絃
망아지가 벽 틈을 지나듯 빠르네6	疾如駒過隙
앞으로 고꾸라지고 뒤로 자빠져 바로 서지 못하고	前傾後倒若不支
좌로 돌고 우로 움츠려 가누지 못할 듯하네	左盤右蹙如不持
귀신이 나타나고 도깨비가 사라지듯	神之出兮鬼之沒
무시로 나타났다 무시로 사라지네	出沒無時

---

5 『장자』「소요유(逍遙遊)」에 "붕새가 남쪽 바다로 날아 옮겨 갈 때에는 바다의 수면을 3천 리나 치고 회오리바람을 타고서 9만 리 꼭대기까지 올라간다[鵬之徙於南冥也, 水擊三千里, 搏扶搖 而上者九萬里, 去以六月息者也]"라고 하였다.

6 『장자』「지북유(知北遊)」에 "사람이 천지간에 사는 동안은 마치 흰 망아지가 벽의 틈을 지나 가는 것과 같아서 잠깐일 뿐이다[人生天地之間, 若白駒之過隙, 忽然而已]"라고 하였다.

벼락이 도끼를 휘두르고[7]	霹靂揮斧
비바람이 성내어 우네	風雨聲怒
동해 가 금강산 일만 이천 수많은 봉우리	東海上金剛一萬二千多少峯
언덕과 고개가 치솟아 오르고	丘陵騰擲
바위와 골짜기가 우뚝하여 가파르네	巖壑龍嵷
가장 높은 비로봉이 공중에 꽂혀	最高毗盧峯揷空
층층 벼랑이 거꾸로 걸려 아홉 용을 감춰두었네	層崖倒掛藏九龍
만자높이 폭포수가 옥벽을 씻어 내니	懸流萬尺洗玉壁
돌 틈 삼백 굽이에서 뿜어져 나오네	噴石三百曲
만랑옹이 작은 것까지 얻어 몽땅 흉중에 옮겨	此翁得之毫髮盡移胸中
홀로 조화의 오묘함을 차지하였네	獨奪造化妙
긴 소매로 너울너울 춤추기를 좋아하니	長袖翻蹮性所好
이제껏 잔치자리의 천만 가지 모양은	向來筵前千萬狀
호쾌함과 장대함을 이 금강산과 다투리라	會與此山爭豪壯
기이하도다	奇乎哉
만랑옹이여	漫浪翁
혼탈무(渾脫舞)는 언제나 끝이 날까	渾脫何時窮
공손대랑(公孫大娘)과 한 시대에 태어나	恨不與公孫大娘生同時
검기무(劍器舞)의 자웅을 겨루지 못해 유감일세[8]	舞劍器決雌雄

---

7 전설에 뇌신(雷神)이 벼락을 칠 때 도끼를 사용한다고 한다.

8 공손대랑(公孫大娘)은 당나라 개원(開元) 연간에 살았던 저명한 무기(舞妓)로, 검무(劍舞)에
특히 뛰어났다. 그녀가 혼탈무를 출 때 서예가 회소(懷素)와 장욱(張旭)이 그 춤을 보고 초서
의 묘리를 터득했다고 한다. 이백의 「초서가행(草書歌行)」과 두보의 「관공손대랑제자무검기
행(觀公孫大娘弟子舞劍器行)」에 묘사되어 있다.

세상에 장욱(張旭)[9] 같은 미치광이 없으니　　　　　世上無張顚

어느 누가 기이한 글자를 배우려 들까　　　　　　誰能學奇字

공손대랑이 한 시대에 태어났더라도　　　　　縱使公孫大娘生同時

공손대랑이 이 만랑옹보다 낫지는 못하리라　　公孫大娘未必能勝此

시풍이 호방하고 빼어나며 기발하고 건장하다. 절강(浙江) 사람 오명제(吳明濟)[10]가 이 시를 보고 "이태백(李太白)의 시풍과 너무도 닮았다"라고 칭송하였으며, 허균(許筠)도 "최경창의 시는 사납고 날카로우며 백광훈의 시는 건조하고 담박하니 모두 천년에 드문 가락이다. 이익지(李益之)는 최경창과 백광훈을 아울러 품고서 스스로 대가의 시풍을 이루었다"라고 평가하였다.[11] 익지는 손곡 이달의 자이다.

9　장욱은 당나라 오군(吳郡) 사람으로 자가 백고(伯高)인데, 초서를 잘 썼으며 술을 좋아하였다. 술에 취하면 고함을 지르며 미친 듯이 붓을 잡고 글씨를 썼다. 머리칼을 먹물에 적셔 글씨를 쓰기도 하였다. 그 때문에 미치광이 장욱[張顚]이라 불렸다(『신당서(新唐書)』 권202 「장욱열전(張旭列傳)」).

10　오명제(吳明濟, 생몰년 미상)의 자는 자어(子魚), 호는 현포산인(玄圃山人)으로 절강(浙江) 회계(會稽) 출신의 명나라 장수이다. 정유재란 중인 1597년 참군(參軍) 신분으로 조선에 파병되었다. 조선에 머무르는 동안 접반사(接伴使)였던 허균을 비롯해 윤근수·이덕형·권필 등과 교유하며 조선의 시를 수집하여 『조선시선(朝鮮詩選)』이라는 이름의 시선집을 펴냈다. 『조선시선』은 7권 2책 분량으로 최치원부터 당대 허균까지 112명의 시 340수를 수록하였다. 중국인이 편찬한 조선시선집의 시초라는 점에서 큰 의미를 지닌다. 관련 연구로는 박현규의 『중국 명말 청초인 조선시선집(朝鮮詩選集) 연구』(태학사, 1998) 등이 있다.

11　허균의 평가는 『성수시화(惺叟詩話)』에 보인다.

110

이달과 권필

어떤 사람이 석주 권필에게 "손곡(蓀谷)의 시는 높은 수준이라도 만당(晚唐)에 그쳤으니, 두보의 수준에 바짝 다가선 그대만 하겠는가?"라고 말했다. 그러자 석주가 "아닙니다"라고 하고는 손곡의 「한식시(寒食詩)」 한 연을 외웠다.

배꽃에 비바람 치는 한식날인데도[1]	梨花風雨百五日
강호에서 삼십 년, 병든 과객 신세로다	病客江湖三十年[2]

"시어가 대단히 독특하니, 제가 어찌 감히 우열을 다투겠습니까?"라고 말했다. 석주는 손곡과 비교해 문장의 수준이 거의 백중지간인데도 이렇듯이 자신을 낮추었다. 세상에서 제 주제를 알지도 못한 채 망령되이 저보다 나은 사람을 헐뜯는 자와 비교하면 훨씬 낫다.

---

1 원문의 百五日은 한식(寒食)을 의미한다. 동지(冬至)날부터 105일째 되는 날이 한식이다.
2 이상 두 구가 『학산초담』에 실려 있다.

111

이달 시와 그의 궁달

송나라 이구(李覯)[1]가 향수(鄕愁)를 읊은 시[2]는 다음과 같다.

해 지는 곳이 하늘 끝이라 말들 하지만	人言落日是天涯
하늘 끝을 바라봐도 내 집은 뵈지 않네	望斷天涯不見家
푸른 산이 겹겹으로 가린 것도 한스럽건만	已恨碧山相掩映
푸른 산마저 다시 저녁 구름에 가려버렸네	碧山更被暮雲遮

이구의 시에는 겹겹으로 가로막힌 의미가 담겨 있어서 그가 시운(時運)을 만나지 못할까 염려된다고 사람들이 말하였는데, 훗날 과연 그 말대로 되었다. 손곡이 대추 터는 아이들을 읊은 시[3]는 다음과 같다.

---

1 이구(李覯, 1009~1059)는 북송 건창(建昌) 군남성(軍南城, 지금의 江西省 瀘溪) 사람이다. 자는 태백(泰伯)이고, 우강선생(盱江先生)으로 불렸다. 1042년 무재이등(茂才異等)으로 천거되었으나 과거에서 떨어졌다. 범중엄(范仲淹) 등과 친했다. 문집에 「직강이선생문집(直講李先生文集)」이 있다.

2 이 시의 제목은 「향사(鄕思)」이다.

3 이 시는 『손곡시집』에 「박조요(撲棗謠)」라는 제목으로 실려 있다.

이웃집 어린애들 다가와서 대추를 터니 　　隣家小兒來撲棗

노옹이 문을 나와 어린애들 쫓아내네 　　老翁出門毆小兒

어린애들 돌아보며 노인에게 말하누나 　　小兒還向老翁說

"내년 대추가 익을 때까지도 못 살 주제에" 　　不及明年棗熟時

아계(鵝溪) 이산해(李山海)가 "이 시는 묘사가 공교롭기는 하나 말뜻이 가파르고 각박하며 중후한 생각이 없어 현달할 징조를 보이는 시어가 아니다"라고 평하였는데, 훗날 이달은 끝내 빈궁하게 생을 마쳤다. 이처럼 시를 통해 사람의 궁달(窮達)을 점칠 수 있다.

112

정지승의 귀신같은 말

총계당(叢桂堂) 정지승(鄭之升)[1]의 시 가운데 다음과 같은 연(聯)이 있다.

객 떠난 후 닫힌 문에는 달빛만이 남아 있고　　　　　客去閉門留月色

잠에서 깨니 빈 누각에는 솔바람 소리 흩어지네　　　夢回虛閣散松濤[2]

허균이 일찍이 귀신같은 말이라고 칭송하였다.

---

1 정지승(鄭之升, 1550~1589)의 자는 자신(子愼), 호는 총계당(叢桂堂), 본관은 온양(溫陽)이다.
조선 중기 때 시인으로 북창(北窓) 정렴(鄭磏)과 고옥(古玉) 정작(鄭碏)이 각각 그의 백부와
숙부이고, 동명(東溟) 정두경(鄭斗卿)은 그의 손자이다. 문집에 『총계당유고(叢桂堂遺稿)』가
있다.

2 원시는 숙부 정작(鄭碏)에게 올린 「정숙부(呈叔父)」이다. "舊事詩書着二毛, 有時舒嘯上東皐,
南貧置酒朝醺足, 北富熏天夜笛高, 客去閉門[關]留月色, 夢廻虛閣散松濤, 思量政在功名外, 須
信人間第一豪."

113

차운로 시의 풍치

창주(滄洲) 차운로(車雲輅)1가 부벽루(浮碧樓)2를 읊은 시는 다음과 같다.

층층의 부벽루가 은하수에 맞닿았고	浮碧層樓接絳河
조천석(朝天石) 너럭바위 지금까지 기억하네	朝天猶記石盤陀
운교는 쇠락하여 금수레는 버려지고	雲橋歷落抛金輦
기린굴은 허물어져 발길마저 끊어졌네	霧窟銷沈斷玉珂
국화는 절벽에 피어 금수와 겨루고	半壁寒花爭錦繡
봄풀은 오랜 세월 능라와 다투었네	幾年芳草鬪綾羅
스님은 절에 가고 과객 또한 회선하니	僧歸蕭寺客廻棹
천고의 흥망이야 시름한들 무엇 하리	千古興亡愁奈何

---

1 차운로(車雲輅, 1559~?)의 자는 만리(萬里), 호는 창주(滄洲), 본관은 연안(延安)으로, 차천로의 동생이다. 부친인 식(軾), 형인 천로(天輅)와 함께 삼부자가 시문에 명성이 있었다. 문집에 『창주집(滄洲集)』이 있다.

2 부벽루는 평양 북쪽 금수산(錦繡山) 모란봉 기슭 청류벽(淸流壁) 위에 있는 누각이다. 운교는 부벽루 남쪽의 청운제(靑雲梯)와 백운제(白雲梯)를 가리키는 것으로 보인다. 평양 대동강 가 부벽루 아래에 기린굴(麒麟窟)이 있는데 고구려 동명왕이 이곳에서 기린마를 타고 하늘에 올라가 조회했다는 전설이 있다. 금수산에 영명사(永明寺)가 있으며, 그 절벽 아래 능라도(綾羅島)가 있다.

시어가 지극히 씩씩하고 촉급하다. 또 삼월 삼일에 지은 시3가 있
으니 다음과 같다.

늙을수록 마음 다스리기 참으로 어려우니　　　　　老去眞難養性靈

시 지으면 읊고 싶고 술 취하면 깨고 싶네　　　　詩憐吟咏醉憐醒

삼짇날에 또 가늘고 가는 비가 내리니　　　　　　三三又得纖纖雨

틀림없이 답청(踏靑)가라 부추기는 뜻이겠지　　　天意分明助踏靑

시 짓는 늙은이의 우아한 풍치가 글자마다 나타난다.

---

3 이 시는 『창주집』에는 실려 있지 않고, 이안눌의 『동악집(東岳集)』 권12에 「삼월 삼일. 차창주
  의 시에 받들어 차운하다[三月三日. 奉次車滄洲韻]」의 원운(原韻)으로 붙어 있다.

114

이정귀가 스님에게 준 시

월사(月沙) 이정귀(李廷龜)가 중흥사(中興寺)[1] 스님의 시축에 다음과 같은 시[2]를 써주었다.

스님의 말에, 여름 들어 멋진 풍경 하나 없고	僧言入夏無佳景
종소리 멈춘 산사에는 하루해만 길고 길 때	磬罷禪龕苦日長
산영루(山映樓)[3]에 맨머리로 앉아 있으면	山映樓中露頂坐
목련꽃은 떨어지고 냇바람은 시원하다네	木蓮花落水風凉

스님이 말해준 대로 내용을 기록하였으나, 구법(句法)이 혼연(渾然)하고 억지로 꾸민 흔적이 없다. 또 장난삼아 동갑내기 스님에게 써준 시는 다음과 같다.

---

1 북한산에 있는 거찰로 조선 후기에는 전략적 요충지에 위치하여 팔도도총섭을 겸한 승대장이 주지로 있으면서 북한산성을 지켰다. 중흥사(重興寺)라고도 표기한다.
2 이 시는 『월사집』 권14에 「중흥사의 승려 지은의 시권에 적다[書中興師智㟫卷]」라는 제목으로 실려 있다.
3 북한산성 안에서 태고사 계곡과 중흥사 계곡이 만나는 지점에 있는 누각이다. 산 그림자가 수면 위에 비친다 하여 산영루(山映樓)라 명명하였다.

나이만 같고 행적은 다르다 아쉬워 말게   莫恨年同迹不同

이 노인도 불가의 종풍에 마음 두었네4   乃公心事亦宗風

가을 들어 세어진 머리털 부쩍 빠졌으니   秋來鬂髮驚凋謝

인간 세상 대머리 늙은이이긴 마찬가지네   等是人間一禿翁

이 시도 깊은 맛이 있다.

---

4 종풍(宗風)은 불교 종파의 특징을 나타내는 기풍이란 뜻으로 불가 또는 산사에서 지내는 생
활을 의미한다.

115

신흠의 사론 시

현옹(玄翁) 신흠(申欽)이 절구 한 수를 지었다.

일평생 굳은 절개는 김시습이요	百年大節金時習
한 시대의 높은 풍모는 남백공이지	一世高風南伯恭
그 당시 인물들의 평론을 쓴다면	若著當時人物論
훈작 받은 압구정 늙은이는 끼지 못하리	勳名不數狎鷗翁

백공(伯恭)은 추강(秋江) 남효온(南孝溫)의 자이고, 압구정(狎鷗亭)은 한명회(韓明澮)의 정자 이름이다. 스물여덟 글자에 포상하고 폄하하는 뜻이 함께 담겨 있다.

116

시의 암합

현옹 신흠의 「강상록(江上錄)」[1]에는 다음과 같은 글이 있다.

"내가 춘천으로 유배되었을 때[2] 시를 지었다.

조맹덕이 공북해를 용납할 리가 있나	孟德豈能容北海
유안도 도리어 요동에서 늙으려 했지[3]	幼安還欲老遼東

---

1 「강상록(江上錄)」이 『상촌고』에는 「춘성록(春城錄)」으로 되어 있다.

2 신흠은 광해군 8년(1616) 서성(徐渻), 박동량(朴東亮), 한준겸(韓浚謙) 등과 더불어 영창대군을 보호했다는 죄목으로 양사(兩司)에서 합계(合啓)하여 이듬해 1월 춘천에 부처(付處)되었다가 광해군 13년(1621)에 풀려났다.

3 소식의 「남강으로 귀성하는 유도원을 전송하며[送劉道原歸覲南康]」에 '공융은 조조에게 고개 숙이려 하지 않았다[孔融不肯下曹操]'라고 했고, 「10월 2일 처음 혜주에 도착하여[十月二日初到惠州]」에 '관녕은 본디 요동에서 늙고자 했지[管寧自欲老遼東]'라고 했다. 조맹덕(曹孟德)은 조조(曹操), 공북해(孔北海)는 공융(孔融), 유안(幼安)은 관녕(管寧)이다.

앞 구의 전고는 다음과 같다. 병란이 들자 조조가 금주령을 내렸는데 공융이 자주 편지를 보내 쟁론하여 조조와 사이가 틀어졌다. 조조가 공융의 바른 주장을 미워한 나머지 치려(郗慮)를 사주해 참소를 올리게 하고 하옥시킨 뒤 기시형(棄市刑)에 처했다. 뒷 구의 전고는 다음과 같다. 관령은 황건적의 난이 일어났을 때 공손도(公孫度)의 풍도를 듣고 요동으로 옮겨 살면서 덕화(德化)를 끼쳤다. 위 문제(魏文帝)와 명제(明帝)가 높은 벼슬로 불렀어도 응하지 않았다(『후한서』 「공융전(孔融傳)」 『삼국지』 권11, 「고사전(高士傳)」). 이 시구의 의미는 신익성의 「선부군 영의정 문정공 행장[先府君領議政文貞公行狀]」을 참조하면 알 수 있다(『나?딩?집(樂全堂集)』 권13).

얼마 뒤에 『동파집(東坡集)』을 보니 바로 동파(東坡) 시의 전구(全句)[4]였다. 동파 시와 은연중에 합치된 것이 기뻐서 그대로 두고 고치지 않았다."

이른바 은연중에 합치[暗合]란 것은 설령 말뜻은 매우 비슷하더라도 글자마다 완전히 합치하는 법은 없는 것 같다. 아마도 사람이 책을 볼 적에 눈에 익고 나면 나중에는 누가 지었는지 기억하지 못하더라도 시를 읊을 때면 마치 자기가 지은 것인 양 입 밖으로 나오기도 한다. 현옹의 이 구절도 그 출처를 인지하기에 앞서 입 밖으로 나온 것이 아닐까?

내가 눈을 읊은 율시를 지은 적이 있는데 그 시의 경련(頸聯)은 이렇다.

> 찬 빛 어린 천지는 일천 리에 은세계요 寒光宇宙銀千里
>
> 날이 갠 누대에는 일만 집이 옥빛이로다 霽色樓臺玉萬家

이후에 『지봉집(芝峯集)』을 보니 거기에도 이 구절[5]이 있었고, 다만 '강성(江城)'과 '누대(樓臺)'라는 글자만 달랐다. 지봉의 시는 내가 본 적이 없는데 이 구절이 우연히 합치되었다. 이제야 현옹의 시가 동파의 시와 암합한 경우도 괴이하게 여길 것이 아님을 믿게 되었다.

---

4 '전구(全句)'는 시화류 문헌에서 드물게 보이는데, 대체로 다음의 세 가지 의미로 추론해 볼 수 있다. 첫째, '全'을 '완정(完整)' 혹은 '완미(完美)'의 뜻으로 보아 표현이나 주제의 측면에서 다른 사람이 넘볼 수 없을 정도로 잘 지은 '완미한 시구'라는 의미, 둘째, '全'을 '전부'의 뜻으로 보아서 '주제의식이 전적으로 동일하다'는 의미, 셋째, '전구(全句)'를 '전구대(全句對)'의 준말로 보아 '전구로 대우를 만든다'는 의미이다. 여기서는 두 번째의 뜻으로 자신이 지은 시가 동파의 시와 우연히 일치한 것을 가리킨다.

5 『지봉집(芝峯集)』의 「소동파의 눈을 읊은 시에 화답하다[和蘇長公雪韻]」에 보이는 구절을 말한다.

117

이수광의 만시

지봉(芝峯) 이수광(李睟光)이 지은 통제사 이순신(李舜臣)의 만시는 다음과 같다.

위엄과 명성 오랑캐 사이에 오랫동안 떨쳤고	威名久振犬羊群
지혜와 용맹 천하에 당당히 알려졌네	智勇堂堂天下聞
요망한 기운이 밤 되어 강호의 달 아래 걷히자	蠻祲夜收湖外月
장수별이 새벽녘에 바다의 구름에 떨어졌구나	將星晨落海中雲
파도는 영웅의 한 풀어주지 못하고	波濤未洩英雄恨
역사에는 한갓 전공만 기록되었네	竹帛空垂戰伐勳
오늘날 대장부가 그 몇이나 되겠는가	今日男兒知幾箇
가련하도다, 충의 지킨 이 장군이여	可憐忠義李將軍

'요망한 기운이 밤 되어 사라지자, 장수별이 새벽녘에 떨어졌구나'라는 내용은 모두 사실을 기록한 것이다.[1] 지봉이 일찍이 이 시를 간이(簡易)에게 읊어 보이자 간이가 "금일(今日)의 일(日)은 고(古)로 고치고, '가련충의(可憐忠義)' 네 글자는 '영인장억(令人長憶)'으로 고치는 것

이 좋겠다"라고 하였다. 지봉이 기뻐서 "옛날에는 한 글자를 고쳐준 스승²이 있었는데 선생께서는 다섯 글자나 고쳐준 스승이십니다"라고 하였다.

---

1 『국조인물고(國朝人物考)』에 "어느 날 왜군들이 달이 서산에 걸렸을 즈음에 습격했는데 이순신 장군이 달 밝은 날도 마땅히 방비해야 한다고 경계하여 왜군들을 물리쳤다고 한다. 또 노량해전이 발발할 때 2경(更)에 출발하면서 하늘에 빌기를, '이 왜적들을 무찌른다면 죽어도 여한이 없을 것입니다' 하자 문득 큰 별이 바닷속으로 떨어졌다. 이를 본 사람들이 모두 놀라면서 이상하게 여겼다"라고 하였다.

2 『시인옥설(詩人玉屑)』에 "당나라 말기에 제기(齊己)라는 시승(詩僧)이 「이른 매화[早梅]」를 지어 정곡(鄭谷)에게 보여주고 가르침을 구하였다. 시에는 '앞마을에 눈 깊이 쌓였으니, 어젯밤에 매화 몇 가지 피었겠네[前村深雪裏, 昨夜數枝開]'라는 구절이 있었다. 정곡이 몇 가지는 이른 매화와 어울리지 않으니 가지 하나[一枝]로 고치는 것이 좋겠다고 조언하였는데, 제기가 저도 모르게 정곡에게 절을 하자, 당시 사람들이 정곡을 일자사(一字師)라고 불렀다"라고 하였다.

황여일의 시

황여일(黃汝一)[1]은 평해(平海)에 살았는데 시를 잘 지었다. 언젠가 친구와 양화도(楊花渡)[2]에서 만나기로 약속하고 나갔더니 친구는 벌써 떠난 뒤였다. 황여일이 탄식해 마지않다가 마침내 절구 한 수를 지었다.

양화도 나룻가에 봄빛으로 물든 버들	楊花渡頭楊柳春
간들간들 하늘하늘 녹음이 어우러졌네	嫋嫋依依綠映人
밤새도록 조각배에 풍랑이 거셌으련만	一夜扁舟風浪惡
모를레라, 그 어디가 통진(通津)일런가	不知何處是通津

친구는 바로 통진 사람이었다. 간이 최립이 잘 쓴 시라고 칭찬하였다.

---

1 황여일(黃汝一, 1556~미상)의 자는 회원(會元), 호는 해월헌(海月軒), 본관은 평해(平海)이다. 형조정랑, 예천 군수, 길주 목사 등을 역임하였다. 문집에 『해월집』이 있다.
2 양화도(楊花渡)는 서울시 마포구 합정동에 있던 나루이다. 양화진(楊花津)이라고도 한다. 서울에서 양천을 거쳐 강화도로 가는 길목으로 지금의 양화대교 북단이다.

홍이상의 시

나의 백증조부(伯曾祖父) 모당(慕堂) 홍이상(洪履祥)[1] 공께서 「장가객(長歌客)」 시에 차운하여 다음과 같은 시를 지었다.

애달프면 통곡하고 즐거우면 노래하고픈 법　　　　哀之欲哭樂之歌

나는 통곡하고픈데 그대는 왜 노래하나　　　　我欲痛哭君何歌

그대 노래 내 통곡보다 더 애달프니[2]　　　　君歌甚於我之哭

통곡을 하지 말고 장가를 불러야겠네　　　　不須痛哭宜長歌

---

1 홍이상(洪履祥, 1549~1615)의 자는 군서(君瑞), 호는 모당(慕堂), 본관은 풍산(豊山)이다. 이조참의, 경상도 관찰사, 대사헌 등을 역임하였고 광해군 때 이이첨 일파에게 밀려나 개성유후사 유후(開城留後司留後)로 좌천된 뒤 그곳에서 죽었다. 저서로 『모당집』이 있다.

2 유종원(柳宗元)은 「축하하는 이에게 대답한 글〔對賀者〕」에서 "억지웃음 지으며 화내는 것이 눈을 치켜뜨는 것보다 더 심하게 노여운 것이고, 장가를 부르는 슬픔이 통곡보다 더 슬픈 것이다〔嘻笑之怒, 甚乎裂眥; 長歌之哀, 過乎慟哭〕"라고 하였다. 유종원이 개혁정치에 실패하고 영주(永州)로 좌천되었을 때, 어떤 사람이 와서 좌천되어 있음에도 태연자약한 유종원의 모습을 보고 달관한 태도를 축하하자, 유종원이 겉으로는 달관하고 있는 것 같지만 속으로는 몹시도 슬픈 자신의 심정을 설명한 말이다. 이 시도 현실에서 자신의 포부를 이루지 못하고 좌절해 있는 김윤명과 그 모습을 보며 애통해하는 홍이상의 심정을 드러내고 있다.

모당의 벗인 우원(芋園) 김윤안(金允安)의 시[3]는 다음과 같다.

장가 불러라 장가 불러라 장가를 또 불러라　　　　長歌長歌復長歌

세상만사 중에 내 장가가 제일이지　　　　　　　　萬事不如吾長歌

노랫소리 격렬하여 높은 하늘 꿰뚫으니　　　　　　歌聲激烈徹寥廓

천상 사람도 이 노래에 놀라고말고[4]　　　　　　　天上人應驚此歌

　노래에는 노래를 부르는 까닭이 있고, 통곡에는 통곡하는 까닭이 있으니, 모두가 한량없는 뜻이 있다.

---

3 이 시는 『모당집』 권상에 「김윤명의 「장가객」에 차운하다〔次金允明長歌客韻〕」라는 제목으로 실려 있다. 『모당집』에는 원운도 함께 실려 있다. 『시평보유』에서 우원 김윤안이라고 했으나 김 윤안(1560~1622)의 호는 동리(東籬)이다. 그의 문집 『동리집』에는 이 시가 보이지 않는다. 김 윤안의 둘째 형이 김윤명(金允明, 1545~1606)으로 안음 현감(安陰縣監)을 지냈다. 임진왜란 이 발발하자 동생 김윤안과 함께 의병을 일으켰다. 홍만종이 김윤명과 김윤안을 혼동한 것으로 추정한다.

4 『장자』 「양왕(讓王)」에, 위(衛)나라에서 육신과 세속의 이해관계를 잊고 가난하게 살아가는 증자(曾子)의 행색을 묘사하면서 "뒤축 터진 신발을 질질 끌면서 「상송(商頌)」을 노래하면 노 랫소리가 마치 금속 악기와 석제(石製) 악기를 연주하는 것처럼 맑게 울려 천지에 가득 찼다 〔曳縰而歌商頌, 聲滿天地, 若出金石〕"라고 하였다.

120

증조부 홍난상의 시재

백증조부 모당(慕堂) 공께서 일찍이 나의 증조부 홍난상(洪鸞祥)께 "오늘 과제(課製)를 올려야 하는데 그중에서 귀밝이술[1]이라는 주제가 참으로 짓기가 어렵네. 네가 지어보려무나"라고 하셨다. 증조부께서 바로 다음과 같이 읊었다.

명절이라 큰 잔에 술맛 유독 좋으니	良辰康酌味偏長
천하 명의[2] 오묘한 처방도 필요 없지	不待兪扁驗妙方
취하면 세상일을 듣기가 싫어서	醉裏厭聞塵世事
작은 통에 떨어지는 맑고 향긋한 술만 즐기네[3]	小槽猶愛滴淸香

아계 이산해가 당시에 대제학으로서 시를 평가하여 높은 등수로

---

1 귀밝이술이라 하는 치롱주(治聾酒)는 춘사일(春社日) 또는 추사일(秋社日)에 마시는 술로 이 술을 마시면 어두운 귀가 밝아진다고 전한다.

2 '천하 명의'의 원문은 유편(兪扁)으로 황제(黃帝) 때의 유부(兪跗)와 주(周)나라 때의 편작(扁鵲)을 말한다.

3 당나라 이하(李賀)의 「장진주(將進酒)」 시에, "유리 술잔에는 호박빛 짙기도 해라, 작은 통에 떨어지는 술방울이 진주처럼 붉구나[琉璃鍾琥珀濃, 小槽酒滴眞珠紅]"라고 하였다.

올려놓았다. 나중에 모당을 만났을 때 "그대의 과제 중에 귀밝이술 절구 한 수가 가장 훌륭하였네"라 하였다. 모당이 "공무에 바빠서 아우에게 대신 짓게 했습니다"라고 대답하니 아계가 "자네 아우의 문재가 정말 이 정도란 말인가!"라고 하면서 칭찬을 그치지 않았다.

121

이춘영의 몽오정 시

설사(雪簑) 남이공(南以恭)[1]이 광나루 가에 정자를 한 채 짓고서 몽오정
(夢烏亭)이라 편액을 걸었다.[2] 당대의 문사들을 초청하여 모이게 한 다
음 술을 마시고 시를 지었다. 체소(體素) 이춘영(李春英)[3]이 먼저 율시
한 수를 다음과 같이 지었다.

장송이 층층 바위에 지붕처럼 드리운 곳　　　　　　長松偃盖石層層

황혼 무렵 잘 꾸민 열두 난간에 기대섰네　　　　　十二雕欄向晚憑

한강의 가을바람은 과객의 배에 불어오고　　　　　漢水秋風吹客棹

두미진의 가랑비는 어선의 등불을 흔드누나　　　　斗津踈雨亂漁燈

1　남이공(南以恭, 1565~1640)의 자는 자안(子安), 호는 설사(雪簑), 본관은 의령(宜寧)이다.
　1590년 문과에 장원급제하였다. 북인(北人)의 우두머리로 예조참의·대사헌·공조판서 등을
　역임하였다. 문집에 『설사집』이 있다.
2　'몽오정은 한강 상류에 있던 유명한 정자로 남이공이 세웠고, 그 사위 이원진(李元鎭)에게 물
　려주었다. 한강 상류의 제일가는 정자로 유명하였고, 허적(許積)과 이민성(李民成)이 지은 「몽
　오정기(夢烏亭記)」가 있다.
3　이춘영(李春英, 1563~1606)의 자는 실지(實之), 호는 체소(體素), 본관은 전주(全州)이다. 선
　조 연간의 저명한 시인으로 1590년에 문과에 급제하였고, 공조정랑 등의 직책을 역임하였다.
　문집에 『체소집』이 있다.

서북쪽에 오색구름 떠 있어 궁궐을 바라보고	五雲西北瞻宸極
동남쪽으로 새 한 마리 날아가니 광릉이 분명하네	一鳥東南認廣陵
풍광은 그대가 실컷 누리도록 맡기나니	物色付君籠絡盡
늙은이는 재주 삭아 잘할 것 하나 없네	老夫才退百無能

모든 이들이 칭송하고 붓을 내려놓았다.

죽음(竹陰) 조희일(趙希逸)4이 체소의 집에 간 적이 있었는데 앉아서 담소를 나눌 때 어떤 사람이 월과(月課) 시제를 편지로 보내 체소에게 써달라고 간청하였다. 체소가 죽음에게 붓을 잡게 하고는 시를 불러 주어 순식간에 완성하더니 한 글자도 고치지 않았다. 죽음이 크게 탄복하여 정신이 나간 듯 멍한 채로 집에 돌아와서는 더는 시 한 구절도 짓지 못하였다. 그는 늘 남들에게 "체소는 참으로 작가의 솜씨를 지닌 분이다"라고 말했다.

---

4 조희일(趙希逸, 1575~1638)의 자는 이숙(怡叔), 호는 죽음(竹陰), 본관은 임천(林川)이다. 정묘호란 때 왕을 강화로 호종하였다. 예조·형조참판, 경상감사 등을 역임하였다. 문집에 『죽음집』이 있다.

122

이정귀가 감탄한 권필의 시재

석주 권필이 백의종사관(白衣從事官)으로 빈상(儐相)인 월사(月沙) 이정귀(李廷龜)를 따라 의주에 이르러 여러 달 머무는 동안[1] 서로 매우 즐겁게 지냈다. 월사는 병환이 생겨 벼슬을 내놓고 먼저 돌아왔고, 뒤이어 석주는 명나라 사신을 따라 서울에 도착하였다. 다음날 석주가 강화도로 떠나려고 월사에게 작별인사를 하러 갔다. 그때 벌써 날이 저물어 석주가 간단한 안부 인사만을 나누고서 곧장 일어나려 했더니 월사가 손을 잡고서 "나를 위해 시 한 수만 지어 주게나"라고 하였다. 석주가 날이 저물었다며 사양하자 월사는 강권하며 '혼(昏)' 자를 운으로 불렀다. 석주가 곧바로 다음과 같은 시구를 읊었다.

찬 날씨에 은 촛불은 황혼에 비치고 있네   寒天銀燭照黃昏

---

1 선조 34년(1601) 겨울, 명나라 사신 고천준과 최정건이 황태자 책봉을 알리려고 조선에 왔을 때 이정귀가 원접사(遠接使)가 되었다. 권필은 벼슬이 없이 강화도에 살고 있었으나 이정귀의 천거로 제술관(製述官)이 되어 6개월 동안 의주에서 머물렀다. 상권 87칙의 각주 7번을 참고하라.

월사가 또 연달아 네 자를 부르자 석주가 부르는 대로 바로 읊었다.

종이 울려 삼엄한 성에 문이 닫히려 하네	鐘動嚴城欲閉門
지난번 부끄럽게도 특별한 예우로 발탁하셨고2	異禮向來慚始隗
다행스럽게 좋은 술로 각별히 대해주시네3	淸樽何幸獨留髡
감격스러우나 높은 의리에 보답하지 못하고	未將感激酬高義
공연히 우왕좌왕하며 말씀만 받들었네	空自周旋奉緖言
내일이면 외로운 배 앞에 강호가 펼쳐지리니	明日孤舟江海闊
백발의 내 깊은 시름이야 말할 것이 있으랴	白頭愁絶更堪論

시를 다 짓고서는 바로 밖으로 나가니 월사가 깊이 탄복하였다. 월사는 사람을 만날 때마다 곧잘 석주의 재주는 따라잡을 수가 없다고 말하였다.4

---

2 자신이 인재로 발탁되었음을 곽외(郭隗)로부터 시작한다는 고사로 표현하였다. 중국 전국시대 연(燕)나라 소왕(昭王)이 부국강병의 계책을 묻자 곽외가 인재를 등용하는 중요성을 설파하고 자기부터 시작하면 뛰어난 인재가 몰려올 것이라고 하였다. 『전국책(戰國策)』「연책(燕策)」에 나온다.

3 순우곤(淳于髡)이 주색을 좋아하는 제 위왕(齊威王)을 위해 넌지시 간언하자, 위왕이 감동하여 그 뒤로 술을 마실 때면 반드시 순우곤을 옆에 앉혔다는 고사로, 술자리에서 각별히 대해줌을 비유하였다. 『사기』 권126 「순우곤열전(淳于髡列傳)」에 나온다.

4 이 내용이 『동국시화휘성』에도 보이는데 월사가 '문(門)'자를 불러 2구를 완성하고, '곤(髡)'자를 불러 함련을 완성하며, '수(隨)'자를 불러 경련을 완성한 후, 끝으로 '논(論)'자를 부르자 '활(闊)'자로 전개하겠다고 하여 미련을 완성한 것으로 나온다.

123

문집에 빠진 권필의 시

본래 시를 짓기도 쉽지 않고, 시를 알기도 쉽지 않다. 석주 권필의 탕춘대(蕩春臺)를 읊은 오언율시는 옛 시법(詩法)을 깊이 간직한 작품이다. 택당(澤堂) 이식(李植)이 『석주집』의 선집을 주관하면서 이 시를 싣지 않았으니 중요한 작품을 빠뜨렸다는 탄식[1]을 모면하기 어렵다. 근래에 또 별집(別集)을 간행하였으나 여기에도 뽑히지 않았다. 예로부터 지음(知音)을 만나기가 정녕 이처럼 어려운가! 택당의 안목으로도 오히려 실수가 있거늘 다른 이들이야 거론할 필요가 있으랴? 내가 이 때문에 시가 아까워 여기에 싣는다. 시는 다음과 같다.

북문 밖을 걸어 나가니	步出北門外
두어 집 사는 마을이 있네	有村三兩家
골이 깊어 계곡 물소리 시끄럽고	洞深喧水石
산 저물어 구름과 노을 뒤섞여 있네	山晚雜雲霞
옛 언덕엔 버드나무 치렁치렁하고	古岸依依柳

---

1 서문의 각주 2를 참고하라.

넓은 숲에는 꽃이 곱디곱네   平林艶艶花

가랑비 맞으며 취해 돌아오니   醉歸乘小雨

성 위에는 저녁 갈가마귀 내려앉았네   城上已昏鴉

　　동명(東溟) 정두경(鄭斗卿)은 "우리나라 시인 중에서 오직 석주만이
정종(正宗)²의 경지에 올랐다"라고 말하였다.

2　정종(正宗)은 성당(盛唐)의 시풍을 말한다. 『당시품휘(唐詩品彙)』에서는 당시(唐詩)의 시기를
　초당(初唐)의 정시(正始), 성당(盛唐)의 정종(正宗)·대가(大家)·명가(名家)·우익(羽翼), 중당
　(中唐)의 접무(接武), 만당(晩唐)의 정변(正變)·여향(餘響)으로 구분하였다.

124

오행체를 알아차린 권필

명나라 사신 고천준(顧天峻)이 '안개가 연못가의 버들 감추고〔烟鎮池塘柳〕'라는 구절을 써서 빈사(儐使)인 오봉(五峯) 이호민(李好閔)에게 보내 앞 구를 이어 대구(對句)를 지어달라고 하였다. 오봉이 그 속내를 알아차리지 못하고 매우 쉽다고 여겨 대구를 지어 보내려고 하였다. 그때 종사관으로 그 자리에 있던 석주 권필이 난색을 표하며 말하였다.

"이 구절은 뒤를 이어 대구를 지어서는 안 됩니다. 연(烟)은 불〔火〕이요, 쇄(鎮)는 금(金)이요, 지(池)는 물〔水〕이요, 당(塘)은 흙〔土〕이요, 류(柳)는 나무〔木〕입니다. 한 구절 안에 금목수화토(金木水火土) 오행(五行)을 갖추었으니 대구를 지어서는 결코 안 됩니다. 거절하고서 돌려보내는 것이 낫겠습니다."

오봉이 그제야 깨닫고서 그 말대로 하였다. 명나라 사신이 감탄하며 "동쪽 나라에도 이와 같이 시를 아는 자가 있으니 가벼이 볼 수 없겠구나!"라고 하였다.

125

권필을 축하한 명사들의 시

석주 권필이 백의종사관으로 명나라 사신을 영접하는 데 차출되자[1] 동고(東皐) 최립(崔岦)이 시 한 수를 증정하였다.

서강에선 보지 못하고 관서에서 만났으니[2]	西江不見西關遇
한 세상 살면서 하루 만나기도 정말 어렵네	一世良難一日知
기개는 고사전(高士傳)[3]에서 찾아야 맞고	氣槩合求高士傳
문장은 고인의 시에 유난히 가깝네	文章尤逼古人詩
백의라도 역마 타는 영예를 누릴 수 있으니	白衣未害還乘馹
책[4] 읽느라 휘장만 치고 지낼 수야 있겠나[5]	黃卷安能只下帷
지존께서 원고를 구해 들여오라 하셨다니	聞說至尊徵稿入

---

1 상권 87칙, 122칙, 124칙을 참고하라.

2 권필은 마포의 현석촌(玄石村)에서 태어났고 젊은 시절 서강의 양의당(兩宜堂)에서 살았다. 당시에 최립은 평양에 간이당(簡易堂)을 짓고 살았는데, 마포에 우거한 적이 있는 최립이 권필을 지척에 두고도 못 만났다가, 멀리 평양에서 우연히 만나게 되었다는 말이다.

3 진(晉)나라 황보밀(皇甫謐)이 편찬한 전기집으로 고사 96인의 언행과 일화를 기록하였다.

4 황권(黃卷)은 옛날에 좀이 슬지 않도록 황벽(黃蘗) 나무의 즙을 짜서 서책에 발랐던 데서 유래하여 책을 가리킨다(『포박자(抱樸子)』).

봉황지(鳳凰池)6에 직접 가보는 것보다 훨씬 낫겠네　　全勝身到鳳凰池

　당시에 선조 임금께서 석주의 시를 궁궐로 들여오라고 명하셨기에 이렇게 말한 것이다. 여러 빈사들이 모두 최립의 시에 차운하였다. 월사 이정귀의 시는 다음과 같다.

내 나이가 그대보다 조금 많긴 하지만7	吾能一日長乎爾
도성 서쪽에 함께 살면서 진작 알지 못했었네	同在城西不早知
좋은 작품 볼 때마다 만나보고 싶었는데	每把佳篇思識面
수려한 풍채 직접 보니 시보다도 낫구려	及觀奇骨又勝詩
서유자(徐孺子)가 찾아오면 묵혀둔 의자를 꺼낼 뿐8	正仍徐孺開塵榻
정강성(鄭康成)더러 허리 굽혀 방안에 들어오라 하랴9	敢屈康成入絳帷
본래가 옥당에서 붓을 휘두를 솜씨이니	自是玉堂揮翰手

5　두문불출하고 공부에 전념하는 것을 비유한다. 『한서』권56 「동중서전(董重舒傳)」에 "동중서(董重舒)는 거실에 휘장을 내려치고서 경서를 읽고 강론했다. 그로부터 배운 제자들은 학업에 참여한 순서에 따라 번갈아 배웠다. 그래서 동중서의 얼굴을 한 번도 본 적이 없는 제자들이 있었다"라고 하였다.

6　위진남북조 때 금원(禁苑)에 파놓았던 연못으로, 부근에 황제를 측근에서 보좌하는 중서성(中書省)이 있어서 중서성을 일컫는 말로 쓰였다.

7　『논어』「선진(先進)」에, "내 나이가 그대들보다 조금 많다고 해서 나를 어려워하지 말라[以吾一日長乎爾, 毋吾以也]"라고 한 공자의 말이 나온다. 이정귀는 권필보다 다섯 살이 더 많았다.

8　서유자는 후한의 고사 서치(徐穉)의 자이다. 진번(陳蕃)이 예장(豫章) 태수로 있으면서 서유자를 우대하여, 그가 찾아오면 그만을 위한 의자를 내려놓았다가 돌아가고 나면 다시 매달아 두었다(『후한서』권53 「서치전(徐穉傳)」).

9　정강성(鄭康成)은 후한의 학자 정현(鄭玄)의 자이다. 정현은 마융(馬融)의 문하에서 10년을 수학하였다. 마융이 학도를 가르칠 때에는 늘 고당(高堂)에 앉아 붉은 비단 휘장을 드리웠다.

천지(天池)에서 물고기가 붕새로 변화함을 보리라10 　　會看鶤鱨化天池

동악 이안눌의 시는 다음과 같다.

천하의 뛰어난 재주라 시대를 구제하기에 알맞으나 　　天下奇才合濟時
강호에서 뜻을 얻지 못해 알아주는 이 적었었네 　　江湖落魄少相知
뛰어난 책략을 밝으신 임금께 올리지 않은 터라 　　未將長策干明主
시 덕분에 새로 은혜 입을 줄 누가 짐작했으랴 　　誰料新恩賴小詩
진번(陳蕃)이 의자 꺼내도록 내버려 두었으나 　　却遣陳蕃容下榻
원찬(袁粲)이 휘장 열어보고 감탄했었지11 　　向來袁粲歎披帷
백의로 종사관 된 일 모두들 다 부러워하니 　　白衣從事人皆羨
이 막부의 붉은 연꽃12이 어우러졌네 　　幕府紅蓮媚綠池

학곡(鶴谷) 홍서봉(洪瑞鳳)의 시는 다음과 같다.

---

10 『장자』 「소요유(逍遙遊)」에, 천지(天池)란 바다에 너비가 수천 리나 되고 길이는 얼마인지 알
　수 없는 곤(鯤)이란 물고기가 있고, 곤이 붕새로 변하여 구만 리 장천(長天)을 날아간다고 하
　였다.

11 남조(南朝) 송(宋)나라의 명사 원찬(袁粲)이 단양 윤(丹陽尹)으로 있을 때 부소(傅昭)를 주
　부(主簿)로 삼아 젊은이를 가르치게 하였다. 원찬은 부소의 문을 지날 때마다 "문을 지날 때
　면 고요하여 사람이 없는 듯하나 휘장을 걷고 보면 그 사람이 거기에 있으니, 어찌 명현(名
　賢)이 아니겠는가!"라고 감탄했다(『남사(南史)』 권60 「부소열전(傅昭列傳)」).

12 막부의 붉은 연꽃은 대신의 막부나 막부의 도사(都事)를 가리킨다. 남조(南朝) 제(齊)나라
　의 왕검(王儉)이 명사 유고지(庾杲之)를 등용하자, 안륙후(安陸侯) 소면(蕭緬)이 편지를 보
　내어 "그대의 막료가 되기란 참으로 어렵습니다만, 유고지가 맑은 물에 떠 연꽃에 기대 있으
　니, 얼마나 아름다운가?"라고 찬미한 데서 막부를 연화지(蓮花池) 또는 홍련막(紅蓮幕) 등
　으로 일컫게 되었다(『남사』 권49 「유고지전(庾杲之傳)」).

강호에서 낚싯줄 드리운 지 30년 동안	江漢垂綸三十載
우뚝하게 뛰어난 재주 그 누가 알아주었나	奇才磊落有誰知
대궐문에 「대인부(大人賦)」13 올리지 않았으나	君門未售凌雲賦
임금께서 「고검시(古劍詩)」14를 먼저 칭찬하셨네	天語先褒古劍詩
포의에게 사신 접대에 참여하도록 허락하시자	已許布衣參儐幕
재빠른 역마가 글 읽는 휘장 거두라 재촉했네	却催飛傳報書帷
술에 취해 붓 휘두를 때 한번 살펴보게나	試看乘醉揮毫處
바닷물 곧장 가져다 먹물로 쓸 테니15	直取洋瀾作硯池

남창(南窓) 김현성(金玄成)의 시는 다음과 같다.

십년토록 강호에서 낚싯대 하나 드리우다	十年湖海一竿絲
잠깐 세상에 나오니 국사(國士)로 인정 받았네	蹔出應因國士知
관서의 산천에는 손님 맞는 역말16로 번잡하고	西塞山川勞鄭驛

---

13 대인부(大人賦)는 '능운부(凌雲賦)'를 달리 표현한 말로 한나라 사마상여(司馬相如)가 「대인부」를 지어 무제(武帝)에게 올리자, 무제가 "훨훨 날아서 구름 위로 올라가는 듯한 기운이 있구나"라고 하였다(『사기』 권117 「사마상여열전(司馬相如列傳)」).

14 고검시(古劍詩)는 당나라 곽진(郭震, 656~713)이 무후(武后)에게 지어 올려 크게 칭찬받은 「보검편(寶劍篇)」을 말한다. 곽진은 18세 때 진사시에 합격하여 통천위(通泉尉)가 되었다(『신당서(新唐書)』 권122 「곽원진열전(郭元振列傳)」). 권필은 19세 때 초시와 복시에서 수석을 차지했으나 한 글자를 잘못 써서 낙방한 뒤로 과거에 응시하지 않았다. 선조가 권필의 시를 읽고 나서 가상히 여겨 참봉에 제수하였으나 부임하지 않았다.

15 이백은 「오로봉(五老峯)」 시에서 "오로봉으로 붓을 삼고, 삼상으로 벼루의 먹물 삼아, 푸른 하늘 한 장 종이에, 내 뱃속의 시를 쓰련다[五老峯爲筆, 三湘作硯池, 靑天一張紙, 寫我腹中詩]"라고 하였다.

명나라 사신과 수창할 때는 당시를 채택했네 　　　東槎酬唱有唐詩

고향 편지 전할 기러기 없어 봄 꿈을 빌렸고 　　　鄕書無鴈春憑夢

변방의 달은 사람을 따라와 밤 휘장에 들어왔네 　　　邊月隨人夜入帷

의주의 객지 생활 오래된 것 퍼뜩 느끼니 　　　坐覺龍灣爲客久

강 언덕엔 버들 춤추고 못가에선 풀이 새로 돋았네 　　　柳搖江岸草生池

오산(五山) 차천로(車天輅)의 시는 다음과 같다.

만사 겪은 행장 속에는 외로운 검만 남아 있고 　　　萬事行裝孤劍在

십 년 사이 행적은 흰 갈매기만 알고 있지 　　　十年蹤跡白鷗知

명공께선 선비 얻어 걸어둔 의자를 꺼냈고 　　　明公得士許懸榻

성주께선 재사 아껴 시권을 들여오라 하셨네 　　　聖主惜才徵賦詩

몸이 붉은 연꽃 따라가 채색 붓 휘두르고 　　　身逐紅蓮揮彩筆

손에 든 책 던져놓고 공부방17을 나왔네 　　　手拋黃卷出緇帷

지금부터 금마문에서 조칙을 기다릴 테니18 　　　從今待詔漢金馬

연못에서 아침저녁으로 낚싯대를 잡지 말게 　　　莫把釣竿朝夕池

---

16 원문의 '정역(鄭驛)'은 정당시(鄭當時)의 역(驛)이라는 뜻으로, 빈객을 접대하는 장소를 일
　컫는 말이다. 한나라 정당시가 빈객을 좋아하여 태자사인(太子舍人)으로 있을 때 닷새 만에
　돌아오는 휴가일마다 장안(長安)의 교외 곳곳에 역말을 두고 빈객을 접대했다. (『사기』 권120
　「급정열전(汲鄭列傳)」)

17 원문은 '치유(緇帷)'로, 학문을 강론하는 장소를 가리킨다. 『장자』「어부(漁父)」에, "공자가
　치유의 숲에서 노닐었다[孔子遊於緇帷之林]"라고 하였는데, 그 주에 "치(緇)는 흑색이다. 공
　자가 천하를 떠돌며 시서(詩書)를 강론하다가 강가 숲에서 쉬었다. 숲이 무성하여 햇볕을 가
　렸고 또 늘어진 가지와 잎이 장막 같아서 치유의 숲이라 하였다"라고 하였다.

아! 조선조 이래 인재가 이토록 융성한 때가 없었다. 우리나라에서 역대 임금께서 문명으로 다스리고 인재를 배양하신 효과가 참으로 융성하구나!

---

18 금마문(金馬門)은 한나라 궁궐문으로 학사들이 조서(詔書)의 하달을 기다리던 곳이다. 한 나라 때 벼슬이 없는 사람 중 학식이 뛰어나 초빙된 인사는 금마문에서 조서를 기다리며 고문(顧問)에 대비하였다.

126

권필 형제의 시재

권위(權韙), 권인(權靷), 권갑(權韐), 권온(權韞)은 석주 권필의 형이고, 권도(權韜)는 석주의 아우이다. 여섯 형제가 모두 시를 잘 지어 이름난 일은 옛날에도 듣지 못했으니 기이하다! 지금 각각 한편씩 골라 여기에 수록한다.

　권위가 자제(子弟)로서 안변 부사가 된 아버지[1]를 따라가서 모셨을 때 기녀를 사랑하게 되었다. 나중에 다음 시를 지어 부쳤다.

책상머리에 좋은 종이[2] 열 폭을 펼쳐두고	床頭十幅剡溪藤
정회를 쓰려다가 병이 들어 쓰지 못했네	欲寫情懷病未能
이별한 때를 추억하니 지금도 여전히 괴로워	追憶別時今尙苦
꽃잎 떨구는 비바람 속에 희미한 등불 마주했네	落花風雨對殘燈

　권인이 송강 정철의 묘를 들러 지은 시[3]는 다음과 같다.

1　부친 권벽(權擘, 1520~1593)은 1576년 안변 부사가 되었는데, 1578년 함경도 순무어사 허봉(許篈)이 안변부가 증전미(蒸田米)를 반이나 민간에게 나누어 주었고 군기(軍器)가 정비되지 않았다는 이유로 탄핵하여 파직되었다.

2　'좋은 종이'의 원문은 '섬계등(剡溪藤)'이다. 섬계는 중국 절강성(浙江省)에 있는 시내 이름으로, 물가에 등나무가 많이 자라서 이것으로 질 좋은 종이를 만들었다.

옛날에 임을 그린 「사미인곡」 들었기에　　　　昔年曾聽美人詞

무한한 깊은 충정 나는 홀로 잘 안다네　　　　無限深衷我獨知

오늘에야 빈산에서 공의 묘를 참배하려니　　　今日空山還拜墓

비바람에 황폐해진 비석을 차마 볼 수 없구나　不堪風雨暗荒碑

권운이 감악산(紺岳山) 견불암(見佛菴)⁴에 피난하여 읊은 시는 다음
과 같다.

강남으로 강북으로 정처 없는 발걸음　　　　江北江南未定蹤

지팡이에 행장 맡기니 처지가 가련하다　　　可憐行李付孤笻

역사에서 늦가을 빗소리 지겹도록 듣고　　　郵亭厭聽窮秋雨

절에서는 한밤중 종소리에 깜짝 놀라네　　　蕭寺驚聞半夜鍾

나라도 집도 부서졌으나 몸은 죽지 않고　　　家國破亡身不死

임금도 부모도 헤어져 눈물이 끝이 없네⁵　　君親離別淚無從

전쟁통에 관서 땅은 가는 길이 막혔으니　　　干戈阻絶西歸路

해가 지는 변방에서 상념이 만 겹일세　　　落日關河意萬重

3　이때 권필도 동행한 것으로 보인다. 『석주집』 권7에 「송강 정철의 묘에 들렀다가 감흥이 일다
〔過鄭松江墓有感〕」가 있다.

4　감악산은 경기도 파주시 적성면에 있는 산이다. 견불암(見佛菴)은 견불사(見佛寺)로 이 산에
있는 사찰이다.

5　눈물이 끝이 없다는 것은 슬퍼하기만 할 뿐 도움을 줄 수 없음을 의미한다. 공자가 일찍이 위
(衛)나라에 가서 옛 주인의 상에 곡하고 나와 자공(子貢)에게 참마(驂馬)를 풀어 부의(賻儀)하도
록 하였다. 자공이 부의가 과하지 않겠느냐고 묻자, 공자가 "내가 지난번 들어가 곡할 적에 한
번 슬퍼하매 눈물이 나왔다. 나는 눈물을 걷잡을 수 없이 흘리는 것을 싫어하노라〔予鄕者, 入而
哭之, 遇於一哀而出涕, 予惡夫涕之無從也〕"라고 말한 데서 온 말이다(『예기』 「단궁 상(檀弓上)」).

권갑이 통군정(統軍亭)에 올라 지은 시는 다음과 같다.

통군정은 큰 성에 높이 솟아서	亭在層城上
올라와 조망하니 까마득하다	登臨望欲迷
인가는 계주 북쪽까지 통하고	人烟通薊北
지리는 하늘 서쪽에서 끝나지	地理盡天西
국경에는 뿔피리 소리 울리고	鼓角邊聲動
변방에는 모래바람에 해가 저문다	風沙塞日低
서생은 회고의 감정이 뭉클하여	書生多古意
휘파람 길게 불며 구름다리에 기댄다	長嘯倚雲梯

권도가 스님에게 준 시6는 다음과 같다.

그대 집은 물과 구름 사이 어디에 있기에	爾家何在水雲間
우연히 홍진에 나와 오래도록 돌아가지 않고	偶入紅塵久不還
때때로 병이 든 이 늙은이와 마주 앉아서	時與病翁相對坐
봄비 내리는 등불 아래 선산을 말하는가	一燈春雨說仙山

---

6 이 시는 이정귀의 『월사집』 권10에 실린 「사암(思菴) 박상국(朴相國)의 시에 차운하여 양이일 (楊理一) 군에게 주다【3수. 양 군은 이름이 만세(萬世)로 봉래(蓬萊) 양사언(楊士彦)의 서자 다. 서자관(書字官)으로 나를 수행하여 관서에 왔다】[次思菴朴相國韻, 贈楊生理一【三首. 生名 萬世, 蓬萊楊公士彦之枚皐也. 以書字官, 隨我西來 】]」란 시의 제3수와 똑같다.

127

권온과 권필의 시

권온(權韞)이 입춘 날 감회를 읊은 시는 다음과 같다.

병란이 일어난 지 삼년이건만	喪亂今三載
세월은 또 한 해 봄이 지나가네	光陰又一春
늙은이 병사들은 시켜 가선만	傳聞師欲老
왜적은 아직도 머문다 하네	更說賊猶屯
지하에는 새 귀신이 많아졌고	地下多新鬼
술통 앞엔 옛 친구가 줄어들었네	樽前少故人
남은 목숨인들 어찌 오래 살겠는가	餘生豈能久
명절인데도 오히려 넋이 빠지네	佳節亦傷神

석주 권필이 시를 보다가 '지하에는 새 귀신이 많아졌고'라는 경련(頸聯)에 이르러 극구 칭찬하고는 웃으며 "이 구절이 대단히 좋습니다. 아우가 형님의 멋진 시구를 뺏어서 제 것으로 삼고 싶습니다"라고 말했다. 나중에 다음과 같은 「탄식(有歎)」 시를 지었다.

병란은 아직 평정되지 않았으니   兵戈今未定

묻노니 내 발걸음 어디로 가야 하나   何處問通津

지하에는 새 귀신이 많아졌고   地下多新鬼

술통 앞엔 옛 친구가 줄어들었네   樽前少故人

노쇠해져 안석에나 겨우 기대고   衰年聊隱几

뜬세상이라 수건을 홀로 적시네   浮世獨沾巾

풍진 속에서 문을 닫아걸고   閉戶風塵際

쓸쓸하게 또 한 해 봄을 보내네   寥寥又一春

작품 전체의 말과 뜻이 처절하고 한탄스럽다. 앞 시보다 더 아름다우니, 호백구를 훔쳐내는 솜씨[1]라 말할 만하다.

---

1 남의 것을 감쪽같이 훔쳐내어 완전한 자기 것으로 만드는 수법을 말한다. 전국(戰國)시대 맹상군(孟嘗君)은 진(秦) 소왕(昭王)에게 이미 바쳤던 호백구를 다시 훔쳐 소왕이 총애하던 여인에게 뇌물로 주었다. 송나라 증조(曾慥)의 『유설(類說)』 권51 「시원유격(詩苑類格)」에서 세 가지 훔치는 수법의 하나로 소개하였다.

128

권도의 시를 아낀 이이첨

권도(權韜)는 광해군 때 삼가현(三嘉縣)에 유배되었는데[1] 그때 다음 시를 지었다.

신의 죄가 산과 같아 죽음도 달게 받을 터인데	臣罪如山死亦甘
성은 내려 강남으로 유배 가라 허락하셨네	聖恩猶許謫江南
갈림길에서 남달리 무한한 슬픔 있나니	臨岐別有窮天痛
어머니 지금 연세가 여든셋이라네	慈母時年八十三

이이첨(李爾瞻)이 그의 재주를 아깝게 여기고 시를 임금께 아뢰어 특별히 용서받게 해주었다. 송나라 때 진회(秦檜)[2]에게 환심을 사지 못한 어떤 사람이 진회를 알현한 적이 있었다. 진회가 "어디에서 왔는

---

1 권도(權韜)가 삼가현으로 귀양 간 이유는 광해군이 대비를 폐한 일에 반대했기 때문이었다. 이긍익(李肯翊)의 『연려실기술(燃藜室記述)』에도 권도의 이 시가 실려 있고, 글자 출입이 있으며, 유배지가 해남(海南)으로 되어 있다.

2 진회(秦檜, 1090~1155)는 중국 남송(南宋)대의 정치가로서 간신(奸臣)으로 유명하다. 금(金)나라에게 신하의 예를 취하고 중국을 남북으로 나누어 북쪽을 금나라에 내어주게 했으며, 만고의 충신으로 추앙받는 악비(岳飛)를 탄압한 행적 때문에 역사가들의 지탄을 받았다.

가?" 묻자 "원수(沅水)와 상수(湘水) 사이3를 거쳐 왔습니다"라고 대답하였다. 진회가 "지어둔 시가 있는가?" 묻자 "있습니다"라 말하고는 그 시를 외웠다.

동풍이 비를 불어와 초목이 무성한데	東風吹雨草萋萋
낡은 황릉묘(黃陵廟) 서편으로 길이 나 있네	路入黃陵古廟西
요임금의 두 딸은 오지 않고 봄은 또 가는데	帝子不來春又去
깊은 산에는 자고새 울음소리만 무수하네4	亂山無數鷓鴣啼

진회가 그 시를 아껴서 몸가짐을 고치고 예우하였다. 이이첨이 임금께 아뢰어 권도를 용서받게 해준 일과 예나 지금이나 똑같다. 진회나 이이첨 같은 악인도 재주를 아낄 줄 알았으니 세상사람 중에 재주를 아껴주지 않고 시기하거나 질투해서 되레 해를 끼치는 자들은 이두 사람에게 부끄럽지 않겠는가?

---

3 전국(戰國)시대에 초(楚)나라 시인 굴원(屈原)이 유랑했던 지역이다.

4 황릉묘(黃陵廟)는 요임금 두 딸이자 순임금의 부인인 아황과 여영을 제사하는 묘이다. 그들은 순임금이 창오(蒼梧)에서 사망하자 순임금을 찾아가다 상수(湘水)에 빠져 죽었다. 이때 흘린 눈물이 상수의 대나무에 뿌려져 얼룩진 소상반죽(瀟湘斑竹)이 되었다는 전설이 있다. 중국에서는 자고새의 울음소리가 '行不得也哥哥'로 들린다고 하여, 상대방에게 떠나는 길이 고되므로 떠나지 말라는 의미가 담긴 것으로 이해하였다.

129

이여송을 애도한 구용의 시

죽창(竹窓) 구용(具容)[1]이 제독(提督) 이여송(李如松) 비각에 붙인 시는 다음과 같다.

조선에서 왜적을 정벌한 공훈이 당시에 으뜸이었건만　征東勳業冠當時

하루 저녁 거용관[2]에서 싸우다 돌아오지 못했네　一夕居庸戰不歸

현산(峴山)만이 눈물을 흘리게 한다[3] 말하지 말라　莫道峴山能墮淚

행인들이 여기에 이르면 다 눈물로 옷깃을 적시네.　行人到此盡沾衣

맑고 은근하여 읊을 만하다.

1　구용(具容, 1569~1601)의 본관은 능성(綾城)이고, 자는 대수(大受), 호는 죽창(竹窓)이다. 1590년 생원시에 합격하고, 1598년 김화현감을 지냈다. 저자의 유고는 절친한 벗인 권필에 의해 정리되었다.

2　거용관은 북경 북쪽의 관문이다. 이여송은 조선에서 귀국한 뒤 1598년 4월 타타르[韃靼]의 요동 침공을 막다가 복병을 만나 전사하였다.

3　진나라 때 양호(羊祜)가 양양(襄陽)을 다스리면서 인정(仁政)을 베풀었기에 그가 죽자 백성들이 사모하는 마음으로 현산(峴山)에 비석을 세웠다. 그 비석을 보는 사람들이 모두 눈물을 흘렸다 하여 타루비(墮淚碑)라 하였다(『진서(晉書)』 권34 「양호열전(羊祜列傳)」).

130

양경우의 명구

제호(霽湖) 양경우(梁慶遇)[1]는 시를 잘 지었는데, 지은 작품은 반드시
백 번을 다듬은 뒤에야 내보였다. 밤(夜)을 읊은 시는 다음과 같다.

병든 나뭇잎은 가을을 알리다 떨어지고　　　　　病葉敲秋盡

시름겨운 창문에는 새벽 되기 어렵네　　　　　愁窓得曙難

길을 가던 도중에 읊은 시는 다음과 같다.

옛 무덤에 산의 꽃이 떨어지고　　　　　古墓山花落

봄 논에는 들의 물이 갈라지네　　　　　春田野水分

또 읊은 시는 다음과 같다.

---

1 양경우(梁慶遇, 1568~미상)의 본관은 남원(南原), 자는 자점(子漸), 호는 제호(霽湖)이다. 양대
박(梁大樸)의 아들로 임진왜란에 의병을 일으켰다. 1606년 주지번(朱之蕃) 등이 왔을 때 원접
사 유근(柳根)의 종사관으로 차출되었다. 문집에 『제호집(霽湖集)』이 있다.

누운 송아지는 자면서도 되새김질하고 　　　　臥犢眠猶齕

굶주린 까마귀는 울다 다시 날아가네 　　　　飢烏噪更飛

천령(天嶺)을 넘으며 읊은 시는 다음과 같다.

골짜기 새들은 동굴에 둥지를 틀고 　　　　谷禽巢在穴

우거진 나무는 서낭당 삼아 기도하네 　　　　叢木禱爲祠

7월 밤을 읊은 시는 다음과 같다.

나그네 베갯맡 시름겨운 가을밤 비마저 내리고 　　　　愁繁旅枕秋逢雨

구름 낀 산에 벽이 있어 꿈에서도 스님 만났네 　　　　癖在雲山夢見僧

수원(愁院)을 읊은 시는 다음과 같다.

마을 아이는 과객에게 인사하며 배시시 웃기만 하고 　　　　村童拜客唯相笑

시골 아낙은 꽃을 꽂고도 부끄러운 줄 모르네 　　　　野婦簪花不解羞

초여름을 읊은 시는 다음과 같다.

뽕잎이 울을 덮으니 누에가 채반에 가득하고 　　　　桑葉掩籬蚕滿箔

보리 이삭 지붕에 닿으니 제비가 둥지를 못 찾네 　　　　麥芒齊屋燕迷棲

여름을 읊은 시는 다음과 같다.

누에가 잠자러 섶에 드니 뽕밭은 고요하고   眠蚕入繭桑園靜

어미 참새가 새끼 데리고 가는 보리밭은 깊네   乳雀將雛麥隴深

모두 지극히 공교하고 치밀하다.

기옹(畸翁) 정홍명(鄭弘溟)이 계룡산 밑을 지나갈 때 노을과 안개 속에서 홀연히 "문장가 양경우가 죽었구나!"라는 소리가 들려왔다. 나중에 제호가 죽은 날짜를 들어 보니 바로 계룡산을 지나던 그 날이었다. 산신령이 와서 소식을 알려준 것이 아닐까? 아! 이 또한 기이한 일이다! 이 이야기는 동명(東溟) 정두경(鄭斗卿) 어른에게 들은 적이 있다.

131

허균의 풍류

허균이 종사관이 되어 원접사 소릉(少陵) 이상의(李尙毅)[1]를 따라 의주에 도착하여 성 밖 교외에서 칙사를 맞는 예를 행하였다.[2] 성으로 돌아오니 구경하는 남녀들이 성 안팎에 넘쳐났다. 길가에 의주부 기생들이 모두 나와 줄지어 꿇어앉아 알현하였는데 허균의 방에 들어왔던 기생이 열두 명이었다.[3] 허균이 다음 시를 지어 자조하였다.

칠성관(七星冠)에 노을빛 패물 차고 명마를 타니　　　　　星冠霞佩玉花驄

인간 세상 허시중[4]이라 앞다퉈 말하누나　　　　　　　爭道人間許侍中

1　이상의(李尙毅, 1560~1624)의 자는 이원(而遠), 호는 소릉(少陵), 본관은 여주이다.

2　허균은 1609년(선조 41) 2월에 원접사 이상의의 천거를 받아 사제사시조사(賜祭賜諡詔使) 행인(行人) 웅화(熊化)와 태감(太監) 유용(劉用)을 접대하는 원접사의 종사관이 되었다. 『성소부부고(惺所覆瓿藁)』 권19 「기유서행기(己酉西行紀)」에 이때의 행적과 작품이 실려 있는데 홍만종이 그 내용을 추려서 시화로 만들었다.

3　「기유서행기」에 보면 한리학관(漢吏學官)으로 따라간 이재영(李再榮)이 허균 옆에서 기생의 숫자를 세어본 것으로 나온다. 이 시를 듣고 풍류가 있다고 크게 칭찬하였다.

4　허시중은 허균이 승지를 지낸 적이 있어서 일컬은 말이다. 『세설신어』 「아량(雅量)」에 승상 왕도(王導)의 침실에서 코를 골고 잤다는 허시중(이름은 璪)의 고사가 전한다. 『전당시』와 『당시품휘』에 수록된 조당(曹唐)의 시「악록화가 구의로 돌아가려 할 적에 허진인과 헤어지며〔萼綠華將歸九疑留別許眞人〕」시 마지막 구에도 '留與人間許侍中'이라는 표현이 보인다.

남쪽 거리 금비녀 꽂은 열두 명의 기녀들이　　　　十二金釵南陌上

동시에 고개 돌리고 봄바람에 웃는구나　　　　　一時回首笑春風

은근하고 아름다우니 제량(齊梁) 시대의 멋스러움[5]이 있다.

---

5 제량(齊梁)은 남조(南朝)시대 제(齊)와 양(梁) 나라의 시체(詩體)로, 염정(艶情)을 담은 시풍
  을 말한다.

132

허균의 궁사

허균(許筠)의 「궁사(宮詞)」 100수(首)는 궁중의 옛 사실을 손가락으로 가리키듯이 차례대로 묘사하여 한 시대의 시사(詩史)로 갖춰 놓기에 충분하다.[1] 그중 절구 한 수는 다음과 같다.

남은 추위 싸늘하여 겹이불에 스며드니	餘寒料峭透重茵
표범 장막 담비 갖옷에도 따뜻한 줄 모르겠네	豹帳貂裘不覺春
'장신궁(長信宮)[2]께서는 밤사이에 편안히 주무셨는지'	長信夜來眠未穩
궁가(宮家, 왕자)가 의녀에게 친히 찾아 물으시네	宮家親問女醫人

---

1 홍중인은『동국시화휘성』에서 허균의 궁사(宮詞)에 대해 음향(音響)은 본래 체제에 완벽히 부합되지 않지만 온갖 체제를 갖추고, 오묘하게 이해하여 두루 통한다고 평가하였다.

2 한나라 장락궁(長樂宮) 안에 있던 궁궐로 주로 태후(太后)가 거처하였다. 여기서는 왕비를 가리킨다. 석주 권필이 "묘사가 지극히 아름답고, 정리(情理)가 도저하다〔狀得至嘉, 情理到底〕"라고 평한 시이다.

133

허균 시의 수준

영평부(永平府)[1]를 읊은 허균의 시는 다음과 같다.

노룡현(盧龍縣) 성안에 해가 막 저물어 갈 때	盧龍城裏日初曛
우북평 산머리에 먹구름이 끼어 있네	右北山頭結陣雲
모여서 하는 말이, 선우(單于)가 와서 말을 친다면	共說單于來牧馬
한나라 조정에선 누가 이장군(李將軍) 역할을 하려나[2]	漢家誰是李將軍

제호 양경우가 "허균의 시는 비록 넉넉하고 여유로우나 격률(格律)
이 조금 낮다"라고 평하였다.[3] 지금 이 시를 놓고 본다면 당나라 시인
보다 못하겠는가?

---

1 영평부(永平府)는 북경의 동쪽에 위치한 지역으로, 옛날에는 우북평(右北平)이라 불렸다. 현
  재 하북성(河北省) 진황도시(秦皇島市) 일대를 포함한다. 조선 사행단이 북경으로 갈 때 산해
  관(山海關) 다음으로 이곳을 경유하였다. 노룡현(盧龍縣)은 영평부의 치소가 있던 곳으로 만
  리장성의 시작점이다.

2 선우는 흉노(匈奴)의 족장이고, 이장군은 우북평태수(右北平太守)로서 흉노 토벌로 이름을
  떨친 이광(李廣)을 가리킨다. 여기에서는 점차 세력이 강성해지는 건주 여진(建州女眞)을 염려
  하는 명나라 군사들의 근심을 표현한다.

3 『제호집』 권9 「시화(詩話)」의 '허봉에게는 절륜한 시재(詩才)가 있었다[許篈有絶代詩才]'조에
서 "(허봉의 시는) 격조가 고상하여 경번당(景樊堂, 허난설헌)과 같으나 허탄한 병폐는 없다. 그
아우 허균은 비록 넉넉하고 여유로우나 격률이 대단히 낮으니 같은 수준에서 논할 수 없다[調
格之高, 同景樊堂, 而無虛誕之病. 厥弟筠, 雖贍裕不竭, 格律甚卑, 不可同日道也]"라고 하였다.

134

이이의 금강산 시

허균이 엮은 『국조시산(國朝詩刪)』에 율곡 이이의 율시 한 수가 실려 있는데, '처음 산을 나올 때 심장원(沈長源)¹에게 주다[初出山時贈沈長源]'라는 제목으로 되어 있다. 또 시에 주석을 달아 "이 시가 본래 문집에는 수록되어 있지 않으나 절로 대단히 아름답다"라고 하였다. 그 시는 다음과 같다.

소매를 떨치고 동서로 헤어진 지 몇 해던가	分袂東西問幾年
속내를 털어놓으려니 심정이 까마득하다	欲陳心事意茫然
전생에는 정녕코 김시습(金時習)이었으나	前身定是金時習
현세에도 여전히 가낭선(賈浪仙) 신세일세²	今世仍爲賈浪仙
봄비가 내린 뒤라 산새는 우짖는데	山鳥一聲春雨後
석양 아래 강마을은 천 리에 뻗어 있네	水村千里夕陽邊

---

1 심장원(沈長源, 1531~1607)의 자는 경혼(景混), 본관은 삼척(三陟)이다. 일찍이 고아가 되었으나 홀로 공부하여 1568년에 진사시에 합격한 뒤 낙향하여 고향에서 여생을 보냈다. 고서화 수집에 일가견이 있었고 시문집 몇 권을 남겼다. 이이(李珥)와도 교유하였다.
2 김시습과 가도(賈島)는 승려로 지낸 적이 있다.

만나고 헤어짐은 그 모두가 하릴없는 것 　　　　　相逢相別渾無賴

뜬구름은 푸른 하늘에 점점이 박혀 있네 　　　　　回首浮雲點碧天

　　허균은 허봉(許篈)의 아우로서3 사람됨도 경박하니, 율곡의 이름에
가탁한 위작을 지어서 모욕하고 조롱한 것이 아니겠는가?

---

3 이이(李珥)는 1583년 조정이 동서(東西)로 갈라지자 중간에서 중재자의 처신을 하다가 점차
　서인 쪽으로 기울면서 동인의 미움을 샀다. 동인 가운데에서 허봉·송응개(宋應漑)·박근원
　(朴謹元)이 앞장서서 이이를 비판하여 조정에서 추방하고자 하였다. 이때 송응개가 상소에서
　한 말 가운데 "이이는 본래 일개 중입니다[李珥本一緇髠也]"라고 한 구절이 있었다. 이이가 젊
　었을 때 계모와의 갈등으로 잠시 금강산 절에 승려가 된 사실을 거론한 말이었고, 여기에 인용
　한 시가 그 증거였다. 이 시는 율곡의 시가 맞고 허균이 이 시를『국조시산』에 수록한 것은 아
　무 문제가 없다. 홍만종은 허균이 허봉에 편들고 사람이 경박하다는 이유로 이 시를 만들어
　율곡을 모욕한 위작이라고 평가했으나 근거가 없는 서인계 사대부의 판단이다. 이 문제는 숱
　한 논란을 일으켜 1700년(숙종 26)에는 전라도 유생들이『국조시산』의 폐기를 주장한 일도 있
　었다.『선조실록』16년 7월 16일,『숙종실록』26년 2월 26일 기사 등에 나온다.

시평보유

❋

하권

1

성정을 표현한 작품들

시는 성정을 읊는다.[1] 성정이 올바름을 얻어 시로 발현된 것은 『시경』
삼백 편에 버금간다. 따라서 군자는 반드시 먼저 성정의 바름을 닦은
다음에야 더불어 시를 말할 수 있다. 우리 동방의 수많은 현인을 지금
일일이 다 기록할 수 없기에 우선 두드러져서 칭송할 만한 분만을 들
어 말하고자 한다. 회헌(晦軒) 안향(安珦)의 공자묘(孔子廟)를 읊은 시는
다음과 같다.

향 피우고 등불 밝혀 곳곳마다 부처에게 복을 빌고	香燈處處皆祈佛
풍악 울려 집집마다 앞다퉈 잡신을 섬기네	絃管家家競事神
그중에서 몇 칸 남짓한 공자 사당에는	唯有數間夫子廟
봄풀만 뜰에 무성하고 찾는 이 없이 적막하네	滿庭春草寂無人

---

1 『논어』「위정(爲政)」의 주자주에서 "『시경』은 311편인데, 300편이라고 한 것은 큰 수를 든 것
이다. …… 그 효용은 사람들이 바른 성정을 얻도록 하는 데에 돌아갈 뿐이다[詩, 三百十一
篇, 言三百者, 擧大數也 …… 其用歸於使人得其情性之正而已]", 『논어』「술이(述而)」의 "시로
써 성정을 다스린다[詩以理情性]", 『창랑시화(滄浪詩話)』「시변(詩辨)」의 "시란 성정을 읊조
리는 것이다[詩者, 吟詠性情也]" 등에서 써서 후에 널리 쓰인 말이다.

포은(圃隱) 정몽주(鄭夢周)가 전장에 남편을 보낸 아내의 원망을 읊은 시는 다음과 같다.

한번 헤어지고 세월이 쌓여도 소식 없으니	一別年多消息稀
변방에서 살았는지 죽었는지 그 누가 알랴	塞垣存歿有誰知
오늘 아침에야 겨울옷 부쳐 보냈나니	今朝始寄寒衣去
눈물로 배웅하고 돌아올 적 뱃속에 있던 아이라네	泣送歸時在腹兒

점필재(佔畢齋) 김종직(金宗直)이 제천정(濟川亭)에서 차운한 시는 다음과 같다.

꽃을 흔들고 버들가지 꺾는 강바람에	吹花擘柳半江風
돛은 흔들흔들 저녁 기러기 등지고 떠나네	檣影搖搖背暮鴻
한 조각 향수에 부질없이 기둥에 기대건만	一片鄉心空倚柱
흰 구름은 주연 벌어진 배 위를 날아 건너네	白雲飛渡酒船中

한훤당(寒暄堂) 김굉필(金宏弼)이 길가의 소나무를 읊은 시는 다음과 같다.

한 그루 늙고 푸른 솔이 먼짓길에 서서	一老蒼髯任路塵
수고로이 오가는 과객을 맞고 보내누나	勞勞迎送往來賓
추운 겨울에도 너 같은 마음 지닌 이를	歲寒與汝同心事
지나간 사람 중에 몇 명이나 보았더냐	經過人中見幾人

일두(一蠹) 정여창(鄭汝昌)이 화개현(花開縣)을 읊은 시는 다음과 같다.

바람 불어 부들은 간들간들 나부끼고	風蒲獵獵弄輕柔
사월이라 화개현에 보리 벌써 익어간다	四月花開麥已秋
첩첩산중 두류산을 두루 다 구경하고	看盡頭流千萬疊
외로운 배를 타고 큰 강 따라 또 내려간다	孤舟又下大江流

정암(靜庵) 조광조(趙光祖)가 거문고를 읊은 시는 다음과 같다.

거문고로 천고의 곡조를 한 번 타 봤더니	瑤琴一彈千年調
귀 어두운 속인들은 분분히 소리만 듣네	聾俗紛紛但聽音
서글퍼라! 종자기가 죽은 지 너무 오래니	怊悵鍾期沒已久
세상에서 그 누가 백아 마음을 알아주랴	世間誰識伯牙心

모재(慕齋) 김안국(金安國)이 빗속에서 접시꽃을 읊은 시[2]는 다음과 같다.

솔가지 울 밑의 키 작은 접시꽃은	松枝籬下小葵花
간절히 해를 보려 하나 비 내리니 어쩌나	意切傾陽奈雨何
나만은 너를 아껴 비를 맞고 찾아왔으니	我自愛君來冒雨
햇살 아래 많고 많은 모란꽃을 난 모르네	不知姚魏日邊多

---

2 『모재집(慕齋集)』에 제목이 「빗속에 엄효중을 방문해 접시꽃을 읊다〔雨中訪嚴孝中, 詠葵〕」로
되어 있다. 엄효중(嚴孝中)은 엄용순(嚴用順, 생몰년 미상)으로 중종의 후궁 엄소용의 조카이
다. 기묘사화 때 난을 피해 경기도 이천으로 낙향했다.

회재(晦齋) 이언적(李彦迪)의 「관물(觀物)」은 다음과 같다.

요순 임금 이룬 사업 천고에 우뚝해도   唐虞事業巍千古

허공을 지나는 한 점 뜬구름과 다름없네3   一點浮雲過太虛

정갈한 서재에 앉아 푸른 못을 내려다보며   蕭洒小軒臨碧澗

온종일 맑은 마음으로 노니는 물고기 바라보네4   澄心終日玩游魚

화담(花潭) 서경덕(徐敬德)이 원님의 방문을 받고 사례한 시는 다음
과 같다.

첩첩산중 푸른 산에 초가집 한 채   萬疊靑山一草廬

살림은 성현의 책 몇 질이 전부라네   生涯數帙聖賢書

때때로 좋은 손님이 찾아와 안부 묻노니   時蒙佳客來相問

그림보다 나은 숲과 박연폭포 있어서지   爲有林潭畫不如

용문(龍門) 조욱(趙昱)이 범패를 읊은 시는 다음과 같다.

·입으로 읊은 범패소리 황종(黃鐘)에 부합되니   口中梵唄應黃鐘

어고(魚鼓) 소리 조화롭게 사찰에 울려 퍼지네   魚樂純如震法宮

---

3 송나라 양시(楊時, 1053~1135)의 『이정수언(二程粹言)』에 "요순 임금의 사업을 요순의 처지
  에서 보면, 한 점 뜬구름이 허공을 지나는 것 같을 뿐이다"라고 하였다.
4 『시경』「한록(旱麓)」의 '솔개는 하늘 높이 날아오르고, 물고기는 못 속에서 뛰어논다〔鳶飛戾
  天, 魚躍于淵〕'라는 구절이 『중용』 제12장에 인용되어 있는데 '만물이 화육(化育)하는 이치가
  흘러 넘쳐 자연에서 밝게 드러나는 것'이라고 풀이하였다.

한없는 중생들이 모두 듣고 깨닫지만　　　　　　　　無限人天皆省悟

소리 그치고 나면 본래 빈 것임을 알게 되리　　　　收聲方覺本來空

청송(聽松) 성수침(成守琛)의 「잡영(雜詠)」은 다음과 같다.

물통을 가져가서 찬 시냇물 스스로 떠와　　　　　　携筒自汲寒溪水

파주에서 나는 좋은 산삼을 달였네　　　　　　　　煎却坡山一味蔘

대숲 방에 한가하게 할 일 없이 누우니　　　　　　閑臥竹房無箇事

산바람은 때때로 평상의 거문고를 연주하네　　　　山風時動倚床琴

남명(南溟) 조식(曹植)이 이학사(李學士)에게 작별 선물로 준 시[5]는
다음과 같다.

강 달 아래 그대 보내는 한은 천 길이라　　　　　　送君江月千尋恨

그림 붓이 한의 깊이를 어찌 그려내랴　　　　　　　畵筆何能畵得深

이 얼굴은 오늘부터 오래 못 볼 얼굴이라도　　　　此面由今長別面

이 마음은 길이길이 헤어지지 않을 마음이라네　　此心長是未離心

대곡(大谷) 성운(成運)이 우연히 읊은 시는 다음과 같다.

여름 숲이 휘장을 이뤄 대낮에도 으슥하나　　　　　夏木成帷晝日昏

5　이 시는 『남명집』 권1에 「이증영 학사에게 작별 선물로 주다〔贐別李學士增榮〕」라는 제목으로
　실려 있다. 이증영(李增榮, ?~1563)은 1559년경에 합천 군수를 지낸 문인이다.

물소리 새소리에 고요하던 산속이 시끄럽구나 水聲禽語靜中喧

길이 끊겨 찾아올 이 없는 줄을 잘 알지만 已知路絶無人到

산 구름에 부탁해서 골짜기 문을 잠가버렸네 猶倩山雲鎖洞門

퇴계(退溪) 이황(李滉)이 의주(義州)를 읊은 시는 다음과 같다.

구룡연(九龍淵)에 구름 끼어 새벽녘 썰렁하고 龍淵雲氣曉凄凄

송골산(松鶻山) 창공에 솟아 둥근 해가 나직하다6 鶻岫磨空白日低

오똑하니 앉아 산성 문 닫히기를 기다리니 坐待山城門欲閉

뿔피리 소리 큰 강 저편으로 울려 퍼진다 角聲吹渡大江西

고봉(高峯) 기대승(奇大升)이 우연히 지은 시는 다음과 같다.

뜰 앞의 작은 풀은 훈풍에 살랑대니 庭前小草挾風薰

깜박 졸다 깨어나서 낮술에 불콰하네 殘夢初醒午酒醺

깊은 뜨락 꽃은 지고 봄날은 길고 긴데 深院落花春晝永

주렴 너머 벌과 나비 늦도록 펄펄 나네 隔簾蜂蝶晩紛紛

율곡(栗谷) 이이(李珥)가 비바람 치는 초당을 읊은 시7는 다음과 같다.

길손의 잠이 비바람 소리에 자주 놀라 깨니 客夢頻驚地籟號

---

6 구룡연과 송골산은 의주에 있는 강과 산이다.

가을 낙엽 창을 치며 어지러이 날리누나	打窓秋葉亂蕭騷
모르겠구나, 밤사이에 시린 계곡물이	不知一夜寒溪水
구봉산 산 높이를 몇 자나 낮춰놨을까	減却龜峯幾尺高

우계(牛溪) 성혼(成渾)이 우연히 읊은 시[8]는 다음과 같다.

오십 년 세월 동안 푸른 산에 누웠으니	五十年來臥碧山
시시비비 무슨 일로 속세에 이르겠는가	是非何事到人間
작은 집에 끝도 없이 봄바람이 불어오니	小堂無限春風地
꽃은 웃고 버들 졸아 한가롭고 한가롭다	花笑柳眠閑又閑

한강(寒岡) 정구(鄭逑)의 「무제(無題)」는 다음과 같다.

달빛 잠긴 빈 골짝에서 호랑이를 딱 만나고	月沈空谷初逢虎
풍랑 거센 바다에서 배를 처음 띄웠으니	風亂滄溟始汎槎
세상만사 평탄한 데서는 말 꺼내지 말고	萬事莫於平處說
인생이 여기에 이르면 끝내 어찌하려는가	人生到此竟如何

아! 이런 여러 현인들의 시는 말을 천연스럽게 하여 제각기 묘미를
다 하였으니, 시에 드러난 올바른 성정이 이와 같다.

---

7 『율곡전서』에 「구봉의 초당에서 비바람에 밤새며[龜峯草堂風雨徹曉]」로 실려 있다.
8 『우계집(牛溪集)』에는 「시냇가의 봄날[溪上春日]」이란 제목으로 실려 있다.

2

점귀부체

현곡(玄谷) 조위한(趙緯韓)¹은 다음과 같은 점귀부체(點鬼簿體)² 시를 지었다.

문장은 일찍이 월정 노인에게 배웠고	文章曾學月汀老
전아함은 늘 간이공을 스승으로 삼았네	典雅常師簡易公
장계와는 당시의 정시(正始)³를 논했고	每與長溪論正始
손곡과 어울려 시의 수준을 따졌네	相隨蓀谷辨汚隆
장편은 오산에 견줄 시인이 누구랴	長篇誰似五山子
절구는 고옥 노인만한 시인이 없지	絶句無如古玉翁
최상은 석주로서 명성이 썩지 않으리니	最是石洲名不朽

---

1 조위한(趙緯韓, 1567~1649)의 자는 지세(持世), 호는 현곡(玄谷) 본관은 한양(漢陽)이다. 조찬한(趙纘韓)의 형이다. 1624년 이괄(李适)의 난 때 토벌에 참여했고, 정묘 · 병자호란 때도 출전했다. 벼슬이 공조참판 · 지중추부사에 이르렀다.

2 점귀부(點鬼簿)는 저승에서 귀신의 이름을 확인하는 장부이다. 죽은 사람의 이름을 넣어 지은 독특한 형식의 시를 점귀부체라 부른다. 당나라 문인 양형(楊炯)이 문장에 옛사람의 이름을 많이 따 넣자 장작(張鷟)이 비방한 데서 유래했다.

3 정시(政始)는 초당(初唐)의 시풍을 말한다. 상권 123칙의 각주 2번을 참고한다.

체소와 함께 동방에서 독보하리라　　　　　　　　　應同體素擅吾東

　월정(月汀)은 윤근수(尹根壽), 간이(簡易)는 최립(崔岦), 장계(長溪)는
황정욱(黃廷彧), 손곡(蓀谷)은 이달(李達), 오산(五山)은 차천로(車天輅),
고옥(古玉)은 정작(鄭碏), 석주(石洲)는 권필(權韠), 체소(體素)는 이춘
영(李春英)이다. 또 택당(澤堂) 이식(李植)에게는 「선묘조 육절(宣廟朝六
絶)」 시가 있으니 그 시도 점귀부체이다. 시는 다음과 같다.

이학은 도산이 정종(正宗)이고　　　　　　　　　理學陶山正

문장은 간이가 기발하네　　　　　　　　　　　文章簡易奇

날아오르는 건 경홍의 글씨요　　　　　　　　　飛騰景洪筆

민첩한 건 여장의 시라　　　　　　　　　　　　敏捷汝章詩

충무는 누선(樓船)장군이고　　　　　　　　　　忠武樓船將

오성은 재상의 품격을 갖췄네　　　　　　　　　鰲城廊廟姿

선왕께서 배양한 성과로　　　　　　　　　　　先朝培養效

인재와 준걸이 융성하구나　　　　　　　　　　才俊盛於斯

　도산(陶山)은 이황(李滉), 경홍(景洪)은 한호(韓濩), 여장(汝章)은 권필
(權韠), 충무(忠武)는 이순신(李舜臣), 오성(鰲城)은 이항복(李恒福)이다.

3

조찬한의 남농팔영

현주(玄洲) 조찬한(趙纘韓)[1]이 『남농팔영(南農八詠)』[2]을 읊었는데 지금
두 수를 기록한다. 늦봄을 읊은 시는 다음과 같다.

꽃이 줄어들자 신록은 우거지고	花稀新綠繁
보리밭은 파도처럼 높이 일렁인다	隴麥搖高浪
꿩이 울고 해가 중천에 뜨니	雉雊日當中
송아지가 새참 내가는 사람 뒤를 따른다	小犢隨饁往

가을 밭갈이를 읊은 시는 다음과 같다.

콩대 삶아 밤에 소 여물 먹이고	烹萁夜勸牛

---

1 조찬한(趙纘韓, 1572~1631)의 자는 선술(善述), 호는 현주(玄洲)이다. 임진왜란 때에 삼도토포
  사(三道討捕使)로 활약했고, 광해군 대에는 외직을 청해 상주목사(尙州牧使)가 되었다. 인조
  반정 이후 좌승지와 선산부사 등을 지냈다.

2 『현주집(玄洲集)』 권3에 병진년(1616) 작품으로 되어 있고, 초춘(初春), 중춘(仲春), 모춘(暮
  春), 성하(盛夏), 조추(早秋), 중추(仲秋), 모추(暮秋), 추경(秋耕)을 소제목으로 8수가 실려
  있다.

추위지기 전에 땅을 일궈놔야지   未寒還墾墢

언 땅을 일궈놔야 기름지리니   墢凍方是膏

내년의 농사 잘되라고 하는 일이지   計爲明年設

한가롭고 느긋하여 농가(農家)의 정경을 극진히 표현했다.

4

조찬한의 시

현주 조찬한의 「궁중사시사(宮中四時詞)」 가운데 여름을 읊은 시는 다음과 같다.

느릅나무는 잎이 짙고 연잎은 살이 찌고	楡葉陰陰荷葉肥
수정 주렴 밖에는 장미꽃이 지는데	水晶簾外落薔薇
꾀꼬리는 군왕의 의중을 알기라도 하는 듯	黃鶯似識君王意
부단히 애태우며 끝내 날아가지 않는다	不斷柔腸終不飛

파란과 곡절이 있으며, 곱고 은근하며, 뜻이 깊고 오묘하다. 호젓한 집 한낮의 흥취를 읊은 시는 다음과 같다.

띳집에서 잠이 드니 깨어나기 어려워서	茆堂小睡覺難去
깰 듯 말 듯 하다가는 다시 깊이 빠져든다	欲醒未醒還就濃
산 꾀꼬리 지나간 뒤라 봄은 더욱 적막하고	山鶯過後春寂寞
절로 피어난 산당화 한낮의 바람에 떨어진다	自在棠花零午風

곱고 아름다운 여인은 늙더라도 나름대로 예전의 자태를 간직하고
있다.[1]

---

1 구양수(歐陽修)는 「수곡야행(水谷夜行)」이란 시에서 '비유하자면, 곱고 아름다운 여인은, 늙
더라도 나름대로 예전의 자태를 간직하네〔譬如妖韶女, 老自有餘態〕'라고 했다. 이 시구는 매
요신(梅堯臣)의 시를 평가한 말이다.

5

성여학의 풍자시

쌍천(雙泉) 성여학(成汝學)은 시를 잘 지었다. 양주(楊州)에 살고 있을 때 이이첨(李爾瞻)이 성여학이 지은 시를 듣고는 크게 칭찬하며 그를 끌어주고자 하여 사고(私稿)를 보여 달라고 하였다. 성여학은 바로 율시 한 수를 지어 다음과 같이 사양했다.[1]

담쟁이덩굴 깊은 곳에 밤이 이슥한데	綠蘿深處夜迢迢
베갯머리 사뿐하니 온갖 근심 사라지네	一枕翛然萬慮消
먼 산에는 구름 피어 달을 다시 가리고	遠岫雲生還掩月
작은 시내는 물이 차올라 다리가 잠기누나	小溪潮滿欲沈橋
몸에는 인끈 없어 가난해도 즐겁고	身無簪組貧猶樂
배 속에는 서책 있어 비천해도 오만하다	腹有詩書賤亦驕

---

1 성여학은 광해군 때의 저명한 시인이다. 그의 문집 『학천집(鶴泉集)』에는 「권귀를 조롱하다.【당시 이이첨이 공의 시를 보고자 했으므로 공이 이 시를 지어 거절하였다】[嘲權貴【時李爾瞻求見公詩, 公作此詩以絶之】]」라는 제목으로 실려 있다. 하지만 그가 실제로 이이첨의 제안을 사양했는지는 의문이다. 『광해군일기』 광해군 7년(1615) 6월 18일 기사에는, 이이첨이 성여학을 시학교관(詩學敎官)으로 거듭 추천한 기사가 실려 있다. 성여학의 연보에 따르면, 1615년 예조의 계사(啓辭)로 시학교관이 되어 동몽에게 시를 가르쳤다고 했다.

서글퍼라, 새벽 되어 금정 우물가에는   怊悵曉來金井畔

벽오동 가을빛에 비만 부슬부슬 내리네   碧梧秋氣雨蕭蕭

　

시어의 운치가 맑고 빼어나지만 기롱과 풍자의 뜻을 싣고 있다. 스
스로를 지키며 아첨하지 않는 기색이 담겨 있으니 존경할 만하다.

6

박엽의 연평령 시

박엽(朴燁)¹이 연평령(延平嶺)²을 지나면서 다음 시를 지었다.

연평령을 넘어가면 바로 창성(昌城)인데	延平嶺外是昌城
살기가 하늘에 뻗치고 고각 소리 울려 퍼졌네	殺氣連天鼓角鳴
군마(軍馬)와 병사는 패전하여 돌아오지 못하였거늘	敗馬殘兵歸不得
큰 강물은 석양빛 아래 끝도 없이 비껴 흐르네	夕陽無限大江橫

연평령은 바로 장군 김응하(金應河)³가 패배한 곳이다.⁴

---

1 박엽(朴燁, 1570~1623)의 자는 숙야(叔夜), 호는 약창(藥窓), 본관은 반남(潘南)이다. 1618년부터 6년 동안 평안 감사를 지내며 기강을 바로 세우고 국방을 튼튼히 하였으나 인조반정에 죽임을 당했다.

2 평안도 삭주군(朔州郡)과 창성군(昌城郡)의 경계에 있는 고개이다.

3 김응하(金應河, 1580~1619)의 자는 경희(景羲), 본관은 안동(安東)이다. 1618년 중국 명나라가 건주(建州)의 후금을 치기 위해 조선에 원병을 청해오자, 이듬해 1619년 2월 도원수 강홍립을 따라 평안도 창성에서 압록강을 건너 후금 정벌에 나섰다가 군사 3,000명으로 수만 명의 후금군을 맞아 고군분투하다가 패배하고 전사하였다. 이듬해 명나라 신종(神宗)이 그를 요동백(遼東伯)에 봉하였고, 조선에서도 영의정에 추증하고 충무(忠武)로 시호를 내렸다.

4 『동국시화휘성』의 '박엽'조에 본 항목과 똑같은 내용이 보이는데 연평령에 대한 설명이 각주로 되어 있다.

7

이경전의 만시

석루(石樓) 이경전(李慶全)[1]이 저작랑(著作郞)[2]인 벗의 아내를 애도한 만시(挽詩)를 지었다.

'인생이 이렇다면 태어나지 말 것을'[3]	有生如此無生可
그 말 듣고 놀랐으니 그리 말하면 안 된다오	聞說驚心莫說宜
저작랑의 벼슬이 높아가고 어린 자식 장성하여	著作官高諸幼長
영화를 누릴 때가 되면 슬픔을 견디지 못하리	到堪榮處不堪悲

말의 구사가 간절하고 알맞아 일시에 인구에 회자(膾炙)되었다.

---

1 이경전(李慶全, 1567~1644)의 자는 중집(仲集), 호는 석루, 본관은 한산(韓山)으로 영의정 이산해(李山海)의 아들이다. 병조좌랑, 형조판서 등을 지냈다. 시문을 잘하여 명성이 높았고, 문집에 『석루유고(石樓遺稿)』가 있다.

2 저작(著作)은 홍문관과 승문원, 교서관의 정8품 관직이다.

3 『시경』「초지화(苕之華)」에 '능소화 어여쁜 꽃! 그 잎이 푸르구나. 내 이럴 줄 알았더라면, 차라리 태어나지 말 것을〔苕之華, 其葉靑靑. 知我如此, 不如無生〕'이라 하였다.

8

유몽인의 명작

어우(於于) 유몽인(柳夢寅)은 화를 입고 죽어서[1] 평생 지은 저술이 흩어져 전하는 것이 없다. 이제 사람들의 입에 전해오는 작품 몇 수를 골라 수록한다. 천주산인(天柱山人)의 시축에 붙인 시[2]는 다음과 같다.

지겨운 장마가 달을 이어 괴롭히니	淫霖連月苦
강에 사는 늙은이는 기분 풀 길이 없네	江叟莫開懷
걸어놓은 솥에서는 피라미가 나오고	懸釜魚兒出
뒤집힌 둥지에는 제비가 푸드덕거리네	翻巢燕羽差
뭇사람 몰리는 곳 나 홀로 피하고	衆趨吾獨避
선향에 가고파도 누구와 함께하나	眞境往誰偕
서산 스님과 고운 말을 나눌 때	綺語西僧共

---

1 유몽인(柳夢寅, 1559~1623)은 대사간, 한성부 좌윤 등을 지냈으나 인조반정이 일어난 지 넉 달 만에 광해군을 복위시키려는 모의에 가담했다는 혐의로 아들 약(瀹)과 함께 처형되었다. 당시에 억울한 죽음이란 평이 있었고, 정조 때에 신원되었다.

2 『어우집』 권4에 실린 「천주산인 종영(鍾英)의 시축에 붙이는 서문〔題天柱山人鍾英詩軸序〕」 끝에 두 편의 시가 실려 있다. 천주산은 지금의 경기도 포천시 신북면 기지리에 있고, 가까운 곳에 유몽인의 선산이 있었다.

| 뜨락 나무에서 저녁 새는 지저귀네 | 庭柯夕鳥喈 |

천주산 인근 새 여막은	天柱隣新卜
구름과 안개 아침저녁으로 통하네	雲烟日夕通
초가집에는 물고기와 새뿐	茅齋魚鳥有
휑한 무덤에 귀골들 찾지를 않네	荒壠綺紈空
현주(玄洲)3의 달빛 아래 나그네는 꿈꾸고	羈夢玄洲月
문수(汶水)4로 부는 바람에 돛배는 돌아가리라	歸帆汶水風
늦가을에 단풍 숲 구경하러	楓林秋賞晚
그대랑 화악(華岳)5으로 가보고 싶네	華岳與君同

중국에 사신 가는 이 교리를 배웅하며 준 시는 다음과 같다.

만 리 장정도 채찍질 한번으로 시작하니	萬里脩程始一鞭
청산은 첩첩하고 길은 끊임없이 이어지리	靑山複複路綿綿
압록강에서 배를 저어 갈대밭에 들어간 뒤	鴨河撐艇蘆中入
요동 객관에서 글 봉하여 과하마로 보내겠지	遼官封書果下還

---

3 북해(北海)의 술해지(戌亥地)에 있다는 전설상의 섬으로 금지(金芝)와 옥초(玉草)가 많이 난다고 한다. 신선이 산다는 10개의 주 가운데 하나이다.

4 중국의 제나라와 노나라 경계에 있는 강이다. 『논어』 「옹야(雍也)」 편에는 계씨(季氏)가 공자의 제자 민자건(閔子騫)을 비(費) 땅의 수령으로 삼으려 하자, 민자건은 "다시 나를 부른다면, 나는 반드시 노나라를 떠나 제나라 문수(汶水) 가로 갈 것이다〔吾必在汶上矣〕"라고 말한 내용이 나온다. 벼슬을 그만두고 은거하겠다는 의지를 표현한다.

5 경기도 가평군 북면(北面)과 강원도 화천군 사내면(史內面)의 경계에 있는 산이다.

나귀 우는 조림장(棗林莊)엔 느린 해가 기울고　　　　　　驢吼棗林遲日昃

딱따기 치는 유관(楡關)6에는 저녁 바람 거세리라　　　　柝鳴楡塞晩風顚

시 읊은 끝에 하늘 서쪽 심성(心星)7이 저물면　　　　　天西大火吟邊盡

귀국길엔 눈 가득 내려앉은 깃발8을 보리라　　　　　　回軺行看雪滿旄

「북관에 가는 이시발9을 전송하며」는 다음과 같다.

삼척의 오호궁(烏號弓)은 표범 가죽으로 활집 만들었고　三尺烏號豹作韜

새로 벼린 용천검(龍泉劍)10은 물새 기름11 발랐구나　龍泉新淬鸕鷀膏

장군이 병사를 지휘해서 강변에 진을 치면　　　　　將軍擁甲江邊陣

누르하치는 병력 거둬 사막 밖으로 도주하리라　　　老虜收兵漠外逃

산중의 눈은 천 길 회나무를 온통 파묻고　　　　　嶺雪渾埋千丈檜

바닷바람은 때때로 백 층 높이 파도를 일으키겠지　海風時立百層濤

---

6 조림장(棗林莊)과 유관(楡關)은 모두 북경으로 갈 때 지나는 요동의 지명으로 유관은 곧 산해
　관(山海關)이다.

7 원문의 대화(大火)는 심성(心星)의 옛 이름으로 이십팔수의 다섯째 별자리이다. 음력 7월에
　초저녁에 나타나는 심성의 위치가 서쪽으로 이동하여 더 낮아지니 곧 7월임을 말한다.

8 깃발의 원문은 旄으로, 사신의 부절(符節)에 달린 수술 털이다. 한나라 무제 때 소무(蘇武)
　가 중랑장(中郞將)으로서 흉노에 사신 갔다가 억류되었는데, 눈이 내리면 먹을 것이 없어서
　눈과 함께 부절의 수술 털을 섞어 먹은 고사를 차용하였다(『한서』권54「소무전(蘇武傳)」).

9 이시발(李時發, 1569~1626)은 1589년 문과에 급제하였고, 1605년 함경도 관찰사가 되어 포루
　(砲樓)와 성곽을 수축하였다. 『광해군일기』1619년 12월 25일 기사에는, 이시발이 함경도 관
　찰사로 있으면서 누르하치 세력이 중국을 위협하는 것을 보고 국방과 국정 자강책을 건의하
　였다는 내용이 보인다. 상권 79칙의 각주를 참조하라.

10 오호궁(烏號弓)과 용천검(龍泉劍)은 각각 명궁(名弓)과 보검의 이름이다.

11 물새 기름의 원문은 벽제(鸊鷈)로 논병아릿과의 물새이다. 그 기름을 도검(刀劍)에 바르면
　녹이 슬지 않고 반짝반짝 빛이 난다고 한다.

변방 기생 술 권하고 변방 남자 춤을 출 때 　　　　　　胡姬勸酒胡兒舞

술 취해 붉은 담요에 누우면 변방의 달 높이 뜨리라 　　醉臥紅氊塞月高

이상 여러 편이 모두 기이하고 괴벽하다. 또 화첩(畵帖)을 읊은 시는 다음과 같다.

네 통발 네가 메고, 나는 낚싯대 잡으니 　　　　　　　汝筒汝荷我竿持

가랑비 내리는 봄강에는 어디든 좋지 　　　　　　　　細雨春江無不可

길 가다 돌아보며 하는 말, "좋은 자리 다투지 마세12　行行回語莫爭隈

낚시터 이끼 많은 곳 어디나 앉게나" 　　　　　　　　磯上苔深隨處坐

동명(東溟) 정두경(鄭斗卿)은 대단히 좋은 시라고 평가하였다.

상촌(象村) 신흠(申欽)이 언젠가 동교(東郊)에서 여러 사람들과 친구의 상여를 떠나보낸 일이 있다. 어우 또한 그 자리에 갔는데 어떤 조문객이 "세상에 이 길을 가지 않을 자가 있으려나?"라고 말하였다. 상촌이 어우를 가리키며, "영감만은 죽지 않을 겁니다"라고 말했으니 어우의 문장을 칭송하여 몸은 죽어도 문장은 죽지 않으리라 말한 것이다. 또 "어우는 뛰어난 재주를 지녔고, 게다가 독서를 많이 하여 문장이 우리나라 사람이 미칠 수준이 아니랍니다. 우리 같은 이들은 젊어서 독서를 많이 하지 않은 것이 한스럽습니다"라고 하였다.

---

12 『회남자』「남명훈(覽冥訓)」에 "어부는 외(隈)를 다투지 않는다"라는 구절이 있는데 고유(高誘)가 "외는 굽이지고 깊은 곳으로 고기가 많이 모인다"라고 주석을 달았다.

9

이안눌의 명작

임진왜란에 구원병으로 참전한 절강 출신 병사가 있었는데, 고향에서 보내온 편지를 한 해가 지나서야 받고 눈물을 흘렸다. 동악 이안눌이 다음 절구 한 수를 써서 그에게 주었다.

고향 산을 바라봐도 만 리 너머 있기에	一望家山萬里餘
지난해 부친 편지 올해에야 받았네	今年始得去年書
편지에는 천애 이별 원망하지 않고	書中不恨天涯別
그 옛날 검술 익힌 것만 원망하였네	只恨當年學劍初

동악이 나중에 과거에 급제하여 서장관으로 북경에 사신으로 갔다. 길가에 늘어선 명나라 사람들이 그를 두고 "'고향 산을 바라봐도 만 리 너머 있기에'라는 시를 지은 분이 오는구나"라고 하였다.

또 금산 군수(錦山郡守)를 지낼 적에 칠십 먹은 광대가 있었다. 광대가 "소싯적엔 요고(腰鼓)를 잘 쳐서 궁중 연회에도 자주 들어갔으나, 늙어서 그만두고 고향으로 돌아왔습니다"라고 말하였다. 동악이 다음 시를 지어 그에게 주었다.

고향으로 되돌아온 백발의 병든 광대　　　　　　白頭伶俟病還鄉

선왕 때 궁궐 출입 했노라고 스스로 밝히누나　　自說先朝入上陽

태평시대 노래하는 여민락(與民樂)¹ 한 자락에　　一曲昇平與民樂

금산에는 꽃잎 지고 달빛은 휘영청　　　　　　錦溪花落月蒼蒼

이 시가 '천보 연간에는 황제를 모셨었지〔天寶年中事上皇〕'라는 절구²
보다 못하겠는가?

---

1 조선 시대에 임금의 거둥 때나 궁중의 잔치 때에 연주하던 아악곡(雅樂曲)이다.

2 당나라 시인 온정균(溫庭筠)의 「쟁을 타는 사람에게〔贈彈箏者〕」를 말한다. 황제의 곁에서 화
　려한 시절을 보낸 악사의 늙은 모습을 읊어 인생무상과 비애를 표현하였다. 원시는 다음과
　같다. '천보연간에 황제를 모시며, 신곡을 영왕께 가르쳐 드렸었지. 쟁의 장식과 기러기발
　은 다 낡아빠져, 이주곡 한 자락에 눈물은 만 줄기라〔天寶年中事上皇, 曾將新曲教寧王, 鈿蟬金鴈
　皆零落, 一曲伊州淚萬行〕'(『당음(唐音)』)

10

이안눌의 수창시

명나라 사신 최정건(崔廷健)¹이 백상루(百祥樓)²에 올라 시를 읊고는 접
대하는 사람들에게 차운하도록 하였다. 그때 동악이 다음 시를 지었다.

최호(崔顥)가 황학루(黃鶴樓)에서 시를 짓더니[3]	崔顥題詩黃鶴樓
다시 환생하여 청천강에 와서 노니는구나	後身來作清江遊
청천강 가에는 백 길 높이 성곽이 둘렀고	清江之上城百雉
성 머리엔 화려한 누각이 강물을 굽어보네	城頭畫閣臨江流
뭇 산은 바다로 뻗어 지세가 펼쳐졌고	群山際海地形盡
향기로운 풀은 하늘로 이어져 봄기운 가득하네	芳草連天春氣浮

---

1 최정건(崔廷健)은 명나라 행인사 행인(行人司行人)으로, 1602년(선조 35)에 황태자 책봉 조서
를 반포하려고 한림원 시강(翰林院侍講) 고천준(顧天埈)과 함께 조선에 왔다. 이때 이정귀가
원접사(遠接使)가 되어 의주에 가서 이들을 맞이하였는데, 이안눌이 종사관의 직책을 맡았
다. 이 시는 원접사를 대신하여 지은 작품이다.
2 평안남도 안주(安州)의 안주성 서쪽 성벽에 세워진 누대로, 청천강과 넓은 들을 조망하는 이
름난 누각이다. 관서팔경(關西八景) 중에 첫 번째로 꼽힌다.
3 최호(崔顥)는 당나라 때의 시인이고, 황학루(黃鶴樓)는 호북성(湖北省) 무한시(武漢市)에 있
는 누대이다. 최호가 이곳에서 「황학루에 올라[登黃鶴樓]」를 지었는데, 이백(李白)도 보고
감탄했다고 한다.

문득 본 새 작품 정말 빼어나니　　　　忽見新篇更佳絶

조선 땅에 천년토록 그 명성이 전하리라　東韓千載名應留

　당시 명나라 사신의 막하에는 구씨(區氏) 성을 가진 사람이[4] 있었는데, 천하에 이름난 문사(文士)였다. 그가 동악의 시를 보고 크게 놀라고 탄복하여 더는 감히 시를 지어 수창하지 못했다고 한다.

4　구씨(區氏)는 명나라 문인 구탄(丘坦, 1564~?)을 말하는 것으로 보인다. 구탄은 당시 명나라 문단의 주류였던 공안파(公安派) 그룹의 주요인물로, 1602년에 고천준의 종사관으로 조선에 왔다. 명나라에서는 문관(文官)으로만 구성된 사신단을 보낸 까닭에 조선에서도 이정귀를 비롯한 최고의 문인들로 접반사를 구성하였다. 구탄의 활동은 안나미의 「17세기초 공안파 문인과 조선 문인의 교유: 구탄(丘坦)과 허균, 이정귀의 관계양상」(『한문학보』 20집, 2009)에 설명되었다.

11

이안눌이 지은 오억령 만시

만취(晚翠) 오억령(吳億齡)의 초상에 동악(東岳) 이안눌이 찾아가 곡하였는데, 발인 날짜가 가까워진 때였다. 월사 이정귀가 마침 자리에 있었는데 상주들이 월사에게 이렇게 부탁하였다. "선인께서 동악과는 평소 모르던 사이인데 이렇게 조문을 오셨으니 그것만으로도 감사한 일입니다. 동악은 당대의 거장이시라 만시를 얻어 황천길을 빛내고 싶기는 하지만 또 감히 요청하지 못하겠습니다." 월사가 동악에게 그런 의중을 전하고서 그 자리에서 운자를 불렀다. 동악은 운자에 맞추어 바로 다음 시를 읊었다.

평소 내 성격이 혜강처럼 괴팍하여　　　　平生性癖似嵇康
육십 평생 남의 초상 조문에 게을렀네　　　懶弔人喪六十霜
공을 전혀 모르건만 어째서 곡을 하나　　　曾未識公何事哭
나라가 혼란했던 시절에 강상을 지키셔서지　亂邦當日守綱常

창졸간에 만든 시어가 깊고 완곡하며, 격렬하고 절실하였다. 월사가 칭찬해 마지않으며 여러 만시 가운데 제일이라 하였다. 만취의 명

예와 절개는 이 한 편의 만시로 더욱 세상에 드러났다.[1]

---

1 이 시는 『동악집』에 아우 오백령(吳百齡)의 만시로 실려 있다. 광해군 5년(1610) 폐모론이 일
어나자 오억령이 차자를 올려 정조(鄭造)와 윤인(尹訒)을 탄핵하였다. 이에 정인홍이 오억
령이 고부사(告訃使)로 북경에 갔었을 때 광해군으로 왕위를 계승한 근거를 가져오라고 추
궁받은 예전 일을 꺼내 탄핵하자 오억령은 신병을 이유로 사직하고 낙향하였다. 『시화휘편
(詩話彙編)』에서 홍중인은 "이 일은 현묵자의 시화에 실려 있는데 공이 강상을 지탱하려 한
일은 광해군 무오년(1610)에 있고, 공이 죽은 해가 또 이 해이니 그때 어지러운 나라라고 일
컫는다면 시휘(時諱)에 크게 저촉된다. 더구나 이때 지었다면 즉사시(卽事詩)가 되므로 시에
서 그 시절〔當日〕이라 말하는 것은 부당하다. 아마도 이 만시는 만취의 묘를 개장한 인조 5년
(1627년)에 지은 듯하다〔此事在玄默子詩話, 而公之扶綱常事, 在於光海戊午, 公之沒又在是年, 則謂之
亂邦, 大觸時諱, 況是卽事則不當謂當日, 似是晚翠改葬時挽也〕"라고 밝혔다.

12

정응운의 신광사 시

정응운(鄭應運)[1]이 오산 차천로, 석주 권필과 더불어 해주 신광사(神光寺)[2]에 놀러 가서 함께 승려의 시축에 차운한 적이 있다. 그때 정응운이 먼저 다음 시를 지었다.

선학의 등을 타고 옥 피리 나란히 불며	玉笛雙吹鶴背風
맑은 유람차 이제야 범왕 궁궐에 찾아왔네	淸遊今過梵王宮
승경지 말만 듣고도 혼이 먼저 상쾌했는데	遙聞勝地魂先爽
명산에 직접 와보니 눈이 바로 트이네	卽到名山眼始空
비단 병풍 같은 기이한 나무에 시는 한결 좋아지나	琪樹錦屛詩更好
물소리와 승려의 꿈은 그려내기 참 어렵네	水聲僧夢畵難工
훗날 속세에서 이곳이 그리워지면	他年下界如相憶

---

1 정응운(鄭應運, 1568~1637)의 자는 원형(遠馨), 호는 송암(松庵), 본관은 동래이다. 권필, 허균 등과 교유하였다. 임당(林塘) 정유길(鄭惟吉)이 그의 손자다.

2 황해도 해주에 있는 절이다. 원 순제(元順帝)가 제위에 오르기 전 귀양 갈 때 이곳을 지나다가 풀숲의 부처에게 황제가 될 수 있기를 빌었다. 이후 제위에 오르자 부처에게 보은하기 위해 태감 송골아(宋骨兒)와 목공 장인 37명을 보내 신광사를 중건하였다.

안개 아득한 이쪽으로 머리 돌려 바라보리　　　　回首烟霞縹緲中

　　오산과 석주가 이 시에 차운하였고, 뒤이어 화답한 시도 많았으나
아래 연의 공(工)자에 이르러서는 다들 정응운 시만 못하다고 하였다.

13

허적의 시

송나라 왕안석(王安石)은 다음과 같은 시구를 지었다.

누런 송아지랑 풀밭을 나눠 눕고   臥分黃犢草

하얀 갈매기랑 모래사장 함께 앉노라   坐占白鷗沙

　　누울 때는 누런 송아지가 누운 풀밭을 나누어 눕고, 앉을 때는 하얀
갈매기가 내려앉은 모래사장 한 자리를 차지해 앉았다는 말이니, 옛
사람은 이 시구를 공교하다 평하였다.[1] 우리나라의 수색(水色) 허적(許
䙗)은 다음 시를 지었다.[2]

1　이 시는 『임천문집(臨川文集)』 권26에 「제방자(題舫子)」란 제목으로 실려 있다. 역대 시화
　　집에서 많이 논평한 시구이다. 호자(胡仔)는 『어은총화(漁隱叢話)』 전집(前集) 권35에서
　　시를 읽는 사람으로 하여금 한 번 읽고서 여러 번 감탄하게 한다고 평하였고, 위경지(魏
　　慶之)는 『시인옥설(詩人玉屑)』 권6에서 필력이 고묘(高妙)하여 거의 천성(天成)인 듯하다
　　고 평하였다.
2　허적(許䙗, 1563~1640)의 자는 자하(子賀), 호는 수색(水色), 본관은 양천(陽川)이다. 형조 정
　　랑 등을 역임하였고, 유효립(柳孝立)의 모반사건에 공을 세워 영사공신(寧社功臣)에 녹훈되
　　고 양릉군(陽陵君)에 봉해졌다. 문집에 『수색집』이 있으나 이 시는 보이지 않는다.

누런 풀에 잠든 송아지 찾지 못하고 　　　　　　　草黃眠失犢

흰 모래사장 움직임 보고 갈매기를 분간하네 　　　　　沙白動知鷗

　송아지와 풀이 모두 누런 빛이라 송아지가 잠들어 누우면 풀밭과 섞여 보이지 않고, 갈매기와 모래사장이 모두 흰 빛이라 갈매기가 움 직여야 있었던 줄을 안다는 말이니, 시어를 구사한 것이 앞 시보다 더 욱 공교하다.

14

김여물의 동몽시

종사관 김여물(金汝岉)[1]이 열두세 살 때 벗에게 다음 시를 지어주었다.

너는 안 속였다지만 나는 속였다고 여기니	君無欺我以爲欺
내가 속은 것이 아니라면 네가 너를 속인 거야	我不受欺君自欺
남은 속이지도 못하고 되레 저만 속였으니	欺人不得反欺己
남을 속이나 저를 속이나 속이기는 매일반이지	欺己欺人俱是欺

벗이 약속을 어긴 일이 있어서 이 시를 지어 책망한 것이다. 이 한
편의 시를 보면 둘도 없는 그의 재능을 짐작하겠으나 전해 오는 시가
몹시 적으니 애석하구나!

---

1 김여물(金汝岉, 1548~1592)의 자는 사수(士秀), 호는 외암(畏菴), 본관은 순천(順天)이다.
담양 부사, 의주 목사 등을 역임하였고, 임진왜란에 신립(申砬)을 따라 종사관으로 참전
하여 탄금대 전투에서 순국하였다. 김류(金瑬)가 그의 아들이다.

15

김류가 지은 황정욱 만시

북저(北渚) 김류(金瑬)[1]가 지천(芝川) 황정욱(黃廷彧)[2]을 애도한 만시는
다음과 같다.

나랏일이 경황없던 힘든 시절에	萬事蒼黃日
홀로 정성껏 몸을 굽혀 수고하였네	孤忠屈曲勞
시비는 끝내 절로 가려졌고	是非終自定
위태로움에 화급히 지조를 지켰지	危脆急相操
제수품 하사하는 의례도 중지되고	愍錫停追賵
봉작을 내려주던 오랜 포상도 없었으나	恩封缺舊褒

---

1 김류(金瑬, 1571~1648)의 자는 관옥(冠玉), 호는 북저(北渚), 본관은 순천(順天)이다. 인조
반정의 공신으로서 병조판서 · 대제학 등을 거쳐 영의정에 오르고 순천부원군에 봉해졌
다. 저서로 『북저집』이 있다.

2 황정욱(黃廷彧, 1532~1607)의 자는 경문(景文), 호는 지천(芝川), 본관은 장수(長水)이다.
1584년 종계변무주청사(宗系辨誣奏請使)로 명나라로 가서 조선의 종계가 잘못 기재된 『대
명회전(大明會典)』의 개정을 확인하고 돌아와 그 공으로 장계부원군에 봉해졌다. 그러나
임진왜란에 함경도에서 일본군의 포로가 된 죄로 투옥과 유배 등의 벌을 받았다. 김류의
시는 종계변무의 공훈과 왜란 이후의 곤경을 표현하였다.

지금도 피를 마셔 맹세한 곳에는   祗今盤血地

태산처럼 높은 공적 여전히 보이네   猶見泰山高

이 시로 세상에 이름을 떨쳤다.

16

김류가 지은 황일호 만시

의주부윤 황일호(黃一皓)[1]는 중원으로 들어간 최씨를 도와주었다가
만주 사람들에게 발각되어 끝내 극형을 당하였다. 그가 죽임을 당하
던 날 하늘의 해는 참담하고 바람은 스산하게 불어 도성 사람 가운데
눈물을 흘리지 않은 이가 없었다. 북저 김류가 만시[2]를 지어 애도하였
는데 그 가운데 빼어난 구절들은 다음과 같다.

나라를 지탱할 힘이 부족해 신명도 굴복하고	扶持力少明神屈
살리고 죽이는 권한이 넘어가 임금님도 슬퍼하네	生殺權移聖主悲
높은 하늘의 일월성신도 낯빛을 바꾸고	高天日月星辰變
넓은 땅의 산천초목도 슬퍼하네	大地山河草木悲

시의 말이 모두 구슬프고 웅장하며, 세차고 매섭다.

---

1 황일호(黃一皓, 1588~1641)의 자는 익취(翼就), 호는 지소(芝所), 본관은 창원(昌原)이다.
　1638년 의주부윤으로 있을 때 명나라를 도와 청나라를 치고자 최효일(崔孝一) 등과 모의
　하다가 그 사실이 발각되어 1641년 청나라 병사에게 죽임을 당했다.
2 『북저집』 권3에 「의주부윤 황일호 만시〔哭黃義州一皓〕」로 실린 연작시의 시구이다.

17

권필과 김류의 시

석주 권필의 시¹는 다음과 같다.

고택은 어느 해에 버려졌을까	古宅何年廢
담장은 거의 다 허물어졌네	墻垣半已傾
빈 부엌에 남은 곡식 있는지	空廚有餘粟
대낮에도 쥐들이 설쳐대누나	白日鼠縱橫

북저 김류의 시²는 다음과 같다.

쌀독이 가득 찬 적 언제 있었나	盎粟何曾滿
횃대에 걸린 옷도 구멍 뚫는데	簾衣亦屢穿
큰 쥐를 없애버릴 길이 없으니	無由除碩鼠
고양이의 잘못이나 따져 묻겠다	吾欲罪烏圓

---

1 이 시는 『석주집』 권6에 「길가의 폐가를 읊다〔詠道傍廢宅〕」라는 제목으로 실려 있다.
2 이 시는 『북저집』 권1에 「쥐를 미워하다〔憎鼠〕」라는 제목으로 실려 있다.

두 사람이 혼탁한 광해조에 살았으니 분노할 일이 있어서 시를 지은 것이 아닐까?

18

홍서봉의 시

나의 외증조부이신 봉래군(蓬萊君) 정창연(鄭昌衍)[1] 정승의 저택은 남산 아래에 있다. 학곡(鶴谷) 홍서봉(洪瑞鳳)[2]이 저택을 방문한 적이 있었는데 마침 산을 올라가는 사람을 보고서 절구 한 수를 읊었다.

저 산을 오르는 사람을 보니	瞻彼上山者
끝끝내 정상까지 오르려 애쓰네	終期上上頭
가만 생각하면 내려가기 힘드니	默思下來苦
편안히 앉아 쉬는 것만 못하네	不如安坐休

시의 뜻은 벼슬하는 자가 굳이 고위 관직에 오르기를 바랄 필요 없다는 것이다. 그러나 학곡은 마침내 지위가 영의정에까지 올랐으니, 또한 정상에 오른 자가 아니겠는가?

---

1 정창연(鄭昌衍, 1552~1636)은 좌의정 정유길(鄭惟吉)의 아들로 우의정, 좌의정 등을 지냈다.
2 홍서봉(洪瑞鳳, 1572~1645)의 자는 휘세(輝世), 호는 학곡(鶴谷), 본관은 남양(南陽)이다. 문과에 급제하고 영의정에 올랐다. 문집에 『학곡집』이 있다.

19

기녀와 비구니에게 준 홍서봉의 시

학곡 홍서봉이 의주(義州)의 기녀 안개(安介)에게 준 시는 다음과 같다.

반백년 만에 다시 오매 나 홀로 애끊는데	四紀重來獨斷魂
화려했던 옛 일을 누구와 말해볼까	繁華陳迹共誰論
시골의 늙은 기생은 아직도 삼종사라 부르며	村婆尙喚三從事
영의정 높은 자리에 오른 줄 알지 못하누나	不識人間上相尊

학곡이 옛날에 삼종사(三從事)로 의주에 이르렀기에 노파가 그렇게 부른 것이다. 학곡이 출가하여 비구니가 된 궁녀를 보고 시를 지었는데 그 시는 다음과 같다.

화장을 싹 지우고 비단 치마 벗어던지고	一洗紅粧脫綉裙
가사 입고 곧바로 석단 구름을 헤쳐갔네	袈裟直拂石壇雲
가을 오면 산사에는 붉은 단풍 많아지리니	秋來岳寺多紅葉
낙엽 위에 괜한 정을 써 분란을 일으키지 말라[1]	莫寫閒情惹世紛

사람들이 아름다운 작품이라고 칭송하였다.

---

1 당 현종 때 고황(顧況)이라는 사람이 궁궐 동산의 냇가에서 큰 오동나뭇잎 하나를 주었는데
"한 번 구중궁궐에 들어오니, 해마다 봄날은 찾아오지 않누나. 그저 한 조각 나뭇잎에 끄적
여, 인정 깊은 분에게 부치노라[一入深宮裏, 年年不見春, 聊題一片葉, 寄與有情人]"라는 내용
의 시가 적혀 있었다. 이에 고황도 나뭇잎에 화운한 시를 적어 떠내려 보냈는데 십여 일 후
에 다시 그것에 답한 시가 나타났다.(『본사시(本事詩)』) 궁궐에서 외로운 삶을 살 수밖에 없
는 여인의 심정을 표현한 것이다.

20

조직의 사선정 시

조직(趙溭)은 호가 지재(止齋)다. 광해군 때에 포의 신분으로 혼자 상소를 올렸다가 곤장을 맞고 유배되었는데, 인조반정 후에야 풀려나 돌아왔다.[1] 그가 젊었을 때 사선정(四仙亭)[2]에 올라 다음 시를 지었다.

사선정 위에 올라 신선 홀로 노닐고서	四仙亭上一仙遊
삼일포에 반나절을 머물렀건만	三日浦中半日留
늦은 봄 벽도화에 아무도 뵈지 않으니	春晩碧桃人不見
달빛 아래 젓대 불며 목란배에 기대있네	月明長笛倚蘭舟

사람들이 이 시를 사선정에 걸려 있는 작품 가운데 제일이라 여겼다.

---

1 조직(趙溭, 1592~1645)은 1613년(광해군 5) 폐모론(廢母論)이 일어나자 1615년 목숨을 버릴 각오로 그 부당함을 호소하는 상소를 올렸다. 그 때문에 1618년 형신(刑訊)을 받고 이듬해 남해로 유배되었다가 1623년 인조반정 때 석방되었다. 윤증(尹拯)은 행장에서 본문의 인용 시를 소개하고, "지금까지 관동에서 회자되고 있다"고 하였다.

2 사선정(四仙亭)은 신라 때의 사선(四仙)인 영랑(永郎)·술랑(述郎)·남랑(南郎)·안상(安詳)을 추모하기 위해 강원도 고성 삼일포(三日浦)에 세운 정자다. 고려 충숙왕 때 강원도 존무사(存撫使)로 파견된 박숙정(朴淑貞)이 세웠다고 전한다. 삼일포라는 지명은 이들이 놀면서 사흘 동안이나 돌아오지 않아 붙여진 이름이다.

21

임숙영의 충심

소암(疎庵) 임숙영(任叔英)이 계해년(1623) 반정(反正) 후에 숙직하다가
감회가 일어 다음과 같은 시를 지었다.

흉한 무리 다 죽이고 큰 질서를 바로잡았으니	戮盡群兇正大倫
주나라가 오래되었어도 천명은 새로워졌네[1]	周邦雖舊命維新
천년 만에 맑은 황하를 다시 보게 되었고[2]	一千更覩黃河澈
280년 만에 백수진인(白水眞人)을 거듭 만났네[3]	四七重逢白水眞
가의(賈誼)처럼 한밤중에 선실로 불려왔고[4]	賈傅召還宣室夜
소무(蘇武)처럼 봄철에 무릉에 돌아와 알현했네[5]	蘇卿歸謁茂陵春
재실에서 홀연히 어슴푸레한 꿈을 깨고서	齋房忽罷依俙夢
두견이 우는 소리에 늙은 신하는 눈물짓네	蜀魄聲中泣老臣

---

1 『시경』「문왕지십(文王之什)」에 "주나라가 비록 옛 나라, 천명은 새롭구나〔周雖舊邦,
其命維新〕"라는 구절이 있다.

2 삼국 시대 위(魏)나라 이강(李康)의 「운명론(運命論)」에 "황하가 맑아지면 성인이 나온다〔黃
河淸而聖人生〕"라는 구절이 보이는데 "황하는 천 년에 한 번 맑아지는데, 황하가 맑아지면 그
때에 성인이 나온다〔黃河千年一淸, 淸則聖人生於時也〕"라는 주석이 달렸다.(『문선(文選)』권
53,「운명론(運命論)」)

그의 충성스러운 마음을 이 시에서도 볼 수 있다.

---

3 왕망(王莽)이 한(漢)나라를 찬탈하고 황제가 되었는데, 광무제(光武帝) 유수(劉秀)가 남양(南陽)의 백수현(白水縣)에서 일어나 한나라를 중흥하였으므로 백수진인(白水眞人)이라 일컬어졌다. 유수가 장안에 있을 때 강화(彊華)가 예언이 적힌 붉은 부적을 가져왔는데, "유수가 군사를 일으켜 부도한 자를 체포하면, 사방 오랑캐가 운집해 용이 들에서 싸우다가 사칠(四七) 즈음에 불이 주인이 되리라"라고 쓰여 있었다. 사칠은 한 고조로부터 광무제가 일어난 때까지 280년이 된 것을 뜻하며, 불이 주인이 된다는 것은 한나라가 화덕(火德)을 숭상한다는 것으로 곧 광무제가 천자가 됨을 가리킨다(『후한서』 권1 「광무본기(光武帝紀)」).

4 가의(賈誼)는 장사왕(長沙王)의 태부(太傅)를 지낸 한나라의 명신이다. 『한서』 권48 「가의열전(賈誼列傳)」에, 한나라 문제(文帝)가 한밤중에 선실(宣室)로 가의를 불러 접견하였는데 천하를 다스리는 일은 묻지 않고 귀신에 관한 일만 물어보면서 바짝 다가앉아 경청했다는 고사가 전한다. 선실은 한나라 미앙궁(未央宮) 안에 있던 선실전(宣室殿)으로 황제가 묵는 처소이다.

5 소무(蘇武)는 한 무제(武帝) 때의 충신으로 흉노에 사절로 갔다가 붙잡혀 항복을 강요당했으나 절개를 지키며 19년 동안 억류되어 있다가 소제(昭帝) 때 석방되어 돌아왔다(『한서』 권54 「소무전(蘇武傳)」). 무릉(茂陵)은 무제의 능묘(陵墓)이다. 가의와 소무 모두 임숙영 자신을 비유한다. 그는 인조반정 직후 예문관 검열에 임명되었고, 잇달아 홍문관 정자·박사·수찬을 지냈다.

22

임숙영이 승려에게 준 시

소암 임숙영이 산사(山寺)에 간 적이 있었다. 그는 염불하는 중이 밤새
도록 불경을 외고 있는 것을 보고서 절구 한 수를 지어 조롱하였는데
시는 다음과 같다.

천축국은 멀고 멀어 만에 만 리 떨어졌고	天竺荒邈萬萬程
풍토도 정말 달라 깜짝 놀랄 고장이지	土風殊異又堪驚
널 진정 보낼 순 있지만 근심 깊어질 테니	眞能遣爾憂應甚
아미타불 앞에 두고 극락왕생 빌지 말게[1]	莫向彌陀乞往生

장난삼아 읊은 시이기는 하지만 이단의 도를 숭상하고 믿는 자들
에게 경계가 될 만하다.

---

1 '미타(彌陀)'는 아미타불(阿彌陀佛)을 줄여 말로 '무량수불(無量壽佛)'이라고도 한다. 아미타
불이 거주하는 국토를 '서방정토(西方淨土)' 또는 '극락세계(極樂世界)'라고 하는데, 승려들
이나 불도들이 '나무아미타불(南無阿彌陀佛: 아미타불에게 귀의하겠다는 뜻)'을 염불(念佛)하
며 극락왕생(極樂往生)을 희망하였다. 임숙영은 이러한 행동을 공염불(空念佛)로 간주하여
조롱한 것이다.

23

김상헌의 충절

청음(淸陰) 김상헌(金尙憲)[1]은 우리 조선의 소무(蘇武)다. 연옥(燕獄)[2]에서 돌아와서는 화산(花山)[3]에 물러나 거처하였다. 어느 달밤에 정처 없이 거닐다가 절구 한 수를 지었는데 그 시는 다음과 같다.

야삼경에 남북으로 난 길을	南阡北陌夜三更
달 보며 바람 따라 나 홀로 간다	望月追風獨自行
천지는 무정하고 모든 이들 잠들었으니	天地無情人盡睡
한평생 회포를 누구에게 토로할까	百年懷抱向誰傾

무한한 감개(感慨)와 상심(傷心)의 뜻이 담겨 있다.

---

1 김상헌(金尙憲, 1570~1652)의 자는 숙도(叔度), 호는 청음(淸陰), 본관은 안동(安東)이다. 병자호란 당시 대신으로서 척화론을 주장하여 중국에까지 널리 알려진 일화가 하권 60칙에 보인다.
2 연옥(燕獄)은 송(宋)나라의 충신 문천상(文天祥)이 원나라 장홍범(張弘範)에게 패해 3년 동안 수감된 곳으로 유명한데, 이 시에서는 김상헌이 억류되어 있던 심양(瀋陽)을 가리킨다.
3 화산(花山)은 안동(安東)의 별호다.

24

장유의 시

계곡(谿谷) 장유(張維)가 고향으로 돌아가는 사람을 전송하며 지은 시1
는 다음과 같다.

막다른 길에서 옳고 그름 따질 것 없이	窮途莫問是和非
홀가분하게 관복 벗고 기분 좋게 돌아가게나	好脫靑衫得得歸
덤불길엔 사람이 없어 새 발자국만 찍혀있고	蘿逕少人添鳥跡
초당에는 비가 내려 이끼가 자랐겠지	草堂經雨長蛙衣
산골 아이는 책상 쓸고 문가에서 맞이하고	山童掃榻迎門巷
시골 노인은 술병 들고 낚시터에서 기다리리	野老携壺候石磯
집에 돌아가면 기뻐하는 얼굴빛이 가득하고	却想還家饒喜色

---

1 『계곡집』 권31에 「자리에서 중연의 시에 차운하여 파직돼 고향으로 돌아가는 직장 김심원을
전송하다[席上次仲淵韻, 送金直長深源罷官還鄕]」라는 제목으로 실려 있다. 중연(仲淵)은 박
미의 자이다. 박미의 『분서집(汾西集)』 권5에 「별좌 김심원【해수】이 파직돼 고향으로 돌아가
기에 써주다[金別坐深源【海壽】罷官歸鄕書贈]」가 실려 있다. '一官憔悴世途非, 南郭今朝匹馬
歸. 無恙故山薇蕨味, 却尋初服芰荷衣. 眼前且自進杯酒, 物外誰能爭釣磯. 若死留君那可得, 百年
榮辱摠忘機.' 심원은 김해수(金海壽, 1581년~1640)의 자이다. 김장생의 문인으로 사직서 참
봉, 사옹원 봉사 등을 거쳐 청산과 아산의 현감을 역임하였다.

부인은 베 짜다 말고 급히 내려오리라   儒人忙下織殘機

정밀하고 치밀하며 맑고 아름다우니, 작가의 체제를 잘 터득하였다.[2] 지겨운 비〔苦雨〕를 읊은 시는 다음과 같다.

앞산에도 뒷산에도 먹장구름 깔려 있고	南山北山雲漠漠
문안이나 문밖이나 빗물 넘쳐 흥건하다	出門入門雨浪浪
개구리는 개굴개굴 귀 따갑게 울어대고	蛙鳴閣閣苦相聒
지붕 새서 침상마다 젖는 걸 막기 어렵구나	屋漏床床難自防
타작마당의 익은 보리는 모조리 쓸려가고	麥熟登場漂欲盡
화단 가득 핀 국화는 시들어 문드러졌네	菊生滿砌爛堪傷
가난한 집에 열흘 동안 밥 한번 아니 해도	窮閭十日炊烟冷
밥 싸 들고 찾아오는 친구 하나 없구나[3]	裹飯無人訪子桑

체제가 바뀌었으나 그것대로 좋다. 택당(澤堂) 이식(李植)이 "장유의 문장은 동고(東皐) 최립(崔岦)의 시보다 뛰어난 것 같다"라고 했고, 또 "동고의 시는 괴팍한 경지이므로 굳이 배울 것까지는 없다"라고 했다.

---

2 홍중인이 『동국시화휘성』 '장유' 조에 본문과 같은 시를 인용하고 똑같은 평가를 내렸다.

3 급한 처지를 돌봐 줄 친구 하나 없다는 말이다. 『장자』 대종사(大宗師)에 "자여(子輿)와 자상(子桑)이 친구로 지냈는데, 장맛비가 열흘이나 계속되자, 자상의 처지를 생각하여 자여가 밥을 싸 들고 먹이러 찾아갔다〔裹飯而往食之〕"라고 하였다.

25

장유의 잡체시

초나라 때에는 대언(大言)과 소언(小言)[1]이 있었고, 진나라 때에는 위어(危語)와 료어(了語)[2]가 있었으며, 당나라 때에는 참어(讒語), 취어(醉語), 활어(滑語), 암어(暗語)가 있었다. 근세에 계곡 장유가 이를 확대하여 대언(大言)과 소언(小言), 안언(安言)과 위언(危言), 료언(了言)과 미료언(未了言), 참언(讒言)과 한언(恨言), 취언(醉言)과 성언(醒言), 활언(滑言)과 삽언(澁言), 원언(遠言)과 근언(近言), 명언(明言)과 암언(暗言), 고언(苦言)과 낙언(樂言), 난언(難言)과 이언(易言), 냉언(冷言)과 열언(熱言), 청언(清言)과 탁언(濁言) 등 24개 언(言)을 지었는데, 오묘한 이치를 곡진하게 표현했다. 말은 익살스러워도 깊은 의미를 담고 있다. 그중에서 위어(危語)는 다음과 같다.

---

1 전국 시대 초(楚) 양왕(襄王)이 양운(陽雲)의 누대 위에 노닐면서 큰 것 읊기를 잘하는 사람을 상좌에 앉히겠다고 하자, 송옥이 천지간에 가장 큰 것을 읊어 「대언(大言)」을 지었다. 이어서 양왕이 작은 것 읊기를 잘하는 사람에게 운몽(雲夢) 지역을 하사하겠다고 하자, 송옥이 천지간에 가장 작은 것을 읊어 「소언(小言)」을 지었다. 「대언」과 「소언」은 여기에서 출발하였다.

2 환현(桓玄)이 은중감(殷仲堪)와 담론하다가, 종료(終了)의 상황을 묘사한 연구인 「료어(了語)」를 지었고, 다음에는 위험한 상황을 묘사한 연구인 「위어(危語)」를 지었다. 「위어」과 「료어」는 여기에서 출발하였다.(『세설신어』 「배조(排調)」)

철선 타고 약수3 물결 건너려 하고   鐵船欲涉弱水波

높은 장대 끝에 서서 너울너울 춤을 추네   百尺竿頭舞婆娑

한밤중에 천태산(天台山)의 돌다리4를 지나고   天台石橋夜半過

의지가지없는 외로운 신하가 홀로 행동하네   孤臣特立無依阿

---

3 약수는 신화 속에 나오는 하해(河海)의 이름으로, 새털조차 가라앉아 건너갈 수 없다고 한
  다.(『해내십주기(海內十洲記)』,「봉린주(鳳麟洲)」)
4 절강성(浙江省) 천태산(天台山)에 있는 돌다리로, 용형귀배(龍形龜背)의 모습을 하고 있
  고, 이끼가 끼어 미끄러워서 예로부터 건너가기 힘든 곳으로 알려졌다.(『법원주림(法苑
  珠琳)』)

26

이식의 충주 동루 시

택당(澤堂) 이식(李植)이 충주(忠州) 동루(東樓)에 대해 쓴 시는 호탕하고 빼어나서 읊을 만하다. 그 시는 다음과 같다.

충주성 모퉁이의 날아갈 듯 높은 누각에	嶄嵓飛閣郡城隈
중주(中州)를 굽어보니 그 기상 장쾌해라	俯視中州氣壯哉
동남쪽에 자리한 산은 월악산이 가장 높고	山鎭東南尊月岳
서북쪽에 흐르는 달천은 탄금대를 둘렀네	水移西北抱琴臺
천지를 둘러보니 푸른 봄이 약동하는데	乾坤縱目靑春動
고금에 상심하여 백발만 늘어가네	今古傷心白髮催
원룡(元龍)의 호기가 사라진 것[1]을 알고 있으니	已覺元龍豪氣盡
내일에는 소장(疏章) 던지고 고향으로 돌아가리	明朝投劾可歸來

---

1 원룡(元龍)은 호기롭기로 유명했던 삼국시대 위(魏)나라 진등(陳登)이다. 허사(許汜)가 형주목사(荊州牧使) 유표(劉表)와 천하의 인물을 논하면서 "진원룡은 호해의 선비라, 호기가 없어지지 않았다[陳元龍湖海之士, 豪氣不除]"라고 하였다.(『삼국지(三國志)』 권7 「위서(魏書)·진등전(陳登傳)」)

어떤 사람이 택당에게 "평생의 가작이 무엇인지요?"라고 물은 적이 있었다. 택당은 "가작이라 할 만한 것은 여태 없지만, 충주 동루에서 지은 시 한 편은 제 마음에 조금 듭니다"라고 답했다고 한다.

27

이식의 명구

태의(太醫) 박태원(朴泰元)[1]이 어린 딸을 잃고서 택당 이식에게 만시(挽詩)를 구하였다. 택당이 즉석에서 오언(五言) 율시(律詩)를 지어 주었는데 시의 함련(頷聯)은 다음과 같았다.

짧은 목숨은 하늘이 정한 것이라	短命天應定
좋은 처방을 아비도 내지 못했네	良方父亦迷

순간적으로 말을 지어냈어도 정밀하고 절실하기가 비길 데 없다. 현곡(玄谷) 정백창(鄭百昌)이 계곡 장유와 기옹(畸翁) 정홍명(鄭弘溟), 택당 이식, 백주(白洲) 이명한(李明漢)과 함께 한강에 있는 그의 정사(亭榭)[2]에서 노닌 적이 있었다. 술을 마시며 시를 지었는데 택당의 시 한 연(聯)은 다음과 같았다.

---

1 인조대(仁祖代)의 의관이나 기타 사항은 미상이다.
2 정백창은 양근에 은거할 때 강한정(江漢亭)이라는 별장에서 거처하였다. 강한정은 정백창이 죽은 뒤에 버려졌으나, 그의 아들 정선홍(鄭善弘)이 수리한 적이 있다.

술동이 여니 산빛이 움직이고　　　　　　　　開樽山色動

말 매어 둔 나무 그늘 시원하다　　　　　　　係馬樹陰淸

좌중이 모두 무릎을 치며 감탄하였다.

28

최명길과 독보

지천(遲川) 최명길(崔鳴吉)은 조선이 임시방책으로 청나라와 강화책(講和策)을 따르기는 했으나 그 사실을 명나라에 알리지 않을 도리가 없다고 판단하였다. 그러나 그 계획을 염탐하는 사람을 경계해야 하고, 국경 너머로 정식 외교관을 보낼 수도 없었기에 자문을 갖추어 묘향산의 승려 독보(獨步)[1]에게 은밀히 맡겨서 보냈다.[2] 독보를 배웅할 때 절구 한 수를 지었는데 그 시는 다음과 같다.

---

1 독보(獨步)는 신헐(信歇, ?~?)로 호는 여충(麗忠)이다. 인조 때의 승려로 다른 많은 기록에는 그의 이름이 중헐(中歇)로 나온다. 묘향산에 머물다가 병자호란 이후 명·청을 왕래하며 공을 세웠다. 그는 명나라 좌도독 홍승주(洪承疇) 밑에 있으면서 청나라를 정탐하였다. 압록강에서 우리 군사에게 붙들려 임경업에게 이송되었다가 최명길에게 압송되었다. 인조 17년 (1639) 조선 조정은 그를 다시 홍승주에게 보내 청 군대의 한양 함락을 전하였다. 그 공으로 명나라로부터 여충(麗忠)이란 호를 받고 본국에서도 후한 상을 받았다. 홍승주가 청나라에 항복한 뒤에는 임경업 휘하에서 명나라를 왕래하였다. 명나라 멸망 후에 임경업과 함께 북경에 잡혀갔다 돌아왔으나 간신의 모함으로 울산에 유배되었다.

2 최명길(崔鳴吉, 1586~1647)은 병자호란을 전후하여 척화론 일색의 조정에서 청나라와 강화를 주장하여 실현시켰으나 극렬한 비난을 받았다. 그럼에도 명나라와 비공식적 외교 관계를 은밀히 유지하여 독보를 명나라에 파견하기도 하였다. 그 일이 발각되어 청나라에 끌려가 수감되었다가 소현 세자 일행과 함께 풀려났다. 독보를 파견한 사실은 정동유(鄭東愈)의 『주영편(晝永編)』(안대회 외, 휴머니스트, 2016) 하권 61칙 '정태화와 최명길의 비밀공작'에 자세한 사실이 밝혀져 있다.

동산에 가을 들어 나뭇잎이 우수수 울고　　　　秋入園林萬葉鳴

귀밑머리 눈처럼 희어 거울 속에 반짝이네　　　鬢華如雪鏡中明

지금까지 끝없이 마음에 두었던 일을　　　　　向來無限關心事

산인의 지팡이 하나에 모두 맡겨 버렸네　　　都付山人一錫輕

29
이명한의 귀신같은 시

백주(白洲) 이명한(李明漢)은 타고난 재주가 매우 빼어나서 시가 마치 공중에 떠 있는 누각¹과 같았다. 평해(平海)의 선비 집에 붙인 시는 다음과 같다.

구름과 바다는 어슴푸레하고 달빛은 담담한데	雲海微茫澹月華
작은 어촌 마을 집들이 백사장에 가깝구나	小村籬落近鳴沙
봄바람에 한 그루 매화가 눈꽃처럼 피었으니	春風一樹梅如雪
여기가 혹시 고산처사² 사는 집이 아닐까	莫是孤山處士家

시가 대단히 맑고 절실하다. 계곡(谿谷)이 백주의 시를 귀신의 시라고 말한 적이 있는데 사람들이 그 이유를 물으니 웃으면서 다음과 같

---

1 『이정유서(二程遺書)』 권7에서 정자가 소옹(邵雍)의 학문적 경지를 칭찬하여 "소요부는 허공에 세운 누각과 같다[邵堯夫, 猶空中樓閣]"라고 한 데서 유래하였다.

2 송나라의 임포(林逋)가 매화로 유명한 고산(孤山)에 숨어 살면서 고산처사라 자처했다. 『백주집』에는 「평해에서 호연정(浩然亭)의 주인에게 준다」라는 제목으로 실려 있다. 호연정 주인은 황식(黃湜)이다.

이 말하였다. "이분은 책을 보지도 않고 읽지도 않고서 이렇게 시를
잘하니 귀신이 아니겠는가!"

30

이민구의 시

동주(東州) 이민구(李敏求)가 금랑(琴娘)을 읊은 시는 다음과 같다.

향기로운 비단에 나비 떼 수놓인 붉은 치마	香羅簇蝶繡紅裙
젊은 처자[1]의 춘심은 벌써 무르익었네	荳蔲春心已七分
가야금 당겨 잡고 노래 한 곡 타려 하니	却把瑤琴彈一曲
마음속에는 흐르는 물, 꿈속에는 구름일세	意中流水夢中雲

사채(詞釆)가 은근하고 아름다우니 의산(義山) 이상은(李商隱)에게 뒤처지겠는가? 강가 정자를 읊은 시 한 연은 다음과 같다.

밀물이 들어오자 돛이 일렁이고	帆檣影動潮生後
썰물이 빠지자 섬은 나누어지네	島嶼形分水落初

---

1 '젊은 처자'의 원문은 '두구(荳蔲)'이다. 두구는 풀이름으로 육두구(肉荳蔲)라고도 한다. 중국 사람들이 두구의 봉오리를 임신한 젊은 처자에 비유하여 함태화(含胎花)라 한 데서 젊은 처자를 뜻하는 말로 썼다. 두목(杜牧)의 「증별(贈別)」 시에 "열세 살 남짓 아리따운 소녀, 2월 초순 두구의 가지 끝이라[娉娉嫋嫋十三餘, 荳蔲梢頭二月初]" 하였다.

널리 전해져 읊어진 시구이나 다만 '밀물이 들어오다[潮生]'와 '썰물이 빠지다[水落]'라는 두 시어는 틀에 박힌 대우(對偶)인 듯하니 감식안을 갖춘 사람은 분명히 변별할 것이다. 동주 이민구는 택당 이식, 백주 이명한과 서로 친하여 당시 사람들에게 세 명의 이씨[三李]라 일컬어졌다.

31

이성구의 풍류

동주 이민구가 언젠가 내게 다음과 같이 말하였다.

"돌아가신 형님의 글 솜씨는 정말 나와는 같은 수준이 아닐세. 광해조에는 조정 신하들이 경상기(京上妓, 지방에서 서울로 파견한 기녀)를 데리고 밤새 노닐며 즐겼는데, 계해년(1623) 반정(反正) 초에 형님이 사간(司諫)으로서 선상기(選上妓) 제도를 혁파하라고 건의하셨네. 얼마 되지 않아 사인(舍人)[1]으로 옮기고 난 뒤 비 내리는 연정(蓮亭)에서 다음과 같은 절구 한 수를 읊으신 일이 있네.

이원(梨園)[2]의 혁파를 상주하여 사간의 명성 얻었으나　奏罷梨園爲諫名

연못 정자에 찾아와 보니 풍정을 저버린 일이네　却來蓮閣負風情

---

1 사인(舍人)은 의정부 정4품 관직이다. 의정부 북쪽에 사인들이 머무르던 관청인 사인사(舍人司)가 있었는데 거기에 청풍각(淸風閣)과 연지(蓮池)가 있었다.

2 조선시대 궁중음악을 맡아보던 기관으로 여기에서는 선상기(選上妓)를 가리킨다. 『계해정사록』에 "사간원이 아뢰기를, '폐조에서 제일 먼저 이원(梨園)을 다시 설치하고 창기들을 널리 모아서 시녀로 궁궐에 출입하게 하여 향락을 한없이 하여 황음무도하기가 극도에 달하였습니다. 지금 정치를 혁신하는 때에 있어서 이러한 습속을 통쾌하게 없애지 않을 수 없으니, 혁파하기를 청하옵니다' 하였다"라는 기록이 보인다.

못에는 물이 가득하고 연꽃은 서늘한데 池塘水滿芙蓉冷

홀로 높은 난간에 기대어 빗소리 듣는구나3 獨憑危欄聽雨聲

장난삼아 지은 시이기는 하나 시가 지극히 빼어나서 사랑스럽네."4

동주가 말한 돌아가신 형님은 바로 정승을 지낸 이성구(李聖求)로

호는 분사(分沙)이다.

---

3 이 시에 화답한 시로 '청루(기생집)에 야박하다는 이름 피하지 않고, 상소 한 장 올렸으니 참
  으로 임금 사랑하는 마음 있었네. 어째서 응향각에 빗소리 듣는 날, 그 옛날 음탕한 음악 내
  친 것을 후회하는가[不避靑樓薄倖名, 一封眞有愛君情, 如何聽雨凝香日, 却悔當初放鄭聲]'라는
  시가 전한다. 정경세(鄭經世)의 문집(『우복집(愚伏集)』) 권2, 「이자이(이성구)의 연당 시에 차
  운하다【병서○계해】[次李子異蓮堂韻【幷序○癸亥】]」)에는 저자가 정경세 본인으로, 이긍익
  의 문집(『연려실기술(燃藜室記述)』) 권28, 「인조조상신(仁祖朝相臣)」)에는 저자가 김시양(金時
  讓)으로 되어 있다.

4 이성구(李聖求, 1584~1644)의 자는 자이(子異), 호는 분사(分沙)로 이수광(李睟光)의 아들이
  다. 영의정을 지냈다.

32

정백창의 채릉곡

현곡(玄谷) 정백창(鄭百昌)의 「채릉곡(採菱曲)」은 다음과 같다.

담담한 향기 어린 호수 물결 없이 고요한데	淡淡芳湖靜不流
푸른 버드나무 가지에 목란주를 매어 뒀네	綠楊枝繫木蘭舟
미인들이 앞다퉈 채릉곡을 노래할 때	美人爭唱採菱曲
남자들은 연꽃 핀 맑은 물가에 있구나	郞在荷花淸淺洲

당시(唐詩)와 상당히 유사하다.[1] 계곡 장유는 덕여(德餘)의 재능이 천장(天章)에 못지않다고 칭찬한 적이 있다. 덕여는 현곡의 자이고, 천장은 백주 이명한의 자이다.

---

1 저광희(儲光羲)의 「강남곡(江南曲)」, 이백(李白)의 「채련곡(採蓮曲)」, 황보송(皇甫松)의 「채련자(採蓮子)」 등과 심상이 비슷하다.

33

이안눌과 홍보의 시

숭정(崇禎) 임신년(1632)에 내 조부 참찬공(參贊公: 홍보(洪霱))[1]께서 주청사(奏請使)로 연경에 가셨을 때 동악 이안눌이 부사로 따라갔다. 옥하관(玉河館)[2]에서 설날을 맞아 동악이 둘째형을 그리워하는 시[3]를 지어 조부께 보여드렸는데 시는 다음과 같다.

예전부터 아우는 없었고　　　　　　　　　　　宿昔元無弟

이제껏 그저 형만 있는데　　　　　　　　　　　如今只有兄

두 몸이 만 리에 떨어져서　　　　　　　　　　　兩身分萬里

1　홍보(洪霱, 1585~1643)의 자는 여시(汝時), 호는 월봉(月峰), 본관은 풍산(豊山)이다. 광해군이 폭정을 일삼자 벼슬을 버리고 낙향하였다. 인조 즉위 후 알성문과에 장원급제하였고, 원주 목사로 재직하면서 이인거(李仁居)의 난을 진압하여 공신에 책봉되었다.

2　옥하관(玉河館)은 북경 내성(內城)의 대명문(大明門: 후에 大淸門으로 개칭) 인근에 있던 남회동관(南會同館)을 가리킨다. 외국 사신이 이용하는 공용 공간으로 조선사절단은 1409년부터 1637년까지 줄곧 옥하관을 숙소로 사용했다가, 17세기 말 러시아 사절이 옥하관을 사용하자 조선 사신은 그 남쪽에 새로 조성한 남옥하관(南玉河館, 일명 남소관(南小館))을 사용하였다. 따라서 이안눌이 머문 옥하관은 남회동관을 가리킨다. 그곳은 현재 중국 최고인민법원 자리다.

3　『동악집』 권20에 「설날에 둘째형을 그리워하며 홍참찬에게 삼가 보여드리다〔正朝憶仲氏, 奉示洪參贊〕」라는 제목으로 수록되어 있다.

늙은 나이에 새해를 맞이했네	衰齒遇新正
내가 동파관을 그리워할 때	我每懷坡館
정사께선 개경을 추억하시리라	君應憶麗京
이별하던 그때 얼굴빛	當時別離色
해 바뀌자 더욱 마음이 쓰이네	隔歲益關情

두 분이 연경에 갈 때 동악의 형님(이안인(李安訒))이 파주(坡州) 동파
관(東坡館)까지 따라왔고, 조부의 맏형(홍정(洪霆))이 개경까지 이르러
작별했기에 말한 것이다. 조부께서 그 시에 다음과 같이 차운하셨다.

구름을 보면 아우가 그립고4	看雲應憶弟
꿈에 풀을 보면 형이 생각나지5	夢草每思兄
잠깐 헤어진 뒤 벌써 해가 바뀌어	一別驚周歲
봄볕 드는 1월이 되었구나	三陽値夏正
언덕에 올라6 고국을 바라보니	陟岡瞻故國
함께 이불 덮다가7 연경에 홀로 있네	同被阻神京

---

4 두보(杜甫)의 「한별(恨別)」에 '집이 그리워 달 아래 거닐다 맑은 밤에 서 있고, 아우가 그리워
　구름 보다가 한낮에 잠든다[思家步月淸宵立, 憶弟看雲白日眠]'라고 하였다.

5 남조(南朝) 송(宋)의 사영운(謝靈運)이 시를 완성하지 못하다가 꿈에서 족제(族弟) 사혜련(謝
　惠連)을 만나 '못가에는 봄풀이 돋아나고[池塘生春草]'라는 시구를 얻은 고사(『남사(南史)』
　권19 「사영운열전(謝靈運列傳)」)를 인용하여 형제간의 그리움을 표현하였다.

6 형을 그리워한다는 의미이다. 『시경』 「척호(陟岵)」에 '저 산등성이에 올라, 형님 계신 곳을 바
　라본다[陟彼岡兮, 瞻望兄兮]'라고 하였다.

7 이불을 함께 덮는다는 말은 형제의 우애를 의미한다. 후한(後漢)의 강굉(姜肱)이 두 아우 중
　해(仲海)·계강(季江)과 우애가 돈독해 항상 한 이불을 덮고 잤다는 고사가 있다(『후한서』 권
　83 「강굉열전(姜肱列傳)」).

만 리 높이 하늘에 뜬 달은 　　　　　　　　　萬里層霄月

두 형제의 마음 환히 비추리 　　　　　　　　　分明照兩情

　명나라 사람들이 두 분이 시를 수창하는 것을 볼 때마다 번번이 조부의 시를 칭찬하며 "각로(閣老)의 시는 충실하고 도타워 재상의 기상이 있습니다"라고 하였다. 조부께서 임시로 우의정 직함을 달고 가셨기에 중국 사람들이 각로라고 일컬었다.

34

김육의 정양사 시

정승 잠곡(潛谷) 김육(金堉)은 벼슬하기 전에 가평(加平)에 살면서 경서 (經書)를 가지고 다니며 밭일을 하곤 했다. 늦은 나이에 군주의 지우(知遇)를 입어 정승의 반열에 올랐는데 크게 현달하고 난 뒤에도 가난한 선비처럼 생활하였다. 잠곡이 정양사(正陽寺)를 읊은 시[1]는 다음과 같다.

철 지나 유람 왔다 말하지 마소   莫道來遊已後時

산색(山色)이 아니라 산골(山骨)을 보러왔으니   非觀山色觀山骨

층층 바위와 깎아지른 벼랑이 진면목이요   層巖絶壁面目眞

붉은 낙엽과 누런 꽃은 모두 외물이라오   赤葉黃花皆外物

잠곡이 금강산에 갔을 때는 늦가을 이후라 나뭇잎이 모두 시들고 바윗골이 다 드러나서 이렇게 시 한 수를 읊은 것인데, 잠곡이 평소 억지로 꾸미기를 일삼지 않았음을 짐작할 수 있다.

---

1 이 시는 『잠곡유고(潛谷遺稿)』 권2에 「정양사(正陽寺)」 2수 중 두 번째 작품으로 실려 있다.

35

조경의 여관에서 지은 시

용주(龍州) 조경(趙絅)이 여행 도중에 소나기에 쫓기어 어느 촌가의 토담 집에 들어가 유숙하였다. 다음 날 아침 장난삼아 시 한 수를 지었다.[1]

나무 얽어 지은 집 처마는 땅에 닿고	構木爲家簷着地
크기가 한 말 만해 겨우 한 몸 들여났네	其間如斗僅容身
평생토록 긴 허리를 굽혀보지 않았건만	平生不學長腰折
오늘 밤은 다리 한 짝 뻗기조차 어려웠네	此日難圖一脚伸
쥐구멍에 연기 들어와 칠흑처럼 어둔 데다	鼠穴煙通昏似漆
작은 창은 꽉 막혀 새벽빛 아예 없네	蓬窓茅塞暗無晨
그래도 옷 젖는 것은 모면하게 됐으니	雖然得免衣沾濕
떠나면서 은근하게 주인에게 인사하네	臨別懇懃謝主人

구법(句法)과 조어(措語)가 또한 좋다.[2]

---

1 『용주유고(龍州遺稿)』권2에 「청회 여관에서[淸淮旅舍]」라는 제목으로 실려 있다. 글자의 차이가 매우 심하여 아래에 전문을 인용한다. '穿壁爲門簷着地, 室中如斗僅容身. 平生不欲長腰折, 今夜難謀一脚伸. 鼠穴煙通昏似漆, 甕窓茅塞本無晨. 猶能免我衣沾濕, 臨別殷勤謝主人.'

2 『동국시화휘성』에는 3구부터 인용돼 있으며 "사람들이 '긴 허리를 굽혀보지 않았건만'이
   라는 한 구절이 공의 절조를 입증한다고 하였다〔人以不學長腰屈一句驗公節操云〕"라는 평이
   붙어 있다.

36

윤순지의 사행시

행명(涬溟) 윤순지(尹順之)가 북경의 어양교(漁陽橋)를 읊은 시[1]는 다음과 같다.

별안간 상전벽해 되듯 세상이 쉽게 바뀌니	瞥瞥滄桑易變移
계주의 안개 낀 숲[2]이 슬픔을 자아내네	薊門煙樹使人悲
청노새 타고 서쪽으로 떠난 옛일 가슴 아프고[3]	靑騾西去傷前事
백마 타고 동쪽에서 찾아온 지금을 한하노라[4]	白馬東來恨此時
가는 곳마다 번화했던 문물 모두 사라졌고	隨處繁華都已矣
막강하던 군대는 다시 어디로 가버렸나	莫強兵甲更何之

---

1 이 시는 『행명재시집』 권5에 실려 있다. 어양교는 안녹산이 반란을 일으킨 곳으로 조선 사신이 북경에 가는 도중에 거친다. 윤순지는 1657년 부사로 연경에 다녀왔다.

2 계문연수는 북경 부근의 명승이다. 윤근수는 「연경으로 가는 조존성을 배웅하는 서〔奉送趙僉樞存性如京序〕」에서 "계주(薊州)에 도착하면 어양교라는 다리가 있고, 그 동쪽에는 남산이 있어 성 전체를 내려다본다. 올라가 조망하면 안개 낀 숲이 천 겹으로 눈 닿는 곳까지 끝없이 펼쳐져 있다. 이것이 이른바 계문연수이다"라고 하였다.

3 안녹산의 난을 피해 당 현종이 촉(蜀)으로 갈 때 검각(劍閣)을 지난 일을 말한다. 원진이 「명마 망운추 노래〔望雲騅馬歌〕」에서 '현종은 당시 이 말이 없어, 촉으로 갈 때 노새를 타고 갔네〔玄宗當時無此馬, 不免騎騾來幸蜀〕'(『장경집』 권24)라고 하였다.

모래먼지 자욱한 성안은 쓸쓸하고 　　　　　　　　塵沙漠漠孤城裏

강적(羌笛) 소리 분분하게 저녁 바람 희롱하네 　　　　羌笛紛紛弄晚颸

일본에 가서 새벽에 진화(津和)를 출발하며 읊은 시5는 다음과 같다.

노정에서 맑은 밤에 범선을 재촉하여 　　　　　　　客程淸夜一帆催

천 리길 삼신산을 차례차례 찾아가네 　　　　　　　千里三山取次回

하늘 밖 바다 여행 걱정일랑 하지 말자 　　　　　　天外莫愁浮海去

달빛 속에 바람타고 가는 방법 얻었으니 　　　　　月中還得御風來

옥토끼를 급히 불러 불사약을 달라 하고6 　　　　狂呼玉兔求仙藥

금자라를 술 취해 타고 술잔 배를 삼자구나7 　　醉跨金鰲作渡盃

세상에 나와 호쾌한 유람은 대장부 할 일이니 　墮地壯遊男子事

고금에 몇 사람이나 봉래산에 이르렀던가 　　　幾人今古到蓬萊

시어가 극히 호탕(豪宕)하다.

---

4 『시경』「유객(有客)」에 '객이여, 객이여, 백마를 타고 왔네[有客有客, 亦白其馬]'라는 구절이
　보이는데, 상나라의 왕자였던 미자(微子)가 송(宋)에 봉해진 뒤에, 주나라에 조회하러 흰
　말을 타고 간 사실을 읊었다. 명(明)이 망하고 청(淸)에 조회하러 가는 처지를 비유한다.

5 이 시는 『행명재시집』권3에 「十六日曉發津和」라는 제목으로 실려 있다. 진화(津和)는 일본
　에히메현(愛媛縣) 마츠야마 앞 세토나이카이(瀬戶內海) 서부에 있는 츠와지섬[津和地島]을
　말하는 듯하다. 윤순지는 1643년 일본에 다녀왔다.

6 달 속에 옥토끼가 있어 불사약(不死藥)을 찧고 있다는 전설에서 온 말이다.

7 남북조 시대에 어떤 신승(神僧)이 신통한 술법을 지녀, 잔을 물에 띄워 그것을 타고 바다를
　건너다니므로 배도화상(杯渡和尙)이라 불렸다.

37

이회보가 지은 조명욱 만시

안동의 문관 이회보(李回寶)[1]는 글을 잘 짓는 선비이다. 일찍이 친구의
천장(遷葬)을 애도한 시[2]를 지었는데 다음과 같다.

그 옛날 폭풍우 쳐 산성에 갇혔다가	憶曾風雨鎖孤城
하늘 기둥은 꺾이고 지축은 기울었네	天柱摧殘地軸傾
나는 홀로 남아 병자년을 겪었고	我忍獨留看丙子
공은 먼저 떠나 숭정(崇禎)[3] 연호 지켰네	公能先逝守崇禎
인정이란 예로부터 죽기를 슬퍼하나	人情自古皆哀死
세상사 지금 같다면 누가 살기를 즐거워하랴	世事如今孰樂生

---

1 이회보(李回寶, 1594~1669)의 자는 문상(文祥), 호는 석병(石屛), 본관은 진보(眞寶)다. 주전
론을 주장한 인물로 청나라에 항복한 것을 보고 은둔했다가 이후 정평부사가 되어 효종의 북
벌계획을 도와 군사력 증강에 노력하였다.

2 『석병집(石屛集)』 권1에 「회곡 조명욱 만시[挽曺晦谷明勗]」라는 제목으로 실려 있고, 『추담
집(秋潭集)』 권7의 「석병 이회보 행장[石屛李公回寶行狀]」에도 실려 있다. 조명욱(曺明勗,
1572~1637)은 1636년 이천부사(利川府使)로 재직할 때 병자호란이 일어나 인조를 남한산성
으로 호종하다가 죽었다. 1637년에 안동에 운구하여 장사지냈다가 이후 선산에 이장하였다.

3 숭정(崇禎)은 명(明)의 마지막 황제 주유검(朱由檢, 1611~1644)의 연호로 17년간(1627~1644)
사용되었다.

하늘나라 돌아가서 열성(列聖)들께 조회하면   歸去雲鄕朝列聖

분명히 말하지 말고 잘 둘러 아뢰시게   善爲辭說莫分明

장가(長歌)를 부르는 슬픔이 통곡보다 더 슬프다.

38

청나라와의 화친을 비꼰 시

정축년(丁丑年) 청나라에 항복한 뒤에 어떤 사람이 숭례문(崇禮門) 위에 율시 한 수를 적었는데 다음과 같다.

의리는 무너졌고 나라마저 기울었으니	三綱已絶國隨傾
공의를 저버려 천추의 역사에 부끄럽구나	公議千秋愧汗靑
신종황제 은덕을 어찌 차마 배반하랴[1]	忍背神宗皇帝德
선조대왕 묘정을 무슨 낯으로 배알하랴	何顔宣祖大王庭
북지왕(北地王) 유심(劉諶)처럼 싸우다 죽을지언정[2]	寧爲北地王諶死
동창(東窓)의 흉적 진회(秦檜)처럼 구차히 살려는가[3]	肯作東窓賊檜生

---

1 신종황제(神宗皇帝)는 명나라 제14대 황제로, 임진왜란 때 조선에 원군을 파병하여 왜군을 물리치도록 도왔다.

2 북지왕(北地王) 유심(劉諶)은 삼국시대 촉한(蜀漢)의 후주(後主) 유선(劉禪)의 아들이다. 위(魏)나라 장군 등애(鄧艾)의 침공을 받아 수도가 함락될 위기에 처해 유선이 항복하려 하자 유심은 끝까지 싸울 것을 주장했다. 유선이 듣지 않자 처자식을 죽이고 자결하였다.(『삼국지(三國志)』「촉서(蜀書)」)

3 진회(秦檜)는 남송 고종(高宗)의 재상으로 금(金)나라와 굴욕적인 화친을 체결하였다. 동창(東窓)은 그가 충신 악비(岳飛)를 죽이려고 아내 왕씨(王氏)와 모의한 장소이다.(『서호유람지여(西湖游覽志餘)』「행반황(倖盤荒)」)

들녘의 노인 울음 삼키며 걷다가 울다가 하니 　　　野老吞聲行且哭

목릉(穆陵)4으로 넘어가는 해가 미미한 충심 비추네 　　穆陵殘日照微誠

　시어가 대단히 비분강개하다. 어떤 이는 지평(持平) 채성귀(蔡聖龜)
가 지은 시라 하였다.5

---

4 목릉(穆陵)은 선조(宣祖)의 능호(陵號)이다. 오늘날 선조, 원비 의인왕후(懿仁王后) 박씨, 계
　비 인목왕후(仁穆王后) 김씨의 능이 함께 경기도 구리시 인창동에 있다.

5 남용익(南龍翼)의 『호곡집(壺谷集)』 권18 「사헌부지평채공묘갈명(司憲府持平蔡公墓碣銘)」
　에 이 시가 실려 있다. 채성귀(蔡聖龜, 1605~1647)의 자는 용구(用九), 호는 지비재(知非齋),
　본관은 평강(平康)이다. 정묘호란과 병자호란 때 두 차례에 걸쳐서 화친을 배척하는 상소를
　하였다. 이 시는 『연려실기술』과 『속잡록』에 무명씨의 작품으로 전한다.

39

정두경의 북평사 시절 작품

동명(東溟) 정두경(鄭斗卿)이 예전에 북평사(北評事)로 부임할 때1 성진(城津)2에 이르러 여덟 수의 시를 지은 적이 있는데, 이제 그중 두 수를 수록한다. 첫 번째 수는 다음과 같다.

길성(吉城)으로 가는 길에 눈은 펄펄 내리고	吉城歸路雪漫漫
2월의 변방 관아는 봄에도 정말 춥구나	二月邊庭春正寒
발해(渤海)에는 바람 없어도 백 길 풍랑 일고	渤海無風波百丈
부상(扶桑)에는 한밤에도 해가 석 자나 떠 있네	扶桑半夜日三竿
장쾌한 유람에 먼 국경인 줄도 모른 채	壯遊不覺關山遠
마음껏 술 마시니 관솔불 꺼져간들 어떠랴	縱飮何妨蠟炬殘
부모님 임금님 그리는 마음만은 간절해	只爲思親兼戀闕
때때로 고개 돌려 장안을 바라보네	時時回首望長安

---

1 정두경(鄭斗卿)은 1629년(인조7) 33세 때 북평사(北評事)로 부임하였다.
2 경성도호부(鏡城都護府) 길성현(吉城縣) 남쪽 성진진(城津鎭)을 말한다. 북평사가 머무르는 북병영(北兵營)이 함경도 경성도호부에 있었다.

두 번째 수는 다음과 같다.

바닷가 높다란 성 북두성과 나란하고	海上危城北斗齊
가로지른 성가퀴 밑에 흰 구름이 낮게 떴네	女墻橫壓白雲低
봄 하늘에 신기루가 저 멀리 어른거리고	春天蜃氣成樓閣
해질녘 거센 파도는 북소리와 어우러지네	落日鯨濤入鼓鼙
사막은 흐릿하여 나쁜 기운 서려 있고	沙漠未淸氛祲惡
봉래산 가려 해도 예나 지금이나 아득하네	蓬萊欲到古今迷
시름 돋자 북녘 기생 술잔을 건네주니	愁來賴有胡姬酒
술동이 앞에 두고 곤죽이 되도록 마셔보자	一任樽前醉似泥

기운과 격조가 맑고 굳세다. 또 마천령(摩天嶺)을 읊은 시는 다음과
같다.

말 몰아 마천령에 올라보니	驅馬摩天嶺
층층 봉우리 구름 속에 솟았구나	層峯上入雲
눈앞에는 큰 바다가 펼쳐졌으니	前臨有大澤
저것이 바로 북명(北溟)이로구나	蓋乃北溟云

필력(筆力)이 웅장하여 우주를 떠받칠 만하다.

40

정두경의 봉은사 시

동명 정두경이 근래 지은 작품을 계곡 장유에게 보여준 적이 있는데 그중에는 봉은사(奉恩寺)를 읊은 5언 율시[1]가 들어 있었다. 시의 함련은 다음과 같았다.

나라에선 국왕 역시 위대하지만[2]	域中王亦大
천하에선 부처가 존귀하도다	天下佛爲尊

계곡이 무릎을 치면서 칭찬하며 "천연스런 기이한 대우(對偶)라서 퇴고할 일이 전혀 없다. 두보의 빼어난 솜씨라도 쉽게 말할 수 없는 시구이다"라고 하였다. 동명은 "그대의 말이 아니더라도 나 또한 그처럼 자부합니다"라고 대꾸하였다.

---

1 『동명집(東溟集)』에는 제목이 「봉은사에서 묵으며[宿奉恩寺]」로 되어 있다. 봉은사는 세조의 원찰이다.

2 『노자(老子)』에 "도가 크고, 하늘이 크고, 땅이 크고 국왕 역시 크다[道大, 天大, 地大, 王亦大]"라는 구절이 있다.

41

정두경의 시

동명 정두경이 시원(試院)¹에 있을 적에 겨울인데도 밤새도록 우레 치고 비가 크게 내리는 소리를 듣고 마침내 장난삼아 절구 한 수를 지었다.

백악에는 먹구름이 만 겹으로 끼었더니	白岳玄雲一萬重
밤새도록 찬비 내려 못 안에 그득하네	夜來寒雨滿池中
겨울인데 우레 쳐서² 이상하다 하지 말게	傍人莫怪冬雷動
서른세 마리 물고기가 용 되느라³ 그런 거니	三十三魚變作龍

효종께서 들으시고 아름다운 시라고 하며 "이런 시라면 이 재앙을 물리칠 만하다"라고 감탄하셨다.

---

1 시원(試院)은 과거시험을 치르는 곳으로 정두경은 1652년 겨울에 시관(試官)이 되어 과거시험을 관리하였다.

2 『예기(禮記)』「월령(月令)」에 우레는 2월에 치기 시작하여 8월에 그친다고 하였다. 조선 역대 왕들은 겨울에 우레가 치는 것을 하늘의 경고이자 재앙이라 생각하여 반찬의 가짓수를 줄이거나 구언(求言)을 하며 스스로 조심하고 단속하는 모습을 보였다.

3 과거 급제, 혹은 높은 벼슬에 오르는 것을 뜻한다. 물살이 매우 센 황하(黃河)의 용문(龍門) 폭포로 잉어가 뛰어오르면 용이 된다는 등용문(登龍門) 고사를 차용하였다. 보통 과거의 합격자는 33명이라 서른세 마리 물고기가 용이 된다고 말한 것이다.

42

정두경의 양효왕가

예로부터 장편 가행(歌行)은 반드시 기백과 힘이 있어야만 잘 지었다. 맹호연(孟浩然)[1]과 같은 뛰어난 시인도 본디 당나라 작가 중에서 고수에 속하나 장편 가행의 경우에는 훌륭한 작품이 전혀 없다. 근세의 동명(東溟) 정두경(鄭斗卿)은 두보(杜甫)의 골격(骨格)을 터득하고 이백(李白)의 풍모와 정신을 갖춰서 사기(詞氣)가 자유분방하고 필력(筆力)이 거침없어 우뚝하게 동방의 대가가 되었다. 먼 훗날에도 그 뒤를 이을 자가 없을 것이다. 동명의 「양효왕가(梁孝王歌)」[2]는 다음과 같다.

그대는 양왕을 보지 못했던가	君不見梁王
부친과 형이 황제인 데다 본 것이 커서[3]	父兄皆帝所見大
웅혼함과 부귀가 옛날에 비길 자 없었네	雄豪富貴古莫比
조정에서 파견한 태수를 받지 않고[4]	不受漢庭二千石

---

1 맹호연(孟浩然, 689~740)은 당나라 양양(襄陽) 사람으로 시에 뛰어나 왕유(王維)와 함께 '왕맹(王孟)'으로 불렸다.

2 「양효왕가(梁孝王歌)」는 『동명집』 권10에 같은 제목으로 실려 있다. 양효왕은 전한(前漢)의 황족 유무(劉武)로 문제(文帝)의 아들이자 경제(景帝)의 동생이다. 경제 때 오초칠국(吳楚七國)의 난을 진압하는데 큰 공을 세워 위세가 높았다.

삼 백리에 뻗은 양원을 크게 지었네[5]   大起梁園三百里

길게 뻗은 대밭은 멀리 안목지[6]로 이어져   脩竹遙連鴈鶩池

군왕이 나가 놀 때에는 늘 말을 달렸네   君王出遊常驅馳

평대[7]에 모인 사람은 산동 빈객들이고   平臺所集山東客

사냥할 때에는 천자의 깃발이 바람에 나부꼈네   射獵風翻天子旗

천자의 깃발에는 해와 달이 그려졌고   天子旌旗畫日月

복도에는 날마다 풍악이 울려 퍼졌네   複道日日歌鍾發

뇌준[8]에 좋은 술 따라 귀빈에게 잔치 베풀고   罍樽美酒宴上賓

눈 내리는 양원에서 백설을 읊게 했네[9]   雪下梁園賦白雪

군왕은 교만한 뜻이 끝도 없어   君王驕逸意無窮

관중에 도읍하지 못함을 늘 한스러워했네[10]   常恨不得都關中

칼을 갈아 안릉에서 장군을 암살하니   安陵礪釰刺將軍

조정 사자 열 명이 분분하게 내려왔네[11]   漢使十輩來紛紛

---

3 양효왕이 참람하게 천자의 예법을 사용한 사실을 말한다. 양효왕의 신하 한안국(韓安國)이 두태후(竇太后)에게 한 표현으로, 양효왕은 부친과 형이 모두 황제여서 자라며 본 것들이 모두 황실의 큰 제도였으므로 그의 참람된 행동에 나쁜 의도가 있었던 것은 아니라고 하였다.

4 당시 2,000석의 녹을 받는 관리는 황제가 임명하였는데, 양효왕은 경제와 두태후의 총애를 믿고서 한나라 조정의 간섭을 받지 않는 승상과 이천석의 관리를 임용했다.

5 양원(梁園)은 양효왕이 세운 원림(園林)으로 사방 300여 리에 이를 만큼 규모가 컸다. 양효왕은 원림에 사마상여(司馬相如)나 매승(枚乘) 같은 빈객을 초빙하여 놀았다.

6 안목지(鴈鶩池)는 양원 안에 있던 연못 이름으로 안지(雁池)라고도 하였다.

7 평대(平臺)는 양효왕이 산동의 재사(才士)인 양승(羊勝), 공손궤(公孫詭), 추양(鄒陽) 등을 불러 모아 주연을 베풀었던 누대 이름이다.

8 뇌준(罍樽)은 운뢰(雲雷)의 형상을 새기고 황금으로 장식한 술잔이다. 양효왕이 소유한 뇌준은 값비싼 물건으로 절대로 다른 사람에게 주지 말라는 유언을 남겼다.

9 양효왕이 빈객들과 양원에서 놀다가 눈발이 휘날리자 흥에 겨워 먼저 노래를 부르고 사마상여에게 눈을 묘사하라고 하였다. 사혜련(謝惠連)이 지은 「설부(雪賦)」에 나온다.

"임강왕은 중위부에서 자살했으니　　　　　　臨江自殺中尉府

친부가 범이 되지 않을 줄 어찌 알까요"[12]　　　安知親父不爲虎

그 시절에 한안국이 아니었다면　　　　　　不是當年韓內史

군왕을 비 오듯 눈물 쏟게 할 자 그 누구랴　　誰遣君王泣如雨

　동명의 명편(名篇)과 걸작은 이루 다 기록할 수 없어 여기에 그중 하나를 기록하니, 고기 한 점만 먹어봐도 솥 전체의 맛을 알 수 있을 것이다. 청음(淸陰) 김상헌(金尙憲)이 동명의 장편 가행을 보고서 "시 안에 그림 같이 화려한 창칼이 있어 두려워할 만하고 함부로 대할 수 없다"라 하였고, 또 "수백 년 동안에 이런 기운과 풍격을 지닌 작품은 없었다"라 하였다.

---

10 황제가 되어 관중에 있는 장안에 도읍하지 못했다는 뜻이다. 양효왕은 경제로부터 자신이 죽으면 황위를 물려주겠다는 말을 듣기도 했고, 두태후의 총애도 극진하여 태자에 책봉될 기회가 있었으나 끝내 태자가 되지 못했다. 그 때문에 자신의 태자 책봉에 반대한 조정 신하들을 암살하였다.

11 양효왕이 자신을 태자로 책봉하는 것에 반대한 원앙(袁盎)에게 자객을 보내 암살하였다. 그 사건을 조사하려고 조정에서 사자 십여 명을 양나라에 파견하였다.

12 양효왕이 조정 대신의 암살을 주도한 공손궤(公孫詭)와 양승(羊勝)을 왕궁에 숨겨놓고 내놓지 않자 내사(內史) 한안국(韓安國)이 한 간언이다. 임강왕은 경제의 태자였다가 폐위된 유영(劉榮)이다. 궁궐을 늘리다가 태종(太宗)의 묘를 침범해 중위부의 조사를 받게 되자 사죄문을 올리고 자살하였다. 한안국은 경제가 유영의 죽음을 막지 못한 일을 예로 들고는 '친아버지가 있다 해도 그가 호랑이가 되지 않을 줄 어찌 알겠으며, 친형이 있다 해도 그가 이리가 되지 않으리라는 것을 어찌 알겠는가'라는 속담을 인용하여 부자간에도 목숨을 보전하지 못하니 형제간에는 자칫 큰일을 당할 수 있다고 설득하였다. 이에 양효왕이 눈물을 줄줄 흘리며 공손궤와 양승을 내어주고 대죄하였다.

43

이민구와 이계의 시재[1]

동주(東州) 이민구(李敏求)가 강원도 관찰사가 되었을 때[2] 춘천(春川) 청평사(淸平寺)를 유람했는데, 당시 나이가 89세인 승려가 있었다. 동주가 시 한 수를 지어 승려에게 주었으니 그 끝 구절은 다음과 같았다.

내년에 다시 방장실에 오게 되면	明年再到維摩室
아흔 살 스님을 딱 마주치겠구나	政値禪門九十春

---

1 43칙의 내용은 이익(李瀷)의 『성호사설(星湖僿說)』 권28에도 「이이금강시(二李金剛詩)」라는 제목으로 소개되어 있다. 배경이 금강산이라는 점이 다르다. 이익은 "사람들이 이계의 시구가 더 뛰어나다고 하지만, 의미나 품격이 이민구의 작품에 한참 미치지 못하니, 시를 논하기란 참으로 어렵다"라고 하였다. 또한 목만중(睦萬中)은 『여와집(餘窩集)』 권2에서 이 시화를 언급하면서 "두 시 모두 놀랍고 뛰어나니 외워서 전하여 사림(詞林)의 훌륭한 여담거리로 삼을 만하다"라고 하였다. 또 강준흠(姜浚欽)은 『삼명시화(三溟詩話)』에서 이 시화를 언급하면서 "두 시가 모두 빼어나서 애송할 만하기에 오늘날까지 전해져서 시단의 아름다운 칭송을 받고 있다"라고 하였다.

2 이민구는 1635년(인조13) 7월에 강원도 관찰사가 되었고 이듬해 5월에 대사헌으로 자리를 옮겼다. 『동주집』 권7에 「의형 장로가 올해 나이가 89세이다[義瑩長老今年八十九]」라는 제목으로 실려 있다. 앞의 두 구는 다음과 같다. "절에서 의형 스님을 다시 만나니, 물 같고 달 같은 맑은 정신 예전 그대로구나[蕭寺重逢瑩上人, 依然水月舊精神]"

당시 이계(李烓)[3]가 도사(都事)의 직책으로 그 자리에 있다가 웃으면서 "소생의 시 짓는 역량이 한참 부족하여 내년 일까지 미리 말할 수 없으니 올해의 일만 말하겠습니다"라 하고는, 즉시 다음과 같이 차운하였다.

곁에 사람이 스님 나이를 묻는다면	傍人若問師年幾
아흔을 앞에 두고 딱 한 살 모자란다 하지요	九十前頭少一春

동주가 기이하게 여기고 마침내 격의 없는 친구로 지냈다.

---

3 이계(李烓, 1603~1642)의 자는 희원(熙遠), 호는 명고(鳴皐), 본관은 전주(全州)이다. 척화파 김상헌(金尙憲) 등을 공격하는 데에 앞장섰다. 1635년 통훈대부 행 강원도 도사(行江原道 都事)에 제수받았다. 1642년 선천 부사(宣川府使) 시절 명(明)나라 선박과 밀무역하다가 청 (淸)나라에 발각되어 심문을 받았는데, 조선이 이명한(李明漢), 이경여(李敬輿) 등을 중심 으로 명나라와 내통한다고 고발하여, 나라를 배신했다는 이유로 처형되었다.

44

이계의 시재

이계(李烓)는 시재가 대단히 뛰어난 사람이다. 강원도 도사(都事)였을 당시 관찰사인 동주 이민구가 이계와 금강산을 유람하였다. 한 봉우리가 허공에 솟았는데 가운데에 구멍 하나가 뚫려 있어 동해가 훤히 보였으니 바로 혈망봉이었다. 동주가 먼저 '탕흉(盪胸)'으로 압운을 하자[1] 이계가 바로 차운하였다.

반쯤 드러난 모양은 북상투인 듯싶고　　　　　　　半露疑椎髻
가운데 뚫린 형상은 구멍 난 가슴 같도다.　　　　　中穿類穴胸

동주가 깜짝 놀라 감탄을 금치 못했다. 또 감사 유 아무개의 죽은 딸을 위해 지은 만시는 다음과 같다.

시집가던 날 가져간 옷은 거의 모두 새것이라　　　嫁日衣裳半是新

---

1 『동주집』 권6의 「동회 노인의 비로봉 20운 시에 차운하다[次淮叟毗盧二十韻]」에 '쌓인 바위는 눈 높여야 겨우 보이고, 흩어진 구름은 마음을 벌써 씻어주네[積石纔覷眼, 崩雲已盪胸]'라는 시구가 보인다. 盪과 盪은 통용한다.

상자 열어 살펴보니 가슴 다시 저며 오네.　　　　開箱點檢却傷神

평소 아끼던 패물을 모두 싸서 보내　　　　　平生玩好俱賷送

빈 산에서 먼지가 되게 다 묻어버리네.　　　　一任空山化作塵

45

유도삼의 시재

승지 유도삼(柳道三)은 문학에 재능이 있었다. 북평사가 되어 봉직하다가 체임되어 돌아올 적에 석왕사(釋王寺)[1]에 이르러 다음 시를 지었다.

삼천리 큰길을 바쁘게 오가면서	三千官路去來忙
간 데마다 번화한 자리 몇 번이나 보았던가	到底繁華閱幾場
여기 와보니 세상 욕심 도로 사라지고	即此機心還寂莫
지난날 호기 부림은 너무 미친 짓이었네	從前豪興太顚狂
새벽종은 풍악에 찌든 귓속을 씻어내고	晨鍾淨洗笙歌耳
저녁 차는 주육에 지친 창자 맑게 하네	晚茗淸開酒肉腸
한낮 되어 부들방석에 잠 한숨 자고 나니	日午蒲團成一枕
산 가득한 솔바람에 꿈속까지 시원하네	滿山松籟夢中涼

또 다음 한 연이 있다.

---

1 석왕사(釋王寺)는 함경남도 안변군 설봉산에 있는 사찰이다.

인정은 증자의 어머니도 베틀 북 던지게 하고[2] 人情母亦曾投杼

세태는 소진의 아내가 직기에 머물게 하네[3] 世態妻猶不下機

두 편의 시가 널리 전해져 외워진다.

---

2 증자(曾子)의 어머니는 증자가 사람을 죽였다는 말을 듣고 처음에는 믿지 않다가 그 말을 세 번 듣고는 짜고 있던 베틀의 북을 내던지고 담장을 넘어 달아났다(『전국책(戰國策)』「진 책(秦策)」).

3 전국시대 때 소진(蘇秦)이 유세에 실패하고 꾀죄죄한 행색으로 집에 돌아오니, 소진의 아 내가 베틀에서 내리지 않고 홀대하였다. 그 뒤에 여섯 나라의 정승이 되어 돌아오니 온 집 안이 환영하였다(『전국책』「진책」).

46

권극중의 전주 시

권극중(權克中)은 고부(古阜)의 선비이다. 전주(全州) 객관에는 고금(古今)의 제영시(題詠詩)가 매우 많은데, 권극중의 시가 그중에서 제일이다. 시는 다음과 같다.

삼월 맞은 도회지는 참으로 번화하니	名都三月盛繁華
제비는 펄펄 날고 밝은 해는 저물어 가네	燕子飛飛白日斜
버들이 드리운 집에 질발마(叱撥馬)¹ 울고	叱撥馬嘶垂柳宅
주렴 걷은 집에서는 비파 소리 들려오네	琵琶聲出捲簾家
시냇물은 모든 마을의 우물을 적시고	溪流潤作千村井
동산의 과실수는 번갈아 꽃을 피우네	園木交開百果花
어스름에 높은 곳 다시 올라 바라보니	薄暮更登高處望
밥 짓는 연기가 노을 진 허공에 맺혀 있네	炊烟蒸結半空霞

---

1 질발마(叱撥馬)는 명마(名馬)의 이름이다. 당나라 때 서역에서 여섯 필의 한혈마를 바쳤는데, 그 이름을 각각 홍질발(紅叱撥), 자질발(紫叱撥), 청질발(靑叱撥), 황질발(黃叱撥), 정향질발(丁香叱撥), 도화질발(桃花叱撥)이라고 하였다(『속박물지(續博物志)』 권4).

전주부 전체의 **빼어난** 풍경을 네 개의 연(聯)으로 표현하였으니, 시는 시인의 명성으로만 취해서는 안 된다.

47

환골탈태의 시법

본래의 취지를 바꾸지 않고 말을 새로 지어내는 것을 환골법(換骨法)이라 하고, 그 뜻을 모방하여 형용하는 것을 탈태법(奪胎法)이라 한다.[1] 사암(思菴) 박순(朴淳)이 금수정(錦水亭)[2]을 읊은 시는 다음과 같다.

골짜기에는 때때로 새 우는 소리 들려오고	谷鳥時時聞一箇
적막한 평상에는 책들이 널려 있네	匡床寂莫散群書
가엾어라, 백학대(白鶴臺) 앞을 흐르는 물은	每憐白鶴臺前水
산어귀를 나서자마자 곧 흙탕물이 되리라	纔出山門便帶淤

---

1 황정견(黃庭堅)의 문학 이론이다. '不易其意而造其語, 謂之換骨法, 窺入其意而形容之, 謂之奪胎法.' 혜홍(惠洪)의 『냉재야화(冷齋夜話)』「환골탈태법(換骨奪胎法)」이 원출전이다. 오증(吳曾) 『능개재만록(能改齋漫錄)』「의론(議論)」에서는 같은 내용을 '不易其意而造其語, 謂之換骨法, 規模其意形容之, 謂之奪胎法.'이라고 하였다.

2 금수정(錦水亭)은 금수정(金水亭)이라고도 불리며 경기도 포천시의 영평팔경(永平八景)으로 불리는 명소의 하나이다. 이 시는 『사암집(思菴集)』 권2에 「이양정 벽에 쓰다〔題二養亭壁〕」라는 제목으로 수록되어 있어 금수정이 아닌 이양정에 쓴 시로 보아야 한다. 박순은 탄핵당한 이이(李珥)를 옹호하다 자신이 탄핵을 당하자 벼슬에서 물러나 지금의 포천시 창수면 옥병동에 은둔하였다. 배견와(拜鵑窩)라는 집을 장만하고 그 곁에 이양정(二養亭)을 짓고 살았다. 이 시를 창옥병(蒼玉屛)에 김수증(金壽增)이 새겼다. 백학대(白鶴臺)는 경기도 포천시 창수면 주원리에 있던 누대 이름으로 박순이 이름 붙인 것이다.

휴와(休窩) 임유후(任有後)가 골짜기의 물을 읊은 시는 다음과 같다.

시냇물 졸졸 흘러 지경은 한결 그윽하여   古澗冷冷境復幽

마음 상해 종일토록 바위 끝에 앉아 있네   傷心終日坐巖頭

세찬 여울물 머무르게 할 길이 없으니   無由禁爾奔湍住

산어귀 나서자마자 들물과 합해 흐르리라   纔出山門合野流

임유후의 시는 박순의 시의 끝 구절에 뿌리를 두고 있으나 시구의
격조가 더욱 아름다우니 탈태법(奪胎法)을 잘 터득했다고 할 수 있다.

48

임유후와 홍만종의 사찰유람 시

휴와(休窩) 임유후(任有後)가 일찍이 나를 이끌고 승가사(僧伽寺)[1]를 유람한 다음 중흥사(中興寺)[2]로 가서 반나절을 노닐며 쉰 적이 있었다. 도량(道場)이 맑고 깨끗하여 문득 참선하고픈 마음이 들어 내가 율시한 수를 지었다.

승가사를 유람하고 다시 중흥사로 가니	僧伽遊了復中興
창칼 같은 뭇 봉우리 하늘을 찌를 태세다	劍戟群峰勢欲騰
고려 임금은 어느 해에 사찰을 넓혔던가	麗祖幾年恢淨域
부처는 천 겁 세월 스님들을 보호했네	梵王千劫護居僧
어둠의 마귀가 절로 복종하도록 둥근 등[3]이 비추고	昏魔自伏輪燈照

---

1 승가사(僧伽寺)는 북한산에 있는 절로 서울시 종로구 구기동에 속해 있다. 756년에 창건된 후 1024년(현종 15)에 지광(智光)과 성언(成彦)이, 1090년(선종 7) 구산사(龜山寺)의 주지 영현(領賢)이 차례로 중수했으며, 1099년(숙종 4)에는 대각국사 의천(義天)이 왕과 왕비를 모시고 참배하면서 불상에 금칠을 하고 불당을 중수하였다.
2 중흥사(中興寺)는 북한산에 있는 절로 20세기 들어 화재로 폐허가 되었으나 복원 계획 중이다. 창건 연대는 미상이나 고려 말에 고승 보우(普雨)가 중수했고, 1713년 북한산성을 축성한 뒤에는 승군이 주둔하던 대규모 사찰이었다.

미혹과 번뇌가 다 없어질 만큼 지혜의 물4이 맑네 　　　迷惱渾除智水澄

인간 세상 시시비비 나는 벌써 끊었으니 　　　人世是非吾已謝

법문에 들어 이제부터 삼승(三乘)5이나 익혀봐야겠네 　　　法門從此講三乘

휴와가 매우 칭찬하고 즉시 차운시를 지었다.

절을 찾아 승가사와 중흥사를 올랐더니 　　　蕭寺來尋伽與興

산을 타는 두 쌍의 나막신6이 구름과 함께 올라가네 　　　陟峰雙屐共雲騰

석양에 기러기 두엇 점점이 비껴 날고 　　　夕陽橫點兩三鴈

가을 낙엽에 스님 너덧 지팡이 짚고 돌아가네 　　　秋葉歸筇四五僧

천 길 옛 삼나무는 마당가에 늙어 있고 　　　千丈古杉庭畔老

한 줄기 시냇물은 난간 앞에 맑게 흐르네 　　　一溪流水檻前澄

그대의 시 우뚝하여 휘둥그레 눈뜨게 하니 　　　君詩突兀驚人眼

선가(禪家)에 비유하면 그게 바로 상승(上乘)일세 　　　若譬禪家是上乘

맑고 은근하며 노련하고 굳세다. 함련은 더욱 놀랄 만하여 한 번 읊
으면 세 번 감탄하게 하니 겨와 쭉정이가 앞에 놓인 것7처럼 부끄럽다.

3　둥근 등은 원문이 윤등(輪燈)으로 불전의 좌우에 매달고 불을 켜는 등이다.

4　지혜의 물은 원문이 지수(智水)로 여래(如來)의 밝은 지혜를 맑은 물에 비유한 말이다.

5　삼승(三乘)은 대승불교에서 말하는 세 등급의 가르침으로 성문승(聲聞乘), 연각승(緣覺乘), 보살승(菩薩乘)을 말하는데 차례로 높은 단계의 가르침이다.

6　남조 송의 시인 사영운(謝靈運)이 심산유곡(深山幽谷) 탐색을 즐겼는데, 꼭 나막신을 신고 다녔다고 한다(『송서(宋書)』 권67 「사영운열전(謝靈運列傳)」).

7 진(晉)나라 때 손작(孫綽)이 평소 남을 조롱하기를 좋아했는데, 한 번은 습착치(習鑿齒)와
  길을 가다가, 앞에 가던 손작이 습착치를 돌아보고, "곡식을 일어서 모래를 가리자면 자
  갈이 뒤에 처지게 된다[沙之汰之, 瓦石在後]"라고 조롱하자, 습착치가 곧바로 "곡식을 키질
  하여 까부르면 겨와 쭉정이가 앞으로 나가게 된다[簸之颺之, 糠粃在前]"라고 응수했던 데서
  온 말이다.(『진서(晉書)』권56 「손작열전(孫綽列傳)」)『세설신어(世說新語)』에는 왕탄(王坦)과
  범계기(范啓己)의 일화로 실려 있다.

49

박의의 강촌 시

교리를 지낸 박의(朴漪)[1]는 호가 중봉(中峯)이다. 문장을 잘 지어 이름 났으며, 눈이 높아 남을 잘 인정하지 않았다. 불행히도 요절하였다. 그의 강촌(江村)을 읊은 한 연은 다음과 같다.

진흙 물고 날아가는 새는 누구 집 제비일까　　　　　啣泥飛去誰家燕

젓대 불며 돌아오는 이는 이 동네 아이인가 보군　　　橫笛歸來是處兒

전집(全集)을 보지 못하는 것이 한스럽다.

---

1 박의(朴漪, 1600~1644)의 자는 중련(仲漣), 호는 중봉(仲峰), 본관은 반남이다. 박동량(朴東亮)의 아들로 박미(朴瀰)의 아우이고 신흠(申欽)의 사위이며, 아들은 박세채(朴世采)이다. 4년 동안 홍문관 수찬·교리를 지냈다.

50

심동귀의 비장한 시

대사간을 지낸 심동귀(沈東龜)¹가 연경(燕京)에 가는 김자진(金子珍)에게 다음과 같은 시²를 주었다.

일만리 연경 길을 몇 번이나 갔었던가　　　　　　行人萬里幾西轅

옥백(玉帛)³에 마음 상해도 길은 옛날 그대로겠지　玉帛傷心舊路存

역수(易水)의 슬픈 바람⁴ 사행단⁵에 불어 오고　　易水悲風來擊節

신정(新亭)의 감개 어린 눈물 전별주에 떨어지리⁶　新亭感淚落離樽

---

1 심동귀(沈東龜, 1594~1660)의 자는 문징(文徵), 호는 청봉(晴峯), 본관은 청송(靑松)이다. 『당음(唐音)』과 두시(杜詩)를 좋아하였으며, 그의 시는 이호민(李好閔)과 오억령(吳億齡)으로부터 높은 평가를 받았다.

2 『청봉집(晴峯集)』 권4에 「연경으로 가는 참판 김자진에게 주다〔贈金侍郞自珍燕京之行〕」라는 제목으로 실려 있다. '子珍'은 김남중(金南重, 1596~1663)이다. '自珍'으로 더 알려져 있으나, '子珍'으로 쓴 경우도 여럿 보인다. 그의 호는 야당(野塘), 본관은 경주(慶州)이며, 저서로 『야당유고(野塘遺稿)』가 있다. 1637년과 1643년, 그리고 1656년에 모두 부사(副使)로서 북경에 다녀왔다.

3 옥백(玉帛)은 사신이 가지고 가는 예물 또는 예물을 갖추어 조공하러 가는 행위를 말한다. 옥백을 싣고 가는 길은 옛날과 변함이 없으나 천하가 바뀌어 청나라 조정에 옥백을 바치러 가는 현실에 상심한다는 것이다.

십 년 세월 변방의 피리 소리에 창과 방패 부딪치고	十年關笛干戈動
사해는 전란의 먼지 속이라 해와 달도 흐릿하네	四海兵塵日月昏
그대 가거든 연경 땅의 장관을 보시게나	君去試看燕地壯
산하는 여전히 태평 시절 흔적이 남아 있으리니	山河猶帶太平痕

비분강개하며 격앙되어 있다.

---

4 역수(易水)는 중국 하북성(河北省) 서부(西部)에 있는 강물 이름으로, 북경에서 약 100km
떨어져 있다. 형가(荊軻)가 진시황을 암살하기 위해 진나라로 떠날 때, 연(燕) 태자(太子)
단(丹)과 벗들이 이 역수에서 전별하였다. 이때 형가는 '바람 쓸쓸하고 역수는 차구나. 장
사는 한 번 떠나 다시 돌아오지 않으리라[風蕭蕭兮易水寒, 壯士一去兮不復還]'라는 비장한
노래를 불렀다.

5 '사행단'은 원문의 '擊節'을 번역한 말이다. '擊節'은 보통 '무릎을 치며 칭찬하다' 또는 '박
자를 맞추다'라는 의미로 쓰이는데, '사신(使臣)의 부절(符節)을 힘차게 내두르다'는 뜻이
있다. 여기서는 이 뜻 즉, '외국에 사신으로 가다'는 의미로 쓰인 것이다.

6 중국 서진(西晉) 말에 중원에 전란이 일어나 왕실 귀족들이 양자강을 건너 동남쪽으로 피
난하였다. 이들은 한가한 날이면 늘 신정에 이르러 주연을 열었다. 승상 왕도(王導)가 빈객
들과 함께 신정에서 잔치를 벌였을 때 주의(周顗)가 "풍경은 다름이 없건마는 산하만은 참
으로 다르구나"라고 탄식하자, 다들 마주 보며 눈물을 흘렸다(『세설신어』「언어(言語)」). 후
대에는 '신정의 눈물[新亭淚]'이 국토를 잃은 뒤에 나라를 걱정하거나 시국을 가슴 아파하
며 느끼는 비분의 심정을 뜻하게 되었다.

51

이해창의 낙엽 시

사간(司諫) 이해창(李海昌)[1]이 낙엽을 읊은 시는 다음과 같다.

온 숲에 붉은 잎이 비단처럼 찬란한데	萬林紅葉錦斑爛
하룻밤 서리 위세 몹시도 잔혹하구나	一夜霜威太劇殘
위수(渭水)에 임한 상군(商君)처럼 참혹하고[2]	慘似商君臨渭水
한단(邯鄲)에서 퇴각한 진병(秦兵)처럼 흩어지네[3]	散如秦甲解邯鄲
광야에 부는 바람은 하늘 가득 일어나고	風來大野漫天起

---

1 이해창(李海昌, 1599~1655)의 자는 계하(季夏), 호는 송파(松坡), 본관은 한산(韓山)이며, 저서로 『송파집(松坡集)』이 있다. 임숙영(任叔英)의 문인이다. 문집 권4에 「낙엽(落葉)」이라는 제목으로 실려 있고, 월과(月課)로 지은 시임을 밝혔다.

2 상군(商君)은 엄한 법치주의자로 유명한 상앙(商鞅)을 가리킨다. 『자치통감(資治通鑑)』 주(周) 현왕(顯王) 31년 조에 "상군이 진나라 정승이 되었을 때, 법을 엄혹하게 시행했다. 위수에 임해 죄수를 처벌한 적이 있는데, 위수 물이 모조리 핏빛이 되었다[商君相秦, 用法嚴酷, 嘗臨渭論囚, 渭水盡赤]"라는 내용이 보인다.

3 위(魏)나라 안희왕(安釐王) 20년에 진(秦)이 조(趙)의 수도 한단(邯鄲)을 포위하였다. 위나라에서는 처음에는 진비(晉鄙)에게 군대를 거느리고 조나라를 구원하도록 했다가 진의 겁박이 무서워 관망하였다. 그러나 위나라 공자(公子) 신릉군(信陵君)은 진의 횡포와 조의 위기를 좌시할 수 없었다. 마침내 주해(朱亥)를 시켜 40근짜리 철퇴로 진비를 쳐 죽이고, 진비의 군대를 빼앗아 진병(秦兵)을 공격해서 한단의 포위를 풀도록 하였다.

빈뜰에 든 달빛은 땅을 널리 비추네	月入空庭得地寬
지사와 시인이여, 원망커나 애석해 마소	志士騷人休怨惜
겨울에도 푸른 소나무를 나 홀로 아낀다네	獨憐蒼翠澗松寒

시의 뜻이 매우 참신하다.

52

덕수 이씨 문중의 시인들

덕수(德水) 이씨는 대대로 문장가를 배출했다. 연헌(蓮軒) 이의무(李宜茂) 이후에 용재(容齋) 이행(李荇), 동악(東岳) 이안눌(李安訥), 택당(澤堂) 이식(李植)이 모두 시단에서 주도권을 쥐었고, 그밖에 여러 공(公)들도 대부분 한 가지씩 장기를 지녀 동료들 사이에서 빼어났다. 이제 공들의 시를 각각 한 수씩 뽑아 싣는다. 정언(正言)을 지낸 이경안(李景顔)1의 새하곡(塞下曲)은 다음과 같다.

음산에서 사냥 끝낸 일만 군사 노래하며	陰山獵罷萬夫歌
세 마리 이리 잡아 낙타에 싣는다	獲得三狼載橐駝
도위는 취중에도 날래게 말을 내려	都尉醉中輕下馬
제 손으로 황금 화살촉을 황하에 씻는구나	自將金鏃洗黃河

호방한 기상을 잘 그려냈다. 판서를 지낸 이경증(李景曾)2이 병중에

---

1 이경안(李景顔, 1572~1614)의 자는 여우(汝愚), 호는 송석(松石)이다. 1605년 문과에 급제하였고, 중화부사·황해병사를 역임하였다.

저무는 봄을 아쉬워하며 지은 시는 다음과 같다.

병든 객이라 술집 물을 마음도 없어	病客無心問酒家
일년에 한번 오는 봄을 문 닫고 보내누나	一年春色閉門過
동풍이 한밤중에 가랑비 몰고 오더니	東風半夜吹疎雨
나무에 가득하던 꽃잎을 난간 안에 날려 보내네	滿樹飛花入檻多

사채(詞采)를 볼 수 있다. 창평(昌平) 현령을 지낸 이목(李穆)³이 아내를 잃은 후에 봄을 맞이하여 쓴 시는 다음과 같다.

지난봄에는 그 사람 곁에 누에 채반 있었는데	去春人傍養蠶床
사람은 가고 봄이 돌아와 옛 방만 남아 있네	人去春回只舊堂
뽕잎이 짙푸르게 담장 밖에 무성하여	桑葉萋萋墻外綠
이웃 아낙이 광주리 가득 채워 가도 내버려 두네	任他隣婦采盈筐

대사간을 지낸 이합(李柙)⁴은 아내를 잃자마자 바로 이어서 갓난아기를 잃었다. 그때 쓴 시는 다음과 같다.

---

2 이경증(李景曾, 1595~1648)이 족보에는 '이증로(李曾魯)'로 쓰여 있다. 자는 여성(汝省), 호는 미강(眉江)이다. 인조반정 후 문과에 장원 급제하였고, 병조판서와 이조판서를 지냈다.

3 이목(李穆, 1589~1642)의 자는 중심(仲深), 호는 북계(北溪)이다. 이경안(李景顔)의 둘째 아들이다. 문장에 뛰어나 그가 지은 표문(表文)과 책문(策文)이 사람들에게 널리 읽혔다고 한다.

4 이합(李柙, 1624~1680)의 자는 윤적(允迪), 호는 대산(臺山)이다. 1657년에 문과에 급제하였고, 1674년에 좌승지를 거쳐 대사간에까지 올랐다.

네가 태어나 네 어미에게 화를 끼치고 　　　　　爾生還禍爾之孃

너 또한 살지 못하고 어찌 죽었단 말이냐 　　　　爾亦無生豈有亡

지금 너의 어미를 여의고 또 너까지 잃었으니 　　今哭爾孃兼哭爾

누구의 잘못이란 말이냐 네 아비의 죄로구나 　　是誰之罪爾爺殃

　승지를 지낸 이계(李稽)[5]가 죽은 아내의 묘를 살펴보고 쓴 시는 다음과 같다.

남겨두고 간 아이는 벌써 자라 혼담이 오가고 　　彭兒已長論婚娶

나 역시 이름을 알려 학생 신분을 면했다오 　　　吾亦揚名免學生

자식이 장성하고 남편이 영화로워도 전혀 모른 채 　子壯夫榮渾不識

십 년 사이 푸른 풀만 외로운 무덤을 덮었구려 　　十年靑草掩孤塋

　세 작품은 말이 모두 구슬프고 애절하지만, 대사간 이합의 시가 말이 공교롭고 뜻이 절실하다.

---

5 이계(李稽)가 족보에는 이기(李稽)로 되어 있다.

53

조중려와 채유후의 시

한호(閑好) 임련(林堜)[1]이 용성(龍城)[2]의 수령이 되어 떠날 적에 당시 문사들이 모두 시를 지어 전송했는데, 교리 조중려(趙重呂)[3]와 판서 채유후(蔡裕後)[4]의 시가 으뜸이었다. 조중려의 시는 다음과 같다.

학을 타고 양주에 간다[5]는 옛이야기 들었는데　　　　昔聞騎鶴上楊州

---

1 임련(林堜, 1589~1648)의 자는 동야(東野), 호는 한호(閑好), 본관은 나주이다. 1613년에 문과에 급제하여 사헌부와 사간원의 여러 관직 및 승지를 역임하였다.

2 용성(龍城)은 남원의 옛 이름으로 『고려사』 지리지에서 용성을 남원의 별호라고 처음 지칭하였다.

3 조중려(趙重呂, 1603~1650)의 자는 중경(重卿), 호는 휴천(休川), 본관은 한양(漢陽)이다. 1633년 문과에 급제하여 승문원 정자가 되었다. 청요직(淸要職)을 두루 지냈고, 문집에 『휴천집』이 있다.

4 채유후(蔡裕後, 1599~1660)의 자는 백창(伯昌), 호는 호주(湖洲), 본관은 평강(平康)이다. 1623년 문과에 장원으로 급제하였고, 1641년 남원부사에 제수받았다. 이후 이조판서와 대제학을 역임했다. 문집에 『호주집』이 있다.

5 인간이 바라는 소망을 모두 겸비하는 것을 말한다. 예전에 사람들이 모여서 각자 소원을 말하였는데, 한 사람은 많은 돈을 갖는 것이 소원이라 하였고, 한 사람은 학(鶴)을 타고 하늘에 오르는 것이 소원이라 하였고, 한 사람은 양주 자사(楊州刺史)가 되는 것이 소원이라 하자, 이를 듣고 있던 한 사람이 많은 돈을 허리에 차고서 학을 타고 양주 고을의 하늘을 날아오르는 것이 소원이라 했던 데서 나온 말이다.

한호의 이번 걸음이 그에 버금가겠구나 　　　　　　　　 閒好此行可比侔

천하 사람 모두 대방국(帶方國)6을 알고 　　　　　　　　 天下皆知帶方國

인간 세상인데도 광한루(廣寒樓)가 있다네 　　　　　　　 人間亦有廣寒樓

아우와 일찌감치 선산(仙山) 가자 기약했으니 　　　　　 小蘇早結仙山約

형제들이 봄철에는 금성에서 놀러오겠구나 　　　　　　 諸謝春從錦里遊

시내에 걸쳐있는 오작교에 달이 환하면 　　　　　　　　 遙想橋頭鵲月白

공무 마치고 여유롭게 풍류를 독차지하겠군 　　　　　　 公餘笑傲領風流

　임련은 금성(錦城, 나주) 사람이고, 동생 임담(林墰)7이 마침 경상도
관찰사가 되어 금성에 있는 사촌 형제들과 방장(方丈)8에서 함께 놀기
로 약속했기 때문에 5·6연에서 이를 언급하였다. 채유후의 시는 다
음과 같다.

용성으로 떠나면서 시를 지어달라 부탁하니 　　　　　　 君向龍城索我詩

남원부사 지낸 이야기 듣고 싶어서겠지 　　　　　　　　 欲聞曾佩此符時

광한루엔 송사 탓에 자주 오르기 어렵고 　　　　　　　　 樓妨聽訟難頻上

술잔은 백성 돌보느라 거푸 들기 겁났네 　　　　　　　　 酒怕臨民未屢持

감영에서 공문 오면 그저 휘파람이나 불고9 　　　　　　 營牒到來空發嘯

6 대방국(帶方國)은 전라도 남원의 옛 이름이다.

7 임담(林墰, 1596~1652)의 자는 재숙(載叔), 호는 청구(淸癯), 본관은 나주(羅州)이다. 1635년
　문과에 급제하였고, 1642년 겨울에 경상도 관찰사에 임명되었다.

8 방장은 보통 방장산(지리산)을 뜻하지만 여기에서는 광한루를 가리킨다. 1582년 전라도 관
　찰사 정철(鄭澈)이 광한루 연못 속에 삼신산(三神山)을 뜻하는 봉래, 방장, 영주 3개 섬을
　축조했다고 전한다.

촌락의 기근 보고에는 이맛살만 찌푸렸네   村饑報處每嚬眉

매화나 대나무 빼곤 달리 좋은 것이 없으나   只餘梅竹無他好

남쪽 사람이니 남쪽으로 가야 마땅하지   南客南歸也自宜

 채유후가 용성(남원) 부사를 맡은 적이 있어서 그렇게 말하였다. 채유후의 시가 교묘하고 치밀하기는 하지만, 기상과 격조는 조중려의 시보다 못하다.

---

9 한가한 벼슬자리라 공문을 처리할 때 휘파람이나 불며 결재하면 된다는 뜻으로 『후한서(後漢書)』「당고전서(黨錮傳序)」에 용례가 보인다.

54

황호의 호쾌한 시

만랑(漫浪) 황호(黃㦿)는 경성(鏡城) 사람이다.¹ 순상(巡相) 정두경(鄭斗卿)에게 바친 시²는 다음과 같다.

서쪽 국경, 남쪽 변방을 몇 번이나 오갔나	西塞南邊幾往還
동으로는 부상(扶桑), 북으로는 유관까지 갔었네³	東行桑域北楡關
신하의 미천한 직분 응당 이와 같으니	小臣微分當如此
천하의 기이한 유람 어찌 대수롭게 보랴	天下奇遊豈等閑
성밖에는 창해의 물이 하늘로 치솟고	城外拍天滄海水

---

1 만랑(漫浪) 황호(黃㦿, 1604~1656)의 본관은 창원(昌原)이고, 1624년에 문과에 급제하였다. 1627년 가도(椵島)의 모문룡(毛文龍)에게 사신으로, 1636년 일본에 통신사 종사관으로, 1640년에는 청나라 장수 용골대(龍骨大)의 접반관으로, 1651년 사은 부사(謝恩副使)로 청나라에 다녀오는 등 국방과 외교에서 활동하였다. 황호는 경성 사람이 아닌데 1641년에 경성 판관(鏡城判官)을 지낸 사실 때문에 착오한 것이다.

2 이 작품은 『만랑집』 「북행록(北行錄)」에 「관사의 작은 집에 역락(亦樂)이라 편액을 달고 짧은 시를 지어 동명(東溟)에게 감히 화답을 청하다〔官居小軒, 扁以亦樂, 聊有短述, 敢請東溟和教〕」라는 제목으로 실려 있다. 1641년 지은이가 경성판관으로 좌천되었을 때의 시이다. 『만랑집』에는 滄이 靑으로, 莫使가 不遣으로 되어 있다.

3 부상(扶桑)은 일본을, 유관(楡關)은 중국을 가리킨다.

난간 앞 백두산에는 눈이 날리네   檻前飛雪白頭山

집에 역락(亦樂)이라 붙인 뜻을 그대는 아는가   軒名亦樂君知否

곤궁 속 시름을 얼굴에 드러내지 마오   莫使窮愁上客顔

시어가 자못 호쾌하고 시원하다.

55

강백년의 금강산 도중 시

판서를 지낸 강백년(姜柏年)이 금강산 가는 길에 지은 시는 다음과 같다.

백 리 길에 인기척 없고	百里無人響
산 깊어 새 우는 소리뿐	山深但鳥啼
중을 만나 길을 물었으나	逢僧問前路
중이 가자 길을 또 잃었네	僧去路還迷

시인의 아름다운 작품이다.[1] 또 그믐날 밤 고적(高適)의 시에 차운한 시[2]는 다음과 같다.

---

1 『동국시화휘성』에는 이 시를 다음과 같이 평했다. "세간에 전하길, 설봉(강백년)이 일찍이 이 작품을 짓고 동명 정두경에게 읊어 주자 동명이 좋다고 칭찬하며 곧 '단(但)'자를 산(山)자로 고치면 더욱 훌륭하겠네'라고 하니 설봉이 탄복했다고 한다. 내 생각엔 이 시의 좋은 곳이 '단'자 하나에 있으니 만약 '산'자로 하면 한 편의 정신이 모두 사라질 것이다〔世或傳雪峰嘗以此作誦於東溟鄭君平, 君平稱善, 仍曰, '但字改以山字則尤佳.' 雪峰嘆服云. 余意此詩佳處, 只在於但之一字, 若以山字, 則一篇精神都沒了〕"

2 고적은 당나라 시인으로 그의 「제야」는 다음과 같다. '여관의 찬 등 아래 잠을 못 이루니, 나그네 마음 무슨 일로 사뭇 더 처량할까? 고향에선 오늘 밤 천리 밖의 나를 그리워할 텐데, 살적 흰 나는 내일 아침이면 또 한 살 더 먹네〔旅館寒燈獨不眠, 客心何事轉凄然? 故鄉今夜思千里, 霜鬢明朝又一年〕'

술 동나고 등불 꺼져도 잠 못 이루더니   酒盡燈殘也不眠

새벽종 울린 뒤에는 사뭇 더 말똥말똥하네   曉鐘鳴後轉依然

새해라고 오늘 같은 밤 없지 않겠지만   非關來歲無今夜

인정이란 본디 가는 세월 안타까운 거지   自是人情惜去年

시어가 지극히 은근하고 곡절이 있으니, 만송(晩宋)의 시보다 어찌 못하랴?

56

조석윤의 백로주 시

백주(白洲) 이명한(李明漢)이 일찍이 영평(永平) 백로주(白鷺洲)에서 절구 한 수를 짓자 용주(龍洲) 조경(趙絅)과 감호(鑑湖) 양만고(楊萬古), 낙정(樂靜) 조석윤(趙錫胤)이 모두 차운하였다.[1] 이지백(李知白)이 영평 현령으로 재직할 적에 석공에게 백주와 용주, 감호 세 분의 시를 바위 위에 새기도록 하여 마침내 명승고적이 되었다. 그러나 낙정의 시는 버리고 새기지 않았는데 그 시는 다음과 같다.

대궐을 그리는 마음은 바다로 흘러가는 강물과 같고	戀闕心如赴海水
관문을 나서는 몸은 허공에 떠 있는 구름과 같다	出關身似浮空雲
은근히 백로주 해오라기에게 말하노니	慇懃寄語洲邊鷺
언제 벼슬 버리고 너희들과 어울리려나[2]	何日休官隨爾群

---

1 『소화시평』에서 홍만종은 이명한·조경·양만고의 백로주 시를 소개하였으므로 56칙의 내용을 이해하기 위해서는 『소화시평』(안대회 옮김, 성균관대출판부, 397면~398면)에 나와 있는 내용을 함께 읽어야 한다.
2 『낙정집(樂靜集)』에 「영평 백로주에서 백주의 시에 차운하다〔永平白鷺洲, 次白洲韻〕」로 되어 있고, 시는 바위에 새겨져 있다고 주를 달아서 본문의 내용과 상충한다.

이지백 또한 시문을 잘 하는 분이니 취하지 않은 뜻이 분명히 있을 것이다.

57

이지천의 풍류

사포(沙浦) 이지천(李志賤)이 젊은 시절에 사랑하던 기생이 있었다. 하루는 기생을 찾아갔더니 사람은 없고 단지 가야금만 덩그러니 있었다. 그냥 돌아가려 했으나 거리에는 통금을 알리는 종소리가 이미 울린 뒤라, 빈방에 쓸쓸히 있으려니 몹시 지루하고 심심해서 마침내 벽에다 절구 한 수를 지어놓고 돌아왔다. 그 시는 다음과 같다.

푸른 창에 기우는 달은 새벽까지 남아 있고	碧窓殘月曉仍留
굽은 물가 여린 난초는 벌써 가을을 타는구나	曲渚輕蘭已覺秋
가야금을 비껴 안고 차마 타지 못하는 것은	斜抱玉琴彈不得
이별의 한이 지금토록 마음 끝에 있어서지	祇今離恨在心頭

비록 아름다운 작품이라 일컫기는 하지만 군자는 처신을 엄중히 삼가야 한다. 옛사람은 술집이든 다방이든 아예 드나들지 않았으니 더욱이 그보다 심한 기방이야 말해 무엇하랴?

58

신최의 시

춘소(春沼) 신최(申最)가 정월 보름날이 되기 며칠 전에 눈보라가 크게 몰아치자 감회가 일어나 다음과 같은 시를 지었다.

추위에 떨며 봄이 올 날만 손꼽았건만	畏寒每數春回期
봄이 와도 따뜻함이 더뎌 되레 걱정스럽네	春至還愁暖較遲
바람은 성난 파도처럼 큰 골짜기에 부딪치고	風似怒濤逐巨壑
눈은 미친 버들개지인 양 겹겹 휘장을 두드리네	雪如狂絮撲重帷
술병에 술이 없어 공문거(孔文擧)[1]에 부끄럽고	尊中無酒慚文擧
책상에 하도(河圖)를 펼쳐 복희씨를 만나보네[2]	案上開圖見伏義
아이에게 무슨 일로 웃느냐 물었더니	却問兒童笑何事
"할아버지 머리칼이 하얀 실처럼 보여요"	阿翁鬢髮欲成絲

---

1 공문거는 후한 때의 대학자인 공융(孔融)의 자이다. 공융의 「조조와 주금을 논하는 편지〔與曹操論酒禁書〕」에 "요임금은 천 종의 술이 아니었다면 태평시대를 이룰 수 없었고, 공자는 백 고의 술이 아니었다면 지고의 성인이 되지 못했을 것이다"라고 하였다.
2 중국 고대의 제왕인 복희씨(伏義氏)가 황하에서 나온 용마(龍馬)의 등에 1부터 10까지의 무늬가 있는 것을 보고 『주역(周易)』의 64괘(卦)를 그어 하도를 완성했다.

춘소는 사부(詞賦)를 잘 지었는데 시 또한 격조가 있다.

59

홍주세의 시

선친 홍주세(洪柱世)[1]의 호는 정허당(靜虛堂)이다. 다른 사물은 좋아하는 것 없이 담박하였으나 오로지 책만은 침식을 잊을 만큼 즐기셨다. 언젠가 한가한 때에 절구 한 수를 지으셨으니 다음과 같다.

뜨락의 풀과 섬돌의 꽃이 눈에 환히 들어와	庭草階花照眼明
한가한 중에 마음과 풍경이 모두 맑구나.	閑中心與境俱淸
문 앞에는 온종일 수레와 말 찾아오지 않고	門前盡日無車馬
호젓한 새만 때때로 날아와 이따금 우네.	獨有幽禽時一鳴

춘소(春沼) 신최(申最)가 이 시를 듣고서 직접 써서 보관해두었더니 맏아들 신의화(申儀華)가 까닭을 물었다. 춘소가 대답하기를, "시가 사랑스러울 뿐만 아니라 사람됨도 몹시 존경스러워서다"[2]라고 하였다.

---

1 홍주세(洪柱世, 1612~1661)의 자는 숙진(叔鎭), 호는 정허당(靜虛堂)이다. 1633년(인조 11) 사마시에 합격하여 생원이 된 뒤, 1650년(효종 1) 증광문과에 을과로 급제하여 벼슬이 영천군수(榮川郡守)에 이르렀다. 문장이 뛰어났으며, 문집에 『정허당집』이 있다.

2 임방(任埅)이 지은 「정허당집발(靜虛堂集跋)」에는 다음과 같은 내용이 있다. "내가 듣기로
   는 택당이 공을 특별히 권장하고 추어올려, 공의 문장이 포백숙속(布帛菽粟)처럼 평범하
   여 문장의 법도는 계곡보다 손색이 있으나 이치는 더 낫다고 칭찬했다. 백곡 김득신이 택
   당과 문장을 논할 때, 공과 춘소 신최 가운데 누구의 문장이 뛰어난지를 물었다. 택당이
   정허당은 천연스런 매화나 국화 같고 춘소는 채색한 모란 같다고 답했다. 계곡도 일찍이
   공을 대단한 작가라 칭찬했고, 동회(東淮) 신익성도 공이 한가한 중에 쓴 절구 한 수를 보
   고 '이 시는 식견이 툭 터졌으니 진정 유자의 말이다. 글귀와 글자나 아로새기는 세상 사람
   들이야 어찌 이런 시어를 말할 수 있겠는가?'라고 했다〔余聞澤堂獎詡公特深, 嘗稱公文若布帛
   菽粟, 法遜於張持國而理勝之. 金柏谷得臣與澤老論文, 問及公與申春沼最兩文孰優, 答以洪叔鎭如天
   然梅菊, 申季良如彩畫牧丹. 谿谷亦嘗稱公以大手筆, 東淮申公見公閑中一絶, 謂此詩見得透脫, 眞儒
   者語, 世之雕篆章句者, 安能道得如此語云〕"

60

김상헌을 읊은 홍주세의 시

정축년(1637) 여름에 청나라 사람이 "그대 나라에 김사양(金斜陽)이란 자가 있습니까?"라고 물었다. 어떤 재상이 "김사양이란 사람은 없고 김시양(金時讓)¹이란 사람은 있지요"라고 답했다. 청나라 사람이 "이 사람이 척화(斥和)를 주장한 자입니까?"라고 묻자 재상은 "이 사람은 척화론자가 아닙니다. 김상헌(金尙憲)이란 사람이 바로 그대가 말한 척화론자입니다"라고 답했다. 성명의 발음이 비슷하여 잘못 전해진 때문이었다. 내 선친께서 다음과 같은 시를 지으셨다.

못 가에 외로운 대나무 있어	澤畔有孤竹
서리 맞은 가지가 뭇 나무 중 빼어나네	霜梢秀衆林
사양(斜陽)이야 만 번을 변하더라도	斜陽雖萬變
청음(淸陰)은 끝내 바꾸지 못하리	終不改淸陰

---

1 김시양(金時讓, 1581~1643)의 자는 자중(子中), 호는 하담(荷潭), 본관은 안동(安東)이다. 저서에 『하담파적록(荷潭破寂錄)』과 『부계기문(涪溪記聞)』 등이 있다.

청음은 바로 김상헌의 별호이다. 이 시는 한 시대에 널리 읊어졌
다.2

2 이 시는 홍주세(洪柱世)의 『정허당집』 권상에 「대나무를 읊다〔詠竹〕」란 제목으로 실려 있
　다. 그 주에 본문과 거의 똑같은 내용이 실려 있다. "按丁丑年間, 彼人至我國, 問: '爾國有金斜
　陽者乎?' 有一宰答曰: '無金斜陽而有金時讓.' 彼人曰: '此斥和主論者耶?' 答曰: '此非斥和者, 而有
　金尙憲者, 是乃其人也.' 盖字音彷彿訛傳之故, 心有所感, 覽物而寓意云. 淸陰卽金相公號也." 김상
　헌 또는 김상용을 김사양으로 잘못 들은 이 사건은 『인조실록』 인조 18년(1640) 11월 8일자
　기사에 등장하는 실화로 『주영편(晝永編)』을 비롯한 많은 야사에 널리 실려 있다. 청나라
　사람은 바로 용골대(龍骨大, 타타라 잉굴다이)로 그를 만난 홍서봉(洪瑞鳳) 등이 국왕에게
　올린 치계에 구체적인 사실이 적혀 있다.

61

김득신의 명작

백곡(柏谷) 김득신(金得臣)은 용모가 예스럽고 질박하였다. 평생토록 천 번 만 번 책을 읽었는데 머리가 하얘진 뒤에도 오도카니 앉아 책 읽기를 쉬지 않았다. 백곡의 시는 곧잘 옛 시에 아주 가까웠으니 평릉역(平陵驛) 누각에 붙인 시[1]는 다음과 같다.

한양으로 떠날 과객 말에게 꼴 먹이고	漢陽歸客秣征騎
평릉역 낡은 누각에 혼자서 기대서니	獨倚平陵古驛樓
어부가 배를 끌고 비 맞으며 떠나갈 때	漁子拏舟衝雨去
해당화 핀 물가에서 흰 갈매기 놀라 난다	白鷗驚起海棠洲

한양성 밖에서 지은 시는 다음과 같다.[2]

---

1 『백곡집(柏谷集)』에 「평릉역(平陵驛)」이란 제목으로 실려 있고, 秣이 歇로 되어 있다. 평릉역은 삼척도호부 북쪽 40리에 있는 역원이다.
2 『백곡집』에는 「한강에 차운하다[次漢江]」란 제목으로 실려 있다. 三日이 孤客으로, 賈客이 舟子 또는 商賈로 되어 있다.

성을 나서 사흘 동안 강루에 머무는데 　　　　　出城三日滯江樓

강변의 나무 쓸쓸하여 어느새 가을일세 　　　　汀樹蕭蕭早得秋

밤들어 어디선가 장사꾼 말 들려오니 　　　　　入夜暗聞賈客語

"내일 아침 돛을 걸고 충주로 향할 걸세" 　　　　明朝掛席向忠州

모두 당나라 시에 매우 가깝다. 또 백곡 자신은 다음 시구

병 앓는 늙은 스님 가을에도 절문 닫고 　　　　吟病老僧秋閉殿

시구 찾아 외로운 길손은 밤인데도 누에 오르네3 　覓詩孤客夜登樓

한 연(聯)을 경구(驚句)로 자부하였다. 그러나 길에서 지은 시의 다
음 한 구절

나귀 등에서 졸다가 눈 떠 바라보니 　　　　　驢背睡餘開眼見

저녁 구름에 잔설 쌓인 여기는 어느 산인가 　　　暮雲殘雪是何山

이 풍경 묘사가 빼어나게 맑은 것만 못하다.4

---

3 『백곡집』에는 「절간의 벽에 붙이다〔題僧壁〕」의 함련으로 실려 있다. 전체 시는 다음과 같
다. "他鄕何事久淹留, 苦憶慈親雪滿頭. 吟病老僧秋閉戶, 索詩孤客夜登樓. 地形北接群山遠, 天勢東
臨大海浮. 千里情朋書信隔, 不堪離抱太多愁."

4 『백곡집』에는 「말 위에서 읊다[馬上吟]」란 제목으로 실려 있다. 전체 시는 다음과 같다. '周遊湖外憶秦關, 每欲西歸得暫閑. 馬上睡餘開眼見, 暮雲殘雪是何山.' 이 시는 남용익(南龍翼)의 『호곡시화(壺谷詩話)』에 「호행(湖行)」이라는 제목으로 수록된 이후, 홍만종의 『시화총림(詩話叢林)』·신위(申緯)의 「동인논시(東人論詩)」·이유원(李裕元)의 『임하필기(林下筆記)』 등에 거듭 인용되었다. 『종남총지(終南叢志)』에는 다음과 같은 기사가 보인다. "『호곡시화』에서 이렇게 말했다. 백곡의 용호시는 내가 선집한 『기아(箕雅)』에 실어놓았다. 그런데 '호서 땅 다 거닐고 진관으로 가노라니, 먼 길이라 가도 가도 쉴 짬이 없네. 나귀 등에서 졸다가 눈꺼풀 열고 바라보니, 저녁 구름에 잔설 쌓인 여기는 어느 산인가'라는 시는 시어의 운치가 매우 아름다운데도 선집에 넣지 못하였다. 나의 견문이 미치지 못한 게 한스럽다. '바닷물을 기울여 구슬을 걸러 내는데 결국 명월주(明月珠)를 빠뜨리고 말았다'는 것이 바로 이를 두고 한 말이리라[壺谷詩話【南龍翼所撰】曰: "柏谷龍湖詩, 已載於余所選箕雅中, 而惟'湖西踏盡向秦關, 長路行行不暫閑, 驢背睡餘開眼見, 暮雲殘雪是何山'之詩, 語韻益佳, 而不入於裒錄中, 恨我見聞未及, 倒海漉珠, 竟遺明月者, 正謂此也. 【詩話叢林】]"

62

달과 꽃을 노래한 세 시인

습재(習齋) 권벽(權擘)의 시는 다음과 같다.

꽃이 한창 필 적에는 달이 아직 둥글지 않더니	花正開時月未圓
달이 둥글고 환해지니 꽃이 벌써 시들었네	月輪明後已花殘
가련하다! 세상일은 모두가 이와 같나니	可憐世事皆如此
어찌해야 활짝 핀 꽃을 달과 함께 볼 수 있나[1]	安得繁花對月看

내가 습재의 시를 본받아 다음 시를 지었다.

달이 밝고 배꽃 핀 바로 이때 이별하니	明月梨花此別離
꽃향기와 달빛에도 모두가 슬퍼하네	花香月色共人悲
이별 뒤에 서로 그리며 꽃과 달을 볼 테지만	別來相憶看花月
달빛 없고 꽃 시들면 무엇을 다시 마주하랴	月盡花殘更對誰

---

1 『습재집』에는 「달을 보고 꽃을 아쉬워하다〔對月惜花〕」라는 제목으로 실려 있다.

백곡(柏谷)이 과하게 칭찬하며 "이것이 바로 청출어람(靑出於藍)이라는 걸세. 나라고 읊지 않을 수 있겠는가?"라 말하고 드디어 끙끙대며 다음 시를 지었다.

봄이 와도 인간사는 탄식이 절로 나오니　　　　　春來人事可歎嗟

꽃과 달은 있건마는 벗도 술도 없으니 어쩌랴　　花月無人無酒何

만약에 벗도 있고 술도 함께 있다 하면　　　　若使有人兼有酒

달이 없고 꽃이 없어도 좋으리라　　　　　　　的應無月更無花

백곡이 멋쩍게 웃으며 "여의주를 더듬어 찾으려다 도리어 말똥구리를 얻었네그려"[2]라고 말했다.

---

2 여의주는 주옥같은 작품을 비유하고, 말똥구리는 보잘것없는 작품을 비유한다. 여의주의 원문 여주(驪珠)는 검은 용[驪龍]의 턱밑에 있다는 보배로 구하기가 매우 어려워서 뛰어난 시문(詩文)을 비유하는 말로 쓰인다.

63

김득신의 시

백곡이 두타사(頭陀寺)로 가던 길에 다음 절구 한 수를 지었다.[1]

가도 가도 길은 끝나지 않고	行行路不盡
만 갈래 물에 또 천 개의 봉우리	萬水又千峯
문득 절이 가까워졌나 보다	忽覺招提近
숲 끝에서 저녁 종소리 들려오네	林端有暮鍾

공이 언젠가 이 시를 직접 외며 나에게 말했다. "내가 이 시를 시고 (詩稿)에 싣고 싶은데, 세 번 뽑아 놓았다가 세 번이나 빼버렸네. 만(萬) 자는 큰 수인데도 위에 있고 천(千)자는 작은 수인데도 아래에 있어서 많고 적은 것이 어긋나있기 때문에 망설이며 아직 결정하지 못하고 있네." 내가 "옛 시에 '만 개의 골짜기 천 개의 봉우리에 나 홀로 문을 닫네.'[2]라는 구절이 있으니 구태여 숫자에 얽매일 필요 없습니다"라

---

1 이 시가 『백곡집』에는 「두타사로 향하며 말 위에서 짓다[向頭陀馬上有得]」이라는 제목으로 실려 있다. 두타사는 강원도 삼척의 두타산에 있는 절이다.

고 말했더니, 백곡이 웃으며 "자네가 아니었다면 저 좋은 시를 하마터면 빠뜨릴 뻔했네"라 말하고는 드디어 이 시를 실었다.

---

2 당나라 시인 유장경의 「정산인이 거처하는 곳을 방문하여[過鄭山人所居]」에 나오는 구절이다. '寂寂孤鶯啼杏園, 寥寥一犬吠桃源. 落花芳草無尋處, 萬壑千峰獨閉門.'

64

홍석기의 장원급제

만주(晚洲) 홍석기(洪錫箕)[1]는 낙주(洛洲) 구봉서(具鳳瑞)에게 배웠다. 정시(庭試)에서 장원 급제했을 당시에 낙주는 영남 관찰사로 재직 중이었고,[2] 만주의 사촌형 홍석무(洪錫武)는 고령(高靈)의 원님이었다. 만주가 고령에 가자 원님이 잔칫상을 마련하고 관찰사에게 상석에 앉기를 청하였다. 관찰사가 신참[3]을 나오라 하여 뒷짐 지고 머리를 숙인 채 서 있으라 하고는 운자를 부르면 물러갔다가 시구를 바로 지으면 앞으로 나오도록 하였다. 이렇게 서너 차례 하자 만주가 드디어 율시 한 수를 완성하였다. 그 시는 다음과 같다.

수레 타고 사흘 동안 고양(高陽)[4]에 머무르니　　　　　　　　　　檐帷三日駐高陽

1　홍석기(洪錫箕, 1606~1680)의 자는 원구(元九), 호는 만주(晚州), 본관은 남양(南陽)이다. 충청도 청주 출생이다. 1641년 정시문과에 급제하고, 예조 정랑, 영광 군수, 남원 목사 등을 지냈다. 만년에 낙향하여 고운(孤雲) 최치원(崔致遠)의 뜻을 잇고자 후운정(後雲亭)을 지어 학문에 전념하였다. 저서에 『만주집(晚州集)』, 『존주록(尊周錄)』이 있다.

2　홍석기는 인조 19년(1641) 정시(庭試)에서 장원을 차지하였고, 구봉서는 1640년 경상도 관찰사가 되었다.

3　신참의 원문은 신귀(新鬼)이다. 조선 초기 사헌부 풍습에 새로 들어온 감찰을 '신귀'라 부르면서 선배들이 온갖 방법으로 구박하여 곤욕을 보였던 데서 온 말이다.

창검과 붉은 깃발 아래 큰 잔치를 벌였구나	畫戟紅旗一宴張
천리 멀리 영남에서 관찰사가 되시었고	千里嶺南觀察使
십년 배운 문하에서 장원급제자 나왔네	十年門下壯元郎
눈 녹은 관아에는 매화꽃이 일찍 폈고	雪消官閣梅花早
봄날의 잔치에는 계수나무 꽃 향기롭네	春動華筵桂蕚香
이렇게 성대한 모임 세상에는 없다고들 하니	爭道世間無此會
지은 시를 사람들에게 외워 전하라 하리	已敎人士誦詩章

일시에 사람들이 이 시를 즐겨 읊었다.

---

4 고양(高陽)은 경상도 고령(高靈)의 옛 이름이다.

65

홍석기의 시정

만주 홍석기가 조용한 집의 저녁 흥취를 읊은 시는 다음과 같다.

손님 가고 스님이 또 찾아오니	客去僧還至
청담에 피곤한 줄도 모르겠네	清談坐不疲
꽃 핀 뒤라 벌들은 바쁘게 날고	蜂忙花發後
보리 팰 때라 누에는 늙어가네	蠶老麥胎時
못의 수면을 보니 가랑비 내리고	細雨池心見
바위에 그늘지니 구름이 지나가는군	微雲石面知
일꾼은 업무를 알리지 말라	耕奴休報事
그윽한 마음에 시를 짓고 싶구나[1]	幽意欲成詩

정취와 격조가 모두 알맞고, 꾸미려고 애쓴 흔적이 없다. 일찍이 서
울에 머물 때, 동짓달에 나뭇가지 사이를 드나드는 저녁 새를 보고 감

---

1 한유(韓愈)가 지은 「유항(柳巷)」의 '관리는 업무를 알리지 마라, 공께서 봄을 보내는 시를
  짓고 있으니[吏人休報事, 公作送春詩]'란 구절과 비슷하다.

회가 일어 다음과 같은 시를 지었다.

네가 사는 둥지 어디에 있길래 　　　　　　　　　爾巢在何處

해 저문 저녁에도 돌아가지 않느냐 　　　　　　　日暮猶不歸

장안에 눈이 많이 내려서 　　　　　　　　　　　長安多雨雪

나도 산중의 사립문 그립구나 　　　　　　　　　吾亦憶山扉

말은 다해도 뜻은 다하지 않았다.

66

홍석기 시의 선집 수록

내가 예전에 우리나라 고금의 시를 가려 뽑은 적이 있다.[1] 그 무렵 만
주 홍석기는 청주 골짜기에 있는 정자에 머물면서[2] 관동의 산수를 그
린 그림을 보고 율시 한 수를 지었는데 그 시는 다음과 같다.

동해의 명승을 수묵화로 옮겼더니	東海移來水墨濃
사선(四仙)[3]의 발자취가 내 정자에도 스며드네	吾亭還有四仙蹤
단산(丹山)[4]의 새는 총석정[5]에 깃들려 하고	丹山鳥欲接叢石
옥협(玉峽)[6]의 구름은 월송정[7]을 에워싸려 하네	玉峽雲思繞越松

---

1 여기서 말하는 저술은 곧 『소화시평』(1673년)을 가리킨다.
2 상당(上黨)은 충청도 청주(淸州)의 이칭이다. 홍석기는 청주 동쪽의 검단산(檢丹山)에 들어
   가 최치원이 유람하던 곳에 작은 정자를 짓고 후운정(後雲亭)이라 편액을 걸었다. 현재 청
   주시 상당구 미원면에 있었으나 지금은 터만 남아 있다.
3 사선(四仙)은 신라 때의 네 국선(國仙). 곧 영랑(永郎), 술랑(術郎), 안상(安詳), 남석행(南石
   行)을 가리킨다.
4 단산(丹山)은 곧 검단산(檢丹山)으로 현재의 충북 청주시 청천면에 있다.
5 총석정은 강원도 통천군 바닷가에 있는 누정으로 바다 위에 빽빽이 솟아 있는 돌기둥 위에
   세워 총석정이라는 이름을 붙였다.
6 옥협은 옥화대(玉華臺) 계곡을 가리키는 것으로 추정한다. 속리산에서 발원하여 남한강
   상류 달천으로 흘러 들어가는 계곡에 있는 명승으로 옥화구곡(玉華九曲)의 일부이다.

시내 아래 물은 경포호가 흘러든 듯하고	疑入鏡湖溪下水
난간 앞의 봉우리는 풍악산 못지않지	爭似楓岳檻前峯
명승지는 피차 서로 닮은 것을 꺼리지만	名區彼此嫌相類
늙은 나는 관동까지 갈 것 없겠군	未必關東待老儂

단산과 옥협은 모두 정자가 있는 곳의 이름이다. 만주가 이 시를 소매에서 꺼내어 나에게 보여주며 "자네가 뽑고 있는 시선집에 이 시가 들어갈 수 있겠는가?"라고 말하였다. 내가 거절하여 "어르신의 시는 잘 지은 작품이기는 합니다만 동(東)과 수(水) 자를 거듭 사용해서 뽑을 수 없습니다"라고 답하였다. 만주가 "관동의 동(東)자는 지명이라서 첩자라고 할 수 없네. 수묵(水墨) 두 글자는 묵적(墨蹟)으로 고치도록 하겠네"라고 답하였다. 내가 "동해 뒤에 수(水) 자가 없으면, 맥락이 이어지지 않고, 정채(精彩)가 갑자기 사라지므로 처음에 지으셨던 것만 훨씬 못하게 됩니다"라 답했더니 만주가 깜짝 놀라며 "세상 사람은 모두 안목이 매우 낮으니 억지로 따질 필요 있겠나?"라고 말하였다.

---

7 월송정은 경북 울진군 평해읍(平海邑) 바닷가에 있는 정자이다.

67

요절 시인 정성경

동명(東溟) 정두경(鄭斗卿) 어른이 예전에 나에게 시고(詩稿)를 한 부 내보이며 이렇게 말씀하셨다. "이것은 죽은 내 아우 옥호자(玉壺子) 성경(星卿)[1]의 시고일세. 불행히도 요절하였네. 자네가 지금 우리나라 시를 가려 뽑는다고 들었으니, 부디 이 시고가 창해유주(滄海遺珠)[2]의 탄식이 나오지 않도록 해주게." 내가 시고를 받아서 살펴보니, 반도(蟠桃) 복숭아가 막 꽃을 피우려는 듯, 곤륜산 옥이 막 응결되는 듯 아직 성숙하지는 않았으나 모두 볼만한 작품이었다. 그중에서 촉나라를 읊은 시는 다음과 같았다.

높다란 아미산(峨眉山)[3]은 험준하고 　　　　崒鬱峨眉峻

깎아지른 검각산(劍閣山)[4]은 웅장하여라 　　崔嵬劍閣雄

---

1 정두경의 아우 정성경(鄭星卿)이다. 시문(詩文)에 뛰어났으나 22세로 요절하였다. 최석정(崔錫鼎)이 선집한 정성경의 시 27수가 실린 『옥호자유고(玉壺子遺稿)』가 『동명집(東溟集)』에 부록으로 편집되어 있다. 『동명집』 권13의 「죽은 아우 성경의 제문[祭亡弟星卿文]」에 행적이 자세히 나온다.
2 서문의 각주 2를 참고하라.
3 사천성(四川省) 아미현(峨眉縣) 서남쪽에 있는 산이다.

산하는 천지 사이에 존재하니	山河天地有
진(秦)과 촉(蜀)은 고금에는 통했었네5	秦蜀古今通
오만(烏蠻)6 북쪽에 해 떨어질 때	日落烏蠻北
옥루(玉壘)7 동쪽에서는 구름이 일어나네	雲生玉壘東
공손술(公孫述)이 말을 내달리던 곳에는	公孫躍馬處
웅장한 포부 사라져 쓸쓸하구나8	蕭索壯圖空

---

4 사천성(四川省) 검각현(劍閣縣)에 있는 산으로, 특히 검각현 북쪽의 험준한 대검(大劍)과 소검(小劍) 두 산 사이는 잔교(棧橋)가 있는 요해처(要害處)로 유명하다.

5 촉(蜀)나라는 진(秦)나라와 접해있지만 산천이 험준해 길이 막혀 있는데 옛날부터 지금까지 왕래는 계속 이어왔다는 뜻이다.

6 사천성(四川省) 남쪽에 있는 남만(南蠻)의 부족 이름인데, 여기에서는 그 지역을 가리킨다.

7 사천성 이현(理縣) 동남쪽에 있는 산으로, 흔히 성도(成都)의 대칭으로 쓰인다.

8 공손술(公孫述)이 전한(前漢) 말엽 왕망(王莽) 시절에 군대를 일으켜 익주(益州)의 성도(成都)를 점령하고 황제라 칭하였다. 후에 광무제에게 멸망당했다.

68

홍만종과 신배의 차운시

내가 예전에 칠언 근체시를 지은 적이 있는데 그 가운데 한 연은 다음
과 같았다.

흐르는 눈물은 가의(賈誼)와 같은 줄 잘도 알고[1]   流涕自知同賈誼

『태현경(太玄經)』지었으나 환담(桓譚)의 덕을   草玄無賴有桓譚
보지 못하네[2]

화답하여 시를 지은 분들이 '담(譚)' 자를 까다로운 운자(韻字)로 여
겼다. 백곡 김득신은 다음과 같이 차운하였다.

왕유(王維)[3]에 버금가는 그대의 시 칭송하노니   多君詩律如摩詰

---

1 가의(賈誼)는 한나라 문제(文帝) 때의 정치가이다. 비통한 심정으로 황제에게 치안책(治安
  策)을 올려서 "삼가 국사의 형편을 살펴보니, 통곡할 일이 한 가지이고, 눈물을 흘릴 일이
  두 가지이며, 장탄식할 일이 여섯 가지입니다"라고 했다.(『한서』「가의전(賈誼傳)」).
2 한나라 양웅(揚雄)은 『태현경』을 지었다. 환담(桓譚)은 후한 광무제 때의 인물로 양웅에게
  학문을 배웠다. 양웅의 『법언(法言)』과 『태현경(太玄經)』이 세상의 인정을 받지 못하던 시
  절에 환담은 후세에 반드시 전해질 글이라고 높이 평가하였다.(『한서』『양웅전(揚雄傳)』).

설담(薛譚)⁴을 배운 나의 시가 부끄럽구려　　　　　愧我歌聲學薛譚

휴와(休窩) 임유후(任有後)가 또 나의 시에 차운하였는데 다음과 같았다.

걸출한 시구는 우뚝하여 백설(白雪)⁵을 읊는 듯　　　傑句崢嶸吟白雪

청아한 노래는 낭랑하여 청담(靑譚)⁶을 보내온 듯　　淸歌寥亮送靑譚

과거에 장원(壯元)으로 급제한 김진표(金震標)⁷ 어른이 가장 늦게 와서는 곧바로 다음과 같이 차운하였다.

등(滕)나라 주제에 초(楚)나라와 감히 다투랴⁸　　　敢將滕國能爭楚

3　왕유(王維, 699~759)는 당나라 시인으로, 자는 마힐(摩詰)이다. 관직이 상서우승(尙書右丞)에 이르러 '왕우승(王右丞)'으로 불리기도 한다. 시서화(詩書畫)에 두루 능통했다.

4　설담(薛譚)은 상고시대의 가객이다. 설담이 노래의 명인 진청(秦靑)에게 배우다가 기예를 다 전수받기도 전에 충분히 배웠다고 생각하고 하직 인사를 하였다. 진청이 만류하지 않고 전송하며 구슬프게 노래를 불렀더니 그 소리가 숲을 진동하고 여운이 떠가는 구름을 막았다. 설담은 하직을 취소하고 종신토록 감히 돌아가겠다는 말을 하지 못했다(『열자(列子)』「탕문(湯問)」).

5　백설곡(白雪曲)으로, 훌륭한 시가(詩歌)를 비유한 말이다.

6　청담(靑譚)은 앞의 주에서 언급한 진청(秦靑)과 설담(薛譚)을 가리킨다.

7　김진표(金震標, 1614~1671)의 자는 건중(建中), 호는 오애(浯厓), 본관은 순천(順天)이다. 병자호란 때 강도검찰사(江都檢察使)로서 방어 실패의 책임으로 사형을 당한 김경징(金慶徵)의 아들이다.

8　중국 전국시대에 등(滕)은 작은 나라이고, 초(楚)는 큰 나라였다. 『맹자』「양혜왕 하(梁惠王下)」에 등문공(滕文公)이 맹자에게 "등은 소국(小國)이라 제나라와 초나라 사이에 끼어 있으니, 제나라를 섬겨야 합니까, 초나라를 섬겨야 합니까?"라고 물었다.

여러 공이 김진표 어른의 민첩하고 오묘한 시재를 칭찬하였다. 김
진표는 북저(北渚) 김류(金瑬)의 손자로 시를 잘 지었다. 호는 동애(東
厓)이다.

---

9 소국이 무례하게 굴다가 대국에게 정벌당한다는 뜻이다. 『춘추좌씨전(春秋左氏傳)』 노장
  공(魯莊公) 10년 조에 "겨울 10월에 제나라 군대가 담나라를 멸망시키니, 담자(譚子)가 거
  (莒)나라로 도망쳤다.〔冬十月, 齊師滅譚, 譚子奔莒〕"라 하였다. 김진표 자신이 가장 늦게 오는
  무례를 범하였기 때문에 이렇게 말한 것이다.

69

승정원 관례를 읊은 신유의 시

참판을 지낸 신유(申濡)[1]는 호가 죽당(竹堂)이다. 도승지를 지낼 때 승정원 벽에 다음 시를 지었다.[2]

벽(壁)[3]에 앉아 내려준 식사를 하고	壁坐仍宣飯
번갈아 짝지어서 숙직을 맡네[4]	輪番伴宿臺

---

1 신유(申濡, 1610~1665)의 자는 군택(君澤), 호는 죽당(竹堂)·이옹(泥翁), 본관은 고령(高靈)이다. 소북계열로서 인조 25년(1647) 우승지와 좌승지, 효종 즉위년(1649)에 좌부승지, 효종 1년(1650)에 좌승지와 도승지를 역임하였다.

2 『죽당집(竹堂集)』에는 제목이 「다시 대(臺)자를 써서 5언시를 짓되 10개 운까지 늘려 승정원의 풍속을 서술하여 여러 동료들에게 보였다[復用臺字五言, 演至十韻, 述廳風呈諸寮]」로 되어 있다. 晩이 緩으로 되어 있다.

3 벽(壁)은 승정원의 동벽(東壁)과 서벽(西壁)을 말한다. 『은대조례(銀臺條例)』 「고사(故事)」에 "도승지는 이방(吏房), 좌승지는 호방(戶房), 우승지(右承旨)는 예방(禮房)을 맡았는데 이상을 동벽(東壁)이라 하고, 좌부승지는 병방(兵房), 우부승지는 형방(刑房), 동부승지(同副承旨)는 공방(工房)을 맡았는데 이상을 서벽(西壁)이라 한다"라고 하였다.

4 『세조실록』에 "옛날 규례에는 승지 1명이 입직(入直)하였다. 세조 때 승지 이교연(李皎然)이 입직 중에 술을 마시고 취해 누워 있다가 주상께서 이교연에게 공무에 대해 물었으나 대답하지 못하였다. 이때부터 2명이 입직하는 것으로 정하였다"라고 하였다. 『육전조례(六典條例)』 「승정원 원규(院規)」에 "신시 이후의 공무는 우위(右位)가 해방(該房)과 대방(代房)의 일을 맡아 처리하고, 나머지는 하위가 맡아 처리한다"라고 하였다.

신임 승지는 13일만에 주도(做度)를 마치고   十三完做度

재임 승지는 5일만에 마치네[5]   單五畢重來

자리는 오직 차례를 따르니   寘位唯循次

분방(分房)[6]에 어찌 재주를 헤아리랴   分房豈量才

상소는 부승지에게 논의를 맡기고   封章從副議

휴가는 도승지에게 재결해달라 여쭌다[7]   請告稟都裁

새벽에 출근할 땐 말단부터 들어가고[8]   曉入班常倒

저녁에 퇴근할 땐 상위 승지부터 돌아가네   昏歸首自回

도승지 임명 전부터 공손하기 짝이 없거늘   拜前恭已甚

무릎 꿇고 보고하기[9]는 우스운 일이로다   拳膝事堪咍

별 뜰 때부터 저물녘까지 일하느라 괴롭고   斗苦終申晩

해 뜰 때부터 하루 종일 재촉할까 시름겹다   東愁滿日催

사적인 편지는 오더라도 열어보지 말고   私緘來勿坼

---

5 주도(做度)란 새로 관원에 임명된 사람이 해당 관사의 규정에 따라 연속해서 입직하는 것을 말한다. 『육전조례』 「승정원 원규」에 "새로 온 승지는 주도가 10일, 의례적인 직숙이 3일이고, 재차 임명된 승지는 주도와 직숙을 합쳐 5일이다"라고 하였다.

6 분방(分房)은 방단자(房單子)에 승지를 분속하는 것을 가리킨다. 『대전통편(大全通編)』 「이전(吏典) 승정원」에 "여섯 승지의 명단을 빈칸으로 두고 이방, 호방, 예방, 병방, 형방, 공방의 여섯 방의 이름만을 죽 기록하여 올린 다음 임금이 빈칸을 채우면 방을 나눈다"라고 하였다.

7 『은대조례』 「고사」에 "동부승지가 상소하거나 정사(呈辭)할 때에는 상위 승지가 모두 허락한 뒤에 행한다"라고 하였다.

8 『은대조례』 「고사」에 "대루원(待漏院)으로 출근할 때에는 하위 승지부터 먼저 들어가되, 뒤늦게 온 자에게는 차례차례 벌칙을 행한다"라고 하였다.

9 도승지가 새로 임명된 뒤 사흘 안에 승정원 관원을 모두 모으고 서리(書吏)를 무릎 꿇게 한 다음 수행해야 할 7가지 의무를 고하게 했던 권슬례(拳膝禮)를 가리킨다.

아뢸 일을 고할 때는 대두(擡頭)[10]해야 한다	啓事告宜擡
도승지 앞에서는 부채질 못해도[11]	未許齊搖扇
술잔 함께 드는 것은 무슨 해가 되랴	何妨共引杯
힘쓰시게! 승정원의 벗들이여	勖哉同省友
이 고풍이 무너질까 두렵노라	畏此古風頹

말은 간단하지만 일은 상세하여 많은 옛 규례들이 10운의 시 속에
모두 갖추어져 있으니, 시로 쓴 승정원의 역사라고 할 수 있다.

---

10 글을 쓸 때 경의(敬意)를 표하는 글귀는 줄을 달리하여 몇 자 올려 쓰는 격식을 대두(擡
頭)라 한다.

11 『은대편고(銀臺便攷)』「통고(通攷) 원규(院規)」에 "도승지 앞에서는 하위 승지가 담배를
피우지 못하며 부채질을 하지 못한다"라고 하였다.

70

신혼의 시재

신혼(申混)은 신유(申濡)의 아우이니, 호는 초암(初菴)이다. 12세에 신유와 함께 부여의 고란사(皐蘭寺)¹에 올라 각자 시를 지었는데, 신혼이 지은 율시의 함련은 다음과 같다.

| 비 내리는 고깃배에 등불 한 점 가물거리고 | 一點燈殘漁舫雨 |
| 밀물 드는 바다 어귀에 종소리 두어 번 울리네 | 數聲鍾動海門潮 |

사람들이 기동(奇童)이라 칭찬하였다. 안주(安州)의 교수(教授)가 되어 평안도로 떠날 적에² 어머니가 술과 여자를 조심하라 당부하였는데 그 아내도 똑같이 당부하였다. 신혼이 즉시 다음과 같이 읊었다.

| 내가 관서 땅 미녀의 소굴로 간다고 하니 | 謂我西行錦繡叢 |

---

1 충청남도 부여군 부여읍 쌍북리 부소산(扶蘇山)에 위치한 사찰이다. 조룡대, 낙화암, 자온대와 더불어 백마강 고적으로 꼽힌다.
2 신혼(1624~1656)이 안주교수로 부임한 것은 1654년, 그의 나이 31세 때의 일이다. 『승정원일기』 효종 5년 8월 2일조에도 관련 사실이 보인다.

어머니께서 여색 당부하고 아내도 같은 말 하네   慈親戒色婦言同

어머니야 병이 날까 걱정하니 참으로 옳은 말이나   母憂疾病誠爲是

아내는 풍류를 질투하니 공정하다 못하겠군   妻妬風流未必公

참으로 재자(才子)의 작품이다.

71

송시열의 효종 만시

우암 송시열(宋時烈)은 효종께 인정받은 것에 감회가 깊었다. 효종께서 승하하셨을 때 만시를 지었는데 그중 한 구절은 다음과 같다.

우주에 깊은 수치 품으셨고   宇宙懷深恥

풍진 속에 남모를 상심 있으셨지   風塵有暗傷

평론가는 이 구절을 으뜸으로 꼽으면서 "치욕을 씻을 것을 은밀히 강구하였으나 중도에 이루지 못한 한스러움을 한 구절 속에 모두 묘사해냈는데, 구슬프고 은근하며 깊고 원대하여 군신 간의 한없이 감개한 마음을 알 수 있다"라고 하였다.

72

송시열의 감회 시

우암 송시열이 비방을 받고서 마음이 아파 지은 시는 다음과 같다.

하늘에 올라 맨손으로 별 따기는 쉬워도	登天手摘星辰易
세상을 살며 비방을 받지 않기는 어렵지	處世身無毀謗難
모르겠다, 시골 양반은 무슨 일을 잘하길래	不識鄕愿何事者
한평생 남들에게 환심을 잘도 사는지를	一生能得衆人歡

시가 지극히 은근하고 잘 전환하였다. 또 일찍이 화양동(華陽洞)[1]에서 주걱새[2]를 읊은 시는 다음과 같다.

나는 전에 나라 걱정에 심장이 타들어 갔으나	我嘗憂國心腸熱

---

1 화양동(華陽洞)은 충청북도 괴산군 청천면 화양리 도명산의 계곡이다. 원래 회양목이 많아 황양동(黃楊洞)이라 불렸던 곳인데 송시열이 60세 되던 해 이곳으로 거처를 옮겨 만동묘(萬東廟) 등 대명의리를 강조하는 건물을 지어 강학하고 후진을 양성하였다.
2 주걱새는 이른바 금언체(禽言體) 시의 단골 소재 중 하나로, 죽겠다고 하소연하는 듯한 울음소리를 낸다. 김시습(金時習)과 권필(權韠)의 「사금언(四禽言)」 중 '아욕사조(我欲死鳥)'는 바로 주걱새를 읊은 시이다. 다른 시인들도 주걱새를 소재로 시를 많이 지었다.

새는 누굴 향해 슬퍼하며 밤새도록 울어대나   鳥向誰哀哭夜闌

해마다 죽고 싶어도 해마다 살아 있으니   年年願死年年在

죽기 어려워하는 미물도 안타깝구나   可惜微禽死亦難

시가 지극히 슬프고 알맞다. 공이 위태로운 기미를 미리 알아차렸기에 이 시를 지은 것이 아닐까?

73

박세채의 시

판서를 지낸 현석(玄石) 박세채(朴世采)는 일찍이 해서(海西)로 가서 지낸 적이 있었는데, 그 고장에 현석을 좇아 배우려는 학자들이 꽤 많았다. 현석의 생각에, 해서는 고도(故都) 개경과 거리가 멀지 않아 고려의 남겨진 풍속을 여전히 간직하고 있고, 태사(太師) 기자(箕子)가 가르침을 베풀고 포은(圃隱) 정몽주(鄭夢周)가 도학(道學)을 제창하며, 석담(石潭) 이이(李珥)가 강학(講學)한 곳이 모두 이 땅에 있었다. 게다가 이른바 수양산(首陽山)이 여기에 있어서 탐욕스러운 자를 청렴하게 하고 나약한 자들도 뜻을 세우게 하는[1] 풍모를 상상할 수 있었다. 해서 지방 학자들이 그런 문화에 자극을 받아 스스로 힘쓴다면 감발(感發)을 많이 받아 흥기(興起)할 수 있으리라 생각하였다. 이에 율시 한 수를 지어 학자들에게 보여주었다.

---

1 백이(伯夷)를 염두에 두고 쓴 문장이다. 백이는 고죽군(孤竹君)의 아들로, 은(殷)나라가 망한 뒤로 의리상 주(周)나라의 곡식을 먹을 수 없다 하여 수양산에 은거하며 고사리만 캐먹다가 결국 굶어 죽은 인물이다(『사기』 권61 「백이열전(伯夷列傳)」). 『맹자』 「만장(萬章)」에 "백이는 성인 중에 맑은 분이다[伯夷, 聖之淸者也]" "백이의 풍도를 듣고 나면, 완악한 자들도 방정해지고 나약한 자들도 지조를 세우게 된다[聞伯夷之風者, 頑夫廉, 懦夫有立志]"라는 구절이 보인다.

해서에 와서 병들고 지쳐 한해도 곧 지나가는데	西來病倦歲將遷
옛 문헌에 감회 일어 더욱더 가슴 뭉클하네	文獻興懷倍黯然
천하의 맑은 풍모인 고죽군(孤竹君) 아들의 고장이요	宇宙淸風孤竹子
우임금의 큰 법인 홍범구주(洪範九疇)²가 나온 곳일세	皇王大法九疇篇
강상(綱常)의 높은 의리를 포은께서 지키셨고	綱常圃老扶高義
도학의 바른 전통을 율곡께서 이으셨네	道學潭翁得正傳
그 사람이 노나라에서 덕을 취한 것과 같은 일이니³	斯取魯邦元一事
그대들은 선현의 명성을 더럽히지 말게나	憑君庶不忝前賢

절절한 마음이 말 밖으로 넘치니 시를 읽으면 감탄이 우러나게 한다.

---

2 홍범구주(洪範九疇)는 우(禹) 임금이 홍수를 다스린 뒤에 낙수(洛水)에서 나온 거북의 껍질에 새겨진 무늬를 보고 만든, 천하를 다스리는 아홉 조항의 대법(大法)을 말한다. 은나라가 망하게 되자 기자가 이것을 주 무왕에게 전해 주었고, 기자는 또 조선에 봉해져서 교화를 널리 폈다고 한다.

3 그 사람은 복자천(宓子賤)을 말한다. 공자(孔子)가 제자 복자천을 칭찬하여 "군자답다, 이 사람이여. 노나라에 군자가 없었다면 이 사람이 어디에서 이러한 덕을 취하였겠는가[君子哉若人! 魯無君子者, 斯焉取斯]"라고 하였다(『논어』 「공야장(公冶長)」). 백이, 기자, 정몽주, 이이와 같은 현인이 배출된 해서 지방을 노나라에 비유하여, 해서 학자들에게 복자천처럼 전현의 덕을 취하라고 권유하였다.

74

홍주일의 시

남원(南原) 부사를 지낸 홍주일(洪柱一)[1] 어른은 자호(自號)를 현당(玄塘)이라 하셨다. 가을밤에 거문고 연주를 듣고 다음과 같은 시를 지으셨다.

이슬 내린 빈 섬돌에는 귀뚜라미 울어대고	露下空階蟋蟀鳴
반쯤 찬 초승달은 창에 환히 들어온다	半輪新月入窓明
시인이야 본래 가을 되면 감회 많아진다지만	騷人自是秋多感
거문고 가락은 어째서 밤이 되어 더 맑아지나	琴韻如何夜更淸

또 청심루(淸心樓)를 읊으신 시의 한 연(聯)은 다음과 같다.

산은 아침 해를 떠받쳐 오르게 하고	山扶初日上
강은 큰 돛배를 토해내 다가오게 하네	江吐大帆來

---

1 홍주일(洪柱一, 1604~1662)의 자는 일지(一之), 호는 현당(玄塘), 본관은 풍산(豊山)이다. 홍만종의 재종숙이다. 1631년에 문과에 급제하였고, 1660년(현종 1)에 남원부사로 부임했다. 58세에 사건에 연좌되어 일찍 생을 마쳤다.

시의 뜻이 트이고 통달하여 원대한 기상이 보인다. 그러나 불우하
게 생을 마치셨으니 참으로 안타깝다.

75

홍주신의 시참

성균관에서 공부한[1] 홍주신(洪柱臣) 어른은 호가 취선(醉仙)이다. 다음과 같이 마음 가는대로 읊조린 시를 지으셨다.

술잔 멈추고 푸른 하늘 향해 달에게 묻노니	停盃問月向靑天
이 사람이 이백과 견줘보면 어떠한가[2]	此子何如李謫仙
온 세상 사람들이 다 근심으로 늙었어도	擧世人皆愁已老
반평생 나 혼자 술로 한 해를 보내지	半生吾獨酒爲年
맑은 밤에는 복사꽃 핀 정원에서 술을 마시고	淸宵桃李園中飮
환한 대낮에는 서울 시장에서 취해 자네[3]	白日長安市上眠

---

1 원문은 상상(上庠)으로 성균관(成均館)을 뜻한다. 보통 진사나 생원을 가리키는 말로 쓰인다. 홍주신(洪柱臣, 1617~몰년 미상)의 자는 거경(巨卿), 호는 취선(醉仙), 본관은 풍산(豊山)이다. 홍만종의 재종숙이다. 1639년(인조 17) 식년시(式年試)의 생원시와 진사시에 모두 합격하였다.

2 이백(李白)은 「술잔을 잡고 달에게 묻노라[把酒問月]」에서 '푸른 하늘에 달은 언제부터 떠 있었나? 내 지금 술잔 멈추고 한 번 묻노라[靑天有月來幾時, 我今停杯一問之]'라고 읊었다.

3 이백은 복사꽃과 오얏꽃이 핀 정원에서 형제들과 노닐며 「춘야연도리원서(春夜宴桃李園序)」를 지었다. 두보(杜甫)의 「음중팔선가(飮中八仙歌)」에 '이백은 술 한 말에 시가 백 편으로, 장안 저잣거리 술집에서 취해 자네[李白一斗詩百篇, 長安市上酒家眠]'라고 하였다.

무엇하러 굴원은 취한 자를 싫어하여 何事屈平嫌衆醉

맨정신으로 못가에서 죽어 고금에 불쌍하게 되었던가[4] 澤畔醒死古今憐

자신을 옛사람에 의탁하셨으되 말이 호탕하면서도 은근하다. 눈 내린 후 지으신 한 연은 다음과 같다.

저물녘 굶주린 까마귀 들녘 나무에 웅크려 앉고 日暮飢烏蹲野樹

추운 날 외로운 따오기 얼어붙은 연못 지키네 天寒孤鶖守氷池

말이 공교롭기는 하지만 곤궁하고 괴로워하는 기상이 담겨 있다. 공께서 요절하여 현달하지 못하실 조짐을 이 시가 보여주지 않을까?

---

4 굴원(屈原)은 초나라 말엽의 시인 굴평(屈平)이다. 반대파의 모함을 받고 추방당한 굴원은 「어부사(漁父辭)」에서, '온 세상이 다 흐리건만 나만 홀로 맑고, 모두가 취해있으나 나만 홀로 깨어 있다〔擧世皆濁, 我獨清, 衆人皆醉, 我獨醒〕'라고 탄식하면서 세상과 타협을 거부하고 멱라수(汨羅水)에 투신하여 죽었다.

76

홍주국의 시재

참판을 지낸 홍주국(洪柱國)[1] 어른은 호가 죽리(竹里)이다. 다음과 같은 가을철 감회를 읊은 시[2]를 지으셨다.

울타리의 호박 덩굴 시들어 헝클어지고	綠籬苽蔓欲離披
키 큰 나뭇가지에는 서걱서걱 서풍이 부네	高樹西風索索吹
늦가을 소리에 나는 쉬이 감상에 젖고	九月秋聲人易感
한 해의 서리 소식은 기러기가 먼저 아네[3]	一年霜信鴈先知
술 동이를 막 열었으나 병 탓에 망설이고	酷初發瓮還嫌病
국화꽃은 안 피었으나 시에는 벌써 이르렀네	菊未開花已到詩
귀뚜라미 침상에 다가와 사연 전하듯 울건마는	絡緯近床唶作意

---

1 홍주국(洪柱國, 1623~1680)의 자는 국경(國卿), 호는 죽리(竹里), 본관은 풍산(豊山)이다. 홍주신(洪柱臣)의 아우이자 홍만종의 재종숙이다.

2 홍주국의 『범옹집(泛翁集)』 권3에 「밤에 앉아 시(詩)자 운을 얻다[夜坐得詩字]」라는 제목으로 실려 있다.

3 서리가 내리는 낌새를 기러기가 먼저 느끼고 날아온다는 말이다. 중국 북방에 가을이 깊어지면 희고 작은 기러기가 날아드는데, 그 기러기가 오면 서리가 내리므로 '서리 소식[霜信]'이라 불렸다.

밤 깊도록 누구 때문에 잠 못 드는가   夜闌吾睡爲誰遲

감정과 격조가 모두 알맞다. 또 길 가다 지으신 시의 한 연은 다음
과 같다.

구름 사이 터진 틈으로 산속의 해 비껴들고   一點漏雲山日晼

한쪽 들판으로 비를 몰아 바람이 달려드네   半邊驅雨野風顚

시정과 풍경이 또한 아름답다. 현당 홍주일과 취선 홍주신, 죽리 홍
주국 세 분은 모두 나의 당숙으로, 하나같이 시재주를 갖추셨다. 그러
나 현당은 시에 힘을 들이지 않으셨고, 취선은 일찍 병들어서 중도에
그만두셨다. 죽리는 처음부터 끝까지 시에 공력을 쏟으셔서 조예가
얕지 않았으니 백곡 김득신이 쉽게 얻지 못할 시인이라고 칭찬한 적
이 있다.

조복양의 국화시

판서를 지낸 조복양(趙復陽)이 십여 세 때 용산에 사는 집안사람의 집에 갔다. 화분에 노란 국화가 피어 있었는데 때가 마침 초겨울이었다. 주인이 운자를 부르자 조복양이 그 자리에서 다음과 같이 시를 지었다.

그대에게 묻노니 어떻게 풍상을 막아	問君何術御風霜
초겨울에도 노란 꽃을 향기나게 했는가	能使黃花十月香
집은 용산에 가깝고 술동이에 술 있으니	家近龍山尊有酒
오늘을 중양절로 삼아도 좋겠구나[1]	可呼今日作重陽

이로부터 비로소 문명(文名)을 얻었다.

---

1 진(晉)나라 맹가(孟嘉)가 중양절에 환온(桓溫)의 초청을 받아 용산(龍山)에서 노닌 고사와 음력 9월 9일에 국화주를 마시던 중양절의 풍속을 염두에 둔 표현이다.

조한영의 동몽시와 시재

나의 장인 회곡(晦谷) 조한영(曺漢英)[1] 어른은 문학적 재능을 일찍부터 드러내셨다. 여섯 살 때 조부 하산(夏山) 조경인(曺景仁)[2] 어른께서 공을 무릎 위에 앉히고 계셨는데 마침 손님이 찾아왔다. 이때 날이 저물어 남산에 막 봉홧불이 오르자 손님이 '봉(烽)'과 '종(鍾)' 두 글자를 불러 공에게 연구(聯句)를 지어보라 하였다. 공이 즉시 다음과 같이 지으셨다.

봉홧불은 일천 리에 소식을 전하고   烽傳千里信

종소리는 일만 호에 저녁을 알린다   鍾報萬家昏

---

1 조한영(曺漢英, 1608~1670)의 자는 수이(守而), 호는 회곡(晦谷), 본관은 창녕(昌寧)이다. 1640년 청나라가 명나라를 공격할 수륙군(水陸軍)과, 심양에 볼모로 잡아둘 원손을 요구하자 이를 반대하는 소(疏)를 올려 이듬해 김상헌 등과 함께 심양으로 잡혀갔다. 1642년 1월 심양에서 의주 감옥으로 옮겨졌다가 풀려나 대사간, 대사성, 이조 참의, 예조 참판, 한성부 우윤 등을 지냈다. 문장이 뛰어났으며, 문집에『회곡집(晦谷集)』이 있다.

2 조경인(曺景仁, 1555~1615)의 자는 원숙(元叔), 본관은 창녕(昌寧)이다. 벼슬은 사도시주부(司導寺主簿)를 지냈고, 사후에 이조판서 겸 하산군(夏山君)에 추증되었다.

이 구절이 일시에 널리 전해져 읊어졌다.[3] 훗날 공이 춘천을 다스리실 때 소양정(昭陽亭)에 시를 지어 붙이셨는데 그중에서 한 연은 다음과 같다.[4]

넓은 들 안개에 젖은 나무는 아련한 화폭이요　　　　平郊烟樹依依畵

지는 해에 어부가 들려오는 점점이 배들이라　　　　落日漁歌點點舟

풍경 묘사가 그림과도 같다.

3　임영(林泳)은 『창계집(滄溪集)』 권17의 「고 가선대부 예조참판 하흥군 조공 묘지명(故嘉善大夫禮曹參判夏興君曹公墓誌銘)」에서 다섯 살 때 지은 것이라 했다. "五歲敎以詩經, 輒能成誦, 祖考夏山公嘗抱而見客, 客聞其才, 令賦烽鍾一聯, 卽對云: '烽傳千里信, 鍾報萬家昏.' 一時爭傳以爲神童."

4　『회곡집』 권5 춘성록(春城錄)에 「소양정에서 백헌 상국의 시에 차운하다〔昭陽亭, 次白軒相國韻〕」라는 제목으로 실려 있다. 전문은 다음과 같다. "肩輿晩出昭陽樓, 樓在昭陽江上頭. 津吏好看前度客, 沙鷗相對舊汀洲. 平郊烟樹依依畵, 落日漁歌點點舟. 故國興亡一杯酒, 至今江水向西流." 1663년 8월, 춘천부사를 지내던 당시에 지었다.

79

정지화의 시재

나의 외숙부 정지화(鄭知和)[1] 정승께서는 비록 시문을 잘 짓는다고 자부하지는 않으셨으나 뛰어난 재능과 격조를 드러내셨다. 민정중(閔鼎重) 공이 함경도 관찰사를 지낼 때 외숙부께 서찰을 보내 봄 가뭄을 걱정하였다.[2] 외숙부께서 답장을 보내면서 편지 끝에 다음과 같은 절구 한 수를 쓰셨다.

봉함을 뜯자 쓰린 말이 편지 가득 쓰여 있으나	開緘苦語滿牋題
예전 일은 까마득히 꿈에서도 흐릿하네	舊迹迢迢夢亦迷
듣자 하니 북관에는 봄비가 안 내렸다 하니	聞說北關春不雨
미인에게 남쪽 향해 울게 하지 마시기를	莫敎紅袖向南啼

1 정지화(鄭知和, 1613~1688)의 자는 예경(禮卿), 호는 남곡(南谷), 본관은 동래(東萊)이다. 정광경(鄭廣敬)의 장녀인 홍만종 어머니의 남동생이다. 1637년 정시문과에 장원으로 급제하였고, 이듬해 세자시강원 사서가 되어 소현세자를 모시고 청나라 심양에 갔다가 1640년 1월 세자와 함께 귀국하였다. 1658년부터 이듬해까지 함경도 관찰사를 지냈고, 1674년 좌의정으로 기용되었다.

2 민정중(閔鼎重, 1628~1692)의 자는 대수(大受), 호는 노봉(老峯), 본관은 여흥(驪興)이다. 1664년 6월부터 1667년 9월까지 함경도 관찰사를 지냈다. 1667년 윤4월 함경도에 기근이 들자 진휼 정책을 시행해 달라고 조정에 요청한 인물이다.

외숙부께서 함경도 관찰사를 지내시는 동안 아끼던 기생이 있었는데, 그때 마침 향기를 품은 서찰이 왔기에 첫 구절에서 그 사연을 이야기하신 것이다. 내 장인어른께서는 언젠가 나에게 이렇게 말씀하신 적이 있다.

"자네 외숙부는 재능과 격조가 예사롭지 않네. 일찍이 심양관(瀋陽館)에서 서울의 벗에게 다음 시를 부쳐 보냈네.

다리에서 울며 헤어질 때 버들가지 잡았건만3	河橋泣別初攀柳
변방에서 회신하려니 느릅나무 꽃이 벌써 떨어졌네4	關塞書回已落榆

시가 처절하고 구슬프지 않은가?"

---

3 한(漢)나라 사람들이 이별할 때 장안(長安) 동쪽 파하(灞河) 기슭에 있는 다리까지 가서 버들가지를 꺾어 작별 선물로 주곤 하였다.

4 느릅나무는 버드나무와 함께 봄 풍경을 상징하는 나무이다. 진(秦)나라 몽염(蒙恬)이 북방 오랑캐의 침범을 막으려고 강을 경계로 돌을 쌓아 성을 만든 다음 느릅나무를 심어 울타리를 만들었기에 북쪽 변방을 뜻하기도 한다.

80

이은상의 시

판서를 지낸 이은상(李殷相)이 양양 부사(襄陽府使) 윤형각(尹衡覺)[1]을
전송하면서 보낸 시는 다음과 같다.

설악산 풍광은 눈 내린 뒤가 좋으니	雪岳山光雪後宜
외직 나가는[2] 행색이 달랑 거문고 하나로군[3]	一麾行色一琴隨
선계의 관아라서 봉래산에 잇닿았고	神仙官府連蓬島
태수는 풍류 넘쳐 습지(習池)에 자주 들르리[4]	太守風流更習池
궁궐[5] 꿈에 이끌려 객관에 머무르니	靑瑣夢牽留客館

1　윤형각(尹衡覺, 1601~1664)의 자는 경선(景先), 본관은 남원(南原)이다. 1649년 남원 부사 재
　직할 때의 죄상으로 이듬해 강진에 유배되었다가 1655년 11월 양양 부사에 제수되었다.

2　'외직 나가는'의 원문은 일휘(一麾)로 일휘출수(一麾出守)의 줄임말이다. 진(晉)나라 때 죽림
　칠현(竹林七賢)의 한 사람인 완함(阮咸)이 여러 번 천거를 받고도 조정에 들어가지 못하다
　가 순욱(荀勖)에게 배척을 한 번 받은 뒤에 시평 태수(始平太守)로 나가게 되었다. 이 일을
　두고 안연지(顔延之)가 '누차 추천되어도 조정에 못 들어가더니, 손 한 번 내젓자 수령으로
　나갔네〔屢薦不入官, 一麾乃出守〕'라는 시를 지었다. 지방관으로 부임하거나 내직에 있다가
　배척을 받아 외직으로 나가는 것을 뜻한다.

3　청빈한 지방관 생활을 뜻한다. 송(宋)나라 조변(趙抃)이 성도(成都)의 전운사(轉運使)로
　부임할 적에 금(琴) 한 벌과 학 한 마리만 데리고 갔다(『송사(宋史)』 권316 「조변열전(趙抃列
　傳)」).

그대를 배웅하는 노래로 백동제6를 지어보네　　　　　白銅歌作送君詞

봄이 오면 나막신 손질하여7 선경을 찾을 테니　　　　春來理屐尋眞地

꽃 아래서 서로 만나 백접리를 거꾸로 씁시다　　　　花下相迎倒接䍦

솜씨가 숙련되기는 하였으나 품격은 비속하다.

4　습지는 습씨(習氏) 집의 연못이다. 중국 호북성 양양(襄陽) 현산(峴山) 남쪽에 있다. 진(晉)
　나라 산간(山簡)이 양양 태수를 지낼 적에, 그 지역 호족(豪族)인 습씨의 연못을 자주 찾아
　가 술을 실컷 마신 뒤 수레에 거꾸로 실린 채 돌아왔다. 당시 아이들이 이를 두고 노래하기
　를, '산공이 어디로 나가는가, 저 고양지로 나가지. 석양 무렵이면 수레에 거꾸로 실려 돌
　아와도, 술에 취해 아무것도 모르네. 때때로 멀쩡히 말 타고 오지만, 백접리를 거꾸로 썼다
　네[山公出何許? 往至高陽池. 日夕倒載歸, 酩酊無所知. 時時能騎馬, 倒著白接䍦]'라고 하였다(『진
　서(晉書)』 권43 「산간열전(山簡列傳)」).

5　궁궐의 원문은 淸瑣이다. 궁궐의 문 또는 궁궐을 가리킨다. 한나라 때에 궁궐 문에 사슴 무
　늬를 그리고 푸른 칠을 하였다.

6　「백동제(白銅鞮)」는 중국 남조(南朝) 때 양 무제(梁武帝)가 양양 땅의 동요를 근거로 지었다
　는 악부곡(樂府曲)이다.

7　하권 48칙의 각주를 참고하라.

81

중국 표류민을 노래한 이단상의 시

부제학을 지낸 이단상(李端相)은 호가 정관재(靜觀齋)이다. 정미년
(1667) 여름에 복건(福建)의 중국인이 탐라에 표류하였다.[1] 그들이 영
력(永曆)[2]이라 쓴 역서(曆書)를 소지했다가 보여주었으니 명나라 황제
가 옮겨간 지역에서 왔음이 분명하였다. 그러나 끝내 청나라로 압송
하고 말았다. 이에 이단상이 절구 한 수를 지었다.

남쪽 끝에서 뗏목 띄워 바다 건너 왔으니　　　　　　南極浮槎海上來

---

1 정미년(현종 8) 5월 중국 복건성과 대만을 중심으로 대청항쟁(對淸抗爭)을 벌이던 세력의
관상선(官商船) 한 척이 일본 나가사키로 무역하러 가던 도중 표류하여 제주도에 상륙하였
다. 1637년 인조가 청나라에 항복한 이후 조선은 명나라와 공식 교류가 단절되었고, 1644
년 청나라가 북경을 함락한 이후에는 관련 소식을 접하기도 어려웠다. 이 상황에서 명나라
유민이 확실한 사람을 만났으므로 조선에서는 이들을 극진하게 대접하였다. 배에 타고 있
던 임인관(林寅觀) 등 95인이 중국 본토로 돌아가게 해달라고 요청했으나, 조선 조정은 청
나라의 압력으로 부득이 그들을 청나라로 보냈다.(김문식, 「성해응(成海應)이 증보한 『정미전
신록(丁未傳信錄)』」, 『진단학보』 115, 진단학회, 2012.)
2 영력(永曆)은 남명(南明)의 마지막 황제인 소종(昭宗)의 연호로 1646~1662년 사이이다.
1644년 북경의 함락으로 명나라가 멸망하였으나, 그 유신(遺臣)들이 복건성 일대를 중심
으로 소종을 내세워 명나라 부흥 운동을 펼쳤다. 소종은 신종(神宗)의 손자로 끝내 처형당
하고 그에 따라 남명도 멸망하였다.

붉은 구름 한 조각이 해 곁에 서렸겠구나3   紅雲一朶日邊開

천추의 큰 의리4를 아는 이 아무도 없으니   千秋大義無人識

석실산5 앞에서 통곡하고 돌아가노라   石室山前痛哭回

시의 뜻이 자못 비분강개하여 지사(志士)의 심경을 격동시킬 만하다.

---

3 해 곁에 붉은 구름이 서린 곳은 임금이 머무는 궁을 뜻하는데 여기에서는 명나라 황제의
　처소를 가리킨다. 송나라 소식(蘇軾)의 「상원시음루상3수(上元侍飲樓上三首)」 중 첫째 수
　에서 '시종신이 따오기처럼 줄지어 선 통명전, 한 떨기 붉은 구름이 옥황상제를 모시고 있
　네〔侍臣鵠立通明殿, 一朶紅雲捧玉皇〕'라고 하였다.

4 임진왜란 때 명나라 신종이 조선에 원군을 파견해 준 데 대한 조선의 존모와 의리를 말한
　다.

5 석실산은 김상헌이 머문 석실서원을 의미한다. 김상헌의 호가 석실산인(石室山人)으로 병
　자호란 당시 주전론(主戰論)을 주장하였다. 임인관 일행을 청나라로 압송하라고 주장한 이
　가 김상헌의 손자 김수흥(金壽興)이었다. 이단상의 시는 이런 일련의 상황을 두고 지어졌
　다. 1798년 정조는 신종의 기일을 맞아 임인관 일행을 의주 백마산성(白馬山城)의 현충사
　(顯忠祠)에 배향하고 그 옆에 제단을 설치하여 함께 제사 지내게 한 다음, 이단상의 시에
　차운하여 추모하는 시 2수와 그 서문(序文)을 남겼다.(『홍재전서(弘齋全書)』 권7 「의주에 제
　단을 쌓아 해마다 황명(皇明)의 유민 임인관 등 95인에게 제사 지내도록 명하고, 고 부제학 이단상의
　시운(詩韻)을 써서 소감을 기록하다〔命築壇龍灣, 歲侑皇朝遺民林寅觀等九十五人, 用故副學李端相
　韻, 志感〕」)

82

북관 풍토를 읊은 김수항과 홍석귀의 시

정승 김수항(金壽恒)은 호가 문곡(文谷)이다. 왕명을 받들고 북관(北關)에 사신으로 갔을 때 웅주(雄州) 객사에 붙인 시[1]는 다음과 같다.

날씨는 늘 춥고 땅에는 풀조차 나지 않는	天氣常寒地不毛
해양(海洋)은 오랑캐의 누린내 밴 적 있었지[2]	海洋曾被羯奴臊
융복(戎服) 입은 기녀 무리는 말을 잘 타고	戎裝妓隊能馳馬
개가죽옷 입은 주민은 집집마다 개를 키우네	皮服人家盡養獒
쓰고 신 관청의 술은 겉보리를 짜낸 즙이요	官酒苦酸薥麥汁
시름겨운 객사의 등잔불은 고래 태운 기름이네	旅燈愁碧爇鯨膏
음산(陰山)[3]에 눈이 한 길 내려 길이 파묻히고	陰山丈雪埋行路

---

1 『문곡집』에는 「길성의 일을 기록하다〔吉城記事〕」라는 제목으로 실려 있다. 常이 恒으로, 被가 染으로 되어 있다. 웅주는 길주에 속한 옛 지명이다. 고려 예종 3년에 윤관(尹瓘)이 여진족을 쫓아내고 화관령(火串嶺) 밑에 성을 쌓고 영해군 웅주 방어사(寧海軍雄州防禦使)를 설치했다. 나중에는 길주에 편입되었다.

2 『문곡집』에는 "본 고을 길주는 고려 때 원나라에 편입되어 해양이라고 불린 적이 있다〔本州曾在麗朝, 沒入于元, 稱爲海洋〕"라는 원주(原註)가 달려 있다. 같은 내용이 『신증동국여지승람』의 「함경도」 길성현(吉城縣) 조에 보인다.

밤 되자 성 머리에서 범의 포효 소리 들려오네   時聽城頭虎夜嘷

이 시에 정평 부사(定平府使) 홍석귀(洪錫龜)가 차운하였다.

변방 고을 식사에 머리칼이 쇠어가니   邊州旅食換顚毛

물맛은 비린내요 밥맛은 누린내네   水味常腥粟味臊

무당굿이 오랜 풍속이라 소를 많이 잡고   淫祀古風多用特

송사는 횡재 거리라 태반이 개를 다투네   訟庭奇貨半爭獒

함초를 구워내어 소금을 대신하고   燒來藻葉當鹽鹵

삼씨를 따다가 기름 짜서 식용하네   摘取麻賁作膳膏

나그네 가는 길에 시름겹기 짝이 없으니   最是客程愁絶處

역부의 말 부르는 소리가 원숭이 울음과 비슷해서지   驛夫呼馬類猿嘷

두 작품이 모두 북관 지역의 풍토를 잘 그려내어 사람들이 우열을 가리지 못했다.

---

3 음산(陰山)은 본래 흉노족의 땅(현재 내몽골자치구 음산산맥)으로 사시사철 눈과 얼음으로 덮여 있다고 전한다. 일반적으로 북방 변경 지역을 뜻하는데 여기에서는 함경도 변방의 산 지를 가리킨다.

83

남용익의 시참

판서를 지낸 남용익(南龍翼)은 호가 호곡(壺谷)이다. 젊어서 주서(注書)로 재직할 때 승정원에 들어가 숙직하다가 꿈속에서 절구 한 수를 얻었다. 그 시[1]는 다음과 같다.

머나먼 변방이라 다니는 이 드물어	絶塞行人少
과객의 얼굴에는 시름만 가득하네	覊愁上客顔
십리 길에 스산한 비를 맞으며	蕭蕭十里雨
밤중에 귀문관(鬼門關)[2]을 넘어가네	夜度鬼門關

아무도 시의 의미를 이해하지 못했다. 40년 뒤에 신미년(1691)이 되어 남용익을 멀리 유배하라는 계사(啓辭)가 거세게 잇따르자 호곡이 북관 지역을 잘 아는 일가친척 무관에게 물었다. "귀문관은 어느 고을에 있소?" "명천(明川)에 있습니다." "나는 필시 명천에 유배되겠구나."

---

1 『호곡집(壺谷集)』에는 「병중에 꿈속에서 짓다[病中夢作]」라는 제목으로 수록되어 있다.
2 귀문관(鬼門關)은 함경북도 경성(鏡城)과 명천(明川) 사이에 있는 관문이다.

이튿날 대간(臺諫)의 계사(啓辭)에 윤허가 내려졌는데, 과연 호곡은 명천에 유배되었다.3 이 일은 복재(服齋) 기준(奇遵)이 옥당(玉堂)에 숙직하다가 꿈속에서 시를 지었던 일4과 서로 비슷하다. 비로소 세상일이란 모두 미리 정해져 있다는 것을 알겠다.

---

3 남용익은 소의 장씨(昭儀張氏)의 아들 윤(昀)을 원자(元子)로 정하는 숙종의 처사에 반대하여, 원자의 정호(定號)는 중대사이므로 서두를 것이 없다고 아뢰었다. 이로 인해 숙종의 뜻을 거슬러 함경도 명천으로 유배되었다. 『호곡집』에 "「신미년 10월 17일에 대계(臺啓)가 과연 나왔다. 20일에 동문 밖에서 명을 기다리고 있었는데, 당일에 윤허가 내려져 함경도 명천부에 원찬(遠竄)되었다. 22일에 길을 떠나, 11월 17일에 배소(配所)에 도착하였다〔辛未十月十七日臺啓果發. 二十日待命于東門外, 當日蒙允, 遠竄咸鏡道明川府. 二十二日發程, 十一月十七日到配所〕"라는 칠언율시에 사연이 실려 있다. 한편, 『호곡만필』 권2에도 본 항목과 관련한 기사가 보이는데 내용이 조금 다르다. "내가 경인년(1650) 봄 승문원 참하관일 때 거듭 한질을 앓아 거의 죽을 뻔했다가 겨우 살아난 적이 있다. 한창 열이 심할 무렵 비몽사몽간에 다음 절구 한 수를 얻었다. (시 생략) 깨어나 이상하게 여겨 바로 친우에게 말했더니 조정의 신하들 사이에 자못 전해졌다. 혹자는 별성행차(別星行次)를 할 조짐이라 말했다. 지금 들리는 말로 명천과 경성 지역에 정말 귀문관이 있다고 하니 맞아떨어진 일이 대단히 괴이하다. 또 의금부 낭관이 올해 6월에 사재감 직장이 되었을 때, 꿈에서 관리가 되어 수령으로 부임하듯 행차하는데 앞에 초교를 타고 가던 재상이 일품관이라 일컬어 속으로 대단히 이상하게 여겼다. 뜻밖에 상신(相臣)의 아룀으로 충신을 육품으로 내쫓고, 바로 의금부 도사에 제수되어 이렇게 떠나는데 행색이 꿈에 봤던 것과 똑같다고 했다. 세간 어떤 일이 미리 정해져 있지 않을까! 내가 꿈에서 지은 시는 바닷길 갈 때 읊은 '오동 바람 대숲에 매일 불고〔桐風竹日〕' 시구와 비슷하다. 이는 40년 후에 맞아떨어진 것이니 더욱 괴이하고 괴이하다. 궁통(窮通)과 영욕(榮辱)을 그저 운명에 맡길 뿐이다〔余曾於庚寅春在槐院參下, 重患寒疾, 幾殊僅甦. 方其熱盛時, 似夢非夢間得一絶日, …… 覺而異之, 卽說親友, 頗傳薦紳間, 或以爲一番星行之兆矣. 今聞明鏡地境果有鬼門關云, 其驗甚恠. 且禁郞曾於今年六月爲司宰直長時, 夢中身作官, 行有若赴任守令, 而有一宰相乘草輿在前, 稱爲一品官, 心甚異之. 不意因相臣所白, 以忠臣子橫出六品, 卽拜禁都而有此行, 行色一如夢中所見云. 世間何事非前定耶! 余夢與泛海時〔桐風竹日〕之句相似, 而此則驗於四十年之後, 尤恠尤恠. 窮通榮辱, 只可任之而已〕" 여기에서 '桐風竹日'은 『호곡집』 권9의 「영해로 가며【북쪽으로 귀양 갈 때】〔嶺海行【北竄時】〕」 중 '桐風竹日鬼門雨'라는 시구를 가리킨다.

4 기준(奇遵, 1492~1521)은 조광조의 문인으로 1519년 응교(應敎)로 재직 중에 기묘사화가 일어나 함경도 온성(穩城)에 유배되었다가 사사되었다. 기준이 대궐에 숙직하며 꿈속에서 북관을 여행하며 시를 짓고 꿈에서 깨어 벽에 다음과 같이 적었다. "이역의 강산은 고향과 똑같으니, 하늘 끝에서 외로운 조각배에 의지해 눈물 떨구네. 먹구름은 막막하니 관문은 닫혀 있고, 고목은 스산하게 성곽은 비어 있네. 들길은 가을풀 사이로 가늘게 나 있고, 인가는 석양 속에 여기저기 많구나. 만 리 뱃길에 돌아갈 배는 없고, 푸른 바다 아득하여 서신도 통하지 않네[異域江山故國同, 天涯垂淚倚孤篷, 頑雲漠漠河關閉, 古木蕭蕭城郭空, 野路細分秋草裡, 人家多在夕陽中, 征帆萬里無回棹, 碧海茫茫信不通]" 훗날 온성으로 유배가는 도중에 본 풍경이 꿈속에서 본 풍경과 너무도 똑같아 이 시를 읊으면서 눈물을 흘렸다. 이상의 사연이 『해동야언(海東野言)』을 비롯한 많은 야사와 시화에 보인다.

84

오두인의 동몽시

판서를 지낸 오두인(吳斗寅)이 여덟 살 때 부친 천파(天坡) 오숙(吳翻)¹
이 황해도 관찰사로 재직 중이었는데 명나라 장수 부총병(副摠兵) 정
룡(程龍)²이 사신으로 와서 객사에 머물고 있었다. 부총병이 아이들과
어울려 함께 놀고 있는 어린 오두인을 보고서 누구냐고 물어보아 관
찰사의 아들임을 알았다. 마침내 시를 지어보라 했더니 오두인이 즉
시 시를 읊었는데 다음과 같다.

용맹한 군사들을 거느린 장수가	領得狴狺士
동국에 와서 성군의 은혜에 보답하였네	東來報聖君
예나 지금이나 정불식(程不識)이	由來程不識

---

1 오두인(吳斗寅, 1624~1689)은 형조판서를 지냈고, 문집에 『양곡집(陽谷集)』이 있다. 오숙(吳
　翻, 1592~1634)은 호가 천파(天坡)로 1633년 황해도 관찰사가 되었다. 문집에 『천파집(天坡
　集)』이 있다.

2 정룡(程龍)은 명나라 부총병(副摠兵)으로 1633년(인조11)에 칙명을 받들고 가도(椵島)를 거
　쳐 서울에 왔다가 1634년에 돌아갔다. 당시 정룡과 조선 문인의 시를 모아 『황화집(皇華
　集)』을 판각하였다. 이의현(李宜顯)의 「서정총병룡황화집후(書程總兵龍皇華集後)」와 이민구
　의 「부총병정룡황화집서(副摠兵程龍皇華集序)」에서 그 내용을 살펴볼 수 있다.

시를 보고 정룡이 크게 칭찬하였다.

---

3 정불식(程不識)과 이광(李廣)은 한무제(漢武帝) 때의 쌍벽을 이루던 명장이다. 한무제 때에
정불식은 장락 위위(長樂衛尉)가 되고, 이광은 미앙 위위(未央衛尉)가 되어 흉노를 공격하였
다. 정불식은 부곡(部曲)을 바르게 하는 등 군율을 엄격하게 하여 군대를 다스렸다. 이광
은 행군할 때 부곡을 설치하지 않고 조두(刁斗)를 두드리며 자신을 호위하지도 않았고, 오
직 척후(斥候)를 잘 하였다. 훗날 두 사람은 공을 세워 한때의 명장이 되었다. 정불식은 정
법으로 군대를 통솔하였고, 이광은 변법을 잘 써서 각각 명장이 되었다.(『한서』 권54 「이광
전(李廣傳)」)

85

석지형의 시

석지형(石之珩)[1]은 시명(詩名)이 있었다.

| 바람은 어사가 되어 구름을 끌어 내렸고[2]. | 風爲御使將雲下 |
| 산은 충신이 되어 해를 높이 떠받드네.[3] | 山作忠臣捧日高 |

라는 시구를 지은 적이 있는데 사람들의 입에 많이 오르내렸다. 위

---

1 석지형(石之珩, 1610~몰년미상)의 자는 숙진(叔珍), 호는 수현(壽峴), 본관은 화원(花園)이다. 1634년 문과에 급제하였다. 병자호란이 일어나자 남한산성에서 인조를 호위하였다. 횡성 현감, 강화와 개성, 양주의 교수 등을 지냈다.

2 주운절함(朱雲折檻)의 고사와 관련이 있다. 『한서』「주운전(朱雲傳)」에, "주운(朱雲)이 성제 (成帝) 앞에서 '상방참마검을 빌려주시면 아첨하는 신하 한 사람의 목을 베어 다른 사람을 경계시키겠다'라 하고 안창후(安昌侯) 장우(張禹)를 지목하였다. 성제가 노해 어사를 시켜 끌어내리자 '관용방(關龍逄)과 비간(比干)의 뒤를 따라 지하에서 노닐면 좋겠다!'라고 외치 며 전각의 난간을 끝까지 붙잡고 버티는 바람에 난간이 부서졌다. 뒤에 성제가 그의 충심 을 깨닫고는 부서진 난간을 그대로 보존하여 직간하는 신하를 표창하도록 했다'라는 내용 이 있다.

3 충심으로 제왕을 보좌함을 뜻한다. 후한(後漢) 말에 정욱(程昱)이 소싯적에 태산에 올라 두 손으로 해를 떠받드는 꿈을 꾸었다. 순욱(荀彧)이 이 사실을 위 태조(魏太祖)에게 고하 니, 태조는 정욱이 자신의 심복이 될 것이라고 예언했다. 훗날 태조의 그 예언처럼 되었다 (『삼국지』 권14 위서(魏書) 「정욱전(程昱傳)」의 주).

구절은 옛 문자를 쓰되 말을 상당히 공교롭게 만들었지만, 아랫 구절은 자신의 말을 새롭게 지어서 억지로 대구를 맞추었으니, 두 구절은 균일한 짝이 되지 않는다. 대부송(大夫松)⁴을 읊은 시는 다음과 같다.

일찍이 주나라의 은혜를 흠뻑 입고서도	曾被周天雨露濡
관리로 진나라를 떠받드니 절개가 전혀 없네	官秦能奉後凋無
주자가 넌 마음만은 곧다고 너그럽게 봐주었으나	紫陽饒爾心猶直
양웅(揚雄)은 왕망의 대부라고 단호하게 말했지⁵	單道揚雄莽大夫

말이 의표를 훌쩍 벗어나 있다.

---

4 진시황(秦始皇)이 태산(泰山)에 봉선(封禪)을 하고 내려오던 길에 폭풍우를 만나 소나무 아래에서 비를 피하게 되었는데, 그 소나무에게 관작을 내려 오대부송(五大夫松)이라 했다(『사기』 권6 「진시황본기(秦始皇本紀)」).

5 양웅(揚雄)은 한나라 성제(成帝) 때의 학자로 덕망이 높았으나 후에 왕망(王莽)이 제위를 찬탈하여 세운 신(新)의 대부가 되었다. 주자는 『통감강목(通鑑綱目)』에서 한나라 왕실에 절개를 지키지 못하고 왕망에게 벼슬한 양웅을 폄하하여 "왕망의 대부 양웅이 죽었다〔莽大夫揚雄死〕"라고 썼다.

허격의 시

허격(許格)은 동악(東岳) 이안눌(李安訥)의 문인이다. 젊어서 과거 공부를 그만두었으나 시를 잘 지었고, 자호를 창해(滄海)라 하였다. 단양(丹陽)에서 살 적에 하루는 강가로 걸어나가 우연히 복숭아나무 가지를 찍어 버린 일이 있었다. 어떤 나무꾼이 그 앞을 지나가다가 "예쁜 꽃이 강물을 내려보고 있어서 사랑스럽기도 하고 구경하기도 좋으련만 무엇하러 찍어 버렸나요?"라고 물었다. 허격이 곧바로 장난삼아 절구 한 수를 읊었으니 다음과 같다.

긴 강물 한 가닥은 마을을 휘돌아 맑게 흐르고[1]	長江一帶繞村澄
사방의 첩첩 산은 옥을 깎아 층층이 쌓여있네	四面羣山削玉層
강가의 복숭아나무 일부러 찍어 없앴으니	臨流故斫桃花樹
어부를 이끌어 무릉도원에 들어갈까 봐서지[2]	恐引漁郞入武陵

---

1 두보(杜甫)의 「강촌(江村)」 첫 구인 "맑은 강 한 굽이가 마을을 휘감고 흘러가고〔淸江一曲抱村流〕"의 의경과 유사하다.

2 이 같은 착상과 구법은 사방득(謝枋得)의 「경전암 도화(慶全庵桃花)」 중 "날리는 꽃 물결 따라 흘러가게 말지니, 행여 어부 찾아와서 나루터 물을세라〔花飛莫遣隨流水, 怕有漁郞來問津〕"에도 보인다. 이런 점 때문에 장난삼아 읊었다고 한 것이다.

복숭아나무를 찍어 없앨 당시에는 무슨 생각이 꼭 있었던 것은 아니지만 나무꾼이 묻자 창졸간에 시를 이루었는데 시어가 절로 오묘하다.

권후의 시

영남의 문관 권후(權厚)¹는 우복(愚伏) 정경세(鄭經世)의 문인으로 시를
잘 지었다. 언젠가 밤중에 친구의 집에 갔을 때 친구에게 가야금을 잘
타는 기녀가 있었다. 권후가 그 기녀를 달라고 몹시 간청하자 친구는
"내가 부르는 운자대로 시 한 수를 바로 지어낸다면 간청을 들어주겠
네"라고 했다. 그리고는 '행(行)', '명(明)', '정(情)', '명(鳴)', '경(更)'을
운자로 불러 지어보라고 하니 권후가 바로 다음과 같이 읊었다.

큰 거리에 종소리 그쳐 인적이 끊기고	九街鍾定斷人行
달빛이 오늘 밤에는 휘영청 밝구나	月到今宵盡意明
바짝 다가앉아 여자의 노래 가만히 들으니	促席細聽兒女語
고향을 그리는 대장부 가슴을 유난히 흔드네	思鄕偏感丈夫情
심양강에 지는 잎이 가을바람에 소리 내고²	潯江落葉秋風響

---

1 권후(權厚, 1602~?)의 자는 후지(厚之), 본관은 안동(安東). 1660년(현종 1) 문과에 급제하
  였다.
2 백거이의 「비파행(琵琶行)」에, "심양강(潯陽江) 강가에서 밤중에 손님을 보내려니, 단풍잎
  갈대꽃이 가을바람에 파르르 떠네[潯陽江頭夜送客, 楓葉荻花秋瑟瑟]"라는 구절이 있다.

상강(湘江)의 성긴 대숲이 밤비에 우는 듯3   湘岸疎篁夜雨鳴

연주 끝난 사랑방에서 잠 한 숨 못 이루고   曲罷高堂仍不寐

객창의 외로운 베갯머리에서 깊어가는 밤을 헤아리네   客窓孤枕數深更

---

3 중국 소상강(瀟湘江) 일대에 소상반죽(瀟湘斑竹: 자줏빛 반점이 있는 대나무)이 자라는데 순
 임금이 죽은 뒤 두 비(妃)인 아황(娥皇)과 여영(女英)이 대나무에 눈물을 흘려 얼룩이 생겼
 다고 전한다.

88

울진 선비 전구원의 일출시

선비 전구원(田九畹)[1]은 울진 사람으로, 그곳에 와 살던 휴와(休窩) 임유후(任有後)[2]를 찾아가 배웠다. 전구원이 일출을 읊은 시는 다음과 같다.

천지 사이에 바다가 물의 왕이 되니	海作水王天地間
모든 물이 조회 가서 천 개의 줄이 섰네[3]	百川朝赴會千班
뜻 있는 임금과 신하가 대려의 맹세를 하니[4]	有意君臣盟帶礪

---

1 전구원(田九畹, 1615~1691)의 자는 정칙(正則), 호는 우와(愚窩), 본관은 담양(潭陽)으로 경북 울진에 거주하였다. 1642년(인조 20) 식년시 진사 2등 8위로 합격하였고, 문집에 『우와집(愚窩集)』이 있다.

2 임유후(任有後, 1601~1673)의 자는 효백(孝伯), 호는 만휴(萬休) 또는 휴와(休窩)이다. 1626년(인조 4) 문과에 급제하였다. 1628년 아우 지후(之後)와 숙부 취정(就正) 등이 역모죄로 처형당하자 벼슬을 그만두고 울진으로 내려가 학문을 연구하였다. 그 뒤 1661년에 담양부사가 되고, 1663년 승지를 거쳐 병조참판, 경기감사, 호조참판 등을 역임하였다.

3 『서경』 「우공(禹貢)」에 "강수와 한수가 바다를 알현한다【제후들이 왕에게 조회하는 것과도 같다】[江漢朝宗于海【猶諸侯之朝宗于王也】]"라고 하였다.

4 한 고조가 공신(功臣)들에게 작위를 내리면서 "황하가 말라 띠만큼 좁아지고, 태산이 닳아 숫돌만큼 작아지도록 나라를 길이 보존하여 후손에게까지 미치게 하자[使黃河如帶, 太山如礪, 國以永存, 爰及苗裔]"(『사기』 권18 「고조공신후자 연표(高祖功臣侯者年表)」)라고 한 맹세를 대려(帶礪)의 맹세라 한다.

하늘로 솟아오르는 황금빛 태양을 묘사했는데 시어의 구사가 상당
히 뛰어나다. 조주(潮州)에 귀양 온 한유(韓愈)에게 배웠던 조덕(趙德)6
에 비유할 수 있다.

---

5 부상은 해가 뜨는 동쪽을 상징하는 전설상 나무이고, 구리 소반은 한무제가 감로(甘露)를
   받기 위해 건장궁(建章宮)에 설치했던 승로반이다. 여기에서는 공신(功臣)을 녹훈(錄勳)할
   때 맹세의 피를 담던 구리 쟁반으로 태양을 비유한다.
6 당나라 한유(韓愈)가 조주(潮州)에 귀양 갔을 때 학문이 쇠퇴한 것을 보고 조덕(趙德)을 책
   임자로 세워 학문을 장려하였다.

89

신의화의 금언체[1]

신의화(申儀華)[2]는 자가 서명(瑞明)으로 젊었을 때 한 역관의 집에 머물 렀다. 역관에게 딸이 있어 용모가 아름답고 글을 잘 지었다. 신의화가 금언체(禽言體)[3]로 두 편의 시를 지어 몰래 보냈으니 다음과 같다.

나 죽겠다, 나 죽겠어	我死我死
살아서 미인 얼굴 보지 못하니	生不見美人面
차라리 오늘 그냥 죽어버리면	不如便從今日死
원혼은 오히려 제비로 변하여	冤魂猶得化爲燕
그대 집 병풍으로 날아가련만	飛入君家彩屛裡

---

1 계명대본에는 88칙부터 93칙까지 빠져 있다. 신연활자본에는 89칙과 90칙이 보이지 않는다.

2 신의화(申儀華, 1637~1662)의 자는 서명(瑞明), 호는 사치(四痴)로 증조부는 신흠(申欽), 조 부는 동양위(東陽尉) 신익성(申翊聖), 부친은 신최(申最)이다. 1662년 문과에 급제하고 바로 사망하였다.

3 금언체(禽言體)는 새소리를 형상화하여 뜻을 취한 시이다. 중국에는 매성유의 「사금언(四 禽言)」, 소식의 「오금언(五禽言)」 등이 있고, 우리나라에는 양경우의 「십금언(十禽言)」, 권필 의 「사금언(四禽言)」, 이학규의 「금언십장(禽言十章)」 등이 있다. 하권 72칙의 각주 1번을 참 고하라.

피죽일세, 피죽이야	稷粥稷粥
냉수보다 맑고 깨끗해	澄淸如冷水
한 술도 먹기 힘들지만	一匙不堪喫
만약 그대와 한 이불 속에 살게 해준다면	若敎與子同衾枕
한평생 피죽만 먹어도 나는 좋겠네	百年喫此也不惡

'나 죽겠다(我死, 주격새)'와 '피죽새(稷粥, 피죽새)'는 모두 새의 이름이
다. 역관 딸이 시를 보고서 감동하고 좋아하여 신의화에게 시집가려
하였다. 신의화가 죽은 후에 역관 딸은 삭발하고 비구니가 되었다.

90

대가다운 김석주의 시

식암(息菴) 김석주(金錫胄)[1]는 자가 사백(斯百)으로 박학하고 글을 잘 지었다. 특히 사부(詞賦)에 뛰어난 데다 시도 공교롭게 지어서 한 시대의 종장으로 우뚝하게 섰다. 그가 나의 시에 차운하여 다음과 같은 시를 지었다.

침울히 사립문 닫고 지낸 시절 떠올려보니　　憶昨幽憂掩蓽門

자갈밭과 초가지붕 옛집은 그대로 있겠지　　石田茅屋舊居存

막걸리는 속 시원히 들이켜기에 나쁘지 않았고　　村酤不害澆胸快

추녀끝 햇볕을 등 따숩게 쬐는 것이 좋았지[2]　　簷曝唯憐炙背溫

지쳐 떠나는 산새들은 그런대로 마음이 편안하고　　倦去林禽差適意

1　김석주(金錫胄, 1634~1684)의 자는 사백(斯百), 호는 식암(息庵), 본관은 청풍(淸風)이다. 할아버지는 김육(金堉)이고, 아버지는 김좌명(金佐明)이며, 어머니는 신익성(申翊聖)의 딸이다. 문집에 『식암유고』, 편서로 『해동사부(海東辭賦)』가 있다.

2　중국 송나라에 가난한 농부가 있었다. 베옷을 입고 근근이 겨울을 나다가 봄이 되면 따뜻한 햇볕을 쬐곤 했다. 어느 날 아내에게 '햇볕을 등에 받아 얻는 따뜻함을 아무도 모르네. 이 방법을 우리 임금님께 바치면 큰 상을 받게 되겠지'라고 말했다. 겨울에도 따뜻한 방을 둔 저택이나 솜옷, 여우가죽, 담비가죽 따위의 옷이 있음을 알지 못한 탓이었다(『열자』 「양주(楊朱)」).

총애받아 수레 탄 학3은 은혜만을 탐하네 寵來軒鶴却叨恩

맑은 시를 읽어보니 속됨을 고칠 만하여4 淸詩到眼堪醫俗

내 심경을 그대 시 빌어 자세하게 드러냈네 襟抱憑君一細論

계축년(1673) 연간에 식암이 식구를 이끌고 양근(楊根)의 소내〔牛川〕
에 가서 머물렀다. 그래서 첫 구에서 '자갈밭과 초가지붕'과 같은 시
어를 썼으니 전아하고 예스러워 맛이 있다. 식암이 약관 시절에 나의
아버지께 글을 배웠었다. 아버지께서 내게 "저 학생은 훗날 필시 훌륭
한 문장가가 될 것이다"라고 말씀하신 적이 있다. 지금 『식암집(息菴
集)』 10여 권이 있으니 개성을 갖춘 어엿한 대가이다. 한 시대에 유행
될 뿐만 아니라 후세에 전해져 사라지지 않을 것을 의심치 않는다.

---

3 춘추시대 위(衛)나라 의공(懿公)은 학을 좋아한 나머지 귀한 사람만 타는 수레를 학이 타게
  하였다(『춘추좌씨전』 민공(閔公) 2년). 무위도식하며 높은 자리를 차지함을 비유한다.

4 소식(蘇軾)은 「우잠승녹균헌(于潛僧綠筠軒)」에서 "고기가 없으면 사람을 여위게 하고, 대나
  무가 없으면 사람을 속되게 하네. 사람이 여위면 살찌울 수 있어도 선비가 속되면 낫게 할
  수 없지〔無肉令人瘦, 無竹令人俗. 人瘦尙可肥, 士俗不可醫〕"라고 하였다.

91

김석주와 이행 시의 합치

식암 김석주가 내게 오언 근체시 한 수[1]를 보내온 적이 있었다.

적막한 남산 아래에	寂寂南山下
한가로운 은사의 집 있네	閒閒靜者居
푸른 봄이 골짜기에 돌아와	靑春回洞壑
환한 햇볕 서책에 내리쬐네	白日照圖書
산새는 들을수록 울음이 느려지고	谷鳥聽愈緩
산꽃은 볼수록 꽃망울 벌어지네	山花看漸舒
세상 욕심도 벌써 익숙하게 잊었거늘	忘機吾已熟
임금님 수레를 연모할 일 있으랴	何必戀軒車

훗날 식암이 자기 원고를 직접 가려 뽑으면서 이 시를 빼버렸다. 내가 까닭을 묻자 식암이 "용재(容齋) 이행(李荇)의 『남악창수록(南嶽唱酬錄)』을 보니 그중 두 개의 연(聯)이 내 작품과 우연히 같더군. 시를 본

---

1 『식암유고』 권3에 실린 「춘일산거(春日山居)」를 말한다. 南山이 終南으로, 已가 自로 되어 있다.

이들이 틀림없이 우연히 같아진 줄 모르고 표절했다고 의심할 것이라서 빼버렸네"라고 말하였다. 내가 용재의 『남악창수록』을 가져다 살펴보니 그중에 지정(止亭) 남곤(南袞)을 그리워하여 지은 시[2]가 들어 있었다.

지정 노인 지금은 돌아갔으니	止老今如許
그 누가 술을 싣고 찾아오리오	何人載酒來
푸른 봄은 골짜기에 돌아왔건만	靑春回洞壑
백발의 나 황천과는 막혀있구나	白首隔泉臺
그윽한 새는 저들끼리 서로 부르고	幽鳥自相喚
한가한 꽃은 부질없이 다시 피건만	閑花空復開
또렷하게 현판에 쓴 글씨는	分明板上字
거듭 읽어도 슬픔이 가시지 않네	三復有餘哀

두 개의 연이 과연 김석주의 시와 대충 비슷했다. 옛사람의 작품을 몰래 가져다 쓰고서 남들이 알아챌까 염려하는 자들은 도대체 무슨 심보일까?

---

2 『용재집』 권8 〈화주문공남악창수집(和朱文公南岳唱酬集)〉에 실려 있는 1531년의 작품으로 제목은 「지정(止亭)을 그리워하며. 정왕대 시의 운자를 쓰다〔有懷止亭, 用定王臺韻〕」이다. 이 시집은 주회가 장식(張栻)과 함께 남악(南岳) 형산(衡山)을 오르며 지은 시를 모은 『남악창수집(南岳唱酬集)』의 시에 차운한 작품집으로 1554년 개성에서 단행본으로 간행되기도 하였다.

92

조종저의 시를 알아본 조상우

장령을 지낸 조종저(趙宗著)¹는 일찍부터 문명(文名)이 있었으나 과거 시험장에서 좋은 결과를 얻지 못하였다. 언젠가 율시 한 수를 지었다.

큰 고니는 굶주려 울부짖어도 참새는 살쪄 있나니²	鴻鵠飢呼鳥雀肥
예로부터 지금까지 이런 꼴이 가장 슬퍼할 일이지	古今此事最堪悲
연나라 시장에서 천금으로 뼈를 살 줄 누가 알았으랴³	誰知燕市千金骨
진나라 조정에서는 다섯 장 양피 값밖에 안 냈지⁴	不直秦家五羖皮
이를 잡으며 고담준론 하면⁵ 늘 비웃음당하고	捫蝨高談常見笑
용을 잡는 걸출한 기예⁶도 천치라고 지탄 받네	屠龍亢藝亦云癡
광나루에는 어젯밤 봄 물결이 불어났으니	廣津昨夜春波漲

---

1 조종저(趙宗著, 1631~1690)의 자는 취숙(聚叔), 호는 남악(南岳), 본관은 한양(漢陽)이다. 최명길(崔鳴吉)의 제자로 문명을 날렸다. 1660년 증광시 생원(生員) 2등(二等)에 1위로 급제하였다. 1672년 문과에 급제하고 회양부사 등을 지냈다. 1699년 이이와 성혼이 문묘(文廟)에서 빠지자 병을 핑계로 광릉(廣陵)에 물러나 지냈다. 문집에 『남악집』이 있다.

2 중국 진(秦)나라 말에 호걸 진승(陳勝)이 소싯적에 빈궁하여 품팔이로 밭을 갈았다. 잠시 쉬면서 함께 일하던 농부에게 "우리가 부귀해지거든 서로 잊지 말자"라고 했더니, 그가 비웃으며 "품팔이하는 주제에 무슨 부귀냐"라며 핀잔하였다. 이에 진승이 탄식하고 "제비나 참새가 큰 고니의 뜻을 어찌 알겠는가"라고 하였다(『사기』 권48 「진섭세가(陳涉世家)」).

시를 본 이들마다 "이 시에는 곤궁하여 근심하고 곤경에 처해 괴로 워하는 태도가 담겨 있다"라며 상당히 걱정하였다. 조상우(趙相愚)[7]는 자가 자직(子直)으로 "낙구(落句)에 생기 있고 활발한 기상이 나타나니 만년에 성공할 것이 틀림없다"라고 하였다. 그해 가을에 과연 조종저 가 초시(初試)에 장원 급제하고 전시(殿試)에 을과(乙科)로 급제하였으 니, 그의 말이 얼추 들어맞았다.

93

조지겸과 오도일의 시구

조지겸(趙持謙)은 자가 광보(光甫)로 함경도 안변에 있는 고산(高山) 찰방이 되어 다음 시구1를 지었다.

장백산 남쪽에는 산들이 얼마나 될런고	長白以南山幾點
대황2 너머에는 둥근 달이 외롭구나	大荒之外月孤輪

스스로 뜻이 깊은 시어를 얻었다고 생각하였다. 오도일(吳道一)은 자가 관지(貫之)로 울진에 좌천되어 다음 시구3를 지었다.

---

1 조지겸의 『우재집(迂齋集)』 권1에 「고산으로 가는 도중에〔高山途中〕」라는 연작 율시의 경련이다. 작자가 1675년 송준길(宋浚吉)을 추증해달라고 요청하여 삭탈관직되었다가 1678년에 다시 등용되어 고산찰방에 임명되었다.

2 대황(大荒)은 중국에서 아주 먼 변방 지역을 가리킨다. 『산해경(山海經)』 권9 「대황동경(大荒東經)」에, "동해의 밖, 대황의 안에 대언이라는 산이 있는데, 해와 달이 나오는 곳이다〔東海之外大荒之中, 有山名曰大言, 日月所出〕"라고 하였다.

3 오도일의 『서파집(西坡集)』 권3에 「진주(삼척의 옛 지명)를 향해 가다가 신흥역에 이르러 먼저 삼척 부사 이언강(李彦綱)에게 부치다〔將向眞珠, 至神興驛, 先寄李心使君〕」라는 율시의 함련이다. 1683년 태조의 휘호를 추상(追上)하자고 주장한 송시열의 주장에 반대하다가 김석주(金錫胄)의 논척을 받고 울진 현령으로 좌천되었다.

고을 남쪽 큰 바다에서 청구국(靑丘國)이 끝나고　　　州南大海靑丘盡

관문 바깥 산중에서 백복령(白伏嶺)⁴이 우뚝하네　　　關外諸山白伏尊

오도일은 조지겸의 작품에 대적할 만하다고 생각하였다.

---

4 백복령(白伏嶺)은 강원도 동해시와 정선군 사이에 위치한 고개이다.

94

이현석의 글재주

춘천부사(春川府使)를 지낸 이현석(李玄錫)[1]은 글 짓는 재주가 있었다. 어떤 사람이 제비를 가리키며 운자를 불러주자 이현석이 바로 다음 시를 지어냈다.

꽃을 뚫고 두보의 배에서 몇 마디 지저귀다가[2]	穿花幾語少陵舟
소양전에 날아들어 조비연으로 둔갑했네[3]	飛入昭陽作物尤
내 턱이 만약 네 제비턱처럼 생겼다면	有頷倘能如爾像
붓 던지고 제후에 봉해지기를 구해보리라[4]	會將投筆覓封侯

---

1 이현석(李玄錫, 1647~1703)의 자는 하서(夏瑞), 호는 유재(游齋), 본관은 전주(全州). 이수광 (李睟光)의 증손으로 1675년 문과에 급제, 이듬해 예문관검열에 보직된 뒤 삼사의 여러 벼 슬을 역임하였다. 1688년 동래부사에 임명되었고, 이듬해 경상도관찰사, 1691년 동지중추 부사, 1693년 춘천부사를 지냈다.

2 두보(杜甫)의 「제비가 날아와 배 안에서 짓다〔燕子來舟中作〕」의 "잠깐 돛에서 지저귀고 날 아가더니만, 꽃을 뚫고 수면을 스쳐 두건을 흠씬 적시네〔暫語船檣還起去, 穿花落水益霑巾〕" 라는 시구에서 시상을 취한 것이다.

3 원문은 物尤로 사람의 마음을 미혹시킬 정도로 아름다운 여인을 뜻하는 말인데 여기에서 는 소양전(昭陽殿)에 거처했던 한나라 성제(成帝)의 황후 조비연(趙飛燕)을 가리킨다.

사람들이 아름다운 작품이라 칭찬하였다.

4 후한(後漢) 반초(班超)가 젊을 때 가난하여 문서 쓰는 일을 하다가 붓을 던지며 "대장부
  가 별다른 지략이 없다면, 부개자(傅介子)나 장건(張騫)이라도 본받아서 이역에 나아가 공
  을 세워 봉후가 되어야지, 어찌 오래도록 붓과 벼루 사이에서 종사하겠는가"라고 말한 일
  화와, 반초가 "그대는 제비의 턱에 범의 머리라서 날아다니며 고기를 먹는 상이라. 이는 곧
  만리에 봉해질 관이다"라는 관상가의 말을 듣고 서역에 나아가 큰 공을 세워 정원후(定遠
  侯)에 봉해진 일화(『후한서』 권47 「반초열전(班超列傳)」)를 차용하였다.

95

임방의 시

임방(任埅)의 자는 대중(大仲), 호는 우졸당(愚拙堂)이다. 어려서부터 시를 잘 지어서 아름다운 작품들이 많아 이루 다 기록할 수 없다. 행주(幸州)를 읊은 시는 다음과 같다.

외로운 배로 행주성에 정박하니	孤舟來泊幸州城
동쪽으로 한양은 몇 십 리 떨어졌구나	東望王京數十程
강가에는 꽃 시들어 봄은 벌써 지나갔고	水國花殘春已盡
바다 어귀에 썰물 빠져 초승달 떠올랐네	海門潮落月初生
밥 짓는 연기 실오라기처럼 하얗게 피어오르고	村煙似縷微微白
어선 불빛은 별처럼 점점이 반짝이네	漁火如星點點明
어디선가 노 젓는 소리가 자던 백로 깨웠는지	何處鳴榔驚宿鷺
한 쌍이 물결치며 날아오르네	一雙飛起帶波聲

또 산음현감(山陰縣監)[1]이었을 때 환아정(換鵝亭)[2]에서 밤중에 앉아 다음과 같은 절구를 지었다.

이상하게 봄 기분이 문득 가을 같더니   怪來春思忽如秋

맑은 밤 소쩍새 소리가 객수를 자아내네   淸夜鵑聲喚客愁

쓸쓸한 동풍에 꽃잎은 다 떨어지는데   寂歷東風花落盡

옮겨간 달빛에 산 그림자 강루에 지네   月移山影在江樓

두 편의 작품은 모두 지극히 맑고 아름답다.

---

1 산음현은 경상남도 산청군(山淸郡)의 옛 행정 구역이다. 임방은 1680년 산음현감(山陰縣監)
  이 되었다.
2 환아정(換鵝亭)은 경상도 산청군 산청읍에 있었던 정자이다. 1395년 산청현감 심린(沈潾)
  이 건립하였으나 정유재란 때에 불에 탔다. 그 뒤에 산음현감 권순(權淳)이 새로 짓고 송시
  열이 기문을 썼다.

96

이만겸의 시

직장(直長)을 지낸 이만겸(李萬謙)[1]이 참판(參判) 최석정(崔錫鼎)과 함께 과거시험 공부를 할 적에 하루는 나란히 말을 타고 나가 노닐다가 날이 저물어서야 공부방으로 돌아왔다. 이만겸은 말이 느려서 뒤늦게 도착하였는데 다음과 같은 시를 지었다.

큰 거리에서 준마를 재촉하여 채찍질하면서	長街逸騎正催鞭
야윈 말 타고 주춤거린다며 나를 비웃었지	笑我羸驂跼不前
끝내는 도착했으니 도착하기는 한가지라	畢竟到來俱是到
한 걸음 양보하여 그대가 앞서게 한들 어떠랴	何妨一步讓君先

훗날 최석정이 먼저 과거에 급제하고 이만겸이 나중에 급제하였으니, 시에서 한 말이 과연 들어맞았다.

1 이만겸(李萬謙, 1640~1684)의 자는 자익(子益), 호는 하산(霞山), 본관은 전의(全義)이다. 특히 변려문(騈儷文)에 뛰어났으며, 1683년에 문과에 급제하였다. 참고로 최석정은 1671년에 문과에 급제하였다.

홍수주의 시

홍수주(洪受疇)¹의 자는 구언(九言)으로 시재(詩才)가 있었다. 경원부사 (慶源府使)로 부임할 적에 출발에 앞서 나를 찾아왔기에 시를 한 수 써 주었더니 구언이 곧바로 차운하였다. '청(靑)'자로 압운한 시는 다음 과 같다.

변방의 서북이라 산은 늘 흰 눈에 덮여 있고　　　　關河西北山常白
천지의 동남이라 바다는 절로 푸른빛이네　　　　天地東南海自靑

시어가 웅장하다.

---

1 홍수주(洪受疇, 1642~1704)의 자는 구언(九言), 호는 호은(壺隱)·호곡(壺谷), 본관은 남양(南 陽)이다. 매화·대나무·포도를 잘 그렸는데, 특히 포도가 뛰어났으며 글씨는 전서(篆書)를 잘 썼다.

최석정의 북경시

최석정(崔錫鼎)은 자가 여화(汝和)로 고아하고 박학하며, 문자의 뜻을 많이 알았다. 호는 명곡(明谷)이다. 사신의 임무를 받들어 연경(燕京)에 간 적이 있는데, 옥하관(玉河館)에 들어가던 날 다음과 같은 시를 지었다.

거센 바람이 모래 날리며 땅을 찢듯 불어 대니	風力揚沙劃地吹
동악묘[1]에서 관복만 갈아입고 오래 머물지 않았네	更衣嶽廟不多時
누런빛은 하늘 위로 솟은 황궁의 기와요	黃知殿瓦淩霄出
비린내는 길 양편을 내닫는 오랑캐의 냄새일세	腥見胡兒夾路馳
만세산[2] 앞에는 꽃 그림자가 어지럽고	萬歲山前花影亂
조양문[3] 밖에는 물시계 소리가 더디네	朝陽門外漏聲遲

---

1 북경 동문인 조양문 밖에 있는 도교 사원이다. 조선의 사신 일행이 들러서 옷을 갈아입는 곳이었다.
2 북경 서원(西苑)의 태액지(太液池) 북쪽에 조성한 인공적인 산이다. 명나라 마지막 황제 의종(毅宗)이 이자성(李自成)의 난을 맞아 자결한 곳이다.
3 북경의 동쪽 성문 이름으로, 속칭 제화문(齊化門)이다.

먼 길 온 사신은 마음 추스르지 못한 채   星槎遠客無悰緖

곁에 사람이 강권하여 억지로 시를 짓네   强被傍人索賦詩

    김창흡(金昌翕)[4]이 시를 보고는 『청구속선(靑丘續選)』[5]에 실려야 할 작품이라고 하였다.

---

4 김창흡(金昌翕)은 자가 자익(子益), 호는 삼연(三淵), 본관은 안동(安東)이다. 농암(農巖) 김 창협(金昌協)과 함께 성리학과 문장으로 널리 이름을 떨쳤다.

5 『청구속선(靑丘續選)』이 무엇을 가리키는지 명확치 않다. 『동문선』의 속집임을 뜻한다고 보기에는 이 시의 내용이 관찬 선집에 넣을 성격으로서 부적절하고, 『청구풍아』는 조선 전 기에 나온 선집이므로 시기 상 거리가 있어 맞지 않는 듯하다. 『청구풍아』의 속집이 편찬 된다면 이 작품이 실려야 한다는 의미로 볼 수도 있다.

99

최석정의 속어 사용

옛사람은 시에 속된 상말의 사용을 꺼렸다. 하지만 송시에는 '유랑이 감히 고(糕) 자를 쓰지 못했으니'라 하여1 벌써 상말이 시에 쓰였다. 몇 년 전에 최석정이 연경에 갔을 때 다음과 같은 한 연을 지었다.

조선 땅은 강이 세 갈래로 갈라진 곳2에서 끝나고　　　　箕封地卽三江盡

요동 산에는 역참(驛站)이 여덟 곳3이나 되네.　　　　遼塞山惟八站多

서장관 이돈(李墩)이 '참(站)' 자를 써도 되는지 그 유래를 묻자, 최석정이 '고(糕)' 자를 쓴 일을 들어 답하였으니 시인들의 핑계거리가 될 만하다.

---

1 당나라 시인 유우석(劉禹錫, 772~842)이 중양절에 시를 지을 때 고(糕) 자를 운자로 쓰려고 하다가 그 글자가 경서에 쓰이지 않았다는 이유로 쓰지 않았다. 나중에 송나라 시인 송기(宋祁, 998~1061)가 이를 못마땅하게 생각하여 「구일식고(九日食糕)」란 시를 지어 '유우석이 감히 고 자를 쓰지 못했으니, 일세의 호걸 시인을 헛되이 저버렸네〔劉郎不敢題糕字, 虛負詩中一世豪〕'라고 읊었다(『사문유취』 후집 권11, 「구일식고」).

2 압록강은 의주 부근에서 세 갈래로 흘러서 삼강(三江)이라 불리기도 한다.

3 팔참(八站)은 압록강과 산해관 사이에 있던 여덟 군데의 역참(驛站)으로, 조선 사신이 북경을 왕래하는 요로였다. '참(站)' 자는 몽골어의 음역으로 시에서는 거의 쓰이지 않는다.

100

박태보의 강개한 시

파주목사 박태보(朴泰輔)는 자가 사원(士元)으로 지조가 굳세고 올곧았으며 문장은 씩씩하고 매서웠다. 나와 같은 해 사마시에 합격한 동년(同年)이다. 무오년(1678) 즈음 내가 남산 아래 집에 거주할 때 박태보가 찾아와 다음과 같은 시 한 수를 지었다.

남산 집에서 우연히 만난 사람은	邂逅終南宅
한 방(榜)에 같이 오른 친구로구나	俱爲一榜人
머물 데를 기다리다 여기 머물고	等留留此地
취한 적이 없었으나 지금 취하네	無醉醉今辰
처세하기는 여관에 머문 듯하고	處世身如寄
시국 걱정에 흰머리가 새롭게 돋네	憂時鬢欲新
품속에는 피로 쓴 상소가 있으니	懷中有血疏
마땅히 구중궁궐 향해 올리리	當向九闥陳

박태보는 나중에 문과에 급제하였고 기사년(1689)에 상소하였는데 폐비의 일을 가지고 소장을 올렸기에 혹독한 형벌을 받다가 죽었다.

당시 시에서 피로 쓴 상소가 있다고 한 말들이 이때 와서 들어맞은 것이 아니겠는가. 그 강개한 뜻과 곧은 절개는 아마도 방손지(方遜志)[1]와 필적할 것이다.

---

1 방손지(方遜志)는 명나라 학자 방효유(方孝孺, 1357~1402)이다. 자는 희고(希古), 시호는 문정(文正)이다. 혜제(惠帝) 때에 시강학사(侍講學士)가 되었다. 연왕(燕王)이 군대를 일으켜 도성을 함락하고 방효유를 체포하여 황제의 등극을 반포하는 조서(詔書)를 쓰도록 하였으나 이를 끝까지 거부하여 책형(磔刑)을 당하였다(『명사(明史)』 권141, 「방효유열전(方孝儒列傳)」).

101

김형중의 시

찰방을 지낸 김형중(金衡重)은 옛날의 명인 김홍도(金弘度)의 후손[1]이다. 재능이 있었으나 과거에 급제하지는 못하였다. 그가 지은 절구 한 수는 다음과 같다.[2]

술잔을 채우려면 가득가득 채워보게	酒盞酌來須滿滿
꽃가지를 보아하니 잎이 우수수 떨어지니	花枝看去落紛紛
나이 서른 젊을 때라 자랑하지 말게나	莫言三十年方少
백세 인생에 삼분의 일이 벌써 지나갔으니	百歲三分已一分

감정이 진실하고 말이 절실하다고 이를 만하다.

---

1 김홍도는 김형중의 증조부이다. 김형중은 1680년(숙종 6년)에 경기도 안기 찰방(安奇察訪)으로 부임했다.

2 이 시는 백거이(白居易)의 「꽃 아래에서 자신에게 술을 권하다[花下自勸酒]」이다. 편자가 작자를 착각한 듯하다.

102

김창흡의 풍악산 시

주부(主簿) 김창흡(金昌翕)은 스스로 보광(葆光, 빛을 감추다)이란 호를 쓰고 과거 공부를 일삼지 않았다. 시를 잘 쓰기로 세상에 명성이 났으니, 때때로 흥을 담아 지은 작품은 격조가 높고 뜻이 현묘하여 남들이 따라갈 수가 없었다. 그가 풍악산을 읊은 시[1]는 다음과 같다.

세상 밖의 맑은 유람, 병이 들어 못했더니	象外淸遊病未能
꿈에서 본 개골산은 옥이 층층 쌓였어라	夢中皆骨玉層層
가을 들어 일만 이천 봉우리에 달이 뜨면	秋來萬二千峯月
예불하는 고승에게 등불 되어 비춰주리	應照高僧禮佛燈

속기 없이 깨끗하다.

---

1 『삼연집(三淵集)』에는 「풍열상인에게 주다[贈豊悅上人]」라는 제목으로 실려 있고, 病이 更으로 되어 있다. 1672년(현종 13년)에 지은 작품이라 밝혔으니 김창흡의 나이 20세 때이다.

103

한여옥의 시

한여옥(韓如玉)은 스스로 백치(白癡)라는 호를 썼다. 세상밖에 떠도는 사람으로 자처하며 산수를 방랑하면서 시 짓고 술 마시기를 일삼았다. 다음과 같은 절구 한 수가 전한다.

긴 다리 건너서 십리 길에는	十里長橋路
외딴 마을 처사의 집이 있다네	孤村處士家
돌아오니 소매에 가득한 향기	歸來香滿袖
바람이 팥배나무 꽃에 불었네	風打野棠花

시가 또한 당시(唐詩)의 맛이 있다.

조석의 시

판관(判官) 조석(曹錫)은 송도(松都)의 문관이다. 그가 지은 절구 한 수는 다음과 같다.

장강 물을 다 마셔 마른 목을 축이며	吸盡長江沃渴喉
물속에서 늙은 용이 시름하고 있구나	波心知有老龍愁
봄이 오면 다 뿜어서 중원 땅에 비를 내려	春來噴作中原雨
비린내를 다 씻기 전에는 그치지 않으리라	不洗腥膻也不休

날카롭고 굳세며 함의를 담고 있으니 특별한 뜻을 창출하였다.

105

박흥종의 해당화 시

함경도 경성(鏡城)의 문관 박흥종(朴興宗, 1600~1687)이 해당화 한 떨기
가 가시덩굴 사이에 피어 있는 것을 보고 절구 한 수를 지었다. 그 시
는 다음과 같다.

가시덤불 속 고운 자태 시름겨워 붉거니	膩態愁紅荊棘裏
이 꽃의 풍모와 운치 누가 있어 알아주랴	此花風韻有誰知
깨끗이 씻어 내어 얼굴 곱게 단장한다면	若敎洗出新粧面
인간 세상에서 제일가는 꽃이 되련만	便是人間第一奇

북쪽 지방에서는 본디 문학을 숭상하지 않으나 이 사람의 재주는
이처럼 사랑스럽다.

어무적의 눈을 읊은 시

어무적(魚無跡)과 이진(李進)은 모두 신분은 미천하나 문장을 잘 지었다. 지금 함께 아래에 작품을 싣는다. 어무적이 눈을 만나 지은 시는 다음과 같다.

말 위에서 첫눈을 만나니	馬上逢新雪
외딴 성에 문 닫히는 때로구나	孤城欲閉時
점차로 술기운을 가시게 하고	漸能消酒力
시인의 수염마저 다 얼리네	渾欲凍吟髭
저무는 해는 햇볕을 남기지 않고	落日無留景
자려 드는 새는 가지를 못 정하네	栖禽不定枝
파교(灞橋)에서 나귀 타는 흥취¹를	灞橋驢背興

---

1 파교는 당나라 장안(長安) 동쪽 파수(灞水)에 놓인 다리로 시상이 잘 떠오르는 곳을 의미한다. 당나라 소종(昭宗) 때의 재상 정계(鄭綮)는 시를 잘 지었다. 누군가가 정계에게 "상국(相國)께서는 근래에 새로운 시를 지었습니까?"라고 물으니, 정계가 "파교의 풍설(風雪) 속 나귀 등 위에서 시상이 잘 떠오르니, 여기에서야 어떻게 시를 얻겠는가?[詩思在灞橋風雪中 驢子上, 此何以得之?]"라고 하였다(『북몽쇄언(北夢瑣言)』 권7).

당시(唐詩)에 아주 가깝다.

107

이진의 향렴체 시

이진(李進)[1]이 향렴체(香奩體)로 지은 시는 다음과 같다.

백옥 같은 피부는 따사롭고	溫溫白玉肌
검은 눈썹은 아리땁구나	宛轉靑蛾眉
한 번의 이별이 죽기보다 힘드니	一別甚於死
그리움을 어떻게 견디란 말인가	相思那可支
도중에 내리는 눈을 만났는지	中途逢雨雪
세모에 만날 약속 지체되누나	歲暮滯佳期
어찌하면 서녘 가는 꿈을 얻어서	安得西歸夢
까마득한 그대 생각 덜어 볼까나	冥冥省爾思

말이 대단히 은근하고 잘 에둘러졌다. 또 객지에서 촌가에 묵으며 지은 시의 한 구절은 다음과 같다.

---

1 이진(李進, 1582~?)의 자는 퇴지(退之), 호는 협선(挾仙), 본관은 연안(延安)이다. 서얼 신분의 저명한 문인이다. 유몽인(柳夢寅)의 『대가문회(大家文會)』에 누락된 구양수(歐陽脩)와 소식(蘇軾)의 글을 증보하여 『산보대가문회(刪補大家文會)』를 편찬하였다.

촌가에서 자는 과객 시름겨워 잠 못 이루고   客宿田家愁不寐

소쩍새는 산비 속에 밤새도록 울음 우네   子規夜啼山雨中

창주(滄洲) 차운로(車雲輅)가 극찬하였다.[2]

---

[2] 부친 차식(車軾)과 형 차은로(車殷輅)·차천로(車天輅)와 더불어 시인으로 저명하였다. 차
운로(1559~1637)는 특히 뛰어난 감식안을 지닌 비평가로 손꼽혔다.

108

권칙과 권해의 시

권칙(權侙)[1]이 열두 살에 백사 이항복을 알현하였더니 백사가 삼색도 (三色桃)를 가리키며 시제로 삼아 시를 짓게 하였다. 권칙이 즉시 시를 지으니 다음과 같다.

듬성듬성 울타리 틈에 곱고 고운 복숭아꽃	桃花灼灼暎踈籬
세 종류 색깔 꽃이 어떻게 한 가지에 필까	三色如何共一枝
마치 미인이 세수하고 나서	恰似美人梳洗後
얼굴 가득 화장하다 미처 다 못한 때와 같네	滿頭紅粉未均時

백사가 칭찬하였다. 권칙의 아들 권해(權諧)도 문장을 잘 써서 재능을 보였으나 애석하게도 일찍 죽었다. 일찍이 눈 내린 후 시를 지었는

---

1 권칙(權侙, 1599~1667)의 호는 국헌(菊軒), 본관은 안동이다. 석주 권필의 서질(庶姪)이며 백사 이항복의 사위다. 1618년 강홍립(姜弘立)을 수행하여 심하(深河) 전투에 참여한 경험을 바탕으로 『강로전(姜虜傳)』을 지었으며, 1633년 주청사행을 따라 명나라를 다녀왔다. 1636년 이문학관(吏文學官)의 직함으로 통신사를 따라 일본에 가서 명성을 얻었는데, 그가 편찬하여 지참해 간 『시인요고집(詩人要考集)』이 일본에서 간행되기도 하였다.

데 한 구는 다음과 같다.

굶주린 까마귀 먹이 찾아 새벽에 우물을 엿보고   飢烏覓食晨窺井

깃든 새 의지할 곳 없어 밤에 처마에서 잠자네   棲鳥無依夜宿簷

곤궁과 시름을 시에서 볼 수 있다.

109

맹익성의 번안시

광주(廣州) 선비 맹익성(孟益聖)[1]은 젊어서 시문을 짓는 재주가 있었다. 과거(科擧) 공부에 전심전력했으나 끝내 합격하지 못하였다. 늘그막에 이르러 절구 한 수를 지었는데 그 시는 다음과 같다.

백발도 공평하지는 않고	白髮非公道
동풍도 세상인심과 똑같다.	東風亦世情
이름난 정원에는 꽃이 일찍 피었건만	名園花早發
가난한 선비는 귀밑머리 먼저 세었구나.	寒士鬢先明

이 시는 '세상에 공정한 건 오직 백발뿐〔公道世間唯白髮〕'이나 '오로지 봄바람만 세상인심과 다르다네〔惟有東風不世情〕'[2]와 같은 시구에서

---

1 맹익성(孟益聖, 1638~?)의 자는 동개(東開), 본관은 신창(新昌)이며, 경기도 광주에 거주하였다. 1687년 식년시에서 생원시 2등 7위를 하였다는 기록이 『정묘식년사마방목(丁卯式年司馬榜目)』에 보인다.

2 두목(杜牧)의 「송은자일절(送隱者一絶)」에 '세상에 공정한 건 오직 백발뿐, 귀인 머리라고 봐준 적 없지〔公道世間唯白髮, 貴人頭上不曾饒〕'라고 하였고, 나업(羅鄴)의 「상춘(賞春)」에 '해마다 인간사를 살펴보자면, 오로지 봄바람만 세상인심과 다르다네〔年年檢點人間事, 惟有東風不世情〕'라고 하였다.

취했으나 시의 취지를 뒤집었고 구사한 시어도 이치에 닿는다. 한평
생의 불평을 시로 표출했음3을 상상할 수 있다.

---

3 한유(韓愈)의 「송맹동야서(送孟東野序)」에 '사람은 불평이 있으면 문장으로 표출한다[不平
  則鳴]'에서 가져온 말이다.

110

홍익해의 시

홍익해(洪益海)¹라는 사람은 그런대로 시 짓는 재주가 있었다. 나를 찾아온 적이 있었는데 운자를 불러 시를 짓게 하니 곧바로 운에 맞추어 대뜸 시를 지었다.

아득한 천황씨와 지황씨 시절부터	粵自天皇曁地皇
고금천지에 황제가 몇이었던가	古今天地幾皇王
흥망이 갈리기론 범나라 초나라²가 매일반이요	興亡迭代同凡楚
치란을 이어받은 나라로 하나라와 상나라가 있었네	治亂相承有夏商
큰 도가 행하지 않아 공자는 송나라에서 곤경에 처했고³	大道不行嗟厄宋
도움 못된 공언으로 맹자는 부질없이 양나라에 갔었네⁴	空言無補漫遊梁

---

1 홍익해(洪益海, 1630~?)의 자는 회만(會萬), 본관은 남양(南陽)이다. 한양에 거주하였다. 현종 14년(1673) 계축년에 진사 3등 67위를 한 인물이다.

2 중국 춘추시대 강대국인 초(楚)나라와 그 속국인 범(凡)나라를 말한다. 『장자(莊子)』「전자방(田子方)」에 "초왕(楚王)이 범군(凡君)과 함께 앉았을 때 초왕의 좌우에서 '범나라는 망한다'라고 말하자, 범군이 '우리 범나라가 망한다 해도 나 자신의 존재를 잃는 것은 아니다. 그렇다면 초나라가 존재하는 것도 결국 존재하는 것이 되지 못하니, 이것으로 본다면 범나라가 애당초 망한 것이 아니요, 초나라도 애당초 존재한 것이 아니다'라고 했다"라는 글이 보인다. 존망이란 고정된 것이 아님을 뜻한다.

이번 생애 가장 뒷시대는 서한과 동한이니   此生最後東西漢

시재가 당시(唐詩)에 못 미쳐 부끄럽도다   堪愧詩工不及唐

 첫 구절과 둘째 구절의 운자를 '황(皇)'과 '왕(王)' 두 글자로 시작하였으므로 아래 여섯 구절에서는 다 나라 이름으로 연달아 압운하였다. 말이 궁색하지 않고 이치 또한 닿는다. 갑작스런 요구에 호응하여 잘 짓는 사람이라고 할 만하다.

---

3 송(宋)나라 대부(大夫)인 상퇴(向魋)가 공자가 오기를 기다렸다가 죽이려 하자 공자가 미복(微服) 차림으로 송나라를 지나갔다(『맹자』 「만장상(萬章上)」).

4 맹자는 양혜왕(梁惠王)을 만나 경륜을 펼쳐보려 했으나 등용되지 못했다. '空言無補'는 한유(韓愈)의 「맹상서에게 주는 편지〔與孟尙書書〕」에 "맹자는 현인 성인이라도 지위를 얻지 못했습니다. 공언으로 시행되지 않았으니 절실한들 무슨 보탬이리오?〔孟子雖賢聖, 不得位, 空言無施, 雖切何補?〕"라는 구절에서 가져온 말이다.

111

홍세태의 시

홍세태(洪世泰)[1]라는 시인이 있는데 시재(詩才)가 대단히 뛰어나서 곧 잘 당시(唐詩)에 가까운 시를 지었다. 「분상(汾上)에서 한식을 맞이하다」[2]는 다음과 같다.

작년 한식에는 바다 서쪽 끝에 있었고	去年寒食海西頭
금년 한식에는 이 땅에 머물러 있네	寒食今年此地留
돌고 도는 세월은 어찌 그리 촉박한지	歲月回環何太促
떠도는 인생길에 쉬어 본 적 한 번 없네	人生行役不曾休
봄바람 부는 주막에 연기 한 점 없고	東風野店無烟火
새벽 비 속 뽕나무 숲엔 비둘기만 울어대네[3]	曉雨桑林有鵓鳩

---

1 홍세태(洪世泰, 1653~1725)의 자는 도장(道長), 호는 창랑(滄浪)·유하(柳下), 본관은 남양(南陽)이다. 중인으로 1675년(숙종 1) 을묘식년시에 잡과인 역과(譯科)에 응시하여 한학관(漢學官)으로 뽑혀 이문학관(吏文學官)에 제수되었다. 여항문단을 대표하는 시인으로 문집에 『유하집(柳下集)』이 있다.

2 분상(汾上)은 경기도 통진(通津)을 가리키는 듯하다. 통진의 옛 이름은 분진(汾津)이다. 이 시는 『유하집』 권1에 같은 제목으로 실려 있다. 홍세태는 1705년(숙종 31)에 황해도 옹진에 있는 둔전(屯田)에 감독관으로 부임했다.

좋은 철이 눈에 들어와 그리움만 일으키나　　　　　　　　觸目韶華徒攪思

가련쿠나, 그 누구랑 봄놀이를 할꺼나　　　　　　　　　　可憐誰與作春遊

또 일본에 가서 지은 시4의 한 연은 다음과 같다.

붉은 태양은 세 개의 섬에 떠 있고　　　　　　　　　　　　赤日浮三島

푸른 하늘은 오랑캐 땅을 감싸네　　　　　　　　　　　　　靑天繞百蠻

　재주가 이와 같았으나 자취를 감추고 위축된 채 재주를 펼치지 못했으니 참으로 애석하다.

---

3 『예기』「월령(月令)」에 "이 달(늦봄)에는 야우에게 뽕나무와 산뽕나무를 베지 못하게 하였으니, 산비둘기가 깃털을 털고, 뻐꾸기가 뽕나무에 내려앉는다〔是月也, 命野虞無伐桑柘, 鳴鳩拂其羽, 戴勝降於桑〕"라고 하였다.

4 『유하집』 권1에 「대마도를 일찍 출발하다〔早發對馬島〕」라는 제목으로 실려 있다. 1682년(숙종 8) 부사(副使)의 비장(裨將) 직책을 띠고 일본에 다녀왔을 때의 작품이다.

112

승려 정지의 백상루 시

승려 정지(定志)가 안주의 백상루(百祥樓)[1]에서 쓴 시는 다음과 같다.

옷을 걷고 높은 누대에 다시 오르니	褰衣更上最高樓
멀고 가까운 들판에서 저녁놀이 걷히누나	遠近平原暮靄收
붉은 여뀌 언덕에는 오리가 점점이 잠들었고	數點眠鳧紅蓼岸
푸른 파도 끝에 어부가 낚싯대 하나 드리웠네	一竿漁父碧波頭
넓은 들에는 안개가, 고개에는 구름이 걸려 있고	烟橫大野雲橫嶺
긴 강에는 바람이, 배에는 달빛이 가득하구나	風滿長江月滿舟
고개 돌려 바라보니 따오기 너머 노을 지고	回首落霞孤鶩外
흰 갈매기 노니는 물가로 일엽편주 돌아오네	片帆來往白鷗洲

시어가 대단히 화려하고 고우니, 산사람의 기운이 없다.

---

1 백상루는 평안남도 안주군 안주읍에 있는 고려 시대의 누정이다. 옛 안주성 장대(將臺) 터
에 세워 청천강의 자연 경치와 잘 어울리는 건물로서 관서팔경(關西八景) 가운데서도 첫째
로 꼽혀 '관서제일루(關西第一樓)'라고까지 하였다. 백상루를 언제 지었는지는 정확히 알려
지지 않았으나, 14세기 고려 충숙왕이 백상루를 읊은 시가 있는 것으로 보아 훨씬 이전에
세워진 누각임을 알 수 있다.

승려 선탄의 시

승려 선탄(禪坦)[1]은 글을 잘 짓고 해학을 잘 했다. 그러나 성품이 방랑을 즐겨 계율을 따르지 않았다. 선탄이 능가산(楞伽山)에서 지은 시[2]는 다음과 같다.

홍진 세상 말 위에서 반백으로 머리 세었고	鞍馬紅塵半白頭
병을 얻어 능가산에 일찍 돌아와 쉬고 있네	楞伽有病早歸休
강에는 안개비 자욱하고 서산에는 해가 지니	一江煙雨西山暮
성긴 발 걷어놓고 다락을 내려오지 않노라	長捲疏簾不下樓

기운이 호방하여 승려들의 습속을 벗어났다.

---

1 선탄(禪坦)은 고려의 승려로 이제현(李齊賢)과 친분이 깊었다. 『동문선』에 그의 시집 서문 「해동석선탄사시집서(海東釋禪坦師詩集序)」와 시 여러 편이 실려 있다.

2 『동문선』에 실려 있고, 『신증동국여지승람』에는 전라도 부안 소래사(蘇來寺)의 제영시(題詠詩)로 실려 있다. 여기서 능가산은 소래사가 있는 산중을 가리킨다.

승려 휴정의 시

청허(淸虛) 휴정(休靜)이 지은 절구[1]는 다음과 같다.

스님은 구름과 물의 게송을	山僧雲水偈
학사는 성(性)과 정(情)의 시를	學士性情詩
함께 읊조리고 낙엽에 적었으나	同吟題落葉
바람에 흩어지니 아는 이 없네	風散沒人知

불가(佛家)의 본색(本色)이다.

---

1 『청허당집(淸虛堂集)』에 「조학사와 청학동에 노닐다〔與趙學士遊靑鶴洞〕」라는 제목으로 수록되어 있다.

115

승려 충휘의 시

운곡(雲谷) 충휘(沖徽)[1]는 계곡 장유, 동악 이안눌과 가장 친했다. 충휘
가 남계(南溪) 어부의 피리를 읊은 시는 다음과 같다.

앞 시내에 가을 물은 비단처럼 푸르고	南溪秋水碧如羅
바람 불어 버들가지는 물가에 나부끼네	楊柳風絲拂岸斜
안개 속에 들려오는 어부의 피리 소리	漁父一聲煙裏笛
석양의 모래밭에 물새는 놀라 나네	渚禽驚起夕陽沙

시어가 매우 맑고 아름답다.

---

1 충휘(沖徽, ?~1613)는 호가 운곡(雲谷)이다. 조선 중기의 승려로 시로 이름이 높아 이안눌·
장유·이수광 등 당대의 명사들과 교유하였다. 문집에 『운곡집(雲谷集)』이 전한다.

116

승려 처능의 시

승려 처능(處能)[1]이 백마강에서 옛일을 회상하여 지은 시는 다음과 같다.

백마강 물결 소리는 만고에 시름이라	白馬波聲萬古愁
대장부가 이곳에 오면 눈물을 떨구누나	男兒到此涕堪流
처음에는 위나라 산하의 보배라고 떠벌리더니[2]	始誇魏國山河寶
끝내는 오강(吳江) 자제들에게 부끄러워했네[3]	終作吳江子弟羞
해질녘 무너진 성가퀴에는 까마귀 울음만 남았고	廢堞有鴉啼落日
늦가을 황량한 누대에는 기녀의 춤 보이지 않네	荒臺無妓舞殘秋
삼국으로 나눠 할거하던 영웅은 다 스러지고	三分割據英雄盡

---

1 처능(處能, 1617~1680)의 속성은 전(全)씨, 자는 신수(愼守), 호는 백곡(白谷)이다. 각성(覺性, 1575~1660)의 제자로 동양위(東陽尉) 신익성(申翊聖)의 문하에서 공부하였다. 문집에 『백곡집(白谷集)』이 있다.

2 『사기』 「오기열전(吳起列傳)」에 "위나라 문후가 죽은 뒤에 오기는 그 아들 무후를 섬겼다. 무후가 서하에 배를 띄우고 내려가다가 중류에서 오기를 돌아보며 "훌륭하구나! 산하의 견고함이여. 이는 위나라의 보배로다"라고 했다는 고사가 전한다. 여기에서는 부여의 황참(隍塹) 역할을 했던 백마강을 서하에 견주었다.

갈바람에 나그네 떠나보내는 배만 보이네　　　但看西風送客舟

이 시 역시 저들 승려의 시풍을 벗어났다.

---

3 항우(項羽)는 유방(劉邦)과의 마지막 전투에서 패한 뒤 오강(烏江)에 이르렀을 때, 강을 건너
권토중래하라고 권하는 정장(亭長)에게 다음과 같이 말했다. "내가 강동(江東)의 자제(子弟)
팔천 명과 강을 건너 서쪽에서 싸우다가 지금 한 사람도 돌아가지 못하니, 강동의 부형들
이 나를 불쌍히 여겨 왕으로 삼는다 한들 무슨 면목으로 그들을 보겠는가?"(『사기』 「항우본
기(項羽本紀)」) 여기에서는 백제가 멸망할 때 삼천궁녀가 백마강에 투신한 일을 투영하고 있
다. 하권 124칙을 참고하라.

117

지리산의 기이한 승려

옛적에 어떤 감사가 두류산에 놀러 갔다가 가파른 바위 위에 노승이 바랑을 베고 자는 것을 보았다. 감사의 종자가 불러서 깨우자 노승은 곧바로 절구 한 편을 읊었는데, 그 시는 다음과 같다.

산승이 바랑 베고 잠이 들어	山僧枕鉢囊
꿈속에서 금강산 길을 걸었네	夢踏金剛路
우수수 나뭇잎 떨어지는 소리에	蕭蕭落葉聲
놀라 일어나니 하루 해가 저물었네	驚起江天暮

감사가 기이한 승려인 줄을 알아보고 불러서 이야기를 나누려 했더니, 홀연히 떠나버려 어디로 갔는지 알 수 없었다.

118

규수 남씨의 시재

규수 남씨(南氏)는 곡성(谷城) 출신 문관인 남주(南趎)[1]의 누이로 시를 잘 지었다. 남주가 언젠가 눈을 주제로 시를 읊되 '녹(綠)'과 '홍(紅)'으로 운을 맞추라고 하자 남씨가 즉시 읊었다.

땅에 떨어지는 소리는 누에가 푸른 잎 먹는 듯하고 　　落地聲如蠶食綠

허공에 흩날리는 모양은 나비가 붉은 꽃 엿보는 듯하네　飄空狀似蝶窺紅

참으로 놀라운 재주이다.

---

1 남주(南趎)의 자는 계응(季應), 호는 서계(西溪), 본관은 고성(固城)이다. 1514년 문과에 급제하여 성균관 학유가 되었다. 1519년 기묘사화 때 조광조 일파로 추방당했고, 28세에 전적(典籍)으로 봉직하다가 요절했다.

119

옥봉 이씨의 시

옥봉(玉峯) 이씨(李氏)[1]가 어느 봄날 읊은 시는 다음과 같다.

두어 마을 뽕나무밭에 저녁 안개 자욱하고	數村桑柘暮烟籠
숲 너머 맑은 여울은 돌구멍에 방아 찧네	林外淸湍石竇舂
반평생 인생은 시구 속에 곤궁해졌고	半世人窮詩句裡
한 해의 봄철은 새 울음 속에 다하였네	一年春盡鳥聲中
미친 듯한 버들개지는 눈송이처럼 나부끼고	顚狂柳絮飄香雪
경박한 복사꽃은 돌개바람에 어지럽네[2]	輕薄桃花逐亂風
풀빛 푸르러도 왕손은 돌아오지 않고[3]	草綠王孫歸不得

---

1 옥봉(玉峯, 생몰년 미상) 이씨는 조선 중기의 여류시인이다. 이봉의 서녀(庶女)로 조원(趙瑗, 1544~1595)의 소실(小室)이 되었다. 『옥봉집(玉峰集)』에 시 32편이 수록되어 『가림세고(嘉林世稿)』의 부록으로 전하며, 중국 시선집인 『명시종(明詩綜)』, 『열조시집(列朝詩集)』, 『명원시귀(名媛詩歸)』 등에도 작품이 전한다. 남편인 조원의 자는 백옥(伯玉), 호는 운강(雲江), 본관은 임천(林川)이다. 조식의 문인으로, 저서에 『독서강의(讀書講疑)』가 있다.

2 두보의 「절구만흥(絶句漫興)」 제5수의 '미친듯한 버들개지는 바람 따라 춤추고, 경박한 복사꽃은 물 따라 흐르네[顚狂柳絮隨風去, 輕薄桃花逐水流]'라는 시구를 차용하였다.

3 왕유(王維)의 「송별(送別)」에 "내년에 봄풀이 푸르를 때면, 왕손은 돌아오려나 아니 오려나[春草明年綠, 王孫歸不歸]"라는 시구가 있다.

두견새는 피눈물로 울며 한이 끝없네[4]   子規啼血恨無窮

만당(晩唐)의 격조(調格)를 지극하게 담겨 있다.

---

4 촉(蜀)나라 황제 두우(杜宇)가 원통하게 죽은 뒤에 두견새로 변하여 봄이면 피눈물이 흐를 때까지 구슬피 운다는 전설이 있다.

120

아낙네의 시

세간에 다음 이야기가 전한다. 시를 잘 짓는 여자가 있었다. 그 남편이 친구와 함께 담장 저편에서 어떤 기생을 보자고 이야기를 나누는데, 기생 이름을 감추려 그 사람이니 저 사람이니 불렀다. 여자가 바로 다음과 같은 시를 지어 남편에게 주었다.

그 사람은 누구이며 저 사람은 누구인지	其者何人厥者誰
낭군은 말하지 않아도 소첩은 진작 알지요	郞雖不語妾先知
광산성 안에 꽃이 아직 피어 있으니	光山城裏花猶在
조만간 봄바람에 한 가지가 꺾이겠네	早晩東風折一枝

　기녀가 광산 사람이라서 이렇게 말한 것이다.

121

한 여자의 연정시

시를 잘 짓는 여자가 있었다. 남편이 궁궐에 숙직하러 들어갔을 때 여자가 절구 한 수를 지어 소반에 끼워 보냈다. 시는 다음과 같다.

휘장은 바람에 펄럭이고 달은 구름에 숨었는데	風動羅幃月隱雲
창을 치는 눈발 소리를 이불 껴안고 듣고 있어요	打窓飛雪擁衾聞
어찌해야 하나요, 이처럼 길고 긴 밤	如何若此漫漫夜
마음 끝에 오가는 것 오로지 그대뿐인 걸요	來往心頭只是君

세상에서 아름다운 작품이라 일컫기는 하지만 끈끈한 애정이 너무 많이 담겨 아쉽다.

122

황진이의 박연폭포 시

송도 기생 황진(黃眞)이 박연폭포를 읊은 시는 다음과 같다.

한 줄기 긴 시내가 계곡에서 뿜어 나와	一派長川噴壑礲
백 길 아래 용추로 물이 콸콸 쏟아지네	龍湫百仞水潀潀
나는 샘이 거꾸로 쏟아지니 은하수인 듯하고	飛泉倒瀉疑銀漢
성난 폭포 비껴 드리우니 흰 무지개 완연하다	怒瀑橫垂宛白虹
우박이 어지럽고 천둥이 내달려 골짜기 안을 메우고	雹亂霆馳彌洞府
구슬이 튀고 옥이 부서져 맑은 하늘에 솟구친다	珠舂玉碎徹淸空
유람객은 여산의 멋진 경치 말도 꺼내지 말고	遊人莫道廬山勝
천마산이 해동에서 으뜸인 줄 알기나 하소[1]	須識天磨冠海東

시어가 극히 맑고 웅장하니 화장하는 여인이 쓸 수 있는 수준이 아니다.

---

1 여산(廬山)은 중국 강서성에 있는 산으로 여산폭포(廬山瀑布)로 알려진 곳이다. 이백(李白)·서응(徐凝) 등이 폭포를 두고 읊은 시가 널리 회자되었다. 천마산은 개성의 진산(鎭山)으로 성거산(聖居山), 오관산(五冠山)과 함께 송도의 명산에 꼽힌다. 다수의 문인이 천마산의 박연폭포에 관한 시를 남겼다.

123

광해군 궁녀의 시

무관(武官) 이신(李紳)의 누이는 광해군 때의 궁녀이다. 말솜씨가 좋고
글을 잘 지어서 광해군이 상관소용(上官昭容)[1]에 빗댄 적이 있었다. 광
해군이 폐위된 뒤에는 심기원(沈器遠)[2]이 데리고 살았고, 심기원이 죽
임을 당한 뒤에는 김자점(金自點)[3]이 또 데려가 살았다. 이신의 누이가
자신의 처지를 가슴 아파하며 다음 시를 지었다.

가무하던 누대와 전각 모두 다 먼지 되니　　　　　　歌臺舞殿摠成塵

---

1 상관소용(上官昭容, 664~710)은 당(唐)나라 때의 여류 시인이다. 재상인 상관의(上官儀)의 손
　녀로 상관의가 측천무후(則天武后)의 폐위를 도모하다가 처형된 뒤 궁정의 하녀가 되었다.
　어려서부터 시문에 재능을 보여 측천무후에게 발탁되었다. 조정 신하의 시를 심사하고, 상
　주문(上奏文)을 기초하고 정사에 참여하였다. 중종의 후궁이 되어 소용(昭容, 후궁에게 내리는
　품계)에 봉해졌다.
2 심기원(沈器遠, 1587~1644)의 자는 수지(遂之), 본관은 청송(靑松)이다. 1623년 인조반정에 참
　여하여 공신에 봉해졌다. 이괄의 난과 정묘호란, 병자호란 때 공훈을 세웠다. 김자점(金自點)
　세력과 대립하여 1644년 좌의정으로 회은군(懷恩君)을 추대해 반란을 일으키려 하다가 탄로
　나 죽임을 당하였다.
3 김자점(金自點, 1588~1651)은 인조 때의 권신으로 1623년 인조반정에 참여하여 1등 공신에 봉
　해졌다. 1644년 심기원을 역모 혐의로 도태시키고 영의정에 올랐다. 1651년 아들 김익(金釴)
　의 역모가 폭로되어 처형당하였다.

지난날 영화로움 어젯밤 일만 같네　　　　　舊日繁華似隔晨

서글퍼라, 한 송이 남은 궁궐의 꽃이여　　　　怊悵宮花餘一朶

몇 번이나 비바람에 가는 봄을 울었던가　　　幾番風雨泣殘春

124

익산 사람의 백마강 시

익산(益山)에 성이 소씨(蘇氏)이고 이름이 전하지 않는 어떤 사람이 있
었는데 백마강(白馬江)을 지나면서 다음 시를 지었다.

부소산[1]에 해가 떨어지니	日落扶蘇上
푸른 안개에 먼 모래톱이 희미하다	蒼烟迷遠洲
천년토록 망국의 한을 품고서	千年亡國恨
예나 지금이나 강물은 흘러간다	今古一江流

석주 권필이 듣고 칭찬하였다.

---

1 부소산(扶蘇山)은 부여의 사비성(泗沘城, 부소산성(扶蘇山城))이 위치한 산이다. 산 북쪽의 절
벽에는 백제가 멸망할 때 삼천궁녀가 백마강(白馬江)에 몸을 던졌다고 전해지는 낙화암(落花
巖)이 있다.

125

무명씨의 꾀꼬리 시

이름을 알 수 없는 사람이 다음과 같이 꾀꼬리를 읊었다.

몸에는 황금빛 갑옷 걸치고	身着黃金甲
봄을 맞아 버들 군영¹에 찾아왔네	春歸細柳營
처음 왔을 때는 그 이름 몰랐으나	初來名不識
날아가며 제 이름을 제가 부르네²	飛去自呼名

　말이 유치한 느낌을 주는데도 사람들 사이에 전해져 읊어지고 있으니, 무슨 까닭일까?

1　버들 군영의 원문은 '細柳營'이다. 한 문제(漢文帝) 때 주발(周勃)이 세류(細柳) 땅에 설치한 군영이기도 한데, 봄날 버들에 깃든 노란 꾀꼬리를 '황금 갑옷' 걸친 모습에 빗대어 재치 있게 연관 지었다.

2　'鶯(꾀꼬리 앵)'은 그 울음소리로 지어진 이름이기 때문이다. 『시경』 「벌목(伐木)」에서 '쩡쩡 울리며 나무 베거늘, 꾀꼴꾀꼴 꾀꼬리 울도다[伐木丁丁, 鳥鳴嚶嚶]'라고 하여 꾀꼬리의 울음소리를 '嚶(새지저귈 앵)'으로 표현했다.

126

무명씨 작품

요순이 세운 공훈 나날이 쓸쓸해져	唐虞勳業日蕭條
풍파 치는 천지는 오래도록 적막했네	風雨乾坤久寂寥
푸른 산에 봄이 와서 꽃과 새가 말을 하니	春到碧山花鳥語
태평성대 남긴 자취 다 사라지지 않았구나	太平遺跡未全消

누가 지었는지 알 수 없으나 상당히 격조가 있다. 영남 선비의 작품이라 말한 이도 있다.

127

귀신의 시

월사(月沙) 이정귀(李廷龜)는 만년에 한양성 동쪽 마을의 집에 살았다. 하루는 안궤에 기대어 얼핏 잠이 들었는데, 청의동자(靑衣童子)가 나귀를 타고 와서 인사를 하고는 『주역(周易)』을 배우길 청하였다. 월사가 잘 알지 못한다며 사양하였으나, 청의동자가 굳이 배우겠다고 하면서 마침내 몇 가지 의의(疑義)를 들어 묻기에 월사가 대략 풀이해 주었다. 그러자 청의동자가 "제가 일찍이 『주역』을 읽었으나, 그 말이 이와 같지 않았습니다"라 하고는 자기 견해로 설명하니, 의미가 대단히 시원스럽게 풀렸다. 월사가 크게 놀라 청의동자와 오래도록 이야기를 나누었다. 때마침 달이 동쪽 산에서 나오자 월사가 동자에게 말했다. "네가 나에게 시를 한 수 지어다오." 동자가 즉시 시를 지었다.

쟁반같이 큰 밝은 달이 　　　　　　　　　　　　明月大如盤

백운봉[1] 위로 토해졌네 　　　　　　　　　　　　白雲峰上吐

---

1 백운봉은 낙산(駱山) 또는 남산(南山) 또는 북한산(北漢山)에 있는 봉우리로 추정된다. 월사의 거주지로 놓고 보면 낙산을 가리키는 듯하나 낙산에 백운봉이 있다는 기록은 보이지 않는다. 그렇다면 이 시에서의 백운봉은 고유명사로 쓴 것이 아닐 수도 있을 듯하다.

차고 이지러지기 몇 만 년이던가   盈虧幾萬年

너만 홀로 고금을 아노라   爾獨知今古

곧 인사하고 떠나니, 월사가 사람을 시켜 뒤를 좇아갔으나 간 곳을 알지 못하였다. 시가 신선이 지은 것 같기도 귀신이 지은 것 같기도 하다. '너만 홀로 고금을 안다〔爾獨知今古〕'라고 한 말에는 밝은 달만 못한 것을 한스러워하는 의중이 절로 담겨 있으니, 틀림없이 귀신의 말이다.

128

정경세가 만난 도사의 시

우복(愚伏) 정경세(鄭經世)가 젊었을 때 문사 서너 명과 함께 산수 유람을 떠났다. 물가에 이르러 시를 짓고 있을 때, 어느 무인이 지나가다가 말을 멈추고 와서 읍을 하였다. 좌중에서 한 사람이 "우리 모임은 문자음(文字飮)¹이라, 시를 짓지 못하면 참석할 수 없다"라고 하였다. 무인이 "제가 비록 무인이나 글자를 조금 압니다. 조경종(曹景宗)이 '경(競)'과 '병(病)' 운으로 시를 지은 옛일을 본받아² 이 자리에 끼고자 하니 괜찮겠습니까?"라고 하였다. 다들 기이하게 여겨서 운자를 불렀더니 무인이 즉시 응하여 지었다. 그중에 한 연은 다음과 같았다.

바위에 흐르는 물소리는 아쟁처럼 끊어질 듯 이어지고　瀉石泉聲箏斷續

---

1 문자음(文字飮)은 술을 마시면서 시를 읊는 놀이이다. 한유(韓愈)가 「술에 취해 장비서에게 주다[醉贈張祕書]」에서 장안의 부호집 자제를 조롱하여 '문자음은 할 줄 모르고, 치마폭에서 취하는 게 고작이지[不解文字飮, 惟能醉紅裙]'라고 하였다.

2 양(梁)나라 무장 조경종(曹景宗)이 전쟁에서 이기고 돌아오자 축하연을 열었다. 잔치에서 모두가 시를 짓고 마지막에 경(競)·병(病)이라는 시 짓기 어려운 두 운자가 남자, 조경종이 그 운을 따라 '떠날 때에는 아녀자들 슬퍼하더니, 돌아올 때는 피리 북이 다투어 울리네. 길 가는 사람에게 물어보자, 곽거병 장군보다 어떠한지를[去時兒女悲, 歸來笳鼓競, 借問行路人, 何如霍去病]'이라고 지었다. 모두들 놀라서 칭찬하였다.(『남사(南史)』「조경종열전(曹景宗列傳)」)

우복이 크게 놀라 붓을 놓고 성명을 물었다. 무인이 "저는 과객이니 굳이 성명을 물을 것 없지요"라 하고는 소매를 떨치고 "산속이라 해는 벌써 저물고 앞길은 아직 멀었으니 이제 떠나겠습니다"라고 하였다. 사람을 보내 뒤쫓았으나 어디로 갔는지 알 수 없었다. 이 시는 귀신이 지은 것도 아니고 신선이 지은 것도 아니니 무인은 산과 들에 사는 도사인가 보다.

129

박순이 만난 신선의 시

사암(思菴) 박순(朴淳)이 젊었을 때 여주 신륵사(神勒寺)에 머물면서 독
서하였다. 하루는 밤이 깊어 달이 환할 때 동대(東臺)[1] 쪽에서 피리 소
리가 들려오자 괴이하게 여겨 가서 보았더니, 도사의 옷을 입은 노인
이 피리를 비껴 불고 있었고 동자가 따르고 있었다. 이름을 물어보니
대답은 하지 않고 길게 휘파람을 불고서 다음 시를 읊었다.[2]

표표히 신선의 수레 허공에서 내려오고	飄然羽蓋下璇霄
밤 깊어 동대에는 달이 벌써 높이 떴네	夜久東臺月已高
옥피리 한 번 부니 바위가 갈라지고	玉笛一聲山石裂
푸른 못 깊은 곳에서 이무기가 춤을 추네	碧潭千尺舞潛蛟

시를 읊고 홀연히 하늘로 날아가자 그제야 진짜 신선임을 알아차렸다.

---

1 동대(東臺)는 신륵사의 다층전탑이다. 고려시대 전탑으로 보물 제226호로 지정되었다.
2 귀신이 썼다는 시가 신응시(辛應時)의 『백록유고(白麓遺稿)』에 「청심루(淸心樓)」라는 제목으
로 조금 다르게 실려 있다. '청심루 아래에서 가벼운 배 띄우고서, 동대에 밤에 대니 달이 벌
써 높이 떴네. 쇠피리 한 번 부니 바위가 갈라지고, 푸른 못 깊은 곳에서 이무기가 춤을 추네
〔淸心樓下放輕舸, 夜泊東臺月已高, 鐵笛一聲山石裂, 碧潭千尺舞潛蛟〕'

130

종암 귀신의 시

선비 심(沈) 아무개가 동쪽 교외에서 한양으로 오는 길에 종암(鐘巖) 근처에서 말을 쉬게 하던 중 한 서생을 만났다. 서생이 절구 한 수를 읊었는데 그 시는 다음과 같다.

봄물은 넘실대고 버들개지 휘날릴 때	春水微茫柳絮飛
들바람이 비를 몰아 과객 옷에 뿌리누나	野風吹雨點征衣
산언덕 옛 무덤에 한식날이 다가오니	原頭古墓淸明近
해질 무렵 까마귀는 가지 않고 울어대네	落日寒鴉啼不歸

시를 읊고 나자 서생은 홀연히 보이지 않았다. 심 선비는 속으로 기이하게 여기고, 한양에 돌아와 석주 권필에게 놀라운 시구를 얻었다고 자랑하며 불러 주었다. 그러자 석주가 "이 시는 귀신의 작품이지 결코 그대의 솜씨가 아니네"라고 하니 선비가 몹시 놀라며 사실대로 털어놓았다. 명나라 호응린(胡應麟)[1]은 이렇게 말했다.

"재주와 감정이 풍부한 작품에는 규방 여인의 시가 많고, 취향과 아치가 그윽한 작품으로는 승려의 시가 가장 낫다. 도사의 시는 신선의 시만 못하고, 신선의 시는 귀신의 시만 못하다."

　내가 이 두 작품을 살펴보니, 신륵사에서 신선이 지은 시는 격조와 소리가 호방하고 넘치며, 종암에서 귀신이 지은 시는 의경이 몹시 핍진하다. 호응린이 신선과 귀신을 구별한 것은 나름의 소견이 있어서일 것이다.

1　호응린(胡應麟, 1551~1602)의 자는 원서(元瑞), 호는 석양생(石羊生)이다. 명말의 저명한 문인 비평가로 『소실산방유고(少室山房類稿)』, 『필총(筆叢)』, 『시수(詩藪)』 등이 있다. 인용한 말은 『시수(詩藪)』 외편(外篇) 권2에 나온다.

131

신흠과 이수광의 시평 비판

시의 창작이야 본디 쉽지 않으나 시평(詩評)의 창작 또한 쉽지 않다. 현옹(玄翁) 신흠(申欽)과 지봉(芝峯) 이수광(李睟光) 두 분은 모두 시가(詩家)에 조예가 깊지마는 그분들이 옛사람의 시를 논한 시평집에는 사이사이 온당하지 못한 대목이 있다. 내가 그 대목을 드러내 기록하여 문단의 공평한 의론을 기다린다.

현옹은 『청창연담(晴窓軟談)』에서 "북해(北海) 이옹(李邕, 678~747)의 웅건함은 두보보다 윗길이다"라고 하였고, 또 "왕발(王勃)의 「추야장(秋夜長)」과 노조린(盧照隣)의 「장안고의(長安古意)」를 이백(李白)이 짓는다면 너끈히 짓겠지만 두보는 한 수쯤 뒤질 듯하다"라고 하였으니 포폄에 너무 지나친 점이 있지 않은가? 옛날 오도손(敖陶孫, 1154~1227)은 한(漢)·위(魏) 이래 여러 시인을 평론하면서 두보에 이르러서는 "주공(周公)의 문물제도 정비와 같아서 말 한마디 보탤 수 없다"라고 말하였다.

『지봉유설』에서는 "두보의 「악양루(岳陽樓)」 시1에 '친한 벗은 소식 한 자 없고, 늙고 병든 몸은 외로운 배만 타네〔親朋無一字, 老病有孤舟〕' 라는 구절은 그 위의 구절과 잘 이어지지 않고, 악양루 풍경과 어울리지도 않는다"라고 하였으나 이는 전혀 그렇지 않다. 무릇 율격(律格)에는 경물(景物)을 먼저 말하고 실사(實事)를 뒤에 말하는 경우가 있고, 실사를 먼저 말하고 경물을 뒤에 말하는 경우가 있다. 어찌 반드시 처음부터 끝까지 경물을 말해야 하겠는가? 이 시는 두보가 난을 피해 악양루에 이르러 지은 것이다. 위 연에서는 전적으로 경물을 말하고, 아래 연에서는 자신의 정서를 서술하였으니, 시를 짓는 요체이다. 지봉이 '잘 이어지지 않는다'라거나 '잘 어울리지도 않는다'라고 한 말은 어째서 했을까?[2] 당자서(唐子西)[3]는 "내가 악양루를 지나다가 두보의 시를 보았는데, 사십 자에 불과하지만 기상(氣象)이 굉장하고 자유로워 얼추 동정호(洞庭湖)와 자웅을 겨룬다"라고 평하였으니, 그 말이 믿을 만하지 않겠는가!

---

1 시의 원문은 다음과 같다. '昔聞洞庭水, 今上岳陽樓. 吳楚東南坼, 乾坤日夜浮. 親朋無一字, 老病有孤舟. 戎馬關山北, 憑軒涕泗流.'

2 홍중인은 『동국시화휘성』에서 이수광에 대해 "지봉은 평생 당시(唐詩)를 전공했다. 한담하고 온아하여 경구(警句)가 많았지만 부족한 것은 기력이었다〔芝峰一生攻唐, 閑淡溫雅, 多有警句, 而所乏者氣力〕"라고 평가하였다.

3 당자서(唐子西)는 당경(唐庚, 1071~1121)으로 자서는 자이다. 북송 미주(眉州) 단릉(丹稜)의 사람으로 비평가로 유명하다.

132

시평의 태도

문장(文章)이 비록 작은 기예라고는 하지만 학문 가운데 가장 정밀한 것이다. 거친 마음과 두둑한 배짱으로 쉽게 말해버릴 것이 아니다. 그러나 세상에서 당시(唐詩)를 말하는 자들은 송시(宋詩)를 배척하면서 "비루하여 배우기에 부족하다"라 하고, 송시를 배우는 자들은 당시를 배척하면서 "위약(萎弱)하여 굳이 배울 것이 없다"라고 하니, 이는 모두 편벽된 의론이다. 당나라가 쇠퇴하였을 때 어찌 속된 시가 없었겠으며, 송나라가 성대하였을 때 어찌 고아한 시가 없었겠는가. 시문을 가려 뽑을 때 「우서(虞書)」와 진(秦)나라 한(漢)나라 문장을 숭상하지만 그 조예를 살펴보면 어떤 울림도 의미도 없다. 이야말로 이른바 수릉(壽陵)의 걸음걸이¹라는 것이니 자신을 헤아리지 못하는 태도가 우습다.

---

1 수릉은 연(燕)나라의 고을이다. 수릉 젊은이가 남의 걸음걸이를 배우다가 자신의 걸음걸이를 잊었다는 고사에서 본분을 잊고 함부로 남의 흉내를 내다가 본디 지니고 있던 장점까지 잃게 됨을 뜻한다(『장자』「추수(秋水)」).

133

문인의 두 가지 병폐

세상 사람들은 두 가지 병폐를 지니고 있다. 선배 문장 대가는 글을 지을 때 덜어내고 고치기를 아끼지 않았다. 소릉(少陵) 두보(杜甫)나 육일 거사(六一居士) 구양수(歐陽脩)는 글을 지을 때 어구의 수정을 더욱 좋아하여 초고와는 거의 비슷한 점이 없을 지경이었다. 두보의 '복사꽃은 살랑살랑 버들꽃 따라 떨어지고, 꾀꼬리는 때때로 백조와 함께 나네[桃花細逐楊花落, 黃鳥時兼白鳥飛]'라는 구절은 그 초고를 구해 보았더니 '복사꽃은 버들꽃과 이야기 나누려 하고[桃花欲共楊花語]'로 되어 있었으니, 나중에 이렇게 고친 것이었다.[1] 또 구양수의 「취옹정기(醉翁亭記)」는 초고에 "저주(滁州)는 사면에 산이 있다[滁州四面有山]"라는 말 수십 자로 구성되었으나 나중에는 "저주 주위는 모두 산이다[環滁皆山也]"라는 다섯 글자로 고쳤다.[2] 지금 배움이 얕고 식견이 짧은 이들은 결함과 흠투성이인데도 도리어 고치지 않는 것을 고상하게 여기고, 무지한 이들은 또 부화뇌동하여 칭찬하니, 이것이 한 가지 병폐이다.

---

1 이 일화는 『시인옥설(詩人玉屑)』 권8 「단련(煅煉)」에 보인다.

2 이 일화는 『주자어류(朱子語類)』 권139 「논문 상(論文上)」에 보인다.

또 예로부터 시인이 시를 쉽게 지은 적이 없었다. 당시(唐詩)에는
'밤새껏 읊어 새벽까지 쉬지 않는다[夜吟曉不休]'³라는 말이 있고, 또
"두 구절을 3년 만에 얻었다[兩句三年得]"⁴라는 말도 있다. 어떤 시인은
퇴(推)자를 쓸지 고(敲)자를 쓸지 직접 손짓을 해 보기도 했고,⁵ 어떤
시인은 문을 닫은 채 마음에 드는 구절을 찾기도 했다. 아무리 짧은 시
라도 반드시 마음을 정밀하고 깊이 있게 썼으니, 더구나 장편 대작이
야 말할 나위가 있겠는가?

지금 겨우 문리(文理)가 튼 사람이 옛날과 지금 시인들이 지은 시를
겨우 한두 번 훑어보고 나서 대뜸 잘못을 지적하고 함부로 비평을 가
하면서 "이것은 옳고 저것은 그르다"라고 하니, 제 주제를 너무도 헤
아리지 못하는 것이 아니겠는가? 이것이 또 한 가지 병폐이다.

---

3 맹교(孟郊)의 「밤에 감흥이 일어 번민을 달래다[夜感自遣]」의 첫 구절로 전체는 다음과 같다.
　'夜吟曉不休, 苦吟鬼神愁. 如何不自閑, 心與身爲仇.'

4 가도(賈島)의 「무가상인을 배웅하다[送無可上人]」에 달려 있는 자주(自註)이다. 『시인옥설(詩
　人玉屑)』 권11 「시병(詩病)」에 "가도(賈島)가 '홀로 못 아래 그림자 드리운 채 가며 두어 번 나
　무에 기대어 몸을 쉬네[獨行潭底影, 數息樹邊身]'라는 두 구절을 짓고서, '두 구절을 3년 만에
　얻으니, 한 번 읊자 두 줄기 눈물이 흐른다[二句三年得, 一吟雙淚流]'라고 자주를 달았다"라고
　하였다.

5 당(唐)나라 시인 가도(賈島)가 어느 날 나귀 위에서 "새는 연못가 나무에서 자고, 스님은 달
　아래 문을 두드린다[鳥宿池邊樹, 僧敲月下門]"라는 시구를 지었다. '僧敲月下門'의 '敲'자 자리
　에 처음에 '퇴(推, 밀다)'자를 쓰고 싶어 했다가 '고(敲, 두드리다)'자를 쓰고 싶어기도 해서,
　나귀를 탄 채 손짓으로 밀어보기도 하고 두드려보기도 하는 행위를 반복하고 있었다. 한유
　(韓愈)의 행차를 만나게 된 줄도 모를 정도로 골몰하는 바람에, 한유의 수행원이 가도를 한
　유 앞에 끌고 갔다. 가도는 시구의 좋은 글자를 찾느라 길을 비키지 못했다고 소명하며 선처
　를 호소하자, 한유는 말을 세우고 한참을 생각한 끝에 "고(敲)자를 쓰는 것이 좋겠소"라고
　하였다. 이것이 '퇴고(推敲)'라는 말이 나온 고사로, 고심해서 문장을 고치거나 다듬는다는
　의미로 쓰인다.

134

이규보가 말한 아홉 가지
올바르지 않은 시체

문순공(文順公) 이규보(李奎報)가 이렇게 말하였다.

"시에는 아홉 가지 올바르지 않은 시체(詩體)가 있다. 한 작품 안에 옛사람의 이름을 많이 쓰는 것은 재귀영거체(載鬼盈車體, 수레에 귀신을 가득 실은 시체)이고, 옛사람 시의 뜻을 빼앗아 쓰는 짓은 훔치기를 잘한다 해도 안 되거늘 훔치기를 잘 하지도 못했다면 이것은 졸도이금체(拙盜易擒體, 졸렬한 도둑이 잡히기 쉬운 시체)이다. 강운(强韻)으로 압운하되 근거가 없는 것은 만노불승체(挽弩不勝體, 쇠뇌를 당기되 감당하지 못하는 시체)이며, 재주를 헤아리지 않고 정도에 지나치게 압운하는 것은 음주과량체(飮酒過量體, 주량을 넘겨 술을 마시는 시체)이다. 험한 글자 쓰기를 좋아하여 사람을 쉽게 미혹하게 만드는 것은 설갱도맹체(設坑導盲體, 구덩이를 파고 맹인을 이끄는 시체)이다. 말이 순탄하지 않은데도 억지로 끌어다 쓰는 것은 강인종기체(强人從己體, 남에게 억지를 부려 자기를 따르게 하는 시체)이다. 일상의 말을 많이 쓰는 것은 촌부회담체(村父會談體, 시골 사람들이 모여 떠드는 시체)이고, 공자와 맹자를 범하기 좋아하는 것은 능범존귀체(凌犯尊貴體, 존귀한 사람을 함부로 침범하는 시체)이며, 말이 거친데도 없애지 않는 것은 낭유만전체(莨莠滿田體, 강아지풀이 밭에 가득한 시체)이다. 이 아홉 가지 올바르지 않은 시체를 벗어난 뒤에야 더불어 시를 말할 수 있다."[1]

이상은 백운(白雲) 이규보의 시고에 실려 있고, 시를 짓는 자가 몰라서는 안 되기에 내가 드러내어 기록한다.

---

1 이규보의 『동국이상국집』 권22 「시의 은밀한 취지를 논한 대략적인 말〔論詩中微旨略言〕」에 나오는 내용으로 홍만종은 『백운소설(白雲小說)』에도 같은 내용을 편집하여 수록하였다.

135

중국에 소개된 조선시

어우(於于) 유몽인(柳夢寅)은 이렇게 말했다.

"중국은 외국인을 경시하여 최치원이 중국에서 관직을 지냈어도 그의 시문을 여러 문사들과 함께 나란하게 싣지 않았다. 하지만 승려나 규수의 작품은 같은 중국인이라는 이유를 들어 시문을 실었다. 그렇다면 우리나라의 제자서와 문집 가운데 채택할 만한 작품이 한두 편쯤 왜 없겠는가? 이것이 유감이다."[1]

내가 중국본 『조선시선(朝鮮詩選)』[2] 두 권을 우연히 얻었는데 바로 절강성 사람인 오명제(吳明濟)가 뽑은 시선으로 동래(東萊, 중국 산동성 내주) 한초명(韓初命)이 서문을 썼다.[3] 위로는 고운(孤雲) 최치원으로부터 아래로는 양경우(梁慶遇)에까지 이르렀다. 죽은 어우에게 지각이 있다고 한다면 틀림없이 지하에서 참새 뛰듯 기뻐했을 것이라고 생각한

---

1 이 내용은 『어우야담(於于野談)』에 실려 있고, 『시화총림』에 들어 있는 『어우야담』에도 보인다.

2 『조선시선(朝鮮詩選)』은 명나라 문인 오명제(吳明濟)가 조선의 한시를 편집한 시신집으로, 1598년에 편집하여 1600년에 간행하였다. 정유재란에 오명제는 조선에 참전하여 조선의 한시에 관심을 가지고 수집하였다. 허균이 제공한 한국의 시를 바탕으로 편집하고 조선에 함께 왔던 가유약(賈維鑰)·한초명(韓初命)·왕세종(汪世鍾)에게 교열(校閱)을 부탁하였다.

다. 이제 그 서문을 다음에 함께 수록한다. 서문은 다음과 같다.

옛날 내가 약관 나이일 때 사마천(司馬遷)의 『사기(史記)』를 읽다가 기자(箕子)의 「맥수가(麥秀歌)」⁴ 대목에 이르면 책을 덮고 크게 탄식하며 그 풍속을 상상해보곤 하였다. 『한서(漢書)』와 『진서(晉書)』를 보면 어디서나 조선을 예의와 문학이 번성한 나라로 칭송하였다. 그러나 옛날의 노래를 이어받은 이가 있다는 말을 들어보지 못했다.

정유년(1597) 가을 나는 왜적이 일으킨 전란으로 조선에 독향어사(督餉御使)로 나갔는데, 회계(會稽) 사람인 오명제 군이 나를 찾아와 작품 선집 『조선시선』을 꺼내 보여주길래 시를 읽으며 지겨운 줄 몰랐다. 예전에 나는 압록강을 건너면서 의주 성곽을 바라보고 "여기가 기자가 봉해진 강토로구나!"라고 탄식하였고, 살수를 건너 낙랑 옛터를 지나다가 "여기가 기자의 옛 도읍인가!"라고 탄식했으며, 한양의 백악에 이르러서는 임금과 신하 사이에 이루어지는 점잖은 예법을 보고 "이들이 기자의 뒤를 이은 제왕인가!"라고 탄식하였다.

---

3 한초명(韓初命)의 자는 강후(康侯), 호는 견우(見宇)로 산동(山東) 내주부(萊州府) 액현(掖縣) 사람이며, 무술년 8월에 관량동지(管糧同知)로 나왔다가 경자년 10월에 돌아갔다.(신흠, 『상촌고』 권39 「천조조사장신선후거래성명기, 임진년에서 경진년까지〔天朝詔使將臣先後去來姓名記, 自壬辰至庚子〕」) 한초명의 서문은 「각조선시선서(刻朝鮮詩選序)」라는 제목의 글로 『조선시선』의 맨 앞에 실려 있다.

4 「맥수가(麥秀歌)」는 『사기』 권38 「송미자세가(宋微子世家)」에 실려 전하는 노래로 기자(箕子)가 지었다고 알려졌다. 홍만종은 『순오지(旬五志)』에서 조선 한시 문학의 가장 오랜 작품으로 간주하였다. 기자가 은(殷)나라 옛 도읍을 지날 때 폐허가 되어 보리밭으로 변한 것을 보고 감개하여 부른 노래이다. "보리 이삭은 패어 치렁치렁하고, 벼와 기장은 야들야들하네. 저 교활한 아이는, 나와 사이가 좋지 않았지〔麥秀漸漸兮, 禾黍油油兮, 彼狡童兮, 不與我好兮〕"

지금 오명제 군이 또 기자 이후의 시가 유산을 얻었으니 다행이로구나! 조선은 예의(禮義)의 나라로 칭송을 받은 지 오래되었다. 그러나 조선의 가사(歌辭)가 역사서에 실리지 않았고, 전기(傳記)에 채록되지 않았으며, 야사(野史)에서 언급되지 않았다. 기자 이후의 시가(詩歌) 유산이 중국에 알려지지 않은 지가 거의 천년이다. 지금 오명제 군이 가시넝쿨을 헤치고 잿더미를 들추어서 진부한 작품을 잘라내고 정수만을 뽑아서 분류하고 기록하여 천하에 널리 퍼트리려 하였다. 문학에 종사하는 선비들이 이 선집을 본다면 '바다 동쪽 해 뜨는 나라에서 성인의 교화로 「맥수가」를 계승하여 시문을 지은 작가가 이처럼 성대하구나! 기자의 산천은 빛이 나겠구나!'라고 말하리라.

주나라의 지액(砥砨)과 송나라의 결록(結綠)과 양나라의 현려(懸黎)와 초나라의 화박(和璞), 이 네 가지 보물[5]은 안목이 있는 옥공(玉工)이 감정을 잘못하였으나 나중에는 천하의 이름난 보물이 되었다. 이번에 선발된 작품은 안목이 있는 문학인이 감정을 잘못하였으나 이제 오명제 군 덕분에 천하의 이름난 보물로 인정받게 되었으니 물건이 주인을 잘 만나고 만나지 못하는 것은 다 때가 있구나!

오 군이 기뻐하면서 "선생은 저와 뜻을 같이하는 분입니다. 저를 위해 이 책을 교정해 주십시오"라고 부탁하였다. 마침 계문(薊門) 가사마(賈司馬)와 신안(新安) 왕백영(汪伯英) 선생이 조선에 왔기에 함께 교정하였다.[6] 내가 나중에 책머리에 서문을 쓰고 목판에 새겨 간행한다.

---

5 『전국책(戰國策)』에서 천하의 네 가지 기이한 보물이라고 말한 물건이다.

6 관련한 내용이 『소화시평』 하권 40칙에도 나온다. 왕백영은 왕세종(汪世鍾)으로 만세덕(萬世德)을 따라 조선에 온 문인이다.

시평보유 지[1]

이 책은 나의 5대조 할아버지 풍성군(豐城君) 부군(府君)[2]께서 모아 엮으신 것이다. 부군께서 많은 자료를 거두어 충실하게 뽑고, 추어올리고 깎아내리기를 엄정하게 데 대해서는 동명(東溟) 정두경(鄭斗卿)과 백곡(栢谷) 김득신(金得臣), 만주(晚洲) 홍석기(洪錫箕) 같은 당시 시단의 거장들이 이미 정론(定論)을 내리셨으니[3] 뒷시대에 이 책을 보는 사람

---

1 필사기(筆寫記)의 성격을 지닌 이 지문(識文)은 저본의 끝에 실려 있고, 제목은 따로 없으며, 다른 사본에는 실려 있지 않다. 책을 필사하게 된 과정을 상세하게 다루었다. 필사한 글씨는 홍성모의 친필이다.

2 풍성군은 홍만종(洪萬宗)이다. 김득신(金得臣)은 「순오지서(旬五志序)」의 제목 아래에 그 책이 "풍성군 홍만종이 지은 것이라[豐城君洪萬宗所著]" 하였고, 홍중성과 조하망의 시문에도 홍만종을 풍성군이라 지칭하였다. 홍만종의 조부부터 홍만종의 5대손까지 가계는 홍보(洪靌)-홍주세(洪柱世)-홍만종-홍중려(洪重呂)-홍태보(洪台輔)-홍달한(洪達漢)-홍희영(洪羲誊)-홍성모(洪性謨)이다. 홍만종의 조부 홍보가 이인거(李仁居)의 난을 진압한 공으로 소무공신(昭武功臣)에 녹훈되고 풍녕군(豐寧君)에 봉해졌다. 『승정원일기』 경종 3년(1723) 4월 18일 기사에 "풍성군 홍만종은 지금 가선대부에 가자한다. 홍만종은 풍양군 홍보의 적장손으로 공신을 승습(承襲)하여 군에 봉해졌다[豐城君洪萬宗, 今加嘉善. 豐陽君洪靌嫡長孫, 承襲封君]"라고 하였다. 홍성모(1777~?)의 자는 자실(子實)이다.

3 이상은 『소화시평』에 대한 평가를 두고 한 말이다. 김득신과 홍석기는 서문을 써서 평가하였고, 스승인 정두경은 『소화시평』 안에서 홍만종을 호평하였다. 자세한 내용은 『소화시평 – 조선이 사랑한 시 이야기』에 나온다.

은 마땅히 스스로 알 수 있을 것이다. 나 같은 불초한 후손이 어찌 감히 그 사이에서 주장을 늘어놓겠는가?

아! 부군께서 지으신 저술은 한두 가지가 아니나 모두가 세상에서 미처 간행되지 못했다. 다만 초고 상태로 호서 우도(右道) 종가(宗家)에 보관되어 있었기 때문에 박식하고 고아하여 옛것을 좋아하는 벗들이 베껴서 전하는 본만 간혹 있을 뿐이다. 돌이켜보면 직계 후손인 나도 눈앞에 펼쳐놓고 읽어보지 못했으니, 선조의 업적을 실추시키고 조상을 욕되게 했다는 책망을 참으로 면하기 어렵게 되었다. 다행스럽게도 이 책을 보따리에 넣고 남쪽으로 유람 온 서울 사람에게서 며칠 동안 빌려보게 되어, 둘째 동생 준모(竣謨)와 서로 번갈아가며 베껴 써서 한 본을 만들 수 있었다. 잘못되거나 누락된 곳은 훗날에 바로잡아주기를 공손히 기다리며, 우선 책 말미에 베껴 쓴 전말을 적어두고 집안에 간직해둘 자료로 삼는다.

신사년(1821) 6월 아무 날에 5대손 성모(性謨)가 공경히 기록한다.

시펑보유

✿

원문

일러두기

1. 저자의 현손 홍성모(洪性謨)가 신사년(1821)에 필사한 2권 2책의 필사본(국립중앙도서관 소장)을 저본으로 삼았다.

2. 저본을 바탕으로 1938년에 간행된 신연활자본, 성균관대 존경각과 계명대 동산도서관에 소장된 필사본을 교감하여 정본을 제시하였다. 교감하고 비평한 내용 가운데 중요한 것은 교감주에 밝혔다.

3. 문집과 시선집, 시화와 필기 등과 대조하여 본문의 오류를 수정하였다. 또 문맥을 살펴서 오류를 바로잡기도 하였다.

4. 교감한 본문에는 현대에 통용되는 기준으로 표점(標點)을 달았다.

詩評補遺 上卷

詩評補遺序

余嘗纂集我東古今人詩, 著『小華詩評』. 其旁搜博攷, 非不勤矣, 尙慮夫世之文人才子名章秀句, 或有所闕逸, 遂更加采錄, 名之曰『詩評補遺』.

曾聞嚴滄浪之言, 曰: "詩有別趣, 非關理也; 詩有別才, 非關書也." 竊覷前輩固多佳詠, 而或爲瞽眼所棄, 瑣[1]儒不無警[2]作, 而乃以人微見捐. 自古而[3]然, 故[4]不獨今日若此類幷湮滅而不稱. 信乎! 詩有別趣·別才, 而世莫得以知之也.

余爲此惜, 玆以耳目所及, 掇拾而補之. 譬猶成大護之樂, 而不可廢管籥之音; 漉滄海之珠, 而不可漏蚌胎之珍. 豈可偏取於供奉天仙之語·龍標玉映[5]之詞, 而或遺於杜常之作雨·方澤之飛花耶? 昔高棅撰『品彙』有拾遺, 楊伯謙選『唐音』有遺響, 今余補遺之作, 蓋亦竊附是義云爾.

歲重光協洽大簇上元, 豊山後人玄默子[6]書[7].

---

1 瑣가 신연활자본에는 俗으로 되어 있다.

2 警이 신연활자본에는 驚으로 되어 있다.

3 而가 존경각본에는 以로 되어 있다.

4 故가 존경각본에는 빠져 있다.

5 映이 존경각본·신연활자본에는 暎으로 되어 있다.

6 신연활자본에는 玄默子 뒤에 洪萬宗이 더 있다.

7 書가 신연활자본에는 序로 되어 있다.

1

按明太祖詠雪詩曰: ‘臘前三白浩無涯, 知是天公降六花. 九曲河深凝底凍, 張騫無處再乘槎.’ 我太祖又有詠雪詩曰: ‘上帝前宵御紫宮, 四溟鞭策起群龍. 應憐白屋寒無食, 遍洒瓊糜滿海東.’ 古人謂明太祖詩, 有一統洪基之氣象, 余觀我太祖詩, 有濟活群生之大意, 帝王規模度量, 信乎同[8]揆也.

2

太宗贈天朝使臣陸顒詩曰: ‘春來草木正芳鮮, 萬里馳驅賦獨賢. 誕播聖恩臨海國, 還持[9]使節上雲天. 相逢數日欣傾蓋, 可恨今朝敵別筵. 珍重贈言須記取, 幸頒綸命更來傳.’ 事大之誠, 溢於辭表.

3

世廟仁政殿朝參後, 有詩一絶曰: ‘環佩丁璫響玉墀, 群臣濟濟早朝時. 子房在右長卿左, 一代奇才盛若斯.’ 世廟常以權擘爲我之子房, 子房必是權擘, 時四佳徐居正[10]久典文衡, 長卿疑指四佳也.

4

宣廟天藻炳煥, 高出列聖. 嘗有詠三色桃詩, 曰: ‘桃夭一朶花, 變幻二三色. 植物尙如此, 人情宜反覆.’ 托物寓意, 辭語[11]警絶, 可使二三

---

8 同 뒤에 존경각본·신연활자본에는 一이 첨가되어 있다.

9 持가 『대동시림(大東詩林)』에는 將으로 되어 있다.

10 正이 저본에는 ○로 되어 있다.

11 語가 신연활자본에는 甚으로 되어 있다.

其德者, 觓然心服.

5

宣廟於九月九日, 以酒一壺賜宦侍, 以詩戲題壺外. 曰: '九月九日重陽節, 君王賜酒酒如江. 君賜之酒若不飮, 鼻上生腫太如此酒缸.'

6

上於丁卯年間, 夜召入直臣僚, 賜醞, 仍製下一絶, 命各和進. 其詩曰: '湛湛[12]零露匪陽晞, 厭厭含杯宜醉歸. 令德令儀昔有訓, 作詩勸戒莫余[13]違.' 其戒酒飭下之意, 於休[14]盛哉!

7

昭顯世子, 丙子亂後, 質于瀋陽, 有詩曰: '身爲萬里未歸人, 家在長安漢水濱. 月白庭前花露濕, 風淸池面柳絲新. 黃鶯喚起遼西夢, 玄鳥來傳塞北春. 昔日樓臺歌舞地, 可堪回首淚沾巾.'[15] 詞極悲惋.

---

12 湛湛이 『열성어제(列聖御製)』, 심유(沈攸)의 『오탄집(梧灘集)』, 강석규(姜錫圭)의 『오아재집(聱齖齋集)』에는 湛然으로 되어 있다.

13 余가 존경각본·신연활자본·『열성어제』·『오탄집』에는 予로 되어 있고, 『오아재집』에는 須로 되어 있다.

14 休가 존경각본에는 戲로 되어 있다.

15 김이만(金履萬)의 『학고집(鶴臯集)』 권10, 「호성옹전(扈聖翁傳)」에는 소현세자의 시와 이에 차운한 김지웅(金志雄)의 시가 함께 전한다. 소현세자의 시는 판본에 따라 '萬里'가 '異域'으로, '月白庭前花露濕'이 '月白庭心花露泣'으로 되어 있다.

8

讓寧大君題僧軸詩曰: '山霞朝[16]作飯, 蘿月夜爲燈. 獨宿空巖畔, 惟存塔一層.' 貴人詩何乃如此?[17]

9

安平大君嘗朝天, 有一閣老邀而設宴, 酒酣, 閣老曰: "我有八幅畫, 天下絶寶." 仍命開一屏, 所畫卽靑山茅屋, 竹林烏鵲, 柴門晚景, 犬吠歸人之狀也. 仍請曰: "君爲我賦一絶, 書諸此屏." 安平卽拈筆欲書, 閣老曰: "我欲以八幅所畫, 盡輸[18]絶句, 君可能之乎?" 安平仍以醉墨散點數處. 閣老勃然大驚[19], 安平笑而書二[20]句曰: '萬疊靑山遠, 三間白屋貧.'[21] 只道山與屋而已, 他景不入. 閣老尤不豫[22], 安平又寫結句曰: '竹林烏鵲晚, 一犬吠歸人.' 果盡寫諸景, 而墨點亦入於字畫, 畫中無痕. 閣老大加賞歎[23]曰: "此[24]三絶."[25]

10

海嵩都[26]尉尹新之, 號玄洲, 宿安州五美軒詩曰: '湖山歷歷曾相識, 鬢

16　朝가 존경각본에는 明으로 되어 있다.

17　이 구절이 존경각본에는 '貴人乃如此'로 되어 있다.

18　盡輸가 존경각본·계명대본에는 輸盡으로 되어 있다.

19　驚이 계명대본·신연활자본에는 怒로 되어 있다.

20　二가 계명대본·신연활자본에는 一로 되어 있다.

21　貧이 존경각본에는 寒으로 되어 있다.

22　豫가 신연활자본에는 悅로 되어 있다.

23　賞歎이 존경각본에는 歎賞으로 되어 있다.

24　此 뒤에 존경각본에는 眞이 더 있다.

25　'歎曰此三絶'이 계명대본·신연활자본에는 빠져 있다

髮星星半已明. 人世十年如走馬, 江樓五月又流鶯. 輕陰垂野草連渚, 急雨驅潮波撼城. 會待天仙高宴罷, 御風長擬下蓬瀛.' 流宕[27]不窘.

11

東陽尉申翊聖, 號東淮. 其廣陵詩曰: '月溪之下斗湄傍, 茅屋數間[28]臨方塘. 老人携書坐白石, 童子鼓[29]枻歌滄浪. 流雲度水滿平壑, 幽鳥隔林啼夕陽. 紅稀綠暗覺春晚, 惟有山僧來乞章.' 膾炙人口, 然中兩聯句法相同, 尙非無瑕之璧也.

12

錦陽尉朴瀰, 號汾西. 題畫帖詩曰: '屋下淸[30]江屋上山, 靑帘輕颺樹陰間, 柴扉晝掩猋聲定, 曾[31]是漁翁買酒還.' 畫中有畫.[32]

13

永安都尉洪柱元[33], 余堂叔也, 號無何堂. 挽永昌大君遷葬詩曰: '遺敎終無賴, 深寃孰不哀. 人生八歲盡, 天道十年廻. 白日重泉照, 靑山永宅開, 千秋長樂殿, 應[34]作望思臺.'[35] 盖光海廢仁穆王后, 殺永昌

---

26 都가 계명대본·신연활자본에는 빠져 있다.

27 宕이 존경각본·계명대본·신연활자본에는 暢으로 되어 있다.

28 '茅屋數間'이 『낙전당집(樂全堂集)』에는 '數間茅屋'으로 되어 있다.

29 鼓가 『낙전당집』에는 枻로 되어 있다.

30 淸이 『분서집(汾西集)』에는 澄으로 되어 있다.

31 曾이 『분서집』에는 道로 되어 있다.

32 '畫中有畫'가 신연활자본에는 '畫中有詩, 詩中有畫'로 되어 있다.

33 '永安都尉洪柱元'이 계명대본과 신연활자본에는 '永昌尉洪柱元', 존경각본에는 '永安都尉諱柱元'으로 되어 있다.

大君, 時年八歲. 及仁廟反正, 備禮改窆, 其間十年也. 讀之令人涕下.

14

卞密直仲良鐵關詩云:'鐵關城下路歧賖, 滿目煙波日又斜. 南去北來春欲盡, 馬頭開遍海棠花.' 頗覺淸淡. 松京詩云:'松山繚繞水縈回, 多少朱門盡綠苔, 唯有東風吹雨過, 城南城北杏花開.' 吊古感慨之意亦可見.

15

鄭郊隱以吾次人韻詩曰:'憐君別墅少人知, 漢曲奇遊足四時. 藤爲簷虛長送蔓, 竹因墙缺忽橫枝. 白雲舖地尋蓮社, 明月沈江卷釣絲. 抱道不輝³⁶安可得, 聖君前席要論思.' 通篇閑澹, 三四³⁷極工.

16

徐四佳居正³⁸兒時, 華使出來. 四佳入太平館, 以指穴窓窺視³⁹. 華使惡之, 使捉入穴窓兒, 觀其秀朗異凡, 問: "汝識字否?" 曰: "然." 又問: "能製作乎?" 曰: "何難?" 華使口號曰:'指觸紙窓成孔子.' 四佳卽應曰:'手把明鏡待顔回.' 華使大奇之⁴⁰, 携手而坐, 雜問詩⁴¹史, 應口

---

34 應이『무하당유고(無何堂遺稿)』에는 還으로 되어 있다.

35 이 시는『무하당유고(無何堂遺稿)』1책에「영창대군을 천장하는 데 대한 만시(永昌大君遷葬挽)」라는 제목으로 실려 있다.

36 '抱道不輝'가『국조시산(國朝詩刪)』에는 '道不抱輝'로 되어 있다.

37 三四가 신연활자본에는 二三으로 되어 있다.

38 正이 저본에는 ○로 되어 있다.

39 視가 존경각본·신연활자본에는 見으로 되어 있다.

輒對, 華使曰: "不料奇才産於東國也."

17

天使祁順, 嘗出遊楊花渡, 舟中有詩曰: '倚罷高樓未盡情, 又携春色
泛空明. 人隨[42]竹葉杯中醉, 舟向楊花渡口橫. 東海微茫孤島沒, 南
山蒼翠淡雲生. 從前會得江湖樂, 今日襟懷百倍淸.' 徐四佳公以儐使
和之曰: '風流江海十年情, 坐對潮[43]光撥[44]眼明. 山似高人[45]長偃蹇,
水如健筆更縱橫. 拖[46]樓擧酒日初落, 官渡哦詩潮自生. 更待月明扶
醉去, 杏花疎影[47]不禁淸.' 兩詩俱佳, 祁詩似優. 四佳每當酬答, 蹙頞
有難色, 祁公見四佳之作, 甚獎詡.

18

金佔畢宗直, 以學業文章爲一世所宗. 少時入試院, 製進白龍賦, 考
官過眼而遺. 乖崖見其落券, 深歎之, 遂入啓, 除拜靈山訓導. 佔畢有
詩曰: '雪裏梅花雨後山, 看時容易畫時難. 早知不入時人眼, 寧把臙
脂寫牧丹.' 噫! 文章貴在沖澹, 不苟務爲采色, 誑耀時俗, 而考官之
失於掄選, 自古如此, 惜哉!

---

40 之가 저본에는 빠져 있으나 존경각본·신연활자본을 따라 첨가하였다.

41 詩가 존경각본에는 書로 되어 있다.

42 隨가 홍중인(洪重寅)의 『동국시화휘성(東國詩話彙成)』에는 從으로 되어 있다.

43 潮가 『황화집(皇華集)』에는 湖로 되어 있다.

44 撥이 존경각본·계명대본·신연활자본·『황화집』에는 潑로 되어 있다.

45 人이 『황화집』·『동국시화휘성』에는 懷로 되어 있다

46 拖가 존경각본·계명대본·신연활자본에는 柂로, 『황화집』에는 柁로 되어 있다.

47 影이 계명대본·신연활자본에는 雨로 되어 있다.

19

金東峯時習有一絶曰: '五帝三皇事, 掉頭吾不知. 孤舟一片月, 長笛白鷗飛.' 有遺世出塵之高致, 與屈原遠遊賦同意. 余先人嘗有一聯曰: '心儒迹佛金時習, 外聖內禪王守仁.' 東峯心迹, 此一句盡之矣.

20

李嘉祐詩曰: '水田飛白鷺, 夏木囀黃鸝.' 王維添四字於五言上, 以成七言, 先輩稱其精神自倍. 謝靈運詩曰: '林壑斂暝色, 雲霞收夕霏.' 李白「五雲裘歌」, 添‘襟前’·‘袖上’四字於其上, 其襯切增彩, 亦爲古人所美. 賈島詩曰: '獨行潭底影, 數息樹[48]邊身.' 我東金東峯又添‘飛錫’·‘敷牀’四字於其上, 反有斧鑿痕, 未若浪仙五言之天然, 其不及於王維·李白之增倍神彩遠矣.

21

南秋江孝溫寒食詩[49]: '天陰籬外夕陽[50]生, 寒食東風野水明. 無限滿船商客語, 柳花時節故鄉情.' 夢子挺詩: '邯鄲一夢暮山前, 魂與魂逢是偶然. 細雨半庭春寂寞, 杏花無數落紅錢.' 城南詩[51]: '城南城北杏花紅, 日在花西花影東. 匹馬病翁驚節候, 斜風吹淚女墻中.' 三詩俱不減唐人[52].

---

48 樹가 저본과 이본에는 水로 되어 있으나 『전당시(全唐詩)』와 『시인옥설(詩人玉屑)』 등을 따라 고쳐 교감하였다.

49 寒食詩가 존경각본에는 '咏寒食詩曰'로 되어 있다.

50 陽이 『추강집(秋江集)』에는 寒으로 되어 있다.

51 '城南詩'가 저본에는 빠져 있으나 존경각본에 따라 첨가하였다. 신연활자본에는 曰이 더 있다.

22

洪篠藂[53]裕孫, 隱君子也. 玩世高蹈, 不干榮利. 少時[54]寓讀於圓覺
寺, 金乖崖守溫·徐四佳居正, 自朝退, 觀於寺, 邀洪呼韻, 洪應聲而
賦曰[55]: '與勞非穀強賢臧, 爭似丁刀更善藏? 雪裏草衣肥益軟, 日中
木食腹猶望. 靑山綠水吾家境, 明月淸風孰主張? 如寄生涯宜放浪,
還思名敎共天長.' 金東峰時習在座席, 見靑山綠水之聯, 流涕者久,
目四佳曰: "剛中汝能如是乎?" 南秋江嘗稱洪文如漆園, 詩涉山谷.

23

成虛白俔·蔡懶齋壽, 性皆疎宕, 不拘小節. 嘗幷直銀臺, 坐事俱罷,
薄游松京, 不以僕夫自隨, 兩人迭爲奴主. 一日虛白[56]爲主, 懶齋[57]
執鞭, 行到滿月臺, 見鄕士會飮, 虛白直抵席末而禮之曰: "吾乃貧士
也, 將適西關, 偶値盛會, 願沾餘瀝." 諸士與之酒[58], 問曰: "君能識
字否?" 對曰: "僅辨魚魯耳." 諸士曰: "吾當呼韻, 君可應之." 遂呼韻,
虛白卽應聲曰: '秋風匹馬松京路, 訪古行人意未閑. 流水至今鳴澗
谷, 浮雲依舊鎖峯巒. 千年城郭夕陽外[59], 一代衣冠春夢間. 爲問繁

---

52 人이 존경각본에는 詩로 되어 있다.

53 藂이 저본에는 叢으로 되어 있으나 존경각본과 『소총유고(篠藂遺稿)』 소재 행장(行狀)에
   의거하여 바로잡았다.

54 '玩世高蹈不干榮利少時'가 존경각본에는 빠져 있다.

55 '金乖崖守溫 …… 洪應聲而賦曰'이 존경각본에는 '與金徐友和'로 되어 있다. 居正의 居는 저본
   에는 빠져 있으나 『篠藂遺稿』 소재 行狀에 따라 첨가하였다.

56 虛白이 계명대본·신연활자본에는 成으로 되어 있다.

57 懶齋가 계명대본·신연활자본에는 蔡로 되어 있다.

58 酒가 존경각본에는 飮으로 되어 있다.

59 外가 존경각본에는 生으로 되어 있다.

華何處去,'[60] 至落句斑字, 頗有沈吟未就之狀. 時懶齋伏在[61]座下, 忽仰視虛白曰:"上典主, 上典主! 何不道'殿臺無主野花斑'乎?"諸士愕然[62]曰[63]:"怪事怪事! 彼蒼頭[64]亦能詩乎?"仍詠過彈指曰:"汝奴主眞可與言詩, 雖成蔡文章, 何以加此?"時兩人文聲[65]方藉甚故云. 虛白告別曰:"他日相逢, 姓名不可[66]不知, 我是成俔."懶齋亦曰:"蒼頭是蔡壽."諸士始知爲兩人所賣, 駭汗而遁.[67]

24

鄭虛菴詩[68]一句云:'百年通計憂多日, 一歲中分笑幾時.'[69] 正覺世間憂樂.

25

濯纓金馹孫, 受業于金佔畢, 佔畢嘗語曰:"君才於詩非所長."濯纓遂不從事於詩. 故惟三嘉縣觀水樓詩一篇, 載於集末, 其詩云:'一縷

---

60 이 시는 최숙정(崔淑精, 1433~1480)의 『소요재집(逍遙齋集)』과 곽열(郭說, 1548~1630)의 『서포집(西浦集)』 권7, 「시화(詩話)」에 실려 있다.

61 在가 존경각본에는 빠져 있다.

62 愕然이 존경각본에는 驚으로 되어 있다.

63 曰이 계명대본에는 빠져 있다.

64 蒼頭가 존경각본에는 奴로 되어 있다.

65 聲이 존경각본·계명대본·신연활자본에는 名으로 되어 있다.

66 不可가 계명대본·신연활자본에는 빠져 있다.

67 '駭汗而遁'이 존경각본에는 빠져 있고 계명대본·신연활자본에는 '駭汗而散矣'로 되어 있다.

68 詩가 존경각본에는 賦로 되어 있다.

69 이 시는 『허암유집(虛庵遺集)』 권1에 「제벽(題壁)」 제2수로 실려 있다.

溪村生白烟, 牛羊下括謾爭先. 高樓樽酒東西客, 十里桑麻南北阡. 句乏有聲遊子拙, 杯斝無事使君賢. 倚欄更待黃昏後, 觀水仍看月到天.' 芝峯亦云: "以濯纓之雄於文, 而短於詩詞, 古人所謂詩有別才, 此信矣."[70]

26

安分堂李希輔哭亡妻墳詩: '老樹崩[71]榛鎖九原, 玉人零落此爲墳. 山頭明月顔猶見, 石上鳴泉語更聞. 喚盡不成眞面目, 爇香誰[72]返舊情[73]魂. 丁寧來世還夫婦, 地下無忘約誓言.'[74] 南窓金玄成省內墳詩曰: '來誰可見去誰辭, 宿草離離[75]馬鬣危. 天外遠峯思翠鬢, 澗邊殘柳憶齊眉. 兵塵共避千巖險, 官廩纔寬一[76]歲飢. 他日黃泉無愧處, 撫君孤姪似君時.' 兩詩悼亡之情, 俱極悽惋.

27

朴紹, 號冶川, 羅州人[77]. 少有求道之志, 學於寒暄之門人. 嘗有詩曰: '無心每到多忘了, 着意還應不自然. 緊慢[78]合宜功必至, 寔能除

---

70 이수광의 이 말은『지봉유설(芝峯類說)』권8,「문장부(文章部)」1, '문평(文評)'에 보인다. "以濯纓之雄於文而短於詩詞, 所謂詩有別才者信矣." 此는 저본에 보충글자로 들어가 있고, 신연활자본에는 빠져 있다.『지봉유설』의 者가 옳기는 하나 저본을 인정하여 그대로 둔다.

71 崩이 신연활자본에는 荒으로 되어 있다.

72 誰가 신연활자본에는 難으로 되어 있다.

73 情이 존경각본과 신연활자본에는 精으로 되어 있다.

74 이 시는 이희보의『안분당시집』에 수록되어 있지 않다.

75 離離는 김현성의『남창잡고(南窓雜稿)』에는 疑疑로 되어 있다.

76 一이『남창잡고』에는 半으로 되어 있다.

77 '號冶川, 羅州人'이 신연활자본에는 '冶川, 潘南人, 司諫'으로 되어 있다.

得妄[79]中緣.'[80] 可知其深於學問. 南歸吟一絶曰: '名利前頭路幾千, 却來江上[81]有漁船. 一心似水收吾內, 萬事如雲只付天.' 恬於榮利, 素位無怨, 亦可想也.

28

文翼公鄭相國詩, 傳世者甚鮮. 余於『小華詩評』中已選入數首, 復取五言近體二首錄之[82]. 其注峯詩曰: '漠漠山雲靉, 茫茫京國賒. 靑歸原上草, 紅矗澗邊花. 萬象皆春色, 孤生感物華. 山僧情獨厚, 霖潦亦來過.'[83] 又曰: '搖[84]落盆山暮, 寒江向海流. 魚龍回永夜, 風露動高[85]秋. 獨鶴猶高邁, 群鴉得自由. 故園千里遠, 心折此淹留.'[86]

78 慢이 저본에는 漫으로 되어 있으나 존경각본과 신연활자본, 『사암집(思菴集)』·『남계집(南溪集)』·『근재집(近齋集)』 등에 의거해 수정하였다.

79 妄이 저본과 존경각본에는 忘으로 되어 있으나 신연활자본, 『사암집』·『남계집』·『근재집』 등에 의거해 수정하였다.

80 이 시는 박순(朴淳)의 『사암집(思菴集)』 권4, 「야천 박공 신도비명(冶川朴公神道碑銘)」, 박세채(朴世采)의 『남계집(南溪集)』 권79, 「고조고 사간원 사간 증 영의정 야천 선생 묘지명(高祖考司諫院司諫贈領議政冶川先生墓誌銘)」, 박윤원(朴胤源)의 『근재집(近齋集)』 권21, 「선조 야천 선생 시에 대한 서문[先祖冶川先生詩序]」과 권22, 「선조 야천 선생 시 뒤에 읊다[題先祖冶川先生詩後]」에도 실려 있다.

81 上이 존경각본에는 山으로 되어 있다.

82 이상의 글이 신연활자본에는 '鄭光弼【守天, 東萊人, 領相. 己卯救士類, 配享中宗廟庭】'으로 축약되어 있고, 존경각본에는 '文翼公鄭相國'으로 되어 있다.

83 이 시는 『정문익공유고(鄭文翼公遺稿)』에 「주산 십율(注山十律)」이란 제목으로 실린 연작시의 제4수이다.

84 搖가 신연활자본에는 寥로 되어 있다.

85 高가 존경각본과 신연활자본에는 孤로 되어 있다.

86 이 시는 『정문익공유고』에 실린 「우연히 읊다[偶吟]」의 제2수이다.

29

鄭和, 文翼公庶男也[87], 能詩[88], 嘗陪公侍宴梅樹下. 後遭風樹之痛,
又見梅花盛開, 感而有詩, 曰[89]: '三十年前識此梅, 年年長向壽筵開.
至今摧折風霜後, 每到花時不忍來.'[90] 讀之堪涕.

30

南趎[91]居谷城, 文聲藉甚. 南袞欲引進, 招而致之, 謂曰: "聞君文章
過人, 願見一詩." 指盆松使賦[92], 卽應聲曰: '一朶盆莖[93]弱, 千秋雪
態豪. 誰能伸汝[94]曲, 直拂暮雲高.' 南袞大[95]怒, 遂[96]絶之.[97]

31

蛊[98]齋崔淑生幽居詩曰: '一帶清溪繞竹村[99], 曳筇終日覓眞源. 歸來

87 文翼公庶男也가 존경각본에는 文翼公庶子也로, 신연활자본에는 光弼庶子로 되어 있다.

88 能詩가 존경각본에는 빠져 있다.

89 '嘗陪公侍宴梅樹下 ········· 曰'이 존경각본에는 '倍公侍宴, 見梅, 感而詩曰'로 되어 있다.

90 이 시는 이제신(李濟臣)의 『후청쇄어(鯸鯖瑣語)』와 홍중인의 『동국시화휘성』에 보이며,
『기아(箕雅)』 권3에 「매화 아래서 옛 생각하며[梅下感舊]」라는 제목으로 실려 있다.

91 신연활자본에는 南趎 뒤에 '西溪, 固城人, 典翰, 居谷山.'이 더 있다.

92 존경각본에는 賦 뒤에 之가 더 있다.

93 莖이 존경각본에는 빠져 있고, 신연활자본에는 藁로 되어 있다.

94 汝가 신연활자본에는 此로 되어 있다.

95 大가 존경각본에는 빠져 있다.

96 遂가 존경각본에는 빠져 있다.

97 30칙의 내용은 이긍익의 『연려실기술(燃藜室記述)』 권8, 〈중종조고사본말(中宗朝故事本
末)〉, 「기묘당적(己卯黨籍)」조와 이정형(李廷馨)의 『지퇴장집(知退堂集)』 권13, 「황토기사(黃
兎記事)」에도 실려 있다.

98 蛊이 저본에는 盉으로 되어 있으나 존경각본 등에 따라 수정했다.

99 村이 신연활자본에는 園으로 되어 있다.

月出靑山靜, 分付兒童莫掩門.' 思致翛然[100], 得幽趣三昧.[101]

32

挹翠軒詩曰: '故國迢遙[102]隔萬山[103], 荒村寂寞客氈寒. 風霜湖[104]
海長年別, 夜雨樽前一日歡.' 又曰[105]: '今古成嗟咄, 行藏[106]飽苦辛.
心知皆遠謫, 面識少相親. 樂事年年減, 塵機[107]日日新. 邇來秋釀熟,
邀醉止亭人.' 此二詩見遺於集中, 而以元韻付見於『虛菴集』中, 恐其
湮滅錄之.[108]

33

李洪州宜茂, 號蓮軒, 余祖妣外先祖也. 爲文, 操紙立就, 略不經意.
嘗過咸興几嶺, 有詩曰: '石逕穿林高復低, 溪流央央[109]細緣蹊. 幽禽
笑我恩恩[110]過, 閑傍巖花自在啼.'[111] 閑致可見. 容齋卲公之子也, 其

---

100 翛가 존경각본에는 脩로, 신연활자본에는 悠로 되어 있다.
101 得幽趣三昧가 신연활자본에는 빠져 있다.
102 遙가『읍취헌유고(挹翠軒遺稿)』에는 迢로 되어 있다.
103 山이 신연활자본과 존경각본에는 里로 되어 있다.
104 湖가『허암유집(虛庵遺集)』에는 胡로 되어 있다.
105 又曰이 저본과 존경각본에는 빠져 있으나 신연활자본에 근거하여 보충하였다.
106 藏이 저본에는 裝으로 되어 있으나 문집 등을 따라 수정하였다.
107 機가 신연활자본에는 愁로 되어 있다.
108 此二詩 이후의 기사가 존경각본에 빠져 있다.
109 央央이 신연활자본과 존경각본에는 決決, 이의무의 문집『여헌잡고(蓮軒雜稿)』에는 嗚咽
　　로 되어 있다.
110 恩恩이 신연활자본에는 忽忽로 되어 있다.
111 이 시는『여헌잡고』권2에「궤령을 지나며 감흥이 일어〔過几嶺感興〕」라는 제목으로 실려
　　있다.

文章蓋有所自來矣.

34

李容齋荇, 嘗以儐相接華使于關西. 時天寒雪霽, 華使以赤溝婁押韻[112], 溝婁, 卽定州地名也, 或有以奎婁押之者[113]. 容齋方與華使對坐, 至婁字, 頗沈吟未就, 松溪權應仁以學官在傍磨墨, 曰: "此墨, 黔婁古." 黔婁古, 卽方言黑[114]也. 容齋始悟, 卽書曰: '肩聳似山吟孟浩. 衾寒如鐵臥黔婁.' 華使深加嘆賞.[115]

35

古人看詩, 知人休咎. 李容齋嘗遊龍山, 見長檣落帆立渚者甚多, 賦詩[116]一聯云: '出林無葉竹, 倚岸失雲龍.' 二樂亭申用漑[117]聞而咨嗟[118], 曰: "善則善矣, 但竹無葉則枯, 龍失雲則危, 語涉不祥." 後以徽號事[119]杖流. 權石洲有詩一聯云[120]: '安得世間無限酒, 獨登天下最高樓?' 成牛溪聞之曰: "醉無限酒, 獨上高樓,[121] 而不與人共之, 甚是危語.[122]" 石洲果坐詩案拷[123]死.

---

112 華使以赤溝婁押韻이 존경각본에는 押赤溝婁로 되어 있다.

113 之者가 계명대본에는 韻으로 되어 있다.

114 黑이 계명대본에는 墨으로 되어 있다.

115 계명대본과 신연활자본은 34칙과 35칙을 하나의 내용으로 실었으나 오류이다.

116 詩가 계명대본에는 得으로 되어 있다.

117 二樂亭申用漑가 계명대본에는 申二樂亭用漑로 되어 있다.

118 咨嗟가 계명대본에는 嗟歎으로 되어 있다.

119 존경각본과 계명대본에는 鞠獄 두 자가 첨가되어 있다.

120 一聯云이 계명대본에는 曰로 되어 있다.

121 獨上高樓가 존경각본과 계명대본에는 上最高樓로 되어 있다.

36

祖宗朝[124]或以四韻詩取人. 中廟朝出律詩六篇以試, 金頤叔爲壯元, 其一[125]詠如意[126]擊珊瑚也. 詩云: '王家豈有[127]石家無, 較富爭奢一代俱. 忽訝手中生[128]霹靂, 不知天下重珊瑚. 一株莫惜枝枝碎, 六樹非慳箇箇輸. 謾把枯柯誇作寶, 至今人說墮樓珠.' 其[129]人可惡, 而其[130]才可見.

37

李二相長坤, 中宗朝人, 號鶴皐. 其省先墓詩曰[131]: '丙辰[132]丁巳奈何天, 慟哭杯棬二十年. 黃閣二公由積善, 白頭三黜坐多愆. 松楸漠漠圍雙壟, 咫尺冥冥隔九泉. 奠罷歸來山日暮, 弟兄揮涕洞門前.'[133] 令人乍看, 一字一淚[134].

---

122 語가 계명대본에는 言으로 되어 있다.

123 拷가 계명대본에는 而로 되어 있다.

124 朝가 계명대본에는 時로 되어 있다.

125 一이 계명대본에는 빠져 있다.

126 如意가 계명대본에 鐵如意로 되어 있다.

127 豈有가 존경각본·계명대본·신연활자본에는 有若으로 되어 있다.

128 生이 계명대본에는 驚으로 되어 있다.

129 其가 계명대본·신연활자본에는 빠져 있다.

130 而其가 계명대본·신연활자본에는 빠져 있다.

131 '李二相長坤……其省先墓詩曰'이 존경각본에는 '李二相鶴皐長坤, 中宗朝人, 其省先墓詩曰'으로 되어 있고, 신연활자본에는 '李長坤【鶴皐碧珍 兵曹判書】省墓詩曰'로 되어 있다.

132 丙辰이 저본에는 戊申으로 되어 있는데, 이장곤 당대의 기록 문헌인 안로(安璐)의 『기묘보유록(己卯錄補遺)』에 근거하여 바로잡았다.

133 이 시는 『금헌유고(琴軒遺稿)』에 「성묘유감(省墓有感)」이란 제목으로 실려 있다.

134 一淚의 앞에 존경각본에는 下가 더 있다.

38

有一士人, 請於金冲庵淨曰: "余新搆草堂於洛東江上, 前有蓮池, 後有竹塢, 願得一語以添顔色." 冲庵卽退題以贈, 其一聯曰: '寒聲戰碧叢叢竹, 淨色藏紅朶朶蓮.' 詞極高潔.

39

申企齋光漢襄陽洞山驛詩: '蓬島茫茫落日愁, 白鷗飛盡海棠洲. 如今始踏鳴沙路, 二十年前舊夢遊.'[135] 許筠云: "余踏其境而後, 始知此詩之妙絶."[136]

40

古人作詩, 最貴結句有精神. 徐四佳四皓圖詩: '於世於名已兩[137]逃, 閑圍一局子頻敲. 此中妙手無人識, 會有安劉一着高.' 企齋呂望圖詩: '清渭東流白髮垂, 一竿誰見釣璜[138]時. 悠悠湖海多漁父, 不遇文王定不知.' 此兩詩結得皆神[139]妙.

41

京妓掌上珠美色而能詩, 湖陰鄭士龍未釋褐時眄之, 時有一宰, 見而

---

135 『기재별집(企齋別集)』 권2의 「서동산역정(書銅山驛亭)」에는 제4구가 '사십 년 지나 옛날 꿈꾼 곳에서 노니네[四十年來舊夢遊]'로 되어 있다.

136 허균의 『학산초담』에는 "余踐其境而後, 知此詩之絶妙."로 되어 있다.

137 已兩이 계명대본에는 兩已로 되어 있다.

138 璜이 저본에는 潢으로 되어 있으나 『기재별집(企齋別集)』과 계명대본에 의거해 수정하였다.

139 神이 존경각본에는 新으로 되어 있다.

悅之, 留而不送. 湖陰一日偶過其家, 掌上珠適在樓上, 俯見湖陰, 卽以扇擲之. 湖陰拾而題詩曰: '錦箋隨風落, 離魂黯欲消. 玉樓人有淚, 銀漢鵲無橋.' 遂投于樓[140]上. 掌上珠藏之巾篋而泣, 其宰知之, 卽招湖陰謂曰: "大丈夫雖不能建大業, 名垂[141]百代, 豈可奪人所愛以斷好緣?" 因命出掌上珠, 使與俱歸, 世傳宰卽朴元宗云.

42

凡詩有意而作, 不若得之於自然, 得之自然, 則可入妙境. 鄭湖陰詩曰: '山雨絲絲竹塢邊, 榴花亂點綠苔錢. 閑看鬪鵲[142]過墻去, 不覺好詩生眼前.'[143] 湖老果得之自然否?

43

宣廟朝濟州進桃花馬, 宣廟[144]異之, 命群臣賦之. 湖陰詩曰: '望夷宮裏[145]失天眞, 走入桃源避虐秦. 背上落[146]花仍[147]不掃, 至今猶帶武陵春.' 柳夢寅『於于野談』, 載入此詩曰: '湖陰[148]自選私稿, 三選其詩而三刪之, 故『湖陰集』中無是詩. 其賦桃花, 可謂巧矣, 而[149]望

---

140 于樓가 존경각본에는 빠져 있다.
141 名垂가 존경각본에는 垂名으로 되어 있다.
142 鬪鵲이 신연활자본에는 雞鬪로 되어 있고, 『호음잡고(湖陰雜稿)』에는 鬪雀으로 되어 있다.
143 이 시는 『호음잡고』 권1 「도계십절(陶谿十絶)」에 네 번째 작품으로 실려 있다.
144 宣廟가 신연활자본에는 上으로 되어 있다.
145 裏가 신연활자본과 『성호사설(星湖僿說)』에는 中으로 되어 있다.
146 落이 신연활자본과 『성호사설』에는 桃로 되어 있다.
147 仍이 신연활자본에는 風으로 되어 있다.
148 湖陰이 『어우야담(於于野談)』에는 士龍으로 되어 있다.
149 『어우야담』에는 而 뒤에 '抑其中終無歸指'가 더 있다.

夷虐秦之語, 豈合於應敎之製乎? 宜夫終見刪也.'云. 余以爲不然, 是
詩果無疵, 而只以望夷虐秦爲不合應製, 則去應製二字, 而選於集中,
未爲不可. 而秦宮當日指鹿爲馬, 則乃鹿失天眞, 非馬失天眞也. 然則
其失天眞三字, 未免爲疵, 此湖陰之所以不選, 抑於于未之思歟!

44

湖陰嘗於百祥樓, 次詔使詩, 押髥字詩曰: '樓高飛鴈平看背, 水淨游
蝦可[150]數髥.'『芝峯類說』云: 朴參判民獻蠹石樓詩次韻曰: '樓前過
鷔平看背, 水底游蝦細數髥.' 他押者皆不能及云.[151] 朴民献乃湖陰之
後輩也, 必拾其唾涕, 以誇人目, 芝峯豈不見鄭詩而有此稱道耶? 且
鄭詩高淨二字, 倍有力, 主客可見.[152]

45

儒生盧獜瑞, 湖陰門人也. 詠烟詩一聯曰: '春於垂柳可, 秋與暮山宜.'
湖陰深歎以爲不可及.

46

安庭蘭, 湖南人也, 善屬文. 時湖陰爲大提學, 庭蘭欲自薦爲學官. 伺
湖陰之出也, 坐待於崇禮門外石橋傍, 及湖陰至, 庭蘭故騎馬犯前.

---

150 계명대본, 신연활자본에는 細로 되어 있다.

151 『지봉유설』에는 다음과 같이 실려 있다. "朴參判民獻蠹石樓次韻曰: '樓前過鷔平看背, 水底游
蝦細數髥.' 他押者皆不能及, 公有名當世, 於詩全學老杜. 然觀其私稿中諸作, 殊不滿人意, 信乎所
見不如所聞."

152 계명대본, 신연활자본에는 見뒤에 也자가 추가되어 있다.

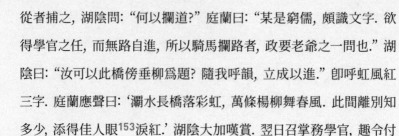

從者捕之, 湖陰問: "何以攔道?" 庭蘭曰: "某是窮儒, 頗識文字. 欲得學官之任, 而無路自進, 所以騎馬攔路者, 政要老爺之一問也." 湖陰曰: "汝可以此橋傍垂柳爲題? 隨我呼韻, 立成以進." 卽呼虹風紅三字. 庭蘭應聲曰: '灞水長橋落彩虹, 萬條楊柳舞春風. 此間離別知多少, 添得佳人眼[153]淚紅.' 湖陰大加嘆賞. 翌日召掌務學官, 趣令付軍職. 其學官曰: "此人曾未試才, 有礙古例." 湖陰出示其詩曰: "此我昨日馬前所試, 君輩皆不及也." 其學官赧然而退.

47

立巖閔齊仁, 擅名詞賦, 而亦工於詩. 其題立巖云: '屹立風濤百丈奇, 堂堂柱石見於斯. 今時若有憂天者, 早晚扶傾舍爾誰.' 有特立不搖之志.

48

徐花潭謝人送扇詩曰: '誰知一本通頭貫, 便見千枝自幹張.' 理到.

49

崔櫟, 徐花潭門弟也. 嘗有一聯云: '終宵對月非貪景, 盡日投竿不爲魚.' 花潭聞此語, 歎賞曰: "非知道者, 不能如此形容."

50

晦齋詩曰: '江沈山影魚驚遁, 峯帶煙光鶴怕棲. 物塞固宜迷幻妄, 人通何事誤東西.'[154] 魚疑出陸而驚, 鶴疑入網而畏, 蓋先生有感[155]而作也.

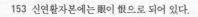

153 신연활자본에는 眼이 恨으로 되어 있다.

成昌山希顔, 舊第在墨寺洞[156], 洞壑幽邃, 宋圭庵麟壽賃居之. 余外高祖林塘鄭相公往訪, 圭庵謝以詩, 林塘卽次之, 一時文人多酬和, 成巨秩. 圭庵詩曰: '玉人乘月訪幽居, 柴戶推來樹影疎. 山釀暫開千日酒, 盤肴偶得八梢魚. 狂詩不用傳驚俗, 淸話方知勝讀書. 明日送君山下路, 小堂寥落似逃虛.' 林塘詩曰: '衙罷歸來喜索居, 一庭林月正扶疎. 朝陽已覺鳴祥鳳, 大壑還須縱巨魚. 松蓋當門能迓客, 竹窓留雪好看書. 孤舟不盡山陰興, 絶磴雲梯擬跨虛.' 鄭湖陰士龍詩曰: '都憲來尋[157]故相居, 風聲一世未應疎. 登門却憶攢華轂, 置酒今逢換佩魚. 韻勝西淸聯傑作, 籍通東觀借奇書. 猥蒙不鄙論文事, 畫餠充飢實亦虛.' 申企齋光漢詩曰: '城南地僻類吾居, 不[158]識朱門生事疎. 愛酒祇宜頻問月, 耽山何用更焚魚. 歸朝幾度聞新政, 入室惟應檢舊書. 彼此欲論同氣味, 小堂淸夜座須虛.' 靈川申潛詩曰: '地僻還如少[159]隱居, 坐來心事自蕭疎. 庭前松老應棲鶴, 檻外池淸合養魚. 退食幾回文會友, 焚香更喜夜觀書. 看君靜裏工夫得, 方寸無塵水月虛.' 金河西麟厚詩曰: '朝回一室儼閑居, 餘事無妨時放疎. 筆下倒傾三峽水, 墨池飛出北溟魚. 人歸暮境月窺榻, 門掩落花風捲書. 誰向此間初卜築, 祇今偏覺境淸虛.' 林錦湖亨秀詩曰: '身縮金章且索居, 故

---

154 이 시가 『회재집(晦齋集)』에 「연구를 채우다〔足聯句〕」라는 제목으로 실려 있다.

155 有感이 존경각본에는 有所感으로 되어 있다.

156 墨寺洞이 존경각본에는 南山下로 되어 있다.

157 尋이 『규암집』 등에는 儔로 되어 있다.

158 不이 존경각본과 『규암집』 등에는 亦으로 되어 있고, 『동각잡기』에는 未로 되어 있다.

159 少가 존경각본과 『규암집』 등에는 小로 되어 있다.

人多病益全疏. 鷄群此日還留鶴, 澤畔當年未葬魚. 着¹⁶⁰睡谷禽窺戶
牖, 入簾山翠潤琴書. 朝回一夕燒香坐, 松月臨窓夜幌虛.' 林石川億
齡詩曰: '寒齋寂寂¹⁶¹比僧居, 地僻門前馬跡疏. 志不公侯吾與點, 夢
游江海¹⁶²我知魚. 欲爲天下無雙士, 肯讀人間非聖書. 思把¹⁶³一樽
論世事, 遠來風疾正乘虛.' 朴駱村忠元詩曰: '欲專邱壑爲移居, 長帶
終南捲碧疏. 忙裏朝參齋緩冕, 閑中事業察鳶魚, 將身博健囊無藥,
挽世歸淳腹有書. 屬和篇章描景仰, 始知名下士非虛.' 石川詩最好,
令人諷誦不厭.

52

林石川¹⁶⁴嘗¹⁶⁵題詩于海印寺一柱門曰: '一柱門前憩, 三竿日欲¹⁶⁶
曛¹⁶⁷. 梨花山雨後, 滿地白¹⁶⁸紛紛.' 石川歸語其友曰: "吾留一絶於
海印寺." 因誦之曰: "吾詩佳矣, 但恨山雨之山, 不¹⁶⁹下以春字." 其友
愕然¹⁷⁰曰: "君偶得造化之助, 有此佳作, 而反欲壞了天然耶?" 石川
乃頓然¹⁷¹自悟云.

---

160 喚이 저본은 着으로 되어 있다. 『규암집』 등을 근거로 바로잡았다.

161 寂이 존경각본에는 寬으로 되어 있다.

162 湖가 존경각본, 신연활자본 및 『규암집』 등에는 海로 되어 있다.

163 把가 저본에는 托으로 되어 있다. 신연활자본과 존경각본 및 『규암집』 등을 근거로 바로
잡았다. 『금호유고』에는 抱로 되어 있다.

164 林石川이 계명대본에는 石川林億齡으로 되어 있다.

165 嘗이 저본에는 當으로 되어 있으나 계명대본에 따라 수정하였다.

166 欲이 『석천시집(石川詩集)』에는 已로 되어 있다.

167 曛이 계명대본에는 昏으로 되어 있다.

168 白이 계명대본에는 落으로 되어 있다.

169 不 앞에 존경각본과 계명대본에는 初가 더 있다.

170 愕然이 존경각본에는 驚으로 되어 있다.

53

東皐李相國少時作詩, 示湖陰曰: "吾詩可比古人乎?" 湖陰曰: "雖不如古人, 爲友人作挽別之詞, 則有裕矣." 李公自是不復吟咏. 余見其明廟挽, 有曰: '半夜催宣詔, 蒼黃寢殿升. 龍顔纔及覿, 玉几已難憑. 聖嗣由前定, 宗祧遂有承. 三朝猶不死, 忍看禍相仍?'[172] 語甚痛切, 殊非等閑操觚者可及, 而猶且欲[173]然自棄. 今[174]人粗解應俗文字, 則妄擬古人, 趯趯然自以爲足, 可笑也已.

54

鄭北窓礦嘗携鄭古玉碏·朴守菴枝華, 向奉恩寺舟中作詩曰: '孤煙橫古渡, 落[175]日下遙山. 一棹歸來晚, 招提杳靄間.' 守庵次曰: '孤雲晚出岫, 幽鳥早歸山. 余亦同舟去, 忘形會此間.' 古玉次曰: '日暮暝煙合, 蒼茫山外山. 招提問何處, 鍾動[176]翠微間.' 北窓最逼唐.

55

北窓聞花潭捐世作詩[177]曰: '病中聞說花潭逝, 驚起推窓占少微. 死者如今不可作, 强顔於世欲何依.' 恨失其知音.

---

171 然이 저본에는 首로 되어 있으나 신연활자본과 존경각본과 계명대본에 따라 수정하였다.

172 『동고유고(東皐遺稿)』권1에는 이 시가 「명종대왕 만사[挽明宗大王]」3수 중 제2수로 '半夜催宣召, 蒼黃寢殿升. 龍顔猶及奉, 玉几竟難凭. 聖嗣由先定, 宗祧遂有承. 三朝還未死, 忍見禍相仍見.'과 같이 실려 있다. 글자에서 다수 차이가 난다.

173 欲이 존경각본에는 歟으로 되어 있다.

174 今이 저본에는 令으로 되어 있으나 존경각본에 따라 수정하였다.

175 落이 『수암유고(守庵遺稿)』에는 寒으로 되어 있다.

176 動이 『북창고옥양선생시집(北窓古玉兩先生詩集)』에는 定으로 되어 있다.

177 '北窓聞花潭捐世作詩'가 존경각본에는 '鄭北窓挽花潭詩'로 되어 있다.

56

曹南冥[178]嘗作詩有曰: '千古[179]英雄所可羞, 一生筋力在封留.' 又曰:
'區區諸葛成何事, 膝就劉郎僅得三.'[180] 識者知其不出云.

57

權習齋諱擘, 宿慶州西淸觀詩曰: '玉笛吹殘故國聲, 客窓高臥夢西
淸. 山形崛起千年地, 樹色低遮半月城. 語燕[181]繞簷天已曙, 飛花撲
帳雨初晴. 朝來爲訪曾遊處, 物是人非易[182]感情.'[183] 淸楚流[184]麗,
去唐奚遠[185]. 偶吟詩曰: '興來無處不風流, 佳節須從物色求. 黃菊有
花皆九日, 碧天懸月卽中秋. 淸光照席詩魂冷, 嫩蘂當罇[186]酒味柔.
相對此花兼此月, 謫仙彭澤擬同遊.' 亦淸新豪邁, 諷之不倦.[187]

58

沈聽天守慶訪釋王寺[188]曰: '雨後輕衫出郭西, 垂楊裊裊草萋萋. 溪
深正漲桃花浪, 路淨初乾燕子泥. 黃犢等閑依壟臥, 翠禽多[189]事傍林

---

178 冥이 저본에는 溟으로 되어 있으나 바로잡았다.

179 千古가 『남명집』에는 天下로 되어 있다.

180 『남명집』에는 成이 終으로, 劉가 孫으로 되어 있다.

181 燕이 『습재집(習齋集)』에는 鵲으로 되어 있다.

182 易가 저본에는 己로 되어 있으나 여타 이본과 내용을 따라 수정하였다.

183 이 시는 『습재집』 권4에 「경주 서청관에 머물며[宿慶州西淸觀]」라는 제목으로 수록되어
    있다.

184 流가 저본에 幽로 되어 있으나 신연활자본에 의거하여 수정하였다.

185 遠이 존경각본에는 矣로 되어 있다.

186 罇은 계명대본과 『습재집』에는 樽으로 되어 있다.

187 계명대본에는 諷之不倦이 빠져 있고, 신연활자본에는 뒤에 也耳가 더 있다.

188 寺 뒤에 존경각본과 신연활자본에는 詩가 더 있다.

啼. 尋僧却恨春都盡, 不見殘紅撲馬蹄.'[190] 如畵.

59

楊蓬萊士彦萬景臺詩曰: '九霄笙鶴下珠樓, 萬里空明灝氣收. 青海水
從銀漢落, 白雲天入玉山浮. 長春桃李皆瓊蘂, 千歲喬松盡黑頭. 滿
酌紫霞留一醉, 世間無地起閑愁.' 非火食語.

60

梁松川應鼎過漁陽橋詩曰: '樹[191]色煙光畵太平, 河橋猶帶舊時名.
伊凉若是簫韶曲, 豈使胡雛犯兩京.'[192] 詞甚感慨.

61

蘇亨震詩才絶倫, 其一絶云: '公山形勝古名州, 官渡朱欄映畵樓. 蘇
少門前江水近, 綠楊枝外繫蘭舟.'

62

李判官悌胤, 再思堂竈之孫也. 其[193]一絶曰: '雨灑愁簷短, 月明長亦愁.

---

189 多가 신연활자본에는 無로 되어 있다.

190 이 시는 심수경의 『청천당시집(聽天堂詩集)』에 수록되지 않았고, 허균의 『국조시산』 권6
에 동일한 제목으로 실려 있다.

191 『송천유집(松川遺集)』에는 樹가 水로 되어 있으나, '水는 樹로 쓰는 것이 옳을 듯하다[水疑
樹字]'라는 편자의 주석이 붙어 있다.

192 이 시는 허균(許筠)의 『국조시산(國朝詩刪)』과 『학산초담(鶴山樵談)』 그리고 남용익의 『기
아(箕雅)』에 실려 있다.

193 其가 존경각본에는 賦詩라 되어 있다.

愁後愁無歇, 愁邊空白頭.' 托興於簷之長短, 而善形容人世之愁矣.

63

金澤, 白川人也, 能文章. 明廟[194]朝布衣抗疏, 首請[195]雪乙巳之寃,
聲振一世, 登第早夭. 其朴淵詩曰: '翠壁千尋上下湫, 玉虹高掛錦屛
頭. 跳珠散作松間雨, 聲雜雲山十里秋.' 人爭傳誦.

64

盧蘇齋守愼, 喜用俗語, 遞右相賦詩曰: '初辭右議政, 更[196]就判中
樞.' 李東岳安訥贈尹參奉詩曰: '卽對瀋[197]源參奉話, 常依造紙別提
隣.'[198] 兩公多用如此等語. 蓋詩家此習, 原於香山·放翁, 學詩者不
必效也.

65

余昔登淸風寒碧樓, 古今題詠甚多, 樓上有朴思菴淳詩曰: '客心孤懷[199]
自生愁, 坐聽江聲不下樓. 明日又登官道去, 白雲紅樹爲誰秋.'[200] 余

194 廟가 계명대본에는 宗이라 되어 있다.
195 首請이 계명대본에는 請首라 되어 있다.
196 更이 신연활자본, 『소재집(蘇齋集)』, 『학산초담』에는 便으로 되어 있다.
197 瀋이 신연활자본에는 璿으로 되어 있다.
198 이 시는 『동악집(東岳集)』에 「준원전 윤참봉이 와서 전 조지서 별제 성학안의 칠언 근체
    시 5수를 전해주기에 아쉬운 대로 이렇게 써서 다시 보낸다[瀋源殿尹參奉來傳造紙署前別
    提成學顔七言近體五首 聊書此却寄]」라는 제목으로 수록되어 있다.
199 懷가 『사암집』에는 逈으로 되어 있고, 『학산초담』에는 廻로 되어 있다.
200 이 시는 『사암집』 권1의 「청풍한벽루(淸風寒碧樓)」 2수 중 제1수이다. 허균의 『학산초담』
    에도 제1수가 인용되어 있다.

未嘗不一唱三嘆.

66

金東園貴榮, 詠鴈詩曰: '霜落秋江鏡面開, 群飛天末等閒回. 隨陽不是謀[201]梁去, 遵渚應知避繳來. 紅樹暮雲聲斷續, 碧波寒月影徘徊. 歸時莫近長安夜, 萬戶淸砧爲爾催.' 梁竹巖大樸, 亦有詠鴈詩曰: '平沙浩浩水茫茫, 秋盡江南鴈字長. 雲渚月明時叫侶, 寒天霜落亂隨陽. 斜斜整整寧違陣, 弟弟兄兄自作行. 菰浦稻畦應有繳, 不如飛入水雲鄉.'[202] 梁詩格卑, 近江西, 未若金詩之淸絶.

67

宋龜峰翼弼, 龜山道中詩曰: '閑行忘坐坐忘行, 歇馬松陰聽水聲. 後我幾人先我去, 各歸其止又何爭.'[203] 有無競之意.

68

成處士守琛隱居不仕, 自號聽松. 鄭松江澈以詩贈之曰[204]: '每恨箕山叟, 終身不事堯. 松聲雖可愛[205], 何似聽簫韶.' 蓋[206]勸其出仕也.

---

201 謀가 『동원집(東園集)』에는 求로 되어 있다.

202 『청계집』에는 浩浩가 無際로, 茫이 蒼으로, 盡이 晩으로, 畦가 郊로, 水雲이 荻花로 되어 있다.

203 이 시는 『구봉집』 권1에 「구산도중(龜山道中)」 2수 중 첫 번째 작품으로 실려 있다. 閑行이 無心으로, 忘坐가 進取로, 歇이 秣로, 我去가 此路로 되어 있다.

204 신연활자본에는 '鄭澈【松江迎日人, 左議政】贈成聽松【聽松隱居不仕, 故以詩贈之】詩曰'로 되어 있다. 존경각본에는 '鄭松江澈以詩贈之曰'이 '鄭松江澈贈詩曰'로 되어 있다. 계명대본에는 '成處士守琛隱居不仕, 自號聽松.'이 '成守琛【聽松】隱居不仕'로 되어 있다.

69

成牛溪素於古今詩句藻鑑甚明. 鄭松江得五言一絶, 其詩曰[207]: '山[208]
雨夜鳴竹, 草虫秋近床. 流年那可住, 白髮不禁長.' 遂印於唐楮, 袖[209]
示牛溪曰: "此是古壁所塗, 而但不知誰作也." 牛溪再三吟詠曰: "此
必[210]晚唐人詩." 松江笑曰: "我欲試公, 公果見瞞." 噫, 知詩之難, 難
復難矣.

70

鄭松江爲關東伯, 巡到江陵, 時邑人全義民能文, 爲本府敎養官, 適
在座. 松江謂全曰: "我曾到平昌, 聞藥水名, 吟得'地名藥水難醫疾'
之句, 未得其偶." 全曰: "有之, 未敢白." 松江强使之言, 全卽曰: '驛
號餘粮未救飢.' 盖餘粮旋善驛號, 眞的對, 松江改容待之.

71

高霽峰敬命, 嘗訪奇高峰大升, 盆中植黃白二菊, 開花粲[211]然, 霽峰

---

205 『청송집(聽松集)』 권3 부록의 「기청송당(寄聽松堂)」에는 2구의 終身이 平生으로, 3구의 愛
    가 樂으로 되어 있다. 또 시의 작자가 석천(石川), 즉 정철의 스승인 임억령(林億齡)으로
    명기되어 차이가 크다.
206 蓋가 신연활자본과 존경각본에는 빠져 있다.
207 鄭松江得五言一絶, 其詩曰이 연활자본에는 '又得一絶示牛溪【牛溪素於古今詩句藻鑑甚明之】曰'
    로 되어 있다(신연활자본에는 67칙, 68칙, 69칙이 한 항목으로 되어 있다). 존경각본에는 '松江
    贈詩成牛溪曰'로 되어 있다. 계명대본에는 '鄭松江得五言一絶, 其詩曰'이 '松江得一絶, 云'으로
    되어 있다. 『송강집(松江集)』 권1에 「秋日作」으로 실려 있다.
208 山이 『학산초담』에는 寒으로 되어 있다.
209 袖가 계명대본에는 빠져 있다.
210 必이 계명대본에는 빠져 있다.

濡筆題詩[212]曰: '正色黃爲貴, 天姿白亦奇. 世人看自別, 均是傲霜枝.' 盖寓物托意也. 如天柱峯玩月詩曰: '縹緲奇峰戴六鰲, 上方秋月一輪高. 可憐塵世無人會, 風雨凄凄睡正牢.' 亦讀之爽然.

72

金瞻謂荷谷曰: "吾以高而順爲不可及, 近觀之, 殆無足畏." 荷谷微笑, 仍誦霽峰 '秋後瘴煙辭嶺嶠[213], 夜深荷雨在官池.' 一聯, 曰: "此豈金瞻氏所能作也?" 而順, 卽霽峰字也.

73

壬辰倭亂李舜臣爲統制使, 有詩一聯曰: '誓海魚龍動, 盟山草木知.' 其氣節磊落可見於詩矣. 或言: "舜臣屢戰大捷, 倭奴憚其威略, 欲以重賂啗之, 聞此一句, 知其必不可屈而止"云.

74

郭再祐居玄風, 當壬辰亂奮義討賊, 後以功累, 官至左尹, 皆不就. 學神仙術, 修鍊辟穀, 後歸就鷺山滄巖, 永謝煙火.[214] 有詩曰: '朋友憐吾絶火煙, 共成衡宇洛江邊. 無飢只在啖松葉, 不渴猶[215]憑飮玉泉.

---

211 粲이 계명대본에는 爛으로 되어 있다.

212 詩가 계명대본에는 一絶로 되어 있다.

213 嶺嶠가 『제봉집』에는 海嶠로 되어 있다.

214 신연활자본에는 이상의 내용이 '忘憂堂, 玄風人, 右尹, 亂後累徵不起, 曰吾何出與走狗同烹哉'로 되어 있다.

215 猶가 『망우당집(忘憂堂集)』에는 惟로 되어 있다.

守靜彈琴心淡淡, 杜窓調息意淵淵. 百年盡過[216]亡羊後, 笑我還應
稱我仙.' 其功成不居, 可謂得明哲保身之義者也. 以能詩名而詩亦佳.

75

壬辰之亂, 倡義使金千鎰, 與崔慶會·高從厚同守晉州, 有詩曰: '矗
石樓中三壯士, 一盃笑指長江水. 長江之水流滔滔, 波不渴兮魂不
死.' 趙重峰憲起義兵, 以書約招討使高敬命共討南賊. 霽峰先敗而
死, 重峰與僧將靈圭擧兵南向. 渡荊江有詩曰: '東土豼貅百萬師, 如
何無力[217]濟艱危. 荊江有約人何去, 擊楫秋風獨渡時.'[218] 其氣慷慨,
殆不讓張巡睢陽之作.

76

李槐山逢, 宗室子也, 善屬文, 號靑溪, 與高霽峰相友善, 壬辰亂爲義兵
將者也. 其宿雙溪寺詩曰: '信宿雙溪寺, 雲閑僧亦閑, 如何百戰將, 頭白
不歸山.' 靑溪之女爲趙承旨瑗之妻, 以詩名於世, 世所稱李玉峯者是也.

77

癸巳春, 李提督如松討平壤, 克之, 斬首數千級. 餘賊夜遁, 提督乘勝
長驅, 復開城府. 渡臨津, 至碧蹄驛, 以偏師徑進, 賊之伏兵俱發, 提
督敗績. 經略兵部侍郎宋應唱, 用沈惟敬之策, 與倭連和, 李靑溪逢

---

216 盡過가 『망우당집』에는 過盡으로 되어 있다.

217 力이 『중봉집(重峯集)』에는 術로 되어 있다.

218 결구가 『중봉집』에는 不耐秋風擊楫時로 되어 있다.

上經略²¹⁹詩曰: '塞邊沙月淨如霜, 人與冤魂哭戰場. 天連日本還同
戴, 却恨謀無²²⁰宋侍郎.' 經略憮然.

78

壬辰倭²²¹亂後, 回答使將入日本, 尹承旨安性贈詩曰: '使名回答向何
之, 今日和親我未知. 君到漢江江上望, 二陵松栢不生枝.'²²² 二陵謂
宣陵·靖陵²²³, 其時慘被倭禍故云. 詞意感慨, 自然出涕.

79

李判書時發, 號碧梧, 有詠吹簫詩云: '簫史西飛去, 煙空²²⁴海路遙. 秦
樓明月²²⁵夜, 誰與伴吹簫.' 吹簫, 卽妓名也. 時蓀谷李達, 適在座曰:
"此唐調也, 人謂令監作, 則必不信也. 請書吾集." 判書笑之以爲濫.

---

219 이상의 내용이 계명대본에는 '李如松復平壤 乘勝馳 復開城 至碧蹄驛 徑進敗績 經略宋應唱用
沈惟敬之策 與彼連和 李靑溪逢上經略'로, 존경각본에는 '癸巳春 李提督如松討平壤 克之 賊夜
遁 乘勝復開城府 靑溪上經略'로, 신연활자본에는 '上經略宋應唱 李如松復平壤 乘勝長馳 復開
城 至碧蹄驛 徑進敗 經略宋應唱用沈惟敬之策 與彼連和'로 되어 있다.

220 謀無가 계명대본과 신연활자본에는 無謀로 되어 있다.

221 倭가 계명대본에는 빠져 있다.

222 작품이 실린 문집마다 원문이 조금씩 다르다. 윤안성의 『명관유고집(冥觀遺稿集)』과 이
경석(李景奭)의 『백헌집(白軒集)』에는 和親이 交隣으로, 君到가 試渡로 되어 있다. 조경남
(趙慶男)의 『난중잡록(亂中雜錄)』에는 我가 意로, 君이 試로 되어 있다. 이익(李瀷)의 『성
호사설(星湖僿說)』에는 和親이 交隣으로, 到가 去로 되어 있다. 이긍익(李肯翊)의 『연려실
기술(燃藜室記述)』과 신경(申炅)의 『재조번방지(再造藩邦志)』, 그리고 이수광의 『지봉유
설』에는 和親이 交隣으로, 君이 試로 되어 있다.

223 宣陵靖陵이 계명대본과 신연활자본에는 宣靖兩陵으로 되어 있다.

224 空이 신연활자본에는 雲으로 되어 있다.

225 明月이 신연활자본에는 月明으로 되어 있다.

80

李判書時發, 送惟政師赴日本詩曰: '靑丘踏盡萬山[226]秋, 海外還聞有九州. 此去獨當天下事, 世間人自覺封侯.' 可使肉食者羞.

81

凡作詩, 非貴吟詠, 貴逼情境. 如'多少關心事, 書灰到夜深'之句, 雖說得甚好, 猶不如武元衡'日出事還生'之尤妙. 至如鄭古玉'夜來自笑千般計, 每到明朝便一空'之語, 摸寫人情極到[227].

82

辛白麓應時, 菁川[228]館詩曰: '百八[229]盤初下, 沿溪[230]路始通. 溪[231]橋多臥石, 山店半依楓. 鳥度夕陽外, 馬行秋影中. 神仙如不妄, 今夕倘相[232]逢.' 摸寫逼眞, 對景[233]想畫.

83

壬辰亂後, 邢軍門將還朝, 一時文士咸賦別章, 鵝溪李山海詩爲第一.

---

226 山이 『벽오유고(碧梧遺稿)』에 峯으로 되어 있다.

227 到가 존경각본에는 多로 되어 있다.

228 菁川이 저본에는 靑州로, 존경각본과 계명대본에는 靑川으로 되어 있으나 『백록유고(白麓遺稿)』에 의거하여 수정하였다.

229 八이 신연활자본과 계명대본에는 尺으로 되어 있다.

230 溪가 『백록유고』에는 流로 되어 있다.

231 저본에는 蹊로 되어 있으나 『백록유고』, 신연활자본, 계명대본에 의거하여 溪로 수정하였다.

232 相이 『백록유고』에는 能으로 되어 있다.

233 저본에는 鏡으로 되어 있으나 존경각본과 신연활자본에 의거하여 景으로 수정하였다.

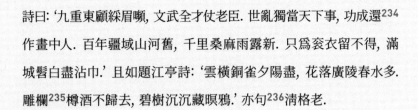

詩曰: '九重東顧綵眉嚬, 文武全才仗老臣. 世亂獨當天下事, 功成還[234]
作畫中人. 百年疆域山河舊, 千里桑麻雨露新. 只爲衮衣留不得, 滿
城鬢白盡沾巾.' 且如題江亭詩: '雲橫銅雀夕陽盡, 花落廣陵春水多.
雕欄[235]樽酒不歸去, 碧樹沉沉藏暝鴉.' 亦句[236]淸格老.

84

簡易以鵝溪詩爲無骨, 鵝溪以簡易詩爲拙, 此蓋出於文人相輕. 以[237]
余觀之, 俱未必然, 豈可以鵝溪之富麗爲眞無骨, 簡易之遒健爲眞拙
耶? 然以[238]大家高手, 時或有疵累, 此則李杜之所不免, 亦何害於兩
公之文章也? 今摘兩公詩世稱驚語者二聯, 幷論其瑜瑕. 簡易三日浦
詩: '三日淸[239]遊猶不再, 十洲佳處始知多.' 意深而語滯. 鵝溪寒碧樓
詩: '紅樹白雲曾[240]駐馬, 亂峯殘雪又登樓.' 有韻而氣弱.[241]

85

徐萬竹益以詩名於世.[242] 謫去時, 送者滿船, 各賦一章[243]. 徐次之曰[244]:

234　還이 저본에는 歸로 되어 있으나 여러 이본에 따라 수정했다.
235　雕欄이 신연활자본과 계명대본에는 滿樓로 되어 있다.
236　句가 신연활자본과 계명대본에는 氣로 되어 있다.
237　존경각본에는 以 앞에 而가 첨가되어 있다.
238　然以가 존경각본에는 然雖以로 되어 있다.
239　淸이 문집과 신연활자본에는 仙으로 되어 있고, 계명대본에는 神으로 되어 있다.
240　曾이 신연활자본에는 昔으로 되어 있다.
241　有韻而氣弱의 뒤에 신연활자본과 계명대본에는 "俱有瑕疵"가 첨가되었다.
242　以詩名於世가 존경각본에는 빠져 있다. 名이 계명대본에는 鳴으로 되어 있다.
243　一章이 존경각본에는 詩로 되어 있다.
244　曰이 존경각본과 계명대본에는 빠져 있다.

'舟大容浮世, 天長覆遠臣.' 滿座驚服.

86

尹判書卓然書懷詩曰: '生憎岐路有東西, 雲與同行鶴與棲. 乘興有時成大醉, 醉顔[245]何處向人低?'[246] 豪暢不羈.

87

荷谷許篈嘗奉使北方, 有居山驛詩七律, 其詩曰: '長途鼓角帶晨星, 倦向靑州古驛亭. 羅下洞深山簇簇, 侍中臺逈海冥冥. 千年折戟沈沙短, 十里平蕪過雨腥. 舊事微茫問無處, 數聲橫笛不堪聽.' 因朔啓入宸覽, 上嗟賞不已, 至五六句曰: "句法不當若是耶!" 遂以御筆批點而出. 壬寅華使顧·崔之來, 月沙引對, 辟篈爲從事, 上問曰: "與其兄篈, 才孰上下?", 蓋未嘗忘篈之才也.

88

荷谷有盆梅, 一枝折, 得'月出虧前影'之句, 苦吟[247]未得的對. 五山突入謂曰: "何不道'風來減舊香'?", 荷谷稱嘆不已.

89

荷谷嘗謫居甲山, 有詩曰: '春來三見洛陽書, 聞說慈親久倚閭. 白髮

---

245 顔이 존경각본에는 眼으로 되어 있다.

246 이 시는 남용익(南龍翼)의 『호곡집(壺谷集)』 권18 「호조판서 윤공 묘지명(戶曹判書尹公墓碣銘)」에 실려 있다.

247 吟이 저본에는 飮으로 되어 있으나 신연활자본을 따라 바로잡았다.

滿頭斜景短, 逢人不敢問何如.'[248] 令人不忍再讀. 石洲抱兒有感詩曰: '赤子胡然我念之, 曾聞爲父止於慈. 白頭永隔趨庭日, 忍想[249]吾身似汝時.'[250] 亦讀之, 嗚咽淚下.[251]

90

李漢陰嘗以宣慰使, 再登嶺南樓, 前則翫月, 後則賞雨. 亂後又以事過凝川, 荒墟[252]破郭, 滿目蕭然, 而獨江上風景依舊. 仍次樓上韻曰: '建牙重到嶺南天, 十二年光逝水前. 人物盡消兵火後, 江山猶媚畫圖邊. 灘聲暝雜長林雨, 月色淸籠近渚煙. 風景不殊陳迹變, 白頭時夢醉芳筵.' 詩格淸婉.

91

漢陰卒後, 白沙以挽哭之曰: '釋褐當年御李君, 陽春座上自生溫. 初驚澗栢昂霄直, 竟見雲鵬挐海翻. 歲暮北風寒栗冽, 天陰羅雀恣喧煩. 哀詞不敢分明語, 薄俗窺人喜造言.' 或云, 白沙初作此挽, 而嫌於言語呈露, 以七絶, 只用末句. 其詩曰: '流落空[253]山舌欲捫, 聞君長逝暗消魂.[254] 哀詞不敢分明語, 薄俗窺人喜造言.' 只此一詩, 可想當時時事.

---

248 『하곡시초(荷谷詩鈔)』에 「이산팔절(夷山八絶)」 중 제6수로 실려 있다.

249 想이 계명대본에는 看으로 되어 있다.

250 『석주집』 권7에 「포아유감(抱兒有感)」이라는 제목으로 실려 있다.

251 계명대본에는 허봉의 시와 嗚咽이 빠져 있다.

252 墟가 저본에는 塘으로 되어 있으나 문집과 존경각본을 따라 수정하였다.

253 '流落空'이 『백사집』에는 '淪落窮'으로 되어 있다.

254 이 구절은 『백사집』에는 '吞聲暗哭漢原君[소리 죽여 몰래 한원군을 곡하네]'으로 되어 있다.

92

李白沙恒福單于夜宴圖詩曰: '陰山獵罷月蒼蒼, 鐵馬千羣夜踏霜. 帳裡胡笳三兩拍, 樽前醉舞左賢王.' 語極[255]豪放.

93

白沙嘗以邢軍門接伴使到晉州, 留連數月. 一日命妓來縫衣綻, 本州兵馬使意其無聊, 選一妙妓入送, 故令遲縫以挑之. 白沙卽戲題一詩以贈曰: '將軍熟讀圯橋書, 料得客情如料敵. 故敎纖指[256]懶縫衣, 欲試先生腸似石.' 至今傳誦, 以爲風流話本.

94

梧陰尹斗壽未釋褐時, 上寺做業, 題詩壁間. 一聯曰: '懸橐防飢鼠, 回燈護撲蛾.' 有能詩老僧覽之, 曰: "上舍有濟物之意, 必至台鼎矣." 後果驗焉.

95

李五峯好閔詠梅[257]詩曰: '皎皎雲端月, 娟娟江上枝. 其間千萬里, 淸白故相隨.' 說得精神甚妙.

96

柳西坰根於文章有自喜之癖. 嘗按節湖西時, 有一書生, 將有事湖營,

---

255 極이 존경각본과 신연활자본에는 顔로 되어 있다.

256 指가 『백사집』에는 手로 되어 있다.

257 존경각본과 계명대본에는 梅 뒤에 月이 더 있다.

請簡於李月沙. 月沙曰:“我敎汝一計. 近聞此令於拱北樓作詩, 得一聯, 自詫云. 汝見此令, 極贊此句, 則汝必逐所願矣.”旣到, 以月沙書先容. 西坰適開牙於拱北樓, 延生入. 生坐談間, 問所謂蒼壁在於何處, 西坰指示之, 曰:“此是也.”生嘖舌歎曰:“小生曾聞相公‘蘇仙赤壁今蒼壁, 庾亮南樓是北樓’之句, 嘗[258]自擊節. 今日登臨, 始覺相公之詩摹寫逼眞, 雖老杜手段, 何以加此?”西坰曰:“君從何[259]得聞?”生對曰:“此詩膾炙都下, 月沙·東岳諸宰, 莫不歎賞矣.”西坰大悅曰:“君始可與言詩.”遂設宴[260]待之, 曲從所願[261]. 月沙聞之, 捧腹[262]曰:“果如吾計[263].”

97

西坰[264]謂霽湖曰:“吾得一聯, ‘古壇生碧草, 新月掛黃昏.’[265] 可方古人否?”霽湖[266]曰:“杜律云: ‘映階碧草自春色, 隔葉黃鸝空好音.’公之詩意似出於此矣.”西坰笑曰:“我知君意.”卽改生掛二字曰: ‘古壇空碧草, 新月自黃昏.’霽湖笑而伏曰:“何敢!”[267] 蓋霽湖實欲改二字而尊不敢顯言, 擧杜詩以諷之. 二字之改, 天然頓佳.

258 嘗이 존경각본에는 常으로 되어 있다.
259 從何가 존경각본에는 何從으로 되어 있다.
260 존경각본에는 宴 뒤에 以가 더 있다.
261 願이 존경각본에는 言으로 되어 있다.
262 捧腹이 존경각본에는 笑로 되어 있다.
263 計가 존경각본에는 所料로 되어 있다.
264 존경각본과 계명대본에는 嘗이 첨가되어 있다.
265 昏이 존경각본에는 樓로 되어 있다.
266 계명대본에는 對가 첨가되어 있다.
267 계명대본에는 云이 첨가되어 있다.

98

坡潭子尹繼善, 壬辰亂明兵出來時, 以詩贈天將曰: ‘君家二十四橋邊,
樓上佳人三五年. 征客未歸春已到, 梅花應發玉窓前.’ 似唐人語. 將
士, 卽揚州人, 新娶作別者也.

99

崔簡易岦, 以新及第[268], 押至政院. 注書李靑蓮後白, 使之俯伏於前,
出七言近體二十題韻, 卽刻題呈. 簡易[269]應口捷[270]對若腹藁, 曾未
移晷, 篇已就完, 辭意俱絶. 一座無不驚服, 世所稱[271]銀臺二十詠是
也. 今錄其一首, 其浮萍詩曰: ‘泛泛[272]紛紛點綠漪, 閒時看作[273]一
般奇. 遮來似爲藏魚躍, 約去如知避鳥窺. 只是無心浮更泊, 何曾有
迹合還離. 憑君擬却虛舟說. 身是浮萍世是池.’ 二十首近體, 雖句鍛
月煉, 尙不得成, 況一瞥之間, 操紙[274]立就乎? 簡易之主盟詞壇, 振
耀[275]一世, 宜矣. 世人看詩, 精深奇古則以謂險怪, 生弱卑近則以謂
佳格, 良可笑也.

---

268 及第가 존경각본에는 登第, 계명대본에는 第로 되어 있다.
269 簡易는 계명대본에 岦으로 되어 있다.
270 捷이 계명대본에 輒으로 되어 있다.
271 稱이 계명대본과 신연활자본에는 傳으로 되어 있다.
272 泛泛은 『간이집(簡易集)』에 汎汎이라 되어 있다.
273 作이 저본에는 竹으로 되어 있으나 존경각본, 계명대본, 신연활자본, 『간이집』에 모두 作
    으로 되어 있어 바로잡았다.
274 紙가 계명대본에 筆로 되어 있다.
275 계명대본에는 "簡易之主盟詞壇, 振耀"가 名振이라 되어 있고, 一世宜矣가 문장 끝에 나온다.

100

簡易詠怪石詩曰: ‘窓間一蝨懸, 目定車輪大, 自我得此石, 不向花山 坐.’[276] 精深奇古. 且如詠瀑詩: ‘紳垂九萬兒童見, 尺可三千世俗談.’ 次 東坡詠雪詩: ‘樓奢白玉敎先碎, 食淡蒼生爲下[277]塩.’ 語意亦皆逈[278] 出人表, 不可企及. 而世之雕篆者, 或謂簡易詩, 木强不足觀, 多見其 不自量也. 許筠曰: “簡易詩本無師承, 自創爲格, 意淵語傑, 非切磨 聲律採掇花卉者, 所可企及. 吾以簡易詩爲勝於文云.”

101

朱太史之蕃游漢江, 作長篇一首, 使首揆柳永慶次之, 時崔簡易以製 述官代製, 其首句曰: ‘漢江自古娛佳[279]客, 不能十里王京陌.’ 遠接使 柳根見之, 改王京二字作長安, 簡易微笑[280]之. 及呈太史, 太史大加 賞歎, 因拈出長安二字, 謂之曰: “長安本非爾地, 語[281]亦萎弱, 不如 王京二字之爲妥.” 西坰聞而深愧之.

102

梁竹嚴大樸靑溪詩, ‘山鬼夜窺金鼎[282]火, 水禽秋宿石塘煙.’ 瀏幽奇健.

---

276 이 시는 『간이집』 권6에 「괴석(怪石)」이란 제목으로 실려 있다. 花山坐는 존경각본에 山苑 開로 되어 있다.

277 爲下는 계명대본, 신연활자본에 下爲로 되어 있다.

278 逈은 계명대본에 遠으로 되어 있다.

279 佳는 『간이집』에 嘉로 되어 있다.

280 微笑는 계명대본과 신연활자본에는 微哂, 존경각본에는 哂으로 되어 있다.

281 語가 저본에는 없으나 존경각본, 계명대본, 신연활자본에 있어 첨가하였다.

282 鼎이 『학산초담』에는 井으로 되어 있다.

103

林白湖悌兒時出遊, 逢一丫鬟, 絶有艷態. 林見而悅之, 躡後而往. 丫鬟至一巨第, 跳入于內, 乃其主家也. 林追至外閣, 主公怪之, 卽使蒼頭牽致階下曰: "汝何兒, 乃敢唐突!" 林曰: "某是儒生. 路逢佳兒, 尾而隨之, 未覺到此, 冒犯實多." 主公曰: "爾隨我呼韻, 卽成赦之, 不則笞矣." 仍呼薨升縢三字,[283] 林應聲曰: "聞道東君九十薨, 惜春兒女淚盈升. 尋香狂蝶何須問, 相國風流小似縢."[284] 主公大奇之, 呼出丫鬟而與之.

104

林白湖嘗著「浿江曲」十首, 其一曰: '浿江兒女踏春陽, 何處春陽不斷腸.[285] 無限煙絲若可織, 爲君裁作[286]舞衣裳.' 一時傳誦. 申玄翁『晴窓軟談』亦載此詩, 稱其艷麗, 謂學樊川. 余見『詩學大成』, 其中一詩, 與林作略無異同, 而長安二字改以浿江. 李鵝溪詠流澌詩, '應是玉龍鬪海窟, 敗鱗殘甲滿江來.' 余見『堯山堂記』詠雪詩有此一句, 而鵝溪改碧落二字爲海屈, 改空字爲江. 鵝溪雖全用古人之句, 亦可謂移步換形, 至如白湖沒用上下兩句, 只改浿江二字, 要名一時, 盖發塚手也.

105

車五山天輅幽居遣興詩曰: '反鎖柴門白日高, 誰憐憲室沒蓬蒿. 讀書

283 仍呼薨升縢三字가 존경각본에는 仍呼韻으로 되어 있다.
284 이 시가 『백호집(白湖集)』에는 실려 있지 않다.
285 '何處春陽不斷腸'이 『백호집』 권2, 「패강가(浿江歌)」에는 '江上垂楊政斷腸'으로 되어 있다.
286 作이 저본에는 빠져 있어 문집을 바탕으로 첨가하였다.

萬卷功名薄, 把酒三盃意氣豪. 慣雨小山[287]驕草木, 不風平地[288]怒波濤. 較除蝸角蚊虻過, 擧目長天按寶刀.' 詞采傑然. 公詩大率汪洋. 而如「醉後吟」一律, 極平淡溫雅, 氣像自佳. 其詩曰: '小江微雨侵平沙, 曠野蒼茫遠樹斜. 但喜客邊還有酒, 不知春盡欲無花. 異鄉別恨連靑草, 故國歸心繞紫霞. 每向長安作西笑[289], 湖西猶是在天涯.' 紫霞卽松都洞名.

106

五山·石峯幷生松都, 文章筆法振耀[290]海內. 石峯死後, 五山嘗夢見石峯, 而感作詩曰: '玉樹霜摧[291]墨沼翻, 羊鞭何忍打西門. 三年地下無消息, 一夜天涯有夢魂. 叵耐白雲空眼[292]冷, 不須長笛更聲吞. 篋中未沫蘭亭字, 却向秋風拭淚痕.'[293] 又贈石峯子敏政詩曰: '潦倒誰憐老太常, 故人相對又斜陽. 滿城花柳靑春盡, 過眼悲懂白髮長. 子敬箕裘今墨妙. 次公談笑舊醒[294]狂. 石峯冥漠寧馨在, 此夕何辭酒十觴.' 讀之愴然.

---

287 '慣雨小山'은 신연활자본에는 '小雨慣看'으로 되어 있다.

288 '不風平地'는 신연활자본에는 '平池不見'으로 되어 있다.

289 西笑가 『오산집(五山集)』 권2, 「취후음(醉後吟)」에는 一笑로 되어 있다.

290 耀가 계명대본에는 輝로 되어 있다.

291 摧가 저본에는 催로 되어 있으나 계명대본과 문집을 따라 摧로 바로잡았다.

292 眼이 『오산속집(五山續集)』에는 恨으로 되어 있는데 6구의 聲자와의 대우를 고려해 眼을 따른다.

293 이 시는 차천로, 『오산속집』 권2에 「석봉이 죽은 뒤 꿈속에서 그를 만나 감회가 있어 짓다[石峯死後夢見感作]」라는 제목으로 실려 있다.

294 醒이 저본에는 星으로 되어 있으나 『오산집』 권2, 「한민정이 찾아오다[韓【敏政】見過]」에 의거해 수정했다.

107

余見五山私稿[295], 皆所手書者, 其詩汪洋麤豪, 率多未精. 如奉使日本詩, 爲人所稱, 而亦未免疵累. 其詩曰: ‘愁來徙倚仲宣樓, 碧樹[296]涼生[297]暮色遒. 鰲背海[298]空風萬里, 鶴邊雲盡[299]月千秋. 天連漢使[300]乘槎路[301], 地接秦童採藥洲. 長嘯一聲豪氣發[302], 夕陽西下水東流.’ 旣曰海空, 又曰採藥洲, 又曰水東流, 一何水之多耶? 況採藥之下洲字, 尤爲未妥. 蓋五山文章, 牢籠百家, 贍給無比而然耶! 無比, 終歸亂雜, 豈五山無意傳後, 不點化歟?

108

玄翁云: “我朝文章巨公, 非不蔚然輩出, 務爲專家, 至於取法李唐者絶少. 冲庵·忘軒之後, 崔孤竹·白玉峯·李蓀谷最傑.”[303]云. 今各錄其一首. 李忘軒寄僧詩曰: ‘鍾聲敲月落秋雲, 山雨翛翛不見君. 鹽井閉門猶[304]有火, 隔溪人語夜深聞.’ 金冲庵江南詩曰: ‘江南殘夢晝厭

---

295 私稿가 신연활자본과 계명대본에는 詩藁로 되어 있다.

296 樹가 저본에는 樓로 되어 있으나 『오산속집』과 존경각본에 의거해 수정했다. 『오산속집』에는 제목이 「간성 영월루(杆城詠月樓)」로 되어 있고, 제목 밑 주석[題下注]에 “일본으로 사신 갔을 때 지은 작품이라고도 한다[一云奉使日本時作]”라고 되어 있다.

297 涼生이 존경각본과 계명대본에는 依然으로 되어 있다.

298 海가 『오산속집』에는 島로 되어 있다.

299 盡이 『오산속집』에는 散으로 되어 있다.

300 漢使가 『오산속집』에는 魯叟로 되어 있다.

301 槎路가 『오산속집』에는 桴海로 되어 있다.

302 豪氣發이 『오산속집』과 신연활자본에는 凌灝氣로 되어 있다.

303 ‘崔孤竹·白玉峯·李蓀谷最傑’이 신흠의 『청창연담』에는 ‘崔慶昌·白光勳·李達數人最著’로 되어 있다.

304 猶가 『학산초담』에는 唯로 되어 있다.

厭, 愁逐年芳日日添. 雙燕來時春欲暮,[305] 杏花微雨下重簾.'[306] 崔孤竹廣陵詩曰: '三月廣陵花滿山, 晴江歸路白雲間. 船人遙[307]指奉恩寺, 杜宇一[308]聲僧掩關.' 白玉峯贈僧詩曰: '湖[309]外逢僧坐晚沙, 白巖歸路亂山多. 江南物候春猶冷, 野寺叢梅未着花.'[310] 李蓀谷宮詞詩曰: '平明日出殿門開, 鳳扇雙行引上來. 遙聽太儀宣詔[311]語, 罷詔親[312]幸望春臺.' 朱太史之蕃見崔白李集, 大加歎賞曰: "當歸梓江南, 以誇貴邦文物之盛." 蓋服崔白李之詩也. 噫! 文章之華國有如此, 則世之以爲小技而忽之者, 何哉?

109

蓀谷李達漫浪舞歌詩曰: '奇乎哉! 漫浪翁. 海山中棲霞弄月, 神想雲鴻. 說劍白猿, 學舞靑童. 蓬山謁金母, 却[313]下乘天風. 瓊筵寶幄敞

---

305 '雙燕來時春欲暮'가『청창연담』에는 '鶯燕不來春又暮'로 되어 있다.

306 이 시는 김정의『충암집』권2에「강남(江南)」이라는 제목으로 실려 있고,『청창연담』에도 보인다.

307 '船人遙'가『고죽유고』에는 '舟中背'로 되어 있다.

308 '杜宇一'이『고죽유고』에는 '蜀魄數'로 되어 있다.

309 湖가『국조시산』과『서포집(西浦集)』에는 郊로 되어 있다.

310 이 시는 작자에 논란이 많다.『국조시산』간본에는 서익(徐益)의 시로 되어 있고, 서익의 『만죽헌집』에도 제목 아래 '入『國朝詩刪』'이라 하여『국조시산』간본을 근거로 문집에 편입하였다. 그러나 동국대본『국조시산』에는 작자가 홍적(洪迪)으로 되어 있고, 홍적의 『하의유고(荷衣遺稿)』에「증산인(贈山人)」이라는 제목으로 실려 있다. 곽열(郭說)의『서포시화(西浦詩話)』(『서포집』권7)에도 홍적의 작품으로 실려 있다. 백광훈의 시집에는 실려 있지 않다. 따라서 이 작품은 백광훈이나 서익의 작품이 아니라 홍적의 작품으로 보아야 한다.

311 詔가『손곡시집(蓀谷詩集)』에는 朝로 되어 있다.

312 親이『손곡시집』에는 新으로 되어 있다.

313 却이 저본에는 脚으로 되어 있으나『손곡시집』에 의거하여 바로잡았다.

畫堂, 繡衫鈿帶羅綺香. 鳳吹簫兮鸞鼓簧, 翁欲舞神[314]飄揚. 一拍手始擧, 鵬騫兩翼擊海波, 遠控[315]扶搖勢. 再拍衫袖旋, 驚雷急電飛靑天. 三拍四拍變轉不可測, 龍騰虎攫相奮搏, 倏若箭離絃, 疾如駒過隙. 前傾後倒若不支, 左盤右躄如不持. 神之出兮鬼之沒, 出沒無時. 霹靂揮斧, 風雨聲怒. 東海上金剛一萬二千多少峯, 丘陵騰擲, 巖壑龍縱. 最高毗盧峯揷空, 層崖倒掛藏九龍. 懸流萬尺洗玉壁, 噴石三百曲. 此翁得之毫髮盡移胸中, 獨奪造化妙. 長袖翻躚性所好, 向來筵前[316]千萬狀[317], 會與此山爭豪壯. 奇乎哉漫浪翁, 渾脫[318]何時窮. 恨不與公孫大娘生同時, 舞劍器[319]決雌雄. 世上無張顚, 誰能學奇字. 縱使公孫大娘生同時, 公孫大娘未必能勝此.'[320] 豪逸奇壯, 浙人吳明濟見之, 稱謂: "酷似太白." 許筠又評謂: "崔詩悍勁[321], 白詩枯淡, 皆千載[322]稀調, 而李益之胞[323]崔孕白, 而自成大家."云. 益之, 蓀谷字也.[324]

---

314 神이 저본에는 身으로 되어 있으나『손곡시집』에 의거하여 바로잡았다.

315 控이 저본에는 搖로 되어 있으나『국조시산』에 의거하여 바로잡았다.

316 존경각본·『손곡시집』·『시화휘편(詩話彙編)』에 의거하여 筵 뒤에 前을 보충하였다.

317 狀이 존경각본에는 巧로 되어 있다.

318 脫이 저본에는 奪로 되어 있으나 존경각본·『손곡시집』·『시화휘편』에 의거하여 바로잡았다.

319 器가 저본에는 立으로 되어 있으나 존경각본·『손곡시집』·『시화휘편』에 의거하여 바로잡았다.

320 이 시는『손곡시집』권2에 실려 있다.『손곡시집』에는 綺가 衣로, 擲이 躑으로, 騫이 騫으로, 波가 浪으로, 搖가 控으로, 陵이 壒으로, 翻이 蹁으로 되어 있다.

321 悍勁이『시화휘성』에는 '勁悍'으로 되어 있다.

322 載가『시화휘성』에는 年으로 되어 있다.

323 胞가『시화휘성』에는 包로,『시화휘편』에는 苞로 되어 있다.

110

有人謂石洲曰: "蓀谷詩高處止於晚唐. 豈若子之逼杜?" 石洲曰:
"否." 仍誦蓀谷寒食詩一聯曰: "'梨花風雨百五日, 病客江湖三十年.'
語極超絶, 余何敢爭衡." 蓀谷之於石洲, 其章僅伯仲間, 而自謙如此,
其視世之不自量而妄訾勝己者, 亦遠矣.

111

宋[325]李覯作詩曰: '人言落日是天涯, 望斷天涯不見家. 已恨碧山相掩
映, 碧山更被暮雲遮.' 人謂此詩有重重障礙意, 恐時命不偶, 後果如
其言. 蓀谷撲棗詩曰: '隣家小兒來撲棗, 老翁出門敺小兒. 小兒還向
老翁說[326], 不及明年棗熟時.' 鵝溪評之曰: "此詩摸寫雖工, 語意峭
刻, 無重厚底意思, 非達語也." 後竟以窮終. 詩之可以占人窮達, 如
是夫!

112

叢桂堂鄭之升詩一聯曰: '客去閉門[327]留月色, 夢回[328]虛閣散松濤.'
許筠嘗稱神語.

---

324 신연활자본에는 109칙의 내용이 보이지 않고, 108칙과 110칙이 1칙으로 구성되어 있다.
　　이상의 내용은 『시화휘성』에도 보인다.
325 저본에는 唐으로 되어 있으나 宋으로 바로잡았다.
326 說이 『손곡시집』에는 道로 되어 있다.
327 門이 『총계당유고(叢桂堂遺稿)』와 신연활자본에는 關으로 되어 있다.
328 回가 『총계당유고』와 신연활자본에는 廻로 되어 있다.

113

車滄洲雲輅浮碧樓詩曰: '浮碧層樓接絳河, 朝天猶記石盤陀. 雲橋歷落抛金輦, 霧窟銷沈斷玉珂. 半壁寒花爭錦繡, 幾年芳草鬪[329]綾羅. 僧歸蕭寺客廻棹, 千古興亡愁奈何.'[330] 詞極遒緊. 且如三月三日詩: '老去[331]眞難養性靈, 詩憐吟咏醉憐醒. 三三又得纖纖雨, 天意分明助踏靑.' 詩翁佳致, 字字可見.

114

李月沙廷龜, 題中興寺僧軸詩曰: '僧言入夏無佳景[332], 磬罷禪龕苦日長. 山映[333]樓中露頂坐, 木蓮花落水風凉.' 因僧言記事, 而句法渾然, 無斧鑿痕. 且如戲贈同庚僧詩[334]曰: '莫恨年同迹不同, 乃公心事亦宗風. 秋來鬢髮驚凋謝, 等是人間一禿翁.' 亦有意味.

115

申玄翁欽一絶[335]曰: '百年大節金時習, 一世高風南伯恭. 若著當時人物論, 勳名不數[336]狎鷗翁.' 蓋伯恭南秋江之字, 狎鷗卽韓明澮之亭

---

329 鬪가 저본에는 鬪으로 되어 있으나 존경각본·계명대본·신연활자본·『창주집』을 따라 바로잡았다.

330 이 시는 『창주집』(『오산집』 부록)에 「부벽루」라는 제목으로 실려 있다.

331 去가 이안눌(李安訥)의 『동악집』에는 大로 되어 있다.

332 『월사집(月沙集)』에는 景이 興으로 되어 있다.

333 映이 존경각본, 계명대본, 신연활자본에는 影으로 되어 있다.

334 이 시는 『월사집』 권17에 「중흥사의 승려 경보는 나와 동갑인데 장난삼아 그에게 주다[中興寺僧敬寶與余同庚戲贈]」라는 제목으로 실려 있고, 秋가 年으로 되어 있다.

335 이 시는 『상촌고(象村稿)』 권19에 「느낌이 있어[有感]」라는 제목으로 실려 있다.

336 저본에는 敎로 되어 있으나 여러 문헌에 따라 數로 바로잡았다.

名也. 二十八字, 袞鉞兼備.

116

玄翁「江上錄」云: "余逐³³⁷而東也, 作詩有句曰: '孟德豈能容北海? 幼安還欲老遼東.' 未久, 閱『東坡集』, 乃坡翁全句也. 喜其暗合, 仍存而不改之"云. 所謂暗合者, 雖語意酷似, 似無字字相合之理. 或意凡人看書, 若眼目已慣, 則後雖不能記誰氏作, 而吟咏之際, 忽然流出, 有若自己所出者然. 玄翁此句, 亦出於不覺其自來而來耶? 余嘗有詠雪一律, 其頸聯曰: '寒光宇宙銀千里, 霽色樓臺玉萬家.' 後見『芝峯集』, 亦有此句, 而但江城字與樓臺字有別. 芝峯詩, 余嘗所未覩, 而此句偶合, 於是信玄翁之暗合於坡作亦無怪也.³³⁸

117

李芝峯睟光挽李統制舜臣詩曰: '威名久振³³⁹犬羊群, 智勇堂堂³⁴⁰天下聞. 蠻褐夜收湖外³⁴¹月, 將星晨³⁴²落海³⁴³東³⁴⁴雲. 波濤未洩英雄恨, 竹帛空垂戰伐勳. 今日男兒知幾箇, 可憐忠義李將軍.'³⁴⁵ 蠻褐夜收, 將星晨落, 皆記實也.³⁴⁶ 芝峯嘗以此詩誦語簡易, 簡易曰:

---

337 逐이 저본에는 빠져 있으나 문집과 신연활자본에 근거하여 보충하였다.

338 이 칙은 계명대본에는 빠져 있고, "後見芝峯集" 이하의 내용이 존경각본에는 생략되어 있다.

339 振이 『지봉집』에는 慄으로 되어 있다.

340 智勇堂堂이 『이충무공전서』와 『지봉집』에는 蓋世奇功으로 되어 있다.

341 外가 계명대본과 신연활자본에는 上으로 되어 있다.

342 晨이 존경각본에는 曉로 되어 있다.

343 海가 계명대본에는 陣으로, 신연활자본에는 苑으로 되어 있다.

344 中이 저본에는 東으로 되어 있으나 여러 문헌을 따라 바로잡았다.

"今日之日字, 可改爲古, 可憐忠義四字, 可改爲令人長憶." 芝峯喜曰:
"古有一字師, 子可爲五字師."

118

黃汝一居平海, 能詩. 與友人約會楊花渡, 及往則人已去矣. 嗟訝不
已, 遂作一絶曰: '楊花渡頭楊柳春, 嫋嫋依依綠映人. 一夜扁舟風浪
惡, 不知何處是通津?'[347] 友人, 卽[348]通津人也. 簡易稱[349]善.

119

余伯曾祖慕堂公嘗次長歌客韻曰: '哀之欲哭樂之歌, 我欲痛哭君何
歌? 君歌甚於我之哭, 不須痛哭宜長歌.'[350] 公之友芉園金允安詩曰:
'長歌長歌復長歌, 萬事不如吾長歌. 歌聲激烈徹寥廓, 天上人應驚
此歌.' 歌有爲歌, 哭有爲哭, 俱有無限意思.

120

伯曾祖慕堂公, 嘗謂余曾王考曰: "今日當呈課製, 而其中治襲酒一題,
最難, 君其賦之." 曾王考卽口號曰: '良辰康酌味偏長, 不待兪扁[351]驗

---

345 이 시는 『이충무공전서(李忠武公全書)』에 제목이 「이 통제사의 만시[挽李統]」로 되어 있
　　고, 『지봉집』에 제목이 「통제사 이순신이 전몰한 것을 슬퍼하다[悼李統制舜臣戰歿]」로 되
　　어 있다.
346 "蠻祲夜收, 將星晨落, 皆記實也"가 계명대본과 신연활자본에는 "蠻祲將星, 皆實語也"로 되어
　　있다.
347 이 시는 『해월집』에 실려 있지 않다.
348 '友人卽'이 존경각본에는 '其人乃'로, 계명대본에는 '其友在'로 되어 있다.
349 稱 앞에 계명대본에는 嘗이 더 있다.
350 이 시는 『모당집』 권상에 실려 있다.

妙方. 醉裏厭聞塵世事, 小槽猶愛滴淸香.' 鵝溪時以太學士取考居上,
後遇慕堂曰: "子之課製中, 治襲酒一絶最佳." 慕堂曰: "役於官, 故使
舍弟代述耳." 鵝溪曰: "令弟文才, 果若此乎!" 稱歎不已.

121

南雪簑以恭撝一亭於廣津³⁵²上, 扁名夢鳥³⁵³, 邀集一代文士, 飮酒
賦詩, 李體素春英先成一律詩曰: '長松偃盖石層層, 十二雕欄向晚
憑. 漢水秋風吹客棹, 斗津踈雨亂漁燈. 五雲西北瞻宸極, 一鳥³⁵⁴東
南認廣陵. 物色付君籠絡盡, 老夫才退³⁵⁵百無能.'³⁵⁶ 諸公稱賞閣筆.
趙竹陰希逸嘗往體素家, 坐話間有人以月課詩題, 書懇體素. 體素使
竹陰執筆口呼³⁵⁷, 頃刻而就, 字不加點. 竹陰大驚服, 茫然如有失,
還家, 不能作一句詩. 常語人曰: "體素, 眞作者手段."

122

權石洲韠, 以白衣從事, 從儐相李月沙, 至義州, 留數月, 相得歡甚.
月沙以病先遞來, 石洲隨華使繼到京中. 翌日將向江都, 故就辭于³⁵⁸

351　兪扁이 존경각본, 계명대본, 신연활자본에는 扁兪로 되어 있다.
352　廣津이 존경각본에는 禿任江, 계명대본에는 廣武津, 신연활자본에는 廣陵津으로 되어 있다.
353　계명대본에는 夢烏 앞에 日이 있다.
354　鳥가 저본에는 島로, 계명대본에는 鴈으로 되어 있는데 문집을 따랐다.
355　退가 계명대본, 신연활자본에는 튇로 되어 있다.
356　이 시는 이춘영의 『체소집(體素集)』에 「납호당 시에 차운하다〔次納灝堂韻〕」 3수 중 제2수
　　로 실려 있으며, 秋는 春, 一은 獨, 老는 病으로 되어 있다.
357　呼가 존경각본에는 號로 되어 있다.
358　辭于는 계명대본에는 拜于로, 신연활자본에는 拜로 되어 있다.

月沙. 時已暮[359], 石洲敍寒喧畢, 欲起去, 月沙握其手曰: "爲我賦一律." 石洲辭以日昏, 月沙强之, 因呼昏字. 石洲卽應聲曰: '寒天銀燭照黃昏.'[360] 月沙又連呼四字, 石洲隨呼輒應曰: '鐘動嚴城欲閉門. 異禮向來慚始隗, 淸罇何幸獨留髠. 未將感激酬高義, 空自周旋奉緖言. 明日孤舟江海闊, 白頭愁絶更堪論.' 作畢卽出去. 月沙深服, 每對人, 輒言其才不可及云.

123

詩固未易作, 知詩亦未易也. 石洲蕩春臺五言一律, 深有古法. 澤堂主選本稿, 而不載此詩, 未免有遺珠之歎. 近又刊出別集, 而亦未選焉. 自古遇知音, 果如是難耶! 以澤老眼孔, 猶且見失, 其他又何足道哉? 余故惜而錄之. 詩曰: '步出北門外, 有村三兩家. 洞深喧水石, 山晚雜雲霞. 古岸依依柳, 平林艶艶花. 醉歸乘小雨, 城上已昏鴉.' 鄭東溟嘗曰: "我東詩人, 惟石洲得其正宗."云.

124

皇使顧天峻書'烟鎖池塘柳'一句,[361] 送儐使五峯使續對. 五峯不曉其意, 甚易之, 將欲對送. 時石洲以從事官在座, 難之曰: "此不可續對.

---

359 暮는 존경각본과 신연활자본에 日暮로 되어 있다.

360 이 시는 『석주집』 권4에 「월사 댁 술자리에서 짓다〔月沙宅酒席有作〕」라는 제목으로 수록되어 있다.

361 이 구절은 명나라 말 진자승(陳子升)의 『중주초당유집(中洲草堂遺集)』에 나오는 구절이다. 일설에는 청나라 건륭제(乾隆帝)가 당시(唐詩) 구절로 대련(對聯)을 만들어보도록 문제를 내기도 했다고 한다. 이렇듯 오행(五行)이 한 구절에 다 들어간 시체를 오행체(五行體)라고 한다.

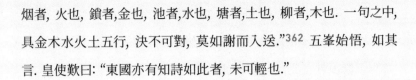

烟者, 火也, 鎖者,金也, 池者,水也, 塘者,土也, 柳者,木也. 一句之中, 具金木水火土五行, 決不可對, 莫如謝而入送."362 五峯始悟, 如其言. 皇使歎曰: "東國亦有知詩如此者, 未可輕也."

125

石洲爲白衣從事時, 東皐贈363一詩云: '西江不見西關遇, 一世良難一日知. 氣槩合求高士傳, 文章尤逼古人詩. 白衣未害還乘駟, 黃卷安能只下帷. 聞說至尊徵稿入, 全勝身到鳳凰池.'364 時宣廟命入公詩故云. 償伴諸公皆次之, 月沙詩云: '吾能一日長乎爾, 同在城西不早知. 每把佳篇思識面, 及觀奇骨又勝詩. 正仍徐孺開塵榻, 敢屈康成入絳帷. 自是玉堂揮翰手, 會看鬐鬣化天池.'365 東岳詩云: '天下奇才合濟時, 江湖落魄366少相知. 未將長策干明主, 誰料新恩賴小詩. 却遣陳蕃容下榻, 向來袁粲歎披帷. 白衣從事人皆羡, 幕府紅蓮媚綠池.'367 鶴谷詩云: '江漢垂綸三十載, 奇才磊落有誰知. 君門未售凌雲賦, 天語先襃古劍詩. 已許布衣參償幕, 却催飛傳輟書帷. 試看乘醉揮毫處, 直取洋瀾作硯池.'368 南窓詩云: '十年湖海一竿絲, 蹔出

---

362 莫如謝而入送이『시화휘편』에는 '莫如不對, 謝而還送'으로 되어 있다.

363 존경각본에는 贈 앞에 寄가 더 있다.

364 이 시는『간이집(簡易集)』권8에「대아(大雅) 권필에게 부치다〔寄權大雅韠〕」라는 제목으로 실려 있고,『동국시화휘성』권15에도 실려 있는데 모두 聞이 見으로 되어 있다.

365 이 시는『월사집』권10에「동고 최립이 여장(汝章)에게 준 시에 차운하다〔次東皐寄贈汝章韻二首〕」라는 제목으로 실려 있고, 그중 제1수이다. 正仍이 政因으로 되어 있다.

366 魄이 저본에는 魂으로 되어 있으나 존경각본과『동악집』에 의거해 수정하였다.

367 이 시는『동악집(東岳集)』권3에「동고 최 영공(令公)의 시에 차운하여 권 여장에게 주다〔次東皐崔令公韻, 贈權汝章〕」라는 제목으로 실려 있다. 2수 중 제1수이다. 皆가 俱로 되어 있다.

應因國士知. 西塞山川勞鄭驛, 東槎酬唱有唐詩. 鄕書無鴈春憑夢,
邊月隨人夜入帷. 坐覺龍灣爲客久, 柳搖江岸草生池.'369 五山詩云:
'萬事行裝孤劍在, 十年蹤跡白鷗知. 明公得士許懸榻, 聖主惜才徵
賦詩. 身逐紅蓮揮彩筆, 手抛黃卷出緇帷. 從今待詔漢金馬, 莫把釣
竿朝夕池.'370 噫! 人才之盛, 國朝以來未有如斯時者也. 我祖宗文明
之理, 培養之功, 猗歟盛哉!

126

有韠·靭·韐·韞, 石洲之兄也, 有韜, 石洲之弟也.371 兄弟六人皆以
詩鳴, 古亦未聞, 奇哉!372 今各取一篇錄焉. 韠嘗以子弟隨覲安邊府,
有所眄妓, 後作詩以寄, 曰: '床頭十幅剡溪藤, 欲寫情懷病未能. 追
憶別時今尙苦, 落花風雨對殘燈.' 靭過鄭松江墓詩曰: '昔年曾聽美
人詞, 無限深衷我獨知. 今日空山還拜墓, 不堪風雨暗荒碑.' 韞避亂
紺岳見佛菴詩曰: '江北江南未定蹤, 可憐行李付孤笻. 郵亭厭聽窮秋
雨, 蕭寺驚聞373半夜鍾. 家國破亡身不死, 君親離別淚無從. 干戈阻

---

368 이 시는 『학곡집(鶴谷集)』 권4에 「원접사의 〈동고 최 영공이 여장에게 부친 시에 차운하다〉
　　시에 차운하여 여장에게 주다[次遠接使次東皐崔令公寄贈汝章詩韻, 因贈汝章韻]」라는 제목으
　　로 실려 있다. 洋이 羊으로 되어 있다.

369 이 시는 『남창잡고(南窓雜藁)』에 「권 여장에게 주다[贈權汝章]」라는 제목으로 실려 있다.
　　湖가 江으로, 勞가 馳로 되어 있다.

370 이 시는 『오산집』 속집(續集) 권3에 「동고 최 영공이 권 여장에게 준 시에 화운하여 여장
　　에게 주다[奉和東皐崔令公贈權汝章詩, 因贈汝章【二首】]」라는 제목으로 실려 있고, 그중 제
　　1수이다. 裝이 藏으로 되어 있다.

371 '有韠·靭·韐·韞. 石洲之兄也, 有韜, 石洲之弟也'가 계명대본에는 '有韠·靭·韐·韞【石洲之兄】
　　·韜【石洲之弟】'로 되어 있다.

372 '古亦未聞, 奇哉'가 계명대본에는 '古亦未聞之奇才'로 되어 있다.

373 聞이 존경각본에는 聽으로 되어 있다.

絶西歸路, 落日關河意萬重.' 韜登統軍亭詩曰:'亭在層城上, 登臨望欲迷. 人烟通薊北, 地理盡天西. 鼓角邊聲動, 風沙塞日低. 書生多古意, 長嘯倚雲梯.' 韜贈僧詩曰:'爾家何[374]在水雲間, 偶入紅[375]塵久不還. 時與病翁相對坐, 一燈春[376]雨說仙山.'

127

權韠立春日感懷詩曰:'喪亂今三載, 光陰又一春. 傳聞師欲老, 更說賊猶屯. 地下多新鬼, 樽前少[377]故人. 餘生豈能久, 佳節亦傷神.' 石洲見之, 至'地下多新鬼'之聯, 極口稱賞, 因笑謂曰:"此句甚好, 弟欲掠兄之美以爲己有." 後作有歎詩曰:'兵戈今未定, 何處問[378]通津. 地下多新鬼, 樽前少故人. 衰年聊隱几, 浮世獨沾巾. 閉戶風塵際, 寥寥又一春.'[379] 通篇語意悽愴. 比之前詩尤佳, 可謂竊狐白裘手.

128

權韜光海時被謫三嘉, 有詩曰:'臣罪如山死亦甘, 聖恩猶許謫江南. 臨岐別有窮天痛[380], 慈母時年八十三.' 爾瞻惜其才, 奏其詩, 特原之. 宋時有人[381]不悅於秦檜, 嘗試謁之, 檜問:"從何來?" 對以"道由沅

374　何가 계명대본에는 本으로 되어 있다.

375　紅이 계명대본에는 風으로 되어 있다.

376　春이 계명대본에는 風으로 되어 있다.

377　少가 계명대본에는 無로 되어 있다.

378　問이 신연활자본에는 是로 되어 있다.

379　이 시는『석주집』권3에 같은 제목으로 실려 있다.

380　痛이 계명대본에는 恨으로 되어 있다.

381　有人이『시화휘편(詩話彙編)』에는 '陸士規'로 되어 있다.

湘", 檜問:"有詩否?" 曰: "有之." 仍誦曰: '東風吹雨草萋萋, 路入黃
陵古廟西. 帝子不來春又去, 亂山無數鷓鴣啼.'³⁸² 檜愛其詩, 改容禮
待. 與爾瞻之白原權韜, 古今一揆. 雖以檜瞻之惡, 亦能愛才³⁸³, 世
之不愛才而忌疾反害者, 能不愧此兩人乎?

129

竹窓具容, 題李提督碑閣詩曰: '征東勳業冠當時, 一夕居庸戰不歸.
莫道峴山能墮淚, 行人到此盡沾衣.'³⁸⁴ 淸婉可詠.

130

梁霽湖慶遇, 工於詩, 所作必百鍊而後乃出. 其夜云: '病葉敲秋盡,
愁³⁸⁵窓得曙難.' 途中云: '古墓山花落, 春田野水分'³⁸⁶ 又云: '臥櫝
眠猶氈, 飢烏噪更飛.'³⁸⁷ 逾天嶺云: '谷禽巢在穴, 叢木禱爲祠.'³⁸⁸ 七
月夜云: '愁繁旅枕秋逢雨, 癖在雲山夢見僧.' 愁院云: '村童拜客唯³⁸⁹
相笑, 野婦簪花不解羞.'³⁹⁰ 初夏云: '桑葉掩籬蚕滿箔, 麥芒齊屋燕

---

382 『서호유람지여(西湖遊覽志餘)』 등에 육사규(陸士規)의 작품으로 '東風吹草綠離離, 路入黃陵
古廟西. 帝子不知春又去, 亂山無主鷓鴣啼'라고 되어 있다.

383 '亦能愛才'가 계명대본에는 '亦能愛詩人之才'로 되어 있고. 이 뒤의 문장은 빠져 있다.

384 이 시는 『죽창유고(竹窓遺稿)』 하권에 「이 제독의 비각에 쓰다[題李提督碑閣]【採入東文選】」
라는 제목으로 실려 있다.

385 愁가 저본에는 煤로 되어 있으나 『제호집』을 따라 수정하였다.

386 이 시는 『제호집』에 「남양에서 경구로 향하는 도중에[自南陽向京口途中]」라는 제목으로 실
려 있다.

387 이 시는 『제호집』에 「삼례 가는 도중에[參禮途中]」라는 제목으로 실려 있다.

388 이 시는 『제호집』에 「천령을 넘으며 선군께서 10년 전 이곳을 지나가다 지으신 5언 율시를
읊고 공경히 그 운자를 쓰다[逾天嶺, 因誦先君十年前過此所製短律, 敬用其韻]」라는 제목으로
실려 있고, 禱가 檮로 되어 있다.

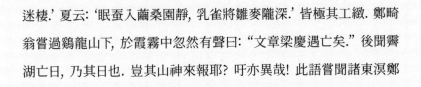

迷棲.' 夏云: '眠蚕入繭桑園靜, 乳雀將雛麥隴深.' 皆極其工緻. 鄭畸翁嘗過鷄龍山下, 於霞霧中忽然有聲曰: "文章梁慶遇亡矣." 後聞霽湖亡日, 乃其日也. 豈其山神來報耶? 吁亦異哉! 此語嘗聞諸東溟鄭老.

131

許筠嘗[391]以從事官, 從遠接使李少陵尙毅, 至義州, 行郊外迎勑禮. 回入城中[392], 士女觀者溢郭. 見道上府娼, 悉在羅跪以見, 而曾來筠房者凡十二人. 筠作詩自嘲曰: '星冠霞佩玉花驄, 爭道人間許侍中. 十二金釵南陌上, 一時回首笑春風.' 婉麗有齊梁韻.

132

許筠「宮詞」百首, 悉宮中故實如指次第, 足備一代詩史. 其一絶曰: '餘寒料峭透重茵, 豹帳貂裘不覺春. 長信夜來眠未[393]穩, 宮家親問女醫人.'

133

許筠永平府詩曰: '盧龍城裏日初曛, 右[394]北山頭結陣雲. 共說單于來牧馬, 漢家誰是李將軍?' 梁霽湖云: "許筠詩, 雖贍裕不竭, 而格律稍

---

389 唯는 계명대본에 猶로 되어 있다.

390 이 시는 『제호집』에 「수원에서[愁院]」라는 제목으로 실려 있다. 羞가 저본에는 愁로 되어 있으나 『제호집』과 신연활자본을 따라 수정하였다.

391 嘗은 저본에는 없으나, 『시화휘편』과 존경각본을 따라 보충하였다.

392 中은 저본과 존경각본. 계명대본에는 없으나 『시화휘편』을 따라 보충하였다.

393 未가 저본에는 빠져 있으나 문집과 이본을 따라 보충하였다.

394 右가 저본에는 古로 되어 있으나 『성소부부고』에 의거하여 바로잡았다.

卑." 今以此詩觀之, 何讓唐人?

134

許筠所選『國朝詩刪』中, 載栗谷詩一律, 以初出山時贈沈長源爲題. 又註曰: '此詩雖不載本集[395], 亦自絶佳'云. 其詩曰: '分袂東西問幾年, 欲陳心事意茫然. 前身定是金時習, 今世仍爲賈浪仙. 山鳥一聲春雨後, 水村千里夕陽邊. 相逢相別渾無賴, 回首浮雲點碧天.' 筠乃篈之弟也, 爲人且輕佻, 無乃托名僞作, 以爲侮弄歟?

---

395 '雖不載本集'이 존경각본과 신연활자본에는 '本集雖不載'로 되어 있다.

詩評補遺 下卷

1

詩詠性情. 性情之得其正, 則發而爲詩者, 亦三百篇之流耳. 是以君子必先理性情之正, 然後可與言詩. 我東諸賢, 今不可一一[1]勝紀, 而姑以表表可稱者言之. 安晦軒夫子廟詩曰: '香燈處處皆祈佛, 絃管家家競[2]事[3]神. 唯有數間夫子廟, 滿庭秋草寂無人.'[4] 鄭圃隱夢周征婦怨詩曰: '一別年多消息稀, 塞垣存歿有誰知. 今朝始寄寒衣去, 泣送歸時在腹兒.'[5] 金佔畢宗直濟川亭次韻詩曰: '吹花擘柳半江風 檻影搖搖背暮鴻. 一片鄕[6]心[7]空倚柱 白雲飛渡酒船中.'[8] 金寒暄宏弼路傍松詩曰: '一老蒼髥任路塵, 勞勞迎送往來賓. 歲寒與汝同心事, 經過人中見幾人.' 鄭一蠹汝昌花開縣詩曰: '風蒲獵獵弄輕柔, 四月花開麥已秋. 看盡頭流千萬疊, 孤舟又下大江流.'[9] 趙靜庵光祖詠琴詩曰: '瑤琴一彈千年調, 聾俗紛紛但聽音. 怊悵鍾期[10]沒已久, 世間誰識伯牙心.'

---

1 一이 존경각본, 계명대본에는 二로 되어 있다.

2 競이 『순흥지(順興誌)』, 「회헌선생실기(晦軒先生實紀)」에는 盡으로 되어 있다.

3 事가 계명대본에는 祀로 되어 있다.

4 주세붕(周世鵬)의 『무릉잡고(武陵雜稿)』 권7, 「죽계지서(竹溪志序)」에 전문이 실려 있고, 絃이 簫로, 唯가 獨으로, 秋가 春으로 되어 있다.

5 『포은집(圃隱集)』에 실려 있고, 그에 따라 저본에 夫로 된 것을 婦로, 伊로 된 것을 歸로 바로 잡았다.

6 鄕이 저본에는 香으로 되어 있으나 『점필재집(佔畢齋集)』에 따라 바로잡았다.

7 心이 계명대본에는 思로 되어 있다.

8 『점필재집』에는 「제천정에서 중추부사 송처관의 운에 차운한 홍겸선의 시에 화답하다〔和洪兼善濟川亭次宋中樞處寬韵〕」라는 제목으로 실려 있다.

金慕齋安國雨中詠葵詩曰: '松枝籬下小葵花, 意切傾陽奈雨何. 我自
愛君[11]來冒雨, 不知姚魏日邊多.' 李晦齋彦迪觀物詩曰: '唐虞事業巍
千古, 一點浮雲過太虛. 蕭洒小軒臨碧澗, 澄心終日玩游魚.' 徐花潭
敬德謝官府見訪[12]詩曰: '萬疊青山一草廬, 生涯數峽聖賢書. 時蒙佳
客來相問[13], 爲有林潭畫不如.' 趙龍門昱詠唄音詩曰: '口中梵唄應
黃鐘, 魚樂純如震法宮. 無限人天皆省悟, 收聲方覺本來空.' 成聽松
守琛雜詠詩曰: '携筒自汲寒溪水, 煎却坡山一味蔘. 閑臥竹房[14]無箇
事, 山風時動倚床琴.' 曹南溟植贐別李學士詩曰: '送君江月千尋恨,
畫筆何[15]能畫得深. 此面由今長別面, 此心長是未離心.' 成大谷運偶
吟詩曰: '夏木成帷晝日昏, 水聲禽語靜中喧. 已知路絶無人到, 猶倩
山雲鎖洞門.' 李退溪滉義州詩曰: '龍淵雲氣曉凄凄, 鶻岫磨空白日低.
坐待山城門欲閉, 角聲吹渡大江西.' 奇高峯大升偶題詩曰: '庭前小草
挾風薰, 殘夢初醒午酒醺. 深院落花春晝永, 隔簾蜂蝶亂[16]紛紛.' 李
栗谷珥草堂風雨詩曰: '客夢頻驚地籟號, 打窗秋葉亂蕭騷. 不知一夜
寒溪水[17], 減却龜峯幾尺高.' 成牛溪渾偶吟詩曰: '五[18]十年來臥碧山,

---

9 『일두집(一蠹集)』 권1에 「악양(岳陽)」이란 제목으로, 김일손(金馹孫)의 「탁영선생문집속상(濯
纓先生文集續上)」에 제목이 「백욱 정여창과 두류산을 구경하고 돌아와 악양호에서 배를 타
다. 기유년[與鄭伯勖汝昌同遊頭流歸泛岳陽湖己酉]」으로 실려 있고, 獵獵이 泛泛으로 되어 있다.

10 期가 저본에는 빠져 있으나 존경각본과 신연활자본에 의거하여 채워 넣었다.

11 君이 『慕齋集』에는 渠로 되어 있다.

12 訪이 저본에 빠져 있으나 존경각본과 『화담집』에 의거하여 채워 넣었다.

13 問이 『晦齋集』에는 訪으로 되어 있다.

14 房이 계명대본에는 旁으로 되어 있다.

15 何가 저본에는 難으로 되어 있으나 『남명집(南冥集)』과 존경각본에 따라 바로잡았다.

16 亂이 기대승(奇大升)의 『고봉집(高峯集)』에는 晩으로 되어 있다.

17 溪水가 존경각본, 계명대본, 『율곡전서』 「구봉의 초당에서 비바람에 밤새며[龜峯草堂風雨徹
曉]」에는 江雨로 되어 있다.

是非何事到人間. 小堂無限¹⁹春風地²⁰, 花笑柳眠閑又閑.' 鄭寒岡述
無題詩曰: '月沈空谷初逢虎, 風亂滄溟始汎槎. 萬事莫於平處說, 人
生到此竟如何.' 噫! 此等諸賢之詩, 作語天然, 各盡妙處, 其性情之正,
發²¹於詩者, 如是矣.²²

2

趙玄谷緯韓有點鬼簿體曰: '文章曾學月汀老, 典雅常師簡易公. 每與
長溪論正始, 相隨蓀谷辨汚隆. 長篇誰似五山子, 絶句無如古玉翁. 最
是石洲名不朽, 應同體素擅吾東.' 月汀卽尹公根壽, 簡易卽崔公岦, 長
溪卽黃公廷彧, 蓀谷卽李公達, 五山卽車公天輅, 古玉卽鄭公碏, 石洲
卽權公韠, 體素卽李公春英. 又李澤堂植有宣廟朝六絶詩, 亦點鬼簿
體也. 詩曰: '理學陶山正, 文章簡易奇. 飛騰景洪筆, 敏捷汝章詩. 忠
武樓船將, 鰲城廊廟姿. 先朝培養效, 才俊盛於斯.' 陶山卽李公滉, 景
洪卽韓公濩, 汝章卽權公韠, 忠武卽李公舜臣, 鰲城卽李公恒福.

3

趙玄洲纘韓賦「南農八詠」, 今錄其二首. 暮春詩曰: '花稀新綠繁, 隴
麥搖高浪. 雉雛日當中, 小犢隨齠往.' 秋耕詩曰: '烹其夜勸牛, 未寒
還墾塝. 塝凍方是膏, 計爲明年設.' 舒閒容與, 極盡農家情狀.

---

18 五가 저본과 존경각본에는 四로 되어 있으나 『牛溪集』과 계명대본을 참고하여 바로잡았다.

19 無限이 존경각본, 계명대본에는 獨坐로 되어 있다.

20 地가 계명대본에는 起로 되어 있다.

21 發이 계명대본에는 得으로 되어 있다.

22 '如是矣'가 계명대본에는 '於此可見矣'로 되어 있다.

4

玄洲「宮中四時詞」, 其詠夏[23]詩曰: '楡葉陰陰荷葉肥, 水晶簾外落薔薇. 黃鸎似識君王意, 不斷柔腸終不飛.' 委曲豔婉, 用意深妙. 幽居午興詩曰: '茆堂小睡覺難去, 欲醒未醒還就濃. 山鸎過後春[24]寂寞, 自在棠花零午風.' 妖韶女老, 自有餘態.

5

雙泉[25]成汝學, 工於詩. 居楊州時, 爾瞻聞成所作, 大加稱賞, 欲爲汲引, 要見其私稿, 成卽賦一律以謝曰: '綠蘿深處夜迢迢, 一枕翛然萬慮消. 遠岫雲生還掩月, 小溪潮滿欲沈橋. 身無簪組貧猶樂, 腹有詩書賤亦驕. 怊悵曉來金井畔, 碧梧秋氣雨蕭蕭.' 詞韻淸絶, 寓意譏刺, 有自守不阿之色, 可尙也已.

6

朴燁嘗過延平嶺, 有詩曰: '延平嶺外是昌城, 殺氣連天鼓角鳴. 敗馬殘兵歸不得, 夕陽無限大江橫.' 延平嶺, 卽金將軍應河敗績處也.

7

石樓李慶全挽友人著作郎妻詩曰: '有生如此無生可, 聞說驚心莫說宜. 著作官高諸[26]幼長, 到堪榮處不堪悲.'[27] 措語懇到, 一時膾炙.

---

23 저본에는 詠春으로 되어 있으나 『현주집』에는 「궁중사시사(宮中四時詞)」의 제2수로 실려 있어 바로잡았다.

24 春이 『현주집』에는 更으로 되어 있다.

25 저본에는 雙溪로 되어 있는데 雙泉의 오기이므로 바로잡았다.

8

柳於于夢寅被禍而死, 平生著述散落無傳, 今取傳於人口者數首錄之.
其題天柱山人詩軸詩云: '淫霖連月苦, 江叟莫開懷. 懸釜魚兒出, 翻
巢燕羽差. 衆趨吾獨避, 眞境往誰偕. 綺語西僧共[28], 庭柯夕鳥喈.'[29]
又云: '天柱隣新卜, 雲烟日夕通. 茅齋魚鳥有, 荒壠綺紈空. 羈夢玄洲
月, 歸帆汶水風. 楓林秋賞晚, 華岳與君同.' 送李校理朝天詩曰: '萬
里脩程始一鞭, 靑山複複路綿綿. 鴨河撑艇[30]蘆中入, 遼官[31]封書果
下還. 驢吼棗林遲日昃, 柝鳴楡塞晚風顚. 天西大火吟邊盡, 回轅行
看雪滿氊.' 送李養久赴北詩[32]曰: '三尺烏號豹作韜, 龍泉新淬鵰鶵
膏. 將軍擁甲江邊陣, 老虜收兵漠外逃. 嶺雪渾埋千丈檜, 海風時[33]
立百層濤. 胡姬勸酒胡兒舞, 醉卧紅氊塞月高.' 諸篇皆奇詭. 且如詠
畫帖詩曰: '汝筒汝荷我竿持, 細雨春江無不可. 行行回語莫爭隈, 磯
上苔深隨處坐.' 東溟以爲絶好[34]. 申象村嘗於東郊與諸客送友人喪.
於于亦往, 有一客曰: "世間有免此行者乎?" 象村指於于曰: "惟令監
能不死矣." 蓋稱於于文章, 死而不死. 又曰: "於于以高才, 且多讀.

---

26 諸가 저본에는 누락되었으나 존경각본과 신연활자본에 의거하여 채워 넣었다.

27 정충신(鄭忠信)의 『만운집(晚雲集)』 권1, 「만인(挽人)」 '人生有死無生可. 聞說驚心不說宜. 正字
官高諸幼長, 到看榮處摠堪悲.'라는 작품과 매우 유사하다.

28 共이 『어우집(於于集)』에는 藝로 되어 있다.

29 喈가 존경각본에는 呵로 되어 있다.

30 艇이 신연활자본에는 帆으로 되어 있다.

31 官이 존경각본에는 關으로, 신연활자본에는 館으로 되어 있다.

32 이 시는 『어우집』 권1에 「북관으로 가는 부체찰사 양구 이시발을 전송하다〔送副體察使李養
久時發赴北〕」라는 제목으로 실려 있다.

33 時가 『어우집』에는 能으로 되어 있다.

34 好가 신연활자본에는 妙로 되어 있다.

文章非東國人所可企及, 如吾輩恨不少年多讀."

9

壬辰倭亂, 浙江人有以東征來者, 翌年始得家書而泣. 東岳李安訥書
贈一絶曰: '一望家山萬里餘, 今年始得去年書. 書中不恨[35]天涯別,
只恨當年學劍初.' 東岳後登第, 以書狀朝京, 沿路華人謂之"一望家
山萬里餘公入來."云. 又嘗除錦山郡, 有一伶人年七十, 自言: "少時善
擊腰鼓, 累入內宴, 及老退還鄕里." 東岳贈詩曰: '白頭伶叟病還鄕,
自說先朝入上陽. 一曲昇平與民樂, 錦溪花落月蒼蒼.' 此何減'天寶年
中事上皇'一絶?

10

天使崔廷健登百祥樓賦詩, 使儐伴諸公次之, 東岳詩曰: '崔顥題詩黃
鶴樓, 後身來作淸江遊. 淸江之上城百雉, 城頭畵閣臨江流. 群山際海
地形盡, 芳草連天春氣浮. 忽見新篇更佳絶, 東韓千載名應留.' 時天
使幕中有區姓人者, 卽天下文士也. 見詩大驚服, 更不敢作詩酬唱云.

11

吳晚翠億齡之喪, 東岳往哭, 時[36]靷日[37]已近. 月沙方在座, 諸棘人私
謂月沙曰: "先人之於東岳, 素不相識, 臨吊已感, 而東岳當世鉅手, 欲

---

35 不恨이 존경각본에는 無限으로, 계명대본과 신연활자본에는 有恨으로 되어 있다.
36 존경각본. 계명대본. 신연활자본에 근거하여 時를 보충하였다.
37 지본에는 靷月로 되어 있으나 존경각본. 계명대본. 신연활자본에 근거하여 고쳤다.

挽語[38]以賁泉路, 又[39]不敢耳." 月沙爲致其意, 因於座間呼韻. 東岳
應韻立號曰: '平生性癖似嵇康, 懶弔人喪六十霜. 曾未識公何事哭,
亂邦當日守綱常.' 造次立語, 深婉激切. 月沙稱賞不已, 以爲諸挽之
第一. 晚翠名節, 以此一節[40]而尤著於世.

12

鄭應運嘗與五山·石洲, 遊海州神光寺, 共次僧軸韻. 鄭詩先成曰: '玉
笛雙吹鶴背風, 淸遊今遇梵王宮. 遙聞勝地魂先爽, 卽到名山眼始空.
琪樹錦屛詩更好, 水聲僧夢畫難工. 他年下界如相憶, 回首烟霞縹緲
中.' 五山·石洲次之, 追和者亦多, 而至其下聯工字, 皆以爲不及云.

13

宋王荊公詩曰: '臥分黃犢草, 坐占白鷗沙.' 蓋臥則分黃犢所臥之草,
坐則占白鷗所坐之沙, 古人以此爲巧. 我東許水色襧詩曰: '草黃眠失
犢, 沙白動知鷗.' 蓋犢與草俱黃, 眠則失犢, 鷗與沙俱白, 動而知鷗,
其措語, 比前尤巧.

14

金從事汝岉十二三歲時, 贈友人詩曰: '君無欺我以爲欺, 我不受欺君
自欺. 欺人不得反[41]欺己, 欺己欺人俱是欺.' 蓋其友有失約之事, 故

---

38 '欲挽語'가 신연활자본에는 '欲得挽語'로 되어 있다.

39 又가 계명대본에는 而로 되어 있다.

40 節이 존경각본에는 挽으로 되어 있다.

41 反이 존경각본에는 又로 되어 있다.

以此責之. 觀此一詩, 可知其才之無雙, 而其詩傳者絶少, 惜哉!

15

金北渚瑬挽黃芝川詩曰: '萬事[42]蒼黃日, 孤忠[43]屈曲勞. 是非終自定, 危[44]脆急相操. 愍錫停追贈[45], 恩封缺舊褒. 秖今盤血地, 猶見泰山高.' 由此名振.

16

黃義州一皓以嘗恫視入中原人崔姓家, 爲彼所覺, 終被極禍. 其臨死之日, 天日慘憺, 風色凄迷, 都人莫不流涕. 北渚以挽哭之, 其警聯曰: '扶持力少明神屈, 生殺權移聖主悲.' 又曰: '高天日月星辰變, 大地山河草木悲.' 語皆悲壯激烈.

17

石洲詩: '古宅何年廢, 墻垣半已傾. 空廚有餘[46]粟, 白日鼠縱橫.' 北渚詩: '盆粟何曾滿, 籜衣亦屢穿. 無由除碩鼠, 吾欲罪烏圓.' 兩人當昏朝, 豈有所激而發歟!

---

42 事가『북저집(北渚集)』에는 死로 되어 있다.

43 忠이『지천집』에는 衷으로 되어 있다.

44 危가 저본에는 安으로 되어 있으나『북저집』과 존경각본에 따라 수정하였다.

45 贈이 저본에는 膊로 되어 있으나『북저집』과 존경각본에 따라 수정하였다.

46 餘가『북저집』에는 殘으로 되어 있다.

18

余外曾祖蓬萊君鄭相公, 家在終南山下. 鶴谷洪瑞鳳嘗往訪, 適見上
山而去者, 占一絶曰: ‘瞻彼上山者, 終期上上頭. 默思下來苦, 不如安
坐休.’ 詩意盖謂仕宦者不必求高位也. 然鶴谷畢竟位至上台, 亦非上
上頭者耶?

19

鶴谷贈義州妓安介詩[47]曰: ‘四紀重來獨斷魂, 繁華陳迹共誰論. 村婆
尙喚三從事, 不識人間上相尊.’ 鶴谷曾以第三從事到此州故云. 見[48]
宮人出家爲尼者, 作詩[49]云: ‘一洗紅粧脫綉裙, 袈裟直拂石壇雲. 秋
來岳寺多紅葉, 莫寫閒情惹世紛.’ 人稱佳作.

20

趙溭, 號止齋, 光海時以布衣獨疏, 杖竄, 反正後始放還. 少時登四仙
亭, 有詩曰[50]: ‘四仙亭上一仙遊, 三日浦中半日留. 春晚碧桃人不見,
月明長笛倚蘭舟.’ 人以此詩爲亭中第一云.

21

任疎庵叔英癸亥[51]反正後齋宿有感詩曰: ‘戮盡群兇正大倫, 周邦雖舊命

---

47 『학곡집(鶴谷集)』 권2에 「의주의 늙은 기생 안개에게 주다[贈義州老妓安介]」라는 제목으로
   수록되어 있다.

48 見이 존경각본에는 賦로 되어 있고, 신연활자본에는 見 뒤에 故가 있다.

49 『학곡집』 권2에 「순궁의 시중들던 예랑이 머리를 깎고 중이 됨에 주다[贈順宮侍兒禮娘落髮
   入禪]」라는 제목으로 실려 있고, 一이 淨으로 되어 있다.

50 "少時登四仙亭, 有詩曰"이 계명대본과 신연활자본에는 "嘗遊三日浦詩曰"로 되어 있다.

하권 원문 ― 583

維新. 一千更[52]覩黃河澈, 四七[53]重逢白水眞. 賈傳召還宣室夜, 蘇卿歸
謁茂陵春. 齋房忽罷依俙夢, 蜀魄聲中泣老臣.' 其忠讜[54]之志, 此亦可見.

22

任疎庵嘗往山寺, 見念佛僧達宵誦呪, 作一絶嘲之, 曰: '天竺荒遐萬
萬程, 土風殊異又堪驚. 眞能遣爾憂應甚, 莫向彌陀乞往生.' 雖是戲
吟, 亦可爲崇信異道者之戒.

23

金淸陰尙憲, 我朝之蘇武也. 自燕獄還, 退居花山. 月夜徘徊, 有詩一
絶, 曰: '南阡[55]北陌夜三更, 望月追[56]風獨自行. 天地無情人盡睡, 百
年[57]懷抱向誰傾.' 有無限感傷之[58]意.[59]

24

張谿谷維送人還鄕詩曰: '窮途莫問是和非, 好脫靑衫得得歸. 蘿逕

---

51 '癸亥'가 신연활자본에는 빠져 있다. 이 시는 임숙영의 『소암집(疎菴集)』 권1에 「반정 후 재숙
　　하다가 감흥이 일어〔反正後齋宿有感〕라는 제목으로 되어 있다.

52 更이 저본과 존경각본과 『동국시화휘성』에는 兩으로, 신연활자본에는 再로 되어 있으나
　　『소암집』에 의거해 수정하였다.

53 七이 저본에는 百으로 되어 있으나 『소암집』과 이본을 따라 수정하였다.

54 讜이 저본에는 儻으로 되어 있으나 존경각본과 『시화휘편』에 의거해 수정하였다.

55 阡이 존경각본에는 陌으로 되어 있다.

56 追가 계명대본에는 秋로 되어 있다.

57 百年이 저본에는 빠져 있으나 『청음집』과 이본에 의거해 보충하였다.

58 之가 저본에는 빠져 있으나 계명대본을 따라 보충하였다.

59 이 시는 『청음집』 권3에 「밤에 일어나 홀로 거닐다〔夜起獨行〕라는 제목으로 실려 있다

少人添鳥跡, 草堂經雨長蛙衣. 山童掃榻迎門巷, 野老携壺⁶⁰候石磯. 却想還家饒喜色, 孺⁶¹人忙下織殘機.' 精緻淸麗, 甚得作者體. 苦雨詩曰: '南山北山雲漠漠, 出門入門雨浪浪. 蛙鳴閤閤⁶²苦相聒, 屋漏床床難自防. 麥熟登場漂欲盡, 菊生滿砌爛堪傷. 窮⁶³閭十日炊烟冷, 裹飯無人訪⁶⁴子桑.' 體變而亦自好. 澤堂云: "持國之文, 似優於東皐詩." 又曰: "東皐⁶⁵詩乃苦境, 不必學."⁶⁶

25

楚之時有大言·小言, 晉之時有危語·了語, 唐之時有饞語·醉語·滑語·暗語. 近世張谿谷因以廣之, 作大小·安危·了未了·饞恨·醉醒·滑澁·遠近·明暗·苦樂·難易·冷熱·淸濁等二十四言, 曲盡其妙. 語雖滑稽, 而深有意味. 其中危語詩曰: '鐵船欲涉弱水波, 百尺竿頭舞婆娑. 天台石橋夜半過, 孤臣特立無依阿.'⁶⁷

---

60 壺가『동국시화휘성』에는 樽으로 되어 있다.

61 孺가 연활자본, 계명대본에는 夫로 되어 있다.

62 閤閤이『계곡집』에는 閣閣이라 되어 있다.

63 窮이 연활자본, 계명대본에는 閭로 되어 있다.

64 訪이 존경각본,『계곡집』, 계명대본에는 餉, 연활자본에는 饗으로 되어 있다.『동국시화휘성』에는 裹飯無人訪이 農飯三人餉으로 되어 있다.

65 詩又曰東皐가『시화휘편』에는 빠져 있다.

66 존경각본에는 '體變而亦自好 …… 不必學'이 빠져 있다. 연활자본, 계명대본에는 '澤堂云 …… 不必學'이 빠져 있다.

67『계곡집』권34에 '옛날 초나라 왕은 신하들에게 대언과 소언을 짓게 하였고, 진나라 사람은 위어와 요어를 지었으며, 당나라 시승 교연과 안노공 등 여러 사람은 함께 참어·취어·활어·암어를 지었다. 내가 이를 확대하여 24장의 시를 짓는다〔昔楚王使群臣賦大言·小言, 晉人有危語·了語, 唐詩僧皎然與顏魯公諸人共作饞醉·滑暗等語, 余因以廣之, 作二十四章〕'라는 제목으로 실려 있다.

26

李澤堂植忠州東樓詩, 宕逸可詠[68]. 其詩云: '岧嶤飛閣郡城隈, 俯視中[69]州氣壯哉. 山鎭東南尊月岳, 水移[70]西北抱琴臺. 乾坤縱目靑春動, 今古傷心白髮催. 已覺元龍豪氣盡, 明朝投刻可歸來.' 有人嘗問[71] 澤堂曰: "願聞公之平生佳作." 澤堂曰: "曾無佳作, 只忠州東樓作一篇, 稍可於意."云.

27

太醫朴泰元喪少女, 求挽於澤堂, 澤堂卽題贈五律, 其頷聯曰: '短命天應定, 良方父亦迷.' 造次立語, 精切無比. 玄谷嘗與谿谷·畸翁·澤堂·白洲諸公, 遊其漢江亭榭, 飮酒賦詩, 澤堂詩一聯曰: '開樽山色動, 係馬樹蔭淸.'[72] 諸君皆擊節嘆賞.

28

崔遲川鳴吉以爲我國雖以權宜之計, 出此講和之策, 不可不將此陳奏大朝. 顧有屬垣之戒, 不克備行人出疆, 具咨密付妙香僧獨步以送, 臨別作一絶曰: '秋入園林萬葉鳴, 鬢華如雪鏡中明. 向來無限關心

---

68 宕逸可詠이 계명대본과 신연활자본에는 明朝投刻可歸來의 뒤에 있다.

69 中이 저본에는 忠으로 되어 있으나『택당집(澤堂集)』과 이본에 의거하여 수정하였다.

70 移가『택당집』에는 趣로 되어 있다.

71 問이 존경각본에는 謂로 되어 있다.

72 『택당집』에 실린「4월 28일에 나는 권계흥(權啓興)과 더불어 술 몇 동이를 가지고 덕여(德餘)의 강변 별장에 가서 무숙(茂叔)을 만난 뒤 술 마시고 노래하니 매우 기분이 좋았다. 이어서 근체시 여섯 편을 지어 그 일을 기록하다〔四月二十八日, 余與權生啓興挈酒數橀, 會茂叔于德餘灘舍, 觴詠甚適, 仍賦近體六篇以記事〕」6수 중 제3수의 함련(頷聯)이다.

事, 都付山人一錫輕.'⁷³

29

李白洲明漢, 天才超逸, 其詩如空中樓閣. 題平海士人家詩⁷⁴: '雲海
微茫澹⁷⁵月華, 小村籬落近鳴⁷⁶沙. 春風一樹梅如雪, 莫是孤山處士
家.' 亦甚淸切. 谿谷嘗稱白洲詩爲鬼神, 人問其故, 笑曰: "此令公, 於
書不看不讀而能之, 非鬼神乎!"

30

李東州敏求琴娘詩曰: '香羅簇蝶繡紅裙, 荳蔲春心已七分. 却把瑤琴
彈一曲, 意中流水夢中雲.'⁷⁷ 詞采婉麗, 何減義山? 其江亭詩一聯曰:
'帆檣影動潮生後, 島嶼形分水落初.'⁷⁸ 爲人傳誦, 而第潮生水落兩
語, 似涉板對, 具眼者當卞之. 東洲與澤堂·白洲相善, 一時稱三李云.

31

東州嘗語余云: "亡兄文才, 實非我類. 昏朝時, 諸朝士携京上妓, 達

---

73 『지천집(遲川集)』에 「독보에게 주다【독보는 승려의 이름으로 곧 평안북도 묘향산의 승려이
   다. 공이 상부(相府)에 있을 때 이 승려에게 밀서를 갖고 군문으로 가게 하였다. 이 시는 이
   별할 때 준 것이다(贈獨步【獨步, 僧名, 乃關西妙香僧也. 公在相府時, 使此僧持書赴軍門, 此詩乃臨
   別所贈)】」라는 제목으로 실려 있다.

74 詩가 계명대본에는 云으로 되어 있고, 이 시는 『白洲集』에는 「平海浩然亭贈主人」으로 실려
   있다.

75 澹이 저본에는 누락 되었으나 『백주집』과 존경각본을 따라 보충했다.

76 鳴이 계명대본과 신연활자본에는 明으로 되어 있다.

77 이 시는 『동주집(東州集)』 권1, 선위록(宣慰錄)에 실려 있다.

78 이 시는 『동주집』에 보이지 않는다.

夜行遊爲樂. 癸亥初, 亡兄以司諫建罷京上妓. 未久遷舍人, 嘗於蓮
閣雨中吟得一絶曰: ‘奏罷梨園爲諫名, 却來蓮閣負風情. 池塘水滿
芙蓉冷, 獨憑危欄聽雨聲.’ 盖戲語也, 然詩極淸絶[79]可愛云.” 所謂亡
兄, 卽李相公聖求, 號分沙.

32

鄭玄谷百昌「採菱曲」云: ‘淡淡芳湖靜[80]不流, 綠楊枝繫[81]木蘭舟. 美
人爭唱採[82]菱曲, 郎在荷花淸淺洲.’ 頗似唐家, 谿谷嘗稱德餘之才,
不下天章云. 德餘卽玄谷之字, 天章卽白洲之字也.

33

崇禎壬申王父參贊公, 以奏請使[83]赴燕京, 時東岳爲副使. 玉河館遇
正朝, 東岳作憶仲氏詩, 示王父曰: ‘宿[84]昔元無弟, 如今只有兄. 兩身
分萬里, 衰齒[85]遇新正. 我每懷坡館, 君應憶麗京. 當時別離色, 隔歲
益關情.’ 盖二公赴京時, 東岳仲氏追至坡州, 王父伯氏追至松京而別
故云云. 王父次其詩曰: ‘看雲應憶弟, 夢草每思兄. 一別驚周歲, 三
陽値夏正. 陟岡瞻故國, 同被阻[86]神京. 萬里層霄月, 分明照兩情.’ 華

---

79 淸絶이 신연활자본에는 淸切로 되어 있다.

80 靜이 신연활자본에는 淨으로 되어 있다.

81 繫가 저본에는 係로 되어 있으나 『현곡집』과 존경각본·신연활자본에 따라 수정하였다.

82 採가 『현곡집』과 신연활자본에는 采로 되어 있다.

83 使 앞에 존경각본에는 正이 첨가되어 있다.

84 宿이 존경각본에는 夙으로 되어 있다.

85 齒가 저본에는 年으로 되어 있으나 『동악집』과 존경각본·신연활자본에 따라 수정하였다.

86 阻가 신연활자본에는 徂로 되어 있다.

人每見二公酬唱, 輒稱王父詩曰: "閣老詩忠厚, 有宰相氣象." 盖王
父以右台假銜而去, 故華人稱閣老.

34

潛谷金相國堉, 布衣時居加平, 嘗帶經而鋤. 晚遭風雲, 位躋台鼎, 貴
顯已極, 而自守如寒士. 其正陽寺詩曰: '莫道來遊已後時, 非觀山色
觀山骨. 層巖絶壁面目眞, 赤葉黃花皆外物.' 公行適[87]値九月之後,
木葉皆凋, 巖壑盡露, 故詠此一詩, 可想公平生不事矯飾也.

35

趙龍州絅, 嘗於道中爲驟雨所逐, 入一村家土宇留宿. 翌朝戲賦一詩
曰: '構木爲家[88]簷着地, 其間如斗僅容身. 平生不學長腰折[89], 此日
難圖一脚伸. 鼠穴煙通昏似漆, 蓬窓茅塞暗[90]無晨. 雖然得免衣沾
濕, 臨別慇懃謝主人.' 句語亦好.

36

尹澤溟順之漁陽橋詩曰: '瞥瞥滄桑易變移, 薊門煙樹使人悲. 靑騾西
去傷前事, 白馬東來恨此[91]時. 隨處繁華都已矣, 莫強兵甲更何之. 塵

---

87 適이 존경각본에는 正으로 되어 있다.
88 신연활자본에는 '構木爲家'가 '曲木爲椽'으로, 折이 屈로, 日이 夜로, 圖가 謀로, 通이 生으로,
得이 幸으로, 沾이 冠으로 되어 있다.
89 折이 『동국시화휘성』에는 屈로 되어 있다.
90 暗이 『동국시화휘성』에는 本으로 되어 있다.
91 此가 저본에는 作으로 되어 있으나 『행명재시집(涬溟齋詩集)』과 존경각본·신연활자본에 의
거해 수정하였다.

沙漠漠孤城裏, 羌笛紛紛弄晚颸.' 曉發津和詩曰: '客程淸夜一帆催,
千里三山取次回. 天外莫愁浮海去, 月中還得御風來. 狂呼玉兔求仙
藥, 醉跨金鰲作渡盃. 墮地壯遊男子事, 幾人今古到蓬萊.' 詞極豪宕.

37

安東文官李回寶, 能文之士也. 嘗挽友遷葬詩曰: '憶曾風雨鎖孤城,
天柱摧殘[92]地軸傾. 我忍獨留看[93]丙子, 公能先逝守崇禎. 人情自古
皆哀死, 世事如今孰樂[94]生. 歸去[95]雲鄉朝列聖, 善爲辭說莫分明.'
長歌之哀, 甚於痛哭.

38

丁丑之後, 有人於崇禮門上書一律曰: '三綱已絶國隨傾, 公議千秋愧
汗靑. 忍背神宗皇帝德? 何顔宣祖大王庭?[96] 寧爲北地王諶死, 肯[97]
作東窓賊檜生? 野老吞聲行且哭, 穆陵殘日照微誠.' 語甚慷慨, 或云
蔡持平聖歸所作.

39

鄭東溟斗卿, 曾以北評事到城津, 有詩八首, 今錄其二首, 曰[98]: '吉

---

92 '天柱摧殘'이 『석병집』과 『추담집』에는 '天極崩摧', 계명대본에는 '天柱摧折', 신연활자본에는
  '天柱摧頹'으로 되어 있다.
93 看이 『석병집』과 『추담집』에는 經으로 되어 있다.
94 樂이 『석병집』에는 喜, 『추담집』에는 好로 되어 있다.
95 '歸去'가 『석병집』에는 '必到【一作歸去】, 『추담집』에는 '若到'로 되어 있다.
96 庭이 계명대본·신연활자본에는 靈으로 되어 있다.
97 肯이 계명대본·신연활자본에는 不로 되어 있다.

城歸路雪漫漫, 二月邊庭春正寒. 渤海無風波百丈, 扶桑半夜日三竿. 壯遊不覺關山遠, 縱飲何妨蠟炬殘? 只爲思親兼戀闕, 時時回首望長安.' 又曰: '海上危城北斗齊, 女墻橫壓白雲低. 春天蜃氣成樓閣, 落日鯨濤入鼓鼙. 沙漠未淸[99]氛祲惡, 蓬萊欲到古今迷. 愁來賴有胡姬酒, 一任樽前醉似泥.' 氣格淸健. 且如摩天嶺詩: '驅馬摩天嶺, 層峰上入雲. 前臨有大澤, 蓋乃北溟[100]云.' 筆力雄壯, 可撑[101]宇宙.

40

東溟嘗以近製示張谿谷, 中有奉恩寺五言律, 其一聯曰: '域中王亦大, 天下佛爲尊.' 谿谷擊節稱賞曰: "天然奇偶, 不暇推敲, 雖老杜手段, 亦未易道." 東溟曰: "非子之言, 吾亦自負如此."

41

東溟嘗在考院時, 當十月, 聞雷雨終夜大作, 遂戲成一絶曰: '白岳玄雲一萬重,[102] 夜來寒雨滿池中. 傍人莫怪冬雷動, 三十三魚變作龍.' 孝廟聞而嘉歎曰: "此詩足禳此灾."

---

98 저본에는 曰이 없으나 존경각본을 따라 보충하였다.

99 저본에는 消로 되어 있으나 『동명집(東溟集)』과 존경각본·계명대본·신연활자본에 의거해 淸으로 수정하였다.

100 溟이 『동명집』과 존경각본에는 海로 되어 있다.

101 撑 뒤에 존경각본·신연활자본에는 柱가 첨가되어 있다.

102 『동명집』에 「시원에서 짓다[試院作]」라는 제목으로 실려 있고, 玄雲이 蒼雲으로 되어 있다. 重은 저본에는 里로 되어 있으나 문집에 따라 수정하였다.

42

自古歌行長篇, 必有氣力, 然後能之. 如孟襄陽輩自是唐家高手, 而至於歌行長篇, 無復佳者. 近世東溟鄭老得杜之骨格, 挾李之風神, 詞氣跌宕, 筆力逸橫[103], 傑然爲東方大家, 百代以下, 當無繼者. 其「梁孝王歌」曰: '君不見梁王, 父兄皆帝所見大, 雄豪富貴古莫比. 不受漢庭二千石, 大起梁園三百里. 脩竹遙連[104]鴈鶩池, 君王出遊常驅馳. 平臺雲集山東客, 射獵風翻天子旗. 天子旌旗畫日月, 複道日日歌鍾發. 罍樽美酒宴上賓, 雪下梁園賦白雪. 君王驕逸意無窮, 常恨不得都關中. 安陵礪釖刺將軍, 漢使十輩來紛紛. 臨江自殺中尉府, 安知親父不爲虎? 不是當年韓內史, 誰遣君王泣如雨?' 其名篇傑作, 不可勝記, 玆錄其一, 可以當臠知鼎矣. 淸陰金相公[105]嘗見東溟歌行長篇[106]曰: "詩中有[107]圖畵釖戟, 可畏不可狎." 又曰: "曠數百年, 無此氣格."

43

東州嘗按關東, 遊春川淸平寺, 有一老釋, 時年八十九. 東州賦一詩以贈, 其末句曰: '明年再到[108]維摩室, 政値禪門九十春.' 時李烓以亞使在座, 笑曰: "鯫生詩力淺短, 未能延及於來歲, 當以今年言之." 卽次[109]曰:

---

103 逸橫이 존경각본에는 縱逸로 되어 있다.

104 連이 저본에는 憐으로 되어 있으나 존경각본과 『동명집』에 따라 수정하였다.

105 淸陰金相公이 존경각본에는 金淸陰으로 되어 있다.

106 行이 저본에는 作으로 되어 있으나 오자로 보고 문맥에 따라 수정하였다. 東溟歌行長篇이 존경각본에는 此詩로 되어 있다.

107 有가 저본에는 빠져 있으나 존경각본에 따라 첨가하였다.

108 到가 존경각본에는 叩로 되어 있다.

'傍人若問師年幾, 九十前頭少一春.' 東州奇之, 遂結忘形之交.

44

李烓詩才絶人, 嘗爲關東亞使, 時方伯東州與烓遊楓嶽. 有一峰聳出, 中穿一穴, 洞觀東海, 卽穴望峰也. 東州先以盪胸爲押, 烓卽次之曰: '半露疑椎髻. 中穿類穴胸.' 東州驚歎不已. 且如挽柳監司女子詩曰: '嫁日衣裳半是新, 開箱點檢却傷神. 平生玩好俱賫送, 一任空山化作塵.' 世稱絶唱.

45

柳承旨道三有文才, 嘗爲北評事, 遞來時到釋王寺, 賦詩曰[110]: '三千官路去[111]來忙, 到底[112]繁華閙[113]幾場. 卽此機心還寂寞, 從前豪興太顚狂. 晨鍾淨洗[114]笙歌耳, 晚茗淸開酒肉腸. 日午蒲團成一枕[115], 滿山松籟夢中凉.' 又一聯云: '人情母亦曾投杼, 世態妻猶不下機.' 亦爲人傳誦.

---

109 次가 존경각본에는 呼로 되어 있다.

110 '遞來時到釋王寺賦詩曰'이 존경각본에는 '遞來時題釋王寺詩曰'로, 계명대본에는 '題釋王寺曰'로 되어 있다.

111 去가 『동국시화휘성』에는 往으로 되어 있다.

112 底가 계명대본과 신연활자본에는 處로 되어 있다.

113 閙이 계명대본과 신연활자본에는 問으로 되어 있다.

114 淨洗가 『동국시화휘성』에는 洗盡으로 되어 있다.

115 枕이 계명대본에는 寢으로 되어 있다. 『동국시화휘성』에는 이 시구가 暫借蒲團成一夢으로 되어 있다.

46

權克中古阜士人. 全州客館古今題詠甚多, 而克中詩爲第一. 詩[116]曰:
'名都三月盛繁華, 燕子飛飛白日斜. 叱撥馬嘶垂柳宅, 琵琶聲出捲簾
家. 溪流潤作千村井, 園木交開百果花. 薄暮更登高處望, 炊烟蒸結
半空[117]霞.' 一府形勝, 畫於四句詩, 曰[118]不可以名取之也.

47

不易其心而造其語, 謂之換骨法, 規模其意而形容之, 謂之奪胎法.
朴思菴淳題錦水亭詩: '谷鳥時時聞一箇, 匡床寂莫[119]散群書. 每憐白
鶴臺前水, 纔出山門便帶淤.' 任休窩有後詠澗水詩: '古澗冷冷境復
幽, 傷[120]心終日坐巖頭. 無由禁爾奔湍住, 纔出山門合野流.' 任詩盖
源於朴詩結語, 而句格尤佳, 可謂善得奪胎之法矣.

48

休窩嘗携余遊僧伽寺, 轉向中興寺, 半日遊[121]憩, 道場淸淨, 便有參
禪之意. 余賦一律曰: '僧伽遊了復中興, 劍戟群峰勢欲騰. 麗祖幾年
恢淨域, 梵王千劫護居僧. 昏魔自伏輪燈照, 迷惱渾除智水澄. 人世
是非吾已謝, 法門從此講三乘.' 休窩過加稱賞, 卽次之曰: '蕭寺來尋

---

116 『청하집(靑霞集)』 권5에 「완산부 풍경(完山府卽景)」이라는 제목으로 수록되어 있고, '叱撥
馬嘶'가 '鶯燕紛飛'로, 登이 憑으로, 蒸이 上으로 되어 있다.

117 空이 저본에 城으로 되어 있으나 문집과 여러 이본에 의거하여 바로잡았다.

118 曰이 존경각본, 계명대본에는 빠져 있고 신연활자본에는 이후 내용이 없다.

119 신연활자본과 『사암집(思菴集)』, 신흠의 『상촌집(象村集)』에는 寂寂으로 되어 있다.

120 傷은 신연활자본에는 賞으로 되어 있다.

121 遊가 존경각본에는 囧로 되어 있다.

伽與興, 陟峰雙屐共雲騰. 夕陽橫點兩三鴈, 秋葉歸篘四五僧. 千丈
古杉庭畔老, 一溪流水檻前澄. 君詩突兀驚人眼, 若譬禪家是上乘.'
清婉老健, 頷聯尤警, 一唱三嘆, 竊愧糠粃之居前也.

49

朴校理漪, 號中峯, 能文有名, 眼高少許可, 不幸而夭. 其江村詩一聯
曰: '啣泥飛去誰家燕, 橫笛歸來是處兒.' 恨不見全集[122].

50

沈大諫東龜贈金子珍赴燕[123]詩曰: '行人萬里幾西轅, 玉帛傷心舊路
存. 易水悲風來擊節, 新亭感淚落離樽. 十年關笛干戈動, 四海兵塵
日月昏. 君去試看燕地壯, 山河猶帶太平痕.' 感慨激昂.

51

李司諫海昌詠落葉詩曰: '萬林紅葉錦斑爛, 一夜霜威太劇殘. 慘似商
君臨渭水, 散如秦甲解邯鄲. 風來大野漫天起, 月入空庭得地寬. 志
士騷人休怨惜, 獨憐蒼翠澗松寒.' 用意甚新[124].

52

德水之李, 世出文章. 蓮軒以後容齋·東岳·澤堂, 皆執耳騷壇, 其餘

---

122 존경각본에는 全集 앞에 其가 더 있다.
123 존경각본에는 燕 뒤에 京이 더 있다.
124 新이 신연활자본에는 緊으로 되어 있다.

諸公亦多得一斑而拔儕流者. 今取諸公詩各一首以附之. 李正言景顔
「塞下曲」云: '陰山獵罷萬夫歌, 獲得三狼載橐駝. 都尉醉中輕下馬,
自將金鏃洗黃河.' 寫得豪放之氣. 李判書景曾病中惜春詩云: '病客
無心問酒家, 一年春色閉門過. 東風半夜吹疎雨, 滿樹飛花入檻多.'
可見其詞采. 李昌平穆叩盆後遇春詩云: '去春人傍養蠶床, 人去春回
只舊堂. 桑葉萋萋墻外綠, 任他隣婦[125]采[126]盈筐.' 李大諫柙喪室仍
哭新生兒詩云: '爾生還禍爾之孃, 爾亦無生豈有亡. 今哭爾孃兼哭
爾, 是誰之罪爾爺殃.' 李承旨稽掃亡室墓詩云: '彭兒已長論婚娶, 吾
亦揚名免學生. 子壯[127]夫榮渾不識, 十年靑草掩孤塋.' 三作語俱[128]
悲惋, 而大諫尤詞[129]工意切.[130]

53

林閑好埰宰龍城, 將行, 一時文士, 皆以詩送之, 趙校理重呂 · 蔡判書
裕後爲之冠. 趙詩云: '昔聞騎鶴上楊州, 閑好此行可比倖. 天下皆知
帶方國, 人間亦有廣寒樓. 小蘇早結仙山約, 諸謝春從錦里遊. 遙想
橋頭谿月白, 公餘笑傲領風流.' 蓋林錦城人, 其弟墰方爲嶺伯, 與在
錦群從有同遊方丈之約, 故五六聯及之. 蔡詩云: '君向[131]龍城索我
詩, 欲聞曾佩此符時. 樓妨聽訟難頻上, 酒怕臨民未屢持. 營牒到來

---

125 婦가 존경각본, 계명대본, 신연활자본에는 女로 되어 있다.
126 采가 존경각본, 계명대본, 신연활자본에는 探로 되어 있다.
127 壯이 계명대본, 신연활자본에는 長으로 되어 있다.
128 俱가 존경각본, 계명대본, 신연활자본에는 皆로 되어 있다.
129 詞가 존경각본, 계명대본, 신연활자본에는 辭로 되어 있다.
130 '尤詞工意切'이 계명대본, 신연활자본에는 '辭意尤切'로 되어 있다.
131 向이 『호주집(湖洲集)』에는 赴로 되어 있다.

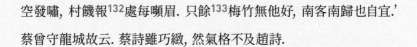

空發嘯, 村饑報[132]處每嚬眉. 只餘[133]梅竹無他好, 南客南歸也自宜.'
蔡曾守龍城故云. 蔡詩雖巧綴, 然氣格不及趙詩.

54

黃漫浪宷, 鏡城人, 呈巡相詩曰:'西塞南邊幾往還? 東行桑域[134]北
楡關. 小臣微分當如此, 天下[135]奇遊[136]豈等閑? 城外拍天滄海水, 檻
前飛雪白頭山. 軒名亦樂君知否? 莫使窮愁上客顏.' 詞頗豪暢.

55

姜判書柏年金剛山途中詩曰:'百里無人響, 山深但鳥啼. 逢僧問前
路, 僧去[137]路還迷.' 詞人佳品. 且如除夜次高蜀州詩曰:'酒盡燈殘
也不眠, 曉鐘鳴後轉依然. 非關來[138]歲無今夜, 自是人情惜去[139]年.'
詞極婉曲, 何害晚宋?

56

李白洲明漢, 嘗於永平白鷺洲作一絶, 趙龍洲絅 · 楊鑑湖萬古 · 趙樂
靜錫胤, 皆次之. 李令知白嘗宰永平時, 使工鑴白洲 · 龍洲 · 鑑湖三詩

---

132 報가 『호주집』에는 告라고 되어 있다.

133 餘가 『호주집』에는 除로 되어 있다.

134 저본에는 城으로 되어 있으나 존경각본과 『만랑집(漫浪集)』에 의거하여 수정하였다.

135 天下가 『만랑집』과 신연활자본에는 男子로 되어 있다.

136 遊가 저본에는 逢으로 되어 있으나 『만랑집』에 의거하여 수정하였다.

137 去가 『설봉유고(雪峯遺稿)』에는 過로 되어 있다.

138 來가 신연활자본에는 歲로 되어 있다.

139 去가 『설봉유고』에는 舊로 되어 있다.

于巖石上, 遂爲勝跡. 而樂靜詩棄[140]而不刻, 其詩曰: '戀闕心如赴海水, 出關身似浮空雲. 慇懃寄語洲邊鷺, 何日休官隨爾群?' 李令亦能文者, 必有不取之意.

57

沙浦李志賤, 小時有所眄妓, 一日往訪, 其人不在, 獨其琴在耳. 欲歸[141]而街鍾已動, 悄然空房, 思甚無聊, 遂於壁上題一絶而歸. 其詩曰: '碧窓殘月曉仍留, 曲渚輕蘭已覺秋. 斜抱玉琴彈不得, 秪今離恨在心頭.' 雖稱佳作, 君子處己當嚴. 古人有不入酒肆茶房者, 況甚於此乎!

58

申春沼最上元前數日, 風雪大作, 有感賦詩曰: '畏寒每數[142]春回期, 春至還愁暖較遲. 風似怒濤豗巨塹[143], 雪如狂絮撲重帷. 尊中無酒慚文擧, 案上開圖見伏羲. 却問兒童笑何事, 阿翁鬢髮欲成絲.'[144] 公長於詞賦, 而詩亦有格.

59

先人號靜虛堂, 於物泊然無所好, 惟喜讀書, 至忘寢食. 嘗於閒中有

---

140 牽 앞에 존경각본에는 則이 더 있다.
141 歸가 존경각본에는 還으로 되어 있다.
142 數가 신연활자본에는 待로 되어 있다.
143 塹이 신연활자본에는 堅으로 되어 있다.
144 『춘소자집』 권2에 「을미년 정월 대보름 며칠 전에 눈보라가 크게 몰아치기에 감회가 일어 입으로 읊다[乙未正月前上元數日, 風雪大作, 有感口占]」라는 제목으로 실려 있고, 巨가 因으로 되어 있다.

一絶曰: '庭草階花照眼明, 閑中心與境俱淸. 門前盡日無車馬, 獨有幽禽時一鳴.'[145] 申春沼最嘗聞此詩, 手寫[146]藏之, 其胤儀華問其故, 答曰: "不但其[147]詩可愛, 其人深可敬也."

60

丁丑年間, 彼人問: "爾國有金斜陽者乎?" 有一宰答曰: "無金斜陽而有金時讓." 彼人曰: "此斥和主論者乎?" 答曰: "此非斥和者, 而有金尙憲者, 乃是其人." 盖字音彷彿, 訛傳之也. 余先人有詩云: '澤畔有孤竹, 霜梢秀衆林. 斜陽雖萬變, 終不改淸陰.' 淸陰卽金尙憲別號也, 一時膾炙.

61

金柏谷得臣, 形貌古朴, 平生讀書千萬遍, 至頭白兀兀不輟. 其詩往往逼古, 其題平陵驛樓詩曰: '漢陽歸客袜征驪, 獨倚平陵古驛樓. 漁子拏舟衝雨去, 白鷗驚起海棠洲.' 出城詩: '出城三日滯江樓, 汀樹蕭蕭早得秋. 入夜暗聞賈客語, 明朝掛席向忠州.' 皆逼唐家. 又柏谷自以'吟病老僧秋閉殿, 覓詩孤客夜登樓.'一聯爲驚句, 而不若途中詩一絶: '驢背睡餘開眼見, 暮雲殘雪是何山'之狀景淸絶.

---

145 『정허당집』상권「제벽(題壁)」제2수에 보인다.
146 手寫 뒤에 존경각본에는 此詩가 더 있다.
147 其가 저본에는 빠져 있으나 존경각본에 의거하여 첨가하였다.

62

權習齋詩曰: ‘花正開時月未圓[148], 月輪明後已花殘. 可憐世事皆如此, 安得繁[149]花對月看.’ 余效之曰[150]: ‘明月梨花此別離, 花香月色共人悲. 別來相憶看花月, 月盡花殘更對誰.’ 柏谷過獎曰: “此所謂靑於藍者, 我獨無吟乎?” 遂[151]沈吟賦之曰: ‘春來人[152]事可歎嗟, 花月無人無酒何. 若使有人兼有酒, 的應無月更無花.’ 柏谷[153]笑曰: “欲探[154]驪珠, 反得蜣蜋矣.”

63

柏谷嘗向頭陀寺詩一絶[155]曰: ‘行行路不盡, 萬水又[156]千峯. 忽覺招提近, 林端有暮鍾.’ 公嘗自誦此詩, 謂余曰: “吾欲載此詩于私稿, 而三選而三刪之. 蓋萬字數多而在上, 千字數小而在下, 多少易[157]次, 故咨且未定耳.” 余曰: “古詩有‘萬壑千峯獨閉門’之句, 不必以此爲拘.” 柏谷笑曰: “微君, 幾漏那好詩.” 遂載之.

148 圓이 존경각본에는 開로, 신연활자본과 『습재집(習齋集)』에는 團으로 되어 있다.

149 繁이 신연활자본에는 名으로 되어 있다.

150 ‘余效之曰’이 계명대본, 신연활자본에는 ‘余效習齋花月詩(體)’로 되어 있다.

151 遂가 계명대본에는 因으로 되어 있다.

152 人이 『백곡집(柏谷集)』 「용진퇴격(用進退格)」에는 心으로 되어 있다.

153 柏谷이 계명대본, 신연활자본에는 因으로 되어 있다.

154 探이 존경각본에는 得으로 되어 있다.

155 ‘嘗向頭陀寺詩一絶’이 존경각본에는 ‘題頭陀寺詩’로 되어 있다.

156 又가 존경각본, 신연활자본, 『백곡집』에는 更으로 되어 있다.

157 易이 계명대본, 신연활자본에는 逆으로 되어 있다.

64

洪晚洲錫箕, 嘗受學於洛洲具鳳瑞. 及魁庭試, 具方按節嶺南, 其從
兄洪錫武爲高靈倅. 洪赴高靈, 主倅設宴, 請方伯居首座. 方伯呼新
鬼, 命負手俛首而立, 遂呼韻而退之, 使應口[158]而進之, 如是者數四,
洪遂成一律, 其詩曰: '襜帷三日駐高陽, 畫戟紅旗一宴張. 千里嶺南
觀察使, 十年門下壯元郎. 雪消官閣梅花早, 春動華筵桂萼香. 爭道
世間無此會, 已敎人士誦詩章.'[159] 一時膾炙.

65

晚洲幽居晚興詩曰: '客去僧還至, 淸談坐不疲. 蜂忙花發後, 蠶老麥
胎時. 細雨池心見, 微雲石面知. 耕奴[160]休報事, 幽意欲成詩.' 情調
俱到, 無點綴痕. 嘗寓洛中, 時當仲冬, 見暮禽徘徊枝上, 感而賦之
曰: '爾巢在何處, 日暮猶不歸. 長安多雨雪, 吾亦憶山扉.' 言盡而意
不盡.

66

余嘗選我東古今詩律, 時晚洲在上黨溪亭, 賦「關東山水圖」一律, 其
詩曰: '東海移來水墨濃, 吾亭還有四仙蹤. 丹山鳥欲捿叢石, 玉峽雲
思繞越松. 疑入鏡湖溪[161]下水, 爭似楓岳檻前峯, 名區彼此嫌相類,

---

158 口가 저본에는 搆로 되어 있으나 계명대본, 신연활자본에 의거해 수정하였다.

159 홍석기의 『만주유집(晩洲遺集)』에는 「고령의 주연에서 구 안찰사 낙주를 모셨는데, 물러
　　났다 나오게 하며 운을 부르셨다[高陽酒席, 陪具按使洛洲, 進退呼韻]」이라는 제목으로 실려
　　있고, 觀이 巡으로, 敎가 令으로 되어 있다.

160 奴가 계명대본, 신연활자본에는 收로 되어 있다.

161 溪가 존경각본, 계명대본, 신연활자본에는 階로 되어 있다.

未必關東待老儂.' 丹山·玉峽皆溪亭地[162]名, 晚洲袖此詩以示余曰:
"此詩可入於君所選中否." 余辭曰: "尊丈之詩, 工則工矣, 但疊使東
水二字, 不可選也." 晚洲曰: "關東之東字, 乃地名, 未必爲疊, 水墨二
字, 當改以墨蹟." 余曰: "東海下若無水字, 則脉絡不續[163], 精彩頓
減[164], 大不如初矣." 晚洲愕然曰: "世眼皆肉[165], 何必强卜耶!"

67

東溟鄭丈, 嘗出一詩稿以示余曰: "此乃亡弟星卿玉壺子之作[166]也,
不幸早夭. 聞君方選東詩, 幸君無令此詩有滄海遺珠之歎." 余受而
閱之, 如蟠桃始華, 崑玉初胎, 雖未成熟, 要皆可玩. 其中詠蜀詩曰:
'岧鬱峨眉峻, 崔嵬劍閣雄. 山河天地有, 秦蜀古今通. 日落烏蠻北, 雲
生玉壘東. 公孫躍馬處, 蕭索壯圖空.'

68

余嘗賦七言近體, 其一聯云: '流涕自知同賈誼, 草玄無賴有桓譚.' 諸
公和者, 皆以譚字爲難. 金柏谷得臣次之曰: '多君詩律如摩詰, 愧我
歌聲學薛譚.' 任休窩有後又次之曰: '傑句崢嶸吟白雪, 淸歌寥亮送
靑譚.' 金壯元震標最後至, 卽題曰: '敢將滕國能爭楚? 還恐齊人[167]

---

162 地가 계명대본에는 池로 되어 있고, 존경각본에는 地자가 빠져 있다. 신연활자본에는 溪亭
자가 빠지고 地名으로만 되어 있다.

163 續이 계명대본, 신연활자본에는 貫으로 되어 있다.

164 減이 계명대본, 신연활자본에는 沒로 되어 있다.

165 '世眼皆肉'이 계명대본, 신연활자본에는 '世皆肉眼'으로 되어 있다.

166 作이 계명대본에는 詩로 되어 있다.

167 人이 신연활자본에는 師로 되어 있다.

遂滅譚.' 諸公稱其敏妙. 震標, 北渚之孫, 能詩, 號東厓[168].

69

申參判濡, 號竹堂, 以知申事於代言司壁上題詩曰: '壁[169]坐仍宣飯, 輪番伴宿臺. 十三完做度, 單五畢重來. 實位唯循次, 分房豈量才? 封章從副議, 請告禀都裁. 曉入班常倒, 昏歸首自回. 拜前恭已甚, 拳膝事堪咍. 斗苦終申晚, 東愁滿日[170]催. 私緘來勿拆, 啓事告宜攖. 未許齊搖扇, 何妨共引杯. 勖哉同省友, 畏此古風頹.' 言簡而事該, 許多古例[171], 備盡於十韻之中, 可謂銀臺詩史.

70

申混, 濡之弟也, 號初菴. 十二歲時, 與其兄濡登皐蘭寺, 各賦詩, 混詩一聯曰: '一點燈殘漁舫[172]雨, 數聲鍾動海門潮.'[173] 人稱奇童. 以安州敎授, 將赴關西, 其母戒以酒色, 其妻亦以爲言. 申卽吟曰[174]: '謂我[175]西行錦繡叢, 慈親戒色婦言同. 母憂疾病誠爲是, 妻妬風流未必公.'[176] 眞才子之作也.

---

168 厓가 존경각본에는 崖로 되어 있다.
169 壁이 저본과 문집에는 辟으로 되어 있는데, 존경각본과 신연활자본에 의거해 수정하였다.
170 日이 존경각본과 신연활자본에는 目으로 되어 있다.
171 '許多古例'가 신연활자본에는 '例而古體'로 되어 있다.
172 舫이 저본에는 妨으로 되어 있으나 존경각본과 신연활자본과 문집에 의거해 수정하였다.
173 『초암집(初菴集)』에는 제목이 「고란사에서 묵다(宿皐蘭寺)」로 되어 있고, 海가 寺로 되어 있다.
174 '申卽吟曰'이 신연활자본에는 '初菴赴關西卽吟曰'로 되어 있다.
175 我가 저본에는 邦으로 되어 있으나 존경각본과 신연활자본에 근거하여 고쳤다.
176 『초암집』에는 「또 읊다[又吟]」 4수 중 제3수로 실려 있는데, 저본과 글자 출입이 있다.

71

尤齋宋相公[177], 於孝廟[178]有知遇之感, 及其昇遐, 賦挽詩, 其一句[179]:
'宇宙懷深恥, 風塵有暗傷.' 評者推爲第一曰: "密講酒恥, 中途未就
之恨, 寫盡於一句之中, 而悲婉深遠, 可見君臣無限[180]感慨之意."
云.[181]

72

尤齋宋相公有傷謗詩曰: '登天手摘星辰易, 處世身無毁謗難. 不識鄕
愿何事者, 一生能得衆人歡.'[182] 詞極婉轉. 又嘗在華陽洞, 詠呼死鳥詩
曰: '我嘗憂國心腸熱, 鳥向[183]誰哀哭夜闌. 年年願死年年在, 可惜[184]
微禽死亦難.' 語極悲到[185]. 抑公已見危機而有此吟[186]耶?

73

玄石朴判書, 嘗流寓海西, 鄕人從學者頗多. 玄石以謂海西去故都未遠,

---

177 '尤齋宋相公'이 존경각본에는 '宋相尤菴時烈', 계명대본에는 '宋時烈尤菴'으로 되어 있다.

178 '於孝廟'가 존경각본에는 '孝廟朝'로 되어 있다.

179 句가 계명대본에는 聯으로 되어 있다.

180 限이 저본에는 恨으로 되어 있으나 문맥상 고쳤다.

181 '評者…意云'이 계명대본과 신연활자본에는 '論者推爲第一, 有中道未就之恨, 可見君臣間有無限感
慨之意'로 되어 있고, 존경각본은 '未就酒恥之恨, 可見'으로 되어 있다.

182 이 시가 송시열의 문집에는 실려 있지 않고, 송규렴(宋奎濂)의 『제월당집(霽月堂集)』「만
음(漫吟)」 제1수로 실려 있다. 그 전문은 '升天手摘星辰易, 處世身無毁謗難. 不識鄕原何似者,
一生羸得衆人歡'으로 글자의 출입이 조금 있다.

183 鳥向이 계명대본과 신연활자본에는 問鳥로 되어 있다.

184 惜이 계명대본에는 識으로 되어 있다.

185 到가 계명대본과 신연활자본에는 悼로 되어 있다.

186 吟이 계명대본과 신연활자본에는 作으로 되어 있다.

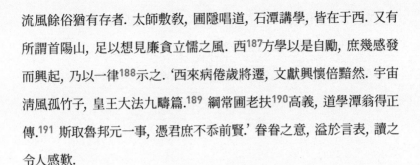

流風餘俗猶有存者. 太師敷教, 圃隱唱道, 石潭講學, 皆在于西. 又有
所謂首陽山, 足以想見廉貪立懦之風. 西[187]方學以是自勵, 庶幾感發
而興起, 乃以一律[188]示之. '西來病倦歲將遷, 文獻興懷倍黯然. 宇宙
清風孤竹子, 皇王大法九疇篇.[189] 綱常圃老扶[190]高義, 道學潭翁得正
傳.[191] 斯取魯邦元一事, 憑君庶不忝前賢.' 眷眷之意, 溢於言表, 讀之
令人感歎.

74

洪南原柱一, 自號玄塘. 其秋夜聽琴詩曰: '露下空階蟋蟀鳴, 半輪新
月入窓明. 騷人自是秋多感, 琴韻如何夜更淸.' 且如淸心樓詩一聯
曰: '山扶初日上, 江吐大帆來.' 詩意曠達, 有遠大氣象[192], 而轗軻以
終, 良可惜也.

75

洪上庠柱臣, 號醉仙. 其漫詠詩曰: '停盃問月向靑天, 此子何如李謫

---

187 西는 저본에는 四로 되어 있으나 존경각본, 신연활자본에 의거하여 수정하였다.

188 박세채의 『남계집(南溪集)』 권2에는 다음 제목으로 引과 함께 시가 수록되어 있다. 「偶吟示沈
士磬(倪)任大年(元耈)二生」-幷引, '吾夫子稱宓子賤曰 魯無君子, 斯焉取斯. 晦菴先生且以鄕之先
達道義風節, 喩玉山學者, 其來尙矣. 世論東方人才, 莫不以嶺南爲最. 蓋曰四賢之遺化也. 然以余
觀於西土, 如箕子之設八條, 栗谷之脩鄕約, 與夫孤竹聞風之地, 烏川殉義之所. 是豈嶺南之所得有
者耶. 特其末俗賈賈, 士不知學, 莫能爲之闡明薰陶, 而遂至於此也. 中宵不寐, 慨然起感, 書用識
哉. 願與諸君勉之.' 黯이 凜으로 되어 있다.

189 존경각본에 '箕子'라는 주가 있다.

190 扶가 존경각본, 신연활자본, 『남계집』에는 符로 되어 있다. 존경각본에 '圃隱謂符伯夷之
高義'라는 주가 있다.

191 傳이 『남계집』에는 宗으로 되어 있다. 존경각본에 '石潭謂得九疇正傳'이라는 주가 있다.

192 象이 계명대본, 신연활자본에는 格으로 되어 있다.

仙. 舉世人皆愁已老, 半生吾獨酒爲年. 淸宵桃李園中飮, 白日長安市
上眠. 何事屈平嫌衆醉, 澤畔[193]醒死古今憐.' 自托古人, 語宕而婉.
如雪後詩一聯: '日暮飢烏蹲野樹, 天寒孤鶩守氷池.' 詞非不工, 而有
窮苦氣象, 公之早夭不達[194], 此其徵歟!

76

洪侍郞柱國, 號以[195]竹里. 其[196]秋懷詩曰: '綠籬苽蔓欲離披[197], 高
樹西風索索吹. 九月秋聲人易[198]感, 一年霜信鴈先知. 醅初發[199]甕
還嫌病, 菊未開花已到詩. 絡緯近床啼作意, 夜闌吾睡爲誰遲.' 情
調俱到. 且如途中[200]詩一聯曰: '一點漏雲山日晩[201], 半邊驅雨野風
顚.' 意景亦佳. 玄塘·醉仙·竹里三人, 皆余堂叔也, 俱有詩才, 而玄
塘坐不肆力, 醉仙廢於早病. 竹里終始着工, 造詣不淺, 栢谷嘗稱不
易得.

---

193 澤畔이 신연활자본에는 潭邊으로 되어 있다.

194 不達이 저본에는 빠져 있으나 존경각본·신연활자본에 의거해 보충하였다.

195 以가 존경각본에는 빠져 있다. 계명대본·신연활자본에는 號以가 빠져 있다.

196 其가 계명대본·신연활자본에는 빠져 있다.

197 離披가 저본에는 披離로 되어 있으나 존경각본·계명대본·신연활자본·『범옹집』에 의거
해 수정하였다.

198 易가 계명대본·신연활자본에는 已로 되어 있다.

199 發이 『범옹집』에는 醱로 되어 있다.

200 홍주국의 『범옹집(泛翁集)』 권3에 「서원으로 가는 길에 비를 만나다(西原道中遇雨)」란
제목으로 실려 있다. 전문은 다음과 같다. '久客中原節序遷, 藍橋征邁又炎天. 差差乳燕啼泥
滓, 閣閣鳴蛙鬧水田. 一點漏雲山日晩, 半邊驅雨野風顚. 披裳厭就前途遠, 忙裏羇愁集短篇.'

201 晩가 저본에는 吐로 되어 있으나 존경각본·계명대본·신연활자본·『범옹집』에 의거해
수정하였다.

77

趙判書復陽十餘歲時, 往龍山族人家, 盆有黃菊,[202] 時當十月. 主人呼韻, 趙卽應口而對: '問君何術禦風霜, 能使黃花十月香. 家近龍山尊有酒, 可呼今日作重陽.' 自此始有文名.

78

晦谷曹聘君漢英, 文才早成. 六歲時公祖夏山公, 抱置膝上, 適有客來到. 時日暮, 方舉終南烽火, 客呼烽[203]·鍾二字, 使公作聯句. 公卽對曰: '烽傳千里信, 鍾報萬家昏.', 一時傳誦. 後宰春川, 題昭陽亭詩一聯曰: '平郊烟樹依依畫, 落日漁歌點點舟.', 其說景[204]如畫.

79

余內舅鄭相諱知和,[205] 雖不以詞翰自任, 極有才格[206]. 閔公鼎重按察北關時, 寄書憂以春旱, 內舅答書, 尾寫一絶曰: '開緘苦語滿牋[207]題, 舊迹迢迢夢亦迷. 聞說北關春不雨, 莫敎紅袖向南啼.' 蓋內舅曾按北關, 有所眄, 時適有香書, 故首句及之. 曹聘君[208]嘗語余曰: "君內舅, 才格不凡, 曾在藩館[209], 寄洛中友人詩曰: '河橋泣別初攀柳,

---

202 黃菊의 뒤에 존경각본에는 方盛이 추가되어 있다.

203 烽이 저본에는 鋒으로 되어 있으나 신연활자본에 의거하여 烽으로 수정하였다.

204 '其說景'이 신연활자본에는 '寫景'으로 되어 있다.

205 '余內舅鄭相諱知和'가 존경각본에는 '余內舅鄭相公諱知和'로, 계명대본과 신연활자본에는 '鄭相公南谷'으로 되어 있다.

206 格이 계명대본과 신연활자본에는 略으로 되어 있다.

207 牋이 계명대본과 신연활자본에는 紙로 되어 있다.

208 '曹聘君'이 계명대본과 신연활자본에는 '曹晦谷余聘君'으로 되어 있다.

209 館이 계명대본과 신연활자본에는 '陽'으로 되어 있다.

關塞書回已落楡.' 豈不悽愴乎?"云[210].

80

李判書殷相, 送襄陽尹使君詩曰: '雪岳山光雪後宜, 一麾行色一琴
隨. 神仙官府連蓬島, 太守風流更習池. 靑瑣夢牽[211]留客館, 白銅歌
作送君詞. 春來理屐尋眞地, 花下相迎倒接羅.'[212] 手熟而格卑.

81

李副學端相, 號靜觀齋. 丁未年間福建唐人漂到耽羅, 持示永曆曆書,
其人必[213]自帝駕[214]播越處來也. 畢竟押送於彼國, 李有詩一絶[215]
曰: '南極浮槎海上來, 紅雲一朶日邊開. 千秋大義無人識, 石室山前
痛哭回.'[216] 詩意頗[217]憤, 可激志士肝膽也.

82

金相公壽恒, 號文谷. 嘗奉使北關, 題雄州客館詩云: '天氣常寒地不
毛, 海洋曾被羯奴膄. 戎裝妓隊能馳馬, 皮服人家盡養獒. 官酒苦酸

---

210 云이 저본에는 '去云'으로 되어 있는데 존경각본과 계명대본에 의거하여 바로잡았다.
211 牽이 신연활자본에는 驚으로 되어 있다.
212 이은상의 『동리집(東里集)』 권1에 「양양가 3첩. 윤형각 원님에게 드림〔襄陽歌三疊. 贈尹
使君衡覺〕」 중 첫째 작품으로 실려 있다. 山이 晴으로, 理가 蠟으로 되어 있다.
213 必이 존경각본에는 似로 되어 있다.
214 帝駕가 존경각본에는 皇裔로 되어 있다.
215 '李有詩一絶'이 존경각본에는 '送福建唐人詩'로 되어 있다.
216 이단상의 『정관재집』 권3에 「감회가 있어 우연히 읊어서 우암에게 부친다〔有感偶吟. 寄
尤齋【時漂漢到耽羅, 朝家縛送北京】〕」라는 제목으로 실려 있다.
217 頗가 존경각본과 신연활자본에는 悲로 되어 있다.

蕎麥汁, 旅燈愁碧熱鯨膏. 陰山丈雪埋行路, 時聽城頭虎夜嘷.' 洪定
平錫龜次其韻曰: '邊州旅食換顚毛, 水味常腥粟味臊. 淫祀古風多用
特, 訟庭奇貨半爭鼇. 燒來藻葉當鹽鹵, 摘取麻蕡作膳膏. 最是客程
愁絕處, 驛夫呼馬類猿嘷.' 兩作皆寫得北路風土, 人莫能優劣.

83

南判書龍翼, 號壺谷, 少時以堂后入直銀臺, 夢得一絕. 其詩曰: '絕
塞行[218]人少, 羈愁上客顔. 蕭蕭十里雨, 夜度鬼門關.' 莫曉其意.
四十年後, 至辛未, 遠竄之啓峻發, 公問於族人武弁之熟知北路者曰:
"鬼門關在何郡?" 曰: "在明川." 公曰: "余必謫明川."[219] 翌日臺啓蒙
允, 果謫明川. 此與奇服齋玉堂夢中作相類, 始知世事皆有前定矣.

84

吳判書斗寅八歲時, 其父天坡公按節海西, 唐將程副摠龍來住客舍.
吳雊遊於羣兒中, 副摠見而問之, 知爲方伯兒. 遂令[220]賦詩, 吳卽吟
曰: '領得豼貅士, 東來[221]報聖君. 由來程不識, 猶勝李將軍.' 程大加
嗟賞.

85

石之珩[222]有詩名. 嘗有'風爲御史將雲下, 山作忠臣捧日高'之句, 頗傳

---

218 塞行이 『도곡집』 「운양만록」에는 域逢으로 되어 있다.

219 明川이 존경각본에는 此地로 되어 있다.

220 令 앞에 존경각본에는 扣가 더 있다.

221 來가 존경각본에는 征으로 되어 있다.

人口. 而上句用古文字, 措語頗巧, 下句創出己語, 强爲作對, 兩句不相均敵. 如[223]大夫松詩[224]: '曾被周天雨露濡, 官秦能奉[225]後凋無, 紫陽饒爾心猶直, 單道揚雄莽大夫.' 言出意表.[226]

86

許格, 東岳門人也. 自少廢業[227], 能於詩, 自號滄海. 嘗卜居丹陽, 一日步出江邊, 偶斫桃枝, 有樵人過前, 問曰: "好[228]花臨水, 可愛可玩, 何斫之爲?" 許卽戲吟一絶[229]曰: '長江一帶繞村澄, 四面羣山削玉層. 臨流故斫桃花樹, 恐引漁郎入武陵.' 斫[230]桃初未必有意, 而因樵人之問, 倉卒成詩, 詞語自妙.

87

嶺南文官權壖, 愚伏門人也[231], 能詩. 嘗乘夜, 往友人家, 友人有琴兒, 權請之甚懇, 友人曰: "隨余呼韻, 卽成一詩[232], 當副所懇." 因以

---

222 石之玶 뒤에 신연활자본에는 壽峴이 첨가되어 있다.

223 如가 계명대본·신연활자본에는 詠으로, 『수현집(壽峴集)』에는 嘲로 되어 있다.

224 詩가 계명대본·신연활자본에는 詩曰로 되어 있다.

225 奉이 계명대본·신연활자본·『壽峴集』에는 保로 되어 있다.

226 言出意表가 저본에는 빠져 있으나 존경각본·계명대본·신연활자본에 의거하여 보충하였다.

227 業이 존경각본·신연활자본에는 擧業으로 되어 있다.

228 好가 신연활자본에는 訪으로 되어 있다.

229 一絶이 신연활자본에는 也로 되어 있고, 그 뒤에 斫桃枝戲吟이 더 있다.

230 斫 앞에 신연활자본에는 盖가 더 있다.

231 也가 존경각본, 계명대본, 신연활자본에는 빠져 있다.

232 詩가 계명대본, 신연활자본에는 律로 되어 있다.

行明情鳴更呼[233]韻, 使賦之, 權卽應聲曰: '九街鍾定斷人行, 月到今宵盡意明. 促席細聽兒女語, 思鄉偏感丈夫情. 潯江落葉秋風響, 湘岸疎篁夜雨鳴. 曲罷高堂[234]仍不寐, 客窓孤枕數深更.'

88

士人田九晼居蔚珍, 任休[235]窩僑寓時就學者也. 其詠日出詩曰: '海作水王天地間, 百川朝赴會千班. 有意君[236]臣盟帶礪, 扶桑東畔捧銅盤.' 模寫騰鴉之狀, 遣[237]語頗雋, 盖亦潮州之趙德也.

89

申瑞明儀華, 少時寓一舌官家. 舌官有女, 美而能文. 申乃托禽語, 作二詩, 潛遺之, 曰: '我死我死, 生不見美人面, 不如便從今日死, 寃魂猶得化爲燕, 飛入君家彩[238]屏裡.' '稷粥稷粥, 澄淸如冷水, 一匙不堪喫, 若敎與子同衾枕, 百年喫此也不惡.' 我死·稷粥, 皆禽名. 女見詩感悅, 意歸於申. 申沒後, 女削髮爲尼.

90

息菴金斯[239]百錫冑, 博學能文, 長于詞賦, 而亦工於詩, 蔚爲一代宗

---

233 呼가 계명대본, 신연활자본에는 爲로 되어 있다.
234 堂이 신연활자본에는 臺로 되어 있다.
235 休가 저본에는 疎로 되어 있으나 존경각본에 의거하여 고쳤다.
236 君이 신연활자본에는 群으로 되어 있다.
237 遣이 신연활자본에는 造로 되어 있다.
238 彩가 규장각본에는 盡으로 되어 있다.
239 저본에는 斯 뒤에 男이 더 있으나 존경각본에 의거해 삭제하였다.

匠. 其次余詩曰: '憶昨幽憂掩蓽門, 石田茅屋舊居存. 村酤不害澆胸快[240], 簷曝唯憐炙背溫. 倦[241]去林禽差適意, 寵來軒鶴却叨[242]恩. 清詩到眼堪醫俗, 襟抱[243]憑君一細論.'[244] 盖癸丑年間, 斯百挈家眷, 往在楊根牛川, 故首句用'石田茅屋'等語, 亦雅古有味. 斯百弱冠時, 問字於余先人, 先人嘗謂余曰: "彼生後必爲文章." 今有『息菴集』十餘卷, 自是家數, 不但行於一世, 其傳後不泯無疑也.

91

息菴金斯百嘗寄余五言近體一首曰: '寂寂南山下, 閒閒靜者居. 靑春回洞壑, 白日照圖書. 谷鳥聽愈緩, 山花看漸舒. 忘機吾已熟, 何必戀軒車.' 後斯百自選其稿而刪此詩, 余問其故, 斯百曰: "見容齋『南嶽唱酬錄』, 其[245]中兩聯, 與鄙作偶然相同, 觀者必不知暗合, 而疑其剽竊, 故刪之耳." 余取考容齋『南嶽唱酬錄』, 其中有懷止亭詩曰: '止老今如許, 何人載酒來? 靑春回洞壑, 白首隔泉臺. 幽鳥自相喚, 閑花空復開. 分明板上字, 三復有餘哀.' 其兩聯果如金詩略相彷彿. 世之蹈襲古作, 恐爲人知者, 亦獨何心哉?

240 快가 저본에는 夬로 되어 있으나 존경각본과 『息庵遺稿』를 따라 수정하였다.
241 倦이 저본과 존경각본에는 惓으로 되어 있으나 『식암유고』를 따라 수정하였다.
242 叨가 『식암유고』에는 饕로 되어 있다.
243 抱가 저본에는 袍로 되어 있으나 존경각본과 『식암유고』를 따라 수정하였다.
244 『식암유고』권4에 「次洪于海韻」이라는 제목으로 실려 있다.
245 존경각본에는 其 앞에 一詩가 더 있다.

92

趙掌令宗著, 早有文名, 而困於場屋. 嘗吟一律云: '鴻鵠飢呼鳥雀肥, 古今此事最堪悲. 誰知燕市千金骨, 不直秦家五羖皮. 捫蝨高談常見笑, 屠龍亢藝亦云癡. 廣津[246]昨夜春波漲, 欲理扁舟鬢已絲.'[247] 觀者皆謂: "此詩有窮愁困苦之態." 頗憂之. 趙子直相愚云: "落句有生活底氣象, 晚途收功必矣." 其秋果魁發解, 中殿試第二名, 子直之言, 殆驗矣.

93

趙光甫持謙爲高山督郵也, 有'長白以南山幾點, 大荒之外月孤輪'之句, 自以爲得雋語. 吳貫之道一左遷蔚珍時, 得'州南大海靑丘盡, 關外諸山白伏尊'之句, 亦自以爲可敵趙作[248].

94

李春川玄錫有文才, 人指燕呼韻, 李卽對曰: '穿花幾語[249]少陵舟, 飛入昭陽作[250]物尤. 有頷倘能如爾像,[251] 會將投筆覓封侯.'[252] 人稱佳作.

---

246 津이 신연활자본에는 陵으로 되어 있다.

247 조종저의『남악집』권1에「장난삼아 짓다〔戲題〕」라는 제목으로 실려 있고, 漲이 潤로 되어 있다. 작자가 38세 되던 1668년에 지은 작품이라 밝혔다.

248 作이 존경각본에는 詩로 되어 있다.

249 幾語가『동국시화휘성』에는 掠水로 되어 있다.

250 作이 존경각본, 신연활자본,『유재집(游齋集)』에는 是로 되어 있다.

251 이 시구가『동국시화휘성』에는 若使男兒如爾頷으로 되어 있다.

95

任大仲墊, 號愚拙堂. 自少工於詩, 佳作不可勝記, 其幸州詩曰: '孤舟
來泊幸州²⁵³城, 東望王京數十程. 水國花殘春已盡, 海門潮落月初
生. 村煙似縷微微白, 漁火如星點點明. 何處鳴榔驚宿鷺, 一雙飛起
帶波聲.'²⁵⁴ 又嘗監山陰縣, 有換鵝亭夜坐詩一絶曰: '怪來春思忽如
秋, 淸夜鵑聲喚客愁. 寂歷東風花落盡, 月移山影在江樓.'²⁵⁵ 兩作皆
極淸麗.

96

李直長萬謙與崔參判錫鼎同榻, 嘗²⁵⁶聯轡出遊, 暮歸棲榻. 李馬駑,
後至, 有詩曰: '長街逸騎正催鞭, 笑我羸驂跼不前. 畢竟到來俱是到,
何妨一步讓君先.'²⁵⁷ 其後崔先登第, 李後之, 詩語果驗.

97

洪九言受疇有詩才. 嘗出宰慶源, 臨行²⁵⁸來訪余, 賦一詩²⁵⁹以贈, 九

---

252 『유재집(游齋集)』 권5에 「제비【눈 감고 운을 나눠 손으로 집은 글자를 압운하다】〔燕【閉
目披韻, 以手拈字以押】이라는 제목으로 실려 있는데 몇 글자가 다르다. '穿花幾語少陵舟,
飛入昭陽是物尤. 有頷只宜如爾相, 會須投筆覓封侯.' 1682년~1683년 송시열(宋時烈)의 상소
로 대간의 탄핵을 받아 철원(鐵原)에 유배되어 지낼 때 지었다. 會將이 『동국시화휘성』
에는 也應으로 되어 있다.

253 州가 저본에는 洲로 되어 있으나 州로 바로잡는다.

254 『수촌집(水村集)』 권2에 「한유의 행주 시에 차운하다〔次漢儒幸州韻〕라는 제목으로 실
려 있다.

255 『수촌집』 권2에 「밤에 앉아〔夜坐〕라는 제목으로 실려 있다.

256 저본에는 尙으로 되어 있으나 계명대본과 신연활자본을 따라 嘗으로 수정하였다.

257 『명곡집(明谷集)』 권10에 「이종사촌형 이만겸의 제문〔祭姨兄李子益萬謙文〕에 실려 있다.

言卽次之. 其押靑字曰: '關河西北山常白, 天地東南海自靑.' 語壯.

98

崔汝和錫鼎, 儒雅260博學, 多識字義, 號明谷. 嘗奉使赴燕, 入玉河日, 有詩曰: '風力揚沙劃地吹, 更衣嶽廟不多時. 黃知殿瓦凌霄出, 腥見胡兒夾路馳. 萬歲山前花影亂, 朝陽門外漏聲遲. 星槎遠客無惊緒, 強被傍人索賦詩.'261 金子益262見之, 以爲當入『靑丘續選』.

99

古人詩中忌用俚俗263字, 然宋詩曰: '劉郎不敢題糕字', 已入於詩矣.264 頃年崔汝和錫鼎赴燕時, 有詩一聯曰: '箕封地卽三江盡, 遼塞山惟八站多.' 書狀官李整問站字來處, 崔以糕字答之, 可作騷265壇口實.

100

朴坡州泰輔, 字士元, 志操勁貞, 詞翰遒緊, 與余司馬同年也. 戊午年間, 余寓終南山下, 朴來訪, 賦一詩曰: ‘邂逅終南宅, 俱爲一榜人. 等留留此地, 無醉醉今辰. 處世身如寄, 憂時鬢[266]欲新. 懷中有血疏, 當向九閽陳.’ 朴後登科第, 至己巳疏陳, 以廢妃事獻疏, 慘被毒刑而死. 豈當時血疏等語, 至此而驗耶! 其慷慨直節, 殆與方遜志匹儔也歟!

101

金察訪衡重, 古名人弘度之後也, 有才而不第. 其一絶曰: ‘酒盞酌來須滿滿, 花枝看去落紛紛. 莫言三十年方少, 百歲三分已一分.’ 可謂情眞語切.

102

金主簿昌翕, 自號葆光, 不事科業. 以詩名於世, 時時寓興之作, 格高意[267]玄, 人莫能及. 其詠楓岳詩曰: ‘象外淸遊病未能, 夢中皆骨玉層層. 秋來萬二千峯月, 應照高僧禮佛燈.’ 灑然無塵.

103

韓如玉, 自號白癡, 以方外自處, 放浪山水, 惟事詩酒. 有[268]一絶曰: ‘十里長橋路, 孤村處士家. 歸來香滿袖, 風打野棠花.’ 亦有唐味.

---

266 鬢이 신연활자본에는 髮로 되어 있다.
267 意가 계명대본과 신연활자본에는 心으로 되어 있다.
268 有가 저본에는 없으나 신연활자본에 의거하여 첨가했다.

104

曹判官錫, 松都文官也. 其一絶云: '吸盡長江沃渴喉, 波心知有老龍愁. 春來噴作中原雨, 不洗腥膻[269]也不休.' 勁健含蓄, 能出別意.

105

鏡城文官朴興宗, 見海棠一叢在荊棘中, 賦一絶曰: '膩態愁紅荊[270]棘裏, 此花風韻有誰知. 若[271]敎洗出新粧面, 便是人間第一奇.' 北方素不尙文, 而此人才調, 如此可愛.

106

魚無跡 · 李進, 皆地卑而能文章, 今幷疏于左. 魚「逢雪」詩: '馬上逢新雪, 孤城欲閉時. 漸能消酒力, 渾欲凍吟髭. 落日無留景, 栖禽不定枝. 灞橋驢背興, 吾與古人期.' 逼唐.

107

李進奩體詩云: '溫溫白玉肌, 宛轉靑蛾眉. 一別甚於死, 相思那可支. 中途逢雨雪, 歲暮滯佳期. 安得西歸夢, 冥冥省爾思.'[272] 詞甚宛轉. 又旅宿村家詩一句: '客宿田家愁不寐, 子規夜啼山雨中.' 車滄洲極稱之.

269 膻이 신연활자본에는 塵으로 되어 있다.

270 荊이 저본과 존경각본에는 叢으로 되어 있으나 신연활자본에 의거하여 수정하였다.

271 若이 신연활자본에는 莫으로 되어 있으나 '若敎……, 便是……'의 구법을 쓴 것으로 봄이 옳다.

272 思가 존경각본과 신연활자본에는 私로 되어 있다.

108

權韠十二歲時, 謁於白沙李相公, 相公指三色桃爲題, 使賦詩, 卽應聲曰: '桃花灼灼映踈籬, 三色如何共一枝. 恰似美人梳洗後, 滿頭[273]紅粉未均時.' 相公稱賞. 韠之子諧, 亦攻文有才而早死, 惜也. 嘗有雪後詩一句云: '飢烏覓食晨窺井, 棲鳥無依夜宿簷.' 其窮愁可見于詩矣.

109

廣州士人孟益聖, 少有文才, 專意擧業, 而終不得一科[274]. 到老有一絶, 其詩曰: '白髮非公道, 東風亦世情. 名園花早發, 寒士鬢先明.' 此詩蓋取'公道世間唯白髮'·'惟有東風不世情'等句, 而反(번)其意, 造語亦有理, 可想其平生不平之鳴也.

110

有洪益海者, 粗有詩才. 嘗訪余, 余呼韻使賦之, 洪卽隨呼輒對, 曰: '粵自天皇曁地皇, 古今天地幾皇王. 興亡迭代同凡楚, 治亂相承有夏商. 大道不行嗟厄宋, 空言無補漫遊梁. 此生最後東西漢, 堪愧詩工不及唐.' 首兩韻以皇王二字爲始, 故下六句皆以國號繼押, 語不窘而理亦到, 可謂長於應卒也.[275]

---

273 滿頭가 존경각본에는 滿顔으로, 신연활자본에는 半粧으로 되어 있다.

274 科가 신연활자본에는 魁로 되어 있다.

275 평어가 존경각본에는 빠져 있고, 신연활자본에는 '首兩句以皇王二字爲始, 故繼押以國號, 可謂理到'로 되어 있다.

111

有洪世泰者, 詩才甚高, 往往逼唐. 其汾[276]上遇寒食云: '去年寒食海西頭, 寒食今年此地留. 歲月回環何太促, 人生行役不曾休. 東風野店無烟火, 曉雨桑林[277]有鵙鳩. 觸目韶華徒攪思[278], 可憐誰與作春遊.' 且如日本詩一聯: '赤日浮三島, 青天繞百蠻.' 其才如此, 而藏蹤畏約, 不能自伸, 良可惜也.

112

僧定志百祥樓詩曰: '褰衣更上最高樓, 遠近平原暮靄收. 數點眠鳧紅蓼岸, 一竿漁父碧波頭. 烟橫大野雲橫嶺, 風滿長江月滿舟, 回首[279]落霞孤鶩外, 片帆來往白鷗洲.' 辭太華豔, 無山人氣習.

113

僧禪坦能文辭, 善滑稽, 然性[280]放浪, 不遵戒律. 其楞伽山中詩云: '鞍馬紅塵半白頭, 楞伽有病早歸休. 一江煙雨西山[281]暮, 長捲疏簾不下樓.' 氣豪, 脫蔬筍習.[282]

---

276 汾이 신연활자본에는 海로 되어 있다.

277 林이 존경각본과 신연활자본에는 枝로 되어 있다.

278 徒攪思가 『유하집(柳下集)』에는 非故國으로 되어 있다.

279 回首가 저본에는 빠져 있으나 존경각본과 신연활자본에 근거하여 삽입하였다.

280 性이 저본에는 없으나 존경각본과 계명대본에 의거하여 첨가하였다.

281 西山이 계명대본과 신연활자본에는 山西로 되어 있다.

282 '氣豪, 脫蔬筍習'이 신연활자본에는 '氣豪宕, 脫筍蔬之習'으로 되어 있다.

114

淸虛休靜一絶云: '山僧雲水偈, 學士性情詩. 同吟題落葉, 風散沒人知.' 空門本色.

115

雲谷沖徽, 與谿谷·東岳最親.[283] 其南溪漁笛詩曰: '南溪秋水碧如羅. 楊柳風絲拂岸斜. 漁父一聲煙裏笛, 渚禽驚起夕陽沙.' 語頗淸麗.

116

僧處能白馬江懷古詩曰: '白馬波聲萬古愁, 男兒到此涕堪流. 始誇魏國山河寶, 終作吳江子弟羞. 廢堞有鴉[284]啼落日, 荒臺無[285]妓舞殘秋[286]. 三分割據英雄盡, 但看西風送客舟.' 亦脫渠家習.

117

昔[287]有一監司, 遊頭流山, 見危巖上有老僧枕囊[288]而眠者. 從者呼而覺之, 僧卽吟一絶曰: '山僧枕鉢囊, 夢踏金剛路. 蕭蕭落葉聲, 驚起江天暮.' 監司知其異, 欲召與語, 忽去[289]不知所之.

---

283 존경각본에는 이 구절이 '與谿谷·東岳多酬唱. 東岳最親'으로 되어 있다.

284 鴉가 『백곡집(白谷集)』에는 鵶로 되어 있다.

285 無가 계명대본·신연활자본에는 衰로 되어 있다.

286 秋가 저본에는 春으로 되어 있으나 존경각본·계명대본·신연활자본·『백곡집』에 근거하여 秋로 바로잡았다.

287 昔이 신연활자본에는 時로 되어 있다.

288 囊이 신연활자본에는 鉢로 되어 있다.

289 忽去가 신연활자본에는 忽然飛去로 되어 있다.

118

閨秀南氏, 卽谷城文官[290]趀之妹也, 工於詩. 趀嘗使賦[291]雪, 以綠紅
爲對[292], 南氏卽吟曰[293]: '落地聲如蠶食綠, 飄空狀似蝶窺紅.' 眞奇
才也.

119

玉峯李氏春日卽事詩曰: '數村桑柘[294]暮烟籠, 林外淸湍石竇春. 半
世人窮詩句裡, 一年春盡鳥聲中. 顚狂柳絮飄香雪, 輕薄桃花逐亂
風. 草綠王孫歸不得, 子規啼血恨無窮.' 極有晚唐調格.

120

世傳一女子能詩, 其夫與[295]友人會話于隔墻, 謀見一妓, 欲隱其名,
或稱其者, 或稱厥者. 其妻卽賦詩以贈其夫曰: '其者何人厥者誰, 郎
雖不語妾先知. 光山城裏花猶在, 早晚東風折一枝.' 妓卽光山[296]人
故云[297].

---

290 谷城文官이 신연활자본에는 西溪로 되어 있다.

291 賦가 존경각본에는 咏으로 되어 있다.

292 저본에는 對 뒤에 뮡이 있으나 계명대본, 신연활자본에 의거하여 생략했다. 존경각본에
는 爲詩로 되어 있다.

293 南氏卽吟曰이 신연활자본에는 '應聲卽對, 詠雪詩曰'로 되어 있다. 계명대본에는 吟이 對로
되어 있다.

294 柘가 신연활자본에는 梓로 되어 있다.

295 與가 저본에는 중복되어 쓰였는데 다른 사본에 의거하여 바로잡았다.

296 光山이 신연활자본에는 光州로 되어 있다.

297 故云이 존경각본에는 也로 되어 있다.

121

一女子能詩, 其郞入直闕中, 女子作一絶, 係食床而送. 其詩曰: '風動羅幃月隱雲, 打窓飛雪擁衾聞. 如何若此漫漫夜, 來往心頭只是君.' 世[298]雖稱佳作, 而惜[299]其綢繆之意太多.

122

松都妓黃眞詠朴淵詩云: '一派長川噴壑礱, 龍湫百仞水潨潨. 飛泉倒瀉疑銀漢, 怒瀑橫垂宛白虹. 雹亂霆馳彌洞府, 珠春玉碎徹淸空. 遊人莫道廬山勝, 須識天磨冠海東.' 詞[300]極淸壯[301], 非脂粉家可及.

123

武官李紳之妹, 光海時宮女也. 善辭令, 能屬文, 光海嘗[302]比之於上官昭容. 光海廢後, 爲器遠所畜, 器遠被誅, 自點又納之. 李自傷[303]有詩曰: '歌臺舞殿摠成塵, 舊日繁華似隔晨. 怊悵宮花餘一朶, 幾番風雨泣殘春.'

124

益山有蘇姓者, 失其名, 過白馬江詩云: '日落扶蘇上, 蒼烟迷遠洲. 千年亡國恨, 今古一江流.' 石洲聞之[304]稱賞.

---

298 신연활자본에는 世 앞에 此詩가 더 있다.

299 신연활자본에는 惜 앞에 可가 더 있다.

300 詞가 신연활자본에는 調로 되어 있다.

301 壯이 신연활자본에는 快로 되어 있다.

302 嘗이 계명대본. 신연활자본에는 常으로 되어 있다.

303 自傷이 저본에는 누락되었으나 계명대본. 신연활자본에 의거하여 보충하였다.

125

無名氏詠鶯[305]: '身着黃金甲, 春歸細柳營. 初來名不識, 飛去自呼名.' 語帶髫稚, 爲人傳誦, 何也?

126

'唐虞勳業日蕭條, 風雨乾坤久寂寥. 春到碧山花鳥語, 太平遺跡未全消.'[306] 不知誰作, 而頗有詩格, 或云嶺南士人之作.

127

月沙晚年在城東第, 一日倚案微睡, 有一靑衣童, 騎[307]驢造[308]謁, 請學『周易』. 月沙辭以不知, 童子强之, 遂擧數段疑義問之,[309] 月沙略爲解說, 童曰: "吾嘗讀此, 其言[310]不如此." 因以己見說之, 義甚洞然, 月沙大驚, 與語良久, 時月出東嶺, 月沙謂童曰: "爾試爲我賦之." 童卽應曰: '明月大如盤, 白雲峰上吐. 盈虧幾萬年, 爾獨知今古.' 仍辭去, 月沙使人躡其蹤, 莫知所之. 此作似仙似鬼, 而'爾獨知今古'五字, 自有'恨不如明月'之意, 決是鬼語.

---

304 之가 신연활자본에는 而로 되어 있다.

305 존경각본에는 뒤에 '詩'가 더 있다.

306 消가 저본에는 鋪로 되어 있으나, 존경각본에 따라 消로 교감한다.

307 騎가 계명대본. 신연활자본에는 携로 되어 있다.

308 造가 존경각본에는 來로 되어 있다.

309 존경각본. 신연활자본에는 擧 앞에 歷자가 더 있다. 계명대본은 "遂歷擧數改設疑問之"라고 되어 있다.

310 言이 존경각본. 계명대본. 신연활자본에는 意로 되어 있다.

128

愚伏少時, 與文士三四人, 作山水之遊. 臨流賦詩, 有一武人過去者, 歇馬來揖, 座中一人謂曰: "吾輩之會, 卽文字飮也, 不能詩者, 不可參也." 武人曰: "吾雖武人, 粗知一丁字, 願效曹景宗競病之韻, 以與此席, 可乎?" 衆異之, 呼韻, 武人卽應口而對. 其一聯[311]曰: '瀉石泉聲箏斷續, 拂雲山色劍高低.' 愚伏[312]大驚, 閣筆, 問其姓名, 武人曰: "我是過客, 不必强問姓名." 仍拂袖曰: "山日已曛, 前路尙遠, 自此辭矣." 使人追之, 不見其處. 此作非鬼非仙, 似是山澤羽流者歟!

129

朴思菴少時, 寓讀於驪州甓寺. 一日夜深月明, 聞笛聲自東臺來, 怪而往尋之.[313] 有道服老人橫笛, 童子隨之. 就問其姓名, 其人不答, 長嘯數聲, 詠一詩曰: '飄然羽蓋下璇霄, 夜久東臺月已高. 玉笛一聲山石裂, 碧潭千尺舞潛蛟.' 詠罷, 忽然騰空而逝, 始覺其爲眞仙也.

130

有士人沈某, 來自東郊, 歇馬鐘巖邊. 遇[314]一書生, 書生口誦一絶曰: '春水微茫柳絮飛, 野風吹雨點[315]征衣. 原頭古墓淸明近, 落日寒鴉啼不歸.' 誦訖, 因忽不見. 士人心異之, 歸語于權石洲, 誇得驚句[316].

---

311 "有一武人……其一聯"이 존경각본에는 "一武人歇馬來揖, 亦賦一聯"으로 되어 있다.

312 愚伏이 존경각본에는 諸士로 되어 있다.

313 "一日……往尋之"가 존경각본에는 "夜聞笛聲往尋"으로 되어 있다.

314 遇 앞에 존경각본, 계명대본, 신연활자본에는 앞에 適이 더 있다.

315 點이 계명대본에는 漸으로 되어 있다.

316 句가 존경각본에는 語로 되어 있다.

石洲曰: "此乃鬼作, 決非君手也." 士人大驚吐實. 明胡元瑞曰: '才情之富, 閨閣居多, 趣致之幽, 釋梵爲最. 羽流不若仙詩, 仙詩不若鬼詩."云. 余以此兩作[317]觀之, 鷲寺之詩, 調響豪越, 鐘[318]巖之詩, 意境苦逼, 元瑞仙鬼之別, 抑有所見耶.[319]

131

詩固未易作, 詩評亦未易也. 玄翁·芝峯兩公, 皆深於詩家, 而其所著古人詩評, 間有未妥處, 余表以錄之, 以俟騷壇公議. 玄翁『晴窓軟談』曰: "北海之雄, 出子美上."又曰: "王勃之「秋夜長」, 盧照隣之「長安古意」, 太白則優爲, 子美恐輸一籌."[320] 無乃其予奪太過耶? 昔敖陶孫評論漢魏以下諸詩, 至杜甫則曰: "如周公制作, 不可擬議."[321] 『芝峯類說』曰: "子美「岳陽樓」詩, '親朋無一字, 老病有孤舟.' 與上句不屬, 且於岳陽樓不相稱"[322]云, 是大不然. 凡律格有先景物而後實事者, 有先實事而後景物者, 豈必以景物徹頭徹尾也哉? 盖此詩子美避亂到此而作也. 上一聯全言景物, 下聯敍述其情, 乃詩之体也, 芝峯所謂不屬不相稱何哉? 唐子西云: "余過岳陽樓, 觀子美詩, 不過四十字耳, 氣象宏放, 殆與洞庭爭雄."[323] 豈不信哉!

---

317 兩作이 계명대본에는 빠져 있다.

318 鐘이 저본에는 北으로 되어 있으나 계명대본, 신연활자본에 의거하여 수정하였다.

319 "抑有所見耶"가 존경각본에는 "有所見也耶"로, 계명대본에는 "有所見否耶"로 되어 있다.

320 신흠, 『상촌고(象村稿)』권50, 「청창연담(晴窓軟談)」. "子美「和李北海」詩, 甚似北海. 北海之雄, 出子美上.", "王勃之「秋夜長」·「臨高臺」, 盧照隣之「長安古意」, 駱賓王之「帝京篇」, 李杜之所未道, 使太白爲之, 足以優爲, 子美恐輸一籌也."

321 오도손, 『시평(詩評)』. "惟唐杜工部, 如周公制作, 後世莫能擬議."

322 이수광, 『지봉유설(芝峯類說)』권9, 문장부(文章部) 2, 시평(詩評). "杜子美「岳陽樓」詩, 古今絶唱, 而'親朋無一字, 老病有孤舟.' 與上句不屬, 且於岳陽樓不相稱."

132

文章雖曰小技, 業之最精者也, 蓋非靈心大膽之所可易言. 而世之言
唐者, 斥宋曰: "卑陋不足學也", 學宋者, 斥唐曰: "萎弱不必學也", 玆
皆偏僻之論也. 唐之衰也, 豈無俚譜? 宋之盛也, 豈無雅詩? 選詩文,
尙虞書秦漢, 而究其所詣, 則無音響, 無意味. 此眞所謂壽陵步, 可笑
不自量也.

133

世人[324]有二病焉. 前輩文章大家爲文, 不惜刪改, 少陵·六一爲文, 尤
喜點竄, 殆與初作不侔. 如少陵'桃花細逐楊花落, 黃鳥時兼白鳥飛',
有得其初稿, 作'桃花欲共楊花語', 後乃更定如此. 又得歐陽公「醉翁
亭」初稿, 云'滁州四面有山'等語, 累數十字, 後以'環滁皆山也'五字改
之. 今之學力淺短者, 多有疵累, 而反以不改爲高, 不知者, 又從而稱
道之, 此一病也. 且自古詩人吟詠之間, 未曾容易. 唐詩云: '夜吟曉
不休', 又云: '兩句三年得', 或有手作敲推, 或有閉門覓句. 雖至小詩,
必用意精深, 況其長篇大作乎? 今之菫通文理, 而看古今人詩, 纔一
兩過, 便指點雌黃曰: "某是某非"者, 豈非不量之甚乎? 此又一病也.

134

李文順奎報曰: "詩有九不宜體, 一篇內多用古人之名, 是載鬼盈車體

---

323 당경, 『당자서문록(唐子西文錄)』. "嘗過岳陽樓, 觀子美詩, 不過四十字耳. 其氣象閎放, 含蓄深
遠, 殆與洞庭爭雄. 所謂富哉言乎者, 太白·退之輩, 牽爲大擧, 極其筆力, 終不逮也. 杜詩雖小而
大, 余詩雖大而小."

324 존경각본에는 世人 뒤에 爲文이 더 있다.

也. 攘取古人之意, 善[325]盜猶不可, 盜亦不善, 是拙盜易擒體也. 押强韻無根據處[326], 是挽弩不勝體也. 不揆其[327]才, 押韻過差, 是飮酒過量體也. 好用險字, 使人易惑, 是設坑導盲體也. 語未順而勉引[328]用之, 是强人從己體也. 多用常語, 是村父[329]會談體也. 好犯丘軻[330], 是凌犯尊貴體也. 詞荒不删, 是莨莠滿田體也. 能免此九[331]不宜體格, 而後可與言詩"云. 右載白雲詩稿, 爲詩者有不可不知, 余表而錄之.

135

柳於于曰: "中國下外國人, 雖以崔致遠作宦中國, 而其詩文不載於諸文士之列. 且山僧閨秀, 亦以同中國而見選, 則我國子集, 豈無一二可採者乎? 是可恨也"云. 余偶得唐本『朝鮮詩選』二卷, 乃浙人吳明濟所選, 而東萊韓初命序之. 蓋上自崔孤雲, 下至梁慶遇而止. 倘使於于有知, 則想必雀躍於九原之中矣. 其序文今幷錄之.

序曰: 昔余弱冠時, 讀『太史公記』, 至箕子「麥秀歌」, 未嘗不掩卷太息, 想見其風. 及觀『漢·晉書』, 咸稱朝鮮禮義文學之盛, 然未聞有

325 善이 저본에는 盖로 되어 있으나, 이규보의 『동국이상국집(東國李相國集)』 권22, 「시의 은밀한 취지를 논한 대략적인 말〔論詩中微旨略言〕」과 『백운소설(白雲小說)』에 의거해 바로잡았다.

326 據處가 저본에는 挽으로 되어 있으나 『동국이상국집』에 의거해 바로잡았다. 『백운소설』에는 據로 되어 있다.

327 其가 저본에는 不로 되어 있으나 『동국이상국집』에 의거해 바로잡았다.

328 引이 『백운소설』에는 人으로 되어 있다.

329 父가 저본에는 婦로 되어 있으나 『동국이상국집』에 의거해 바로잡았다.

330 丘軻가 『동국이상국집』에는 語뜸로 되어 있다. 『백운소설』에는 저본과 동일하게 丘軻로 되어 있다.

331 九가 『동국이상국집』과 『백운소설』에는 빠져 있다.

繼其響者. 丁酉秋, 余以倭奴之役, 督餉朝鮮, 會稽吳君訪余, 出其所選朝鮮詩[332], 讀之忘倦. 昔余濟鴨綠江, 而望義城, 歎曰: "此箕子之封疆乎!" 濟薩水而過樂浪之墟, 歎曰: "此箕子之故都乎!" 比至白岳, 見其君臣揖遜之雅, 歎曰: "此箕子之後王乎!" 今吳君又得箕子之遺響, 幸哉! 朝鮮以禮義稱, 尙矣. 然其歌辭, 太史不載, 傳記不採, 野史不及, 箕子遺響不聞于華夏, 幾千載. 今吳君披荊棘, 發煨燼, 剪其朽, 拔其粹, 類而書之, 將布天下. 文學之士見之, 謂'海天扶桑外, 以聖人之敎, 繼「麥秀歌」, 而作者若是其盛, 箕子山川, 其動色矣.' 周有砥砨[333], 宋有結綠, 梁有懸黎, 楚有和璞, 此四寶者, 良工所失也, 而爲天下名器. 是選也, 爲良工之失矣, 今以吳君而爲天下名器, 物之遇不遇, 時哉!" 吳君喜曰: "先生我同志也, 爲我校之." 時薊門賈司馬·新安[334]先生汪伯英, 咸客朝鮮, 相與校正, 余後序其首, 而屬剞劂氏.

詩評補遺識

此維我五代祖考豐城[335]君府君之所纂集也. 選收之該洽, 予奪之謹嚴, 當時藝苑鉅工之如鄭東溟·金栢谷·洪晚洲諸公, 已有定論, 而後之覽者當自知矣. 以余不肖後孫, 豈敢容議於其間哉? 嗚呼! 府君之

---

332 저본에는 詩 앞에 余가 있으나 문맥상 오류로 보여 삭제하였다.

333 砨이 저본에는 砿로 되어 있으나 바로잡았다.

334 저본의 글자를 安으로 판독하였다. '왕백영' 앞에 놓인 이 지명은 '新安'으로 판단되는데, 이것은 중국 휘주(徽州)의 옛 지명으로 한때 신도(新都)라는 지명을 쓴 적도 있다. 『소화시평, 조선이 사랑한 시 이야기』 하권 제40칙에 '신도 왕백영(新都 汪伯英)'이라고 한 기록이 보인다. 여기에서는 저본의 필체가 安자를 쓴 듯한 점, 『조선시선교주(朝鮮詩選校注)』에 安으로 되어 있는 점을 근거로 安자로 판독하였다.

335 城이 저본에는 成으로 되어 있으나 바로잡았다.

所嘗述錄者, 不止一二計, 而俱未及刊行於世, 只以本草藏于湖右宗家, 而間或有知舊中博雅好古家謄傳之本. 顧余後生支裔, 尙未得寓目而讀焉, 則其所墜先忝祖之誚, 固所難免矣. 幸因雜中人橐是編而南遊者, 借得數日之暇, 而仲弟竣謨迭相傳書, 得成一本. 如其註誤漏落處, 則恭俟後日之攷正, 而姑書其謄寫顚末於卷尾, 以爲家藏云爾. 辛巳六月日, 五代孫性謨敬識.

찾아보기

* 인명과 그 외 용어들(서명·작품명·지명·주요 개념 및 키워드 등)로 구분해 정리했다.
* 호(號), 자(字), 시호(諡號), 별칭 등은 〔 〕 안에 적어 이름과 함께 표기했으며, 국왕의 존호들은 〔 〕 안에
  국호를 적어 서로 구분했다.

서명·작품명·지명·주요 개념 및 키워드

가

차

타

지은이

홍만종(洪萬宗, 1643~1725)

17세기 후반에서 18세기 전반기에 활동한 학자로, 본관은 풍산(豊山), 자(字)는 우해(于海), 호는 현묵자(玄黙子)·장주(長洲)·몽헌(夢軒)이다. 한양의 마포 한강가에 살면서 한평생 저술에 전념했다. 조선의 역사와 문학, 민간풍속과 도교에 지대한 관심을 가지고 있었으며, 이를 통해 조사하고 연구하여 조선학(朝鮮學)에 전문적 조예를 갖추었다.

『해동이적』,『속고금소총』,『명엽지해』,『순오지』 등을 펴내 야사와 야담을 정리했고,『소화시평』과『시평보유』,『시평치윤』의 시평(詩評) 삼부작과『시화총림』을 지었다. 아울러『청구영언』,『이원신보』와 같은 시조집과『동국역대총목』 등을 비롯한 역사서를 편찬했다. 조선의 문화를 본격적인 연구의 대상으로 삼아 자신만의 학문세계를 일구어낸 뛰어난 지식인이었다.

옮긴이

안대회(安大會)

연세대학교 국문학과와 같은 학교 대학원에서 문학박사 학위를 받았다. 성균관대학교 한문학과 교수로 재직하며, 대동문화연구원 원장을 맡고 있다. 2015년 제34회 두계학술상, 2016년 제16회 지훈국학상을 수상했다. 폭넓은 사유로 옛글을 깊이 있게 분석하고, 유려하면서 담백한 필치로 선인들의 삶을 차근히 소개해왔다.

저서에는『조선후기시화사』,『18세기 한국한시사 연구』,『선비답게 산다는 것』,『벽광나치오』,『궁극의 시학』,『담바고 문화사』,『내 생애 첫 번째 시』,『조선의 명문장가들』 등 다수가 있고, 번역서에는『해동화식전』,『완역정본 택리지』(공역),『북학의』,『산수간에 집을 짓고』,『소화시평』,『한국 산문선』7·8·9(공역) 등이 있다.

함께 옮긴이

김경희 성균관대학교 한문학과 박사수료

김보성 성균관대학교 대동문화연구원 선임연구원

김세호 성균관대학교 대동문화연구원 선임연구원

김종민 단국대학교 석주선기념박물관 연구원

김종하 한국고전번역원 번역위원

안정은 성균관대학교 한문학과 박사수료

유현숙 성균관대학교 한문학과 박사수료

이승용 단국대학교 동양학연구원 선임연구원

이승재 한국고전번역원 번역위원

이유라 성균관대학교 동아시아한문학연구소 연구원

이화진 성균관대학교 한문학과 박사수료

임영걸 성균관대학교 대동문화연구원 연구원

임영길 성균관대학교 대동문화연구원 선임연구원